SABINE WEISS
Die Leuchttürme der Stevensons

Weitere Titel der Autorin:

Historische Romane
Hansetochter
Das Geheimnis von Stralsund
Die Feinde der Hansetochter
Die Tochter des Fechtmeisters
Die Arznei der Könige
Die Perlenfischerin
Der Chirurg und die Spielfrau
Krone der Welt
Gold und Ehre
Blüte der Zeit

Aus der Reihe um Liv Lammers
Schwarze Brandung
Brennende Gischt
Finsteres Kliff
Blutige Düne
Tödliche See
Düsteres Watt
Zornige Flut

Viele Titel auch als Hörbuch erhältlich

SABINE WEISS

DIE LEUCHTTÜRME DER STEVENSONS

HISTORISCHER ROMAN

Lübbe

 Die Bastei Lübbe AG verfolgt eine nachhaltige Buchproduktion. Wir verwenden Papiere aus nachhaltiger Forstwirtschaft und verzichten darauf, Bücher einzeln in Folie zu verpacken. Wir stellen unsere Bücher in Deutschland und Europa (EU) her und arbeiten mit den Druckereien kontinuierlich an einer positiven Ökobilanz.

Originalausgabe

Copyright © 2024 by
Bastei Lübbe AG, Schanzenstraße 6–20, 51063 Köln

Vervielfältigungen dieses Werkes für das
Text- und Data-Mining bleiben vorbehalten.

Lektorat: Dr. Stefanie Heinen
Umschlaggestaltung: Massimo Peter-Bille
Vorsatzkarte: Markus Weber, Guter Punkt München
Einband-/Umschlagmotiv: © shutterstock: jumpingsack |
Mari Kova | vectortatu
Satz: hanseatenSatz-bremen, Bremen
Gesetzt aus der Adobe Caslon Pro
Druck und Verarbeitung: GGP Media GmbH, Pößneck

Printed in Germany
ISBN 978-3-7577-0030-0

Sie finden uns im Internet unter luebbe.de
Bitte beachten Sie auch: lesejury.de

Es gibt wohl kaum einen Leuchtturm von der Isle of Man bis nach North Berwick, den nicht einer meines Blutes geschaffen hätte. Der Bell Rock steht als Monument meines Großvaters und Skerryvore für meinen Onkel Alan. Und wenn die Lichter abends entlang der Küste von Schottland hervorkommen, dann denke ich voller Stolz, dass es das Genie meines Vaters ist, das sie heller brennen lässt.

        Robert Louis Stevenson (1850–1894)

Vorbemerkung

Robert Louis Stevenson änderte mit achtzehn Jahren die Schreibweise seines zweiten Vornamens – vom schottischen Lewis, nach seinem Großvater mütterlicherseits, zur französischen Version, die jedoch nie französisch ausgesprochen wurde. Der Einfachheit halber verwende ich für ihn von Anfang an diese Version. Der Grund für die Änderung liegt weitgehend im Dunkeln. Eine Theorie besagt, dass sein Vater nicht wollte, dass sein Sohn genauso geschrieben wird wie einer seiner ärgsten moralischen und politischen Widersacher. Allerdings wirken einige Quellen, als sei die »Louis«-Version auch schon früher, u. a. von RLS' Mutter, verwendet worden.

In diesem Roman wird an einer Stelle rassistische Sprache reproduziert. Dies entspricht in keiner Weise der persönlichen Haltung der Autorin oder des Verlags, sondern dem damals verbreiteten Sprachgebrauch.

Prolog

Edinburgh, 1857

Finsternis. Flappernde, klappernde Finsternis. Schwarz wie Ruß. Dunkelgrau gleich dem Gestein tödlicher Riffe, denen sein Papa den Schrecken nimmt. Seehundbraun wie die Leichentücher, die in den Geistergeschichten seiner Amme viel zu oft auftauchen. Die Angst lässt ihn erstarren. Heiß und kalt zugleich ist ihm. Wenn seine Eltern doch bei ihm wären! Er wagt weder, einen Laut von sich zu geben, noch zu atmen. Doch in seinem Hals krabbelt es wie in einer spinnenverseuchten Seeräuberhöhle. Weit aufgerissen seine Lider, das Herz in gestrecktem Galopp. Plötzlich blitzen im Dunkel Dämonenaugen auf, schauriges Getöse dröhnt in seinen Ohren. Nun hält er es nicht mehr aus. Sein Schrei zerreißt die Nacht: »Cummy! Sie kommen!«

Jemand umfängt ihn, neigt sich an sein Ohr. »Da ist niemand, Lou«, versucht seine Amme ihn mit sanfter Stimme zu beruhigen. Erst jetzt fällt ihm wieder ein, dass er, eng eingerollt in Decken, auf ihrem Schoß sitzt und sie gemeinsam aus dem Fenster schauen. Wie hat er das vergessen können? Es muss das Fieber sein, das ihn so dösig macht.

»Wir müssen uns nicht fürchten. Der Herr schickt uns heute Sturm. *Siehe, es wird ein Wetter des Herrn mit Grimm kommen; ein schreckliches Ungewitter wird den Gottlosen auf den Kopf fallen.*« Lou hört das Bibelwort in Cummys klarem Vorleseton kaum noch, denn prompt reißt der erste Huster seine Brust auf.

Dass er gesprochen hat, war der Dammbruch. Weitere folgen, und bald sticht der Husten wie mit tausend Dolchen zwischen seine Rippen. Er muss ein böses Kind sein, dass Gott ihn so leiden lässt, das ist ihm trotz seiner erst sechs Jahre klar, egal was Cummy sagt. Der Hustenkrampf schüttelt ihn, bis sein Kopf zu platzen droht, seine Augen hervortreten und ihm Blut den Hals hochkriecht.

Seine Amme rückt das Senfpflaster auf seiner Brust zurecht und streicht ihm über den Rücken. Wie lieb sie ist und wie geduldig! Er ist froh, dass er sie hat. Trotz allem.

»Atme ruhig, Lou, dann lässt der Anfall auch wieder nach. Schau mal, dort hinten, dein Spielzeug. Wollen wir morgen mit dem Papiertheater spielen? Wir können auch mit den Zinnsoldaten die Schlacht von Waterloo nachstellen – das magst du doch so gern. Und wenn es dir besser geht, kann Bob dich noch einmal besuchen.«

Nichts möchte er lieber, als dass sein Cousin wieder bei ihm wohnt. Sein Blick fällt auf die Landkarten von Nosingtonia und Encyclopaedia, die sie gemalt haben. Aber er kann keine Sekunde länger über die Spiele nachdenken. Er bekommt keine Luft! Vor lauter Husten schnürt sich seine Kehle zu. Sein Leib schmerzt von der Kopfhaut bis zu den Zehenspitzen. Und draußen, vor ihrem Haus in der Heriot Row, toben noch immer die Dämonen. Er kann hören, wie sie an den Fenstern rütteln und ihn holen wollen.

»Ruhig jetzt. Wenn es dir noch schlechter geht, müssen wir den Doktor mit den Blutegeln kommen lassen. Du erinnerst dich doch sicher noch ans letzte Mal«, mahnt Cummy.

Lou heult bei der Erinnerung an die pechschwarzen, schneckengleichen Tiere auf seinen Fußrücken und das viele Blut auf seiner Haut auf. Anschließend hatte der Arzt die Wunden mit einem glühenden Eisen ausbrennen müssen. So schlimme Schmerzen! Das will er nicht – nie wieder! Panisch versucht er,

Angst und Hustenreiz im Zaum zu halten. »Papa! Mama! Ich will zu ihnen!«, bricht es aus ihm heraus, obgleich er doch so gern tapfer sein möchte.

»Deine Eltern sind beschäftigt. Der Herr wacht über dich. Und ich wache über dich.«

Eine Ahnung ergreift von ihm Besitz. »Spielen sie Karten?«, fragt Lou, als nach einer Weile der Hustenanfall verebbt. Er hat Blutgeschmack zwischen den Lippen. Seine Stimme ist dünn. Allein der Gedanke vervielfacht seine Ängste noch. Kartenspiele sind Teufelswerk und führen direkt in die Hölle. Lou sieht seine Eltern im Höllenfeuer unendliche Qualen leiden.

Cummy versucht, ihm etwas von ihrer Medizin einzuflößen, dem starken, bitteren Kaffee. »Deine arme Mutter liegt krank im Bett, das weißt du doch, Lou. Und dein Herr Vater arbeitet noch.«

»Warum ist Papa nicht bei mir?« Jetzt weint Lou vor Angst und Schmerz.

»Dein Vater ist ein fleißiger Mann. Na, na, du darfst nicht immer nur an dich denken! Gott straft Selbstsucht mit harter Hand. Sei stolz, dass dein Vater der Gemeinschaft einen Dienst erweist und zum Wohle aller tätig ist.«

»Möge Gott der Herr ihn noch lange verschonen.« Heftig nickt Lou. Er dankt dem Allmächtigen im Stillen dafür, dass der Hustenanfall endlich aufzuhören scheint. Auf seiner Brust lastet ein Druck, als würde einer der Grabsteine von Greyfriars darauf liegen. Gewaltig groß und schwer sind diese Steine. Und doch haben Grabräuber sie bewegt und die Leichen aus ihren Ruhestätten gezerrt, das erzählt Cummy jedes Mal, wenn sie dort oder auf anderen Friedhöfen spazieren gehen, und sie senkt dann schaurig ihre Stimme, sodass ihm eiskalt vor Furcht wird. Lou schluckt mühsam. Furcht ist gut. Man muss über das Böse Bescheid wissen, damit man es erkennt, wenn es einem begegnet. Damit kennt seine Amme sich aus. Sie beschützt ihn und weist ihm den Weg, genau wie seine lieben Eltern.

Wieder blickt Lou durch das Fenster, das von seinem Atem milchig schimmert, auf die Straße und den gegenüberliegenden Park hinaus. Noch immer blitzen dort im Geäst drohend die Dämonenaugen. Seine Zähne klappern, als er fragt: »Siehst du diese funkelnden Augen auch, Cummy?«

Beruhigend streicht sie ihm über den Rücken. »Du meinst die Lichter? Das sind doch nur die Gaslampen in den Fenstern der anderen Häuser, Lou. Was meinst du – sitzen in der Queen Street ebenfalls kranke Kinder mit ihren Ammen und warten sehnsüchtig auf den Lampenanzünder oder die Morgendämmerung?«

In diesem Augenblick kriecht auf dem Gehweg eine warme Lichtschnur auf sie zu. »Leerie«, wispert er erleichtert. Seine Brust weitet sich, als das Licht die Finsternis erhellt, und er atmet etwas freier.

»Sieh nur, wie schön! Gedenke dankbar deiner Vorväter, denn dein Urgroßvater war es, der für die Beleuchtung Edinburghs gesorgt und so die Stadt sicherer gemacht hat. Wir müssen ihn immer in unsere Gebete einschließen.«

So andächtig, wie sie sonst nur in der Kirk beisammensitzen, sehen sie zu, wie Leerie seine Leiter an den Laternenpfahl lehnt und die Gaslaternen vor ihrem Haus entzündet. Der Anblick ist Lou ein Trost. Er lässt sich gegen seine Amme sinken. Seine Lider flattern, so schwer sind sie auf einmal. Kaum bekommt er noch mit, wie Cummy ihn aufhebt und zu seinem Bett trägt.

Lou schreit gellend. Da sind sie! Die Dämonenreiter – sie sind gekommen, ihn zu holen! Er schlägt um sich, will sich befreien, doch er ist bereits gefesselt. Ein Gewicht presst den Atem aus seinem Körper. Jemand sitzt auf seiner Brust. Höllenheiß! Berührungen. Eine Stimme, vertraut. Hilfe! Papa, Mama! So helft mir!

Tatsächlich: Jemand ist da, will ihn befreien. Ist das Cummy? Er starrt sie an. Lou erkennt seine Amme und erkennt sie doch nicht. Ihr Gesicht wirkt wie eine teuflische Fratze, voller unheimlicher Schatten. Der Raum um ihn herum scheint zu schrumpfen, ihn zu erdrücken. Husten und Atemnot schütteln ihn erneut. Nur einen gibt es, der ihm helfen kann.

* * *

Die Glaslinsen oder Prismen in den Leuchttürmen sollen jeden Tag gereinigt werden. Zunächst sollen sie mit einer Feder oder einem weichen Pinsel vom Staub befreit werden, dann werden sie poliert mit weichem Gamsleder, das ledig ist von allem, was das Glas beschädigen könnte. Wenn das Glas fettig wird ...

»Papa!«

Tom schreckt hoch, als er das Kreischen seines Sohnes vernimmt. Cummy, wie auch er Alison Cunningham, die Amme seines einzigen Sohns, nennt, hat ihm versichert, dass es Lou besser gehe und er nun schlafen würde. Das scheint jedoch nicht der Fall zu sein. Ohnehin hat der Sturm Tom abgelenkt. Er hat bereits eine ausführliche Notiz in seinem Journal vorgenommen, denn noch am Nachmittag hat nichts diesen Wetterumschwung angekündigt – eine Tatsache, die er als persönlichen Affront betrachtet. Niemand kennt das Wetter besser als er.

Ein weiterer Schrei durchschneidet die Nacht. Eilig verstaut Tom die neue Fassung der *Instruktionen für Leuchtturmwärter*, die er und sein Bruder David gerade formulieren, in einer Mappe. Beide haben sie so viel Arbeit, dass er sich regelmäßig

Akten mit nach Hause bringt. Alles muss schriftlich festgelegt werden, damit es reibungslos funktioniert, das weiß er inzwischen. Doch heute wird er damit nicht fertig werden. Offenbar hat Lou wieder einen seiner fiebrigen Albträume, bei denen er wie von Sinnen ist. Hoffentlich wird es ihm gelingen, seinen Sohn daraus zu befreien. Eilig kommt er auf die Füße.

»Was ist mit unserem liebsten Smout?« Maggie klammert sich in ihrem Nachtgewand an den Türpfosten, als würde sie gleich ohnmächtig. Sie ist eine blonde Schönheit, scheint ihrem Sohn aber leider ihre schwächliche Konstitution vererbt zu haben. Heftige Sorge um Robert Louis, den sie liebevoll »Smout« nennen – eigentlich ein einjähriger Lachs, aber bei den Schotten eine beliebte Bezeichnung für ein kleines Wesen –, verzerrt ihre Züge. Von tiefer Angst um seine beiden Liebsten erfüllt, umarmt Tom sie und trägt sie zurück ins Bett. *Bitte, Herr, verschone uns noch ein wenig!*

»Nur ein schlechter Traum, ich kümmere mich um Baron Breitnase«, versichert er ihr. »Du musst dich ausruhen. Alles wird gut werden, Liebling. Gott wird für uns sorgen.«

Er liebt es, Lou Spitznamen zu geben, was Maggie üblicherweise aufheitert. Heute jedoch nicht. Tom bettet seine Gattin auf die Laken, als Lou erneut aufheult – ein Geräusch, das ihm das Herz zerreißt und das seiner Frau ebenso, das sieht er ihr an. Hastig küsst er Maggie auf die Stirn und eilt nach oben.

Lou glüht vom Fieber. Hemd und Haare kleben feucht an seiner Haut, die Decke hat sich um seinen Körper geschlungen und schnürt ihn ein. Cummy versucht, das Kind aus dem Stoffwust zu befreien, aber Lou tobt wie von Sinnen. Mehrfach entschuldigt sie sich, dass Tom gestört wurde.

»Ich weiß, dass du dein Möglichstes getan hast, Cummy«, versichert er ihr abgelenkt, reißt die Decke ab und nimmt seinen um sich schlagenden und schreienden Sohn auf den Arm. Lou wiegt fast nichts, seine spitzen Knie und Ellbogen stechen in Toms Fleisch. Behutsam schaukelt Tom seinen Sohn und redet auf ihn ein, um ihn abzulenken. Was soll er nur sagen? »Du glaubst gar nicht, was mir der Kutscher heute Abend erzählte ...«, beginnt er.

Gleichzeitig beruhigt er sich mit diesem Geplapper selbst. Tom ist kein Mann, der leichtfertig seine Gefühle zeigt. Ein Gentleman wahrt stets die Fassung und beweist Gleichmut, so hat er es gelernt, und so handhabt er es. Zudem ist er von einem tiefen Gottvertrauen erfüllt. Wenn Gott eine Entscheidung trifft, muss er diese klaglos hinnehmen – selbst wenn der Herr entscheiden sollte, Lou zu sich zu holen.

Sein Gemüt verdüstert sich. Oft genug ist Tom dem Tod begegnet. Von seinen neun Geschwistern weilen nur noch fünf auf der Erde. Seine Mutter ist im Himmelreich, und seinen Vater nahm Gott kurz vor Lous Geburt zu sich.

»... und dann hat der Kutscher doch tatsächlich gesagt ...«, fährt Tom mit fester Stimme fort. Die Klagelaute verebben langsam.

Eine Eisenklammer scheint sich um sein Herz gelegt zu haben. Während er die belanglosen Dialoge mit Kutschern oder Seeleuten rekapituliert, die Lou wieder zu Sinnen zu bringen scheinen, flattern seine Gedanken in schierer Panik durcheinander. Sein Sohn, Robert Louis Stevenson, soll dereinst sein Erbe antreten. Er soll die Familie der Stevensons, die Dynastie der Leuchtturmbauer und Ingenieure, zu einer weiteren Blüte führen, soll seinem Leben einen Sinn geben, sein Werk abrunden.

Toms Blick verschwimmt, als die Arme seines Sohnes seinen Hals umklammern und der Junge seine glühende Stirn in seine Halsbeuge bettet. Lou ist klein und zart, ein Hänfling, und von Geburt an kränklich. Der Gedanke, dass die Frucht seiner Lenden, dieses kostbare Wesen, das ihn und Maggie schon so oft zum Staunen und Lachen gebracht hat, sterben könnte, verstört ihn zutiefst. Ihm schießt durch den Kopf, wie Lou, als er kaum einen Stift führen konnte, einmal einen Mann malte und fragte: »Soll ich auch seine Seele malen?«

Ein verzweifeltes Keuchen steigt in ihm auf. Oh, das unbefleckte Gottvertrauen eines Kindes! Tom spürt, dass Lou dem Tode nahe ist. Wieder einmal. *O Herr, verschone unseren Lou!*

1

Edinburgh, Anfang Mai 1868

Um ihn herum Meer. Kein Land, so weit das Auge reicht, einzig das blaue Samtband des Horizonts. Züngelnde, glucksende Wellen. Gurgelnde Strömungen. Sprühende Gischt, die Regenbogen in den Himmel malt. Er steht auf einem kleinen Felsen im Nichts. Rutschig und feucht ist der Untergrund, von Muscheln und Seepocken gezeichnet. Ein paar Quadratmeter Gestein nur, mit wenigen Schritten zu ermessen. Eine Böe durchzaust sein Haar. Der Geruch von Rauch und schmelzendem Eisen mischt sich in den Algendunst des Meeres. Orangerote Flammen züngeln ins Blau.

Er hört das Hämmern von Eisen auf Eisen, von Metall auf Stein oder Holz. Nun befreit er sich aus dem Bann dieser Eindrücke, zwingt sich in rationalere Gedankengänge zurück. Nur für wenige Stunden ragt dieses Riff aus dem Meeresspiegel. Die meiste Zeit tanzen über ihm die Wellenkämme, überqueren ihn Fischschwärme. Bald ist es wieder so weit, der Pegel steigt. Bald raubt das Meer ihm den Grund, auf dem seine Füße Halt finden. Dennoch hat er keine Angst, ebenso wenig wie die Arbeiter um ihn herum. Es ist ein klarer Tag mit diamantenfunkelnden Meeresspitzen, und nichts weist auf das Herannahen eines Sturms hin. Sie können sich unbesorgt auf ihr Geschäft konzentrieren.

Auf dem beengten Stein tummeln sich zweiunddreißig Männer und werkeln. Ein Jeder ist ein Meister seines Fachs.

Die zwei Schmiedeöfen spucken Flammen, die Ambosse singen unter den rhythmischen Schlägen. Sie schärfen die Spitzhacken, Meißel und Brecheisen, die an dem Granit rasend schnell stumpf werden. Alle Gesichter schimmern zufrieden über das, was sie schon jetzt erreicht haben. So wie auch sein Herz beim Anblick der Baustelle vor Stolz zu jubilieren beginnt.

Das Fundament des Leuchtturms ist gelegt. Ein makelloses Rund wurde in den Stein gekerbt, ein perfekter Ring von Steinen eingepasst, jeder so exakt an den anderen und an den Felsgrund geschmiegt, dass kein Wassertropfen die Ritzen durchdringen wird. Eine technische Meisterleistung, denn jeder tonnenschwere Stein wird nach seinen Berechnungen an Land zurechtgehauen und nummeriert, mit dem Schiff zu diesem Riff geschippert und mithilfe von Seilwinden von dem schwankenden Boot auf den Felsen gewuchtet – ein ums andere Mal ein lebensgefährliches Unterfangen. Zuletzt wird er von den Arbeitern im Schwalbenschwanz-System verlegt und gegebenenfalls im Feinschliff angepasst. Ein gigantisches Puzzle, damit die Bausteine nicht zum Spielball der Wellen werden. Überhaupt ist der Bau dieses Leuchtturms ein Kampf auf Leben und Tod. Es ist ein Bauwerk, das die meisten für unmöglich halten. Und das dank seiner Berechnungen und der Kunstfertigkeit seiner Männer dennoch gelingen wird. Gelingen muss. Sonst ist sein Ruf ruiniert. Sonst ist es um ihn und die Seinen geschehen.

Aus dem Augenwinkel bemerkt er eine Bewegung. Was ist denn mit der *Smeaton*, dem Schiff, das sie auf den Felsen brachte und auch wieder an Land bringen soll? Die einmastige Sloop ist von ihrem Liegeplatz abgedriftet und treibt nun, anscheinend führerlos, von ihnen weg. Sie muss sich von der Mooring abgerissen haben.

Sprachlos beobachtet er sie, wie vom Schlag getroffen, unvermittelt hin- und hergerissen zwischen Hoffnung und Verzweiflung. Die *Smeaton* muss zurückkehren, denn wenn die Flut zunimmt, werden sie sonst jämmerlich ersaufen. Todesangst ergreift von ihm Besitz. Er will seine Männer warnen – und beißt sich doch auf die Zunge. Wenn sie in Panik geraten, können sie ihr Leben durch unüberlegte Rettungsversuche erst recht gefährden.

Das Hämmern verklingt tröpfelnd. Der erste Arbeiter hat bemerkt, dass die *Smeaton* weit abgedriftet ist, und die anderen nehmen nun sein Erstarren wahr. In dieser kleinen Gemeinschaft und in dieser lebensfeindlichen Umwelt nimmt jeder die kleinste Nuance wahr. Sie alle sind menschliche Seismografen. Blass werden sie, ihre Augen sind schreckgeweitet. Und doch sagt keiner auch nur ein Wort. Ihre Blicke flackern in die Runde, halten sich hilfesuchend an seinem fest.

Bleischwer legt sich die Verantwortung auf seine Schultern. Jeden Arbeiter hat er handverlesen. Er kennt jede Lebensgeschichte, viele Familien, die meisten ihrer Hoffnungen und Nöte. Aber er kann nichts tun, außer Zuversicht zu zeigen und im Stillen zu beten. Zu rufen wäre vergebens, denn die Besatzung der *Smeaton* weiß, wie es um sie steht. Es muss ein gravierendes technisches Problem geben, das sie davon abhält, zu ihnen zu kommen.

Als wäre nichts geschehen, arbeitet er weiter. Seine Männer folgen seinem Beispiel, in stillem Entsetzen. Eine erste Welle nässt seinen Fuß, bald umspielen weitere seine Beine. Der Meeresspiegel steigt schnell. Eisige Kälte kriecht mit jedem Tropfen tiefer in seinen Körper. Er unterdrückt ein Beben. Als die Arbeit unmöglich wird, verstauen die Männer das Werkzeug. Ruhig, wie unter einem Bann. Nur an ihren flatternden Händen und den sich in stummen Gebeten öffnenden Mündern sieht er, wie es um sie steht. Ebenso wortlos scharen sie sich um die Anlegestelle für die beiden kleineren Boote, die üblicherweise zum Transport des Proviants verwendet und die nun langsam vom Meer eingekesselt werden. Bange, aufgewühlte Blicke huschen hin und her. Diese Boote werden niemals für sie alle reichen. Wer wird sich retten können, wer muss sterben?

Die *Smeaton* ist inzwischen weit abgeschlagen, zu weit. Doch nichts geschieht. Keiner kämpft um seinen Platz in einem der Rettungsboote, keiner stößt seinen Nächsten ins Wasser, um selbst zu überleben. Die melancholische Feierlichkeit seiner Leidensgenossen beeindruckt ihn tief. Er will seinen Männern befehlen, allen Ballast von den Booten zu schaffen, doch die panische Angst verschlägt ihm die Stimme. Wird auch er hier und jetzt sterben?

Verstört und schweißnass schreckte Louis hoch. Er brauchte seinen Puls nicht zu fühlen, er wusste auch so, dass er viel zu schnell war. Keuchend sog er die Luft ein, versuchte, seinen Atem in einen ruhigeren Fluss zu bringen. Allzu lange war er gestern in die Notizen seines Großvaters eingetaucht, statt zu erledigen, was ihm aufgetragen worden war. Staubtrockene Fleißarbeit war nichts für ihn, und das hatte er nun davon. Schon als Kind hatte er ständig geträumt, und vor allem die Albträume waren ihm bis heute geblieben. Er erinnerte sich noch genau, wie dankbar er als Kind jeden Morgen gewesen war, wenn das Licht die Dunkelheit vertrieben hatte; stets hatte er das Gefühl gehabt, noch einmal verschont worden zu sein. Manchmal ging es ihm heute noch so. Neulich hatte er geträumt, er liege auf dem Sektionstisch der Chirurgenfakultät, lebendig, aber erstarrt, sodass alle ihn für tot hielten und unbesorgt das Messer ansetzten – ein mageres Lernobjekt.

Louis schälte sich aus dem Bett. Auf seinem Schreibtisch lagen Unmengen aufgeschlagener Bücher, Briefpapiere, aufgerissene Umschläge, die Mappe, die er so schmählich ignoriert hatte. Die Standuhr schlug. Er hatte verschlafen. Auch das noch! Warum hatten ihn weder Cummy noch das Dienstmädchen geweckt? Nun hatte sein Vater einen Grund mehr, ihm eine Strafpredigt zu halten. Und das war das Letzte, was er wollte, liebte und bewunderte er Tom doch sehr.

Schnell sprang er aus dem Bett, schob die Samtvorhänge an den hohen Fenstern beiseite und warf einen prüfenden Blick hinaus. Graue Wolken kratzten über die Bäume der Queen Street Gardens, was nichts bedeuten musste. Oft genug präsentierte einem der launische schottische Wettergott alle Jahreszeiten an einem Tag, manchmal sogar in einer Stunde. Er wusch sich flüchtig, ignorierte die anderen Annehmlichkeiten des modern ausgestatteten Bades. Sicherheitshalber zog er das Flanellhemd unter, das seine Kinderkrankenschwester ihm bereitgelegt hatte; in der Universität pfiff der Wind durch die altehrwürdigen Räume. Er schlüpfte in Hemd, Hose und sein Lieblingsjackett – Samt mit Borten –, steckte seine Lektüre in die eine Tasche und das Notizbuch in die andere und eilte ins Treppenhaus.

Durch das ovale Oberlicht erhellte zitronenfarbenes Licht die mit Orientteppichen bedeckten Steinstufen, brachte Silberleuchter und die Tafel mit dem Wappen der Stevensons zum Strahlen. Ab in den Speisesaal, in dem es nach frischem Tee und Brötchen duftete! Ein heimeliges Ambiente mit Stuckdecken, etlichen Gemälden und Schränkchen in Nischen, auf denen Gaslampen und Kristallvasen thronten, und einem großen Kamin. Seine Mutter saß noch vor dem Porzellangeschirr und besprach mit der Köchin die nötigen Einkäufe für das nächste Dinner. In ihrem schlichten Seidenkleid mit den eng anliegenden, in Rüschenvolant mündenden Ärmeln und mit den streng hochgesteckten Haaren wirkte Maggie schmal – eine Folge der Diphterie-Erkrankung, die sie zur Jahreswende an den Rand des Todes gebracht hatte. Sofort umsprangen ihn ihre Hunde, zwei wuselige, zottelige Skye Terrier. Er herzte besonders Coolin, den er seit seiner Kindheit liebte.

Bei seinem Anblick sprang Maggie auf. »Smout, du siehst ja furchtbar aus! Hast du schlecht geschlafen?«

Auch wenn ihm klar war, dass die Anrede für einen jungen Mann von beinahe achtzehn Jahren unangemessen war, genoss er den liebevollen Ton, zumindest solange seine Mutter ihn nicht in der Öffentlichkeit anschlug. Maggie war mit ihren neununddreißig Jahren noch immer ansehnlich, ihre Haltung graziös, die Züge ebenmäßig. Er ließ zu, dass sie seine Stirn berührte.

»Kein Fieber, was für eine Erleichterung! Dein Vater fühlt sich ebenfalls kränklich. Natürlich ist Tom trotzdem ins Büro gegangen.« Sie runzelte die Stirn. »Allerdings erst, nachdem er einige Zeit auf dich gewartet hat.«

»Ich hoffe, er war nicht allzu wütend. Ein Albtraum hielt mich gefangen.«

»Du Armer! Ich habe immer gehofft, dass sich dieses Leiden deiner Kindheit einmal legen würde.« Maggie seufzte gottergeben. »Aber was sollen wir damit hadern! Gott hat es so eingerichtet, und deine Fantasie wird schon einen Sinn haben. Sie sucht sich einen Weg, und ich bin sicher, dass sie dir in deiner zukünftigen Profession dienlich sein wird. Ingenieure müssen einfallsreich sein, das weißt du. Du brauchst ein ordentliches Frühstück, dann wird es dir besser gehen.«

Sie schickte die Köchin weg, und noch ehe er *The Scotsman* aufgeblättert hatte, brachte das Dienstmädchen ein Tablett mit Toast, Speck, Ei, Kartoffelscones und Haferkeksen. Nach den Einzelheiten seines Albtraums fragte Maggie nicht, denn unangenehme Dinge galt es ihrer Meinung nach zu ignorieren. Seine Mutter hatte das Talent, ihre Aufmerksamkeit auf die schönen Dinge des Lebens zu richten. Vermutlich eine Fähigkeit, die sie in ihrer Kindheit erworben hatte, denn ihr Vater war ein Geistlicher der alten Schule gewesen und chronisch brummig. Dennoch schien sie etwas zu bedrücken.

Louis ließ die Zeitung sinken und berührte ihre Hand. »Was schlägt dir aufs Gemüt, liebste Mama? Sorgst du dich so sehr um Vater?«

Ein zerknirschter Blick. »Tom war ungehalten. Er hat erwartet, dass du ihm spätestens heute Morgen die kopierten Briefe, den Bericht und die Zeichnungen gibst, die er dir aufgetragen hat.«

Das schlechte Gewissen durchzuckte ihn, aber Louis ließ sich nichts anmerken. Er wollte das Beisammensein mit seiner Mutter nicht mehr als nötig durch die Auseinandersetzungen mit seinem Vater überschatten. Seine Eltern waren von sehr unterschiedlichem Temperament, und er genoss die unbefangenere Leichtigkeit und den Optimismus seiner Mutter. »Ich werde Vater sogleich aufsuchen. Hoffentlich schaffe ich es noch vor meinem Kurs.«

»Dein Studium geht vor.« Maggie straffte sich. Sie sah aus dem Fenster und lächelte. »Tom hat bereits seine Aufzeichnungen mit den Messungen seiner Wetterstation abgeglichen. Es verspricht ein schöner Tag zu werden.«

Die Haltung seines Vaters zu seinem Studium war weniger eindeutig als die seiner Mutter. Tom hielt die Ausbildung bei *D & T Stevenson, Ingenieure* für wichtiger als das Geschwätz an der Universität. Im täglichen Geschäft lerne man die Praxis, das Universitätsexamen brauche man lediglich, um die Ausbildung zu vervollkommnen und einen angesehenen Abschluss vorweisen zu können, betonte er oft. Deshalb hatte Louis mit Beginn seines Studiums auch Tätigkeiten im Ingenieurbüro übernehmen müssen. So hatte es bereits sein Großvater mit seinen Söhnen gehandhabt, und der Erfolg schien ihm recht zu geben. Louis haderte jedoch mit diesem Vorgehen. Die langweiligen Rechenaufgaben oder Kopierarbeiten schob er möglichst lang vor sich her. Er ließ sich allzu bereitwillig ablenken, schrieb weiter an seinen Gedichten oder Geschichten – wovon sein Vater nichts wissen durfte – oder schmökerte in einem Roman. Wenn er sich schon mit der Baukunst beschäftigte, dann las er in aufregenderen Berichten wie den Erinnerungen seines Großvaters an den Bau des Bell Rock Leuchtturms, bei dem er und seine Männer beinahe Opfer der See geworden wären. Erneut stand Louis das Bild der auf dem Riff eingeschlossenen Männer so lebhaft vor Augen, als sei er selbst dabei gewesen.

Ehe er seine Mutter auf die Geschehnisse ansprechen konnte, erhob sich Maggie und rückte den Strauß Narzissen, den Tom ihr gestern geschenkt hatte, zurecht. »Du entschuldigst mich? Ich muss noch für das Dinner und unseren Aufenthalt in Swanston planen. Du weißt schon: Stoff für die Vorhänge kaufen und so weiter. Frauenkram eben.« Sie lachte.

Nun warf auch Louis seine Serviette auf den Teller. Angesichts dessen, was er heute noch alles bewältigen musste, hielt ihn nichts mehr auf seinem Sitz. Keine Zeit für die übliche Morgenpfeife. Er musste sich dringend etwas einfallen lassen, um seinen Vater hinzuhalten, denn dessen Gefühle schlugen leicht um, und seinen Zorn konnte Louis kaum ertragen. Cummy reichte ihm an der Tür seinen Mantel und einen Regenschirm. Mit Mitte vierzig hätte sie längst eine eigene Familie und erwachsene Kinder haben sollen, stattdessen war Cummy aus Verbundenheit zu ihm und seinen Eltern bei ihnen geblieben. Ihre Augen lagen tief in dem blassen Gesicht, dem durch die hellen Augenbrauen die Konturen fehlten. Die kastanienbraunen Haare hatte sie straff zurückgebunden, und auch ihr Kleid war, ihrem Stand und ihrem Glauben entsprechend, schlicht. Dennoch war sie für Louis wie eine zweite Mutter, eine Gefährtin, auf die er vertrauen konnte. Gleichzeitig sehnte er sich danach, sich auch aus ihrer liebevollen Umklammerung befreien zu können. Würde er denn immer Kind bleiben?

»Das ist sehr nett, Cummy, aber ich hätte meine Ausgehsachen wohl selbst gefunden«, sagte er, als Cummy ihm auch Hut und Handschuhe hinhielt. Sogleich bereute er, diesen scharfen Ton angeschlagen zu haben, schließlich hatte seine Amme ihn geduldiger als ein Engel während all der Krankheiten seiner Kindheit gepflegt. Und das waren viele gewesen – ein Wunder, dass er überhaupt überlebt hatte.

Die Krankenschwester blieb gleichmütig, gleichmütiger zumindest als seine Mutter, die schon bei leichten Spannungen dünnhäutig reagierte und bei Streitereien schnell hysterisch wurde. »Na, na, Sie dürfen nicht leichtsinnig werden, Master Lou. Ich weiß, Sie fühlen sich im Moment gut, und das Wetter scheint angenehm. Aber bei Ihrer zarten Konstitution ...« Sie wartete darauf, dass er Hut und Handschuhe anlegte. »Sie wissen genau, dass ich diejenige sein werde, die Sie pflegt, wenn Ihr Lungenleiden Sie wieder aufs Lager wirft, Master Lou. Sie sollten dankbar sein, dass der Herr Sie so lange verschont hat, und nicht leichtfertig mit Ihrem Leben spielen. Und, wo ich schon dabei bin«, ein verschmitztes Lächeln huschte über ihre müden Züge, »achten Sie darauf, den Versuchungen des universitären Lebens aus dem Weg zu gehen. Der Teufel hat überall seine Fallstricke ausgelegt, und man erzählt sich, dass an der Universität auch die Papisten ihr Unwesen treiben.«

Louis hätte am liebsten entnervt aufgestöhnt, beherrschte sich aber und schlüpfte in die Handschuhe. »Danke für die Mahnung, Cummy. Ich werde mich wunschgemäß von den Katholiken fernhalten.« Er setzte den Hut schief und grinste, bemüht, seinen Ton zu entschärfen. »Heute gibt es nur Gesang und Theater – und Glücksspiel, natürlich.«

Obgleich sie wissen musste, dass er es nicht ernst meinte, erschauderte sie sichtlich. »Lassen Sie das nicht Ihre lieben Eltern hören. Damit macht man keine Scherze, Master Lou.«

Als Louis auf die Heriot Row trat, brach ein Sonnenstrahl durch die Wolken und ließ das Treiben auf den breiten Straßen der Neustadt in schönstem Licht erstrahlen. Die Fassaden der eleganten Steinhäuser warfen die Sonne zurück, die lackierten Türen, frisch polierten Fenster und Messingklopfer strahlten um die Wette. Hier in New Town konnte man leicht vergessen, woher *Auld Reekie*, die Alte Verräucherte, wie Edinburgh in liebevollem Verdruss genannt wurde, ihren Spitznamen hatte.

Auch die Menschen hatten sich herausgeputzt: eine Parade von Reifröcken, dreiteiligen Anzügen, Lackschuhen und Zylindern, Dienstmädchen in reinweißen Hauben und Schürzen, Diener in dezenten Anzügen. Kutschen klapperten vorbei, Kaufleute trieben ihre Zuggespanne den Hügel hinauf.

Louis zog den Hut vor vorbeispazierenden Nachbarn und warf auch den fliegenden Händlern vor den Queen Street Gardens einen Gruß zu. Seine Laune hob sich, und er atmete leichter, als er die Straße überquerte und an dem privaten Park, für den nur Anwohner den Schlüssel hatten, entlang hügelaufwärts ging. Zu allen Seiten der Straßenfluchten tat sich Edinburghs Panorama auf. Durch die Hügellage und das nahe Meer bot die Stadt immer neue Ausblicke, die Louis zum Weiterlaufen und Entdecken reizten: die grünen Klippen der Salisbury Crags und Pentland Hills, der blaue Spiegel des Meeres, das Straßengewirr der entlegeneren Stadtviertel. Nichts machte seinen Kopf und sein Herz freier, als drauflos zuspazieren und Menschen zu beobachten. Höchstens, an der Waverley Station zu stehen und davon zu träumen, kurzerhand in einen Zug zu steigen und in den Süden zu fliehen.

Als ihn ein Junge in einem Hundewagen passierte, der fröhlich vor sich hin sang, war Louis kurz versucht, das Notizbuch zu zücken und seinen Eindruck in Worte zu fassen. War der Junge wirklich fröhlich, war er unbeschwert oder aufgekratzt? Und wie könnte er das Aussehen des Gespanns beschreiben, ohne abgegriffene Formulierungen zu benutzen? Unwillig riss er sich von dem Anblick los, die Zeit drängte. Viel zu schnell hatte er die George Street erreicht, wo sich zur Rechten das Büro des Vaters befand. Ein Blick auf die Taschenuhr zeigte ihm, dass die Zeit bis zum ersten Universitätskurs knapp war. Er würde das unangenehme Gespräch mit seinem Vater verschieben müssen.

Louis kreuzte die Princes Street, eine Vergnügungsschneise mit brausendem Verkehr. Vor ihm schob sich auf ihrem Vulkanfelsen die Burg in den Himmel, links von ihm steuerte die Princes Street dem Calton Hill mit seinen im antiken Stil gehaltenen Monumenten und dem Nelson-Gedenkturm entgegen, und dort, in der Ferne, ragte Arthur's Seat auf, erstarrte Lava mit grüner Haube. Louis liebte diese Aussicht. Er passierte die Senke mit dem weitläufigen Garten und marschierte den künstlich geschaffenen Hang The Mound empor, der beim Bau der New Town geschaffen worden war und Alt- und Neustadt verband. Ein Dudelsackspieler aus dem Hochland nutzte die besondere Akustik zwischen den antik wirkenden Säulen der Schottischen Nationalgalerie und der Königlich Schottischen Akademie und hatte mit seiner mitreißenden Melodie bereits viele Zuhörer angelockt.

Hügelauf wanderte Louis zur Altstadt. Die Anstrengung machte ihn kurzatmig. Es war noch nicht lange her, dass ihn sein Lungenleiden zuletzt aufs Bett geworfen hatte, aber Louis war entschlossen, sich von seiner körperlichen Fragilität nicht einschränken zu lassen. Er verschnaufte kurz, marschierte aber weiter, als er ein Studentengrüppchen herannahen sah, vor dem er sich keine Blöße geben wollte. Statt der breiten Straße weiter zu folgen, steuerte er den Lady Stair's Close an, einen der schmalen Gänge, durch den er die Neustadt verließ und in die Altstadt mit ihren Wynds und Closes, ihren düsteren Winkeln und Abgründen eintrat. Es war finster und roch nach Urin, und als Louis eine abgerissene Gestalt entgegenkam, schlug sein Herz schneller.

Nur ein verwahrloster Zeitungsverkäufer, stellte er erleichtert fest; betrunken, aber harmlos. Die Kurse an der Universität erfüllten ihn mit gemischten Gefühlen, aber die Freiheit, durch sein Studium durch die Stadt streifen und sich den Tag selbst einteilen zu können, genoss er. Es gab Verpflichtungen genug, denen er nachkommen musste: die Mahlzeiten mit seinen Eltern, die Pfeife nach dem Abendessen mit seinem Vater, das gemeinsame Nachtgebet, die sonntäglichen Kirchbesuche.

Er trat auf den Lawnmarket hinaus und blickte ins Gassengewirr von Old Town. Die Häuser schluckten mit ihrer gewaltigen Höhe den Großteil des Lichts. Krumm und schief waren die meisten, weil man in den überfüllten Vierteln notdürftig Stockwerk um Stockwerk angebaut hatte. Sie lehnten sich aneinander, als würden sie andernfalls umstürzen. Nur schmale Streifen Himmel schienen zwischen ihnen auf.

Louis ging an der Tolbooth Kirk vorbei, über die George-IV.-Bridge bis zur imposanten Advocates Library, dann hinunter in die Cowgate, wo ihn der Anblick der vielen bitterarmen Iren, die hier lebten, den Schritt beschleunigen ließ. Fahle Kindergesichter an den Fenstern, freundlos und gleichgültig. Keifende Betrunkene zu jeder Tageszeit, bettelnde Frauen, dreckstarrende Männer. Dazu die vielen Pfandleiher, deren Waren an gescheiterte Leben mahnten. Er hätte einen leichteren, kürzeren Weg nehmen können, aber ihn faszinierte diese fremde Welt, und die Momente, in denen er in sie eintauchen konnte, verursachten ihm ein Prickeln. Edinburgh war mit knapp vierhunderttausend Einwohnern nicht nur die zweitgrößte Stadt Großbritanniens, sie war mehrere Städte zugleich.

Bald tauchte an der South Bridge das Universitätsgebäude vor ihm auf. Louis atmete tief durch, gab sich einen Ruck und durchschritt sodann das hohe Tor seiner Alma Mater. Er konnte sich glücklich schätzen, dass er in dieser Hochburg der Aufklärung und Gelehrsamkeit, dem Athen des Nordens, studieren durfte. Dennoch erfüllte ihn der Besuch der Universität mit Unbehagen und dem unbestimmten Gefühl, nicht zu genügen. Seine Schullaufbahn war eine Abfolge von Krankheitsausfällen, wechselnden Schulen und Privatlehrern sowie Bildungsreisen mit seinen Eltern gewesen. Er hatte England und Frankreich, Italien und Deutschland bereist – doch die korrekte Rechtschreibung beherrschte er in keiner Sprache, und seine mathematischen Fähigkeiten ließen zum Verdruss seines Vaters noch immer zu wünschen übrig. Während der kurzen Zeit, in der er gern zur Schule gegangen war, hatte er an einer Schülerzeitschrift gearbeitet. Allerdings hatte es nur eine Ausgabe gegeben, und alle Artikel waren von ihm gewesen.

Die Glocke rief zum Kursbeginn. Studenten strömten über das Geviert des Innenhofs den Räumen entgegen, und er schloss sich seinen aufgeregt plappernden Kommilitonen an.

»Stevenson, alter Freund und Leidensgenosse! Die Ringe unter deinen Augen lassen mich erahnen, dass du dich die ganze Nacht hingebungsvoll der Prüfungsvorbereitung gewidmet hast«, riss sein Freund James Walter Ferrier ihn mit samtiger Stimme aus den Gedanken. Ferrier war einer seiner ältesten Freunde. Extrem gutaussehend wirkte er in seinem Anzug, und dank der Weste mit Korallenknöpfen ungemein lässig. Ferrier gab sich stets den Anschein, er habe es nicht nötig zu studieren – wie alter Adel, der von seinen Besitztümern lebte. Sein Vater war ein bedeutender Philosophieprofessor an der St Andrews University und durchaus wohlhabend. Vielleicht hing Ferriers Lässigkeit aber auch damit zusammen, dass er von klein auf mit philosophischen Theorien gefüttert worden war und daher über den Dingen stand.

Louis hatte gerade ebenfalls eine Erkenntnis durchzuckt, allerdings keine angenehme: Wie hatte er vergessen können, dass

Professor Tait, der Naturphilosophie unterrichtete, eine Wissensabfrage angekündigt hatte?

Ehe er Ferriers Mutmaßung bestätigen konnte, um nicht blöd dazustehen, hatte Maconochie, der neben ihnen ging, ihn bereits durchschaut. »Du hast es verpennt?«

»Nonsens. Wie könnte ich?«, versuchte Louis, seine Überrumpelung zu überspielen. »Ich habe mich in den letzten Tagen mit nichts als Naturphilosophie beschäftigt.« Ganz gelogen war das nicht. Er hatte sich *auch* damit beschäftigt. In gewisser Weise zumindest.

»Genau wie ich, Kumpel. Wie es sich für einen Studenten dieser altehrwürdigen Kathedrale des Wissens gehört.« An Ferriers amüsiert gekräuselten Lippen erkannte Louis die Ironie.

Ein wenig getröstet ließ Louis sich in den Raum schieben. Vielleicht würde er sich auch dieses Mal mit seinem Allgemeinwissen durchmogeln können. Als Schüler der Edinburgh Academy hatte er Naturgeschichte geliebt, weshalb er sich beispielsweise mit Vögeln ausgezeichnet auskannte. Allerdings standen die Chancen schlecht, dass Tait sie hierzu befragen würde, denn dieser hatte sie zuletzt mit Themen wie Thermodynamik oder Gravitation traktiert, die Louis' Aufmerksamkeit zuverlässig abschweifen ließen.

Die ersten Bänke waren wie stets von Musterstudenten und ehrgeizigen Landwirtssöhnen besetzt, die typisch für Edinburgh waren, wo die Studenten anders als an englischen Universitäten nicht aus einem elitären Zirkel Bessergestellter stammten. Louis schob sich auf seinen Stammplatz in der letzten Bank, Ferrier und Maconochie nahmen neben ihm Platz. Auch hier füllte sich die Reihe so, dass sich auf der abgewetzten, speckigen Schreibplatte schließlich Ellbogen an Ellbogen drängte.

Professor Tait betrat den Raum, ein drahtiger Gentleman,

den Louis üblicherweise mit einem Gespräch über Golf – Taits große Leidenschaft – vom drögen Unterricht abhalten konnte. Dieses Mal ließ Tait sich jedoch nicht ablenken. Die Prüfung bestand aus einer Abfrage von Begriffen, und Louis bemerkte zu seinem Entsetzen schnell, dass kaum einer davon ihm etwas sagte, also entschied er sich, die Aufgabe umzuwidmen und besonders absurde Definitionen zu liefern. Wenn er schon scheiterte, wollte er wenigstens Spaß haben. Das Risiko, dass sein Vater, der mit Tait befreundet war, von den albernen Antworten erfuhr, musste er in Kauf nehmen.

Als der Kurs beendet war und die Studenten hinausstürmten, meinte Maconochie offenbar, sie mit seinem Wissen beeindrucken zu müssen, denn er ratterte seine Lösungen heraus. »Und der nördliche Polarkreis …«

»… ist eine imaginäre Linie, die sich um den Globus zieht, um die Polarbären in ihren Grenzen zu halten«, vervollständigte Louis im Brustton der Überzeugung den Satz.

Maconochie packte ihn am Arm und starrte ihn fassungslos an. »Das hast du nicht wirklich geschrieben?«

»Doch, natürlich.« Louis blieb todernst.

Kopfschüttelnd ging der Student davon, während Ferrier nur mühsam das Lachen unterdrücken konnte.

Ferrier legte den Arm um Louis' Schulter. »Komm, wir gehen zu *Brash's* und trinken ein Glas. Das haben wir uns verdient!«

Louis dachte an die wenigen Münzen, die er noch in der Tasche hatte, und zögerte, doch Ferrier setzte schon hinzu: »Ich lade dich ein. Nächstes Mal bist du wieder dran.«

2

Bei dem Wein- und Spirituosenhändler in der Clerk Street ging es wie immer in der Mittagszeit hoch her. Ferrier und er tranken einen Claret und philosophierten über das Studium, die Kommilitonen und das Leben an sich.

»Gräm dich nicht, sollte dein Abschneiden im Test nach universitären Maßstäben zu wünschen übrig lassen. Wie heißt es so schön bei Hume: ›Die Freiheit ist die Vervollkommnung bürgerlicher Gesellschaft.‹«

Louis musste grinsen. »Und ich habe mir die Freiheit genommen, Taits Fragen nach meinem Ermessen auszulegen.« Ferrier liebte es, ihn mit den philosophischen Theorien zu überwältigen, die bei ihm zu Hause Tischgespräch waren. »Dass du David Hume aufführst! Der Gute mag ein bedeutender Philosoph sein – unbestritten. Aber sein Stil ist unerträglich. Unlesbar in meinen Augen! Was nützen mir die klarsten Erkenntnisse, wenn ich bei der Lektüre eindöse? Montaigne hingegen …«

Schließlich riss Louis sich von seinem Freund und der anregenden Atmosphäre los. Er musste das Gespräch mit seinem Vater hinter sich bringen und dann endlich die aufgetragene Arbeit erledigen; zur Not würde er den Mathekurs von Professor Kelland sausen lassen. Es würde ihm nicht sonderlich schwerfallen.

Er bog in die George Street ein, vorbei an dem Bettler, der

jeden Tag an dieser Ecke die Hände aufhielt. Die bloßen, wunden Füße, der trotz vergleichsweise jungen Alters zahnlose Mund und der fadenscheinige Anzug rührten Louis jedes Mal, wenn er ihn sah. Nachdenklich näherte er sich dem Eingang von Nummer 84, wo wie so oft gestandene Kapitäne, Seeleute und Handwerker warteten, die um Arbeit nachsuchen wollten. Ein Leuchtturm am Fenster und die Flagge mit dem Wappen und dem Motto *In Salutem Omnium* – Für die Sicherheit aller – verkündeten weithin, wer hier, im Herzen Edinburghs, residierte: das Hauptquartier des Northern Lighthouse Board. Hier wurden die Leuchttürme für ganz Schottland geplant und betreut, und da der zunehmende Handelsverkehr und die Unbilden des Wetters weitere Seezeichen nötig machten, ging der Kommission die Arbeit nicht aus. Zugleich befand sich in dem schlichten Steinhaus das Ingenieurbüro seines Vaters und seines Onkels, die beide für das Northern Lighthouse Board tätig waren. Louis musterte die Männer. Ihre wettergegerbten Gesichter versprachen interessante Lebensgeschichten, doch für Plaudereien hatte er heute keine Muße.

Im Inneren herrschte geschäftige Ruhe. Überall hingen und standen Bauzeichnungen, Modelle von Leuchttürmen oder Hafenmauern und Akten, Akten, Akten. Die Mitarbeiter nickten Louis ehrerbietig zu. Er ging seinem Onkel David aus dem Weg – einem Vorbild an Pflichtbewusstsein und Akkuratesse, wie ihm immer wieder vorgehalten wurde – und schlug auch einen Bogen um den Arbeitstisch, an dem seine Cousins saßen und eifrig Unterlagen kopierten. David Alan – Davie genannt – und Charles Alexander waren fünf und vier Jahre jünger als er, Streber, die noch nie in ihrem Leben angeeckt waren.

Louis schalt sich für den missgünstigen Gedanken. Als Kind hatte er gern mit ihnen gespielt und war oft in ihrem Elternhaus gewesen. Jetzt zog er die Schultern hoch und hüstelte nervös. Hoffentlich bekamen sie nicht mit, wie sein Vater ihn zusammenstauchte! Ihre Anwesenheit und die Umgebung schüchterten ihn ein. Während seine Vorfahren mütterlicherseits Landbesitzer von Pilrig gewesen waren – sein Großvater Pfarrer –, hatten seine Vorfahren väterlicherseits viel für die marine Seefahrt geleistet, hatten Bahnbrechendes erfunden und waren daher weltweit gefragt. Von Farmern, Mälzern, Eisenwarenhändlern und Schiffsbesitzern abstammend, hatten sie sich hochgearbeitet. Inzwischen tauschten sich die Stevenson-Ingenieure mit anderen Experten intensiv aus, allein die Korrespondenz mit den Brüdern Augustin und Léonor Fresnel füllte ganze Aktenmappen. Louis' Onkel Alan hatte sie in Frankreich getroffen und mit ihnen gemeinsam die Linsen der schottischen Leuchttürme verbessert. Später hatte vor allem sein Vater die Entwicklung vorangetrieben. Auf der ganzen Welt war Thomas Stevenson heute für das von ihm entwickelte Holophotale System berühmt, bei dem kein Licht am Rande des Reflektors verloren ging – der beste Leuchtturm nützte schließlich nichts, wenn man seinen Schein nicht sah. Sein Vater wurde nicht müde, davon zu sprechen, und Louis konnte diese Besessenheit verstehen, aber nicht nachfühlen. Sogar in Ländern wie Indien oder Japan war das technische Knowhow der Stevensons gefragt.

Er straffte sich, klopfte an die Tür, wartete auf das »Herein« und öffnete. Sein Vater hatte die Züge eines antiken Philosophen – allerdings ohne dessen ausgeglichenes Temperament. Thomas Stevenson war wie immer korrekt gekleidet mit einem etwas altmodischen schwarzen Gehrock, heller hochgeschlossener Weste und gestärktem blütenweißen Hemd. Markante Gesichtszüge mit einem Grübchen im Kinn, das die Strenge abmilderte. Backenbart und spärlicher Haarwuchs um die Stirn, dafür umso buschiger um die Ohren. Hochgewachsen und kräftig war er, dem Anschein nach ein Mann, der es mit jedem Sturm aufnehmen konnte. Doch Louis wusste es besser.

Zu Louis' Überraschung machte sein Vater eine einladende, erfreute Geste. »Du kommst wie gerufen! Erinnerst du dich an Mr Warden, den kunstfertigen Schmied aus der Nähe von Swanston? Er ist meinem Wunsch nachgekommen, bei uns um Arbeit nachzusuchen. Allerdings hat er seine Tochter mitgebracht.« Tom zupfte an seinen Manschettenknöpfen. Unüberhörbar, für wie überflüssig er die Begleitung hielt.

Am Rande des Raums erhob sich eine junge Frau von ihrem Stuhl und strich ihren Rock glatt, und Louis spürte, wie sein Herz bei ihrem Anblick einen Sprung tat. Seit sein Vater im letzten Jahr das Cottage in Swanston, einem Vorort Edinburghs am Fuße der Pentland Hills gepachtet hatte, hatten sie viele Wochenenden und Urlaube dort verbracht. Das Klima dort war im Gegensatz zu der kohleofengeschwängerten Feuchtigkeit der Stadt heilsam. Etliche Male hatte er Jeannie auf dem Land beim Wäschewaschen gesehen, und seit sie ihn einmal lesend an einer Flusslichtung angetroffen und in ein Gespräch über Literatur verwickelt hatte, hatte er nach ihr Ausschau gehalten. Zu seiner Überraschung war sie nicht nur eine eifrige Leserin, sondern wusste auch begeistert über das Gelesene zu debattieren. Mit ihren sechzehn Jahren hatte sie ein natürliches, frisches Aussehen, das jetzt, im eleganten Umfeld der Großstadt allerdings etwas bäuerlich wirkte. Die langen blonden Haare hatte sie geflochten unter einer Haube versteckt, die Wangen und Lippen waren rosarot. In der fremden Umgebung schien sie sich nicht wohlzufühlen.

Er wandte sich an den Schmied, einen bulligen Mann mit den weichen Zügen eines Kleinkindes, der sich in seinen in die Jahre gekommenen Sonntagsstaat gezwängt hatte und über den Schultern ein Plaid mit Tartanmuster trug – neben seinem breiten Akzent die einzige Erinnerung daran, dass die Familie erst im letzten Jahr von der Hochlandinsel Skye hierhergezogen war. »Natürlich erinnere ich mich an Mr Warden. Jeannie.«

Louis nickte auch ihr förmlich lächelnd zu. »Ich hoffe, Sie hatten eine angenehme Anreise.«

»Ach, ist eine Menge Gesocks auf den Straßen unterwegs … also, wenn Sie mich fragen. Aber meine Jeannie hat darauf bestanden, mich zu begleiten und zu den Stätten von John Knox zu pilgern. Das konnte ich ihr nicht verwehren, obwohl es aus meiner Sicht nicht ungefährlich für ein Mädchen ist, allein in unserer Hauptstadt herumzulaufen.«

»Dennoch ein lobenswerter Wunsch, unseren wichtigsten Theologen und Kirchengründer zu würdigen. Louis, begleite Miss Jeannie, und gib auf sie acht, bis wir hier fertig sind, sagen wir in …«, Tom zückte seine Taschenuhr, »drei Stunden. Wir müssen mit meinem Bruder und einem der Vorarbeiter neue Möglichkeiten für den Umbau der Apparaturen besprechen. Die Umstellung von Öl auf Paraffin stellt uns vor technisch ungeahnte Aufgaben, auch dafür können wir kundige Schmiede gebrauchen.«

Louis nickte, als wüsste er, wovon sein Vater sprach. Er musste sich unbedingt in das Thema einarbeiten, um zukünftig angemessen reagieren zu können. Sollte er einwenden, dass er an der Universität erwartet wurde? Das sollte seinem Vater eigentlich bekannt sein. Andererseits würde er natürlich viel lieber mit dieser reizenden Literaturbegeisterten durch die Stadt streifen.

Die Augenbrauen des Vaters formten einen Keil. »Die studentischen Lektionen musst du nachholen. Und die Kopien und Zeichnungen wirst du mir später vorlegen«, sagte er, als habe er Louis' Gedanken gelesen.

Eine laue Brise wehte in das Zimmer. Tom machte sich eine Notiz und öffnete die Tür, bereits ein wenig ungeduldig. Louis unterdrückte ein Lächeln. Auch bei seinem Vater schlug sich der calvinistische Arbeitsethos in Getriebenheit und zugleich in einer Schriftbesessenheit nieder, nur dass diese anders ausgeprägt war als bei Louis. Neben der wahnwitzigen Menge an Rechenschaftsberichten und Korrespondenz, die das Ingenieurbüro bewältigen musste, füllte sein Vater Buch um Buch mit Wetter- und Wellenbeobachtungen.

»Dass du gut auf meine Jeannie aufpasst, Junge!«, gab Mr Warden Louis mit auf den Weg.

»Das werde ich, Sir.«

Die beiden jungen Leute verließen das Büro. Jeannie war ebenso rotwangig wie er, und Louis fragte sich, ob sie vielleicht sogar gehofft hatte, Zeit mit ihm verbringen zu dürfen. Bei ihrer letzten Begegnung an einem lauen Apriltag am Bach war er versucht gewesen, sie zu küssen, und hatte den Eindruck gehabt, dass sie es sich ebenso wünschte wie er.

Louis öffnete ihr die Tür und bahnte ihr den Weg durch die Wartenden. »Du hast mich gerettet!«, brach es aus ihm heraus, sobald sie einige Schritte zwischen sich und das Büro gebracht hatten. Vor Erleichterung musste er lachen.

»Wie das? Ich fürchtete schon, dass du mir gram bist, weil ich dich von deinen Studien abhalte.« Scheu sah sie ihn an, und er glaubte erneut, Zuneigung in ihrem Blick zu lesen. Was romantische Neigungen anging, war er ein Frischling. Sicher hatte er beobachtet, dass manche Frauen ihn wohlgefällig – oder zumindest amüsiert – musterten und dabei tuschelten. Männer hingegen nahmen ihn meist nicht für voll oder schienen ihn albern zu finden, was mit seinem Aussehen zusammenhängen musste: hochgewachsen und knochig, mit schmalen Händen, langen Fingern und großen, weit auseinanderstehenden dunklen Augen. »Schwächling« oder »weibisch« waren Zuschreibungen, die ihm manche seiner bäurischen Kommilitonen verehrt hatten.

Jeannies fragender Blick rief ihn in die Gegenwart zurück. Wie reizend sie aussah! Ein so offenes Gesicht, wissbegierig und ohne Arg! Sollte er sein Fehlverhalten gestehen und sich damit in schlechtes Licht rücken? Oder gar zugeben, dass er heute gut auf die Universität verzichten konnte? Sie spazierten auf die Princes Street zu. Die Sonne schien ihre Kraft verdoppelt zu haben, und Louis war danach, ein Lied zu singen, so froh war er auf einmal. »Ich fürchtete ein Donnerwetter meines Vaters, weil ich die Kopien, von denen er sprach, noch nicht fertiggestellt habe. Stattdessen habe ich mich gestern Abend in den Notizen meines Großvaters über den Bau des Bell Rock festgelesen. So tief bin ich eingetaucht, dass mich die Geschehnisse bis in den Schlaf verfolgt haben.«

»Dann werde ich dir auch etwas gestehen.« Sie lächelte. »Viel mehr als John Knox interessieren mich die Buchhandlungen der Stadt. Es soll so viele geben, mit Hunderten Büchern!«

»In der Tat. Du wirst staunen! Auf dem Weg können wir an den Erinnerungsorten für *Killjoy* –«

»Louis!«

Er musste über ihre Empörung lachen. »Was denn? ›Freudentöter‹ hat man Knox wegen seiner Strenge schon zu Lebzeiten genannt! Dabei haben die Damen den alten Knaben umschwärmt! Also gut: Wir können an den Stätten unseres ehrenwerten Kirchengründers vorbeigehen, an unserer Kathedrale und seinen Wohnsitzen, unter anderem in der High Street.«

Aber Jeannie interessierte anderes mehr. Sie zupfte an ihrem Ärmel, unter dem sich zarte Handgelenke abzeichneten, und kam auf den Beginn ihres Gesprächs zurück. »Was ist der Bell Rock? Ein Kirchturm?«

»Du weißt nicht, was der Bell Rock ist?« Unglauben und Schalk lagen in seiner Stimme.

Jeannie schoss die Röte auf die Wangen, und sie machte auf dem Absatz kehrt. Den Kopf vorgeschoben, stiefelte sie davon.

Louis lief ihr nach. »Halt, warte! Bleib stehen! Was ist los?« Sie ging weiter, den Blick aufs Pflaster gesenkt. »Was ich auch getan habe, ich entschuldige mich!«, rief er. »Auch wenn ich mir keiner Schuld bewusst bin.«

Endlich verharrte sie. »Du machst dich über mich lustig. Nur weil ich vom Land komme und mich nicht so gut auskenne«, brach es aus ihr heraus. »Dabei dachte ich, du wärst anders.«

»Das bin ich auch. Ich bin anders. Ganz bestimmt. Schön, dass du es erkannt hast.« Louis konnte das Lächeln nicht aufhalten, zwang sich aber schnell wieder zum Ernst. »Ich wollte mich nicht über dich lustig machen. Es ist nur so: Der Bell Rock ist für meine Familie und für alle, die mit Leuchttürmen zu tun haben, wie ... wie eines der Weltwunder.«

»Du hast meine Frage noch nicht beantwortet!«

Er holte tief Luft. »Der Bell Rock ist ein Leuchtturm, den mein Großvater Robert auf dem Riff Inchcape errichtet hat. Dieses befindet sich etwa zwölf Meilen weit im Meer und die meiste Zeit unter Wasser. Es gilt als das gefährlichste Riff an der schottischen Ostküste und hat unzählige Leben gekostet, denn es liegt in der Einfahrt der Meeresarme von Forth und Tay, also auf wichtigen Handelsrouten. Jedes Jahr hat es im Schnitt sechs Schiffe in die Tiefe gerissen.«

»Zwölf Meilen? Das ist von hier nach Swanston und wieder zurück. Etwas weiter, wenn ich's recht bedenke.« Sie schob die Unterlippe vor, was so reizend war, dass er sie am liebsten sofort geküsst hätte. »Das ist unmöglich. So weit draußen kann man keinen hohen Turm errichten. Schon gar nicht auf einem Felsen, der ständig im Meer untergeht. Du machst dir noch immer einen Spaß mit mir.«

»Die Leute haben damals gesagt, dass der Bau unmöglich ist. Niemand wollte den Leuchtturm finanzieren. Ohne den verheerenden Sturm von 1799, der in drei Tagen vor der schottischen Küste siebzig Schiffe zerstörte – darunter das Kriegsschiff *HMS York*, das auf einen der Felsen des Riffs getrieben und mit der kompletten Besatzung vernichtet wurde –, hätte das Parlament nicht genügend Geld für den Bau zur Verfügung gestellt. Niemand glaubte daran, dass es gelingen könnte. Aber mein Großvater hat ihnen das Gegenteil bewiesen.«

»Er allein?« Langsam ging sie weiter, die Augen in ungläubigem Interesse auf ihn gerichtet. Louis musste sie zurückreißen, weil ein Bierkutscher in voller Fahrt um die Ecke gebogen kam. Sie sog vor Schreck scharf die Luft ein. »Edinburgh mag ja prächtig sein. Aber dieser Verkehr – furchtbar!«, brach es aus ihr heraus.

Louis sah sich um. Die Princes Street war für Edinburgher Verhältnisse nicht einmal besonders voll. Er steuerte das Scott-Monument an, weil er wusste, dass sie ein Faible für die Romane Sir Walter Scotts hatte. Auch er kannte die Werke des schottischen Nationaldichters gut. Das Denkmal erinnerte an eine abgebrochene, verschnörkelte Kirchturmspitze, nur dass sich in den Nischen keine Heiligen, sondern die Figuren von achtundsechzig berühmten schottischen Dichtern und Persönlichkeiten aus den Romanen des Schriftstellers befanden.

»Genau genommen war mein Großvater ein Untergebener des Ingenieurs Rennie«, erklärte er. »Robert Stevenson war damals noch ein junger Ingenieur, und die Kommissionsmitglieder des Northern Lighthouse Board trauten ihm die Aufgabe nicht zu – obgleich er ihnen ausgezeichnete Entwürfe geliefert hatte. Also bekam Rennie den Zuschlag. Der hat sich wegen weiterer Projekte – vielleicht auch wegen seiner Seekrankheit – jedoch nur zweimal auf der Baustelle sehen lassen. Mein Großvater und seine Männer waren es, die den Bell Rock errichtet haben. Und dabei sind sie beinahe gestorben. Von einem dieser Momente habe ich heute Nacht geträumt.«

Während sie weiterschlenderten, erzählte Louis ihr seinen Traum. Er führte sie zu Andrew Elliots Buchhandlung und Druckerei in der östlichen Princes Street, die, wie er wusste, ein

Exemplar des Buches feilhielt, das sein Großvater über den Bau verfasst hatte. Jeannie schien es kaum zu wagen, das Geschäft zu betreten. Staunend sahen sie sich um. Als sie ihre Neugier einigermaßen befriedigt hatte, sprach Louis den Buchhändler auf das Buch seines Großvaters an. Dieser erkannt ihn von seinen früheren Besuchen und reichte ihm das armdicke, schwere Buch – ein Entgegenkommen, das darin begründet lag, dass Tom Stevenson ihm ein guter Kunde war.

Louis legte das Buch vorsichtig auf einen Tisch. Es war nicht der kunstvolle Text, sondern die präzisen, detailgenauen Zeichnungen und die dahinterstehende Leistung, die ihm Ehrfurcht einflößten. Schon als Kind hatte er mit seinem Vater darin geblättert und dessen Berichte gehört, denn seinen Großvater hatte er leider nicht mehr kennengelernt.

»Vier Jahre hat es gedauert, den Bell-Rock-Leuchtturm zu errichten, knapp vierzehn Jahre hat mein Großvater gebraucht, bis dieses Buch fertig war. Als es endlich veröffentlicht wurde, rühmte man ihn als ›Robinson Crusoe des Ingenieurswesens‹.«

Jeannies Blick war an einem Querschnitt des Leuchtturms hängen geblieben. Auf dem Bild sah man, wie die Arbeiter die Steine mithilfe von auf den Stockwerken befestigten Kränen emporschafften. »Ich sehe keine Glocke. Warum heißt er ›Bell Rock‹?«

Louis stand halb hinter ihr und sah ihr über die Schulter. Er genoss ihren leicht blumigen Duft und den Anblick der feinen Härchen auf ihrer Wange. Was für ein Glück, nicht in einem Büro oder Vorlesungssaal sitzen zu müssen! Der Buchhändler beobachtete sie argwöhnisch.

»Das erzähle ich dir gleich.« Louis warf einen letzten Blick auf das Gemälde, das der berühmte Maler Joseph M. W. Turner im Auftrag seines Großvaters gemalt hatte. Es zeigte in typischer Turner-Manier den weißen Leuchtturm inmitten der aufschäumenden See. Schiffe kämpften sich beängstigend nah am Riff durch den Sturm. Treibgut verriet, dass der Sturm erste Opfer gefordert hatte. Er klappte das Buch zu und reichte es dankend zurück.

Sie verließen die Buchhandlung und passierten die Waverley Station, an der die Bauarbeiter lärmten. Auf der North Bridge vernebelten ihnen die Rauchwolken der Eisenbahnen die Sicht. Louis störte es nicht. Vor seinem inneren Auge zogen ohnehin Bilder von Orkanen, Schiffbrüchen und Strandräubern vorbei – Geschichten, mit denen er aufgewachsen war.

»Es geht die Sage, dass der Abt von Arbroath eine Glocke auf dem Riff befestigt hat, die bei Sturm und Wellen die Seefahrer vor der Gefahr warnen sollte«, kam er auf ihre Frage zurück. »Ein Pirat soll die Glocke gestohlen haben – doch die Strafe folgte auf dem Fuß: Ihm selbst und seiner Mannschaft wurde das Inchcape-Riff zum Verhängnis, denn er erlitt Schiffbruch.«

»Gott hat den Glockendieb also gerecht gestraft. Und wie wurden dein Großvater und seine Leute gerettet?«

»Sie hatten Glück im Unglück. Unerwartet kam das Proviantschiff vorbei und nahm die Männer auf.«

Als sie die Altstadt erreichten, spürte Louis, wie Jeannie beim Anblick der dunklen Ecken und Winkel, der Durchgänge und schmalen Treppen, der abgerissenen Gestalten, der Huren und halbseidenen Herumlungerer den Blick senkte und schneller voranschritt. Unrat und Auswurf auf dem Gehweg beschmutzten den Rand ihrer Schuhe, und immer wieder mussten sie tiefen Pfützen, Kloakegräben oder Schlaglöchern ausweichen. Schließlich schlug er Jeannie zuliebe einen respektableren Weg über die Hauptstraßen ein. Dort rumpelten unzählige Kutschen und Pferdefuhrwerke, schrien fliegende Händler und dröhnten die Dudelsäcke oder Gesänge der Straßenmusikanten. Er zeigte ihr die Kathedrale mit dem Grab von John Knox sowie dessen nahegelegenes Wohnhaus.

Nach der dritten Buchhandlung flackerte Jeannies Blick

über das Gewühl auf den Straßen. »Dass du es hier aushältst! Mir ist die Stadt viel zu laut, viel zu voll und viel zu schmutzig.«

»Du tust Edinburgh Unrecht. Soll ich dir einen meiner Lieblingsorte zeigen?«

Jeannie wirkte unentschlossen. »Nur wenn es nicht zu lange dauert. Ich darf meinen Vater nicht warten lassen.«

Louis sah auf die Uhr. »Ich würde mit dir auf den Arthur's Seat wandern, aber das dauert etwa eine Dreiviertelstunde. Von dort aus hat man einen großartigen Blick über die Stadt und Edinburghs wilde Seite – man kann sogar Vogeleier sammeln, wenn man das Klettern nicht scheut.« Er wies auf den markanten Hausberg, eine smaragdgrün umhüllte und zugleich schroffe Klippe.

»Du wirkst nicht, als könntest du klettern und ein Vogelei von dem anderen unterscheiden!« Sanfter Spott schwang in ihrem Ausruf mit.

»Nicht? Du wirst dich noch wundern!« Sofort marschierte Louis los. Die Royal Mile mit ihren herrschaftlichen, aber bereits etwas heruntergekommenen Stadtpalästen flog an ihnen vorbei. Den königlichen Palast von Holyrood stellte er ihr im Schnelldurchgang vor; das geschichtsträchtige Gemäuer wurde ohnehin gerade renoviert. Kurz darauf begannen sie den Aufstieg. Als die Bebauung lichter wurde und schließlich ganz abbrach, schien Jeannie wieder freier zu atmen. Louis hingegen spürte, wie ihn die Steigung anstrengte. Um die Erschöpfung zu überspielen, machte er an einer Weggabelung Halt.

»Ich vermisse die heideduftenden Berge des Hochlands. Wenn ich an die wilden Cuillin Hills auf Skye denke, wird mir das Herz schwer«, sagte Jeannie wehmütig.

»Nun tust du auch noch den Bergen Edinburghs Unrecht! Immerhin wurde die Stadt wie Rom auf sieben Hügeln gebaut.« Louis erläuterte ihr das Stadtpanorama, fragte dann aber: »Warum seid ihr umgezogen?«

»Mein Vater brauchte eine bessere Arbeit, um meine Geschwister und mich durchzubringen. Und da er vor einigen Jahren bereits bei den Stevensons im Lohn stand ...«

»Beim Bau des Leuchtturms Eilean Bàn, nehme ich an.« Sein Vater hatte ihn alle Leuchttürme der Stevensons auswendig lernen lassen.

Sie nickte. »Daher hat er Kontakt zu deinem Vater aufgenommen. Dass wir in Swanston gelandet sind, war Zufall.« Ihr schienen erst jetzt seine ausgebeulten Jackentaschen aufzufallen. »Warum trägst du gleich zwei Bücher mit dir herum?«

»Bücher kann man nie genug haben. Das eine ist zum Lesen und das andere zum Schreiben.« Louis ging weiter; er fürchtete ihre Reaktion. Würde sie sich über ihn lustig machen?

»Du schreibst?«

»Ich übe mich darin. Genau genommen habe ich bereits mit sechs Jahren meine erste Geschichte verfasst. Noch genauer genommen habe ich sie meiner Mutter diktiert. Mein Onkel David hatte damals ein Pfund Preisgeld für die beste Geschichte über Moses unter uns Stevenson-Kindern ausgelobt. Du musst wissen, ich habe über fünfzig Cousins und Cousinen – ich habe den Überblick verloren. Die Geschichte habe ich auch illustriert. Alle Israeliten trugen Zylinder und schmauchten ihre Pfeifen, während sie durch die Wüste zogen.« Sie mussten beide über die Vorstellung lachen. »Seitdem schreibe ich in jeder freien Minute.«

»Was sagt dein Vater dazu?«

»Solange ich meine Ausbildung nicht vernachlässige und keinen Unsinn verfasse, duldet er es. Die Abhandlung *Pentland Rising*, die ich anlässlich des zweihundertsten Jahrestags der Schlacht von Rullion Green zwischen den Covenanters, also rebellischen, freiheitsliebenden Presbyterianern, und der königlichen schottischen Armee –«

»Ich mag erst seit Kurzem dort leben, doch auf dem Schlachtfeld war ich schon, und ich habe dort für die Märtyrer einen Distelstrauß abgelegt. Was denkst du denn?« Empörung schwang in ihrer Stimme.

»Was für eine rührende Geste, unsere Nationalblume als Würdigung auf dem Schlachtfeld zu hinterlassen! Ich wollte mit meiner Schrift der fast fünfzig Glaubensbrüder gedenken, die gefallen sind, und den zig anderen, die für ihren Glauben gefoltert oder unterdrückt wurden. Von der Abhandlung hat mein Vater einhundert Stück drucken lassen, die er an Freunde verteilt hat.« Louis verstummte. Tom hatte dies nur getan, weil es sich um einen beinahe wissenschaftlichen Bericht samt Fußnoten handelte. Dass er an einem Roman zu diesem Thema arbeitete, hatte er seinem Vater aus guten Gründen verschwiegen.

Sie hatten die Kuppe erreicht. Die Aussicht war atemberaubend. Jetzt wollte Louis es ihr beweisen. Rasch suchte er die Felskante nach Vögeln und Vogelnestern ab. Bald hatte er Schwarzkehlchen, Dohlen und sogar Wanderfalken entdeckt, die dort zu brüten schienen. Er inspizierte die möglichen Aufstiegsrouten, legte dann sein Jackett ab, krempelte die Ärmel auf und kletterte los.

»Du musst kein Vogelei einsammeln!«, wollte Jeannie ihn aufhalten. »Wir haben nicht mehr viel Zeit. Ich glaube dir doch, dass du es kannst. Nicht dass du dir noch den Hals brichst!«

Ihre durchklingenden Zweifel spornten ihn erst recht an. Er würde sich eben beeilen müssen. Der erste Abschnitt ging leicht; bald war er haushoch über ihr.

»Komm zurück, Louis!«

Die Sorge in ihrer Stimme gefiel ihm, wenn auch der Grat, den er als Nächstes erklettern musste, vom Regen der letzten Tage glitschig aussah. Seine Fingerspitzen versanken in moosbedeckten Kanten. Tatsächlich rutschte er ab, musste um sein Gleichgewicht ringen, stieß sich heftig das Knie an. Jeannie schrie auf. Das Blut pumpte ihm durch die Adern. Warum meinte er, seine Männlichkeit beweisen zu müssen? Das war doch lächerlich!

Louis legte den Kopf in den Nacken. Weit war es nicht mehr, wenn auch der nächste Abschnitt ebenfalls nicht ungefährlich aussah. Er tastete den aus der Erdkrume hervorscheinenden Felsen ab, um Halt zu finden, krallte sich fest. *Weiter!*

Über ihm kreisten die Falken, stießen raue Warnrufe aus. Wenn einer ihn angreifen würde, könnte es übel enden. Louis sah in die Tiefe. Ganz klein war Jeannie von hier aus, das bleiche Gesicht auf ihn ausgerichtet. Ihre Worte konnte er kaum verstehen. Die scharfen Kanten schnitten ihm die Hände auf, die derartige Belastungen nicht gewöhnt waren. Er war beinahe oben, als eine Wurzel, an der er sich festgehalten hatte, abriss – er wankte über dem Abgrund. Jeannie schrie erneut. Sollte er umkehren? *Jetzt nicht mehr.* Einige weitere Züge, dann hatte er das Nest erreicht. Triumphierend winkte er ihr zu. Die Eier waren hellbraun mit dunklen Sprenkeln. Er verzichtete spontan darauf, ein Ei mitzunehmen, weil er den Vögeln nicht ihre Nachkommen nehmen wollte. Stattdessen zog er zwei lange gestreifte Federn aus dem Nest und steckte sie sich hinters Ohr, dann machte er sich an den Abstieg.

Unten angekommen, schimpfte Jeannie mit ihm: »Was für eine Dummheit! Wenn du wegen dieses Wagemuts abgestürzt wärst, hätte dein Vater meinen nie und nimmer eingestellt!«

»Das Risiko bestand nicht. Et voilà, meine Dame.« Mit einer angedeuteten Verbeugung verehrte er ihr eine Feder.

Gerührt nahm Jeannie sie an sich, dann flog sie ihm in die Arme. Louis nutzte die Gelegenheit und suchte ihre Lippen. Sie erwiderte seinen Kuss, schien aber Skrupel zu bekommen und machte sich los. Ängstlich sah sie sich um. Louis folgte ihrem Blick. Der Kuss hatte ihm gefallen. Sollte er es erneut versuchen?

Jeannie musterte verlegen die Feder. »Wie schön sie ist!

Danke! Ich wünschte manchmal, ich könnte einfach davonfliegen«, sagte sie gedankenverloren.

»Wohin würdest du fliegen?«

Doch sie antwortete nicht, sondern schlenderte weiter und nahm schließlich auf einem Felsbrocken Platz. Louis setzte sich zu ihr. Mutig legte er den Arm um sie. Jeannie ließ sich an ihn sinken, was seine Brust vor Freude weit werden ließ. Wortlos sahen sie auf die Stadt hinunter. Ihm fiel eine hübsche Formulierung ein, und er machte sich sachte von ihr los und schrieb sie in sein Notizbuch.

Jeannie sah ihn fragend an. »Darin sind die Geschichten, die du geschrieben hast?«

»Auch, ja. Vor allem aber Gedichte.«

»Liest du mir ein paar vor? Damit ich weiß, ob ich bei meinem nächsten Besuch in Edinburgh nach einem Buch von dir Ausschau halten muss.« Sie lächelte scheu.

»Das wäre mein größter Wunsch«, sagte er leise. Noch nie hatte er jemandem diesen Traum gestanden, von dem er wusste, dass er nicht in Erfüllung gehen würde. Seine Bestimmung war eine andere.

»Bitte! Ein Gedicht nur!«

Verlegen suchte Louis in seinem Notizbuch nach einem geeigneten Text und trug ihn vor. Jeannie musterte ihn, als ob sie ihn zum ersten Mal sähe. »Das ist sehr gut, ich danke dir«, sagte sie schließlich leise und berührte seine Hand. »Du bist wirklich etwas ganz Besonderes, das weißt du, oder? Und das meine ich im guten Sinne.«

Louis wusste ausnahmsweise nichts zu sagen. Ihr Lob bedeutete ihm viel. Er neigte sich zu ihr und küsste sie erneut, doch als seine Hände auf ihrem Körper auf Wanderschaft gingen, erhob sie sich.

»Du hast doch sicher auch Träume?«, fragte er und klopfte sich den Matsch von der Hose, der inzwischen angetrocknet war. Sein geprelltes Knie schmerzte noch immer, was er sich aber nicht anmerken ließ.

Kurz schwieg sie, als wagte sie es nicht, es auszusprechen. »Ein Traum wäre es, Sängerin zu werden. Ich liebe es zu singen.«

»Singst du mir etwas vor? Bitte! Ich habe mich ja auch überwunden und ein Gedicht vorgetragen.«

Sie zögerte kurz, hob dann aber ihre Stimme. Noch nie hatte Louis so liebreizenden Gesang gehört. Ihr Gesicht leuchtete erfüllt. »Das war wunderschön«, sagte er, als sie wieder verstummt war.

»Aber Sängerin ist kein Beruf, zumindest nicht für mich. Also möchte ich Lehrerin werden. Dann kann ich den Kindern etwas beibringen und mit ihnen zusammen singen«, gestand sie. In diesem Augenblick begannen die Glocken von St Giles zu läuten, und die anderen Kirchen stimmten ein. Jeannie lief los. »Vater wartet sicher schon!«

Louis brachte Jeannie zurück in die George Street, schweigend, als wagten sie nicht, ihre Gefühle in Worte zu fassen. Passanten starrten ihn wegen der Feder im Knopfloch und der verschmutzten Hose an. Es störte ihn nicht, dafür begann auf Höhe der Regent Bridge die Wortlosigkeit ihn zu bedrücken, und um etwas zu sagen, wies er darauf hin, dass sein Großvater diese errichtet hatte.

»Manche haben ein Miniaturporträt ihrer Vorfahren an einer Halskette, manche eine Fotografie auf dem Schreibtisch, andere eine Haarlocke – und du hast eine Brücke, um dich an sie zu erinnern«, sagte sie bewundernd.

Louis hätte noch mehr darüber erzählen können, wie seine Vorfahren die Stadt geprägt hatten, aber einiges war auch gruselig – etwa dass Großvater Robert beim Bau der Neustadt einen Friedhof hatte einebnen müssen, auf dem auch einige seiner eigenen Kinder beerdigt waren. Zudem waren Selbstlob und Stolz in seiner Familie verpönt. Mehr als einmal hätte einer seiner Vorfahren, sein Onkel oder auch sein Vater, für eine Erfindung ein Patent einreichen können, doch ihnen war es genug, der Gesellschaft einen Dienst zu erweisen. Zudem sahen sie sich in gewisser Weise im Dienste Gottes. Hieß es nicht im Johannesevangelium: *Ich bin das Licht der Welt. Wer mir nachfolgt, der wird nicht wandeln in der Finsternis, sondern wird das Licht des Lebens haben.* Jesus sei in gewisser Weise auch ein Leuchtturm, der einem den Weg weise, hatte sein Vater gesagt.

Ehe sie um die letzte Straßenecke bogen, zog Jeannie ihn in einen Durchgang und nahm verstohlen seine Hand. »Hab Dank für diesen schönen Tag. Daran werde ich mich noch lange erinnern.«

Einen Augenblick hing eine intensive Spannung zwischen ihnen. Louis wollte sie küssen, Jeannie aber ging auf Abstand. »Es ist selten, dass jemand so viele Möglichkeiten und Talente hat wie du. Dichter und Ingenieur! Du hast Glück, dass du bald eine derart wichtige Aufgabe übernehmen kannst. Das Northern Lighthouse Board ist ein guter Arbeitgeber. Eben deshalb will mein Vater dort arbeiten. Er hat ja auch meine Geschwister und mich zu versorgen.«

»Und deine Mutter?«

»Die ist leider tot.« Jeannie schwieg bedrückt.

»Tom wird deinen Vater bestimmt anheuern. Gute Männer finden immer eine Stelle.« Das hatte er zumindest gehört. »Vielleicht zeigst du mir eines Tages deinen Lieblingsplatz in Swanston«, sagte er, denn er wollte sie noch nicht gehen lassen. Sie nickte unsicher.

Gleich darauf übergab Louis sie ihrem ungeduldig wartenden Vater und verließ sodann das Ingenieurbüro. Er hatte keine Lust, sich wegen der verschmutzten Kleidung oder der Kopien die Laune verderben zu lassen. Im Gegenteil, er war richtiggehend übermütig. An der Straßenecke rempelte er den Bettler wie zufällig im Gedränge an und steckte ihm seine letzte Münze in die Tasche. Dann verlangsamte er seinen Schritt, tat so, als würde er Schaufenster betrachten, und freute sich einen Augenblick später über das überraschte Strahlen im Gesicht des alten Mannes.

3

Louis hatte aufgegeben, sich Notizen zu machen. Eigentlich war es sinnlos, dass er dieser Vorlesung noch folgte. Er begriff nichts, seine Hand schmerzte vom vielen Schreiben, und zudem fielen ihm die Augen zu. Nachdem er Jeannie in der George Street abgegeben hatte, war er zur Universität zurückgekehrt. Er hatte mit den Eltern zu Abend gegessen und sich danach zum Briefeschreiben in sein Zimmer zurückgezogen. Irgendwann war ihm siedend heiß eingefallen, dass er die Kopien noch immer nicht fertiggestellt hatte – also hatte er eine Nachtschicht eingelegt. Der Gedanke an Jeannie hatte ihn zusätzlich wach gehalten. Er konnte es kaum erwarten, ihr in Swanston wieder zu begegnen. Wenig erstaunlich also, dass er heute müde war.

»Langweile ich Sie, Mr Stevenson?«

Reid, sein Banknachbar, der Sohn eines Landwirts aus Dalkeith, der nach dem Wochenende stets den dumpfen Geruch von feuchter Schafwolle verbreitete, hieb ihm den Ellbogen in die Seite. Louis streckte sich und blinzelte. Die ersten Studenten tuschelten. »Ganz und gar nicht, Professor.«

»Wie lautet in diesem Fall Ihre Antwort auf meine Frage?«

Kichern angesichts von Louis' Ratlosigkeit. Heiße Scham stieg in ihm auf, gleichzeitig brodelte verletzte Eitelkeit. Er schätzte und mochte Professor Kelland, der ein mitreißender Lehrer sein konnte. Wenn er doch ein anderes Fachgebiet gewählt hätte ...

»Würden Sie die Frage bitte wiederholen, Professor?«

»Reid?«, knurrte der Professor missbilligend und wies auf Louis' Nebenmann.

»Wir beschäftigen uns mit Parallelogrammen und dem Beweis von Euklid …« Reid formulierte die Frage beinahe überdeutlich. Aber Louis' Gedanken flippten bereits durcheinander wie Billardkugeln nach dem Stoß. Immerhin versuchte sein Kommilitone zu helfen.

Natürlich hatte Louis keine Antwort. Keine richtige zumindest. Gelächter brandete auf, das Kelland jedoch zum Verstummen brachte. Louis verspürte eine kurze Genugtuung wegen seines Mutes, dann aber Scham. Eilig kritzelte er etwas in sein Notizbuch. Als die Vorlesung fortgesetzt wurde und die Aufmerksamkeit endlich wieder einzig dem Professor galt, stahl er sich hinaus.

»Eine Unze Honeydrew und meine Bücher bitte.« Louis hatte seine Mutter um etwas Geld gebeten und reichte die Münze nun über den Tresen. Er nahm den Tabak und die schmalen, abgegriffenen Bändchen in Empfang. Sein Vater schätzte die Werke von Whitman und Swineburne nicht und hatte ihm die Lektüre untersagt. Swineburne, ein englischer Dichter, hatte mit seinen Versdramen Aufmerksamkeit erregt, allerdings weniger wegen seines stilistischen Gespürs, sondern eher, weil er eine Vorliebe für abseitige Erotik zu haben schien.

Louis nickte den anderen Kunden zu und lehnte sich an die Wand, bis ein Hocker frei wurde. Oft kam er zwischen den Kursen in den Tabakladen in der Leith Street, manchmal auch während ihnen. Bei Henry Wilson wurde nicht nur eingekauft, viele vertrieben sich hier auch die Zeit. Während er rauchte, las, Gedichte schrieb oder an Formulierungen feilte, beobachtete er die Kunden und lauschte ihren Gesprächen. Er wäre gern öfter ins Pub oder in ein Gasthaus gegangen, aber sein Vater hielt ihn kurz, und da er zusätzlich eine Strafe für jeden unflätigen Ausdruck zahlen musste, war er regelmäßig bereits zu Anfang des Monats pleite.

Hier im Tabakladen versammelte sich ohne Zweifel nicht die feinste Gesellschaft, aber eine deutlich interessantere als bei den Abendgesellschaften seiner Eltern. Wie dieses halbseidene Paar, das eben den Laden betreten hatte. Der Kerl hatte die Statur eines Boxers und ein Gesicht, das attraktiv gewesen wäre, hätten die Pocken es nicht gezeichnet. Die Frau war ebenfalls gutaussehend und hatte einen exotischen Hauch, den Louis nicht einzuordnen wusste. Lag es an den leicht schräg stehenden dunklen Augen? Der samtig wirkenden Haut? Den winzigen Füßen? Ihr tiefviolettes Kleid mit den Pagodenärmeln hätte seine Mutter als unziemlich oder sogar aufreizend bezeichnet, eine Einladung an den Teufel. Neben ihr wartete ein Bedlington Terrier, weiß und flauschig wie ein verirrtes Lamm. Ihre Blicke trafen sich. Louis hielt Augenkontakt; er liebte ausgefallene Begegnungen.

»Was starrst du die Lady so an? Ist was?«, blaffte der Pockennarbige ihn an. Louis senkte den Blick eilig auf das Papier. Plötzlich ragte der Kerl vor ihm auf. »Was schreibst du da? Bist ein Spitzel, was?«

Louis schluckte. Wie kam er denn auf die Idee? »Nur Gedichte, Sir«, presste er heraus.

»Lass sehen, ob du die Wahrheit sagst.« Der Kerl riss ihm das Notizbuch weg. Seine Begleiterin legte ihm die seidenumhüllte Hand auf den Arm und wisperte ihm etwas ins Ohr. Im nächsten Moment warf der Kerl das Büchlein vor Louis auf den mit schmutzigem Sägemehl bedeckten Boden und folgte ihr hinaus.

Mit roten Ohren sah Louis den beiden nach. Wie passten sie zusammen? Was für ein Leben mochten sie wohl führen? Sicherlich ein aufregenderes als seines. Als er einen der Angestellten seines Vaters eintreten sah, drehte er sich zur Seite und vertiefte sich in sein Buch. Erst als der Angestellte seinen Einkauf getätigt hatte und gegangen war, packte er seine Bücher in die Taschen und klopfte die Pfeife aus. Seufzend erhob er sich, bat den Tabakverkäufer, die verbotenen Bücher erneut zu verwahren, und ging schweren Schrittes hinaus, um seinen Vater zu treffen.

Wie ein Schuljunge stand Louis vor dem Schreibtisch seines Vaters und wartete darauf, dass dieser die Kopien und Zeichnungen begutachtet hatte. Die Runzeln auf Toms Stirn wurden stetig tiefer, die Lippen schmaler, und schließlich pfefferte er die Papiere vor sich auf die Tischplatte.

»Du hast es tatsächlich geschafft, Fehler einzubauen! Bist du denn nicht einmal in der Lage, Dokumente und Zeichnungen korrekt zu kopieren?«, brach es aus ihm heraus.

Der Ausruf und der zornfunkelnde Blick ließen Louis zusammensinken. Es schmerzte ihn zutiefst, wenn sein Vater wütend auf ihn war, weil er ihn enttäuscht hatte. Fahrig strich er sich die Haare aus der Stirn. »Ich musste mich beeilen –«

»Beeilen?! Du hattest sogar einen Tag länger Zeit! In diesem Zeitraum bewältigen deine Cousins das doppelte Arbeitspensum!«, schrie Tom.

Louis' Augen wanderten zur offen stehenden Bürotür. Die guten Jungs, dachte er bitter und auch ein wenig neidisch.

Tom sprang auf, schlug die Tür zu, fuhr herum. »Ist es wirklich nötig, dass du mir Schande machst? Kannst du diese Arbeit nicht mit ebenso viel Sorgfalt erledigen wie deinen literarischen Nonsens?«

»Das ist kein … Ich habe nur … Ich bin an Großvaters Notizen über den Bau des Bell Rock hängen geblieben, statt …« Seine Stimme bebte.

Tom riss an seinem engen Kragen, hüstelte und grimassierte, als bekäme er keine Luft. »Genug! Ich will keine Entschuldigungen mehr hören. Du wirst die Kopien ein weiteres Mal anfertigen, und zwar fehlerfrei!« Mit einer Geste des Überdrusses wies er ihm die Tür.

Zitternd klaubte Louis die Papiere zusammen und eilte hinaus. Als er sich in den Büroräumen einen freien Tisch suchte, bemerkte er, wie die Mitarbeiter die Blicke abwandten, um so zu tun, als hätten sie nichts mitbekommen. Gleichzeitig glaubte er, ihre Schadenfreude zu sehen. In diesem Augenblick hasste er sich selbst. Warum tat er seinem Vater das an? Er musste besser sein!

Louis versuchte, sich auf seine Arbeit zu konzentrieren, aber er hörte, wie die Ingenieure über den Versand von optischen Linsen nach Japan berieten – was für ein faszinierendes Land! Entschieden blinzelte er die aufsteigenden Bilder weg und wandte sich wieder seiner Aufgabe zu. Dennoch hatte er kaum die ersten Seiten kopiert, als sein Vater an seiner Seite auftauchte und ihm die Hand auf die Schulter legte.

Unsicher sah Louis auf, aber Tom lächelte. Die Verärgerung schien aus seinem Gesicht verflogen zu sein. »Planänderung. Nimm die Arbeit mit nach Hause, und begleite mich. Das Wetter ist schön, wir können mit den Hunden nach Cramond spazieren.«

Die plötzlichen Gefühlsumschwünge seines Vaters waren für Louis oft eine Herausforderung, weil er seine eigenen Emotionen nicht auf Knopfdruck steuern konnte, aber dieses Mal lächelte er einfach nur erleichtert. »Gern, Papa.«

Als wäre nichts geschehen, strichen sie Seite an Seite durch die Straßen. An ihrem Haus in der Heriot Row machten sie Halt, um die Skye Terrier einzusammeln und den Phaeton anspannen zu lassen. Sie fragten nach Maggie, doch die machte gerade Bekannten ihre Aufwartung. So fuhren sie wenig später ohne sie in schnellem Tempo in der offenen Herrenkutsche aus der Stadt hinaus an den Forth. Cramond, nordwestlich von

Edinburgh an der Mündung des Almond in den Meeresarm gelegen, war einer der Lieblingsorte seines Vaters, und auch Louis war hier oft unterwegs.

Leutselig berichtete Tom, dass sie endlich Nachricht vom Baufortschritt des Leuchtfeuers auf Muckle Flugga erhalten hatten. »North Unst ist ein besonderer Leuchtturm, das wirst du sehen, wenn du mich irgendwann auf der Inspektionsreise begleiten wirst. Genauso wie der Dubh Artach, der mir allerdings noch Sorgen macht. Beide sind ein ähnliches Kaliber wie der Bell Rock.«

Tom hieß den Kutscher, zwischen Kirche und Cramond House anzuhalten, und sie marschierten los. »Du sagtest, du hättest Großvaters Notizen gelesen?«

Louis erzählte von dem Abschnitt, der ihn besonders beeindruckt hatte. Tom nickte bedächtig. »Beinahe hätte Gott sie abberufen, allesamt. Dann wären wir heute nicht, wer wir sind. Es war nichts als Glück, dass eines der Proviantschiffe vorbeikam und die Männer an Bord nahm. Du darfst nie die Verantwortung vergessen, die wir als Ingenieure für unsere Arbeiter tragen. Jeder Mann, der beim Bau zu Tode kommt, ist einer zu viel. Unsere Aufgabe ist es, Leben zu retten – sei es durch Leuchttürme, durch Hafenanlagen oder durch verantwortungsvolle Planung.«

Vogelschwärme stoben auf, als sie sich dem Schwemmland näherten. Es war ein malerischer Anblick, und Louis wünschte, er könnte sich Notizen machen, ohne den Spott seines Vaters auf sich zu ziehen. Das Meer hatte sich zurückgezogen und enthüllte den Strandweg zu der Gezeiteninsel inmitten des Firth of Forth. Louis nahm sich vor, einmal wieder mit seinem Freund Ferrier oder seinem Bekannten Walter Grindlay Simpson eine Kanutour dorthin zu machen. »Apropos Arbeiter … Was ist mit diesem Schmied aus Swanston, diesem Mr Warden?«, fragte Louis beiläufig.

»Ein sehr geschickter Mann, den wir anheuern werden.«
Tom sah ihn prüfend an. »Wie war es an der Universität?«

Louis hielt nur mühsam den Blick seines Vaters. »Gut. Ich habe viel gelernt.«

»Hoffentlich kein gottloses Zeug wie die Behauptungen von diesem Darwin! Wie kann ein ernsthafter Wissenschaftler nur so etwas schreiben?« Tom schnaubte. Er hatte vor lauter Empörung kürzlich ein anonymes Pamphlet zu diesem Thema veröffentlicht. »Ich nenne dir ein einfaches Beispiel. Ein Stein fällt aus zwei Gründen: Erstens folgt er der Gravitation. Zweitens – und das in erster Linie! – fällt er durch den höchsten Willen Gottes, denn dieser war es, der das Gesetz der Gravitation überhaupt geschaffen hat. Außerdem: Wie kann es sein, dass der Gorilla dem Menschen näherstehen soll als der Hund, wo doch der Hund zwar weniger menschenähnlich aussieht, aber ihm doch in den nobleren Gefühlen ähnlicher ist?«

Die Skye Terrier Coolin und Smuroch schienen verstanden zu haben, dass es auch um sie ging, denn sie liefen Tom um die Füße und sprangen an ihm hoch. »Aye, ihr versteht jedes Wort, nicht wahr? Gute Jungs!« Tom kraulte sie ausgiebig.

Louis hatte eine andere Meinung zu Charles Darwins Buch *Über die Entstehung der Arten*, das seit einigen Jahren für Diskussionen sorgte, behielt diese aber lieber für sich. Jeder Zweifel an Gott und der Kirche konnte zu einem schrecklichen Streit mit seinem Vater führen. »In meinem Kurs ging es um Professor Kellands Theorie zu Parallelogrammen«, sagte er.

»Kellands Wellentheorie sollte dich mehr interessieren.« Wie erhofft vertiefte sich sein Vater in die Bewegungen der Wellen, statt weiter nachzufragen. Auch Louis ließ den Blick über den Meeresarm schweifen. »Oder Geologie. Stell dir vor, du könntest den Felsbrocken dort hinten wegsprengen.« Tom wies in die Ferne.

»Was ist damit?«, fragte Louis, obgleich er ihn noch nicht entdeckt hatte.

»Nutze die Augen, die Gott dir gegeben hat! Kannst du denn nicht sehen, wie viel Land durch die Sprengung gewonnen werden könnte?« Konsterniert wog sein Vater das Haupt. »Demut steht uns gut zu Gesicht. Demut vor der Schöpfung ohnehin. Aber auch Demut unserem Stand gegenüber«, sagte er unvermittelt. »Es geht uns gut, das darf man mit Fug und Recht behaupten. Wir leben in der besten Wohngegend Edinburghs, können uns einen angemessenen Haushalt leisten, eine Pferdekutsche, Aufenthalte im Ausland, um unsere Gesundheit wiederherzustellen, und die bestmögliche Ausbildung für unseren einzigen Sohn.« Er blieb stehen und blickte Louis ernst an. »Du darfst nie vergessen, woher wir stammen. Dein Urgroßvater Thomas Smith war ein einfacher Handwerker, ehe er sich hocharbeitete. Dein Großvater Robert wuchs in großer Armut und Not auf. Alles, was wir heute besitzen, haben wir seinem Erfindungsreichtum, seiner Aufopferungsbereitschaft und seinem Ehrgeiz zu verdanken. Er hat mir den Wert des Geldes buchstäblich eingebläut. Stück für Stück haben wir uns hochgearbeitet. An der Familie meines armen Bruders Alan siehst du, wie filigran das Erreichte ist. Wir dürfen nicht leichtsinnig gefährden, was uns von Gott geschenkt wurde. Deshalb bin ich so streng, wenn ich den Eindruck habe, dass du dich nicht genug bemühst. Für dich ist es vorgesehen, das Werk des Stevensons weiterzuführen. Andernfalls würdest du alles wegwerfen, wofür unsere Vorväter und auch ich gekämpft haben. Du würdest mein Leben wertlos machen.«

Louis musste ob der ehrlichen und harten Worte schlucken. »Das würde ich mir nie verzeihen«, sagte er rau.

Sobald sie wieder zu Hause waren, forderte sein Vater ihn auf, mit in den Salon zu kommen, und holte in der deckenhohen Bibliothek ihr Exemplar über den Bau des Bell Rock aus dem Regal. Kaum hatte er seinen Mantel abgelegt, blätterte er auch schon darin herum. »Es ist richtig, dass du dich genau zu diesem Zeitpunkt, also zu Beginn deiner Studien, mit den Anfängen unseres Geschäfts beschäftigst«, redete er auf Louis ein. »Ich lasse jetzt einmal die Leuchttürme deines Urgroßvaters außer Acht, denn diese sind zwar funktionell, aber technisch weniger ausgereift als der Bell Rock. Mit ihm begann das wahre Zeitalter des Leuchtturmbaus. Ich bin nicht sicher, ob du dich daran erinnerst, welche technischen Vorarbeiten nötig waren, um diese besondere Herausforderung möglich zu machen. Erstens …« Beinahe fiebrig blätterte Tom in dem Folianten.

Louis überlegte, ob sein Vater eine Antwort erwartete, doch ehe er etwas sagen konnte, stand seine Mutter in der Tür. »Endlich seid ihr wieder da! Einfach so spazieren zu gehen, ohne mich mitzunehmen!« Sie trat zu Louis, legte ihm flüchtig die Hand auf die Stirn und wandte sich dann ihrem Mann zu, den sie liebevoll betrachtete, was diesem sichtlich unangenehm war.

»Ich bitte dich, Maggie – etwas Zurückhaltung! Wir waren immerhin nicht auf Expeditionsfahrt, sondern haben lediglich einen Spaziergang gemacht!« Tom reckte sich erneut nach dem Bücherregal, schien aber nicht zu finden, was er suchte. Ungeduldig sah er sich nach der Leiter um, mit der man in dem etwa vierzehn Fuß hohen Raum das oberste Regalbrett erreichen konnte.

Fahrig strich Maggie eine Haarsträhne zurück. »Ich möchte dich jetzt nur daran erinnern, dass wir heute Abend Gäste haben.«

Tom bemerkte nicht, dass er sie gekränkt hatte. Deshalb wandte sich Louis seiner Mutter zu. »Es ist gut, dass du uns daran erinnerst, danke, Mama. Ich für meinen Teil muss mich noch etwas frisch machen, um repräsentabel zu sein. Du siehst dagegen wie stets blendend aus.« Er hoffte, sie mit diesem

Kompliment wieder etwas aufheitern zu können, aber Maggies Aufmerksamkeit war nach wie vor auf ihren Gatten gerichtet.

»Wer kommt denn eigentlich zu Besuch?«

»Deine Tante Gatchie besucht uns in Begleitung von –«

»Bob? Ist er aus Cambridge zurück?« Louis sah sie aufgeregt an. Er vermisste Bob schmerzlich. Seit Kindertagen waren Robert Alan Mowbray Stevenson und er so eng befreundet, dass sie sich blind verstanden. Sie teilten die gleichen Vorlieben, den gleichen Humor, träumten die gleichen Träume – oft genug zumindest. Und sie hatten einiges gemeinsam durchgemacht. Es würde ihm guttun, mit Bob zu reden. Ganz abgesehen davon, dass sie zusammen an einem Theaterstück arbeiteten: *Monmouth: Eine Tragödie*. Es war seine Idee gewesen, ein Stück über den unehelichen Sohn des früheren Königs Charles II. zu schreiben, der einen Aufstand angeführt hatte, und Louis hatte das meiste geschrieben, aber er wünschte sich einen Partner, mit dem er sich austauschen konnte.

»Ich denke nicht, dass Bob schon zurück ist«, riss seine Mutter ihn aus den Gedanken. »Katherine wird uns besuchen. Wir wollen den Besuch der beiden in Swanston planen. Die Armen können etwas Abwechslung gebrauchen.«

Louis nickte. Auch mit seiner Cousine Katherine, der Tochter seines früh verstorbenen Onkels Alan, hatte er viele Abenteuer seiner Kindheit und Jugend geteilt, und er hatte ihr in den Schicksalsschlägen beigestanden, die ihre Familie gezeichnet und ihr den Beinamen »die Armen« beigebracht hatten. Wie er liebte Katherine Literatur, sodass ihnen die Gesprächsthemen nie ausgingen.

»Hat das nicht Zeit? Ich möchte mit Louis noch etwas besprechen. Er hat großes Interesse an Bell Rock bekundet«, unterbrach Tom sie. Er holte ein weiteres Buch aus dem Regal und blätterte auch darin herum.

»Wir können auch später –«

Tom fiel auch Louis ins Wort. »Ich möchte es dir *jetzt* erläutern und nicht weiter unterbrochen werden.«

»Natürlich. Entschuldige, Liebling«, beschwichtigte Maggie eilig. Dass sie sich brüskiert abwandte, schien Tom zu entgehen, denn er hatte die Seite gefunden, nach der er gesucht hatte, und wies darauf. »Um Bell Rock zu verstehen, musst du den Eddystone-Leuchtturm studieren. Du erinnerst dich, welcher der Eddystone ist?«

Louis hätte voller Verdrossenheit am liebsten die Luft ausgestoßen. Natürlich kannte er ihn! Traute sein Vater ihm denn gar nichts zu? Der Eddystone war das erste Leuchtfeuer gewesen, das vor den Britischen Inseln auf einem Riff im Meer errichtet worden war. Das Eddystone-Riff vor Cornwall, vierzehn Meilen südwestlich von Plymouth gelegen, war bekannt für Schiffbrüche. Deshalb hatte der Kaufmann und Ingenieur Henry Winstanley schon 1696 dort angefangen, den ersten hölzernen Leuchtturm zu erbauen. Zwei weitere Türme waren von Sturm und Brand vernichtet worden, bevor es dem englischen Ingenieur John Smeaton 1759 im Auftrag von Trinity House – der Leuchtfeuerverwaltung für England, Wales und die übrigen britischen Hoheitsgewässer – gelungen war, einen ersten standfesten steinernen Leuchtturm zu errichten. Noch ehe er die Frage bejahen konnte, hatte sein Vater bereits angefangen, die Geschichte des Leuchtturms zu rekapitulieren.

»Smeatons Konstruktion orientierte sich an der Wuchsform eines Eichenstamms«, dozierte er. »Die Granitblöcke, die er verwendete, wurden durch hydraulischen Kalk und Schwalbenschwänze verbunden – Innovationen, die durch unsere Familie weiterentwickelt wurden. Inzwischen musste der Turm mehrfach repariert werden, doch dein Großvater inspizierte Eddystone und entwickelte auf dessen Grundlage für Bell Rock einen technisch verbesserten Entwurf.« Tom reichte Louis die beiden Bücher, deren Gewicht ihn beinahe in die Knie gehen ließ. »Ich möchte, dass du den Entwurf deines Großvaters auf der Grundlage von Smeatons Bau genau analysierst und unsere Innovationen herausarbeitest.« Tom sah auf die Uhr. »Vor dem Dinner bleibt dir noch etwas Zeit, um damit zu beginnen.«

Die Winkel und Kanten der ineinander verschränkten Steinblöcke tanzten auf dem Papier, als wollten sie sich über ihn lustig machen. Louis starrte auf die geometrischen Muster, die er einfach nicht mit den Zahlen in Verbindung bringen konnte. Sicher, die Unterschiede zwischen dem Eddystone und dem Bell Rock fielen ihm auf. Beispielsweise hatte sein Großvater die Baumstammform des Eddystone modifiziert. Wie Robert aber auf seine Ideen gekommen war, blieb Louis schleierhaft.

Unvermittelt wurde ihm schwarz vor Augen. Überrascht fuhr er herum und berührte die Hände, die sich auf sein Gesicht gelegt hatten. Seine Cousine lachte hell. Katherine war dünn und jungenhaft, die ausdrucksvollen Augen wirkten unnatürlich groß in ihrem schmalen Gesicht.

»Ich habe gar nicht mitbekommen, dass ihr schon eingetroffen seid«, meinte Louis erfreut über die Ablenkung.

Katherine setzte sich neben die Bücher auf seinen Schreibtisch und ließ die Beine baumeln. »Und ich habe gar nicht mitbekommen, dass du neuerdings so seriös bist. Ich dachte, du spielst noch immer mit Skelts Papiertheater.« Sie pickte einige der Figuren, die Louis liebevoll gemalt und ausgeschnitten hatte, aus ihrem Kistchen und hampelte damit herum. Ausgerechnet die Figuren aus *Der Schmuggler*! Wochenlang hatte er sich die Nase am Schaufenster der Schreibwarenhandlung in der Antigua Street platt gedrückt, ehe sein Vater ihm dieses Stück gekauft hatte.

»Schon lange nicht mehr! Was denkst du denn von mir!«, verteidigte er sich. Dennoch beeilte er sich, seiner Cousine die filigranen Kunstwerke abzunehmen. Wenn er ehrlich war, hatte er noch bis vor wenigen Jahren mit seinem Papiertheater gespielt. Es hatte ihm das Schreiben leichter gemacht, die Figuren und Geschehnisse in seinen Geschichten und Theaterstücken damit zu verbildlichen. Sorgsam legte er sie an seinen Platz zurück.

»Du hast noch immer diese alten Landkarten?« Katherine hatte unterdessen in seinem Schreibtisch gestöbert und die von Bob und ihm gemalten Karten von Nosingtonia und Encyclopaedia hervorgeholt. »Weißt du noch, wie wir in den Dünen von North Berwick Schmuggler und Pirat gespielt haben? Was haben wir uns dort für Schätze ausgemalt! Oder unsere Ausritte in den Auen von Colinton. Wie wir zwischen den Brombeeren gelegen und in den Himmel geschaut haben …«

Sie zauste ihm durchs Haar und strich sanft über seinen Nacken, was ihm einen Schauder über den Rücken jagte und zugleich unangemessen erschien. Abrupt erhob er sich und nahm ihr auch die Landkarten ab. »Natürlich erinnere ich mich daran. Im Geheimen haben wir die Abenteuer von Dick Turpin gelesen – ich muss hier irgendwo noch ein paar Exemplare haben. Die dürfen nur nie meinem Vater in die Hände fallen!«

Louis verstaute die Karten und suchte zwischen seinen Büchern nach den Heftromanen über den berühmten Straßenräuber und Viehdieb. Katherine war derweil aufgesprungen und lief durch das Zimmer, mit den Fingern über sein Bücherregal, die Möbel und sogar die Vorhänge streichend. Auch Louis hielt es nie lange an einem Platz, aber Katherines sprunghafte Unruhe machte selbst ihn nervös.

»Hast du was von Bob gehört?«, sprach er aus, was ihm schon lange auf der Zunge lag.

Katherine drehte sich auf dem Absatz herum. »Bob, Bob, Bob! Interessiert es nicht einmal dich, wie es *mir* geht?« Ihre großen Augen funkelten, und für einen Augenblick gab Louis die Suche nach den Romanheften auf.

»Wie unendlich unhöflich von mir, verzeih! Nun, wo du mich so gezielt darauf hinweist: Wie geht es dir, liebe Katherine?«

Theatralisch seufzend ließ sie sich auf sein Bett fallen. Louis' Blick flackerte zur Tür, die offen stand. Das war ganz sicher weder schicklich noch ein angemessener Anblick für ihre Eltern. Warum mussten Frauen nur so unberechenbar und kapriziös sein? Wieder musste er an Jeannie denken, die ihm im Vergleich zu seiner Cousine engelsgleich und sanft erschien. Unschlüssig, wie er auf Katherines Benehmen reagieren sollte, wandte er sich wieder seinen Büchern zu.

»Während Bob und du euch an den Universitäten vergnügt und euer Gehirn mit wertvollem Wissen vollstopft, überlegt meine Mutter, wie sie mich trotz unserer Geldnot in einen vielversprechenden ehelichen Hafen führen kann.« Sie sprang auf und lief auf dem Teppich auf und ab. »Ich wünschte, ich wäre als Mann geboren! Ich wünschte, ich müsste nicht dieses langweilige Leben führen! Ich wünschte, wir hätten Geld – dann könnte ich an eine ausländische Hochschule gehen, die Frauen aufnimmt. Ich wünschte, ich könnte –«

»Ich habe sie gefunden!« Triumphierend reckte Louis einige der zerlesenen Heftromane in die Höhe.

»Hörst du mir denn gar nicht zu?« Über Katherines Gesicht flackerte Enttäuschung, doch im nächsten Moment packte sie seine Hand, ließ sich auf den Teppich sinken und zog ihn mit sich. »Komm, wir legen uns hin, Arm in Arm, wie früher, als wir Kinder waren, und schmökern ein wenig. Lass uns träumen von dem edlen Straßenräuber …«

Im Nu hatte sie sich auf dem Boden ausgebreitet. Louis setzte sich mit etwas Abstand neben sie und verknotete seine langen Beine im Schneidersitz. »Dick Turpin, dem Mann mit den zwei Gesichtern, dem Dieb und dem Held …«, deklamierte er.

»… der den verzweifelten Damen zu Hilfe eilt und sie aus Notlagen rettet.«

Louis zog die Stirn kraus. Es schien so einige Männer zu geben, die ein Doppelleben führten. Edinburghs berühmter Verbrecher Deacon Brodie kam ihm in den Sinn, ein Stadtrat und Tischler, der im Verborgenen Einbrüche verübt hatte, um seine Spielsucht zu finanzieren, und dafür gehenkt worden war. Eine Figur, wie geschaffen für ein Theaterstück. Jeden Tag erinnerte der große Kleiderschrank, den Brodie einst gefertigt hatte, Louis an dieses Thema, zu dem er bereits die ersten Verse notiert hatte.

Katherine stupste ihn an. »Einen Penny für deine Gedanken.«

Ehe Louis antworten oder zu lesen beginnen konnte, trat Cummy ein. »Junge Herrschaften, das Essen ist … Was ist denn das für ein Benehmen?«, rief sie empört.

Sofort sprangen Louis und Katherine auf und klopften ihre Kleidung ab. Louis versteckte die *Penny Dreadfuls* hinter dem Rücken. Cummy hatte ihm zwar aus Heftromanen vorgelesen, als er ein Kind gewesen war. Dabei hatte es sich allerdings um die schmalzigen Varianten gehandelt, und immer wenn moralische Verwerfungen angedeutet worden waren, hatte sie abgebrochen – was sie nicht davon abgehalten hatte, am nächsten Samstag erneut mit Louis zur Schreibwarenhandlung zu gehen, um im Schaufenster die neuen Folgen zu betrachten und mit ihm gemeinsam anhand der Illustrationen den Inhalt zu erraten. »Wir haben uns lediglich an unsere Abenteuer als Kinder erinnert, Cummy. Weißt du noch – du mochtest es doch immer, wenn ich Gottesdienst gespielt habe«, sagte er und berührte seine Kinderkrankenschwester am Ellbogen. Unauffällig schob er mit der anderen Hand die Hefte unter sein Hemd.

»Sie konnten schon als ganz kleiner Junge die Psalmen aufsagen, Master Lou«, sagte Cummy nicht ohne Stolz.

»Und das ist dein Verdienst!«

Sie folgten ihr ins Esszimmer. Tom, Maggie und Tante Gatchie hatten bereits an der Tafel Platz genommen, auf der Kristallgläser und Silbertabletts um die Wette funkelten. Das Dienstmädchen stand bereit, um die Gerichte aufzutragen. Es würde Suppe geben, zweierlei Fleischgerichte und Mince Pies.

»Wir sind wirklich sehr dankbar, dass ihr uns zu so einem schönen Essen einladet und uns auch in eurem Haus in Swanston willkommen heißen werdet«, sagte Katherines Mutter. Louis bemerkte, wie seine Cousine bei ihrem unterwürfigen Tonfall versteifte. »Ich darf euch berichten, dass Bob in Cambridge große Fortschritte macht. Er schrieb jüngst, dass seine künstlerischen Entwürfe von seinen Professoren gelobt werden. Eure Investition wird also Früchte tragen, lieber Schwager.«

Nun verdrehte Katherine die Augen. Glücklicherweise bemerkte es niemand außer Louis, der Mühe hatte, ein Lachen zu unterdrücken.

Endlich gebot Tom seiner Schwägerin Einhalt. »Genug davon. Es ist doch selbstverständlich, dass ich für die Familie meines armen Bruders aufkomme.«

»Vater hat ja auch viel für das Familienunternehmen getan«, platzte Katherine heraus.

Ein strafender Blick von Tom, gefolgt von einer gemessenen Antwort: »Das ist richtig. Skerryvore wird stets ein Denkmal für meinen lieben Bruder sein. Und nun lasst uns beten, um für dieses reiche Mahl zu danken und der Verstorbenen zu gedenken.«

Tom verzichtete darauf, hinzuweisen, dass Alan Stevensons Leistungen als Ingenieur durch dessen Krankheit und seinen grauenvollen Niedergang in den letzten Lebensjahren stark überschattet worden waren. Einen Gelehrten, der in sechs Sprechen fließend zu disputieren wusste, der dichtete, antike Klassiker übersetzte, bahnbrechende Erfindungen auf dem Gebiet der Optik gemacht und eigentlich unmögliche Leuchttürme gebaut hatte, derart verfallen zu sehen, war für niemanden leicht zu ertragen gewesen. Selbst Louis hatten die Besuche im Krankenzimmer des Onkels belastet, und obwohl niemand es zugegeben hätte, war Alans Tod vor drei Jahren für ihn eine Gnade und für alle anderen eine Erleichterung gewesen. Das aber war kein Gesprächsthema für ein geselliges Abendessen, sosehr es sie alle auch nach wie vor beschäftigen mochte.

Louis' Gedanken schweiften ab, als sein Vater nach dem Gebet erneut zu dozieren begann. Als er bemerkte, wie aufmerksam die Hunde Toms Worten lauschten, obgleich sie durch die langen Zotteln kaum etwas erkennen konnten, musste er sich jedoch zwingen, nicht loszuprusten. Die Stimme seines Vaters verklang, und Louis verkündete: »Die beiden haben jedes Wort verstanden.«

Tom beugte sich zu den beiden Hunden hinab und herzte sie lachend. »Das ist wahr, oder? Ihr zwei habt genauso eine Seele wie jeder andere hier am Tisch«, sagte er, während das Dienstmädchen die Spargelcremesuppe auftrug.

4

SWANSTON

Der Pfarrer hatte sich in eine Erregung hineingesteigert, die vielen Menschen, die sich im Inbesitz von Gottes Gnade glaubten, zu eigen war. Wie lange predigte er bereits über die Gottlosen? Es musste doch mindestens eine Stunde her sein, dass der Reverend der Kirche von Glencorse begonnen hatte – und ein Ende war nicht abzusehen. Verstohlen schaute Louis auf die Uhr und erntete einen strafenden Blick seiner Mutter, der erst weicher wurde, als er ihr entschuldigend zulächelte. Katherine neben ihm rutschte die ganze Zeit schon auf ihrem Hintern herum und hatte die Hände falten müssen, um nicht noch mehr herumzuzappeln. Von draußen drangen Vogelstimmen und das Rascheln einer Brise im frischen Laub zu ihnen. Wie viel lieber wäre er im Grünen, in der Natur, in Freiheit. Andererseits …

Der Reverend hob seine mit schwarzen Zwirnhandschuhen versehenen Hände und deklamierte: »Der Gerechte aber graviert seinen Namen in den Felsen ein, während der Böse seinen Namen in den Sand schreibt. Alles, was der Gottlose war und tat, wird vergehen …«

Louis versuchte ernsthaft, sich auf die Predigt zu konzentrieren, aber der Rededuktus tat ihm beinahe körperlich weh. Der Pfarrer schien die Predigt des berühmten Geistlichen Charles Haddon Spurgeon auswendig gelernt zu haben und leierte sie herunter. Wenn der Gottesdienst doch endlich beendet wäre und sie die Kirche verlassen könnten! Als wären Sonntage nicht ohnehin schlimm genug, weil alles, was Spaß machte, verboten war. Wie viele endlos erscheinende, sterbenslangweilige Sonntage hatte er schon durchlitten! Hatten seine Eltern diese Ödnis auch nur etwas durch Kartenspiele aufgelockert, hatte die fromme Cummy ihnen die Höllenstrafen lebhaft ausgemalt.

Zum Trost gestattete Louis sich einen Blick zu Jeannie, die mit ihrer Familie schräg hinter ihnen saß. Als sich ihre Augen trafen, durchfuhr es ihn heiß. Ein schüchterner und zugleich liebevoller Ausdruck lag auf ihrem Gesicht – oder bildete er sich das nur ein? Auf jeden Fall schoss ihm die Hitze auf die Wangen. Hoffentlich fiel es niemandem auf! Sofort sah Louis weg. Doch Jeannie war nicht die Einzige, die ihn beobachtet hatte. Wer war der baumlange Typ mit den engstehenden Augen unter dem dichten Haarschopf, der so finster dreinblickte? Louis tat, als würde er den Blick nicht bemerken.

In den Wochen seit ihrem Spaziergang war er beinahe jedes Wochenende mit seiner Familie in Swanston gewesen, da der Husten seines Vaters so hartnäckig gewesen war. Louis war das recht gewesen, denn bei jedem Besuch hatte er Jeannie getroffen. Sie waren einander wie zufällig begegnet. Meist war sie mit einer Freundin beisammen gewesen, die sich jedoch – nicht ohne neckende Sprüche – zurückgezogen hatte. Sie waren spazieren gegangen, hatten geredet, gelacht und, wenn es ihnen gelang, außer Sichtweite anderer zu sein, sogar Händchen gehalten und Liebkosungen ausgetauscht. Gestern jedoch hatte Louis vergeblich auf Jeannie gewartet, und er hoffte inständig, dass er sich heute Nachmittag freimachen und sie endlich treffen könnte.

Bei dem Gedanken beschleunigte sich sein Pulsschlag. Ja, er war verliebt in sie. Jeder freie Gedanke galt ihr. Und es tat ihm gut, von Jeannie angehimmelt zu werden, vielleicht gerade, weil seine Kurse an der Universität so unbefriedigend verlaufen waren und er erheblich unter Selbstzweifeln litt. Sein Vater verlangte immer mehr von ihm, und Louis tat sich schwer, den Ansprüchen zu genügen. Selbst wenn ihm etwas gelang, wurde er gescholten. Es schien, als würde Tom immer nur das Schlechte in ihm sehen. Jeannie hingegen hielt ihn für einen talentierten jungen Mann, dem alles gelingen konnte, wenn er es nur wollte. Vor allem bestärkte sie ihn darin, weiter zu schreiben. Auch körperlich fühlte er sich von Jeannie angezogen.

Erneut spürte er, wie verräterische Röte auf seine Haut kroch. Um sich abzulenken, nickte Louis energisch zu den nächsten Sätzen des Pfarrers, woraufhin Katherine ihn erstaunt ansah.

Der Kontrast nahm ihn gefangen: graues Schieferdach und weiß getünchte Fassade vor frischem Buchen- und Ulmenlaub sowie azurblauem Himmel. Das Gebäude mit seinen Erkern, Vorsprüngen und Türmchen wirkte wie eine winzig kleine Kathedrale, und als müsste dieser Eindruck noch verstärkt werden, hatten die Baumeister das Cottage mit Ornamenten und Wasserspeiern verziert, die von einer mittelalterlichen Kirche zu stammen schienen. Hinter dem Haus erhob sich ein bewaldeter Berg, der vor der Terrasse in einem sanften Schwung abfiel. Lorbeer und Stechpalme verströmten einen würzigen Duft.

Unwillig wandte Louis sich wieder dem Geschehen in seiner unmittelbaren Nähe zu, einer feinen Gesellschaft in verschnörkelten gusseisernen Gartenmöbeln. Sein Vater las aus den Psalmen vor, während seine Mutter andächtig lauschte. War Tom nicht gerade durch seine beruflichen Aufgaben eingespannt, waren seine Eltern derart aufeinander fixiert, dass Louis sich beinahe überflüssig vorkam. Er war ebenso zappelig wie Katherine, deren Blick ruhelos wanderte und deren Knie in einem fort wippte. Ihre Mutter hatte sich mit einem Anfall von Kopfschmerzen hingelegt. Cummy hingegen besuchte ihren Bruder, der in Swanston lebte.

Louis überlegte fieberhaft, wie er sich am geschicktesten für den weiteren Nachmittag entschuldigen konnte. Es drängte ihn, nach Jeannie Ausschau zu halten.

Endlich war die Lesung seines Vaters beendet, und er beschied, dass sie einen Spaziergang machen könnten. Sofort nutzte Louis die Gelegenheit. »Ich würde gern zum Fluss gehen. Ein Stück Richtung Winton habe ich interessante Stromschnellen …« Sein Vater merkte auf, und Louis haderte mit seiner Ausrede. Sicher, Tom würde die Naturbeobachtung gutheißen. Andererseits liebte sein Vater es selbst, Wasserbewegungen zu studieren – nicht dass er auf die Idee kam, ihn zu begleiten. »Ich würde anschließend sofort wieder zu euch stoßen«, sagte er schnell.

Maggie hakte sich bei Tom ein. Sie hatte sich einen Sonnenschirm bringen lassen. »Das ist eine gute Idee, Smout«, sagte sie, sichtlich zufrieden, ihren Gatten für sich zu haben.

»Ich weiß deine Begeisterung zu schätzen, denn Beobachtungen sind für einen Ingenieur essenziell. Aber missachte den heiligen Sabbat nicht!«, mahnte Tom.

»Und sei rechtzeitig zum Abendgottesdienst zurück.« Maggie wandte sich ab. Der Gedanke an einen weiteren endlosen Gottesdienst ließ ihn beinahe aufstöhnen.

»Darf ich Lou begleiten, Onkel Tom?«, fragte Katherine hoffnungsvoll.

»Wenn du meinst, dass deine Mutter dich entbehren kann … gern«, sagte Louis schnell, obgleich dies seine Pläne durchkreuzt hätte.

Wie erwartet wandte Maggie sich zu ihrer Nichte um. »Du solltest wirklich nach deiner lieben Mutter sehen. Vielleicht kannst du der armen Gatchie beistehen. Und wenn es ihr besser geht, könnt ihr uns beide folgen.«

Louis tat so, als bemerkte er Katherines ebenso enttäuschten wie empörten Blick nicht, und machte sich auf den Weg, bevor seine Eltern es sich anders überlegen konnten. Er musste Jeannie unbedingt sehen! Wenn sie nach dem Abendgottesdienst nach Edinburgh zurückkehrten, würde es mindestens eine Woche dauern, bis sie sich wieder treffen könnten – das würde er nicht ertragen.

Er schlug sich durch Buschwerk und Erlengestrüpp zum Flusssaum, tapste in schlammige Senken und scheuchte Kröten, Libellen und sonstiges Getier auf. Dann endlich hatte er die kleine Lichtung am Flussufer erreicht, die vom Weg aus nicht einsehbar war.

Louis entdeckte Jeannie und ihre Freundin sofort, die in ein Büchlein vertieft auf einem Felsen am Flussufer saßen. Sein Zwerchfell flatterte – was für ein Glück! Neben den jungen Frauen grasten die drei Ziegen, die Jeannies Familie ihr Eigen nannte. Natürlich durfte auch Jeannie sonntags nicht arbeiten, aber das Vieh musste dennoch auf fettere Weiden begleitet werden. Ob sie genauso nach einer Ausrede gesucht hatte wie er, um hierherzukommen?

Er machte sich bemerkbar und begrüßte sie. Jeannies Gesicht überzog ein Strahlen, als sie ihn sah. Sie sprang auf und stürmte ihm entgegen, nur um wenige Schritte vor ihm abzubremsen und ihn scheu anzulächeln. »Du bist gekommen!«

»Natürlich. Ich … habe dir doch versprochen, dir etwas aus meiner neuen Geschichte vorzulesen.« Wie zum Beweis klopfte er auf das Büchlein in seiner Tasche.

Nun näherte sich auch ihre Freundin Mary. Sie war in Jeannies Alter, aber etwas rundlicher. Rote Locken, blaue Augen, ein sommersprossiges Gesicht mit einer vorwitzigen Nase, die ihrem Temperament entsprach, wie Louis schon mitbekommen hatte. Ihrem breiten Dialekt nach stammte sie ebenfalls aus den Highlands. »*Aig a'cheann thall!* Endlich! Der Tag ist gerettet! Du glaubst ja gar nicht, was ich hätte aushalten müssen, wenn du nicht aufgetaucht wärst, Laddie!«

»Mary!«, rief Jeannie aus, der die Bemerkung und der kumpelhafte Ton ihrer Freundin offensichtlich peinlich waren.

»Na, na, der soll sich nicht so anstellen! Und du – nun tu doch nicht so!« Mary grinste. »Aye, ich verstehe schon. Ich gehe dann mal.«

Als sie weg war, folgte Louis Jeannie zu dem Felsen. Sie setzen sich nebeneinander, sahen schweigend auf den plätschernden Fluss. Es gab so viel zu sagen. Wie aber sollte er die passenden Worte finden? Jeannie sah ihn immer wieder von der Seite an, lächelte verlegen, summte vor sich hin. Die Sonne reflektierte auf ihrem blonden Haar und ließ ihr Gesicht golden schimmern. Sie wirkte so rein, so unschuldig. Und er? Er dachte nur daran, sie zu küssen! Und mehr …

Gleichzeitig brachen sie die Stille. »Mary hat übertrieben!«, rief sie aus.

»Was hast du gelesen? Ein Gebetbuch?«, wollte er wissen.

Ihre Wangen röteten sich, was er reizend fand. »Ehrlich gesagt, habe ich mir eines der Bücher leihen können, von denen du mir erzählt hast. Die Gedichte von Whitman.«

»Ich liebe seine Naturschilderungen und seine Sinnlichkeit! Er …« Schamerfüllt schlug sie die Augen nieder. »Bitte, jetzt lies du mir vor! Ich … habe nicht mehr viel Zeit«, ging Jeannie dazwischen.

Louis zog das Buch aus seiner Tasche und öffnete die Seite, die er mit einem Faden markiert hatte. Noch nie hatte er jemandem diese Geschichte vorgetragen, nicht einmal Bob. »Ich bin noch nicht hundertprozentig zufrieden. Einiges habe ich bereits überarbeitet, aber einige Beschreibungen und Dialoge könnten besser sein …«

Sie legte ihm die Hand auf den Arm und lächelte ihn auffordernd an. »Es ist bestimmt ganz wunderbar.«

Louis nahm sich ein Herz und begann vorzulesen. Natürlich würde er nie zugeben, dass er den Text und die Dialoge einstudiert hatte. Schon als Kind hatte er es geliebt, sich zu verkleiden und in kleinen Theaterstücken aufzutreten. Gleichzeitig waren ihm die vielen Ungenauigkeiten in seinen Texten schmerzlich bewusst.

Während er las, ließ Jeannie sich gegen ihn sinken. Er roch die Seife in ihrem Haar und spürte die Wärme ihres Körpers an seinem, was ihn in Erregung versetzte und zum Stottern brachte. Wie gern hätte er einfach den Arm um sie gelegt und sie geküsst, doch er wagte es nicht, den Zauber des Moments zu zerstören. Die Sonne brach durchs Geäst und funkelte in dem von Steinen aufgewühlten Wasser. Amseln badeten in einer seichten Stelle, spreizen die Flügel und ließen dabei einen Tröpfchenregen aufstieben, selbst die Ziegen hatten sich hingelegt und zupften faul an dem Gras, das in ihrer unmittelbaren Reichweite wuchs. Louis wollte sich alles genau einprägen, um sich für immer an diesen Moment erinnern zu können.

Jeannie neigte ihr Haupt. »Ich wünschte, wir könnten ewig hier so sitzen. Ich wünschte, ich könnte ewig deinen Geschichten lauschen, dir ewig so nah sein. Ich wünschte …«

Er wurde an Katherines unerfüllte Wünsche erinnert, schob den Gedanken an seine Cousine jedoch weg. Mit flatterndem Herzen sah er Jeannie an. Ihr Atem kitzelte seine Haut. »Ja?«, fragte er leise.

»Du bist mir so nah wie niemand sonst. Ich weiß, dass ich nicht hier sein durfte. Dass ich einen Fehler mache. Und doch … Ich kann nicht anders.« Jeannie legte die Hand sanft um seinen Nacken und zog ihn zu sich heran. Sofort vergaßen sie alles um sich herum.

Doch dann brach die Hölle los.

***

Erst als der Schmied gegangen war, erlaubte Tom es sich, seinen Gefühlen Raum zu geben. Seine Oberschenkel zitterten, seine Schultern waren hart wie Granit. Die Papiere, die er bei der Suche nach Beweisen für Louis' Betrug in dessen Zimmer gefunden hatte, bebten in seiner Hand. Vor Scham wagte er kaum, einen Blick darauf zu werfen. Am liebsten hätte er dieses Machwerk sofort ins Feuer geworfen. Eine Erinnerung kam ihm in den Sinn und schnürte ihm den Hals zu. War es seine Schuld, dass sein Sohn so missraten war? War er schuld daran, dass Louis auf Abwege geraten war? Aber woher sollte Louis wissen … Oder lag es in der Familie? Gab es Stevensons, die in Form gegossen werden mussten wie Zement? Die zurechtgehauen werden mussten wie Gestein? Er schnaubte verächtlich, vertrieb das gefährliche Kitzeln in seiner Kehle. Seine Sprachbilder waren furchtbar. Es war gut gewesen, dass sein Vater ihn in die Schranken gewiesen hatte. So wie er Louis nun in die Schranken weisen musste.

Ein zaghaftes Klopfen an der Tür. Maggie schaute durch den Spalt, die Augen aufgerissen, die Lippen zitternd.

»Ich frage mich, was wir falsch gemacht haben, womit wir das verdient haben«, presste Tom zwischen verkrampften Kiefern heraus. »Es ist meine Schuld! Meine!«

Maggie nahm seine Hände in ihre. »Sag das nicht, Lieber!« Ihre Stimme war dünn, an der Schwelle zur Hysterie, wie sie es gewesen war, wenn ihr Sohn einmal wieder zwischen Leben und Tod geschwebt hatte. Sie presste sich an ihn.

Lust wallte in ihm auf. Dieser Zusammenstoß von Körpern voller Emotionen. Tom hätte ihr am liebsten das Kleid vom Leib gerissen. Gleichzeitig schämte er sich zutiefst vor Gott und sich selbst. Wie konnte er nur! Was war er nur für ein Tier! Hatte er sich nach Louis' schwerer Geburt nicht geschworen, Maggie nicht mehr beizuwohnen, um ihr Leben nicht zu riskieren, so schwer es ihm auch fiel? Beinahe stieß er sie von sich, aus Sorge, andernfalls nicht mehr an sich halten zu können. Er war schwach. Das war ein Makel, den er vor allen verbergen musste, sogar vor Gott.

Tom keuchte, der Hustenreiz brach sich Bahn, und er hustete, bis er sich das Blut mit einem Taschentuch von den Lippen tupfen musste.

»Oh, du Lieber, beruhige dich! Wie konnte er uns das nur antun! Unser eigener Sohn! Unser Fleisch und Blut!« Maggies Stimme kippte.

Tom zwang sich zur Ruhe. Er musste stark sein, für sie beide. Genau genommen: für sie drei. »Wir haben ihn verzärtelt. Ich habe diesen Schund geduldet, ja, sogar gefördert!« Er reckte die Papiere, die inzwischen zerknickt und feucht von seiner verkrampften Hand waren, in die Höhe.

»*Pentland Rising* war etwas anderes. Es war ein sachlicher Bericht. Du warst stolz auf diese Leistung«, wandte sie ein.

Es stimmte. Er hatte einhundert Exemplare auf eigene Kosten drucken lassen. Zunächst hatte er die Schrift an Freunde verschenken wollen, doch dann hatte ihn die Furcht vor Kritik gepackt, und er hatte sie verschwinden lassen, was weder Maggie noch Louis wussten. »Und doch war dies der Keim, der Louis in die falsche Richtung getrieben, der ihn übermütig gemacht hat. Und jetzt nutzt er diesen Schund, um unschuldige Mädchen zu verführen! Was für eine Schande! Damit ist jetzt Schluss!«

Die Hände zu Fäusten geballt stürmte er hinaus.

»Tom, nicht! Er ist doch unser Sohn, unser Smout!« Schluchzend brach Maggie zusammen.

***

Louis sprang in die Höhe, kaum hörte er das Geräusch an der Tür. In den letzten Stunden, in denen er in dieser Kammer eingesperrt gewesen war, hatte er geschrien und geheult, geflucht und gewütet. Vor allem aber hatte er beinahe Rillen in den Teppich gelaufen vor lauter Unruhe. Wie ging es Jeannie? Was hatte der Kerl mit ihr zu tun, der sie am Arm gepackt, angeschrien und anschließend versucht hatte, ihn zu verprügeln? Sie hatten doch nichts Schlimmes getan, hatten sich lediglich geküsst, vielleicht ein wenig mehr ... Dennoch waren die Gesichter der Erwachsenen und sogar das seiner Cousine totenbleich gewesen, hatte es erregte Diskussionen gegeben, ehe er eingeschlossen worden war.

Die Tür flog auf, der Türgriff knallte gegen die Wand, und Louis glaubte, Putz rieseln zu hören. Groß und breit füllte sein Vater einen Großteil des Türrahmens aus. Tom schlug die Tür zu, stand im nächsten Moment vor Louis, mit Fäusten wie Hämmern und pumpender Brust. Noch nie war Louis von seinem Vater geschlagen worden. Würde es jetzt dazu kommen? Und was war mit Jeannie?

Unwillkürlich schossen ihm Tränen in die Augen. »Wie geht es Jeannie? Wir haben nichts getan!«

»Nichts getan? Du hast Schande über deine Mutter und mich gebracht! Du hast ein unschuldiges Mädchen beschämt und in Verruf gebracht! Du hast ihren Vater und ihren zukünftigen Verlobten beleidigt!«

Nie hatte Louis jemanden so leise brüllen hören. Doch vor allem ein Wort war zu ihm durchgedrungen. Ein Wort, das ihn wie eine Faust in den Magen getroffen hatte. Er krümmte sich. »Verlobter?«

»Jeannie ist dem Gesellen des Schmieds, diesem James McMill versprochen. Das hat sie dir wohl nicht verraten, bei euren trauten Schäferstündchen!«

»Wir hatten keine ... Es gab keine trauten Schäferstündchen! Nur diesen einen Kuss!« Und ein wenig mehr.

»Du kannst mir viel erzählen!« Tom machte eine wegwerfende Handbewegung. Sein Gesicht war eine Maske, die Augen so kalt, dass es Louis wehtat. Wo war die elterliche Liebe geblieben, wo der Stolz? Was hatte er seinen Eltern angetan?

»Warum glaubst du mir nicht?«

»Ich habe dir geglaubt! Aber du treibst dich ja auch in zwielichtigen Läden herum, statt in der Universität zu sein.« Also hatte Vaters Angestellter ihn im Tabakladen doch erkannt. »Auch, was diesen Schund angeht, habe ich dir vertraut! Doch du kannst es ja nicht lassen!« Verächtlich schleuderte Tom ihm das zerknüllte Papier vor die Füße.

Louis erkannte sein Manuskript kaum wieder. Eilig hob er es auf, strich es beinahe zärtlich glatt. »Das ist kein Schund! Es ist ein Theaterstück über den Herzog von Monmouth!«

»Über einen Bastard, einen Verräter! Einen Adeligen, der gegen die Covenanters gekämpft hat, durch den etliche unserer Glaubensbrüder den Märtyrertod erleiden mussten! Obendrein ist der Text noch nicht einmal korrekt, wenn ich mich richtig an den Geschichtsunterricht erinnere.« Tom stieß ein Knurren aus. »Schund, sage ich! Eines echten Mannes, der irgendwann eine Familie ernähren will, unwürdig. Das Geschreibsel eines Faulenzers, der es nie zu etwas bringen wird. Willst du so ein Versager sein? Gottlos und faul, eine Schande in Gottes Angesicht?« Zornfunkelnd blickte Tom seinen Sohn an.

»Das ist nicht wahr, verdammt!«

Tom zuckte zusammen. »Für diesen Fluch wirst du Strafe zahlen!«

Wovon denn?, hätte Louis am liebsten gerufen. Er zitterte am ganzen Körper. »Entschuldige den Fluch«, sagte er kleinlaut.

»Mit diesen Torheiten ist jetzt endgültig Schluss. Du wirst dich ganz auf dein Studium konzentrieren. Du wirst im Ingenieurbüro mithelfen und mir dort keine Schande mehr machen. Und du wirst so bald wie möglich auch praktische Aufgaben übernehmen. Du wirst mit den Maurern und Zimmerleuten arbeiten, um Erfahrungen zu sammeln, wie es sich für einen echten Mann gehört. Oder willst du deine Eltern in Verzweiflung, Schande und den frühen Tod treiben?«

»Nein, Vater«, sagte Louis matt. Er senkte den Blick, starrte auf seine Fußspitzen. Es war, als risse man ihm das Herz aus dem Leib. Das Schreiben, die Kunst, Jeannie – alles verloren. Was war er für ein Dummkopf gewesen! Was hatte er nur getan? Seine Eltern, die einzigen Menschen, die ihn wirklich und wahrhaftig, die ihn vorbehaltlos liebten, hatte er gegen sich aufgebracht.

Tom fiel auf die Knie und reckte die Hände gen Himmel. Seine Augen waren geschlossen, was Louis erschütterte und ihm gleichzeitig ein wenig theatralisch erschien. »Dann bete mit mir, mein Sohn. Lass uns gemeinsam für deine Seele beten.«

Leise öffnete Louis die Tür, schlich durchs Haus und durch den Dienstboteneingang auf die Straße. Er beschleunigte seinen Schritt, rannte schließlich, als könnte sein Vater aufgewacht sein und ihn zurückschleifen. Die Nacht hatte die Stadt eingehüllt und selbst in New Town die Ecken und Winkel in Zwielicht getaucht.

Louis wischte sich die Tränen aus dem Gesicht, als seine Beklemmung sich in ein ängstliches Gefühl wandelte. Dies war keine Zeit, in der ein junger Gentleman sich auf der Straße herumtreiben sollte. Mochte die Stadt sich auch tagsüber einen vornehmen Anschein geben, so traten in der Nacht doch die Abgründe unverkennbar ans Licht, und manche von ihnen mochten tödlich sein. Er passierte einen Hauseingang, aus dem das erstickte Stöhnen eines Mannes und geraffte schmutzig weiße Röcke erahnen ließen, was vor sich ging. Selbst in einem vornehmen Viertel wie diesem war die Sünde nur einen Steinwurf entfernt, wie die Kaschemmen in der Rose Street bewiesen, wo ihm betrunkene Männer schwankend entgegenkamen.

Louis wechselte eilig die Straßenseite und wäre beinahe über die ausgestreckten Beine eines Obdachlosen gestolpert, der an die Wand gelehnt schlief. Davon abgesehen war die Princes Street wie ausgestorben. Kein Hufgeklapper, kein Kutschengeratter, kein entferntes Quietschen und Schnaufen der Züge. Kurz träumte er davon, zu Jeannie zu wandern und sie zu überreden, mit ihm zu fliehen, irgendwohin, wo das Wetter mild war und sie ein Leben abseits aller Zwänge aufbauen konnten. Er erinnerte sich an die Berichte seiner Onkel, die im Dienste der Krone in Übersee unterwegs waren. Doch als er daran dachte, dass seine Eltern sein Verschwinden bemerkt haben könnten, wurde ihm die Brust eng. Sie liebten ihn. Was sie ihm antaten, taten sie nur aus Liebe. Aber war das eine Entschuldigung?

Louis tauchte in die engen Gänge der Altstadt ein. Bröckelige Wände, Feuchtigkeit, die auf den Boden tropfte. Gelächter aus den Kneipen, der Gesang von Männern und Frauen, beschwingtes Gefiedel, erregt aufbrandende Diskussionen. Er blickte durch die bunten Fenster der Gaststätten in ein Leben, das ihm unbekannt war, ihn zugleich aber faszinierte. Heiß brannte die Münze in seiner Tasche, die er vom Haushaltsgeld seiner Mutter stibitzt hatte. Er könnte sich betrinken, sich für eine Nacht in das Getümmel stürzen, Spaß haben und sich von einem der leichten Mädchen von seinem Kummer ablenken lassen, wie es manche seiner Freunde taten.

Eine Mischung aus Angst und Lust durchfluteten ihn. Dann spürte er, wie sich unvermittelt eine Pranke auf seine Schulter legte, und er glaubte, ohnmächtig zu werden.

5

Louis warf sein Notizbuch und das Briefpapier in den Koffer. Am liebsten hätte er den Rest mit Büchern aufgefüllt – wenn er schon in die Einöde musste, dann wollte er wenigstens inspirierende Lektüre dabeihaben und an seinen Texten weiterarbeiten können. Doch er zögerte. Seit dem Eklat um Jeannie vor einer Woche war er in Ungnade gefallen. Und das, obgleich er nach seinem nächtlichen Ausbruch unauffällig in die Heriot Row zurückgekehrt war. Als ihn ein Kerl in einen Hinterhof hatte locken wollen, um dort einem Hahnenkampf beizuwohnen, war er geflohen, was er inzwischen ein wenig bedauerte.

Tagelang hatte sein Vater ihn seiner Verfehlungen wegen abgekanzelt, ihm ins Gewissen geredet, dass er seine Sünden bezwingen müsse, und mit ihm um himmlischen Beistand gebetet. Seine Mutter war ständig in Tränen ausgebrochen oder hatte ihn so gleichgültig behandelt wie einen Dienstboten, was ihn beinahe noch mehr quälte. Beide hatten ihm stapelweise moralische oder religiöse Schriften aufgezwungen, die stilistisch meist ein Graus waren – vom Inhalt ganz zu schweigen. Cummy hingegen hatte ihm einmal wieder in den düstersten Farben ausgemalt, welche Strafen auf einen Sünder wie ihn in der Hölle warteten. Sie alle hatten sich in ihre Empörung hineingesteigert, was er für völlig übertrieben hielt, vor allem wenn er daran dachte, was seine Freunde und Kommilitonen gewöhnlich trieben. Da blieb es nicht bei scheuen Küssen und flüchtigen Berührungen! Etliche frequentierten die Bordelle der Stadt oder ließen sich mit Hausmädchen ein; Skandale, die hastig vertuscht wurden.

Louis seufzte. Dass er nicht hatte herausfinden können, wie es Jeannie ging und ob ihr Vater die Stellung bekommen würde, die doch für die Familie so wichtig war, setzte ihm genauso zu wie das Verhalten seiner Eltern. Wenn er ihr doch schreiben könnte!

Von draußen drangen Kutschgeklapper, Vogelgezwitscher und Kinderlachen zu ihm. Ein Jammer, dass ihnen der Sommer nun so verleidet war – seinetwegen. Er hörte die Stimme seiner Mutter auf dem Flur und verließ kurz entschlossen sein Zimmer, in der Hoffnung, endlich Verständnis oder gar Vergebung zu finden. Maggie saß an ihrem Sekretär und notierte etwas in dem Buch, in dem sie seine Entwicklung vom Babyalter an festgehalten hatte. Ob sie jetzt ihre Enttäuschung über ihn niederschrieb? Der Gedanke erfüllte ihn mit Selbsthass. Neben ihr stand ein Foto, das sie besonders liebte. Darauf hielt sie ihn als etwa Fünfjährigen im Arm, und mit seinen Löckchen und dem Kleid sah er wie ein Mädchen aus.

Ein liebevoller Ausdruck trat auf ihr Gesicht, als sie ihn sah, doch dann neigte sie ihr Haupt, und es war, als fiele ein Vorhang über die mütterlichen Gefühle.

Louis' Magen krampfte. »Ich halte das nicht aus! Ich habe einen Fehler gemacht und bereue es zutiefst«, sagte er, obwohl es nicht ganz der Wahrheit entsprach. »Bitte verzeih mir, Mama!« Seine Stimme brach.

Zu seiner Überraschung streckte Maggie sofort die Hände nach ihm aus, als habe sie nur darauf gewartet. Es war selbst für seine Mutter eine ungewöhnliche Gefühlsbezeugung.

Zu schnell löste Maggie sich von ihm. »Ich bin froh, dass du es eingesehen hast. Wir alle machen einmal einen Fehler. Du bist jung und wirst daraus gelernt haben, das habe ich Tom auch gesagt.« Sie sah ihm fest in die Augen. »Ich wollte gerade das schöne Wetter nutzen und einen kleinen Spaziergang machen. Magst du mich begleiten?«

»Nichts lieber als das.«

Wenige Minuten später traten sie auf den Gehsteig hinaus, und Maggie hakte sich bei ihm ein. Sie trug ein elegantes Kleid und einen dazu passenden Sonnenschirm, und Louis ging auf, dass sie wie ein respektables Paar aussehen mussten. Stolz auf seine schöne Mutter regte sich in ihm. Sie schritten auf die gegenüberliegende Straßenseite zu dem schmiedeeisernen Tor der Queen Street Gardens und schlossen es auf.

»Du glaubst gar nicht, was wir in den letzten Tagen erlitten haben. Kein Auge haben dein Vater und ich zugemacht. Wir haben für dein Seelenheil gebetet«, sagte Maggie, während sie darauf wartete, dass Louis die Gartenpforte wieder sorgfältig hinter ihnen verschloss.

»Dafür bin ich euch auch sehr dankbar«, sagte Louis um des lieben Friedens willen. Um das Thema zu wechseln, schob er nach: »Ich habe bereits gepackt, weiß aber noch gar nicht, wo es hingeht.«

Durch einen Vorhang frischen Grüns traten sie in die Gärten ein. Sofort atmete Louis freier. Was für eine Oase! Sie flanierten entlang des Bachlaufs durch die romantisch gestaltete Anlage. Vor dem dichten Buschwerk blühten späte Narzissen neben Roten Lichtnelken und Glockenblumen. Ein Rotkehlchen hüpfte über die Wiese, und nun, wo das Lärmen des Verkehrs durch die Hecken und Bäume gedämpft wurde, waren unzählige Vogelstimmen zu hören. »Ist es nicht herrlich hier? Schau doch nur, der Buntspecht dort!«, rief Maggie und wies auf eine stattliche Weide.

Eine Weile beobachteten sie den Vogel, der rastlos die knorrige Rinde bearbeitete. Dann endlich beantwortete sie Louis' Frage: »Tom wollte dich nach Wick schicken, ganz in den Norden Schottlands. Ich habe ihn jedoch gebeten, sich für Anstruther zu entscheiden. Dann kannst du an den Wochenenden nach Hause kommen und dich mit deinem Vater beraten, falls du Fragen zum Bau der Hafenanlagen hast.«

»Auch dafür danke ich dir.« Louis zögerte, unsicher, ob er eines der Themen ansprechen konnte, das ihm am Herzen lag. »Bob hat mir geschrieben. Er fragte, wie es mit *Monmouth* weitergeht. Vater war in dieser Hinsicht …« Er verstummte, den Blick auf das Inselchen gerichtet, das inmitten des kleinen Sees aufragte. Oft hatte er sich als Kind ausgemalt, welche Geheimnisse und Schätze auf dieser Insel ihrer Entdeckung harrten.

»Ich habe dein Schreiben stets unterstützt und liebe es, wenn du mir vorliest«, sagte sie. Bei diesen Worten ging ihm das Herz auf vor Erleichterung. »Zu einem Ingenieur und Gelehrten gehört es, schreiben zu können. Denk an die vielen Abhandlungen und Traktate, an die vielen Notizen und Briefe, die dein Vater täglich verfasst. Auch Tom hat früher die Poesie geliebt, genau wie dein Onkel Alan, wusstest du das?«

»Das ist mir neu. Erzähl mir davon.«

»Eine jugendliche Schwärmerei, nichts weiter. Nur weil man einen Vers schreiben kann, heißt es nicht, dass er auch gut ist. Dein Großvater Robert brachte seine Söhne auf Spur – und sieh, was für große Dinge sie zum Wohle der Gemeinschaft geleistet haben! Sie haben die See sicherer gemacht, das Leben vieler Menschen leichter und schöner. Einen derartigen Dienst hätten sie der Gesellschaft als im besten Fall mittelmäßige Dichter nie leisten können. Nie hätten sie außerdem zu Wohlstand kommen können, wie es jetzt der Fall ist. Selbst Sir Walter Scott arbeitete zeitlebens als Jurist.«

Louis nickte unwillkürlich. Scott war als meistgelesener Autor Schottlands reich geworden und doch pleitegegangen, woraufhin er umso manischer weitere Romane verfasst hatte. Eine einschüchternde Produktivität und ganz sicher eine Ausnahmeerscheinung. Louis dachte daran, wie schwer er sich selbst mit Versen und Texten tat. »Gibt es noch Manuskripte von ihnen? Ich würde Vaters Gedichte gern lesen.«

»Sie sind alle vernichtet, und das zu Recht. Das ist nicht das, was von Tom in Erinnerung bleiben sollte, Gott möge ihn noch lange verschonen!« Sie gingen auf den schmalen Pfad zurück. »Um auf deine Frage zurückzukommen, also die Frage, die du angedeutet hast, aber nicht auszusprechen wagtest: Schreib *Monmouth* weiter, wenn es Bob und dir Freude bereitet. Schreib auch deine Essays, Artikel für unseren Wohltätigkeitsbasar oder die Universität und deine Gedichte. Aber vernachlässige dafür deine wahre Aufgabe nicht. Die Aufgabe, die deine Bestimmung ist.«

Am Nachmittag verließ Louis das Ingenieurbüro, in dem er zuvor einige Stunden lang gearbeitet hatte, und lief gedankenverloren hügelab durch die Neustadt. Sein Vater hatte ihm gerade vorgetragen, welche Aufgaben in Anstruther auf ihn zukamen. Der Ort in Fife an der Nordküste des Firth of Forth hatte die Stevenson-Ingenieure beauftragt, einen weiteren Hafenpier zu bauen, der den Fischern als schützender Wellenbrecher dienen sollte. Louis solle die Arbeiten überwachen und vorantreiben, ihm berichten und selbst Hand anlegen, wo es nötig war, hatte Tom entschieden.

Louis dachte mit Sorge an die Herausforderungen, die ihm bevorstanden. Ihm waren seine Schwächen in Mathematik und Geometrie nur allzu bewusst, und er wünschte, er hätte im Unterricht besser aufgepasst. Die Aussicht, mit den Arbeitern bei Wind und Wetter und teilweise auf dem Meer schuften zu müssen, machte ihm ebenfalls zu schaffen. Hoffentlich hielt er durch und brach nicht sofort mit einer Erkältung zusammen. Das wäre eine Blamage.

»Louis?« Beim Klang der Stimme durchzuckte es ihn. Aber es war nicht Jeannie, wie er einen Augenblick lang gegen jede Vernunft gehofft haben mochte, sondern deren Freundin Mary. Die junge Frau hatte ihre roten Locken mit einer ausgebeulten Tam-o'-Shanter-Mütze gebändigt, das karierte Schultertuch war löchrig. Sie hielt ihm ein Papier hin. »Ein Brief für dich, Lad.«

Unwillkürlich sah Louis sich um. Er fürchtete, dass jemand sie sehen könnte, und machte eine Geste.

»Hast wohl Angst, dass das ein unzüchtiges Angebot ist!« Sie grinste.

»Mary!«

»Aye, nur ein Spaß! Ich weiß, dass ihr harmlos seid. Da gibt's ganz andere, das sage ich dir!« Mary folgte ihm ein Stück in eine Seitenstraße. Dort nahm er den Brief an sich, konnte es kaum erwarten, ihn zu öffnen.

»Wie geht es ihr? Wie geht es Jeannie?«

Mary krauste die Nase. »Ihr Vater hat sie weggeschickt, zu Verwandten ins Hochland. Keine Ahnung, wie es ihr dort ergehen wird. Sie hat sich solche Vorwürfe gemacht. Als habe sie dein Leben zerstört! Ich konnte es ihr nicht ausreden, obgleich es doch für Jeannie viel schlimmer ist als für dich. Ihr feinen Leute fallt immer auf die Füße, während wir mit einem Bankert in der Gosse landen!«

»Wir haben nicht ... Du weißt ...« Allmählich ärgerte sich Louis über ihren verächtlichen Ton. Glaubte sie wirklich, dass Jeannie und er bestimmte Grenzen überschritten hatten? Auf der anderen Seite: Hätte er an sich halten können, wenn Jeannie und er weitergegangen wären, wenn die Lust sie übermannt hätte? Louis verdrängte den Gedanken. Die Reaktion von Jeannies Vater war hart, und aus der Perspektive der jungen Frau hatte er die Angelegenheit noch gar nicht betrachtet. Andererseits: Wurde er nicht auch von seiner Familie weggeschickt? »Weißt du, ob Jeannies Vater trotzdem die neue Stellung bekommen wird?«, fragte er.

Sie schnaubte. »Hast wohl nicht gewagt, das deinen eigenen Vater zu fragen!«

»Und die Verlobung?«

»Davon weiß ich nichts.« Sie hob die Schultern und kniff die Augen prüfend zusammen. Louis schwieg unbehaglich. »Ich war den ganzen Tag unterwegs, um dir diesen Brief zu bringen. Hab mir die Füße platt gelaufen, Lad.«

»Danke schön.«

»Davon kann ich mir auch nichts kaufen.«

Beschämt dachte Louis an seine leeren Taschen. Keinen Shilling konnte er ihr geben. »Hast du Hunger? Wenn du einen Augenblick wartest, hole ich dir etwas aus unserer Speisekammer.«

Sie nickte, und kurz darauf zog sie mit dem von ihm beschafften Proviantbeutel ab. Sie hatte gesagt, dass sie sich noch etwas in der Stadt umsehen wolle, und als Louis sie vor Dieben und sonstigem Gesindel gewarnt hatte, hatte sie nur gelacht. Sie habe eine Tante, die am Grassmarket im *White Hart Inn* arbeite, und kenne sich aus.

Louis lief an Flaneuren, Milchverkäuferinnen, Zeitungshändlern und spielenden Kindern vorbei, bis er eine Bank gefunden hatte, auf der er seine Ruhe hatte. Er wog den Brief in den Händen wie eine Kostbarkeit, schnupperte in der Hoffnung daran, dass das Papier nach Jeannie riechen würde, wurde jedoch enttäuscht. Er öffnete den Brief und registrierte bekümmert, wie wenige Zeilen er enthielt. Die Schrift war rund und sorgfältig ausgeführt wie die eines Kindes, aber es gab weniger Rechtschreibfehler als in seinen eigenen Texten.

Der Hals schnürte sich ihm zusammen, als er las:

Lieber Louis,
ein jeder muss seinen Platz kennen, das habe ich schon bei unserem Spaziergang durch Edinburgh zu Dir gesagt, und das habe ich jetzt schmerzhaft lernen müssen. Nicht dass ich es bereue, Dich besser kennengelernt zu haben! Wir mögen nur wenige gemeinsame Momente gehabt haben, und doch werde ich Dich bis an das Ende meiner Tage im Herzen tragen. Es gibt eben besondere Menschen, besondere Begegnungen. Wir entstammen zwei Welten, die einander ausschließen. Im Alltag können wir einander begegnen, geschäftsmäßig. Mehr zu erwarten wäre ein schöner Traum. Ein Traum, den ich mir nicht leisten kann.
Ich traue Dir zu, dass Du zu mir gestanden hättest. Aber Du bist ebenfalls noch unmündig und wärst mittellos, wenn Deine Eltern Dich verstießen. Gleichzeitig hättest Du mit dieser Entscheidung Dein Leben zerstört. Ein Gentleman muss bei seinem Stand bleiben, wenn er etwas leisten will – und Du wirst etwas leisten.
Ich hätte es mir nie verziehen, Dich auf Deinem Weg aufgehalten zu haben. Wie würde ich mir wünschen, ab und zu von Dir zu hören. Zu wissen, dass es Dir gut geht. Deine Gedichte zu lesen, Theaterstücke, vielleicht Romane. Und auch ich habe Träume, wenngleich sie jetzt in noch weitere Ferne gerückt sind. Niemand würde mich als Lehrerin akzeptieren, wenn ich meinen untadeligen Ruf verloren habe. Aber ich will mich nicht beklagen. Ich bereue nichts. Gleichzeitig bitte ich Dich, diesen Brief zu vernichten. Sollte er gefunden werden, könnte es für mich ernste Konsequenzen haben.
Ich muss Schluss machen. Mein Vater kommt, und er besteht darauf, mich in die Schranken zu weisen.
Immer Deine, Jeannie

Wut überfiel ihn, als er sich ausmalte, was Jeannie damit andeuten mochte. Hatte ihr Vater sie etwa geschlagen? Louis' Hände verkrampften derart, dass das Papier zwischen seinen Fingern zerknitterte. Wie tapfer sie war, wie klar sie ihre Gedanken formulierte! Kurz wünschte er sich, Jeannie aus ihren Nöten zu befreien – mutig und selbstlos wie Dick Turpin, der Held seiner Romanhefte. Gleichzeitig war ihm klar, wie recht sie hatte. Wie rational sie dachte! Ohne das Geld seiner Eltern konnte er nicht einmal sein Studium beenden. Als Journalist oder Autor war er zu unbekannt und auch zu schlecht, als dass er sich einen Lebensunterhalt hätte verdienen können.

Wie immer in Situationen, die ihn besonders aufwühlten, entzündete seine Fantasie ein Feuerwerk. Vor seinem inneren Auge sah er, wie er in abgerissener Kleidung von Tür zu Tür ging und um Arbeit nachsuchte. Jeannie mit einer wachsenden Kinderschar in einer elenden Kammer. Elend wie die Bettelkinder in Old Town. Ihre Schönheit verging. Kinder siechten dahin, starben vielleicht sogar, wie er es beinahe täglich in der Altstadt beobachten konnte. Er in einem Kellerbüro oder einer feuchten Druckwerkstatt bei einer eintönigen, schlecht bezahlten Tätigkeit – wie lange würde sein Körper das mitmachen? Ein paar Wochen, ein paar Monate oder ein paar Jahre? Mehr sicher nicht.

Es musste doch eine Zukunft für Jeannie und ihn geben! Er musste sich etwas einfallen lassen! Louis faltete den Brief zusammen und versteckte ihn in seinem Hemd über dem Herzen. Ja, er würde ihn vernichten, so schwer es ihm auch fallen würde, aber ein wenig würde er ihn noch bei sich tragen. Das, was ihm von Jeannie geblieben war. Immerhin hatte Mary ihm einen Hinweis hinterlassen, wo er einen Brief für Jeannie abgeben könnte. Sonst hätte sie ihre im *White Hart Inn* arbeitende Tante nicht so genau beschrieben. Er musste Jeannie seiner Gefühle versichern, ihr Mut zusprechen. Hoffentlich schaffte er es vor seiner Abreise, zum Grassmarket zu laufen, um Marys Tante zu suchen …

6

25. August, auf dem Dampfer Pharos V vor der Ostküste Schottlands

Der Raddampfer krängte erheblich, und Louis hielt seinen Blick durch das Bullauge fest auf den Horizont gerichtet, um die Seekrankheit einzudämmen. Die Schaufelräder der *Pharos V* durchpflügten schnaufend die Wellen. Das Schiff gehörte dem Northern Lighthouse Board und schien mit seinem über einhundertachtzig Fuß langen Rumpf und den zwei Masten einerseits, den dampfbetriebenen Schaufelrädern und dem Schornstein andererseits eine gelungene Mischung aus Windjammer-Historie und Neuzeit zu sein. Die Kabinen waren mit ihrem lackierten Holz, den Messingbeschlägen und den Lederpolstern gediegen. Louis liebte es, über die Decks zu streifen und mit den Matrosen zu sprechen, doch leider war ihre Seereise bald vorbei.

Sein Vater hatte den Unterarm auf sein Schreibheft gelegt und hielt auch seine Utensilien fest, damit sie nicht vom Tisch rollten. Die Möbel hatten bei diesem Wellengang einen erheblichen Bewegungsdrang, und die Stifte und Gläser kullerten um die Wette durch die Kabine. Seit Stunden schon redete Tom auf ihn ein, was Louis' Laune nicht hob. Unterbrochen wurde der Vortrag lediglich von Anfällen krampfhafter Atemnot, unter denen sein Vater seit Tagen litt.

Louis liebäugelte mit dem Gedanken, an Deck zu gehen und Ausschau zu halten, doch da der Regen unablässig gegen die Scheibe schlug, hielt er es für besser, im Salon zu bleiben.

»Drei wesentliche Aspekte sind beim Bau eines Wellenbrechers zu beachten. Erstens?«, fragte sein Vater.

Louis räusperte sich und bemühte sich, eine halbwegs qualifizierte Antwort zu geben. Nachdem er sich in Anstruther nicht gerade mit Ruhm bekleckert hatte, fühlte sein Vater sich nun offenbar bemüßigt, ihn detaillierter zu instruieren und sein Wissen aufzubessern. Dazu hatte Tom ihn zu seiner jährlichen Inspektionsreise zu den Leuchttürmen des Northern Lighthouse Board mitgenommen. Sie würden im Fischereihafen Wick in der Grafschaft Caithness, ganz im Norden Schottlands, Halt machen, wo die Stevensons ebenfalls einen Wellenbrecher bauten. Dort würde Louis an Land gehen und für seinen Vater die Bauarbeiten betreuen, während dieser mit dem Dampfer weiterreiste.

Louis bereitete die neue Aufgabe Bauchschmerzen. Was würde ihn dort erwarten? Die Unterkunft in Anstruther war gut gewesen – er war bei einem Tischler untergekommen –, die Verpflegung und das Wetter waren mäßig, und seine einzige Freude waren die Abendstunden gewesen, in denen er sich dem Lesen und Schreiben hatte widmen können. Immer wieder hatte er Briefe an Jeannie verfasst, die vielleicht nie ankommen würden. Daneben hatte er sich der Dichtung gewidmet. In den zunächst lauen Nächten hatte er bei Kerzenlicht und umschwärmt von Myriaden von Motten geschrieben: dramatische Monologe, die ihm schon jetzt unerträglich sentimental erschienen. Bei seiner Arbeit als Ingenieur-Aspirant war er beinahe verzweifelt. Für die technischen Zeichnungen brauchte er ewig, dazu waren sie auch noch schlecht. Jedes Mal, wenn er etwas gezeichnet hatte, war ihm etwas aufgefallen, was er nicht vermessen hatte oder, wenn vermessen, dann nicht notiert oder zumindest nicht so, dass er die Zahlen finden konnte. Also hatte er zum Pier zurücktrotten und sich erneut an die Arbeit machen müssen. Bei den Tauchern hatte es einen Unfall gegeben – ein Wagen war umgekippt –, für den einige Einheimische ihn verantwortlich gemacht hatten, obgleich er damit wirklich nichts zu tun gehabt hatte. Glücklicherweise war niemand ernsthaft verletzt worden.

Louis schaute noch einmal aus dem Bullauge. Die Taucher hatten ihn mit ihren schweren Anzügen, den gewaltigen Kupferhelmen, den langen Schläuchen und leistungsfähigen Pumpen fasziniert. Wie gern er mit ihnen einmal hinab auf den Meeresgrund getaucht wäre! Doch nicht einmal das Argument, dass er mit diesem Wissen die Bauarbeiten besser würde beurteilen können, zog bei seinem Vater. Louis hatte sogar seinen Onkel, Dr. George William Balfour, dazu konsultiert, der Arzt am Royal Infirmary in Edinburgh und Herzspezialist war. Trotz dessen Zuspruch hatte Tom dieses Vorhaben seines Sohnes rundheraus abgelehnt.

Auch an Jeannie hatte Louis in Anstruther dauernd denken müssen. Wie es ihr wohl erging? Ob sie den Brief, den er im *White Hart Inn* abgegeben hatte, bekommen hatte? Ob sie ihm vielleicht sogar zurückgeschrieben hatte?

Nach etwa vier Wochen in Anstruther hatten seine Nerven und sein Körper aufgegeben, und er hatte vergrippt darum gebeten, zurück nach Hause kommen zu dürfen. Seine Eltern – wie stets besorgt um seine Gesundheit – hatten seinem Wunsch nachgegeben. Aber die Schonfrist war kurz gewesen. Nun würde er sich erneut beweisen müssen.

Das Schiff legte sich schief. Im Schrank klirrte etwas, und die Stühle kratzten über die Bohlen, als würden sie von Geisterhand bewegt. Louis schmeckte Magensäure und verzog angeekelt das Gesicht. Er würde sich doch nicht etwa übergeben müssen? Sein Vater hatte die Grimasse bemerkt und runzelte die Stirn.

»Es ist nur ... der Seegang ... Ich würde gern einen Augenblick frische Luft schnappen.« Abrupt kam Louis auf die Füße und stürzte hinaus, an den Seeleuten vorbei, die trotz des Wetters das Schiff putzten, Segel flickten oder Messing polierten und ihm amüsiert nachsahen.

Endlich hatte er das Deck erreicht. Regen und Wind schlugen ihm ins Gesicht. Durch seine Fußsohlen meinte er das rhythmische Vibrieren der Dampfmaschine zu spüren, vielleicht war es aber auch nur ihr Dröhnen, das ihn dies glauben ließ. Die Abgase der Maschine wurden aus den Schornsteinen zu ihm getragen und verstärkten seine Übelkeit. An die Wand gedrückt schob er sich in den Windschatten und sog tief die Luft ein. Weiße Kronen tanzten auf den Wellen, einem Mosaik aus verschiedensten Blau- und Grautönen. Schwarzer Rauch folgte dem Schiff, einer Trauerkrause gleich. Langsam beruhigte sein Magen sich. Backbord schwankte ein schmaler Streifen Land. Müssten sie sich nicht langsam dem Bell Rock, ihrer ersten Station, nähern?

Er drehte sich so, dass er gen Norden schauen konnte, und kniff die Augen zusammen. Tatsächlich zeichnete sich ein winziger Strich über dem Horizont ab.

»Wackelige Angelegenheit, nicht wahr?« Der Steward stellte sich an seine Seite. »Ein Dampfschiff hat keine Segel und kann die Schwankungen nicht ausgleichen. Da helfen nur Brandy, Biscuits und Ablenkung.« Er hielt Louis einen Flachmann und anschließend sein Fernglas hin.

Breitbeinig stand Louis da, das Schwanken bezwingend, und blickte durch die Gläser. Tatsächlich: Ein schmaler grauweißer Strich mit schwarzen Enden ragte in der Ferne auf. Ein unwirklicher Anblick, einsam im Nichts. Sein erster Besuch auf dem Inchcape-Riff kam ihm in den Sinn. An einem beinahe windstillen Sommertag hatte sein Vater ihn mit dorthin genommen; etliche Jahre war das her. Louis hatte die Eisenbahnschienen und die Metallpfähle bestaunt, die von den Bauarbeiten übrig geblieben waren, und die Kuhlen auf dem Felsen erkundet, in denen Meerwasser und allerlei Getier zurückgeblieben waren. Damals war das Riff ihm wie ein Spielplatz vorgekommen. Die Besonderheit des Bauwerks war ihm als Kind nicht so recht aufgegangen; heute schüchterte sie ihn ein, und er fürchtete, niemals etwas Derartiges leisten zu können.

Er ging nicht in den Salon zurück, sondern auf den Steuerstand, wo ihm als Toms Sohn Zutritt gewährt wurde. Obgleich der Kapitän und sein Steuermann den Bell Rock schon öfter angefahren hatten, wirkten sie angespannt. Gebannt beobachtete Louis ihre konzentrierte, kundige Zusammenarbeit. Vielleicht würde er eines Tages eine Geschichte über eine Schiffsreise schreiben.

Nun gesellte sich auch sein Vater zu ihnen. »Ich habe auf deine Rückkehr gewartet«, sagte er.

»Entschuldige. Ich habe den Leuchtturm in der Ferne gesehen und gedacht, dass wir ohnehin nicht mehr viel Zeit für unsere Besprechung haben werden.« Louis ließ seinen Blick in Richtung des Festlands wandern, wo nun auch ein winziger Turm in die Höhe zu ragen schien.

Wie so oft schien Tom davon auszugehen, dass Louis keine Ahnung hatte. »Das ist der Signalturm in Arbroath«, erklärte er. »Dort leben die Leuchtturmwärter, wenn sie keinen Dienst haben. Von dort können sie mit ihren Kollegen auf dem Bell Rock kommunizieren.«

»Mithilfe von Flaggen und der beweglichen Kupferkugel am Mast, ich weiß«, sagte Louis, ehe sein Vater zu einem Vortrag ausholen konnte. Ihn faszinierte die Zeichensprache, die sein Großvater mitentwickelt und sein Vater und sein Onkel verfeinert hatten, und er freute sich darauf, mit den Leuchtturmwärtern darüber zu reden.

Die Anspannung auf dem Steuerstand stieg umso mehr, je näher sie dem Riff kamen. Louis blickte zwischen der Seekarte und dem Leuchtturm hin und her. Teile des Riffs brachen durch die Wellen, als lauerte es heimtückisch unter der Wasseroberfläche. Sie würden noch etwas warten müssen, bis die Ebbe mehr von den Felsen preisgab.

Der Kapitän rief einen Befehl, und das Stampfen des Dampfschiffes verlangsamte den Takt. Schleichend, wie auf Zehenspitzen, umfuhren sie das Riff, bis sie sicher vor Anker gehen konnten und sein Vater und er auf einem Tenderboot übergesetzt wurden. Es war eine wacklige Angelegenheit, und Louis umklammerte die Reling. Bei dieser Witterung in die Deutsche See zu fallen, käme einem Todesurteil gleich.

Einer der drei diensthabenden Leuchtturmwärter nahm Louis und seinen Vater schließlich in Empfang und begleitete sie zum Leuchtturm. Wie sich der Granit des Turmfundaments in das schwarzbraune Gestein des Riffs schmiegte, erschien Louis beinahe unwirklich. Sie begutachteten den Turm zunächst von außen. Seepocken hatten sich am Mauerwerk festgesaugt, und die windzugewandte Seite war von den aufbrandenden Wellen dunkel gefärbt. Kreischend stieben Möwen auf, und Louis sah, dass sie sich an toten Artgenossen gütlich getan hatten, die zerfetzt und blutig rot den Felsen fleckten.

Der Leuchtturmwärter schien seinen entsetzten Blick bemerkt zu haben, denn er sagte: »Werden von dem Licht angezogen, die Viecher. Knallen mit Wucht gegen die Scheibe und brechen sich Genick oder Flügel. Aber die See spült sie irgendwann weg, ein Fraß für die Fische.«

Tom sog zischend die Luft ein, hüstelte. »Gibt es besondere Vorkommnisse? Etwas zu bemängeln oder anzumerken?«, fragte er gepresst und steuerte dabei den Eingang an.

»Nein, Sir.«

Im Inneren schnupperte Tom, inspizierte die Wände, klopfte das Holz ab. Louis hielt das Notizheft bereit, wie sein Vater es ihm befohlen hatte.

Zunächst betraten sie den Lagerraum für Wasser und Vorräte, und Tom trug Louis auf, die Vorratslisten mit den vorhandenen Lebensmitteln und den Gerätschaften abzugleichen.

»Kein Tropfen dringt ein, Mr Stevenson, so hoch und so heftig das Meer auch auf uns einstürmen mag«, berichtete der Leuchtturmwärter mit sichtlicher Zufriedenheit.

Louis musste an das Gemälde von Turner denken, auf dem sich die See bis zur Leuchtturmspitze aufbäumte. »Ich kann mir gar nicht vorstellen, wie es hier ist, wenn es draußen richtig stürmt. Wie hört es sich an? Ist das Meer wirklich schon mal bis zur Laterne gespritzt? Bekommt man es da mit der Angst zu tun?« Er blickte den Leuchtturmwärter erwartungsvoll an, doch sein Vater erklomm bereits die Stiege, sodass der Wärter ihm folgen musste.

»Ist ein beeindruckender Anblick, wenn es so stürmt«, meinte der Wärter über die Schulter. »Der Leuchtturm wird manchmal ganz schön durchgerüttelt.«

Ungläubig legte Louis die Hand auf die massiven Granitwände. »Sie spüren es, wenn der Orkan am Bell Rock reißt?«

Ein bestimmtes Nicken. »Der Turm wankt und bebt im Sturm. Aber er besteht.«

Toms Hände wanderten über das Geländer, kontrollierten die Ränder eines jeden Fensters auf Dichtigkeit. Sie hatten den Lagerraum für die Kohle erreicht. Hier übernahm Tom selbst die Kontrolle, bevor es höher ging. Seine Atemnot zwang sie, das Tempo zu verlangsamen, aber sein Vater gönnte sich keine Pause; vermutlich wollte er sich die Schwäche nicht anmerken lassen. Sie kontrollierten den Schlafraum der Wärter mit den zwei Doppelstockbetten und passierten die darüber befindliche Bibliothek. Dann endlich erreichten sie das Lampenhaus mit der außen liegenden Galerie, wo die beiden anderen Leuchtturmwärter sie bereits erwarteten.

Es war eng, denn die gewaltigen Linsen nahmen viel Raum ein. Ein Laufgang umgab die Laterne. Früher, als der Bell Rock noch mit vierundzwanzig Argand-Lampen vor silberbeschlagenen Parabolspiegeln ausgestattet gewesen war, hatte er zur Überprüfung der Dochte gedient. Das war nun nicht mehr nötig, denn inzwischen war der Turm längst auf einen der von seinem Vater entwickelten Reflektoren umgerüstet. Auf der gegenüberliegenden Seite war er mit rotem Glas umhüllt, sodass abwechselnd ein roter und ein weißer Strahl zu sehen waren. Zusätzlich gab es zwei große Glocken, die vor Nebel warnen sollten.

Die Luft war vom Ölrauch stickig, und es war heiß. Undenkbar, es hier für Stunden aushalten zu müssen! Vier Stunden währte die Schicht jedes Wärters, in der dieser nichts tun durfte, als das Meer zu beobachten und dafür zu sorgen, dass die Laterne reibungslos funktionierte. Louis spürte, wie es in seinem Hals kitzelte, und wandte sich den Fenstern zu. Die Sicht von hier oben war atemberaubend. Er wünschte, er könnte Jeannie oder Bob davon erzählen, wie winzig er sich auf einmal fühlte und wie nichtig ihm seine Probleme erschienen. Was für ein erhebender Anblick! Was für eine Ehre, für ein derartiges Bauwerk verantwortlich zu sein! In diesem Augenblick nahm er sich vor, alles zu tun, was ihm möglich war, um seinen Vorfahren gerecht zu werden und seinem Vater Ehre zu machen. Dem Schreiben widmen konnte er sich auch in seiner Freizeit.

Tom überprüfte die Eintragungen im Logbuch und den Zustand der Linsen. »Die Linsen könnten sorgfältiger geputzt werden. Wer von Ihnen war heute Morgen dafür verantwortlich, meine Herren?« Jeder der Wärter wies auf den anderen, dann brach eine hektische Diskussion aus, in der sie sich gegenseitig die Schuld zuschoben.

Stockwerk für Stockwerk stiegen sie wieder hinab. In der Leuchtturm-Bibliothek kontrollierte Tom Bibel und Predigtsammlung und befragte die Wächter zu den regelmäßigen

Gottesdiensten. Dann wies er Louis an, ein sorgfältig zusammengerolltes Stoffbündel zu öffnen.

Louis kam der Aufforderung nach und sah zu seinem Erstaunen, dass es sich um ein großes Tuch handelte, das kunstvoll mit dem Bell Rock, einem Schiff und einem Abt bestickt war. »Dieses Tuch hat deine Tante Jane für die Leuchtturmwärter des Bell Rock eigens hergestellt, damit sie mit ihm am Sabbat den Altar schmücken können. Ein weiteres von Janes Tüchern befindet sich auf dem Leuchtturm-Tender.«

»Jane scheint eine vielfältig talentierte Frau gewesen zu sein«, sagte Louis, denn seine Tante hatte seinen Großvater auch bei der Arbeit an seinem Buch über den Bell Rock unterstützt – er hatte ihr den Text diktiert – und zudem einige Illustrationen für wissenschaftliche Veröffentlichungen erstellt.

Sein Vater schien diese Bemerkung zunächst kommentieren zu wollen, ging dann aber doch weiter und inspizierte einige unscheinbare Holzstücke. »Wir stellen bereits seit vielen Jahren Experimente über den Einfluss von Tierwelt und Witterung auf verschiedene Holzarten an. Es hat sich gezeigt, dass bei Felsenleuchttürmen vor allem die Wasserassel und die Holzbohrassel den Hölzern zusetzen«, erklärte er. »Hier siehst du, dass das schwere Grünholz aus Südamerika, das Beefwood aus Australien, die afrikanische Eiche sowie das Holz des Bullet Trees kaum von Würmern und sonstigem Getier angegriffen werden. Im Rahmen deiner Ausbildung wirst du einige Zeit bei unserem Holzhändler in Leith arbeiten, damit du die verschiedenen Holzsorten kennenlernst.«

Als sie weitergingen, sprach Louis einen der Leuchtturmwärter an. »Wie genau teilen Sie es den Kollegen auf dem Festland mit, wenn beispielsweise jemand krank ist?«

»Mithilfe der Signalkugel und der Beflaggung. Zwischen neun und zehn Uhr morgens ziehen wir den Kupferball am Leuchtturm hoch. Dann wissen sie in Arbroath, dass hier alles in Ordnung ist. Wenn die Kugel unten bleibt, bricht sofort der Tender auf, um nach uns zu sehen.«

»Wie lange dauert eine Schicht auf dem Bell Rock?«

»Üblicherweise bleiben wir sechs Wochen auf dem Riff und sind dann vierzehn Tage an Land bei unseren Familien. Im Winter kann es bei Sturm länger werden, auch mal drei Monate. Zur Not schicken wir eine Brieftaube.«

Louis nickte. Ihm war der kleine Vogelkäfig zwar aufgefallen, aber er hatte nicht darüber nachgedacht, dass er einen tieferen Sinn hatte. *Wie alles bei einem Leuchtturm einen tieferen Sinn hat.*

Weitere Fragen konnte er nicht stellen, denn sein Vater war die Treppe hinuntergestiefelt und bereits auf dem Weg zum Anleger. Louis bedauerte die Eile sehr; er hätte gern mehr aus dem Leben der Leuchtturmwärter gehört. Andererseits vernahm er Toms pfeifenden Atem und sah, wie die Schultern seines Vaters in einem Krampf bebten. In seinem Zustand hätte er eine Reise in einen Kurort im Süden antreten müssen – und nicht in dieses raue Klima.

»Du darfst dich nicht zu lange mit den Leuchtturmwärtern abgeben«, presste Tom heraus, während sie zum Dampfschiff zurückgerudert wurden. Er zerrte an seinem Kragen, rang um Luft, hustete. »Es gibt keine drei Leuchtturmwärter, die einander nicht spinnefeind sind.« Grimmig blickte er auf das Meer hinaus.

Die Dämmerung senkte sich über sie, und Louis' Blick verharrte auf dem Bell Rock, dieser massiven, den Stürmen trotzenden Säule. Alle fünf Sekunden sandte der Leuchtturm seinen Strahl in die Unendlichkeit des Meeres hinaus. Wie jeder Leuchtturm hatte auch er sein eigenes Signal, seine Kennung, sodass ein erfahrener Seemann auch im übelsten Orkan erkennen konnte, wo er war. Jeder Leuchtturm sprach also eine eigene Sprache – eine Sprache, die nur Eingeweihte verstehen konnten: die Geheimsprache der Meere.

»Das kann ich nicht glauben. Man sollte meinen, dass die Leuchtturmwärter eine eingeschworene Gemeinschaft bilden«, sagte er.

»Das Gegenteil ist der Fall«, brummte Tom. »Dein Großvater hat damals lange nach geeigneten Wärtern für den Bell Rock gesucht. Er entschied sich für einen Mann, der erfahren auf hoher See und pflichtbewusst war, und einen, der ein zufriedenes und heiteres Gemüt hatte. Diese Kombination erschien ihm erfolgversprechend.«

»Aber heute sind es doch immer drei Leuchtturmwärter«, warf Louis ein.

»Ein Vorfall auf dem Eddystone ist dafür verantwortlich. Als einer der beiden Wärter damals starb, versteckte der andere die Leiche für vier Wochen, weil er fürchtete, für einen Mörder gehalten zu werden. So eine Notlage wollte man zukünftig vermeiden.« Nachdenklich starrte Tom auf den Bell Rock. »Wenn es unbedingt sein muss, erzähle ich dir einige Begebenheiten mit Leuchtturmwärtern, mit denen ich es zu tun hatte. Du wirst dich ohnehin noch zur Genüge mit dieser Spezies auseinandersetzen müssen. Im Umgang mit ihnen muss man charakterstark sein und prinzipientreu.« Er warf einen skeptischen Blick auf Louis. »Aber erst, nachdem wir deine Aufgaben für Wick durchgesprochen haben. Wick ist, wie du wissen solltest, der wichtigste Heringsfischerhafen Großbritanniens. Da die Britische Fischereigesellschaft unser Auftraggeber ist und der Bau von der Regierung unterstützt wird, dürfen wir uns keinen Fehlschlag leisten. Vergiss nie: Wir Stevensons haben einen Ruf zu verlieren!«

7

Das Land wurde flacher, karger. Kein Baum, kaum ein Strauch, nur vereinzelte Steilküsten – zumindest, soweit Louis es durch die Schleier des Dauerregens erkennen konnte, der seit Stunden über sie niederging. Erst als der Regen nachließ, sah er die gewaltigen schwarzen Klippen, zerklüftet und mit tiefen Schluchten, die sich vor ihnen ins Meer schoben. Vereinzelt trotzten Burgen den Küstenstürmen, manche schienen vor sich hin zu rotten.

Durch das Fernglas beobachtete Louis die vor den Felskanten schwebenden Sturmmöwen und entdeckte dabei auch einige Höhlen, die zum Erkunden einluden. Durch die Wolkendecke brachen nun Sonnenstrahlen und ließen den sandigen Meeresgrund smaragdgrün aufscheinen. An anderen Stellen war die See so tief, dass man nur dunkel wabernde Algen erahnen konnte.

Als sie sich Wick und dem auf der gegenüberliegenden Hafenseite befindlichen Ort Pulteneytown näherten, stand Louis neben seinem Vater und dem Kapitän im Steuerstand und schaute zum Land. Die Bucht von Wick war lang gezogen und von einer Armada unterschiedlichster Heringsfischerboote belegt, dicht an dicht drängten sie sich zwischen den Hafenmauern. Zwei Kanonenschiffe schienen den Hafen abzusichern. Aber warum? Drohte Gefahr?

Hinter dem Hafenbecken schoben sich kleine steingraue

Häuser den Hügel hinab, als suchten sie in der Bucht Schutz vor den allgegenwärtigen Stürmen. Der Hafen wimmelte von Menschen. Überall standen aufgestapelte Fässer, Tausende mussten es sein. Louis hatte gehört, dass Wick und Pulteneytown etwa dreieinhalbtausend Bewohner hatten, die während der Heringssaison von etwa achttausend zugereisten Fischern und Arbeitern überrannt wurden, ahnte aber erst jetzt, was das für die Stadt bedeutete.

An der südlichen Uferseite ragte, für Louis' Begriffe sehr weit draußen, die Baustelle ins Meer. Der neue Wellenbrecher war schon jetzt ein imposanter Anblick: massiv gebaut, darauf eine qualmende Dampfmaschine, die über eigens verlegte Gleise die tonnenschweren Granitblöcke und Werkzeug beförderte. Das meerseitige Ende war, einer Kirche gleich, von Holzgerüsten überwölbt, an denen dampfbetriebene Kräne Steinquader hochhievten. Auf der Landseite wuselten etliche Bauarbeiter um einen weiteren Kran und rauchspeiende Maschinen.

»Ich hätte nicht gedacht, dass der Wellenbrecher so weit im Meer errichtet wird«, machte Louis seinem Erstaunen Luft.

Sein Vater reagierte brüsk: »Du hast doch die topographische Karte studiert.«

»Schon. Aber ist die Mauer an dieser Stelle nicht den Kräften des Meeres sehr stark ausgesetzt?«

Ihn traf ein flackernder Blick des Kapitäns, der ihrer Unterhaltung gelauscht hatte. Toms Gesicht verdüsterte sich. »Da spricht der exzellent ausgebildete und erfahrene Ingenieur? Willst du dir anmaßen, mehr zu wissen als ich?«

Louis sah einen neuen Sturm heraufziehen, diesmal einen emotionalen. Auch wenn er die Aufgabe fürchtete, die ihm bevorstand, wäre es eine Erleichterung, wenn sein Vater erst weitergereist wäre. »Natürlich nicht«, versuchte er, die Situation zu entschärfen. »Es ist lediglich eine eher laienhafte Beobachtung.«

»Der gesunde Menschenverstand ist dir also doch nicht ganz abhandengekommen. Ein Wellenbrecher heißt Wellenbrecher, weil er Wellen bricht. Soll er das etwa an Land machen?«, sagte Tom trocken. »Die Fischereiflotte muss vor aufziehenden Stürmen geschützt werden. Da nützt ein kleines Hafenbecken nichts, denn in ihm findet eine solche Vielzahl von Schiffen keinen Platz. Die wichtigste Frage eines Ingenieurs für Meerestechnik muss deshalb sein: Was ist erstens der preisgünstigste Bauplan, der zweitens dem Ort angemessen und drittens ausreichend für die Schiffsklassen ist, die beherbergt werden sollen?«

Louis nickte abwesend. Rechter Hand erhob sich die Küstenlinie, und an einer Spitze blitzte das strahlende Weiß eines gedrungenen Leuchtturms vor dem unwetterverhangenen Himmel auf.

»Das ist der Noss-Head-Leuchtturm, erbaut von deinem Onkel Alan. Ich werde ihn morgen inspizieren«, sagte Tom. Es war Louis beinahe unheimlich, wie leicht sein Vater seine Gedanken lesen konnte. Sie kannten einander zu gut.

Tom machte eine schroffe Geste in Richtung des Wellenbrechers. »Ich war davon ausgegangen, dass die Arbeiten in Wick schon weiter vorangeschritten sind. MacDonald wird mir Rechenschaft ablegen müssen.«

»Vielleicht ist das widrige Wetter in diesem Sommer dafür verantwortlich«, meinte Louis.

»Irgendeine Ausrede gibt es immer. Gut geplante Ingenieursarbeiten sollten über Witterung und andere Unwägbarkeiten erhaben sein. Wir sind es, die das Wetter und die Elemente in die Schranken weisen.«

Louis hielt es für besser, nichts mehr zu sagen, und wartete still ihre Ankunft ab. Wieder wurden sie mit dem Tenderboot übergesetzt. Durchdringender Fisch- und Teergestank umwehte sie, obgleich sie ein gutes Stück von der Fischereiflotte entfernt waren. Für einen Augenblick glaubte Louis, ohnmächtig zu werden. Wie hielten die Leute es hier nur aus?

An der Baustelle nahm David MacDonald der Ältere sie in Empfang. Louis kannte den kurz geratenen stämmigen Mann mit dem weißen Schnauzbart und der Knollennase bereits flüchtig aus dem Ingenieurbüro. Neben ihm stand sein Ebenbild, nur weniger gesetzt und mit einem spärlichen schwarzen Bart. Die Ähnlichkeit von Vater und Sohn war frappierend.

Tom stellte Louis vor: »Wie ich bereits ankündigte, wird mein Sohn in den nächsten Wochen die Bauarbeiten begleiten, unterstützen und mir Bericht erstatten. Es ist unerlässlich, dass er neben seinem Studium praktische Erfahrungen sammelt.«

Wochen?, dachte Louis entsetzt. Er hatte gehofft, recht bald nach Edinburgh zurückzukehren.

»Ich werde den jungen Mann unter meine Fittiche nehmen, Sir. David, mein Ältester, kann sich dem jungen Mr Stevenson widmen, damit ihm nicht langweilig wird. Wir werden uns um Ihren Sohn gut kümmern.« MacDonald legte dem Schwarzbärtigen die Hand auf die Schulter und sah Louis an, als handle es sich bei ihm um ein unmündiges Kind.

»Ich hatte nach Ihrem letzten Bericht angenommen, dass die Arbeiten weiter vorangeschritten wären«, kam Tom gleich zur Sache.

»Das Wetter hat uns einen Strich durch die Rechnung gemacht«, bestätigte der Vorarbeiter, was Louis vermutet hatte.

»Was machen die Kanonenboote hier?«, warf Louis ein, um sich einem interessanteren Thema zuzuwenden.

»Die diesjährige Fischsaison war ein Misserfolg. Nur wenige Heringsschwärme sind vor der Küste vorbeigezogen. Der Hering ist launisch. Viele der Fischer aus den Highlands haben deshalb wenig verdient oder reisen sogar mit Schulden ab. Vor allem die von den Langen Inseln wiegeln die anderen auf. Ein Aufstand wird befürchtet«, sagte der ältere MacDonald düster.

Tom schien das Elend der Fischer kaltzulassen. »Könnte ein Aufstand unsere Bauarbeiten beeinträchtigen?«

»Ich denke nicht, Sir. Unsere Arbeiter werden ja bezahlt. Und die Leute, die gegen den Bau sind, werden nicht handgreiflich, sondern hetzen die Politiker auf.«

»Warum sollte jemand gegen einen so nützlichen Bau sein?«, wollte Louis wissen.

»Zu teuer. Angeblich falsche Planung. Die Kritik reißt nicht ab.« MacDonalds Blick auf Tom legte nahe, dass er das Thema nicht vertiefen wollte.

Wie Louis von seinem Vater erfahren hatte, waren auch in Wick Taucher im Einsatz. Einer der Männer wurde in seinem unförmigen Anzug gerade auf die Holzplattform und von dort auf den Damm gehievt. Wenige Minuten später hatte er sich umgekleidet und stand Tom Rede und Antwort. Der Mann hieß Robert Bain, war ein attraktiver, drahtiger Typ mit gerötetem Gesicht und einem Händedruck, der Louis zusammenzucken ließ: eine raue, aber eiskalte Schraubzwinge.

»Ich finde Ihre Arbeit wirklich faszinierend. Ich hoffe, eines Tages – vielleicht unter Ihrer Aufsicht – selbst einmal hinab auf den Meeresgrund zu steigen«, sagte Louis, der seine Begeisterung nicht unterdrücken konnte. »Es muss faszinierend sein, die Unterwasserwelt zu erkunden. Haben Sie schon einmal einen Schatz gefunden? Das eine oder andere Wrack schlummert ja mit seiner reichen Fracht noch auf dem Grund der See.«

Robert Bain wollte gerade antworten, als Tom ihm zuvorkam. »Halten Sie sich nicht mit den Narreteien meines Sohnes auf. Er wird mit den Arbeiten an Land mehr als genug zu tun haben.«

Bain musterte Louis skeptisch, wog aber das Haupt. »Vielleicht finden Sie sich erst einmal in Ruhe hier ein, junger Stevenson, und besprechen das mit Ihrem Herrn Vater«, sagte er diplomatisch. »Der Wellengang und die Strömungen unter Wasser machen das Versenken der Pfähle für den Mauerbau an dieser Stelle schwierig. Dazu kommt, dass wir bislang nur wenige Tage mit stabiler Witterung hatten.«

»Die Zeit läuft uns davon. Bis zu den ersten Herbststürmen müssen die Bauarbeiten deutlich weiter voranschreiten. Zudem sollen weitere Pfähle versenkt werden, um ein Messgerätebecken zu errichten. Daher …« Weitschweifig breitete Tom seine Pläne vor den Männern aus.

Louis sah, wie konzentriert die Männer lauschten, und kam nicht umhin, seinen Vater in dieser Hinsicht zu bewundern: Er konnte die Anforderungen und Umsetzungen ihrer Ingenieursarbeiten bestechend kompetent erklären. Nicht umsonst galt er beim Northern Lighthouse Board und der Royal Society of Edinburgh als angesehener Redner. Toms Kompetenz stritt niemand ab.

Anschließend inspizierten sie den Damm. Louis rechnete damit, nun auch das Büro des Hafenmeisters kennenzulernen, das zugleich das Hauptquartier für die Bauarbeiten beherbergte, doch Tom hielt seinen Sohn zurück. »Lass dich vom jüngeren MacDonald in die Arbeiten einweisen, die dich erwarten, damit du mir anschließend noch Fragen stellen kannst. Du wirst ganz sicher welche haben.«

Widerstrebend blieb Louis im Nieselregen zurück. *Danke für dein Vertrauen in meine Fähigkeiten!*

***

Während er den gegenseitigen Schuldzuweisungen seiner Mitarbeiter für die Bauverzögerung lauschte, beobachtete Tom durch die beschlagenen Fensterscheiben, wie sein Sohn dem jüngeren MacDonald hinterhertrottete und beim Errichten des nächsten Gerüstabschnitts kurz mit anfasste. Louis war von hier aus gesehen eine hohe, schlanke Gestalt, die schmalen Schultern wegen der Kälte hochgezogen, spinnenartig lange Arme und Beine, ein wandelndes Fragezeichen mit madonnenartigem Gesicht.

Wieder einmal griff die Sorge, die seit Louis' Geburt dort nistete, nach Toms Herz. Gleichzeitig wusste er, dass er keine Schwäche zeigen durfte. Nur weil er weggeschaut hatte, war Louis auf Abwege geraten. Er hatte ihn verzärtelt, aus Liebe nicht erkannt, wie groß seine Wissenslücken waren. Vorhin hatte Louis nach dem Gewicht von Salzwasser gefragt und ernsthaft wissen wollen, wie viel Pfund auf eine Tonne kämen – dabei war dies das kleine Einmaleins des Ingenieurswesens! Unglaube war in Tom aufgewallt, und er hatte sich beherrschen müssen, seinen Sohn nicht anzufahren.

Nur mit Mühe gelang es Tom, einen Hustenanfall zu unterdrücken. Als er sich die Lippen mit dem Taschentuch abtupfte, war dieses rot, und er ließ es schnell in der Hosentasche verschwinden. Niemand musste wissen, wie es um ihn stand. Zu groß war die Konkurrenz, zu umstritten dieses Projekt. Der neue Wellenbrecher von Wick war eine gewaltige Investition für die Stadt und die Britische Fischereigesellschaft. Auf keinen Fall durfte er scheitern. Der bislang exzellente Ruf der Stevenson-Ingenieure wäre ruiniert, und sein Sohn würde sich in diesem Beruf niemals behaupten können. Denn Louis war schwach. Ihm fehlte der unbedingte Wille, sich durchzusetzen, Bahnbrechendes zu erreichen. Stattdessen diese Tändeleien und diese Zeitverschwendung durch Poesie!

Du erkennst dich ja nur in ihm wieder. Brüsk schob Tom den Gedanken von sich. Es gab Dinge in seiner Vergangenheit, an die er nicht erinnert werden wollte.

Sein Blick wanderte auf das Meer hinaus. Konzentriert versuchte er, die Wellen zu vermessen. Wieder kratzte es in seinem Hals. Ich werde dich zähmen, wies er stumm das Meer in die

Schranken. *Welle um Welle, ja, selbst die Stürme werden an meinem Hafendamm scheitern.* Gott hatte den Ingenieur geschaffen, die Welt zu formen. Auch Louis war noch formbar. Und er würde ihn formen, so wahr ihm Gott half.

***

Als sie endlich ihre Zimmer im New Harbour Hotel in Pulteney bezogen, war Louis völlig durchnässt und durchgefroren. Auch seinem Vater ging es nicht gut; er hatte zunehmend mit Atemnot und Husten zu kämpfen gehabt. Seine Kammer war klein, aber morgen, nach der Abreise seines Vaters, würde er dessen Zimmer übernehmen können, das großzügiger geschnitten und beinahe überschwänglich dekoriert war. Einziges Manko war der Fischgestank, der in jeden Raum drang, von den Bewohnern dieses Ortes allerdings nicht mehr wahrgenommen zu werden schien.

Nachdem er trockene Kleidung aus dem Reisekoffer geholt und sich umgezogen hatte, ruhte Louis sich einige Zeit auf dem Bett aus. Er las in den beiden Zeitungen, die in Wick erschienen, und entdeckte mit leisem Stolz eine Notiz, dass Mr Stevenson zur jährlichen Inspektion der Hafenbauarbeiten eintreffen werde. Sein Vater war eine Berühmtheit, der Name Stevenson ein Begriff, eine Garantie für herausragende Ingenieurskunst. Natürlich hatten seine Eltern auch dieses Mal dafür gesorgt, dass er erbauliche Literatur im Gepäck hatte. Mehr noch: Seine Mutter erwartete seine Einschätzung dazu; er musste sie also lesen, obgleich er lieber die mitgenommenen Schriften von Alexander Pope und William Wordsworth studiert hätte, Autoren, deren Stil er sehr schätzte. Zusätzlich hatte er ein Buch von Swineburne in seinen Koffer geschmuggelt.

Als er sich gerade in seine aktuelle Lektüre vertiefen wollte, wurde Louis zum Abendessen gerufen. Bei Tisch saßen sie mit den beiden MacDonalds sowie einigen Herren vom Hafenbüro zusammen. Nur Kapitän Rutherford, der Hafenmeister, ließ sich zu Toms Verdruss auch jetzt nicht sehen.

Louis versuchte, dem Gespräch zu folgen, doch je detaillierter es in Bezug auf die Technik wurde, umso weiter gingen seine Gedanken auf Wanderschaft. Nach einer Pfeife brach sein Vater zu einem Spaziergang auf, und selbstverständlich ging er davon aus, dass Louis ihn begleiten würde. Louis tat ihm den Gefallen, obgleich er es sich lieber mit einem Buch bequem gemacht, geschrieben oder einen weiteren Brief an Jeannie oder Bob verfasst hätte.

Der Wind war so kühl, dass Louis seinen Mantelkragen hochschlagen musste, doch trotz der späten Uhrzeit war es noch hell, wie üblich in diesen Breiten.

»Komm!« Von der Harbour Terrace aus marschierte sein Vater zwischen hohen Fässerstapeln und aufgehängten Treibnetzen hindurch an der Baustelle vorbei und die Küstenlinie entlang, den Blick unverwandt aufs Meer gerichtet. Er blieb an einer Stelle stehen, von der aus man die auf den Hafen drängenden Wellen gut beobachten konnte. Schweigend kritzelte Tom etwas in sein Notizbuch.

Louis wusste nicht, wie oft er schon so neben seinem Vater gestanden hatte: ungeduldig ausharrend, während Tom sich in seiner Leidenschaft verlor. Dämmerung senkte sich über die Landschaft. Himmel und Meer flossen zu einem anthrazitfarbenen Gemälde zusammen. »Das Schauspiel, das die Natur uns bietet, scheint niemals gleich zu sein«, sagte Louis, um das Gespräch wieder in Gang zu bringen. »Wenn man bedenkt, wie viel du bereits über die Beschaffenheit von Wellen geforscht und veröffentlicht hast ...«

»Sollte ich langsam genug davon haben, meinst du?« Louis hielt unwillkürlich die Luft an; alles, was er sagte, schien sein

Vater als Affront zu verstehen. »Es stimmt, ich habe etliche Abhandlungen dazu publiziert, und auch die von mir entwickelten Instrumente sind inzwischen einigermaßen ausgereift. Gleichzeitig ist es richtig: Die Natur stellt uns stets neue Aufgaben. Strömungen und Kraft der Wellen vor Wick und im nahegelegenen Pentland Firth sind außerordentlich komplex. Nicht umsonst gilt es als brüllendes Grab der Seeleute. Du tätest gut daran, dich ihrer Erforschung zu widmen, statt deine Zeit mit Faulenzerei und unangemessener Lektüre zu verschwenden.« Tom schnaubte und löste damit einen Hustenanfall aus. Sie wandten sich wieder dem Ort zu, angeschoben vom Wind, der sich an Rücken und Beine schmiegte. »Deine Aufgaben haben wir erörtert. Ich erwarte, dass du mir täglich Bericht erstattest. Pass auf, dass MacDonald sich nicht eigenmächtig über meine Anweisungen hinwegsetzt. Er –«

»Er und ich«, warf Louis die Formulierung ein, die die MacDonalds ständig benutzten. »Ist dir das aufgefallen? Er-und-ich-dies, Er-und-ich-das ...«

Tom ging nicht auf den scherzhaften Ton ein. »Ich bin hier der verantwortliche Ingenieur, MacDonald ist mein Erfüllungsgehilfe und sein Sohn kaum mehr als ein Handlanger. Neulich bildete MacDonald sich ein, mir Ratschläge für den Bau des Dubh Artach geben zu dürfen. Dabei weiß er kaum, wo der Leuchtturm errichtet wird.« Er schüttelte fassungslos den Kopf. »Es ist wichtig, dass du als mein Sohn und in gewisser Weise Stellvertreter Kontakt zu den Verantwortlichen im Hafenbüro, in der Fischereigesellschaft sowie im örtlichen Adel und in der Geistlichkeit suchst. Sie sind diejenigen, die die Entscheidung über künftige Aufträge treffen. In Wick hat man Erfahrung mit bedeutenden Ingenieuren. Hafen und Stadt hat, wie dir bekannt sein sollte, der große Thomas Telford erneuert. Suche so bald wie möglich Kapitän Rutherford auf. Du weißt –«

»Er ist Vertreter der Britischen Fischereigesellschaft und Hafenmeister von Pulteneytown.«

»So ist es. Angemessenes Verhalten setze ich voraus, unterlass also Spinnereien wie dieses Gerede vom Tauchgang oder gar etwaiges Getändel. Solange du keinen anständigen Beruf und kein finanzielles Auskommen hast, sind Frauen für dich tabu.«

Louis' Gesicht brannte vom kalten Wind, seine Zähne schlugen aufeinander, obgleich er dies zu verhindern suchte. Nicht einmal der Zorn, der in ihm aufstieg, konnte den Frost in seinen Gliedern vertreiben. »Du sagtest, ich solle mich bestmöglich mit den Gegebenheiten vertraut machen. Dazu gehört auch, die Arbeit der Taucher und den Zustand des Dammes unter Wasser kennenzulernen.«

»Unfug! Und angesichts deiner schwächlichen Konstitution ein unnötiges Risiko! Du warst stets kränklich, und wir sollten dankbar sein, dass der Herr dich so lange verschont hat.«

»Ich würde es in flachem Wasser ausprobieren und erst langsam tiefer gehen, und das auch nur, solange es keine Probleme gibt. Zudem habe ich Onkel George dazu konsultiert, und er ist immerhin Arzt –«

»Meine Entscheidung steht. Deine Mutter und ich würden krank vor Sorge. Willst du das etwa?«

Louis presste verbittert die Zähne aufeinander. Mit diesem Argument setzten seine Eltern jeglicher Diskussion ein Ende. Doch es blieben ihm nur noch ein paar Stunden mit seinem Vater, danach wäre er auf sich allein gestellt. Er würde beweisen, dass er der Aufgabe gewachsen war. Und zwar so, wie er es für richtig hielt.

8

Wind schmetterte Regentropfen gegen die Fenster. Kaum dass sein Vater abgereist war, hatte Louis dessen Hotelzimmer bezogen. Amüsiert blickte er sich in dem Raum um. Die Dekoration war so extravagant, dass er sie nicht hätte erfinden können, und er nahm sich vor, sie am Abend in einem Brief an seine Mutter detailliert zu beschreiben – sie würde sicher Freude daran haben. Seinem Vater war der Anblick der vielen billigen Drucke leicht gekleideter junger Damen bestimmt ein Graus gewesen. Daneben gab es Porträts der Königin, Prinz Alberts und weiterer Mitglieder der königlichen Familie, dazu Abbildungen der Häfen von Wick und Thurso sowie ausgestopfte Vögel, Muscheln und Trockenblumen. Eine krude Mischung. Es gab zwölf Stühle und ein Sofa, vor allem aber vier Tische, die er gut zum Schreiben und für seine Lektüre nutzen konnte. Schade nur, dass über dem luxuriösen Ambiente das durchdringende Parfüm des Herings schwebte.

Er sah noch einmal aus dem Fenster. Es regnete noch immer, doch er konnte seinen Aufbruch nicht länger hinauszögern.

Als er auf den Gang hinaustrat, kam ihm das Dienstmädchen entgegen, ein junges Ding, dienstfeirig und aufgeschlossen. Wenn er sich recht erinnerte, war ihr Name Bessie. »Guten Morgen«, sagte er und fragte sich, ob er angesichts der nassen Tatsachen draußen wie üblich ein Gespräch über das Wetter beginnen sollte.

»Breezy, breezy. Ganz schön luftig heute«, antwortete Bessie. »Alles zu Ihrer Zufriedenheit, junger Herr?«

Bei derartigem Understatement konnte er es vielleicht mit Ironie versuchen. »Ich erfreute mich an dem anregenden Dekor und dem interessanten Duft dieses Zimmers. Ich nehme an, eure Gäste wissen dieses Ambiente üblicherweise zu schätzen?«

»Oh ja, Sir. Es ist unser bestes Zimmer. Vor allem die Handlungsreisenden fühlen sich dort sehr wohl. Manch einer hat schon gefragt, ob er einen der Drucke käuflich erwerben kann, wobei ich mir eher keine halb nackten jungen Damen an die Wand hängen würde, wenn Ihr mich fragt, Sir.« Bessie biss sich auf die Lippe, als habe sie zu viel gesagt. »Ihr Frühstück wartet«, setzte sie förmlicher hinzu.

Die Auswahl von Tee, Hering, kalt geräuchertem Schellfisch, Eiern, Brötchen und gesalzener Butter war für Louis gewöhnungsbedürftig. Dennoch machte er sich wenig später gestärkt und gewappnet mit Stiefel, Mantel, Mütze und Schal auf den Weg. Das hieß, er versuchte, sich auf den Weg zu machen, denn die Gehsteige waren voll von vierschrötigen Fischern aus dem Hochland, die gar nicht daran dachten, ihm oder anderen Passanten Platz zu machen. Ein scharfer Wind pfiff zwischen den Häusern hindurch und brachte in regelmäßigen Abständen Regenschauer mit sich. Pfützen und Dreck verwandelten das Straßenpflaster in eine Rutschbahn. Hier und da wurden Fische verkauft, Netze geflickt, und vor den Schänken diskutierten sichtlich aufgebracht und trotz der frühen Stunde wahrscheinlich bereits angetrunken weitere Seeleute. Und das, obgleich sich ein Großteil von Wick der Abstinenzbewegung verschrieben hatte!

In der Hoffnung, etwas zu entdecken, was sein Herz erfreuen würde, sah Louis sich um, fand aber nichts. Nur karge, gräuliche Ufer, triste graue Häuser, die düstergraue See. Ein

Albtraum in Grau. Er wurde angerempelt und auf die Straße gedrängt, wo er nur knapp einem Pferdewagen ausweichen konnte. Schnell zurück auf den Gehsteig! Einen Lidschlag später rannte ein Hochländer in ihn hinein und blaffte ihn an. Louis verstand kein Wort des Redeschwalls.

»Wie bitte? Was haben Sie gesagt?« Er war nicht uninteressiert, einen dieser seltsamen Männer kennenzulernen, und konnte nicht glauben, dass er nichts verstanden hatte. Der Kerl schien seine Worte ebenso wenig entschlüsseln zu können. Noch einmal versuchte Louis, sich verständlich zu machen, doch der Fischer hob nur die Schultern, betrachtete ihn wie ein seltsames Tier und wandte sich ab.

Auf einem Mauervorsprung saß, in Lumpen gehüllt, eine Greisin und kicherte in sich hinein, als würde ihr das Wetter nichts ausmachen. Als Kind hatte Louis eine heftige Furcht vor unheimlich wirkenden Alten und Verkrüppelten gehabt, wofür er sich heute schämte. »Guten Morgen!«, rief er ihr deshalb zu und überlegte, ob er sie fragen sollte, ob sie den Highlander verstanden oder ob dieser tatsächlich Kauderwelsch geredet hatte.

»Breezy, breezy«, gab die Alte zurück und wandte ihm das sonnengegerbte, von tiefen Falten gefurchte Gesicht zu. »Ist nicht von hier, der junge Sir«, sagte sie wie zu sich selbst.

Louis wollte sich ihr gerade nähern, da packte ihn jemand am Ellbogen. Es war der junge MacDonald. »Die Alte hat den Verstand verloren und brabbelt wirr vor sich hin. Von den Highlandern solltest du dich ebenfalls fernhalten. Ein Missverständnis, und sie prügeln dich windelweich. Neulich hat jemand aus Versehen einem Kind einen Apfel aus der Hand geschlagen, da gab es eine Straßenschlacht«, sagte er und schob Louis zwischen den durcheinanderlaufenden Fischern hindurch. »Wird Zeit, dass wir ins Hafenbüro kommen. Er und ich haben heute einiges mit dir vor.«

»Dein Vater und du?« Louis machte sich los. Er wollte nicht länger als Highlander-Prellbock dienen.

»Er und ich, genau. Ohne uns würde hier nichts laufen. Der Name MacDonald ist genauso ein Markenzeichen wie Stevenson.«

Das wagte Louis zu bezweifeln, doch er hielt sich mit einer Bemerkung zurück. Sie näherten sich der Hafenkante, wo die Pökler bis zu den Knien in Fischabfällen und Lauge standen und der Gestank noch übelkeitserregender war als im Rest des Ortes. »Sind die Taucher heute auch wieder im Einsatz?«, fragte Louis.

»Bei diesem Wetter? Auf keinen Fall! Da hat Robert Bain anderes zu tun.« David lachte; es klang anzüglich. »Wir mögen hart arbeiten, er – also mein Vater – und ich. Bain aber wird von den jungen Fischertöchtern bewundert, sogar von den hübscheren. Als wäre es etwas Besonderes, sich unter Wasser herumzutreiben.«

»Bist du schon mal getaucht?«

»Warum sollte ich? Wenn du was von der Gegend sehen willst, dann führe ich dich herum, da brauchst du nicht zu tauchen. Von mir aus bringe ich dich sogar zu den Zigeunern, die drüben in einer Höhle hausen. Es braucht allerdings einigen Mut, um dorthin zu gehen. Die Männer sind immer besoffen und streitlustig. Fast wie die Fischer.« MacDonald junior lachte meckernd, als habe er einen guten Scherz gemacht.

»Das schreckt mich nicht. Wir können aufbrechen, wenn die Arbeit hier erledigt ist.«

»Mal sehen. Hab wahrscheinlich Wichtigeres zu tun.«

Sie hatten das Büro des Hafenmeisters erreicht, wo Robert Bain gerade David MacDonald senior berichtete, mit welchen Schwierigkeiten sie beim Weiterbau des Damms im tieferen Meer zu kämpfen hatten. »Obgleich die letzten Stürme wahrlich nicht stark waren, sind einige der Granitquader bewegt worden. Die unterseeischen Strömungen sind heftig, sodass im Herbst mit weiteren Schäden zu rechnen ist«, erklärte der Taucher, als sie eintraten.

»Mit welchen Quadern haben wir es zu tun? Von welcher Größe sprechen wir?«, warf Louis ein, doch niemand schien von ihm Notiz zu nehmen, stattdessen diskutierten die Männer weiter. »Es ist wichtig zu wissen, was für ein Gewicht das Meer an dieser Stelle bewegen kann«, beharrte er. »Vielleicht müssen die Quader noch größer sein. Oder das Fundament breiter.«

»Keiner der Granitquader scheint schwer genug zu sein, um dem Meer standzuhalten. Nicht hier in Wick«, gab ihm Robert Bain schließlich Antwort, während die MacDonald-Männer mit Mr Robertson, dem Vorarbeiter der Schreiner, über den Weiterbau des Gerüsts und die Notwendigkeit diskutierten, die Pfähle für das Messgerätebassin zu versenken. Zwischen zwei geteerten Holzpfählen sollten auf verschiedenen Ebenen Messgeräte die Kraft von Wellen und Strömung ermitteln. Die Ergebnisse sollten dazu beitragen, die Standfestigkeit des Wellenbrechers anzupassen.

»Wenn ich mich richtig erinnere, hat mein Vater den Entwurf des Wellenbrechers bereits überarbeitet und auch die Metallklammern, die einzusetzen sind, verstärkt. Reichen diese Maßnahmen Ihrer Meinung nach nicht aus?«, fragte Louis.

Wieder wurde er ignoriert. Vielmehr wandte sich das Gespräch der Befestigung des Messgerätebeckens am Meeresgrund zu, wofür Steinbrocken verwendet werden sollten. Nahm ihn hier denn niemand ernst? »Ich halte es für gefährlich, das Becken mit Steinen abzusichern, da diese zu leicht bewegt und auf die empfindlichen Geräte gestürzt werden könnten«, schaltete er sich erneut ein. »Stattdessen könnte man das Becken mit einer Art Eisenkragen absichern.«

David MacDonald der Ältere tat den Vorschlag mit einer abfälligen Geste ab. Als sein Sohn einige Augenblicke später ankündigte, zur Baustelle zu gehen, wies er auf Louis. »Nimm ihn mit«, befahl er.

MacDonald der Jüngere verdrehte die Augen. »Wenn man die Gegebenheiten nicht kennt, sollte man sich nicht anmaßen, anderen seine Meinung aufzudrängen, sondern lieber schweigen«, brummte er, als sie hinaustraten.

Die Regenschauer waren abgeklungen, der aufgefrischte Wind schien sie nach Westen weitergeblasen zu haben. »Ich habe mich sehr wohl mit den Gegebenheiten vertraut gemacht«, widersprach Louis.

»Und jetzt kennst du dich besser aus als er und ich, die hier seit Jahren vor Ort sind? Von Ingenieurskunst hast du ebenfalls keine Ahnung – ich habe deine krakeligen Zeichnungen gesehen.« Ohne ihn eines weiteren Blickes zu würdigen, eilte David MacDonald voraus. Er brachte Louis auf den Steg und wies einen der Zimmerleute an, Louis eine Aufgabe zuzuweisen. »Pass auf, dass du nicht ins Meer fällst«, mahnte er noch, nur halb im Scherz. Dann ließ er Louis auf der Baustelle zurück.

Es brauchte eine volle Stunde vor dem Kamin sowie mehrere Tees mit Whiskey, bis Louis nicht mehr zitterte. Den ganzen Tag war er auf der Baustelle gewesen und hatte so gut wie möglich zu helfen versucht, obwohl er von der Arbeit keine Ahnung hatte und auch nicht jede Anweisung verstand. Eine neue Regenfront hatte noch dazu beigetragen, dass ihm die Strapazen wie eine gewaltige Verschwendung von Ressourcen vorkamen. Er war zu Besserem in der Lage und hatte Besseres verdient!

Vater und Sohn MacDonald waren lediglich in den Regenpausen aufgetaucht, um nach dem Rechten zu sehen. Zum Mittagessen hatte man ihm Käse, Brötchen und gesalzene Butter gegeben, doch selbst der Sherry hatte ihn nicht auftauen lassen.

Louis zog die Schultern hoch. Selbst jetzt noch rüttelten

Wind und Regen an den Fenstern und erinnerten ihn an den Schrecken seiner Kindheit in Sturmnächten. Er war hundemüde, doch er hatte den versprochenen Brief an seine Eltern noch nicht verfasst und würde sich sputen müssen, damit dieser rechtzeitig in die Post kam. Außerdem wollte er, wenn er sich noch ein wenig länger aufrecht halten konnte, an seinen Gedichten oder an *Monmouth* weiterarbeiten. Er setzte sich an einen der Tische, holte Papier und Schreibzeug und legte sich die Worte zurecht, die er schreiben wollte. Für seine Mutter mussten die Briefe unterhaltsam sein, sie hasste weitschweifige technische Ausführungen ebenso wie düstere Berichte, sogar bei Romanen bestand sie auf einem heiteren Ende. *Meine liebe Mama*, begann er und konzentrierte sich für den Einstieg auf eine amüsante Beschreibung des Zimmers. Dann aber klopfte es an der Tür, und David MacDonald junior trat ein.

Louis sah verärgert auf. Was wollte der Mann? Wieder blöde Sprüche machen? Der Höflichkeit halber bot Louis ihm einen Whiskey und etwas Tabak an.

Sein Gast nahm das Angebot gern an und stopfte sich wie Louis eine Pfeife. »Mein Vater hat mir aufgetragen, nach dir zu sehen. Er und ich sind ja für dich verantwortlich.«

»Ich komme sehr gut allein zurecht.«

»Na, na, ich weiß nicht.« MacDonald hielt ein Streichholz an seine Pfeife. »Unseren Erkundungsstreifzug werden wir verschieben müssen, bis das Wetter besser ist.« Sinnierend blickte er den ersten Rauchwolken nach. »Sind gut im Geschäft, die Stevensons, was? Häfen, Leuchttürme, Staustufen. Kein Auftrag zu klein oder zu groß, als dass die Familie ihn annimmt. Dein Vater hat viele aktuelle Bauten und Vorhaben erwähnt. Wo ist Dubh Artach?«

»O Ultima Thule«, meinte Louis, um nicht die weniger feine Formulierung »am Arsch der Welt« verwenden zu müssen.

MacDonald paffte nachdenklich, als könnte er mit der lateinischen Bezeichnung für das mythische nördlichste Ende der Welt etwas anfangen. »Wo ist das noch genau?«, fragte er dann. »Ist ein wilder Ort, wenn ich mich recht erinnere? Ach, ich glaube, Bryson war dort, als er letztes Mal unterwegs war. Ich erinnere mich – sie bauen dort eine Eisenbahn, und wir Mac-Donalds haben den Auftrag. Er und ich werden die Eisenbahn bauen, genauso ist es.«

Was redete dieser eingebildete Einfaltspinsel da? Louis musste ein Lachen unterdrücken. Endlich hatte er in dieser Tristesse eine amüsante Anekdote, die er seiner Mutter erzählen konnte. Wenn nur MacDonald junior endlich wieder aufbrechen würde! Doch dieser schien sich in Louis' Zimmer allzu wohlzufühlen und vertiefte sich in die Gemälde der halbnackten Damen. Schließlich konnte Louis seine Ungeduld kaum mehr zügeln und rückte demonstrativ das Schreibzeug zurecht. Doch auch diesen Wink schien David junior nicht wahrzunehmen. Würde er denn nie gehen?

Da endlich erhob sich sein Gast, gähnte ausgiebig und wies mit einem schmalen Lächeln, das Louis böswillig erschien, auf das Papier. »Für die Post bist du zu spät.«

9

Louis warf noch einige Sätze auf das Papier und sprang dann auf. Nachdem er gestern wie tot ins Bett gefallen war, hatte er heute Morgen ein wenig an *Monmouth* schreiben können. Seine Szenen waren beinahe fertig, und er war gespannt, was Bob dazu sagen würde. Ob sein Freund ebenfalls an ihrem Stück weitergeschrieben hatte? Falls nicht, würde er die Szenen, für die Bob verantwortlich war, selbst ergänzen müssen.

Guten Mutes ging er zum Frühstück hinunter und nahm sich eine der Zeitungen. Irritiert hielt er inne. Die anderen Gäste unterhielten sich nicht, stattdessen hallte nur eine einzige Stimme durch den Raum, scharf und ungewohnt laut. Louis sah in die Richtung, aus der sie kam. Dort, in der Ecke des Raumes, thronte ein Mann in der Tracht eines calvinistischen Pfarrers – weiße Halsbinde und kragenloses schwarzes Jackett – und gestikulierte, in der einen Hand ein Brötchen, in der anderen ein Messer. »Alle Katholiken sind verdammt! Jeder Papist wird in der Hölle schmoren …«, stieß er zwischen zwei Bissen hervor.

Louis, der auf ein entspanntes Frühstück mit Zeitungslektüre und belanglosen Plaudereien gehofft hatte, nahm an der entgegengesetzten Seite des Raumes Platz. Doch gerade dadurch weckte er offensichtlich das Interesse des Pfarrers. Dessen hageres Gesicht wandte sich ihm zu. »Sie sind doch nicht etwa einer dieser Papisten und scheuen daher meine Nähe?«

Alle Augen richteten sich auf Louis, der gerade die Neuigkeiten auf der Titelseite des *John O'Groat Journal* überflog.

»Oh, ich war nicht auf eine Glaubensprüfung zum Frühstück eingerichtet«, sagte Louis, bemüht, einen ironischen Tonfall zu unterdrücken. Bessie servierte ihm Tee und brachte ihm die übliche Auswahl von Fisch, Brötchen und gesalzener Butter.

»Sollte man sich nicht in jeder Minute darauf einstellen, für seinen Glauben einzutreten?«

Glücklicherweise war Louis durch jahrelange Tischgespräche im Kreise seiner Familie mit diesem Thema vertraut und fühlte sich, sogar während er sein Frühstück zu sich nahm, in der Lage, sich ein Wortgefecht mit dem Pfarrer zu liefern. Er verabscheute Glaubenseiferer jedweder Couleur; viel zu oft hatte er ihren Hass erlebt und mitbekommen, was sie ihren Mitmenschen antaten. Auch hatte er schon daheim in Edinburgh genügend Scheinheilige erlebt. Die anderen Gäste schienen froh darüber zu sein, dass sich die Aufmerksamkeit des Pfarrers nun auf ihn konzentrierte, und er bemerkte, dass auch Bessie aufmerksam zuhörte, was seinen Ehrgeiz anstachelte, geistvolle Antworten zu finden.

Nach einer Weile erhob sich der Pfarrer, wischte sich die Hände an seinem Rock ab und trat an Louis' Tisch. »Ich sehe, ich habe es mit einem jungen Mann zu tun, der in Glaubensfragen wohl unterrichtet ist. Was treibt Sie hierher? Wo ist Ihre Heimatgemeinde?«

Obgleich Louis den Ton als inquisitorisch empfand, stand er dem Reverend Rede und Antwort. »Nun, da Sie mich so ausführlich befragt haben, stehen mir sicherlich ebenfalls einige Auskünfte zu, Reverend«, sagte er schließlich mit einem schmalen Lächeln.

Der Pfarrer schien nur darauf gewartet zu haben, sich über den Grund seiner Reise und seines Aufenthalts auslassen zu können. »An den Rändern unserer Heimat haben wir es mit einem Verfall der Sitten zu tun!«, eiferte er. »Im Hochland grassiert der Aberglaube. Die Menschen fürchten sich vor Geistern, Wiedergängern und Wechselbälgern. Dazu kommt in Städten mit regem Handel und Einwanderung wie Wick die Verbreitung papistischen Irrglaubens. Es ist an mir, den Menschen die Gefahren des Höllenfeuers in aller Deutlichkeit auszumalen. Jeder Papist wird brennen …«

Schon hob er wieder zu einer Predigt an. Louis stand auf und legte seine Serviette auf seinen Teller. »So gern ich auch weiter mit Ihnen parlieren würde, ruft mich doch die Pflicht.«

Als er hinausging und ein Lächeln mit Bessie tauschte, die an der Tür wartete, rief der Pfarrer ihm nach: »Verbreiten Sie das Licht des Glaubens, und wehren Sie den papistischen Teufeln!«

Im Hauptquartier standen der ältere und der jüngere MacDonald mit anderen Arbeitern zusammen und diskutierten. Die Tür zum Büro des Hafenmeisters stand offen. Louis grüßte in die Runde, doch kaum einer schien von ihm Notiz zu nehmen.

Stattdessen redete David MacDonald der Ältere ungerührt weiter. »… soll das Messgerätebecken mit einem Metallreifen abgesichert werden statt mit Steinen, um eventuelle Beschädigungen durch Stürme zu verhindern. Möglicherweise können wir mithilfe eines Wagenrads …«

Louis glaubte seinen Ohren nicht. Verkaufte der Mann gerade seine Idee als seine eigene? Sofort mischte er sich ein: »Sie brauchen gar nicht weiterzureden. Ich für meinen Teil stimme auf jeden Fall zu. Ich habe das Gleiche bereits zuvor vorgeschlagen, erinnern Sie sich?«

MacDonald reagierte nicht. Vermutlich wird er meinen Vorschlag nicht nur weiterhin als seinen ausgeben, sondern ihn gleich noch zum Patent anmelden, dachte Louis säuerlich.

»Mr MacDonald?« Der Ruf kam aus dem Büro des Hafenmeisters.

»Ist Kapitän Rutherford endlich eingetroffen?«, fragte Louis, der an die Ermahnungen seines Vaters denken musste.

Die beiden MacDonalds tauschten Blicke. »Du kannst den jungen Mr Stevenson schon mal hinaus auf die Baustelle begleiten«, wies der Ältere seinen Sohn an und wandte sich dem Büro zu. David MacDonald wollte Louis hinausschieben, doch dieser machte auf der Hacke eine halbe Wendung und schlenderte ebenfalls zum Büro des Hafenmeisters. So leicht würden die beiden ihn nicht los!

Als er durch die Tür blickte, entdeckte Louis hinter dem Schreibtisch einen wohlgesetzten älteren Herrn mit den Insignien eines Kapitäns. Das musste Gilbert Brydone Rutherford sein, der Vertreter der Britischen Fischereigesellschaft und Hafenmeister. Sofort stellte Louis sich vor. Leutselig begrüßte Rutherford ihn und verwickelte ihn in ein Gespräch über Tom und die Bedeutung des Wellenbrechers. Galant gab Louis Antwort.

An der Tür räusperte sich David MacDonald der Jüngere. »Ich wollte Mr Stevenson gerade auf die Baustelle begleiten.«

Rutherford nickte und wandte sich dann wieder an Louis. »Sie müssen mir die Ehre geben, heute Mittag mit uns zu speisen. Ich möchte Ihnen meine Gattin und meine Tochter vorstellen. Die Damen würden sich freuen, den Sohn des berühmten Ingenieurs kennenzulernen.«

David MacDonalds Augen wurden weit, und Louis lächelte in sich hinein. Selbst wenn die MacDonalds ihn hatten von Rutherford fernhalten wollen, war ihr Vorhaben gescheitert.

»Es ist mir eine Ehre, Sir.« Louis deutete eine Verneigung an. Er konnte es kaum erwarten, herauszufinden, ob es in einem Städtchen wie Wick eine größere feine Gesellschaft gab, die seinen trüben Aufenthalt etwas aufhellen würde.

Pflichtschuldig beendete Louis nach Feierabend den Brief an seine Mutter und quälte sich durch die Algebra-Aufgaben, die sein Vater ihm aufgetragen hatte. Nun mühte er sich mit den letzten Versen für *Monmouth*. Die meisten Stunden des Tages hatte er auf der Baustelle verbracht und – oft von einem Boot aus – beim Errichten des Gerüstes mit angefasst. Eine solch harte körperliche Arbeit war er nicht gewohnt, und schon jetzt schien jeder einzelne seiner Knochen zu schmerzen. Zu diesen Strapazen kamen aufreibende Konstruktionsberechnungen und mühsame Absprachen mit den Handwerkern, die er nach wie vor nicht verstand und die ihn ebenso wenig verstanden. *Es ist ein wahres Babel hier. Selbst diejenigen, die die gleiche Sprache sprechen, verstehen einander nicht.*

Obendrein schien David MacDonald der Jüngere nun, da Louis auf gutem Fuß mit Kapitän Rutherford stand, auch noch zu schmollen. Erneut hatte er lautstark an seinen Bauzeichnungen und Berechnungen herumgemäkelt. Einzig das Mittagessen mit Kapitän Rutherford und seiner Familie war eine angenehme Unterbrechung gewesen. Dieser hatte versprochen, ihm mit Ratschlägen zur Seite zu stehen und ihn in die bessere Gesellschaft der Stadt einzuführen – was auch immer das an einem Ort wie Wick bedeuten mochte. Allerdings hatte Mrs Rutherford erwähnt, dass sie mit seiner Mutter korrespondierte. Die soziale Kontrolle war also perfekt …

Aufstöhnend schob Louis das Schreibzeug von sich. Er liebte das Schreiben, aber warum fiel es ihm so schwer? Seine Verse waren holprig, die Bilder schief, Dramaturgie und Entwicklung belanglos. Seine Eltern hatten recht: Er hatte sich verrannt, war nichts als ein Dilettant! Jeannie hatte mit ihrer Bewunderung nur zu seiner Verblendung beigetragen. Ach, wenn er nur so schreiben könnte wie Shakespeare oder die anderen Autoren, die er so bewunderte! Selbst die Bibel – beeindruckendere Verse als im Buch Hiob fanden sich kaum. Er las und las, versuchte, den Stil zu analysieren und ihn sich einzuprägen, und doch scheiterte er bei den eigenen Texten jämmerlich. Zu nichts nutze – das war er!

So heftig sprang Louis auf, dass der Stuhl ins Wanken geriet und hintenüberfiel. Eilig hob er ihn auf und vergewisserte sich, dass nichts gebrochen war. Das würde noch fehlen, dass man seinen Eltern berichtete, er habe in seinem Zimmer Schäden angerichtet!

Er zerrte an seinem Kragen, hatte das Gefühl, keine Luft zu bekommen. Er fühlte sich eingesperrt und einsam. Die Decke fiel ihm auf den Kopf, drückte ihn nieder, und auch der Anblick der leicht bekleideten Damen auf den Bildern deprimierte ihn. Wie es Jeannie wohl erging?

Louis wurde das Herz eng. Er hatte niemanden, mit dem er sprechen konnte. Bob war der Einzige, dem er schreiben konnte, wie es in ihm aussah – doch es dauerte quälend lange, bis er eine Antwort bekam. Wie sehr sehnte er sich danach, den Freund zu sehen, offen mit ihm zu reden!

Er zerrte die Fensterläden auf, um Luft ins Zimmer zu lassen. Zu seinem Erstaunen war die Wolkendecke aufgerissen, und die Fahnen und Segel der Schiffe bebten in der sanften Brise kaum. Sollte der Sommer zurückkehren, wenigstens für ein paar Stunden oder gar Tage? Er musste hinaus, musste diese Enge verlassen, musste unter Leute! Aber wohin? Zu den MacDonalds etwa? Nein, deren Gesellschaft würde er heute keine Minute länger aushalten. Louis warf sich seinen Mantel über und stürzte hinaus.

Vor den Gaststätten hatten sich die Fischer versammelt und diskutierten aufgeregt beim Bier, manche laut lallend. Viele hatten wegen der angenehmen Temperaturen die feingestrickten schwarzen Wollpullover und Mützen abgelegt, die sonst ihre Tracht bildeten. Sollte Louis sich unter sie mischen? Vielleicht fand er doch noch jemanden, mit dem er reden, den er verstehen konnte, der ihm eine interessante Geschichte erzählte? Als er sich näherte, bemerkte er abfällige Blicke. Er war ein Exot, gehörte nicht zu ihnen, gehörte nicht hierher.

Nirgendwo gehöre ich dazu, dachte er und blieb stehen. Wie jämmerlich dieses Selbstmitleid war! Obwohl er nichts verstand, konnte er den erregten Ausrufen entnehmen, dass die Stimmung brenzlig war. Eilig ging Louis weiter zur nächsten Schenke, vor der sich ebenfalls Grüppchen gebildet hatten. Hier war es etwas ruhiger. Genossen die Fischer das Wetter, spielten Karten oder würfelten?

Louis wollte sich gerade ein Bier vom Tresen holen und sich zu ihnen gesellen, als er bemerkte, dass auch hier die Gesichter der Männer angespannt waren und sie mit Brettern und Stöcken hantierten.

Ein von Narben gezeichneter Mann mit knotigen Händen führte das Wort. »Ich kann doch nicht mit leeren Händen zu meiner Familie zurückkehren! Wie sollen wir so unsere Frauen und Kinder durch den Winter bringen? Ich sage euch, wir müssen uns holen, was uns zusteht!«, peitschte er seine Kollegen an. Louis war erstaunt, dass er ihn verstand.

Im nächsten Moment hallte das Trampeln unzähliger Stiefel durch die Gasse. Ein Ruck schien durch die Menge zu gehen. Instinktiv wich Louis zurück. Kurz darauf bog ein Trupp Polizisten um die Ecke; sie alle waren mit Schlagstöcken bewaffnet. Sofort hoben die Fischer die hölzernen Waffen, ihr Wortführer schob sich in die erste Reihe.

Louis durchfuhr es heiß. Drohte tatsächlich ein Aufstand? Würde es zum Kampf kommen? Er zog sich noch ein wenig weiter zurück. Jetzt schien sein Aussehen ein Vorteil zu sein, denn die Polizisten erkannten sofort, dass er mit den Fischern nichts gemein hatte, und ignorierten ihn. Ein Wortgefecht brandete auf, als die Polizisten die Fischer aufforderten, ihre Waffen niederzulegen. Kurz schien es so, als würden die beiden

Gruppen aufeinander losgehen. Doch als der Einsatz der Kanonenboote sowie des Militärs angedroht wurde, ließ der Widerstand nach. Es kam lediglich zu kleineren Handgemengen, als die aufrührerischen Fischer verhaftet wurden.

Zornig riefen die Fischer die Umstehenden um Unterstützung an, beschimpften sie, als niemand reagierte. Widerstrebend riss Louis sich von der dramatischen Szenerie los. Bewegt von dem, was er beobachtet hatte, lief er durch die Stadt. Er passierte den Argyll Square, dessen weitläufige Eleganz durch die Fischernetze gemindert wurde, die dort zum Trocknen auslagen. Auch auf dem Friedhof hatten sich Menschen versammelt. Eine Beerdigung?

Irritiert sah Louis sich um. Dann bemerkte er, dass auf einem flachen Grabstein ein Kasten, einem Puppentheater ähnlich, aufgestellt worden war. Ein Priester predigte Unverständliches, er glaubte Gälisch zu erkennen. Die Gläubigen lauschten ergriffen, während einen Steinwurf entfernt die einheimischen englischsprachigen Kinder Ticken spielten. Zwei Welten nebeneinander, fremd und doch gleich.

Der Gedanke beschäftigte ihn noch, als er zur Küste weiterlief, wo sich schwarze Klippen und tiefe Klüfte abwechselten, überhängende Felsen und natürliche Steinbögen mit darunterliegenden grünen Meeresbecken. Es kam ihm auf einmal so vor, als habe er noch nie ein schöneres Stück Küste gesehen. Das windgebeugte Gras war feucht, der Felsgrat eben. Seine Gedanken wanderten, als er ruhiger wurde, und er grübelte wie so oft darüber nach, was er als Nächstes schreiben sollte. Wie konnte es ihm gelingen, besser zu werden? Sollte er einfach etwas Neues anfangen und »Fortsetzung folgt« unter seine Geschichte schreiben?

Unvermittelt glaubte Louis Musik zu hören. Waren das etwa Gitarrentöne? Oder gaukelte der Wind ihm sie nur vor? In die Instrumentenklänge mischte sich fremdartiger Gesang. Hatte der jüngere MacDonald nicht von Zigeunern gesprochen? Wo aber waren sie? Nichts zu sehen außer einer sturmgeglätteten Klippenkante. Für einen Moment fühlte Louis sich, als sei er in eine magische Welt eingetaucht, als würden der Wind und die Wellen zu ihm sprechen. Eine Welt, in der Geister und Wiedergänger ihr Unwesen treiben konnten. Er ging auf die Klippe zu, die sich an dieser Stelle ins Landesinnere hineinwölbte. Nahezu windstill war es, weshalb das Meer spiegelglatt und harmlos wirkte. Unter ihm aber formten die Felsklüfte messerscharfe Reißzähne. Obgleich er so an den Abgrund trat, dass schon ein einzelner Windstoß ihn in die Tiefe hätte reißen können, fühlte er sich auf einmal lebendig, statt wie sonst ängstlich zu sein. Die Musik wurde deutlicher, Rauchgeruch stieg ihm in die Nase. Noch einen Schritt tat Louis vor. Geröll löste sich unter seinen Füßen und polterte hinunter. Als sein Fuß wegglitt, drohte er das Gleichgewicht zu verlieren. Rudernd hob er die Hände …

Mit Mühe und Not fing er sich. Er hörte unter sich Rufe und Gelächter, folgte ein paar Schritte lang der Küstenlinie und entdeckte einen schmalen Pfad, der in die Tiefe führte. Unter ihm, auf den Steinen, gegen die das Meer brandete, kletterten Kinder herum und wiesen mit dem Finger auf ihn. Ganz klein wirkten sie von hier aus.

Die Hände in den Fels gekrallt, tastete sich Louis den Grat hinunter. Die Klippe wirkte auf ihn wie ein künstlicher Steinbruch: glatte Kanten, wie von Meißel und Bohrer geschaffen. Der Erdboden war von massiven Felsspaten bedeckt, als hätte sie ein Riese mutwillig dorthin geworfen, und zum Meer hin war die Bucht durch größere Felsbrocken vor der Brandung geschützt. In einem Felswinkel entdeckte Louis einen finsteren Spalt – konnte das der Eingang einer Höhle sein?

Noch während Louis überlegte, kamen die Kinder näher, zerlumpte, dunkelhäutige Gestalten mit pechschwarzen verfilzten Haaren. Louis mochte Kinder, schätzte ihre Ehrlichkeit und ihren wachen Geist. Trotz seiner vielen Krankheiten war er selbst gern Kind gewesen.

Und ich bin es noch, dachte er. *Vermutlich werde ich mein Leben lang Kind bleiben. Aber wäre das so furchtbar?*

Louis machte ein paar Tanzschritte, Grimassen und Faxen, um die Kinder zum Lachen zu bringen, was ihm zu seiner Freude gelang. Dann bemerkte er, dass auch einige Erwachsene an dem Felsspalt aufgetaucht waren und ihn misstrauisch musterten: alte und junge Frauen mit bunten Schultertüchern sowie ein hochgewachsener Mann in wild zusammengewürfelter Kleidung.

Die Kinder umringten Louis nun, streckten bettelnd und lachend ihre Hände aus, tasteten ihn ab. Mit einigen albernen Hüpfern befreite Louis sich. Sogleich ahmten die Kinder gackernd seine Bewegungen nach. Da sie nicht von ihm abließen, kramt Louis nun doch in seinen Taschen. Er hatte nicht viel, was er ihnen geben konnte, dennoch verteilte er ein paar Pennys unter ihnen.

Ein Mann murmelte etwas, woraufhin sich die Frauen zurückzogen. Dann machte er eine einladende Geste zu Louis. Seine Eltern kamen ihm in den Sinn – sie hätten ihm sicherlich von diesem Ausflug, dieser Gesellschaft und der Einladung eindringlich abgeraten. Trotzdem ging er auf den Mann zu. Muskulös war er, braungebrannt unter dem fadenscheinigen Hemd, mit Hosenträgern, die die zu weite Hose hielten.

»Breezy, breezy«, begrüßte Louis ihn, um Ortskunde zu beweisen, und schickte sicherheitshalber ein »Guten Abend« hinterher.

»Tabak?« Es war eine Frage, kein Angebot.

Louis zog seinen Beutel hervor und bot dem Mann davon an. Schweigend stopften sie sich eine Pfeife, entzündeten sie und schmauchten, während der Wind auffrischte und sich die Sonne über dem Meer senkte.

»Komm«, meinte der Mann schließlich unvermittelt und ging in den Felsspalt voraus.

Aufregung erfasste Louis und Angst. Das war bestimmt eine Falle! Lebensgefahr! Warum hatte er keinen Begleiter bei sich? Hatte niemandem von diesem Spaziergang erzählt? Andererseits brannte er darauf, fremde Menschen und ungewöhnliche Lebensarten kennenzulernen. Er dachte an seine Erkundungsgänge in Edinburghs Old Town, bei denen er viel zu oft umgekehrt war, um kein Risiko einzugehen, und schüttelte unwillkürlich den Kopf. Nein, er war hier, um zu lernen, um sich weiterzuentwickeln, um seinen Horizont zu erweitern – und genau das würde er tun!

Gespannte Erwartung trieb ihn vorwärts. Gesplittertes Gestein bedeckte den Boden, ließ seine Schritte knirschen und seine Füße kippeln. Schmal und haushoch war der Schacht, die Wände waren meerseits grünlich rot und feucht, als würde die See bei Sturm bis hier dringen. Algiger, fischiger Geruch, intensiv.

Laut hörte Louis seinen Atem zwischen den Felsen. Bald umgab ihn nur noch Dunkelheit.

10

Auf der Straße erwartete ihn am folgenden Tag das gleiche Bild wie gestern. Statt ihm einen »Guten Morgen« zu wünschen oder ein höfliches »Schöner Tag heute« herauszubringen – was ohnehin nicht der Wahrheit entsprochen hätte, da anthrazitfarbene Wolken über die graue Stadt schrammten –, murmelten die von Louis angesprochenen Passanten lediglich ihr monotones »Breezy, breezy« vor sich hin. Louis spürte, wie sich die Unwirtlichkeit der Stadt und des Wetters, der Gestank und die Unfreundlichkeit der Leute auf sein Gemüt legten. Seine Gedanken wanderten zu den Begegnungen des gestrigen Abends. Nun verbrachte er schon sein ganzes Leben in Schottland, und doch waren ihm die Menschen hier so fremd, als würde er Amerika, Indien oder eine Südseeinsel besuchen. Und das betraf nicht nur die Hochlandfischer, deren Aufstand inzwischen abgewendet zu sein schien, auch die Begegnung mit den fahrenden Leuten hatte ihn nachhaltig beeindruckt.

In der tiefen, hohen und erstaunlich luftigen Höhle hatten sich fünfzehn bis zwanzig Erwachsene und etliche Kinder befunden. Auf einfachen Lagerfeuern hatten die Frauen Brot gebacken und gekocht. Nachdem sie ein wenig miteinander gesprochen und Louis dem Mann den Rest seines Tabaks geschenkt hatte, hatten sie ihn zu einer Mahlzeit eingeladen. Louis hätte ihnen gern mehr gegeben, denn er sah, wie arm sie waren. Als Kesselflicker und Hilfsarbeiter schlugen sie sich durch. Auf seine Frage erzählte sein Gastgeber ihm, dass sie das ganze Jahr über hier lebten, nur vertrieben von Winterstürmen, die das Meer in die Höhle strömen ließ. Sie liebten das freie Leben, doch die Bewohner der Gegend fürchteten sie und beschimpften sie als Herumtreiber und Diebe. Später am Abend hatten sie Geschichten erzählt und gesungen, und schließlich hatte sein Gastgeber ihn den Felsgrat hochbegleitet, damit er sicher oben ankam.

Louis wandte den Blick von den den Gehsteig verstopfenden Fischern ab und richtete ihn auf das Pflaster, obgleich dieses einen ebenso unerfreulichen Anblick bot. Was tat er hier? Warum musste er diese Strapazen auf sich nehmen, wo er doch auch in der Stube sitzen und lesen oder schreiben könnte? Warum sollte er helfen, den Wellenbrecher zu bauen, obgleich sich so viele Einwohner dagegen wehrten, wie ihm seine Wirtin gestern erneut berichtet hatte? Vor allem die Finanzierung sorgte für Kontroversen. Ein derartig bedeutsames Unterfangen müsse ausschließlich von der Regierung bezahlt werden, statt Wicks Finanzen zu schröpfen, hieß es. Außerdem würden sich die Stevenson-Ingenieure nicht mit den örtlichen Gegebenheiten auskennen, sodass das Vorhaben von vornherein zum Scheitern verurteilt sei.

»Der schwarze Wind wird kommen!« Eine Stimme drang an Louis' Ohr, dünn und zugleich schnarrend. Kurz dachte er, dass jemand ihn mit einem erneuten Vortrag über das Höllenfeuer zu traktieren gedachte. Als er aufsah, entdeckte er ein Stück voraus jedoch die Greisin von gestern auf einem Mauervorsprung, eingewickelt in einen Umhang, ein Kopftuch um das Haupt geschlungen. Zusammengeschnurrt wirkte sie, klein wie ein Kind – ein Eindruck, den ihre in der Luft baumelnden Füße mit den löchrigen Schuhen noch verstärkten. In ihrem Gesicht aber hatten die Jahre tiefe Kerben hinterlassen, die Landkarte eines Lebens.

Neugierig trat er näher, wobei er mehrfach von Passanten angerempelt wurde. »Von was für einem Wind reden Sie?«, fragte er. »Noch nie habe ich von einem schwarzen Wind gehört.«

»Wie ehrerbietig er die alte Peggy Sue anredet, der junge Herr«, murmelte sie. Der zahnlose Mund bewegte sich, machte eine Art Saugbewegung, als müsste die Frau die Worte zusammensammeln. »Ich spür's in meinen Knochen. Der schwarze Wind kommt. Er wird mit seiner Kraft die vielen Fremden nach Hause tragen. Dann werden sie nicht mehr sterben, nicht hier. Die See wird sie nicht holen.«

»Sie sprechen von Südwind – einem Wind, mit dem man nordwärts segeln kann?«

Sie nickte entschieden. »Aye, SY.«

Louis stutzte. »SY – Sie meinen den Code für Stornaway, der auf den Fischerbooten steht? Die Hochländer werden zu den Äußeren Hebriden zurückkehren?«, riet er.

Ein flackernder Blick, weit auf die See hinaus. Die Falten um ihren Mund schienen noch tiefer zu werden. »Nur unsere Leute werden sterben. Nur unsere Söhne kann die See noch holen.«

Unwillkürlich fragte Louis sich, welche Erlebnisse und Schicksalsschläge diese Frau gezeichnet und dazu geführt hatten, dass jeder sie für verrückt hielt. »Sie haben jemanden an die See verloren? Ihren Sohn?«

Ihre knochigen Hände verkrampften sich, und ihr Mund verzog sich zu einem Schlitz. Er erwartete keine Antwort, denn sie murmelte wieder Unverständliches über den schwarzen Wind. Dann jedoch sagte sie: »Im Sturm von 1848 war es. Meine Jungen fuhren hinaus, doch der Wind ließ sie nicht in den Hafen zurückkehren, und schließlich wurde ihr Schiff gegen die Felsen geworfen. Wir fanden sie erst Tage später am Ufer, bleich und von den Fischen angefressen. Vierundneunzig starben. Allein siebenunddreißig aus Wick.« Ihre Worte klangen so kühl, als habe das Unglück nichts mit ihr zu tun.

»Ihre beiden Söhne sind tot? Das ist schrecklich. Das tut mir sehr leid«, sagte Louis erschüttert.

Sie sah ihn an, plötzlich wieder klar. »Er baut am Wellenbrecher mit, der junge Sir.« Es war keine Frage, sie musste ihn auf der Baustelle gesehen haben. Dennoch nickte Louis. »Wir hätten längst einen geschützteren Hafen haben müssen. Weniger Fischer werden sterben, wenn es einen Schutzhafen gibt. Vor allem jetzt, wo der schwarze Wind kommt. Der schwarze Wind …« Ihr Blick trübte sich ein, und erneut wisperte sie nur noch diese Worte vor sich hin. Louis erschauderte und wandte sich ab. Plötzlich ein Ruf: »Er hat nicht zufällig Sixpence über, der junge Sir? Ein Whiskey würde die Knochen einer alten Frau wärmen und ihren Geist trösten.«

Obgleich er knapp bei Kasse war – auch in der Fremde hielt sein Vater ihn kurz –, holte Louis einige Münzen aus der Tasche und legte sie der Greisin in die vernarbten, krallenartigen Hände.

Dicker Rauch umwehte Louis, als er einige Stunden später am Festlandsende des Wellenbrechers saß und sich mit der Überarbeitung der Bauzeichnungen für die Querwand des Bauwerks mühte. Der Wind sang wie üblich in seinen Ohren, und er schmeckte die salzgeschwängerte Luft auf den Lippen. Neben ihm ächzten Kran und Dampfmaschine beim Verladen des nächsten tonnenschweren Granitquaders. Die Rufe der Zimmerleute und Maurer erfüllten die Luft.

Ein Aufschrei ließ ihn auffahren. Er schreckte hoch, das Zeichenbrett fiel klappernd zu Boden. Am anderen Ende der Baustelle wurden Hilferufe laut. Es musste etwas passiert sein! Etliche Leute eilten unter den Gerüsten hindurch dorthin, und auch Louis rannte los. Zu beiden Seiten brandete das Meer gegen die Steine des Dammes. Ein kalter, salziger Sprühregen umfing ihn, und trotz der Schienen war der Weg recht schmal und uneben, sodass Louis mehr als einmal beinahe gestolpert wäre.

Dann sah er es: Einer der Zimmermänner war ins Wasser gestürzt und strampelte verzweifelt um sein Leben. Louis blieb beinahe das Herz stehen. Offenbar konnte der Mann nicht schwimmen. Panik verzerrte sein Gesicht. Inzwischen hatte man ihm ein Seil zugeworfen, doch der Mann konnte sich kaum daran festhalten, geschweige denn, sich daran hochziehen. Zu stark war die Strömung, zu eisig das Wasser.

»Halt dich fest, Angus!«, rief jemand.

»Ich kann es nicht!«, gab Angus zurück. Seine Stimme klang schicksalsergeben, obgleich das Meer immer wieder sein Haupt überspülte. War er so kaltblütig angesichts des Todes?

Louis' Puls galoppierte, und in seinen Gehörgängen summte es vor Aufregung. Sie mussten etwas tun! Sie konnten doch nicht zusehen, wie der Mann ertrank! Doch die anderen gestikulierten und riefen nur hilflos durcheinander.

Ein Brett!, durchzuckte es Louis schließlich, wir brauchen ein Brett. Er schrie den Einfall hinaus: »Wir müssen ein Brett an Seile binden und zu ihm herunterlassen, damit er sich darauf retten kann!« Niemand hörte auf seinen Vorschlag, sooft er ihn auch wiederholte. Schließlich packte er MacDonald junior an den Schultern und hämmerte ihm seine Idee buchstäblich ein. Der junge Mann war jedoch erstarrt vor Schrecken, unfähig zu handeln.

»Gute Idee, Stevenson! Hier ist eine Planke! Chas, hol Seile!«, rief endlich jemand.

Louis' Erleichterung vergrößerte sich noch, als er erkannte, dass es Robert Bain, der Taucher, war. Auf Bain würde man hören. Und tatsächlich kam der andere Taucher dem Befehl nach. Dennoch dauerte es viel zu lang, die Seile zu beschaffen. Immer wieder verlor Angus den Halt und verschwand unter Wasser. Am liebsten wäre Louis ins Wasser gesprungen, um den Mann zu retten, aber ihm war klar, dass er dann ebenfalls ertrinken würde.

Er hielt die Planke, während Bain das Seil festknotete. Schließlich war das Konstrukt fertig. Und doch konnten sie es jetzt nicht einfach ins Meer werfen – das Gewicht würde sie mit sich in die Tiefe reißen oder bei einem ungünstigen Wurf Angus erschlagen. Das Blut prickelte unter Louis' Haarspitzen, als er die Arbeiter aufforderte, mitzuhelfen: »Packt mit an! Wir müssen die Planke zu Angus hinablassen. Langsam!«

Die Männer zögerten, als hätte jeglicher Mut und jegliche Tatkraft sie verlassen. Auch auf Robert Bains Befehle reagierte niemand. Es war zum Verzweifeln! Als Louis die Zögerer gerade anbrüllen wollte, schallte ein Ruf über die Bucht:

»Ein Boot! Da kommt ein Boot!«

Etliche bange Minuten später hatte das Boot den Ertrinkenden erreicht. Jetzt endlich kam wieder Bewegung in die Männer. Sobald Angus an Bord gehievt war, liefen alle an Land, um ihn und seine Retter in Empfang zu nehmen. Angus, der bleich war und zum Gotterbarmen zitterte, wurde in Decken gehüllt und mit Brandy versorgt. Die Retter wurden gefeiert.

Eine Welle der Erleichterung durchströmte Louis. Als alle einander glücklich auf die Schultern klopften, er mittendrin, fühlte er sich zum ersten Mal als Teil einer Gemeinschaft. Schließlich arbeitete er sich zu Angus vor, der erschöpft und eingemummelt auf einer Holzkiste saß.

»Was für ein Glück! Wir wollten eine Planke zu dir hinablassen, um dich zu retten – aber das Boot war schneller. Wie geht es dir? Denkst du, du wirst den Unfall unbeschadet überstehen?«, sprudelte es aus Louis heraus.

Angus starrte ihn für einen Augenblick ratlos an, dann lachte er unvermittelt schallend, wobei ihm das Meerwasser von den Haarspritzen tropfte, und redete auf Louis ein, genauso laut und schnell. Louis verstand kein Wort und begriff erst jetzt, dass es dem Zimmermann ebenso gegangen sein musste. Auch er musste lachen, bis ihm die Tränen kamen. Dann stieß er mit einem letzten Schluck Brandy mit dem Highlander auf dessen glückliche Rettung an.

Trotz des Zwischenfalls gingen wenig später alle wieder an die Arbeit; sie konnten sich keinen Verzug leisten. Louis' Hände zitterten jedoch noch immer so, dass er den Zeichenstift nicht führen konnte.

Bei Feierabend sprach Robert Bain ihn an: »Sie haben sich vorhin clever und mutig verhalten, Mr Stevenson.«

»Ohne Sie hätte niemand auf mich gehört«, hielt Louis fest.

Bains Blick wanderte zu den Fischertöchtern, die in der Nähe der Baustelle auf etwas zu warten schienen. »Ich will ehrlich sein. Die meisten halten Sie für ein verwöhntes Bürschchen aus der Stadt, einen Vertreter des großen Ingenieurs, der uns auf die Finger schauen soll. Viele arbeiten seit fünf Jahren hier und wollen sich nicht von einem Studenten sagen lassen, was sie tun sollen.«

Louis wusste seine Offenheit zu schätzen. »Das ist in gewisser Weise verständlich«, gab er zu. »Aber ich muss … Ich will lernen. Und anders geht es nun mal nicht.«

Abwägend sah Bain ihn an. »Interessieren Sie sich nach wie vor für das Tauchen?«

»Sehr«, gab Louis zu. »Ich erhoffe mir von einem Tauchgang, dass ich die Arbeiten unter Wasser korrekter beurteilen und damit auch besser planen kann«, setzte er hinzu, um eine vernünftige Erklärung für sein Ansinnen zu geben. In Wahrheit brannte er vor allem darauf zu erleben, wie es unter Wasser war, welch neue Welt man dort erkunden konnte.

»Die Gefahren sind nicht zu unterschätzen. Ich will Ihnen eine Geschichte erzählen.« Bain stellte den rechten Fuß auf ein paar Fischreusen und stützte die Hand aufs Knie. »Neulich war ich mit einem Kollegen unten, um einen fünfzehn Tonnen schweren Stein zu versenken. Wir hatten den Quader exakt platziert und die Taue, die ihn hielten, durchtrennt. Es war Zeit aufzusteigen. Doch mein Begleiter beugte sich über den Quader, als würde er an einem Grabstein trauern. Er fuchtelte mit den Armen und machte Zeichen, die es in keiner Tauchersprache gibt. Dann endlich durchzuckte mich die Erkenntnis. Ich kam näher und schaute durch das kleine Sichtfenster. Das Gesicht meines Gefährten war von Tränen bedeckt. Und als ich meinen Blick senkte, erkannte ich das Problem: Sein Fuß war unter den Quader geraten. Er litt unsagbare Schmerzen!« Er legte eine bedeutungsschwangere Pause ein. »Etwas Ähnliches könnte auch Ihnen zustoßen.«

Louis hatte gebannt gelauscht. Bain war ein guter Erzähler. Wie viele, die nicht aus Büchern, sondern aus dem Gedächtnis schöpften, wusste er seinen Bericht dramatisch zu gestalten. »Die Gefahr schreckt mich nicht. Ich werde vorsichtig sein«, sagte er fest.

Bain nickte nachdenklich. »Dann halten Sie sich am nächsten schönen Tag bereit«, verkündete er schließlich. Louis hätte am liebsten vor Freude gejuchzt. »Eines fehlt allerdings noch, junger Mr Stevenson.«

Schlagartig verflüchtigte sich Louis' Euphorie. »Und das wäre?« Hoffentlich erwartete Bain nicht, dass er das Einverständnis seines Vaters einhole – das nämlich würde Tom niemals geben.

»Wir Taucher duzen uns. Das mag für einen jungen Gentleman wie Sie ungewöhnlich sein, aber unter Wasser vertrauen wir einander das Leben an.«

»Louis.« Er hielt ihm die Hand hin.

»Robert.«

Sie schüttelten einander die Hände.

»Ein aufregendes Wrack wirst du allerdings nicht sehen.« Bain schmunzelte. »Dafür müsstest du zur Fair Isle fahren, gen Norden, wo ein Teil der Spanischen Armada Schiffbruch erlitt. Hier bei uns wirst du es lediglich mit Fundamenten zu tun haben, die hoffentlich für die Ewigkeit gebaut sind. Also, Louis, halte dich bereit!« Robert nickte ihm noch einmal zu und wandte sich sodann den wartenden Fischertöchtern zu, von denen er sofort umringt wurde. In einer Mischung aus Respekt und Neid sah Louis ihm nach, als er davonging. Er konnte es kaum erwarten, ebenfalls ein Taucher zu sein – und war es nur für ein paar Stunden.

Als er am darauffolgenden Morgen in den Frühstücksraum trat, sah er, wie Bessie gebannt aus dem Fenster blickte. »Der schwarze Wind ist da. Die Highlander brechen auf«, sagte sie, ohne ihn anzusehen.

Louis stellte sich neben sie. Der Anblick nahm ihn sofort gefangen. Ein tiefgrauer, stellenweise schwarzer Himmel. Kräftiger Wind, der die weißen Segel aufblähte. Eine Unmenge von Booten in der Bucht, die wie Zähne Stücke aus der aufgewühlten See bissen, die weißen Wellenkämme durchschnitten, um voranzukommen. Wuchtige Heringsbüsen mit Treibnetzen, Fifies mit geradem Vor- und Achtersteven und schlanke Scaffies. Einem Heringsschwarm gleich strömten sie dem Norden zu. Die Greisin hatte recht gehabt.

»Sie reisen ab. Die Heringssaison ist vorüber, scheint mir.«

»Jetzt beginnt die Zeit der Stürme und der Finsternis.« Bessie rieb über die Gänsehaut auf ihren nackten Armen. Sie lächelte ihn an, und in ihrer Unbefangenheit erinnerte sie ihn an Jeannie, was ihm einen Stich versetzte. »Aber noch haben wir ja freundliche Gäste wie Sie, Mr Stevenson. Ich habe schon Ihren Platz für das Frühstück eingedeckt und brühe Ihnen gleich einen frischen Tee auf.«

Der Himmel war herbstgrau, und kalter Ostwind pfiff Louis durch die Zähne, während er von der Holzplattform der Taucher aufs Meer schaute. Die Wellen waren hoch, zu hoch für seinen Geschmack. Unter unzähligen Lagen von Wollkleidung und dem gewaltigen, schweren Taucheranzug zitterte er vor Aufregung. Auch die Nachtmütze, die seinen Kopf wärmen sollte, versagte ihren Dienst. Das Meer musste eiskalt sein, hoffentlich fing er sich keine Lungenentzündung ein – das würden ihm die Eltern nie verzeihen. Ohnehin wäre es am besten, wenn sie von diesem Tauchausflug erst gar nichts erführen. Dafür allerdings standen am Ufer zu viele Schaulustige, darunter auch heute etliche Fischerstöchter. Mehr als einmal hatte Robert ihm bereits die Gerätschaften und den Ablauf ihres Unternehmens erklärt, doch es waren so viele Informationen gewesen, dass Louis fürchtete, das meiste schon wieder vergessen zu haben.

»Du steckst in einem Trockentauchanzug. Das heißt, eigentlich dürfte kein Wasser durch die Nähte dringen«, wiederholte Robert noch einmal. »Durch die Pumpe wirst du mit Atemluft versorgt. Gleichzeitig wird ein Überdruck geschaffen, der das Eindringen von Wasser durch Leckagen verhindert. Sollte dennoch Feuchtigkeit einsickern, musst du mir sofort ein Zeichen geben. Gleiches gilt, wenn dir schummrig wird. Wenn du mir hier zusammenklappst, wird dein Vater garantiert dafür sorgen, dass ich nie wieder irgendwo eine Beschäftigung als Taucher finde.« Robert grinste verhalten und klopfte Louis aufmunternd auf die Schulter. »Du bist zäh und mutig, das weiß ich. Aye, los geht's!«

Ehe Louis es sichs versah, war der heulende Wind verstummt, denn Helfer hatten ihm den kesselgroßen kupfernen Helm aufgesetzt. Dieser war so schwer, dass Louis beinahe in die Knie gegangen wäre. Durch die untertellergroßen runden Sichtfenster konnte er zudem nur wenig sehen, und sein

Atem dröhnte unnatürlich laut und schnell in seinem künstlichen Gefängnis. Panik stieg in Louis auf, und er hätte gern die Hand gehoben, um das Unternehmen abzublasen. Doch er konnte sich kaum rühren.

Dann war es zu spät. Die Helfer traten an die Pumpe, und Luft strömte pfeifend in seinen Anzug. Noch einmal wurden die Schrauben an den Sichtfenstern festgezurrt. Taub, stumm und unbeweglich mit zwanzig Pfund schweren Gewichten an jedem Fuß stand er da und kam sich vor, als sei er gelähmt. Robert, ebenfalls im Taucheranzug, stupste ihn an und gab ihm das vereinbarte Zeichen.

Schwerfällig schritt Louis über die kippeligen Planken. Man musste ihm auf die Leiter helfen, ihn führen wie ein Kind oder einen orientierungslosen Greis. Jemand drückte ihm etwas in die Hand: die Signalleine. Dann ging alles Schlag auf Schlag. Louis tat einen weiteren Schritt, im nächsten Moment riss das gewaltige Gewicht des Anzugs ihn in die Tiefe. Louis glaubte, ohnmächtig zu werden, wankte, ruderte hilflos mit den Armen, während es dunkel um ihn wurde und er das dumpfe Gluckern des Wassers hörte. Schließlich spürte er etwas unter seinen Füßen. Waren sie etwa schon auf dem Meeresgrund?

Überrascht stellte er fest, dass er die Last des Taucheranzugs kaum noch spürte. Auch die Wellen hatten ihre Macht verloren; einzig die Strömung strich um seine künstliche Hülle. Kalt war ihm. Das Atmen war ungewohnt, und die Luft schmeckte verbraucht. Auch konnte er nicht weit sehen, denn das Wasser schimmerte grünlich trüb. Gewaltig hoch und düster ragte direkt vor ihm das Fundament des Wellenbrechers auf, daneben große Granitklötze an armdicken Tauen. Wie eine Nabelschnur führte sein Schlauch zur Plattform. Aber wo war Robert?

Louis wollte in einem Anflug von Panik herumfahren, doch seine Bewegungen waren unerträglich verlangsamt. Dann spürte er eine Berührung am Arm. Robert war hinter ihm gelandet, gab ihm ein Zeichen. Er sollte offenbar auf den nächstgelegenen Klotz springen – und das mit dem schweren Anzug! Unmöglich! Louis lachte in seiner Grabkammer. Um Robert zu beweisen, wie albern der Vorschlag war, stieß er sich leicht vom Meeresgrund ab. Zu seiner Überraschung schwebte er wie ein Vogel nach oben, so hoch, dass Robert und Chas ihn einholen mussten wie ein geblähtes Segel.

Louis folgte den anderen Tauchern zu einem der Steinklötze, und gemeinsam bewegten sie diesen, als wäre er federleicht. Schon zogen die Taucher den nächsten Klotz heran, doch Louis hatte auf einmal Sorge, dass ihn ein Stein einquetschen könnte, und hielt sich zurück. Fasziniert versuchte er, die Fische zu berühren, die ihn umschwebten.

Nachdem sie einige Zeit gearbeitet hatten, spürte Louis, dass seine Kehle ausgedörrt war und er Kopfschmerzen bekam. Das musste an dem Unterdruck und der künstlichen Luftzufuhr liegen. Zu seiner Erleichterung gab Robert das Zeichen zum Aufbruch. Louis erklomm die Leiter, wurde hochgezogen, bekam zunehmend Auftrieb. Plötzlich schoss sein Kopf durch die Brandung. Das Grün des Meeres verwandelte sich in einen Lichtkranz von Rosa und Purpur, der viel zu schnell vom harten Grau des Tageslichts abgelöst wurde. Der düstere Himmel drückte noch immer auf die raue See, der Wind hatte an Schärfe sogar noch zugenommen. Wick hatte ihn zurück.

Wenn Du mich fragst, so war dieser Tauchausflug eines der besten Dinge meiner Ausbildung als Ingenieur. Auch wenn meine Eltern mich für verrückt halten und rügen werden, war es das wert. Und Bob Bain hat fünf Shilling für seine Bemühungen bekommen.

Louis massierte sich die Schläfen, ehe er den Brief an Jeannie fortsetzte. Nach dem Tauchgang war er durchgefroren und erschöpft gewesen, hatte gehustet und sich kaum mehr auf seine Arbeit konzentrieren können vor Müdigkeit. Er bewunderte Robert Bain und seine Männer, die dieser harten und gefährlichen Arbeit täglich nachgingen, denn obgleich sich die Granitquader unter Wasser leichter bewegen ließen, bestand immer die Gefahr, dass ein Seil riss und einer der Taucher erschlagen wurde. Auch die Arbeit seiner Vorfahren und seines Vaters erfüllte ihn mit Hochachtung. Man musste wahrlich ein ganzer Mann sein, um die Strapazen dieses Berufs zu überstehen. Nach all den Widrigkeiten und Prüfungen in der unbezwingbaren Natur wieder in ein stickiges Büro zurückzukehren und ganze Tage am Schreibtisch zu verbringen, erschien ihm dennoch unerträglich. Er hatte in den letzten Tagen sein Bestes gegeben und war dafür sogar von MacDonald dem Älteren gelobt worden, was dessen Sohn gar nicht gefallen hatte. Er griff wieder zum Stift.

Du hast mich beschworen, das Schreiben nie aufzugeben, und fragst Dich sicher, wofür mir diese Erfahrung zu Nutze sein wird, liebe Jeannie. Nun, wir werden sehen. Ich bin sicher, dass alles, was ein Autor erlebt, ihm irgendwann zugutekommen wird.

Autor – was für ein großes Wort! Mehr denn je erschien ihm sein Wunsch zu schreiben wie ein Hirngespinst. Zugleich konnte er nicht davon lassen. Zuletzt hatte er sich von den Schriften Hegels inspirieren lassen und die jüngste Folge von Wilkie Collins' Fortsetzungsgeschichte *Der Mondstein* gelesen, eine Detektivgeschichte, die ihn begeistert hatte. Würde es ihm je gelingen, so etwas Originelles zu erfinden? Würde er als großer Ingenieur in die Geschichte eingehen? Oder war er dazu verdammt, ein mittelmäßiges Leben zu führen, nichts zum Wohle der Gesellschaft beizutragen und nie berühmt zu werden?

Berühmt! Louis stieß einen verächtlichen Laut aus. Wie kam er nur auf diesen Gedanken, auf diesen Wunsch, der so gar nicht seiner calvinistischen Erziehung entsprach?

Louis beendete den Brief an Jeannie mit einer versöhnlicheren Bemerkung. Erneut überkamen ihn Zweifel. Würde Marys Tante die Briefe im *White Hart Inn* aufbewahren, bis Jeannie oder Mary sie abholten, oder würde sie das Papier zum Anfeuern verwenden? Er hatte bereits seine ganzen Briefmarken aufgebraucht und seiner Mutter vorlügen müssen, der Bogen sei feucht geworden, um neue zu bekommen.

Niedergeschlagen ließ Louis seinen Blick über die leicht bekleideten Damen an den Wänden schweifen. Er war einsam. Ohne anregende Gesellschaft und Gespräche hatte er das Gefühl zu verkümmern. Vor allem die Sonntage, an denen jegliche Beschäftigung und Unterhaltung verpönt waren und die er mit Gottesdiensten und den weitschweifigen Predigten verbringen musste, waren eine Qual. Er seufzte. Immerhin würde er im Auftrag seines Vaters an die Nordküste nach Thurso und zum benachbarten Hafen Scrabster reisen dürfen, was ein wenig Abwechslung versprach.

11

WICK, MITTE SEPTEMBER

Regen peitschte gegen die Scheiben des Hafenbüros, und obgleich ausnahmsweise der Kamin brannte, waren Louis' Finger steif. Seit Tagen herrschte in Wick beinahe arktische Kälte. Neben ihm diskutierten die MacDonalds mit Mr Robertson, dem Vormann der Schreiner, und weiteren Verantwortlichen über die heutigen Arbeiten. Louis hörte nur mit einem Ohr zu.

»Wir können uns keinen weiteren Verzug leisten!«

»Ich wiederhole mich nur ungern, aber bei diesem Wetter ist das Aufrichten der Pfähle zu gefährlich. Die Männer werden sich weigern. Er und ich haben alles getan, um sie von der Dringlichkeit zu überzeugen, doch keiner will den Einsatz übernehmen.«

Louis war niedergeschlagen. Er hatte die Nase voll von diesem Ort. Hatte die Nase voll von maulfauler Gesellschaft und belanglosen Gesprächen, die er bereits im Voraus zusammenfassen konnte. Körperlich setzten ihm die Kälte und der ständige Wind zu, doch schlimmer war es, dass er glaubte, intellektuell zu verkümmern. Als seine Mutter ihm die Bücher geschickt hatte, die er sich gewünscht hatte, hatte er vor Freude darüber beinahe alles andere vergessen. Während der kurzen Fahrt nach Thurso und Scrabster hatte er wenigstens einmal etwas anderes gesehen und einige interessante Persönlichkeiten kennengelernt. In Wick aber herrschte der übliche Trott. Nicht ein einziges Mal war er in die feine Gesellschaft eingeladen worden. Die Zeiten, die Jane Austen so anschaulich beschrieben hatte, in denen Junggesellen umschwärmt worden waren, schienen vorbei zu sein. Vielleicht hatte es sie in Wick auch nie gegeben. Und solange das Messgerätebecken nicht errichtet und die Messungen nicht getätigt worden waren, würde sein Vater ihn nicht nach Edinburgh zurückkehren lassen.

»Gebt mir vier Männer. Dann fahre ich mit dem Boot raus und übernehme das Aufrichten der Pfähle«, sagte Louis, ohne nachzudenken. Er war selbst erstaunt über seinen Mut und seine Einsatzbereitschaft. Entweder würde es ihm und seinen Helfern gelingen, die Pfähle aufzurichten – dann war das Ende der Arbeit hoffentlich bald abzusehen –, oder er würde ins Wasser stürzen und sich eine Lungenentzündung holen – in diesem Fall würde seine Mutter sich sicher dafür einsetzen, dass er nach Hause konnte. Auf jeden Fall würde es endlich eine Veränderung geben.

Vater und Sohn MacDonald und auch die anderen sahen ihn erstaunt an. »Wenn das so ist, werde ich mich anschließen«, sagte David MacDonald der Jüngere und ließ den Satz verklingen, als hätte er gern ein »müssen« hinzugefügt.

Eine halbe Stunde später waren sie auf See. Starker Nordostwind trieb die Wellen in die Bucht, und mehreren Männern wurde so übel, dass sie sich übergeben mussten. David arbeitete von der Schute aus. Louis und seine Helfer befanden sich in einem Prahm und warfen Anker. Während ein weiterer Mann dafür sorgte, dass das Boot die Position hielt, versuchten Louis und die anderen, die mit Teer bestrichenen Pfähle mithilfe dicker Taue und Winden aufzurichten. Es war eine brenzlige Angelegenheit, denn die Spannung zwischen den schweren Holzpfählen und dem Ankertau wurde umso größer, je stärker sie die Seile dehnten.

Das Boot legte sich gefährlich schief. Gleichzeitig schlugen die Wellen gegen den Rumpf und über die Reling. Louis biss die Zähne zusammen. Da es ununterbrochen regnete, waren sie ohnehin vollkommen durchweicht. Obgleich sein Körper und vor allem seine Hände von der Kälte steif waren, übernahm Louis das Spulen. Bald war seine Haut aufgerissen, und das Meersalz biss schmerzhaft in die Wunden. Sein Nacken schmerzte ebenfalls, steif von dem Regen, der ihm eisig den Rücken hinunterlief. Stundenlang kämpften sie gegen die Elemente und das Gewicht des Holzpfahls an. Immer wieder rutschte der Pfahl weg und knallte ins Meer zurück. Einmal wäre Louis beinahe ins Wasser gestürzt, hätte einer der Männer ihn nicht am Arm gepackt und festgehalten. Die Arbeit war so anstrengend, dass er an ihr beinahe verzweifelte. Doch er wollte sich keine Blöße geben und feuerte seine Leidensgenossen und damit auch sich selbst an.

Noch einmal spulte er, schnell und kräftig. Der Pfahl hob das Haupt, kam immer weiter in die Senkrechte. Zwei der Männer zogen an den Tauen, um ihn stabil zu halten.

»Weiter! Weiter! Gleich haben wir ihn!«, schrie Louis gegen Wind und Regen an. Endlich hatten sie ihn aufrecht. Louis wollte gerade die Faust in den Himmel recken und einen Triumphschrei ausstoßen, als einer der Männer ausrutschte. Der Pfahl geriet ins Wanken, und entsetzt mussten sie zusehen, wie der gewaltige Holzstamm mit einem Schlag zurück ins Meer fiel. So hoch und unberechenbar war der davon ausgelöste Seegang, dass sie sich an der Reling festklammern mussten, um nicht über Bord zu gehen. Louis hätte am liebsten geweint. Die stundenlange Arbeit war umsonst gewesen. Erschüttert sah er seine Leidensgenossen an. Ihre Gesichter waren bleich und verkniffen, die windzugewandte Seite hatte der eisige Wind in ein helles Rot verwandelt. Über den Himmel senkte sich bereits die Dämmerung. Sie würden es heute nicht noch einmal versuchen können, denn auch seine eigenen Kräfte waren erschöpft. Also gab er das Zeichen zum Abbruch.

An Land klopfte David MacDonald der Jüngere ihm auf die Schulter. »Wir haben das Beste gegeben.«

»Morgen werden wir es noch einmal versuchen«, sagte Louis tapfer.

Zum Feierabend trottete Louis niedergeschlagen, durchnässt und schmutzig zum Hotel zurück. Dort fand er einen Brief seiner Mutter vor. Sie war mit seinem Vater auf einer Geschäftsreise an die Westküste und ließ sich dabei von einer seiner Lieblingscousinen begleiten. Heftiger Neid überfiel ihn, doch dann drängte er seinen Jammer zurück. Er würde hier nicht versauern. Zumindest nicht mehr als nötig. Da bereits der nächste langweilige Sabbat bevorstand, musste er handeln. Obgleich er todmüde war und jeder Knochen schmerzte, kleidete Louis sich um und brach auf.

Der Start war holprig gewesen. Louis hatte der Familie Rutherford seine Aufwartung machen wollen, jedoch nur die Hausherrin angetroffen. Das Gespräch hatte wegen ihrer besorgten Mütterlichkeit eine klebrige Note gehabt, doch dann war zu seiner Erleichterung eine gewisse Miss Sara Russel aufgetaucht, eine junge Dame, ein wenig jünger als Louis, um eine Botschaft für ihre Mutter einzuholen. Es stellte sich heraus, dass ihr Vater einer der Richter der Grafschaft Caithness war. Sofort hatte sie neugierig und unbefangen mit Louis geplaudert, und kurz darauf hatte die Karte von Adam Sedgwick Russel bei ihm auf dem Tisch gelegen.

Als er abends zu den MacDonalds gegangen war, hatten die Russels nach ihm geschickt, da sie Besuch von Sir Sinclair, dem Baronet of Dunbeath, hatten – eine Bekanntschaft, die seine Eltern sicherlich mit großem Stolz erfüllt hätte. Aber ach, er hatte die Nachricht zu spät bekommen!

Als Ausgleich war Louis für den Samstag zum Tee geladen worden. Er hatte seine Garderobe durchgeschaut und konsterniert festgestellt, dass Cummy offenbar vergessen hatte, ihm die guten Stiefel einzupacken. Also hatten die Marinestiefel reichen müssen, und er hatte seinen Gastgebern in schwarzem Anzug, weißer Krawatte und Arbeitsstiefeln seine Aufwartung gemacht. Louis hatte über die Garderobe und das Auftreten von Gentlemen in jedweden widrigen Umständen gescherzt, was die Damen der Familie begeistert aufgenommen hatten. »Sie sind so unterhaltsam, Mr Stevenson! Erzählen Sie uns noch eine lustige Geschichte!«, hatte Miss Latta, die Freundin der sechzehnjährigen Sara Russel, gerufen. Sie war sentimental, schwärmte von Lord Byrons Dichtungen und den Romanen von Sir Walter Scott und hatte eine romantische Ader.

Es hatte Louis ein wenig beschämt, als er erkannte, wie sehr er die Bewunderung der jungen Damen genoss. Doch auch Adam Sedgwick, der Sohn des Richters, der in einem Büro in Leith arbeitete, war ein angenehmer, amüsanter Gesellschafter, und er hatte Louis für den heutigen Abend sogleich erneut eingeladen. Nachdem sie die geistlichen Gesänge und religiöse Diskussionen hinter sich gebracht hatten, hatten sie sich ab acht Uhr abends endlich weltlichen Themen zuwenden können. Erneut war es um Louis' Schuhwerk gegangen. Außerdem war Louis im Scherze davor gewarnt worden, sich in Miss Sara zu verlieben, da diese ihn für lustig, aber eigenartig hielte – eine Argumentation, die einer gewissen Logik entbehrte. Dennoch war Louis so froh, endlich in abwechslungsreicherer Gesellschaft zu sein, dass er selbst die seltsamsten Gesprächsthemen mit Humor nahm.

Bei heftigem Sturm marschierte er beschwingt zurück zum Hotel. Wind peitschte Laub und Abfall durch die Gassen. Gischt schwängerte die Luft, wurde als salzige Feuchtigkeit durch seine Kleidung gepresst. Tiefgraue Wellen klatschten gegen den Hafen und ließen die Fischerboote tanzen. Zerzaust und fröstelnd rettete er sich in sein Zimmer. Obgleich ihm beinahe die Augen zufielen, schrieb er vor dem Schlafengehen weiter an einem Gedicht. Er hatte sich dazu entschieden, vorerst den Stil der von ihm bewunderten Autoren zu kopieren, um von ihnen zu lernen. Eine quälende Aufgabe, und doch hatte er das Gefühl, dass die Mühen es wert waren.

Louis schreckte hoch. Sein Nacken war bretthart, und seine Wange schmerzte, denn er hatte auf der Kante seines Notizbuchs am Schreibtisch geschlafen.

Erneut hämmerte jemand gegen seine Türzarge. »Da ist ein Schiff vor Shaltigoe! Schiffbruch droht!«

Er stürzte zur Tür und riss sie auf. Seine Wirtin Mrs Sutherland stand vor ihm, ebenso aufgeregt wie verschlafen.

»Vor der Südseite der Bucht? In der Nähe des neuen Wellenbrechers? Was für ein Schiff?« Auf einmal nahm er das Brüllen von Sturm und Regen wahr.

Mit aufgerissenen Augen hob seine Wirtin die Schultern, und im nächsten Moment war Louis in seine Kleidung geschlüpft und auf dem Weg nach draußen. Halb blind durch den diesigen Himmel und den in Bindfäden herabstürzenden Regen suchte er sich den Weg durch die Dunkelheit. Eisiger Wind packte ihn an der Kehle. Das Getöse war ohrenbetäubend, und der Sturm schob ihn so heftig an, dass er mehr als einmal vom Weg geriet.

Fasziniert starrte Louis aufs Meer hinaus. Was für ein Hexenkessel! Wohl vierzig Fuß hohe Wellen schäumten gegen den neuen Wellenbrecher und schleuderten schneeweiße Gischt in den Himmel, wo der Sturm sie in Fetzen riss. Die Erschütterung durch die an Land donnernde Brandung war bis in seine Fußsohlen zu spüren. Holz krachte splitternd gegen das Ufer, und erschrocken versuchte Louis zu erkennen, ob die Holzpfähle beschädigt waren oder die tonnenschweren Quader bewegt wurden. Noch schienen sie standzuhalten, die angespülten Latten gehörten offenbar zur Ladung des Schiffes.

Das Röhren und Toben des Himmels ließ Louis an einen Bibelpsalm denken: *Mehr als das Donnern gewaltiger majestätischer Wasser, mehr als die Meeresbrandung ist der Herr majestätisch in der Himmelshöhe.* Zu seinem Erstaunen fühlte er sich mit einem Mal quicklebendig. Sein Herz schlug stark, alle Sinne waren geschärft, die Müdigkeit war verschwunden. Der zweimastige Küstensegler war in der Nähe des Piers an die Felsen geworfen worden und ein Spielball der Wellen. Holz barst, die norwegische Flagge war im Sturm zerrissen.

Nun entdeckte Louis weitere Schaulustige. Hektisch versuchte er, etwas zur Rettung der Besatzung in die Wege zu leiten. Doch noch während er fieberhaft sann, wie er es anstellen sollte, ächzte die Schmack und wurde von der Brandung in Richtung der Baustelle getrieben. Kurz durchzuckte ihn die Frage, ob die Stevenson-Ingenieure haftbar gemacht werden könnten, wenn Schmack, Ladung und Besatzung vernichtet wurden.

Wieder krachte das norwegische Schiff gegen die Felsen. Louis und die Fischer, die inzwischen eingetroffen waren, rannten los, um zu retten, was zu retten war.

Das Morgenlicht brachte die Wahrheit unbarmherzig zu Tage: Ihr Wellenbrecher wies erhebliche Lücken auf. Die Fahrbahn auf dem Damm war weggerissen, die Schienen waren abgesunken, die Kreuzköpfe gebrochen. Sogar einige der zehn Tonnen schweren Blöcke hatte der Sturm von ihren Plätzen befördert oder gedreht. Die Latten, die die Schmack geladen hatte, waren vom Sturm buchstäblich zu Kleinholz zerbröselt worden, so als habe ein verhungernder Bär versucht, sie zu fressen. Auch die Holzpfähle, die Louis und seine Helfer so mühevoll aufgerichtet hatten, waren zerstört.

»Die Arbeit von vierzehn Tagen – für die Katz«, sagte Louis ernüchtert, als Robert Bain zu ihm trat.

»Und das ist nur das, was wir sehen. Wer weiß, wie es unter Wasser, wie das Fundament des Wellenbrechers aussieht.« Der Taucher wog das Haupt. »Dabei war es nicht einmal ein besonders heftiger Sturm für hiesige Verhältnisse.«

Louis hätte beinahe aufgelacht. Hatte sein Vater diesen Auftrag unterschätzt? Tom war eigentlich ein Experte für Wetter und Wellen – er musste sich doch eingehend mit den Gegebenheiten in Wick beschäftigt haben! Oder hatten sie nicht gut genug gearbeitet? So oder so würde sein Vater sich heftig aufregen; umso mehr, da es laut seinem letzten Brief auch Probleme am Wellenbrecher in Anstruther gab.

Robert Bain schien Louis die Sorge anzusehen. »Es reicht eben nicht, tausend Theorien über etwas zu entwickeln. Manchmal muss man es erleben, um es zu begreifen«, sagte er.

»Immerhin hat die Besatzung überlebt, und auch sonst ist niemand zu Schaden gekommen«, sagte Louis und wurde gewahr, dass er noch länger in seinem arktischen Exil würde ausharren müssen.

Am liebsten hätte Louis sich die Decke wieder über den Kopf gezogen. Das Leben rann ihm durch die Finger. Heute war bereits der 1. Oktober, und noch immer versauerte er in Wick. Dabei musste er schon bald zurück an die Universität, wollte er den Anschluss nicht verpassen. Er hatte weder seinen Cousin Bob, der für kurze Zeit aus Cambridge in der schottischen Heimat war, noch andere Freunde treffen können.

In den letzten Wochen waren die Arbeiten an dem Wellenbrecher beinahe zum Stillstand gekommen. Seit zehn Tagen rollte die See heftig in die Bucht, nur ein Tag war gut genug gewesen, um die Taucher loszuschicken. Zuletzt waren erneuter Sturm und heftiger Regen hinzugekommen. Das seewärts gerichtete nordöstliche Fundament war daher nach wie vor aufgerissen, aber immerhin war der Querwall mehr oder weniger intakt. Noch immer waren die zwei Pfähle für den Messgerätepool samt der geplanten Ebenen nicht wieder aufgerichtet worden. Hielt das widrige Wetter an, würde er weitere vierzehn Tage bleiben müssen, mindestens.

Louis verzog das Gesicht. Die Ergebnisse seiner Schreibbemühungen waren ebenso frustrierend. Unter dem intensiven Eindruck des Sturms stehend hatte er sich wie fiebrig an Naturschilderungen gemacht, war jedoch gescheitert. Immer wieder hatte er seine dürren Worte mit der Kraft von Wordsworths' Poesie verglichen – und seine kläglichen Bemühungen anschließend frustriert in den Kamin gepfeffert. Was war er nur für ein Stümper! Immerhin gab es ein wenig Ablenkung, denn die Rutherfords luden ihn regelmäßig ein. Es schien hier oben an Gentlemen zu mangeln, und so waren sie am letzten Sonntag drei Gentlemen und sieben Ladys gewesen. Gestern erst hatten sie einen Mondscheinspaziergang zu einer Burgruine auf einem Kliff unternommen. Ein romantischer Ausflug, der die Damen der Gesellschaft, vor allem Miss Russel und Miss Latta, zum Schwärmen gebracht hatte. Ritterlich hatten Adam Sedgwick und er die Damen durch die Landschaft geleitet. Louis hatte mit Rezitationen aus Gedichten geglänzt – ein harmloses Vergnügen.

Widerwillig schälte Louis sich aus dem Bett und riss den Vorhang auf. Zu seiner Verblüffung war der Himmel aquamarinblau, die See spiegelglatt, keine Böe zupfte an den Segeln. Endlich! Er flog förmlich in die Kleidung und rannte hinunter, mied den Frühstücksraum, in dem sicherlich die Horde Farmer saß, die gestern eingefallen war. Das Wetter war ideal – und wenn sie sich anstrengten, konnten heute vielleicht beide Pfähle und der komplette Messgerätepool aufgebaut werden.

Die laue Luft trieb die Stadtbewohner auf die Straßen, alte

Leute ließen sich von der Herbstsonne die müden Glieder wärmen, und im Vorbeigehen rief er der alten Peggy Sue einen Gruß zu. Auch seine Arbeiter plauderten und pfiffen gemächlich – für seinen Geschmack viel zu gemächlich – vor sich hin.

Louis stürzte ins Hafenbüro. »Wo ist Robertson?«, fragte er David MacDonald den Jüngeren.

»Unterwegs. Er hat irgendwas zu inspizieren.«

Louis' Finger zuckten vor Ungeduld. Der Vormann der Schreiner war ein gefragter Mann. »Wann wird er wieder hier sein?«

»Spätestens zur Nachmittagsschicht, nehme ich an.«

Dass MacDonald die Ruhe selbst war, machte Louis noch ungeduldiger. »Dann sollten wir wenigstens alles zum Aufrichten der Pfähle und zum Einziehen der Ebenen bereit machen – für den Fall, dass Mr Robertson sich die Ehre gibt, heute noch auf der Baustelle aufzutauchen«, sagte er ungewohnt scharf.

Während sich Louis sofort an die Arbeit machte, blieb der Vormann verschwunden. Mehrfach versuchte Louis, jemanden zu finden, der ihn bei seinem Vorhaben unterstützen konnte, doch einer nach dem anderen redete sich heraus: »Wir müssen warten, bis Mister Robertson kommt«, sagte der Erste, »ich bin noch mit dem Kran beschäftigt« der Zweite. Louis war der Weißglut nahe. Sie könnten die Arbeit heute erledigen, er könnte endlich abreisen – und nun das!

Louis' Hartnäckigkeit zahlte sich aus. Am darauffolgenden Abend waren die Pfähle aufgerichtet, die Ebenen eingezogen und die Messgeräte platziert. Bei Einbruch der Nacht ruderten David MacDonald der Jüngere und er noch einmal hinaus. Der Mond spiegelte sich in einem roten Schimmer in dem dahinplätschernden Meer. Einige Zeit nahmen sie still die ungewöhnliche Atmosphäre in sich auf, lauschten dem friedlichen Glucksen der Wellen.

»Als könnte diese Bucht kein Wässerchen trüben«, konstatierte David schließlich.

Louis sparte sich einen spöttischen Kommentar über das schiefe Sprachbild. Sie beide hatten in den letzten Stunden ausgezeichnet und ohne jede Meinungsverschiedenheit zusammengearbeitet. »Morgen und Montag können wir die Beobachtungen und Messungen vornehmen. Dann geht es endlich nach Hause«, sagte er stattdessen.

»Du kannst es wohl kaum erwarten, Wick zu verlassen. Dabei hattest du doch oft genug angenehme Gesellschaft. Unsereins wird von den feinen Leuten nicht eingeladen.«

Louis zog eine Augenbraue hoch. Ein Heringsfänger segelte vorbei, unnatürlich groß und wie hinter diffusem Licht; er konnte lediglich die Umrisse erkennen. »Wenn ich es richtig mitbekommen habe, hast du dich derweil mit Robert Bain und einigen Fischertöchtern vergnügt.«

David grinste vielsagend. »Nicht ganz ungefährlich«, raunte er. »Du darfst nicht vergessen: Seeleute haben die Faust in der Tasche.«

Als die Kälte, die vom Meer aufstieg, sie frösteln ließ, ruderten sie zurück und zurrten das Boot am äußersten Ende des Wellenbrechers fest. Sie schritten über den Damm, zufrieden mit sich und der Welt. Beinahe hatten sie das Ufer erreicht, da packte David Louis am Arm. »Verdammt, der Hund!«, keuchte er.

Louis blickte ins Zwielicht der Baustelle, zwischen die Felsquader und Maschinen. »Ich sehe keinen Hund. Und außerdem: Was soll das?« Er wollte weitergehen, doch David hielt ihn erneut auf.

»Der Hund lungert da herum. Eine Bulldogge oder so bewacht die Baustelle. Ich habe schon mal gesehen, wie sie einen der Arbeiter angegriffen hat – ein furchtbarer Anblick! Regelrecht verbissen hat sie sich in ihn!«

Jetzt erinnerte Louis sich an den Hund, der ab und zu in der Nähe der Baustelle herumstrich. Groß und bullig war der Mischling – und so respekteinflößend, dass er stets einen Bogen um ihn gemacht hatte. Davids Aufregung steckte ihn an, und er bückte sich und packte mehrere faustgroße Steine. David tat es ihm nach. »Was auch geschieht: Du darfst dir nicht anmerken lassen, dass du Angst hast«, riet Louis ihm. Vorsichtig bewegten sie sich am Gerüst entlang, pfiffen laut und versuchten, gelassen auszusehen. Der Hund tauchte jedoch nicht auf. Schließlich liefen sie los und warfen die Steine hinter sich, albern lachend, als wären sie gerade noch einmal davongekommen.

Als sie am Hotel eintrafen, buffte David MacDonald Louis. »Hast dich gut gemacht. Vielleicht wird irgendwann ja doch noch was aus dir.« Er grinste. »Wir sehen uns bald wieder. Hier oder am Dubh Artach – du weißt schon, Ultima Thule. Am Arsch der Welt.«

* * *

Margaret konnte es kaum erwarten, dass Cummy und Barbara, ihr Dienstmädchen, sie endlich ausgekleidet hatten. Sie hatte vierzehn Tage krank das Bett hüten müssen und heute erstmals wieder Aufwartungen entgegengenommen und Besorgungen erledigt. Die gesellschaftlichen Verpflichtungen ließen sich schließlich nicht unendlich aufschieben – außerdem fehlte ihr der Umgang mit ihren Verwandten und anderen Damen Ihres Standes. Wenn sie etwas um die Ohren hatte, sorgte sie sich zudem weniger um Toms Gesundheit und vermisste ihren Sohn nicht so schmerzlich.

Als Cummy und Barbara ihr das Kleid endlich über den Kopf zogen, konnte sie sich kaum noch aufrecht halten. Bleischwer hing die Krinoline an ihrer Hüfte – ein wahrer Käfig!

Schaudernd dachte sie daran, dass erst kürzlich wieder eine Dame elendig verbrannt war, weil ihr voluminöser Reifrock Feuer gefangen hatte. Es wurde Zeit, dass diese gefährliche und unbequeme Mode ein Ende hatte.

»Sehen Sie nur, wie locker die Krinoline um Ihre Taille sitzt. Sie haben abgenommen! Das wird Mr Stevenson gar nicht gefallen«, sagte Cummy bekümmert.

Maggie hätte am liebsten die Hände auf ihren krampfenden Unterleib gelegt, bewahrte aber Haltung. Tom liebte sie. Er vergötterte sie, versuchte, sie vor allem Ungemach zu schützen, und trug sie buchstäblich auf Händen. Aber er liebte sie auch so sehr, dass er die Vereinigung mit ihr mied, ihren Körper nur zu betrachten, aber nicht zu berühren wagte. Dabei sehnte sie sich so sehr nach seinen Zärtlichkeiten.

»Er wird es sicher nicht gutheißen, dass Sie schon heute das Haus verlassen haben«, mahnte Cummy weiter.

Tom wird es ebenfalls nicht gutheißen, wenn der neue Professor für Ingenieurswissenschaften nicht zuerst bei uns einkehrt, hätte Maggie beinahe gesagt, aber Cummy gegenüber ließ sie sich zu einer derartigen Vertraulichkeit nicht hinreißen. Denn genau dafür hatte sie heute gesorgt: Es würde eine gesellschaftliche Verbindung zu Professor Fleeming Jenkin und seiner Familie geben, eine Verbindung, die Tom und auch Lou nützen würde.

Endlich war auch der Reifrock aus dünnen Metallstreben entfernt, und Maggie konnte sich ins Bett zurückziehen. »Ist Post gekommen?«, fragte sie hoffnungsvoll.

»Das hätte ich beinahe vergessen! Master Lou hat geschrieben!« Cummy hieß die Dienstbotin, die Krinoline zu verstauen, und holte das Silbertablett mit dem Umschlag vom Sekretär.

Wie so oft verspürte Maggie einen eifersüchtigen Stich, als die Krankenschwester so vertraulich von ihrem Schützling sprach. Schließlich war Lou *ihr* Sohn, und die wichtigste Frau in seinem Leben sollte sie als seine Mutter sein. Gleichzeitig war Maggie klar, dass Cummy für Lou da gewesen war, als sie selbst dazu nicht in der Lage gewesen war. Mit einem freudigen Schauder nahm sie den Brief an sich. Wenn sie ihren Sohn schon in die Welt hinauslassen musste, wollte sie wenigstens mit ihm verbunden sein, und sei es durch Briefe.

»Bring mir bitte einen Tee und etwas Ingwergebäck«, wies Maggie die Dienstbotin an. Sie wollte allein sein, wenn sie Lous Brief las.

Barbara knickste und ging hinaus. Cummy hingegen schob Maggie ein paar Kissen in den Rücken, damit diese beim Lesen aufrecht sitzen konnte. Erwartungsvoll flackerte ihr Blick zu dem Brief. »Du darfst dich ebenfalls zurückziehen«, sagte sie. Enttäuschung huschte über Cummys Züge, doch dann entfernte auch sie sich.

Freitag, 2. Oktober 1868, Pulteney Hotel
11.30 Uhr abends

Meine liebe Mutter,
»Oh mein prophetisches Gemüt!«, wie wahr Du prophezeit hast! Oder prophezeitestest; aber Letzteres würde den Reim verderben (Anmerkung: Papa wird gegen die Dichtkunst Einwände erheben).

Bereits Lous erste Worte wischten die Anstrengung von ihrem Gesicht, und sie musste lächeln. Ihr Sohn schien guter Dinge zu sein, wenn er Hamlet zitierte, Wortspiele machte und scherzte. Offenbar sorgte er sich zudem um sie, denn er schrieb auch, dass er geahnt hatte, dass sie krank gewesen sei. *Ich bin froh, dass es Dir besser geht* – das Bekenntnis tat ihr wohl. Sie las weiter.

Er begann, von einer weiteren Abendeinladung bei den Russels zu berichten. *Warte – etwas Tratsch vorweg …* Maggie musste bei den nächsten Zeilen lachen, schüttelte dann aber entsetzt den Kopf. *Lou!* Hatte er denn gar nichts gelernt? Wie oft hatte sein Vater ihm einzuschärfen versucht, nichts Verfängliches Schwarz auf Weiß festzuhalten. Diese Sätze hier durfte Tom auf keinen Fall zu Gesicht bekommen! Entschlossen strich sie die fraglichen Zeilen so dick aus, dass sie nicht mehr lesbar waren.

Im Folgenden berichtete Lou von einem Mondscheinspaziergang mit seinen neuen Bekannten. In aller Freundschaft hätten sie die Nacht genossen, behauptete er, was sie von Herzen hoffte. Immerhin handelte es sich um junge Damen von Stand und nicht … Der Kummer über Lous Fehlverhalten drohte sie erneut zu überrollen. Nein, er hatte ihnen oft genug versichert, aus seinem Fehler gelernt zu haben. Um sich abzulenken, las sie weiter. So vertieft war sie in den Brief, dass sie kaum mitbekam, wie Barbara Tee und Gebäck auf ihrem Nachttisch abstellte. Wenn Lou ihr schrieb, war es immer ein wenig, als wäre sie selbst bei seinen Erlebnissen dabei gewesen, so lebendig schilderte er sie.

Letztere, die sehr romantisch ist und Byron, Scott, gedämpftes Mondlicht und verblühte Liebende mag, stellte fest, dass ihr Herz zu voll der Worte war, und zog sich auf eine entfernte Felsspitze zurück, wie Elias aus Tischbe.

Er hatte sich offenbar sehr über die Damen amüsiert, die der Spaziergang an den Klippen in helle Aufregung und romantische Schwärmerei versetzt hatte, die sich gleichzeitig aber enorm um die Sauberkeit ihrer Petticoats gesorgt hatten. Letzteres konnte Maggie ihnen nicht verdenken. Makelloses Aussehen war für anständige junge Damen oberstes Gebot, war es doch ein sichtbares Zeichen für untadeligen Lebenswandel und Moral.

Im Plauderton ging der Bericht weiter. Dann kam Lou zu den Informationen, die Tom interessieren würden: Das Messgerätebecken war endlich errichtet worden, sodass die Messungen vorgenommen werden konnten. Maggie freute sich. Sobald das erledigt war, würde ihr lieber Sohn nach Hause zurückkehren.

Dieser Brief sollte sehr witzig, sehr amüsant, sehr romantisch und im Allgemeinen sehr unterhaltsam sein, kam Lou zum Ende des Briefes. *Das Einzige, was ihm zu schaffen macht, ist der Tratsch. Ich hatte eine schreckliche Vision von in Wut zusammengezogenen elterlichen Brauen und elterlichen Lippen, die sagen:* »*Halte nichts Schwarz auf Weiß fest …* «

Maggie lächelte erneut, nippte dann aber nachdenklich an dem Tee, der bereits kalt wurde. Lou wusste genau um seine Fehler. Die Frage war, ob er aus ihnen auch lernen würde. Er konnte schließlich nicht immer ein verantwortungsloser Junge bleiben, für den alles in einer geistreichen Bemerkung mündete. Niemand wusste, wie lange Tom seiner Krankheit etwas entgegensetzen konnte, und an der Familie seines verstorbenen Bruders Alan zeigte sich, wie schnell der gesellschaftliche Abstieg vonstattenging. Sicher, Tom hatte vorgesorgt, ihren Lebensstandard würden sie ohne ihn dennoch nie und nimmer halten können.

Fröstelnd knabberte Maggie an einem Ingwerkeks. Noch war Lou nicht in der Lage, sich in seinem zukünftigen Beruf zu behaupten. Im Ingenieurbüro würde er es schwer haben. Sie mochte ihren Schwager David, wusste aber auch, dass dieser die besten Posten für seine eigenen Söhne sichern würde, und Lou fehlte der Biss eines Thomas Smith oder eines Robert Stevenson. Und ihm fehlten die Beharrlichkeit und Geschäftstüchtigkeit ihres Mannes.

Regen schlug so hart gegen die Scheibe, dass Maggie Hagel herauszuhören glaubte. War es schon wieder so weit? Begann bereits der endlose schottische Winter und damit die Zeit der andauernden Krankheiten? Die Zeit des Todes, der hinter jedem Schnupfen lauerte?

Maggie zog die Federdecke höher und läutete nach Barbara, damit diese den Kamin schürte. Lou hatte viele Talente. Aber leider keines, das ihn in der unbarmherzigen Geschäftswelt über Wasser halten würde.

12

Edinburgh, 10. Oktober

Mit der Postkutsche hatte Louis Miss Russel und Miss Latta nach Süden geleitet. Es war eine denkwürdig altmodische Fahrt gewesen, denn die Wick-Mail war die letzte Postkutsche Großbritanniens, die die Eisenbahn noch nicht abgelöst hatte. Louis hatte während der Fahrt eine beinahe feierliche Begeisterung verspürt, war er doch als Kind und Jugendlicher mit wohligem Schaudern in die Abenteuer der Postkutschenüberfälle und der Straßenräuber wie Dick Turpin eingetaucht. Mit jeder Meile war die Erinnerung an die Schilderungen von finsteren Straßen, den Donnerbüchsen der Wachen, dem Glimmen der schaukelnden Kutschlampen und schließlich der »Anhalten und Geld her!«-Rufe der Räuber lebhafter geworden. Begeistert hatte er die jungen Damen mit Anekdoten – erfunden oder wahr – in Schrecken versetzt. Was hatten sie für einen Spaß gehabt!

Der Abschied war herzlich gewesen. Nachts waren sie in Golspie angekommen, hatten Dunrobin Castle vor der mondschimmernden See erblickt und die besondere Atmosphäre bewundert. Eine Übernachtung noch im Golspie Inn, dann hatte er den Zug gen Süden genommen.

Das monotone Rattern der Dampflokomotive versetzte ihn in einen schläfrigen Zustand, in dem die Bilder der letzten Wochen verwischten. Der tosende Sturm, eine Urgewalt. Der Tauchgang, die Unterwasserwelt, die ihm nun wie magisch erschien. Sein ausgelaugter Leib, der tapfer durchgehalten und alle Mahnungen an sein kränkliches Wesen Lügen gestraft hatte … Doch je näher er Edinburgh kam, desto schwerer wurde Louis das Herz. So anstrengend die sechs Wochen in Wick auch gewesen waren, so frei hatte er sich doch gefühlt. Jetzt würde er wieder unter der Fuchtel seiner Eltern stehen und zur Universität müssen. Gleichzeitig drängte es ihn heftig, Jeannie aufzusuchen. Herauszufinden, wie es ihr ergangen war. Er musste sie sehen! Er seufzte. Seine Eltern würden es um jeden Preis zu unterbinden versuchen.

Edinburgh machte seinem Spitznamen alle Ehre: Rauch quoll aus unzähligen Schornsteinen und hing in dicken Wolken zwischen den Schieferdächern und den Bergen. Gerade wollte Louis auf dem Bahnsteig nach einem Gepäckträger suchen, als er die hochgewachsene Gestalt seines Vaters erblickte. Freude durchfuhr ihn. Er sah seinem Vater an, dass dieser sich ebenfalls freute, obgleich die Begrüßung förmlich, beinahe kühl war.

»Wie war die Reise? Du siehst erschöpft aus. Hast du nicht auf dich geachtet? Das wird deiner Mutter gar nicht gefallen!« Tom gab einem Gepäckträger Anweisungen und marschierte voraus.

Louis begann, zu berichten und die Reise auszuschmücken, und merkte kaum, wie seine Begeisterung mit ihm durchging. »Für mich war es etwas ganz Besonderes! Die letzte Postkutsche Großbritanniens – das Ende einer Ära!«, schwärmte er. »Ich habe den Damen Forma und Latta, also Miss Russel und Miss Latta, von den gefährlichen Posträubern erzählt. Du hättest ihre Gesichter sehen sollen! In Helmsdale traf ich im Pub bei Whiskey und Wasser einen Mann, mit dem du dich vor Jahren in Anstruther unterhalten hast. Du schicktest mich damals aus dem Raum, damit ich nicht von dem Ungläubigen befleckt würde, den du bekehren wolltest. Er bestand darauf, mir den Whiskey auszugeben, und da er ein Handelsvertreter war, wusste ich, dass es keinen Sinn hatte, mich zu weigern. Die reden selbst mich in Grund und Boden!« Er lachte.

»Du hast dich mit einem Ungläubigen eingelassen?« Sein Vater runzelte die Stirn, und Louis wusste, dass er besser geschwiegen hätte. Es war klar gewesen, dass Tom sich diesen Aspekt herauspicken würde, um darauf herumzureiten.

»Natürlich nicht. Der Kutscher hat das Gespräch übernommen und uns vom letzten Winter erzählt, der so hart war, dass die Pferde die Kutschen auf ihrem Rücken hatten tragen mü–«

»Wie sind die Arbeiten vorangegangen? Warum hat es so lange gedauert, das Messgerätebecken zu errichten? Wie sind die Messungen abgelaufen?«, fiel Tom ihm ins Wort. Sie drängten sich durch das Gewimmel auf dem Trottoir.

»Die Arbeiten sind zeitweise wegen des Wetters zum Erliegen gekommen. Also –«

»Das ist Unsinn! Ein guter Ingenieur passt sich jedem Wetter an.«

Der vorwurfsvolle Ton traf Louis tief. »Wir haben unser Bestes gegeben.«

Ein ungläubiges Schnauben. »Die Briefe an deine Mutter klangen eher, als hättest du dich stattdessen mit Damen vergnügt. Ich erinnere mich an die Erwähnung von Mondscheinspaziergängen.«

»Du hast mir doch aufgetragen, gesellschaftliche Verbindungen zu knüpfen!«

»Vor allem solltest du das Arbeiten erlernen.«

»Das habe ich! Im Schweiße meines Angesichts habe ich gezeichnet, gehämmert und gespult, bis meine Hände blutig waren. David MacDonald junior und ich haben die Pfähle für das Messgerätebecken eigenhändig aufgerichtet und Letzteres eingerichtet. Ohne meine Entschlossenheit wäre es noch immer nicht fertig!«

Ein skeptischer Blick, dann zauste sein Vater ihm die Haare, als wäre er noch ein kleiner Junge. »Und die Ergebnisse?«

»Hat das nicht bis zu Hause Zeit?«

»Weißt du sie denn nicht auswendig?«

Unwillig referierte Louis die Ergebnisse. Warum nur war sein Vater so misstrauisch? Traute er ihm so wenig zu?

»Stimmt das wirklich?«, hakte Tom nach. »Das kommt mir seltsam vor. Genau wie die Tatsache, dass der Sturm die Quader verschoben hat. Das hätte meinen Berechnungen zufolge nicht passieren dürfen.«

»Die Einheimischen sagen, man müsse dort leben, um die Witterung in Wick zu begreifen.«

»Unfug! Jeder Aspekt der Natur kann vermessen und berechnet werden.«

Sie hatten die Heriot Row erreicht, und Louis freute sich, seine Mutter wiederzusehen, die ihn hoffentlich weniger kritisch in Empfang nehmen würde.

»Gib mir als Erstes die Aufzeichnungen. Sie sind zu wichtig und dürfen nicht verloren gehen«, sagte Tom, während sie eintraten.

Louis kräuselte verärgert die Nase. Als würde er die Unterlagen auf dem Weg zu seinem Zimmer verschwinden lassen! Er spürte, wie erschöpft er war; offenbar hatte er im Zug doch nicht so gut geschlafen.

Im nächsten Moment fiel Maggie Louis in die Arme, beklagte sich, dass er so dünn geworden sei, und schickte im selben Atemzug Cummy aus, ihm eine üppige Mahlzeit herrichten zu lassen. Louis brannte darauf, Jeannie aufzusuchen oder wenigstens herauszufinden, wie es ihr ging und ob sie seine Briefe bekommen hatte, doch seine Mutter schob diesem Vorhaben einen Riegel vor: »Du gefällst mir gar nicht! In den nächsten Tagen wirst du dich schonen – auch dein Vater wird auf deine Dienste verzichten müssen!«

Während des verordneten Hausarrests fühlte Louis sich wie ein Tiger im Käfig. Ein kranker Tiger, zugegebenermaßen. Er war erst wenige Stunden wieder zu Hause gewesen, als eine Erkältung ihn aufs Bett geworfen hatte. Es war, als verlangte sein Körper jetzt, wo die Verantwortung von ihm abfiel, sein Recht. Kaum hatte Louis genug Kraft, an seinen Texten weiterzuschreiben. Der Kontrast zwischen der freien, abwechslungsreichen Welt des Ingenieurs, der sich dem Wetter und anderen Widrigkeiten gegenüber behauptete, und der Enge seines Zuhauses erschien ihm quälend. Er konnte es kaum erwarten, endlich in die Stadt zu dürfen oder nach Swanston, um seine Freunde zu treffen oder Jeannie zu suchen. Er musste das Haus verlassen, auch wenn das bedeutete, dass er sein Studium wiederaufnehmen und im Ingenieurbüro würde arbeiten müssen.

Endlich, nach sieben Tagen, erklärte sein Vater ihn nach einem gemeinsamen Abendgebet für gesund genug.

Am Morgen musste Louis die ersten Vorbereitungen für das Studium treffen, aber nachmittags konnte er sich stadtfein machen und lief beschwingt, eigene Gedichte deklamierend, die Treppe hinunter. Erst als er in den Salon platzte, wurde er gewahr, dass seine Mutter Teebesuch hatte, eine Frau um die dreißig mit locker hochgesteckten dunklen Haaren und ausdrucksstarkem Gesicht. Er meinte Amüsement, aber auch gespannte Erwartung in ihren Zügen lesen zu können. Dann lächelten die beiden Frauen einander verschwörerisch zu, als lachten sie über einen Witz, den nur sie kannten.

Louis bemühte sich, sich seine Nervosität nicht anmerken zu lassen. »Guten Tag, die Damen. Es scheint, als hätte ich etwas verpasst«, sagte er leichthin.

»Lou, du kommst wie gerufen!«, sagte seine Mutter. »Gerade haben wir über deine Leidenschaft für die Dichtkunst und das Theater gesprochen. Stell dir vor, beides ist für einen Ingenieur offenbar nicht so ungewöhnlich, wie man denken sollte!«

»Das beruhigt mich ein wenig. Willst du uns nicht vorstellen?«

»Mrs Jenkin hat sich die Mühe eines Besuchs gemacht. Ihren Gatten wirst du bald kennenlernen, Dr. Fleeming Jenkin – Fleeming mit ee, aber Flemming ausgesprochen. Er hat gerade seinen Ruf an den Lehrstuhl für Ingenieurswissenschaften angetreten.«

Vermutlich sollte ihm der Name etwas sagen. Das tat er aber nicht, also musste Louis improvisieren. »Es ist eine Ehre, dass Ihr Gatte die Ingenieurswissenschaften an meiner Alma Mater vorantreiben und sicher zur Blüte führen wird«, sagte er höflich. Immerhin wusste er, dass Jenkin der erste Leiter des neu geschaffenen Lehrzweiges war.

»Fleeming freut sich sehr über diese Herausforderung. Es ist schön für uns und die Kinder, hier eine neue Heimat zu finden – und dann noch so kulturinteressierte Bekannte. Sie dichten selbst?« Anne Jenkin hatte eine wohlklingende Stimme und angenehme Ausdrucksweise.

Louis freute das Interesse. Daher zitierte er sogleich aus einigen seiner Werke. Sie stellte Fragen, und bald waren sie in ein Gespräch über Literatur und Poesie abgetaucht. Mrs Jenkin schien sich sehr gut auszukennen und zitierte ihrerseits gekonnt aus diversen Theaterstücken. Hatte er es mit einer ehemaligen Schauspielerin zu tun?

»Sie müssen morgen zum Mittag unser Gast sein! Fleeming wird begeistert sein, einen jungen Poeten vom Schlage eines Charles Lamb oder Heinrich Heine kennenzulernen«, rief ihr Besuch schließlich aus.

Louis spürte, wie er rot wurde. »Sie schmeicheln mir, meine Dame.« Die Aussicht auf ein derartiges Mittagessen wühlte ihn auf. Professor Jenkin würde sicherlich schnell seine fachlichen Defizite erkennen, was Technik und Mathematik anging. Andererseits versprach die Einladung ein interessantes Tischgespräch, wie er es so lange vermisst hatte. »Ich werde mich mit meinem Vater besprechen müssen, ob meine Zeit eine derartige Verabredung zulässt.«

Maggie winkte ab. »Aber nicht doch! Tom wird sich freuen, dass du deinen neuen Professor bereits vor Beginn des Unterrichts kennenlernst! Er wird darauf brennen, ebenfalls mit Professor Jenkin zu sprechen.« Sie wandte sich ihrem Gast zu. »Sie müssen unbedingt demnächst mit Ihrem Gatten zu uns zum Essen kommen, das ist abgemacht!«

Louis hatte angegeben, die Dame nicht weiter stören zu wollen, und war hinausgeeilt, ehe ihn jemand aufhalten konnte. Zu seinem Leidwesen hatte seine Mutter ihm aufgetragen, das Ingenieurbüro aufzusuchen.

Schon im Eingangsbereich traf er auf seine Cousins.

»Wir haben dich in North Berwick vermisst. Du hast jede Menge Strandtage, Reitausflüge und Golfspiele verpasst!«, rief der knapp dreizehnjährige Charles Alexander statt einer Begrüßung. Sein sonnengebleichtes Haar war glatt über die gebräunte Stirn gekämmt, nur eine Strähne stand ab.

»Ich war im Auftrag des Ingenieurbüros unterwegs«, sagte Louis gewichtig.

»Ach ja, Anstruther und Wick. Beneidenswert. Können es kaum erwarten, endlich vor Ort umzusetzen, was wir hier lernen«, meinte Davie.

Louis zeigte vage ins Büro. »Für heute seid ihr schon fertig?«

Charles Alexander strich die widerspenstige Strähne herunter. »Aye. Es gibt jede Menge Briefe zu kopieren, wir haben dir also etwas Arbeit übrig gelassen. Unsere nach Japan entsandten Leuchtturmwärter haben sich gemeldet. Sie haben am Hafen von Yokohama eine Leuchtturmkulisse aufgebaut und trainieren dort mit den japanischen Kollegen. Das stelle ich mir interessant vor.«

»Interessant? Wohl eher beängstigend, wenn man an die Erdbeben denkt, die Japan heimsuchen. Es gibt für uns noch einige knifflige Ingenieursaufgaben zu lösen, bis auch die Leuchttürme erdbebensicher sind. Aber Vater arbeitet ja daran«, setzte Louis' Cousin Davie hinzu.

Kurz beneidete Louis seine Cousins dafür, dass sie für heute das Büro verlassen konnten. Doch Charles gab seinem Bruder ein Zeichen. »Komm schon, Mr Lang wartet nicht gern. Unser privater Mathematiklehrer«, setzte er an Louis gerichtet hinzu.

Privater Mathematikunterricht? Da hatte er es in der George Street doch besser. Louis' Stimmung hellte sich weiter auf, als er im Büro ein bekanntes Gesicht entdeckte. »Mr Brebner, Sie habe ich ja lange nicht gesehen!«

Alan Brebner war als Ingenieur angestellt und wurde allerseits hoch geschätzt. Sein Vater hatte bereits mit Louis' Großvater am Bell Rock gearbeitet, und Alan war in seine Fußstapfen getreten. Er war braungebrannt und hatte trotz seiner erst vierzig Jahre eine kahle Platte. Louis hatte ihn bei verschiedenen Gelegenheiten als kundigen und bescheidenen Gesprächspartner kennengelernt und sein phänomenales Gedächtnis bewundert.

»Das ist wenig erstaunlich!«, sagte Brebner nun. »Ich bin als Projektingenieur für den Bau des Dubh Artach verantwortlich. Den Sommer habe ich auf Erraid und rund um dieses elende Riff verbracht. Das Wetter war grauenvoll. Seit Mitte April haben wir nur an mageren achtunddreißig Tagen auf dem Felsen anlanden können. Und selbst an guten Tagen war es oft lebensgefährlich.«

»Das hört sich ja aufregend ... äh ... grauenvoll an! Wurde Ihnen noch kein Tee angeboten?«

»Ich bin gerade erst eingetroffen. Freue mich, endlich wieder Zeit mit meiner Familie verbringen zu können. Die Kleinen werden so schnell groß, wenn man monatelang unterwegs ist. Gleichzeitig liebe ich es, draußen zu sein. Vor allem, da ich erst kürzlich dachte, jetzt ist es aus mit mir.«

»Berichten Sie mir davon, während Sie auf meinen Vater und meinen Onkel warten!« Louis sorgte für Tee und stellte einen weiteren Stuhl an den Schreibtisch, den er üblicherweise nutzte.

Brebner ließ bedächtig Zucker in seinen Tee rieseln, und Louis suchte auf der Landkarte an der Wand nach dem Dubh Artach. Da war er, mitten im Atlantik, weit vom nächsten Festland entfernt.

»Ganz schön weit draußen. Weiter als der Bell Rock und Skerryvore«, meinte Louis.

»Vierzehn Meilen vom Festland. Es ist ein teuflisches Riff. Hat sich als unmöglich herausgestellt, auf eine Schlechtwetterpause zu warten und mit dem Dampfschiff von Erraid aus für ein paar Stunden dorthin zu eilen. Deshalb haben die Messrs Stevenson entschieden, dass auf dem Felsen selbst eine Baracke für die Arbeiter errichtet werden soll.«

»Wie beim Bell Rock?«

Brebner nickte. »Erst am Ende der Saison, am 20. August etwa, war die Schutzhütte fertiggestellt: rund, etwa zwei Stockwerke hoch und mit spinnengleichen Beinen auf dem Felsen verankert.«

»Hört sich für mich wie eine Art Wassertank an.«

»Sieht auch so aus. Mit dreizehn Mann bin ich losgefahren, um den Bau zu überprüfen. Als wir auf dem Dubh Artach anlandeten, hatte sich das Wetter plötzlich verbessert. Deshalb entschied ich, dass wir ein paar Tage dortbleiben und die Arbeit vorantreiben sollten. Doch in der Nacht wurden die Arbeiter und ich von einem ungeheuren Donner geweckt. Wellen hämmerten gegen die eisernen Wände der Baracke. In diesem Moment wurde uns klar, dass wir in der Falle saßen.«

Der Tee erkaltete unberührt in Louis' Hand, während er

atemlos lauschte. Bilder erschienen vor seinem inneren Auge, als würden sie von einer Laterna Magica an die Wand geworfen. Beinahe fühlte er sich, als säße er mit Brebner und dessen Männern in dem eisernen Sarg, während der Sturm sie umtoste.

»Fünf Tage hat der Sturm unablässig an den eisernen Wänden gerissen«, fuhr Brebner fort. »Als wir es einmal wagten hinauszuschauen, sahen wir, wie die aufgeschäumte See an den Eisenbeinen zerrte und sie jeden Augenblick wegzureißen drohte. Wir drängten uns zusammen, bebten und zitterten, unfähig zu schlafen wegen des Lärms und der Todesangst. Einmal brach eine etwa fünfundfünfzig Fuß hohe Welle die metallene Falltür auf, und die Baracke wurde bis in die Küche hinein überschwemmt. Beim Hinausfließen riss der Schwall alles mit, was von unserem Essen übrig war. Alle Vorräte waren verschwunden, selbst der Tabak.«

»Das ist hart.«

»Alan – da sind Sie ja!«

Louis zuckte zusammen. Unbemerkt war sein Vater hinzugetreten. Mr Brebner erhob sich sofort. Es war seltsam, dass die beiden Männer, die einander beinahe ihr ganzes Leben kannten, eng miteinander arbeiteten und einander als Freunde bezeichneten, so förmlich miteinander umgingen.

»Was hältst du Mr Brebner auf? Wir haben zu tun! Und du hast ebenfalls Berechnungen anzustellen.« Tom wies auf den Schreibtisch, wo Zettel mit Zahlenkolonnen lagen. »Wir ermitteln gerade, wie hoch die Einsparungen sind, wenn wir alle Leuchtturmbefeuerungen von Raps- oder sonstigem Öl auf Paraffin umstellen«, erklärte er an Brebner gerichtet.

Louis suchte nach seinem Stift, war aber gedanklich noch immer bei dem Bericht des Ingenieurs. »Was ist dann geschehen, Mr Brebner?«

»Dein Onkel David war vor Ort, um die letzten Inspektionen vor der Winterpause vorzunehmen«, sagte Alan Brebner auf dem Weg zur Tür. »Er versetzte auf Erraid unser Dampfschiff in Alarmbereitschaft. Sobald der Sturm etwas nachgelassen hatte, wurden wir gerettet.«

Louis nippte an dem Tee, der inzwischen bitter schmeckte. Es war bezeichnend, dass bislang niemand diese Geschichte auch nur erwähnt hatte. Riskante Arbeiten unter lebensgefährlichen Bedingungen zu leisten, wurde anscheinend als ebenso selbstverständlich angesehen wie die unbedingte Bereitschaft, sich auf eine Rettungsmission zu begeben.

Mr Brebner trat zu Louis an den Schreibtisch, um seine Tasche zu holen, die neben dem Stuhl lag. Rasch neigte er sich zu Louis und raunte ihm den entscheidenden Tipp zur Lösung der Rechenaufgabe zu. Noch immer gefangen von den Bildern, die durch seinen Kopf geisterten, sah Louis den Männern nach.

Es war dunkel, als Louis endlich den Weg zur Old Town einschlagen konnte. Obgleich es erst Mitte Oktober war, lag bereits der Winter in der Luft. Schritten die Menschen in New Town gewärmt von ihren Pelzmänteln dahin oder ließen sich in ihren gut gepolsterten Kutschen herumfahren, waren im alten Teil der Stadt bereits die Schattenseiten der kühleren Jahreszeit unverkennbar. Hustend und schniefend eilten die Menschen durch die Straßen, barfuß hüpften die Kinder über die Pfützen, um nicht nässer als nötig zu werden. Das Pflaster war glitschig vom Auswurf, und die Rinnsale stanken trotz der niedrigen Temperatur erbärmlich. Fließendes Wasser, Klosetts oder Duschen, wie in New Town üblich, gab es hier nicht. Dennoch war Louis von der Atmosphäre der Gegend fasziniert und brannte darauf, mit Bob oder anderen Freunden durch die Kneipen zu ziehen. Noch hatte er dafür etwas Geld, auch wenn er dann den Rest des Monats würde darben müssen.

Louis erreichte den Grassmarket, wo früher regelmäßig

Hinrichtungen abgehalten worden waren. Das lang gezogene Geviert lag im Schatten von Edinburgh Castle und galt wegen des Trinkbrunnens, des Vieh- und Pferdemarkts sowie der vielen Schenken als Mittelpunkt von Old Town. In vielen der schäbigen Häuser lebten die Ärmsten der Armen, oft zu acht oder zwölft in einem Zimmer, wie Louis gerüchteweise gehört hatte; auch hieß es, dass die Leichenräuber Burke und Hare von ihrer Wohnung am westlichen Ende des Grassmarket aus ihre Raubzüge und Morde geplant hatten. Heute tummelten sich zwischen den Tavernen, Gasthäusern und Bierstuben vor allem Abstinenzler, die lautstark zur Nüchternheit aufriefen. Was sollte das bringen? Kopfschüttelnd betrat Louis die Gaststätte.

Das *White Hart Inn* war brechend voll. Louis drängte sich an den halbwüchsigen Jungen vorbei, die, kaum dem Kindesalter entwachsen, in der Nähe das Eingangs an einem Glas Whiskey nippten. Whiskey war das Getränk aller Klassen. Ein Nipp kostete zwei Pence, vier Pence ein Glas, eine halbe Krone die Flasche. Gentlemen hielten sich unterdessen an Claret, Brandy wurde hauptsächlich zu medizinischen Zwecken konsumiert.

Louis schob sich weiter durch die Menge und suchte am Tresen nach der Frau, die Mary ihm als ihre Tante genannt hatte, fand sie jedoch nicht. Sie sei heute nicht da und werde auch nicht auftauchen, informierte der Barmann ihn mürrisch; von Briefen wusste er nichts.

Louis war enttäuscht, gleichzeitig jedoch auch noch nicht bereit, nach Hause zu gehen. Ziellos lief er durch die Straßen. Wie gern hätte er bei *Brash's* in der Clerk Street einen Wein getrunken, am liebsten mit seinen Freunden. Er strich an dem Lokal vorbei und blickte sehnsuchtsvoll durchs Fenster. Zu seiner Verblüffung entdeckte er eine schlanke Gestalt mit mühsam gebändigtem Haar und ebenso schwarzem Bart. *Bob!* Sofort stürzte er hinein. Bob bemerkte ihn sogleich und sprang auf. Strahlend packten die beiden einander an den Schultern, klopften sich lachend auf den Rücken. Louis kam es so vor, als wäre er seit Wochen nicht so glücklich gewesen.

»Ich wusste gar nicht, dass du hier bist! Wieso hat mir niemand gesagt, dass du in Edinburgh weilst? Und wieso hast du dich nicht gemeldet, bei allen Höllenhunden?«

Bob lachte bei dem Ausruf, den sie als Kinder oft verwendet hatten. »Eigentlich wäre ich gar nicht hier«, sagte er. »Meiner Mutter ging es schlecht, und natürlich habe ich alles stehen und liegen gelassen, um zu ihr zu kommen. Es stellte sich allerdings heraus, dass ihr Zustand halb so wild ist wie befürchtet – ihre Nerven. Sie hat Ärger mit Katherine, wie so oft.« Er ließ sich auf den Stuhl fallen, verschränkte die Hände hinter dem Kopf.

Louis betrachtete ihn mit sanftem Neid. Bob war kompakter geworden, muskulöser. Seinem Cousin gelang einfach alles. Er malte, schrieb, tanzte, ruderte, und er konnte reden – und wie er reden konnte! Louis liebte es, Bob ein Stichwort zuzuwerfen und sich dann daran zu laben, wie dieser sich in einem mäandernden, originellen Gedankenstrom damit auseinandersetzte. Trotz seines schlichten Anzugs wirkte Bob weltmännischer als früher. Seine dunklen Augen funkelten jedoch wie gewohnt. »Morgen reise ich schon wieder nach Cambridge zurück. Ich habe deiner Mutter meine Aufwartung gemacht. Sie lud mich ein, auf dich zu warten, aber dein elterliches Nest erscheint mir doch recht eng – jetzt, wo ich die Freiheit einmal gekostet habe.«

Bob bestellte eine günstige Flasche Claret für sie beide, und sie stießen an. »Auf die Genüsse der Freiheit!« Louis schmeckte dem Rotwein nach. »Wie ich dich beneide! Auf dich selbst gestellt, in einer Stadt wie Cambridge, das muss großartig sein!«

»Das ist es! Zumal mir mein Studium weitere Möglichkeiten eröffnet. Ich sage nur: *Vive la France!*« Bobs Grinsen enthüllte seine blendend weißen Zähne.

»Du wirst nach Frankreich reisen?«

»So bald wie möglich. Als Maler muss ich mich inspirieren lassen – und wo sollte ich das besser können als in Frankreich, wo sich ganze Kolonien von Künstlern zusammenfinden? Stell dir nur vor, was für eine anregende Atmosphäre das sein muss! Ein Austausch von Gleichgesinnten! Sich gegenseitig befruchten!«

Sie lachten, plötzlich albern. Bob schwärmte von den Gerüchten über die Künstlerkolonien in Paris, Fontainebleau, Barbizon und Grez, die ihm zu Ohren gekommen waren. Louis freute sich für seinen Freund, spürte aber gleichzeitig einen Stich.

»Es muss herrlich sein, seinen Interessen nachgehen zu können!«, rief Louis aus. »Ich hingegen habe mich sechs Wochen lang in Wick aufgerieben und kaum eine vernünftige Zeile geschrieben. Selbst *Monmouth* bekommt einen unangenehmen Geruch, dabei war ich ursprünglich so zufrieden damit. Meine Naturbeschreibungen sind viel zu schal, obgleich ich so daran gefeilt habe. Vor allem aber bestürzt mich der Gedanke, dass das, was ich am meisten genieße – das Schreiben – niemanden zu Nutze ist. Ist Nützlichkeit nicht unsere oberste Pflicht? Arbeit ist doch der Sinn unseres Lebens.«

»Das hören wir zumindest ständig in der Kirk.«

Louis sank in sich zusammen. »Ich werde in einen Beruf eintreten, der einen Großteil meiner Kräfte erfordert und dem ich meine ganze Energie widmen muss. Das Schreiben wird nur Zeitvertreib für die Ferien werden – wenn überhaupt.«

»Oh, wenn ich Talent hätte und meine gefürchtete Feindin, die Trägheit, überwinden könnte, würde ich schreiben und predigen und mit der Welt sprechen. Aber ich habe jede Hoffnung darauf aufgegeben«, sagte Bob, unvermittelt düster.

»Diese Trägheit, von der du sprichst, ist dir von Gott gegeben worden. Sie zu besiegen und nicht zu beklagen ist deine Aufgabe. Du hast dein Talent, damit du es nutzt. Du weißt doch: *Wer hat, dem wird gegeben.*« Louis wollte Bob aufmuntern, der schon in seinen letzten Briefen niedergeschlagen gewirkt hatte. Daher sagte er: »Außerdem kenne ich die Trägheit – ehrlicherweise muss ich sie ›Faulheit‹ nennen – selbst nur zu gut. Wie viel lieber würde ich durch Stadt und Natur streifen und Beobachtungen anstellen, als in einem öden Büro zu sitzen! Ganz zu schweigen von dem frühen Aufstehen.«

»Eine Qual! Ich komme erst am Abend wirklich in Fahrt. Wenn ich Ideen und Energie habe – dann um diese Zeit!«

Sie lachten. Dann wurde Bob erneut nachdenklich. »Die Bibel hat für alles einen Ratschlag. Das predigte auch mein Vater. Der arme Alan.« Er klang bitter. »Hat sein Beispiel nicht gezeigt, dass es die göttliche Vorsehung nicht gibt? Dass die bedingungslose Erwählung zu Himmel oder Hölle ein grausamer Scherz ist? Ich bezweifle, dass es einen großen Plan gibt, in dem geschrieben steht, dass mein Vater so leiden musste. Alan hat so viel für die Menschen, für die Seefahrt getan. Und das wird nicht belohnt? Was für eine Heuchelei es ist, in der Kirk immer wieder so tun zu müssen, als glaube man wirklich, was gepredigt wird!«

Louis' Blick flackerte durch den Raum. Hätte sein Vater diese Worte gehört, hätte er Bob sofort als Ungläubigen und Ketzer verdammt. Er selbst aber konnte Bobs Zweifel nachvollziehen. »Was in der Bibel steht, ist das eine, was die Kirche daraus macht, das andere«, sagte er leise. »Ich habe bereits überlegt, ob ich an einer Sonntagsschule unterrichten soll, um mich nützlich zu machen. Dabei bin ich doch selbst moralisch wenig gefestigt, wie mein Vater sagen würde ...«

»Die Menschen sind diejenigen, die sich ihre Hölle schaffen – und der verdammte Glaube ist daran schuld!«, brach es aus Bob heraus. »Wie haben wir alle darunter gelitten, dass mein Vater seine Krankheit als Gottesstrafe betrachtete! Und das nur, weil er beim Bau von Skerryvore den Sonntag nicht geheiligt hat. Er hat sich bei seinen Arbeitern dafür entschuldigt, erinnerst du dich? Am liebsten hätte er sich in den Dreck geworfen, um sich vor ihnen und Gott zu erniedrigen. Das werde ich nie vergessen. Dabei hat schon unser Großvater beim Bau des Bell Rock den Sabbat nicht eingehalten, obgleich er ein frommer Mann war.«

»Er verteidigte seine Entscheidung damit, dass der Zweck des Leuchtturms – die Rettung von Menschenleben – mehr wiege als die Sonntagsruhe«, erinnerte sich Louis.

»Und doch ist mein Vater über Reue und Krankheit beinahe irre geworden. Meine Mutter ist seitdem gezeichnet, und Katherine ist es auch. Ich denke manchmal, meine Schwester glaubt an gar nichts mehr. Verdenken kann ich es ihr nicht. Sollten wir nicht besser abschütteln, was unsere Eltern uns beigebracht haben, und unsere eigenen moralischen Maßstäbe entwickeln?« Bob blickte in sein beinahe leeres Glas und stürzte den letzten Schluck hinunter. Neben ihnen waren zwei halbseidene Damen aufgetaucht und tuschelten miteinander, während sie sie musterten.

Bob blinzelte der einen zu, und die Frauen lächelten kokett zurück. »Katherine glaubt an nichts, außer an dich. Du weißt ja, dass sie schon immer für dich geschwärmt hat«, sagte er.

Louis musste an das Beisammensein mit seiner Cousine in seinem Zimmer denken. An ihren entsetzten Blick, als seine Treffen mit Jeannie zum Skandal wurden. Als habe Bob seinen Gedanken erraten, fragte er: »Was ist aus diesem Mädchen geworden, dieser Jeannie?«

Louis gab ihm eine knappe Zusammenfassung und versuchte, dabei nicht allzu enttäuscht zu klingen. »Ich kann zu Jeannies Bestem letztlich nur hoffen, dass ihr Vater ihr verzeiht und unsere *Tändelei*, wie meine Eltern es nennen, schnell in Vergessenheit gerät.«

»*Oh, meine Liebe ist wie eine rote, rote Rose ...*«, begann Bob zu singen. Dann wurde er wieder ernst. »Unser Namensvetter Robbie Burns hatte keine derartigen Skrupel. Der hatte Affären zuhauf.«

»Klingt nicht nach einem Leben, das wir führen dürften.«

Bob ließ sein leeres Glas auf dem Tisch kreisen. »Ich sage doch, dass wir uns von der familiären Last frei machen müssen, wenn wir wirklich ernstzunehmende Künstler werden wollen. Und dafür müssen wir hier weg. Kulturell ist Edinburgh im Niedergang begriffen. Die wahren Künstler sind längst nach London oder gar Frankreich abgewandert.« Er kramte in seinen Taschen nach ein paar Münzen und legte sie auf den Tisch. Louis tat es ihm gleich, und als sie zusammenlegten, stellte sich heraus, dass sie sich gerade noch zwei Gläser Wein leisten konnten. Die Damen hatten sie beobachtet und offensichtlich ihre Schlüsse gezogen, denn sie wandten sich solventer wirkenden Männern zu.

Bob steckte die Münzen wieder ein. »Ist stickig hier. Lass uns mal schauen, wo sonst noch was los ist. Vielleicht am Leith Walk oder in der Lothian Road.«

Arm in Arm liefen sie durch die Gassen. In dieser Gegend konnte jede Dame eine Hure und jeder Herr ein Spitzbube sein. Bei einem Hütchenspieler verdoppelten sie ihre Barschaft, aber Bob bestand darauf, bei einem Hahnenkampf in einem Hinterhof zu setzen, und so verloren sie alles wieder. Doch sie hatten dennoch Glück: Dass sie den Verlust mit Humor nahmen, gefiel einem der Gewinner, und er lud sie ins nächste Pub im schummrigen Advocats Close ein. Bei Whiskey, Ale, Wein und Gesang verbrachten sie die Nacht und taumelten schließlich aneinander gestützt Louis' Elternhaus entgegen.

»Ich hoffe, wir sehen uns bald wieder! Und wehe, du brichst nach Frankreich auf, ohne dich von mir zu verabschieden, liebster Cousin und Freund!« Überschwänglich drückte Louis Bob noch einmal an sich.

»Ach, noch fehlt das Geld. Du weißt ja, dass wir auf das Wohlwollen meiner Onkel und insbesondere deines Vaters angewiesen sind«, antwortete dieser, plötzlich ernüchtert.

Louis blieb bei dem Gedanken daran, dass sein Vater ihn beim Hineinschleichen ertappen könnte, das Lachen im Halse stecken. »Sind wir nicht alle auf Toms Wohlwollen angewiesen?«

Durch einen strammen Schritt und tiefe Atemzüge versuchte Louis, einen klareren Kopf zu bekommen. Das Beisammensein mit Bob hatte ihn glücklich gemacht. Ihm fühlte er sich so nah wie keinem anderen. Gleichzeitig erfüllte ihn die Resignation, die aus einigen von Bobs Worten klang, mit Sorge. Der mangelnde Antrieb. Wenn man etwas wirklich wollte, musste man auch alles dafür tun. Wenn er von seinem Vater und Großvater etwas gelernt hatte, dann das.

Das Haus in der Heriot Row lag dunkel vor ihm, nur durch das Licht der Straßenlaternen erhellt. Louis freute sich auf sein behagliches Zimmer, sein Bett. Behutsam tastete er die Haustür ab, um nicht lange nach dem Schloss suchen zu müssen. Da öffnete schon jemand die Tür.

13

Todmüde saß Louis mit seinen Eltern am Frühstückstisch. Natürlich hatte er seinen Kneipenbesuch mit Bob nicht geheim halten können, nachdem Cummy ihn beim Hineingehen ertappt hatte. Entsprechend straften ihn seine Eltern heute mit Nichtachtung. Immerhin hatte er verschweigen können, dass sie nach *Brash's* noch tiefer in Edinburghs Halbwelt eingetaucht waren. Kopfschmerzen plagten ihn, was er nicht zugeben mochte. Er erhob sich. »Entschuldigt mich bitte. Professor Blackie ist immer sehr pünktlich.«

Sein Vater musterte ihn missbilligend. »Ich rate dir, das Jackett zu wechseln. In diesem wirst du dich kaum bei Professor Jenkin zum Mittagessen sehen lassen können, ohne uns Schande zu machen. Du riechst wie ein Bierkutscher.«

War also gestern doch etwas auf seine Kleidung gekleckert! Die Einladung seines Professors hatte er vollkommen vergessen! »Das werde ich, Vater. Ich werde angemessen auftreten und, wie versprochen, die Gegeneinladung überbringen.«

Tom widmete sich wieder seinem Frühstück. Aber Louis wusste, dass sein Vater das letzte Wort behalten würde. Und richtig. Schon räusperte Tom sich. »Mich interessiert, was Jenkin von der Nutzung von Elektrizität auf Leuchttürmen hält. Ich plane am Leuchtturm von Granton ein Experiment in dieser Hinsicht. Dafür müssen zunächst Kabel verlegt werden – und damit kennt Jenkin sich aus.«

»Tatsächlich?« Louis zog die Augenbrauen hoch. Sicherlich war sein Gastgeber und zukünftiger Professor ein dröger Techniker und damit als Gesprächspartner sterbenslangweilig.

Beinahe wäre ein Holzgerüst in ihn hineingerannt, als Louis von einem Dienstmädchen in den Salon geführt wurde. Genau genommen hätte der Junge ihn beinahe gerammt, der das sperrige Holzgerüst vor sich hertrug. Offenbar musste er es vor einem Kleineren in Sicherheit bringen, der ihm nachlief und danach zu greifen versuchte. Beide Jungen trugen Seemannshemden mit dunklen Hosen und Wollsocken, ihre Haare waren lang und glänzten. Ein Hund wuselte sie herum.

Louis lächelte. Zumindest war er jetzt wach; in seinem Universitätskurs war er eben beinahe eingeschlafen. Auch der Weg in die Fettes Row, wo Fleeming Jenkin und seine Familie in einem typischen Edinburgher Stadthaus wohnten, hatte ihn nicht munter gemacht.

»Ich glaube nicht, dass das funktioniert! Wir müssen Vater fragen!«, rief der ältere Junge; er war vielleicht sieben.

»Euer Vater hat einen Gast.« Die mahnenden Worte des Dienstmädchens, das ein Kleinkind schaukelte, verhallten ungehört, auf jeden Fall unbeachtet.

»Ich will! Ich will damit bielen, Osy!«, protestierte eine Kinderstimme.

»Lass die Finger weg! Du machst es nur kaputt!«

»Bielen! Papa, hilf!« Das etwa dreijährige Kind streckte sich nach dem Griff einer Tür, die von der Diele abging.

Die Amme hielt ihn auf. »Du darfst dort nicht hinein, Frewen! Du darfst deinen Vater nicht stören! Die Tür seines Büros ist noch geschlossen!«

Widerwillig trat der Junge zurück und versuchte, stattdessen nach der Hand seines Bruders zu greifen, der sich ihm jedoch entzog. »Gemein! Immer bist du der Bestimmer, Osy!«

»Das ist, weil ich es besser weiß als du.«

»Gar nicht!«

Louis beobachtete die Szene amüsiert. Wie würde der Professor auf die Störung reagieren?

»Einen kleinen Moment noch Geduld, Sir. Ich sage Mrs Jenkin Bescheid, dass Sie bereits da sind«, wandte sich das Dienstmädchen jetzt an ihn.

War er zu früh? Abgelenkt beobachtete Louis die Kinder, die ungeduldig diskutierend von dem einen Fuß auf den anderen traten. Das Holzgerüst kam ihm vage bekannt vor. »Ist das ein Kran?«, fragte er.

Osy, der größere Junge, wandte sich ihm zu. »Was denn sonst? Aber die Winde funktioniert nicht. Vater muss helfen!«

Die zwei würden sich gedulden müssen. Jenkin arbeitete anscheinend noch und würde anschließend mit Louis und seiner Gattin speisen. Ein wenig taten die Jungen Louis leid. Wie begeistert sie waren! Und wie brav sie trotz ihrer Ungeduld warteten! In diesem Augenblick öffnete sich die Tür. Louis hatte keine genau Vorstellung gehabt, was ihn erwartete – das jedenfalls nicht. Fleeming Jenkin war zierlich, lediglich etwa fünfzehn Jahre älter als Louis und wirkte jungenhaft. Dunkle Haare, aus der Stirn gekämmt, schmaler Backenbart, beinahe faltenfrei, offener Blick. Keine sehr beeindruckende Erscheinung.

Er nickte Louis freundlich zu. »Sie müssen der junge Stevenson sein, von dem ich schon so viel gehört habe. Einen Augenblick Geduld bitte. Plato, nun lass unseren Besucher doch!«, mahnte er den großen Hund, der Louis freundlich anhechelte. Dann hockte er sich neben seine Söhne. »Haben wir hier einen Notfall, Osy?«

»Ja, Papa! Es ist ein Notfall, wirklich! Ich habe die ganze Zeit herumgetüftelt. Die Winde funktioniert nicht. Und wenn, dann fällt der Kran um. Da ist etwas verkehrt gebaut. Frewin pfuscht mir außerdem immer dazwischen!«

»Du musst geduldig mit deinem Bruder sein. Lass sehen. Oder wollen wir Mr Stevenson fragen, was er von deinem technischen Problem hält?« Jenkin sah ihn an. Der Junge nickte eifrig.

Louis konnte gut mit Kindern. Schon vor dem Mittagessen mit einer technischen Frage konfrontiert zu werden überforderte ihn jedoch. Wahrscheinlich würde dem Professor sofort auffallen, wie rudimentär seine Kenntnisse waren. Andererseits erinnerte er sich daran, wie diese Art Kran funktionierte. »Ich habe einen derartigen Kran bei den Bauarbeiten für den neuen Wellenbrecher in Wick gesehen«, sagte er. »Wenn ich mich recht erinnere, war dort der Abstand zwischen den Stützbeinen größer, sodass das Gewicht besser verteilt und die Windenspule beweglicher war.«

»Da siehst du, wie gut es ist, wenn man Technik studiert!«, sagte Fleeming Jenkin zu seinem Sohn und zwinkerte Louis zu. »Ich hoffe, ich kann diesem Mann hier noch etwas beibringen.«

»Ganz bestimmt, Sir«, versicherte Louis eilig und konzentrierte sich darauf, Plato hinter dem Ohr zu kraulen. *Die Frage ist eher, ob ich Ihren Erläuterungen folgen kann.*

Der Ingenieur gab seinem Sohn einige Anweisungen und entließ sodann seine Kinder, damit diese sie – gemeinsam! – umsetzen konnten. »Nun, kommen Sie ins Speisezimmer – Anne muss jeden Augenblick eintreffen. Sie haben meine Gattin ja sehr beeindruckt. Einen jungen Lamb oder Heine hat sie Sie genannt.«

Der große Hund folgte ihnen und legte sich bei Tisch zu Jenkins Füßen.

»Das schmeichelt mir, ist aber eine gnadenlose Übertreibung. Ich bin ein Stümper, was die Poesie angeht. Aber ein begeisterter«, gab Louis zu.

»Wie ich! Hat Anne Ihnen von meinem eigenen schriftstellerischen Versuch erzählt? Es ist allerdings bei der Arbeit an einem Stück geblieben. *Griselda* habe ich es genannt. Aber es müssen ja nicht alle in die Fußstapfen ihrer Eltern treten. Meine Mutter ist Schriftstellerin, müssen Sie wissen.«

»Tatsächlich?«

»Henrietta Jenkin. *Cousin Stella* ist ihr wohl bekanntestes Werk.«

Louis war beeindruckt. »Den Roman habe ich gelesen. Eine interessante Geschichte gegen die Sklaverei. Handlungsort ist unter anderem Jamaica, nicht wahr?«

»Meine Mutter wurde dort geboren. Gesellschaftliche Spannungen sind eines ihrer Themen; sie hat es in eine eher konventionelle Liebesgeschichte verpackt. Wir wohnten unter anderem in Paris und Genua, erlebten dort die Revolutionen mit. Mein Herr Vater war Kapitän.«

Louis fragte nach, und Jenkin berichtete bereitwillig. Währenddessen versuchte Louis, einen Blick auf die Bücher im Regal zu erhaschen. Er entdeckte einige schöne Ausgaben von Shakespeare und Alexandre Dumas. »Es ist herrlich, kunstfertige Ausgaben seiner Lieblingsbücher zu besitzen!«, sagte er bewundernd.

»Vor allem von Büchern, die man alljährlich wieder zur Hand nimmt.«

Louis stimmte begeistert zu. »Das geht mir auch so! Ich werde nie müde, *Hamlet* zu lesen, etwas von Montaigne oder auch den dritten Teil der *Musketier*-Reihe von Alexandre Dumas.«

»Den dritten Teil? Wieso ausgerechnet diesen? Der erste ist der Beste!«, rief Jenkin im Brustton der Überzeugung aus.

Kurz war Louis über den harschen Ton brüskiert. Sollte er sich mit seinem Professor wirklich über Literatur streiten? Aber warum nicht für etwas einstehen, was man liebte! »*Zehn Jahre später* ist eines meiner Lieblingsbücher«, erklärte er. »Ich erinnere mich noch genau: Ich war vielleicht dreizehn, als ich in Nizza das erste Mal auf die *Musketiere* stieß. Ich studierte die Dessertteller in einem Hotel in Nizza, auf denen ihr Bild war. Ich hatte bereits von d'Artagnan gehört und las später einen der billigen Raubdrucke. Den dritten Band verschlang ich nach Spaziergängen mit dem Schäfer in den Pentland Hills. Ich saß am Feuer in unserem Haus, im Schein einer einzigen Lampe und vollkommener Stille. Nein, keine Stille. Um mich herum waren das Klappern von Pferdehufen und das Rasseln der Degen zu hören – so tief tauchte ich in die Welt der Musketiere ein. Ich konnte es kaum erwarten, nach meinen Tagespflichten wieder selbst Musketier zu werden – zumindest in Gedanken.«

Fleeming Jenkin hatte Louis' Begeisterungssturm mit gerunzelter Stirn gelauscht, lachte nun aber. »Schon gut, Stevenson! Sie haben mich überzeugt, diesen Roman noch einmal wohlwollender zur Hand zu nehmen!«

Sie unterbrachen ihr Gespräch, da Anne Jenkin zu ihnen stieß. Fleeming Jenkin begrüßte seine Frau liebevoll; von der Steifheit, die in Louis' Elternhaus manchmal vorherrschte, war hier nichts zu spüren.

»Ich habe überlegt, ob wir Mr Stevenson von unseren privaten Theaterabenden berichten sollen. Vielleicht wäre er eine Bereicherung«, sagte Anne Jenkin und weckte damit Louis' Interesse.

»Ganz sicher wäre er das. Aber wir müssen den jungen Mann ja nicht gleich überfallen.« Jenkin wandte sich wieder Louis zu. »Sie müssen wissen, dass meine Gattin eine begnadete Schauspielerin ist. Jedes Jahr führen wir mit Freunden und Bekannten ein Theaterstück auf.«

Louis nickte freudig. Was für eine grauenvolle Vorstellung müsste ein solcher Abend für Cummy und seinen Vater sein! Und was für eine herrliche für ihn selbst! »Daran würde ich mich sehr gern beteiligen. Was für Stücke bringen Sie zur Aufführung?«

»Von Shakespeare bis zu den alten Griechen. Wir werden sehen. Erst einmal müssen wir uns in Edinburgh einleben, das hiesige Universitätsleben kennenlernen. Welche Kurse haben Sie bereits besucht? Welche stehen an? Und dann berichten Sie mir bitte unbedingt von den Bauarbeiten, die Sie besucht haben. Als ein Stevenson haben Sie natürlich sehr viel bessere Startvoraussetzungen als andere Studenten.«

»Das werde ich gern tun. Aber da Sie Shakespeare und die griechischen Meister erwähnten ...« Schnell stiegen sie in eine angeregte Diskussion über ihre Lieblingsstücke ein, zitierten abwechselnd oder wogen die Kunstfertigkeit der Dramaturgie ab. Noch nie hatte Louis mit jemandem so über Literatur reden können, höchstens mit Bob. Jenkins Urteile waren pointiert; er hatte einen messerscharfen Verstand und verfügte über ein ungeheures Allgemeinwissen, ohne dogmatisch zu sein. Gleichzeitig spürte Louis, dass der Professor die Kunst und besonders die Literatur mit jeder Faser seines Körpers liebte. Er beschloss, ihn auf die Probe zu stellen. »Was halten Sie von umstrittenen Autoren wie beispielsweise Whitman?«

»Ich kenne die Kritik wohl, habe ihn aber noch nicht gelesen, kann mir also keine Meinung dazu erlauben.«

Als das Essen aufgetragen wurde, kam der Professor auf die Technik zurück.

»Mein Vater bat mich, unsere Einladung zum Essen zu wiederholen«, sagte Louis. »Er brennt darauf, mit Ihnen über sein Vorhaben zu sprechen, den Leuchtturm von Granton mit Elektrik zu versorgen, wofür Kabel verlegt werden müssen.«

»Ich habe viele Unterwasser-Telegrafenkabel für Firmen verlegt. Ich gehe daher davon aus, dass ich ihm Rede und Antwort stehen kann.«

»Das elektrische Licht ist von der Leuchtkraft und Wirkung ganz anders, hörte ich. Was für eine wunderbare Vorstellung, es auch für das Theater zu nutzen ...« Zu seiner Freude gelang es Louis, das Gespräch über die Theaterbeleuchtung auf das kulturelle Leben der Stadt zu lenken, und nun beteiligte sich auch Anne Jenkin wieder an ihrem Gespräch.

»Ich würde *Griselda* sehr gern lesen, wenn Sie es gestatten«, kam Louis schließlich auf Jenkins schriftstellerische Versuche zurück. »Heute schreiben Sie nicht mehr?«

»Nur noch Fachtexte und Buchkritiken, etwa über Charles Darwins *Über die Entstehung der Arten* für das *North British Journal*.« Louis fürchtete bereits, dass Fleeming Jenkin den Forscher nun wie sein Vater kritisieren würde. Doch auch in dieser Hinsicht überraschte Jenkins ihn, als er ausführte: »Ein faszinierendes Werk, das unsere Weltsicht verändern könnte, insbesondere die Religion. Allerdings hat Darwin gravierend falsche Annahmen getroffen, weshalb ich ihm geschrieben habe. Man merkt, dass Darwin kein Mathematiker ist. Wenn vererbte Merkmale sich in jeder Generation miteinander vermischen, was verhindert dann, dass eine Variation durch Kreuzung sofort wieder verwässert wird? Ein klarer Denkfehler. Ich bin gespannt, was Darwin antworten und ob er seine Theorie überarbeiten wird.«

Als das Mahl beendet war und Fleeming Jenkin die Tafel aufhob, um sich wieder seiner Arbeit widmen zu können, bedauerte Louis das sehr. Selten hatte er ein so angeregtes und anregendes Gespräch geführt. Es war überhaupt nicht wie sonst zwischen Professor und Student, Jung und Alt gewesen.

Ich muss mich mit Jenkin und seiner Frau anfreunden. Ich will zu diesem Zirkel gehören. Und die privaten Theaterstücke – was für eine hinreißende Vorstellung!

Jenkin schüttelte ihm die Hand. »Besten Gruß an Ihren Herrn Vater. Ich freue mich darauf, ihn baldmöglichst kennenzulernen und mit ihm zu fachsimpeln.«

Louis nickte, fragte sich jedoch unwillkürlich, was Tom zu Jenkins' Ansichten über Darwin und das Theater sagen würde.

Würde sein Vater seine moralischen Bedenken zugunsten des fachlichen Austauschs zurückstellen? Es würde ein interessantes Zusammentreffen werden.

Fleeming Jenkin sah ihn noch einmal an. »Sie treffe ich nächste Woche in unserem Kurs. Ich habe bereits einiges für Ihre Kommilitonen und Sie vorbereitet.«

Laute Musik von Geige und Flöte, dazu ohrenbetäubender, trunkener Gesang. Mit bloßen, kräftigen Armen und Schweiß auf der Stirn schenkte die Frau hinter dem Tresen Getränk um Getränk aus. Das musste Marys Tante sein. Louis schob sich an die Theke und suchte den Blick der Frau. Doch als er sich ihr vorstellte, zischte sie sofort: »Verschwinden Sie!«

Sie musste ihn verwechseln, warum sonst sollte sie so schroff reagieren? »Es geht um Jeannie. Sind meine Briefe denn nicht angekommen?«

Sie schob weitere Ale-Krüge auf den Tresen. »Dass Sie es wagen hierherzukommen, nach dem, was Sie Jeannie angetan haben!«

Louis durchfuhr es heiß. »Wieso? Was ist denn mit Jeannie? Ist ihr etwas zugestoßen?«

»*Sie* sind ihr zugestoßen!« Sie wollte ihm offenbar noch weitere Vorwürfe an den Kopf werfen, musterte ihn dann aber und schien zu begreifen, dass er nicht wusste, worauf sie anspielte. »Was darf ich bringen? Hier werden keine Tresenplätze ohne Verzehr blockiert!«

Louis kramte in seiner Tasche nach einer Münze und warf sie auf das abgewetzte, bierfleckige Holz. Sie schob ihm ein Glas hin. In seinem Kopf schossen die Fragen durcheinander, doch er bekam keine Gelegenheit, sie loszuwerden. Kurz darauf war sein Ale ausgetrunken und das Glas abgeräumt. Noch eines konnte und wollte er sich in dieser Situation nicht leisten.

Noch während Louis überlegte, was er nun tun sollte, trat

eine Kellnerin aus der Küche. Als sie mit schweren Tellern zum Servieren durch die Menge ging, kamen von allen Seiten anzügliche Sprüche und leises Pfeifen. Moment mal, war das nicht ... Louis reckte den Hals.

»Hübsches Ding, nicht wahr?«, meinte der Kerl neben ihm und spuckte in das Streu auf dem Boden. »Ist neu hier. Mal sehen, ob sie durchhält. Man braucht ein dickes Fell in diesem Laden ...«

In diesem Augenblick fuhr die Kellnerin herum und fuhr einen Gast mit fettigen Haaren an, der ihren Hintern betatscht hatte. »Pfoten weg!«

Der Mann aber grinste nur und sagte etwas zu seinen Kumpanen, die laut lachten. Louis sprang auf, weil er meinte, Mary zu Hilfe kommen zu müssen. Er hatte richtig gesehen: Die Kellnerin war Jeannies Freundin. Sie wirkte weniger bäurisch als bei ihrer letzten Begegnung, einzelne rote Locken hingen vorwitzig über ihre Stirn, und ihre Wangen waren von der Arbeit am Herd, Anstrengung und Ärger gerötet. Das Kleid wirkte zu eng, betonte dafür aber umso besser ihre Rundungen. Als sie Louis erkannte, löste sich die Anspannung für einen Moment aus Marys Zügen, und sie drängte sich zu ihm durch.

»Was machst du hier? Arbeitest du nicht mehr für die Wardens? Wie geht es Jeannie?«, brach es aus Louis heraus, sobald sie ihn erreicht hatte.

Mary dünstete Bratgeruch aus. Schweißtröpfchen glitzerten über ihren vollen Lippen, und der Ausschnitt in diesem Kleid ... Eilig sah Louis weg. Kein Wunder, dass die Kerle ihre Finger nicht bei sich behalten konnten. Der schmierige Kerl starrte sie noch immer an.

Marys Blick flackerte durch die Menge, wo nach ihr gerufen wurde, damit sie Bestellungen aufnahm, und dann zum Tresen. »Ich kann jetzt nicht reden, Lad«, sagte sie leise. »Ich kann mir nicht leisten, noch einen Job zu verlieren ...«

»Du hast …«

Sie legte ihre Hand auf seinen Arm, warm und kräftig. »Jetzt nicht, sagte ich! Kannst du warten? In einer Stunde habe ich Feierabend.« Sie wartete seine Zustimmung nicht ab, sondern eilte durch den Schankraum davon.

Louis ging mit zum Zerreißen gespannten Nerven hinaus. Da es zu regnen begonnen hatte, blieb er unter einem Dachunterstand stehen. Der weitläufige Platz war nun menschenleer. Viele Pubs waren bereits geschlossen. Dafür hatten die Shebeens ihre Türen geöffnet, Wohnungen, in denen Selbstgebranntes ausgeschenkt wurde. Auf dem nass glänzenden Trottoir reflektierten ihre fahlen Lichter.

Als Mary endlich das Pub verließ, strebte einer der vor dem Nebenhaus herumlungernden Männer sofort auf sie zu. War das der Kerl, der sie eben betatscht hatte? Sie schlug einen Bogen und lief zu Louis, bei dem sie sich einhakte. Eilig gingen sie davon, sich wegen des Regens möglichst im Schutz der Hausdächer oder Vorsprünge haltend. Glücklicherweise blieb der Kerl zurück.

»Der nutzt jede Gelegenheit, um mich anzutatschen! Immer fährt er sich mit der Zunge über die Lippen – als wollte er mich ablecken.« Mary schauderte. »Und dann lauert er mir hier auch noch auf. Ich bin froh, dass du gewartet hast.«

Louis stellte sein eigentliches Anliegen zurück, um seiner Verwunderung Luft zu machen. »Das ist ja auch keine angemessene Arbeitsstelle für eine junge Frau wie dich! Warum bist du nicht mehr bei Mr Warden?«

»Weil er mich gefeuert hat, nachdem das mit dir und Jeannie war. Was denkst du denn?«, fauchte sie.

»Aber warum?«

Sie stemmte angriffslustig die Hände in ihre Hüften. *Eine Hochländerin, die sich nichts gefallen lässt.* »Er hat behauptet, ich hätte einen schlechten Einfluss, ich hätte Jeannie dabei geholfen, Unzucht zu treiben. Das habe ich mir nicht gefallen lassen. Ich habe Warden meine Meinung gegeigt!« Mary stieß schwer die Luft aus und ließ dann wieder die Arme hängen. »Niemand in Swanston wollte mich danach noch beschäftigen. Was blieb mir anderes übrig, als nach Edinburgh zu ziehen?«

Die Verantwortung legte sich schwer auf Louis' Schultern. »Wir haben nicht –«

»Glaubst du ernsthaft, das glaubt jemand? Dir und Jeannie glauben sie genauso wenig wie mir.«

»Und Jeannie ... wo ...«

Schritte waren zu hören. Mary sah sich ängstlich um und eilte weiter. Immer schmaler und schäbiger waren die Gassen geworden und so eng, dass man den Nachthimmel kaum noch sehen konnte. Mit Mühe holte Louis sie ein. »Du solltest hier nicht so allein ...«

Mary lachte auf, schaurig klang es in der Flucht der Gänge. Ein Ruf. Der Inhalt eines Nachttopfs platschte vor ihnen auf das Pflaster, obwohl diese Art der Abfallentsorgung längst verboten war.

In diesem Teil der Stadt leben sie noch im Mittelalter, dachte Louis.

»Glaubst du, ich habe eine Wahl? Ich kann froh sein, dass ich einen Schlafplatz gefunden habe.«

Er spürte, wie sich die Feuchtigkeit unangenehm auf seine Brust legte, und tupfte sich Regen – oder war es Schnupfen? – mit einem Taschentuch von der Nase. Schon musste er hüsteln. »Es gibt Brauereien und Fabriken, die junge Frauen beschäftigen, im Dean Village oder unten in Leith –«

»Dort habe ich mich längst vorgestellt. Alle Stellen besetzt. Ich will doch nicht verhungern.« Sie wandte sich ihm zu. Hart fielen die Schatten auf ihr Gesicht.

Er wusste jetzt, was sich verändert hatte: Mary war mager geworden. Der zeitliche Ablauf der Ereignisse ließ ihm keine

Ruhe. »Dann warst du schon entlassen, als wir uns das letzte Mal gesehen haben? Als du mir Jeannies Brief gegeben hast. Warum hast du mir das nicht erzählt?«

Sie vermied es, ihm in die Augen zu schauen. »Was hättest du schon ausrichten können? Außerdem habe ich mich geschämt.«

Offen stehende Türen, durch die man in karge Räume voller Menschen blicken konnte. Auf der Erde lagen vor sich hin dämmernde Gestalten. »Diese Shebeens sind der Ruin für anständige Tavernen, sagt meine Tante. Und der Schwarzgebrannte macht taub und blind«, murmelte Mary. Poltern und der Gesang Betrunkener drangen zu ihnen. Mehrere Männer taumelten heraus, ein prügelndes und schimpfendes Knäuel Leiber.

»Ich wünschte, ich könnte etwas für dich tun«, sagte Louis rau, als sie weiterhasteten.

»Vielleicht fällt dir ja was ein. Freuen würd 's mich schon. Ich muss jetzt hoch. Habe einen Schlafplatz unter dem Dach, hat meine Tante mir vermittelt. Regnet rein, ist aber billig. Für Edinburgher Verhältnisse.« Trocken lachend wies sie auf das mindestens siebenstöckige windschiefe Haus, vor dem sie angehalten hatten. War das Galgenhumor? Unvermittelt setzte sie hinzu: »Jeannie ist bei Verwandten im Norden, bis sie zur Besinnung kommt.«

»Im Norden? Wo genau? Auf Skye?«

»Weiß ich doch nicht. Willst du ihr nachreisen, oder was?«

»Für weitere Informationen wäre ich dir sehr dankbar«, sagte er steif. »Du kannst eine Nachricht in Wilsons Tabakladen für mich abgeben. Oder bei *Brash's* oder in der Pumpe.«

»Der *Pumpe*?«

»So nennen wir Rutherfords Taverne in der Drummond Street.«

Mary wandte sich dem Haus zu, die Schultern hochgezogen, plötzlich ein Häufchen Elend. »Ratten hat's dadrin. Und ich glaube, die alte Hexe unter mir vermietet die Zimmer an Huren. Die Geräusche sind recht eindeutig«, sagte sie tonlos. Dann sah sie ihn mit brennenden Augen an. »Ich muss raus hier, Louis, solange ich es noch kann. Sonst …«

Ihre Niedergeschlagenheit bedrückte ihn. Er sollte ihr Mut machen, irgendwie. »Das schaffst du, Mary. Du wirst es schaffen. Ich glaube an dich.«

Plötzlich flog sie ihm in die Arme, klammerte sich an seinen Hals. »Deine Worte tun so gut!«, sagte sie erstickt. Sie riss sich los und eilte hinein. Die Tür ächzte noch in den Angeln, als sie längst verschwunden war.

Louis wünschte ihr es wirklich. Aber glaubte er auch daran, dass sie es schaffen würde? Wer erst so tief abgestiegen war … und das auch durch sein Dazutun … Der trunkene Gesang wurde leiser, dafür hörte er jetzt ein Rascheln in der benachbarten Gasse, einem finsteren Schlund, der in die Eingeweide der Stadt zu führen schien. Schnellen Schrittes ging er davon. Viel zu laut patschten die vollgesogenen Schuhe in den Pfützen. Und es regnete weiter. Nach einigen Atemzügen rannte er beinahe. Irgendjemand schien ihm in den Schatten aufzulauern …

14

Thomas schickte den Boten aus seinem Büro. Sobald er allein war, riss er den Briefumschlag auf und überflog die Zeilen. Er musste einen Wutschrei unterdrücken. Wie hatte das geschehen können? Schweiß brach ihm aus, und sein Herz stolperte. Derartige Nachrichten waren Gift für seine Gesundheit. Seit die ersten Gerüchte über den heftigen Sturm, der den Norden Schottlands heimgesucht hatte, in Edinburgh eingetroffen waren, war er kaum zur Ruhe gekommen.

Er atmete tief durch, um sich zu sammeln, und rief dann nach Louis. In der Hoffnung, klarer denken zu können, massierte er sich die Schläfen. Er musste so schnell wie möglich aufbrechen. David würde einige seiner Aufgaben übernehmen können. Wenn er nur daran dachte, seinem Bruder die Nachricht überbringen zu müssen, wurde ihm schon schlecht. Sein Sohn trat ein, Papiere in den Fingern. Tom musterte ihn missbilligend. Louis schaffte es stets, extravagant auszusehen. Jetzt war es das gelbe Tuch, das er um den Hals trug. Der Knoten über dem Schlüsselbein, die Zipfel seitlich über den Schultern. Lächerlich! Außerdem waren Louis' Haare schon wieder viel zu lang.

Tom warf ihm den Brief hin. »Ich begreife nicht, wie es dazu kommen konnte! Haben die Arbeiter gepfuscht, und es ist dir nicht aufgefallen?«, fragte er scharf.

Louis legte seine Notizen umständlich auf dem Schreibtisch ab und griff nach dem Brief. Wie hatte er seinem Sohn diese Aufgabe nur anvertrauen können? Wie hatte er David MacDonald vorbehaltlos vertrauen können?

»Das ist ja furchtbar. Nach meinem Dafürhalten ...«, begann Louis.

»Die Schuld liegt bei mir«, schnitt Tom ihm den Satz ab. Noch einmal rekapitulierte er die Angaben. Beinahe ein Viertel des Wellenbrechers vor Wick war von dem Sturm schwer beschädigt worden. Wie es unter Wasser aussah, wusste noch niemand. In diesem Augenblick verachtete er sich selbst. Er war nicht gut genug. Louis war nicht gut genug. Noch lange nicht. »Ich hätte mich selbst von der Qualität der ausgeführten Arbeiten überzeugen müssen. Es hätte mir klar sein müssen, dass du dem nicht gewachsen bist.«

Die weit auseinanderstehenden Augen ließen Louis wie ein erschrecktes Reh aussehen. Seine weichen, geschwungenen Lippen bebten. »Mit Verlaub, Vater, das halte ich für ungerecht. Die Verantwortung lag nicht bei mir. Der ältere MacDonald –«

»Ich habe mich darauf verlassen, dass du mir korrekt Bericht erstattest.«

»Das habe ich getan.« Louis' Stimme zitterte.

Tom musste an David und dessen Söhne denken. Bei aller brüderlichen Liebe konnte er nicht ausschließen, dass David insgeheim Genugtuung über Toms Scheitern empfand. Ihr Verhältnis war kompliziert. David war der Ältere, ein klar denkender, mathematisch begabter Ingenieur, vorausschauend und sorgsam, wenn es um Planungsarbeiten ging. Es lag in erster Linie an ihm, dass die Firma als solide und verlässlich galt. Dass es ihm selbst an Originalität mangelte, war Tom nur allzu bewusst. Peinlich dazu, dass er sich für komplizierte mathematische Berechnungen Unterstützung von befreundeten Wissenschaftlern holen musste – aber das musste Louis nicht wissen. Es reichte, wenn er wusste, dass sein Vater und sein Onkel beide der Royal Scottish Society of Arts, mit der Wissenschaft und Technologie gefördert wurden, als Präsidenten vorgesessen hatten. David hatte dieses Amt derzeit erneut inne. Und Tom war zudem ein hochbezahlter Experte, der zu öffentlichen Anhörungen oder ins Parlament geladen wurde, wenn Bauvorhaben umstritten waren und von der Bevölkerung bekämpft wurden. Seine Erfindungen wie das neue Reflektordesign, das Holophotale System, der Wellendynamometer oder der Stevenson Screen, eine Thermometerhütte, waren allseits anerkannt. Dennoch hatte es seit dem Tod ihres Vaters ständig Streitereien über die Aufteilung der Gewinne gegeben. Wenn erst ihre Söhne ihren Platz in der Firma beanspruchen würden, würde dieser Verteilungskampf erneut aufflammen.

Genug! Tom sprang auf und machte eine wegwerfende Handbewegung. »Du kannst gehen! Mach dich wieder an die Arbeit. Du hast viel aufzuholen, viel zu lernen. Und dann lass dir endlich die Haare schneiden! Ich werde sofort aufbrechen, in Wick die Sturmschäden begutachten und Maßnahmen zum Schutz des Wellenbrechers in die Wege leiten.«

»Soll ich dich begleiten?«

»Auf keinen Fall!«

Tom klappte den Kragen seines Mantels hoch und zog die Krempe seines Biberhuts tiefer ins Gesicht. Er stand auf dem intakten Ende des Wellenbrechers und wartete darauf, dass Robert Bain ans Tageslicht zurückkehrte. Wie so oft starrte er aufs Meer: gegen den Hafen anrennende Wellen, weiße Schaumfetzen darüber wie der Geifer eines Irren, der Rest der Landschaft grau in grau. Er ballte die Fäuste. Nicht einmal die Strapazen der Kutschfahrt hatten die Wut, die in ihm brodelte, mindern können. Im Büro des Hafenmeisters warteten Vertreter von Fischereibehörde und Stadtregierung darauf, dass er ihnen Rechenschaft ablegte. Denn der Schaden war tatsächlich gravierend.

»Der Wind frischt auf. Ist ein weiterer Sturm im Anmarsch. Ich muss Bob das Zeichen zum Auftauchen geben, sonst könnte es brenzlig werden. In einer Stunde wird's hier wild!«, rief Chas, der zweite Taucher, der die Pumpe bediente, ihm zu. Die Männer hatten sich nur ungern auf den Tauchgang eingelassen. Zu gefährlich sei er zu dieser Jahreszeit, bei dieser Witterung, hatten sie gesagt.

Tom blickte prüfend über Himmel und Meer. Ja, die Wolken verdichteten sich – aber Sturm? Er dachte an die Kritik, die an ihm und seinen Männern geäußert worden war. Konnte er die See vor Wick wirklich nicht gut genug lesen, weil er nicht von hier stammte? Dabei war die Natur doch auch nur ein meteorologisches und mathematisches Phänomen, das man berechnen konnte. Er signalisierte seine Zustimmung; Bain durfte genug gesehen haben.

Was er zu berichten hatte, war ernüchternd.

»Der Sturm hat auf zweihundertsechsundvierzig von gesamt eintausendneunundvierzig Fuß die Steinblöcke teilweise weggespült oder bewegt. Der Schuttsockel wurde auf fünfzehn Fuß unter Niedrigwasser weggespült. Wir werden sofort Maßnahmen ergreifen, um die Schäden zu beheben, damit im Frühjahr zeitig weitergebaut werden kann.« Mit fester und beruhigender Stimme erklärte Thomas im Hafenmeisterbüro die Lage. Obgleich die Scheite im Kamin glommen und der Raum überfüllt war, fror er. Nicht nur das Wetter, auch die Stimmung war frostig.

Unter den Zuhörern schienen sich zwei Fronten gebildet zu haben. Auf der einen Seite standen Tom, die MacDonalds und die Taucher, auf der anderen Seite Hafenmitarbeiter und Stadtvertreter. Glücklicherweise schien Mr Rutherford ihm wohlgesinnt zu sein, denn er hatte sich bei aller Erbitterung über die Sturmschäden ausführlich nach Louis erkundigt. Sein

Sohn schien zumindest in der besseren Gesellschaft Eindruck gemacht zu haben.

»Meines Erachtens sind die verheerenden Beschädigungen auf eine fehlerhafte Planung Ihrerseits zurückzuführen«, bollerte einer der Stadtoberen. »Die Fischereikommission und die Stadt werden Sie dafür haftbar machen.«

»Derartige Rückschläge sind bei einem Vorhaben dieser Größenordnung vollkommen normal. Prozentual gesehen sind die Kosten der Schäden im Bereich des Üblichen und somit zu vernachlässigen«, sagte Tom ruhig.

»Zu vernachlässigen?«

»Um Ihnen das zu verdeutlichen, habe ich bereits Berechnungen angestellt –«

»Aus Ihren Worten höre ich die übliche Arroganz eines Großstädters, der mit dem Leben im Hochland nicht vertraut ist. Kosten dieser Höhe mögen für Sie geringfügig sein. Für unsere Stadt und unsere Fischer sind sie jedoch existenzbedrohend!«, polterte der Mann. »Ich begreife nicht, dass ein Bau so teuer sein kann und gleichzeitig so wenig haltbar! Das ist eindeutig ein Planungsfehler!«

Tom konnte seinen Ärger kaum noch im Zaum halten. Er rang um Contenance. »Von Anfang an haben wir bei den Planungen betont, dass bei einem derartigen Vorhaben an dieser exponierten Stelle weitaus höhere Mittel notwendig wären«, sagte er ruhig.

»Noch höhere Mittel? Wir brauchen nicht mehr Geld, wir brauchen fähigere Ingenieure, sage ich!«

Mr Rutherford räusperte sich. »Ich darf daran erinnern, dass wir stets gewusst haben, dass ein Vorhaben dieser Größenordnung und Bedeutung nationale Tragweite hat, weshalb wir uns um eine Unterstützung der Regierung bemüht haben. Die Stevensons genießen unser vollstes Vertrauen«, erklärte er fest.

»Der Wellenbrecher wird ein neues Zeitalter in der Fischereigeschichte unserer Stadt, ja, unseres Landes einläuten. Da müssen wir über derartige Rückschläge hinwegsehen.«

Eine Stunde später hatte sich die Nacht über das Land gesenkt. Tom stand auf der Klippe, seine hohe Gestalt gegen den Wind gestemmt. Einsam und unbeobachtet wagte er es endlich, seinen Gefühlen freien Lauf zu lassen. Er brüllte gegen den Sturm an, rief ihm Warnungen zu, bis er heiser wurde. Endlich fühlte er sich besser.

Nun beobachtete er Welle um Welle, versuchte Aufbau, Höhe und Länge zu analysieren und die Kraft zu berechnen. Er würde das Meer in die Schranken weisen, in Wick und anderswo, und nichts und niemand würde ihn davon abhalten.

***

Professor Jenkin wartete bereits im Universitätssaal, als Louis zusammen mit den anderen Studenten eintraf. Er nickte Louis zu, genau wie dessen Kommilitonen. Diese allerdings schienen den unscheinbaren Mann nicht mit ihrem zukünftigen Lehrer in Verbindung zu bringen und plauderten fröhlich weiter.

Louis straffte sich. Seit dem gemeinsamen Mittagessen hatte er den Professor nicht gesehen. Der Gegenbesuch der Jenkins bei seinen Eltern hatte noch nicht stattgefunden. Daher hatte Louis sich an anderer Stelle über Fleeming Jenkin informiert. In der Bibliothek hatte er dessen Veröffentlichungen gesichtet – wenn auch nicht gelesen – und im Universitätskalender alle Informationen zu Jenkins Klassen studiert. Er war, wenn er es sich ehrlich eingestand, nervös. Obendrein fühlte er sich auch gesundheitlich nicht ganz auf der Höhe. Jeder Herbst- und Wintertag setzte seiner Gesundheit stärker zu. *Pünktlich zu Beginn der Universitätsklassen und spätestens im November wird der Husten unerträglich. Großartig!*

Um sich von dem Kitzeln in seiner Brust abzulenken, rekapitulierte er, was er über Jenkin herausgefunden hatte. Nach seinem Universitätsabschluss in Genua hatte Jenkin zehn Jahre lang für verschiedene Ingenieursfirmen gearbeitet. Vor allem hatte er sich mit der unterseeischen Verlegung von Telegrafenkabeln beschäftigt und diese weiterentwickelt. Er kannte sich zudem auf dem Feld der Elektrizität aus und hatte dazu beigetragen, dass Ohm als Maßeinheit für elektrischen Widerstand festgelegt wurde – nicht dass Louis davon etwas verstanden hätte. Mit eigenen Firmen und Erfindungen schien Jenkin auch nach wie vor aktiv zu sein. Als Professor hatte er zuvor am University College von London gelehrt.

Jenkin klopfte mit den Knöcheln auf den Tisch. »Setzen Sie sich, meine Herren. Wir wollen keine Zeit verlieren.« Er wandte sich an einen der jungen Männer in der ersten Reihe. »Sie da – wollen Sie auf diesem Wisch etwa Notizen machen? Haben Sie kein anständiges Heft?«

Der Student errötete und gelobte sogleich Besserung. Andere tuschelten, lachten.

»Sie wissen schon alles, meine Herren? Dann lassen Sie uns an Ihrem Wissen teilhaben! Referieren Sie über die Stärke von Materialien, die wir üblicherweise in den Ingenieurswissenschaften verwenden. Beginnen Sie bitte mit Eisen.«

Beschämtes Kichern. Auf einmal schienen alle Studenten die Köpfe einzuziehen, auch Louis versuchte, unauffällig in der Menge zu verschwinden.

»Ich nehme an, jetzt habe ich Ihre ungeteilte Aufmerksamkeit. Sie befinden sich im ersten Kurs für Ingenieurswissenschaften, und zwar für zivile und mechanische Zwecke«, verkündete Jenkin. »Das Thema ist zu groß, um es in einem einzigen Seminar oder bei einer einzigen Person in Gänze zu behandeln, deshalb werde ich Schwerpunkte setzen. Wir beginnen mit den Materialien, die wir üblicherweise verwenden.

Anschließend werden wir uns den Maschinen und den Energien widmen.«

Jenkin ging dazu über, ausführlicher über seine Themenschwerpunkte zu referieren. »Beispiele für das erste Jahr werden Dächer und Brücken sowie die Motoren von Lokomotiven sein«, führte er aus. »Ein weiterer Schwerpunkt sind die Landvermessung sowie die Nivellierung des Geländes samt notwendiger Instrumente. Auf diesen Kurs wird ein kurzer Feldeinsatz folgen, bei dem Sie praktische Erfahrung sammeln können – Sie haben ja nicht alle das Glück von Mr Stevenson, der tagtäglich mit anspruchsvollen Ingenieurstätigkeiten konfrontiert wird.«

Louis schreckte bei der Erwähnung seines Namens hoch. Würde Jenkin ihn häufiger ansprechen, aufrufen vielleicht sogar, damit er zu bestimmten Themen Stellung nahm? Louis hüstelte, und ihm wurde heiß. Was für eine Horrorvorstellung! Oder stieg sein Fieber?

Er lächelte gequält, als seine Kommilitonen ihn anstarrten. Am liebsten wäre er unauffällig hinausgeschlichen, doch das wagte er in Jenkins Klasse nicht.

15

Edinburgh, Ende November

Louis stapelte verdrossen die Papiere, die sich in den vergangenen Wochen in seinem Zimmer angesammelt hatten. Vierzehn Tage hatte das Fieber ihn ans Bett gefesselt. Sogar seinen Geburtstag hatte er überwiegend im Bett verbracht; die Dinnerparty anlässlich seines Achtzehnten – seine erste – würde nachgeholt werden. Immerhin hatte seine Mutter ihm Miltons Werke geschenkt. Er hatte sie in wachen Momenten studiert und war sehr beeindruckt von der besonderen Sprache gewesen, in der John Milton *Das verlorene Paradies* verfasst hatte. Auch er selbst hatte geschrieben, Seite um Seite, hatte sich in der stickigen Enge seines Zimmers an seine Spaziergänge erinnert, vor allem an die, bei denen er mit Bob in Bridge of Allan unterwegs gewesen war, einem kleinen Kurort in den Highlands, wo er mit seinen Eltern oft mehrere Wochen am Stück verbracht hatte.

Auch die Abenteuer im Garten des Großvaters mütterlicherseits in Colinton, malerisch gelegen zwischen Bachlauf und Friedhof, waren ihm in den Sinn gekommen. Krank und eingeschlossen hatte Louis sich in die Natur hinausgewünscht. Er sehnte sich so sehr nach der Schönheit der Natur, dass er es kaum aushielt, und seine Unfähigkeit, seine Gedanken darüber sowie seine Gefühle zu Papier zu bringen, hatte ihn schier verrückt gemacht. Daneben hatte er Geschichte um Geschichte begonnen, gigantische Vorhaben, die jedoch nach wenigen Seiten verebbten wie ein trockengefallener Fluss. *Fortsetzung folgt*, immer wieder – aber wann? So sehr sehnte er sich danach zu schreiben, und so unzufrieden war er mit seinen eigenen Fähigkeiten, dass er verzweifelte. Dass er nur wenige Vertraute hatte, machte alles noch schwerer. Sein Vater hätte ihn für seine Gedanken zu diesem Thema nur gescholten. Also hatte er Bob geschrieben, ein ums andere Mal.

Louis faltete die Zettel, schob die angefangenen Briefe zusammen, ließ sie in seinem Schreibtisch verschwinden. Wenn er heute wieder zur Universität ging, sollte niemand in seinem Zimmer auf seine Seelenergüsse stoßen.

Sein Blick blieb an hastig hingekritzelten Zeilen hängen:

Was für ein egoistischer Rohling ich bin! Ich! Ich! Ich! Nur darum geht es mir. Wie schäbig ist das! Mein Leben ist eine einzige Unterdrückung, vom Anfang bis zum Ende, und meine Briefe an Dich sind mein einziges Sicherheitsventil…

Er schämte sich heftig für sein Selbstmitleid. Auf dem nächsten Zettel ging es in ähnlichem Tonfall weiter:

Ich danke Gott, dass mich nie der Unglaube in Versuchung geführt hat. Meine Schwierigkeiten sind andere: Ich fühle es nicht. Ich lege einfach nur die Hände zum Gebet zusammen. Literatur, Natur, Vorstellungskraft – schöne Kleinigkeiten, mit denen man ein Leben zubringen kann, mit einer ewigen Hölle darunter. Und doch beschäftige ich mich damit. Gott gebe, dass ich endlich aufwache!

Er knüllte die Zettel zusammen und warf sie ins Kaminfeuer. Hoffentlich hatte er solch einen Sermon nicht im Fieberwahn an Bob geschickt. Erst als alle Beweise für seinen Zweifel und seine egoistische Verzweiflung versteckt waren, schnappte er Buch und Notizbuch und verließ das Zimmer.

Seine Mutter fand er im Salon, wo die Schneiderin gerade letzte Änderungen an einem neuen Kleid vornahm. Es erstaunte ihn immer wieder, dass Maggie trotz aller Strenggläubigkeit und puritanischer Selbstkontrolle so viel Freude an Mode hatte. Da sein Vater das Haus bereits verlassen hatte, lehnte Louis sich an den Flügel, ein schönes Stück, das niemand aus der Familie wirklich zu spielen vermochte, und gestattete sich eine Bemerkung. »Was ist mit der Krinoline passiert? Ist sie geschrumpft?«, fragte er, als er statt des voluminösen Reifrocks lediglich ein schmales Gestell mit kleinen Polstern entdeckte.

»Turnüre nennt man dieses Accessoire. Der Reifrock scheint veraltet, und ich bin froh darüber. Endlich muss ich mir keine Gedanken mehr darüber machen, ob ich mit dem Rock in eine Kutsche oder durch eine Tür komme.«

»Was für ein Jammer! Ich liebe den peinlichen Moment, wenn die feinen Damen vor dem Betreten einer Kutsche erst ihren Reifrock ausziehen und diesen einem Diener übergeben.«

Maggie lachte. »Du bist ein Scheusal, dich so über uns lustig zu machen! Ich sehe schon, es geht dir besser, dem Himmel sei es gedankt. Was steht heute auf dem Plan?«

»Erst zu Vater ins Büro, dann Naturgeschichte und Ingenieurswissenschaften.«

Seine Mutter wandte sich wieder der Schneiderin zu und gab ihr Anweisungen, den Rock über der Turnüre zu raffen. »Ich beneide dich. Professor Jenkin muss ein interessanter Mann sein. Ein Jammer, dass es mit unserer Essensverabredung noch nicht geklappt hat.«

An der Universität herrschte Hochbetrieb. Über sechshundertsechzig Studenten waren allein an der Fakultät der Künste eingeschrieben, zu denen auch die Ingenieurswissenschaften zählten. Sie war die größte Fakultät, gefolgt von denen für

Medizin und Recht, für die die Universität von Edinburgh berühmt war und die ihr den Titel *Athen des Nordens* eingebracht hatten. In Naturgeschichte wieder einzusteigen war Louis nicht schwergefallen. Wenn er allerdings daran dachte, wie genau es Professor Jenkin mit seinem Unterricht nahm und welche Wissenslücken er schon jetzt hatte, wurde ihm übel.

Louis spähte in das Klassenzimmer, in dem sich bereits etliche Studenten tummelten. An der Tafel waren einige Stichworte zu den Inhalten vergangener Lektionen aufgeführt, auch gab es technische Zeichnungen, die ihm sehr kompliziert erschienen. Er setzte sich und sprang sofort wieder auf. Sein Blick flackerte zur Tür. Noch war Jenkin nicht da, noch hatte er ihn nicht gesehen, noch konnte er …

Die Glocke läutete. Mit großen Schritten verließ Louis den Raum und floh vom Universitätsgelände. Er musste erst den Lehrstoff aufholen, bevor er wieder am Kurs teilnehmen würde. Alles andere wäre eine Blamage, für ihn und für seine Familie.

Unschlüssig, wo er die Zeit zubringen sollte, strich Louis durch die Straßen. In der Bibliothek oder anderen Räumen der Universität wäre er Gefahr gelaufen, Kommilitonen zu treffen und sich rechtfertigen oder blöde Sprüche anhören zu müssen. Ohnehin hatten sich etliche über ihn lustig gemacht, nachdem Jenkin ihn in der ersten Stunde erwähnt hatte. Im Tabakladen war es zu dieser Jahreszeit zugig, und er wollte nicht riskieren, schon wieder krank zu werden. *Rutherfords* oder *Brash's* wären zu kostspielig.

Louis sah sich um und bemerkte, dass er, ohne nachzudenken, in die finsteren Viertel der Stadt gelaufen war. Es lenkte ihn ab, die Leute zu beobachten, das Leben, das dort nicht dezent an ihm vorbeistrich, sondern ihm ins Gesicht brüllte. Als Regen einsetzte, flüchtete er in eine halbwegs ansehnliche und von Publikum aller Klassen gefüllte Shebeen im Leith Walk, die anscheinend in einem ehemaligen Wohnzimmer eingerichtet war. Auf dem Herd köchelte ein Kessel mit Eintopf, und offenbar wurden auch Zimmer vermietet, denn immer wieder verschwanden Leute in den oberen Geschossen. Er bestellte ein kleines Pint und fand einen freien Stuhl am Fenster. Er wollte sich auf seine Notizen konzentrieren, doch der Versuch schlug fehl. Zu viel war um ihn herum los, zu viele Gespräche, denen er lauschen, zu viele ungewöhnliche Menschen, die er beobachten konnte. Von ihm hingegen schien niemand Notiz zu nehmen. Schornsteinfeger und Matrosen mischten sich mit herumlungernden Greisen, trickreichen Kindern und halbseiden wirkenden Damen.

»He, lass das! Du wolltest mich wohl bestehlen!« Unauffällig drehte Louis sich um.

Ein schmutziger kleiner Junge, der von der vierschrötigen Wirtin festgehalten wurde, schüttelte den Kopf. »Auf keinen Fall, Ma'am! Das ist Ihnen aus der Tasche gefallen!« Er gab ihr einen kleinen Beutel zurück, riss sich los und stratzte hinaus.

»Lass dich nie wieder hier sehen!«, rief die Wirtin ihm nach und setzte kopfschüttelnd hinzu: »So jung und schon so verdorben!«

Louis musste an Charles Dickens' *Oliver Twist* denken. Ihm gefiel die Vorstellung, dass junge Menschen ihr Schicksal wenden konnten, auch wenn die Realität anders auszusehen schien. Das Elend der Kinder war in Old Town allgegenwärtig. Der Regen hatte noch zugenommen, und jetzt flüchtete eine Frau herein, die Louis bekannt vorkam. Der Terrier an ihrer Seite bestätigte seine Erinnerung, nur klebte das Fell jetzt an dem schmalen Körper. Es war die exotisch wirkende Dame aus dem Tabakladen.

»Darf ich Ihnen was anbieten, Miss Kate?«, fragte die Wirtin beinahe ehrerbietig.

»Nein, danke.«

Der Mann neben Louis erhob sich, um seinen Platz frei zu

machen, und bot diesen der Dame an, die sich setzte. Louis hätte sie gern betrachtet, tat aber so, als sei er in seine Notizen vertieft.

»Lies doch mal vor, was du schreibst, Samtjacke«, sagte Miss Kate plötzlich.

Meinte sie etwa ihn? Er sah auf. Sie lächelte erwartungsvoll. Louis schoss das Blut in die Wangen. »Äh …« Verlegen huschte sein Blick aus dem Fenster. Der Regen hatte aufgehört. Die Straße war schwarz vor Menschen. In den umliegenden Fabriken für Gummi, Papier oder Shortbread musste Feierabend sein. Doch was war das? Er musste zweimal hinsehen, doch dann erkannte er Mary zwischen ihnen, blass und müde. Er hatte sie nach seiner Genesung im *White Hart Inn* aufsuchen wollen, sie jedoch nicht angetroffen.

Ohne sich zu verabschieden, stürzte er aus der Shebeen, drängte sich durch die Menschen und hielt sie auf. Überraschung huschte über ihre erschöpften Züge. »Ich habe dich am Grassmarket gesucht. Arbeitest du nicht mehr im Pub?«, fragte er.

»Schon lange nicht mehr. Du hast doch auch gesagt, dass das keine angemessene Tätigkeit ist. Aber jetzt in der Fabrik …« Sie sah auf ihre Hände, die geschwollen und rissig waren. Weiß stieg ihr Atem auf.

Louis wollte sie auf ein Getränk einladen. Siedend heiß fiel ihm ein, dass er seine Bücher und seine Stifte auf dem Tisch hatte liegen lassen. Wenn er Pech hatte, war inzwischen alles in den Taschen eines Diebs verschwunden. »Komm, wir trinken etwas. Ich lade dich ein. Dann sind wir aus der Kälte raus und können in Ruhe reden.«

Sie folgte ihm zu der Kneipe, blieb jedoch davor stehen. »Das ist nicht gerade angemessen«, sagte sie spöttisch.

»Ich muss trotzdem kurz hinein, habe etwas dort liegen lassen.«

»Das ist dann jetzt wohl weg«, sprach sie aus, was auch ihm durch den Kopf geschossen war.

An der Tür traf er auf Miss Kate, die ihn keines Blickes mehr würdigte, sondern wortlos mit ihrem Hund von dannen schritt. Ein wenig bedauerte er, auf ihre Bemerkung nicht eingegangen zu sein; sie gefiel ihm. Vielleicht wäre es ihm gelungen, sie zu beeindrucken.

Tatsächlich lagen weder die Bücher noch seine Stifte auf dem Tisch. Louis' Blick flog herum, er zögerte jedoch, Anschuldigungen zu erheben, aus Furcht, einen Streit vom Zaun zu brechen. Da holte die Wirtin etwas hinter dem Tresen hervor. »Samtjacke, da bist du ja wieder! Ich hab das hier für dich aufbewahrt.« Erleichtert nahm er seine Habseligkeiten an sich und bedankte sich. Sie grinste. »Sieht aus, als könntet ihr Toddies gebrauchen, du und deine kleine Freundin.«

Gleich darauf hielten sie Gläser mit duftendem Whiskey, heißem Wasser und Honig in den Händen. Mary berichtete, wie sie nach einer neuen Stelle gesucht hatte und schließlich in der Fabrik gelandet war. Doch schon nach kurzer Zeit flatterten ihre Lider, und sie wäre beinahe eingeschlafen. Die langen Arbeitszeiten und die anstrengende Tätigkeit forderten offensichtlich ihren Tribut. Louis packte seine Sachen und bot an, sie nach Hause zu bringen.

Auf dem Weg schwankte Mary so, dass sie stolperte und im Abflussgraben gelandet wäre, wenn Louis sie nicht im letzten Augenblick hochgerissen hätte. »Ich muss mich an diese Arbeit noch gewöhnen. Das wird schon. Irgendwann ...« Beschämt versuchte sie, sich den Straßenkot von den Schuhkanten abzustreifen, und sah ihn an. »Du hast noch gar nicht nach Jeannie gefragt. Ich hab Post von ihr bekommen. Auch einen Brief für dich. Ich soll dich grüßen, wenn ich dich sehe. Der Brief ist in der Dachkammer.«

»Kannst du ihn mir nächstes Mal mitbringen?«

»Du kannst auch jetzt mitkommen. Die Hauswirtin denkt ohnehin nur das Schlechteste von ihren Mieterinnen – es kann also nicht schlimmer werden.«

Herumliegende Fischköpfe und Innereien machten das Pflaster in der Sackgasse glitschig. Vorsichtig folgte Louis ihr durch die schief in den Angeln hängende Tür. Im Hausflur roch es nach kaltem Kohl, Kohlenrauch und Urin. Die Treppenstufen ächzten beunruhigend unter ihren Füßen, und selbst als sie die neueren Stockwerke hochgingen, wurde die Konstruktion nicht vertrauenerweckender. Bedrückt sah Louis sich um. Manche Türen standen offen, dunkle Löcher ohne Fenster, in denen etliche Menschen eng an eng auf dem bloßen Boden lagen. Apathische Kinder, die Haare lebendig von Ungeziefer und schmutzig. Louis hörte das Kreischen einer Frau, Lustschreie.

Als sie endlich Marys Kammer betraten, fiel Louis' Blick sofort auf die Lücken im Dach. Wind pfiff durch die Kammer, und auch hier gab es keine Betten, nur schmutziges Stroh. Unter einigen Decken glaubte Louis Leiber zu entdecken. Fragend sah er Mary an.

»Die arbeiten nachts. Schlafen ansonsten wie die Toten.« Sie holte unter einer lockeren Bohle eine Tasche hervor. Darin befanden sich säuberlich aufgerollt einige Wäschestücke, zwei Bücher, Nähzeug mit einigen bunten Bändern und ein kleines Bündel Briefe. Mary reichte Louis die Briefe, und noch während er las, ließ sie sich auf das Stroh sinken. Sie sah sich verstohlen um, schob dann ihr Hemd ein wenig hoch und rückte eine Art Gürtel zurecht, der auf ihrer Haut einen Abdruck hinterlassen hatte. Sie lächelte schief. »Ist nicht viel von Wert, was ich besitze. Aber das Wenige muss ich am Leib tragen, damit es nicht wegkommt«, wisperte sie.

Louis versuchte, sich seine Erschütterung nicht allzu sehr anmerken zu lassen. Er hatte um die Armut in der Stadt gewusst, doch er hatte sich nicht klargemacht, wie das Leben der Armen wirklich aussah. Er hatte nicht gewusst, dass man so leben konnte. Ebenso wenig war ihm bewusst gewesen, dass jemand, den er kannte, so lebte. Er schämte sich plötzlich heftig für das, was seine Familie besaß, noch mehr aber für die Tage, an denen er unzufrieden gewesen war. Wie undankbar er war! Und Mary … Durch seine Schuld war sie in diese Situation geraten. Was konnte er tun, um ihr Leben zu verbessern? Er musste mit seiner Mutter sprechen. Vielleicht wusste Maggie Rat, konnte sie Mary eine Stelle verschaffen.

»Setz dich doch zu mir. Oder hast du Angst vor mir?«

Louis nahm neben Mary Platz. Das Stroh war klamm und roch muffig. Mary lehnte den Kopf an seine Schulter, während er las.

Liebe Mary,
ich freue mich, dass Du gesund bist. Das ist doch das Wichtigste! Nach einer langen Kutschfahrt bin ich wieder auf Skye angekommen. Meine Verwandten sind streng, aber sie sorgen gut für mich, vor allem für mein Seelenheil. Du kannst Dir sicher vorstellen, was das bedeutet. Ich lese viel, und besonderen Trost bieten mir die Gedichte, die Louis mir geschenkt hat. Der Gute! Er ist unzufrieden damit, doch ich spüre in jedem Satz sein Talent und die Hoffnung, die in seinen in Worte gegossenen Gedanken steckt. Solltest Du ihn sehen, grüße ihn von mir. Er soll sich nicht grämen, sondern weitermachen. Es steckt so viel Gutes in ihm! Hoffentlich werde ich im nächsten Jahr wieder nach Swanston kommen. Vater hat eine Verlobung für mich arrangiert. Ich soll seinen Gesellen heiraten. Ich liebe ihn nicht, das weißt Du, aber ich habe keine andere Wahl. Wenn Gott es so für mich vorgesehen hat, wer bin ich dann, dass ich seinen Plan anzweifeln könnte? Wenn es so

weit ist, werde ich mich dafür einsetzen, dass Du in Deine alte Stelle zurückkehren kannst.
Versprochen!
Immer Deine Jeannie

Mit bebenden Fingern legte Louis den Brief zusammen. »Jeannie soll tatsächlich diesen Gesellen heiraten! Hast du davon gewusst?«

Mary antwortete nicht, und jetzt bemerkte er, dass sie an seiner Schulter eingeschlafen war. Vorsichtig wandte er sich um, umfasste ihre Schultern und ließ ihren Oberkörper zurücksinken. Behutsam zog er ihr die Schuhe aus und deckte sie zu. Sofort drehte Mary sich auf die Seite. Nur noch ihr leiser Atem war zu hören. Kurz überlegte er, ob er Jeannies Brief an sich nehmen sollte. Doch dann legte er die Papiere sorgfältig in die Tasche zurück und verstaute diese wieder unter der losen Bohle.

Das Gefühl von Hilflosigkeit hatte sich auf ihn gesenkt. Konnte er Jeannie und Mary nicht helfen? Er würde weitere Gedichte und Briefmarken bei Mary abgeben, damit sie versuchen konnte, Jeannie zu antworten. Und er würde versuchen, etwas zu essen für sie abzuzweigen.

»Und ob du's glaubst oder nicht: Seitdem bin ich nicht wieder in Jenkins Klasse gewesen. Jedes Mal gehe ich dorthin, und jedes Mal stelle ich erschreckt fest, dass der Abstand zwischen mir und den anderen noch gewachsen ist.« Louis schämte sich, seine Schwäche zuzugeben, und gleichzeitig tat es ihm gut.

Ferrier zuckte mit den Schultern und hängte den Daumen in die Westentasche. »Wenn du den Stoff nicht aufarbeitest, ist das ja auch kein Wunder.« Durch seine samtige, entspannte Stimme klang es beinahe beruhigend.

Sie waren nach dem letzten Kurs unterwegs zu einem Club, in dem man Billard spielen konnte und in den Ferrier ihnen durch seine Verbindungen und seinen Charme Zutritt zu verschaffen gedachte.

Louis seufzte. »Ich versuche es ja. Aber Jenkin schreitet so schnell voran – das schaffe ich gar nicht. Immerhin nehme ich an anderen Klassen teil. Außerdem bin ich mit den Aufnahmevoraussetzungen für diverse Clubs beschäftigt. Mein Vater will mich im Konservativen Club sehen, ich will in die Spec – aber dafür brauche ich Empfehlungen ...«

Ferrier zog die Augenbraue hoch und grinste mokant. »Klug kalkuliert, Kumpel. Gentlemen's Clubs sind eine Conditio sine qua non für den gesellschaftlichen Aufstieg. Als notorischer Schwänzer zu gelten ist bei der Aufnahme allerdings sicher nicht hilfreich.« Er war stehen geblieben und wies auf das Schaufenster des Buchladens von Mr Livingston, der sich gegenüber der Universität befand. »Livingston hatte übrigens noch einige antiquarische Exemplare der alten Universitätszeitschrift. Eine Schande, dass es derart unterhaltsame Lektüre für die Studentenschaft nicht mehr gibt. Wir sollten ein neues Magazin ins Leben rufen.«

»Ich wäre sofort dabei«, sagte Louis begeistert.

»Gut zu wissen. Man muss eben Prioritäten setzen.« Ferrier schlenderte weiter. »Und jetzt priorisieren wir den freundschaftlichen Wettkampf im Billardspiel.«

16

MÄRZ 1869

»Denk daran, heute Abend rechtzeitig aus der Bibliothek zurück zu sein«, mahnte sein Vater ihn, als Louis das Ingenieurbüro nach getaner Arbeit verlassen wollte. Fragend sah er Tom an. »Hast du es etwa vergessen? Professor Jenkin und seine Frau sind heute endlich zum Dinner bei uns zu Gast. Das wurde auch Zeit!«

Schuldgefühle und Scham – seine alten Gefährten – senkten sich auf Louis' Brust. Seit der ersten Unterrichtsstunde des Professors war er nicht mehr in dessen Klasse gewesen. Jetzt hatten sie März! Seinem Professor gegenüberzutreten und von ihm für sein Fehlen gerügt zu werden, wäre schon schlimm genug. Aber dass dann auch noch sein Vater erfahren sollte, dass er schwänzte, ließ ihn sich wünschen, im Erdboden zu versinken. »Ich fühle mich heute nicht recht wohl.«

Tom winkte ab. »Wenn dein Professor und seine Frau sich die Ehre geben, wirst du anwesend sein. Besser kannst du keine persönlichen Bande knüpfen, die dir später nützlich sein werden.«

Louis dachte an die unterschiedlichen Temperamente der beiden Männer und ihre entgegengesetzten Auffassungen nicht nur zu Darwins Theorien. Es wäre sicherlich reizvoll, zu erleben, wie Tom mit Jenkin umging – und umgekehrt. Doch es blieb die Gefahr, dass Jenkin ihn auffliegen ließ. »Als ich im letzten Jahr bei Professor Jenkin zum Lunch eingeladen war, haben wir uns sehr gut unterhalten. Es tut mir leid, aber heute kann ich nicht«, wich er aus. »Beim nächsten Mal –«

»Du kannst, und du wirst.«

Hier war kein Raum für Widerworte. Schicksalsergeben senkte Louis den Blick.

Alles war für ein Festmahl vorbereitet, und doch fehlte Louis der Appetit. Aufgewühlt suchte er nach Entschuldigungen, warum er den Kurs von Professor Jenkin nicht besucht hatte, obgleich dieser der wichtigste seines Studiums war. Sollte er sagen, er könne alles Nötige über Ingenieurswissenschaften von Tom und in der Firma lernen? Leider war sein Vater für derartige Schmeicheleien unempfänglich, und Louis sah sich schon beschämt und erniedrigt im Kreise seiner Eltern und Gäste stehen. Auch um die Jenkins tat es ihm leid, mit denen er vielleicht hätte Freundschaft schließen können. Er war einfach eine Enttäuschung …

Resigniert kleidete Louis sich um und ging hinunter, sobald er die Stimmen der Gäste hörte. Vor der Tür des Salons blieb er stehen und lauschte. Sein Vater und Jenkin waren bereits in ein Fachgespräch vertieft, während Maggie und Anne Jenkin angeregt über die Kinder, das kulturelle Leben der Stadt und Wohltätigkeit plauderten.

»Auch in Edinburgh gibt es viel zu tun, wenn ich beispielsweise an die Wasserversorgung denke!«, sagte Jenkin überschwänglich.

»Das ist richtig. Mit der Firma sind wir an den Kanalarbeiten am Water of Leith beteiligt«, sagte Tom.

»Es kann doch nicht sein, dass es in Old Town in vielen Häusern keine Wasserleitungen gibt. Dass dort manche Frauen stundenlang um Wasser anstehen. Dass es zu Handgreiflichkeiten kommt, wer morgens zuerst an den Hahn darf.«

»Und nebenan gibt es Whiskey zum kleinen Preis und ohne

Wartezeit. Da muss man sich nicht wundern, wenn bei einfachen Leuten der Alkoholismus grassiert«, setzte Anne Jenkin hinzu. Maggie nickte heftig, das sah Louis, als er sich einzutreten zwang.

»Da ist ja unser dichtender Ingenieur! Oder sind Sie ein technisch begabter Dichter?«, begrüßte Anne Jenkin ihn aufgeräumt.

»Weder noch, fürchte ich«, meinte Louis und versuchte, seine flatternden Nerven in den Griff zu bekommen.

Die Erwachsenen banden ihn ins Gespräch ein, ohne ihm jedoch besondere Aufmerksamkeit zu schenken. Louis lauschte aufgewühlt jedem von Jenkins Worten, prüfte jeden seiner Blicke. Doch der Professor sprach ihn nicht auf das Schwänzen des Kurses an. Während des Essens kamen die Jenkins auf das Theater zu sprechen. »Hat Ihr Sohn Ihnen von unseren privaten Theaterabenden berichtet? Wir würden uns freuen, wenn so ein talentierter junger Mann wie er bei unserem harmlosen Vergnügen mitwirken könnte«, sagte Fleeming Jenkin.

Louis sah auf. Seine Eltern brandmarkten das Theater gewöhnlich als Teufelswerk. Sein Vater würde gegen Jenkins Vorschlag daher sicherlich Einwände erheben. Doch sein Vater zögerte, und Louis sah ihm an, wie er mit sich rang.

Noch ehe Tom etwas sagen konnte, antworte Maggie: »Das wäre wunderbar! Lou, du hast dich doch immer so gern verkleidet! Weißt du noch, Tom, wie Lou immer Gottesdienst gespielt hat?«

»Tatsächlich?« Jenkin blickte Louis belustigt an.

»In einem schwarzen Umhang stellte er sich auf einen Stuhl und predigte kraftvoll, während einer seiner Cousins als Gottesdiensthelfer die Gemeinde zum Singen anhielt«, erinnerte Maggie sich lächelnd. »Welches Stück gedenken Sie aufzuführen?«

»Derzeit liebäugeln wir mit einer Tragödie von Sophokles.«

Tom knetete grüblerisch sein Kinn. »Natürlich darf dein Studium nicht darunter leiden. Ich hoffe doch, Louis wird dafür keine Ihrer Klassen verpassen?«, sagte er schließlich.

Jenkins Augen funkelten. Louis wurde heiß. Jetzt war es so weit. Jetzt würde er auffliegen.

Es drängte Louis, einem Freund sein Herz auszuschütten, aber Bob war in Cambridge, und Ferrier war abgetaucht. So strich Louis wieder einmal durch die Stadt, machte auf Friedhöfen Halt, wo er seinen Geist üblicherweise leichter zur Ruhe bringen konnte – vermutlich eine Folge der ständigen Friedhofsbesuche mit Cummy in seiner Kindheit. Doch heute stauten sich die Sorgen und Gedanken in seinem Kopf, nicht einmal ein Tagebucheintrag hatte ihn erleichtert. Professor Jenkin hatte seinem Vater nicht verraten, dass Louis den Kurs so gut wie nie besucht hatte. Aber warum nicht? Wollte Jenkin es nur nicht in Anwesenheit der Damen tun? Wie sollte er dem Professor jemals wieder unter die Augen treten? Wie sollte es jetzt weitergehen? Gab es denn niemanden unter seinen Freunden, der vielleicht schon Ähnliches erlebt hatte?

Ohne dass er es gemerkt hatte, hatten seine Füße ihn zum Calton Hill getragen. Eine Idee keimte in ihm, eine Hoffnung. Kurz entschlossen nahm Louis vom Waterloo Place aus den schmalen Pfad hügelan durch das Buschwerk. Der Golfhügel befand sich auf der Südseite, östlich des Nelson Monument mit seiner feinen Teestube. Tatsächlich schwangen dort einige Männer ihre Golfschläger – auch Simpson, einer seiner Bekannten. Konnte er sich ihm öffnen? Würde Simpson ihm zuhören? Immerhin war er etwa sieben Jahre älter als Louis und mit fünfundzwanzig schon erwachsen.

Der sportliche junge Mann schlug gekonnt einen Ball und wandte sich dann wieder seinen Begleitern zu. Nun entdeckte er Louis. Dieser winkte ihm zu, und tatsächlich trat Simpson zu ihm, um ihn zu begrüßen. Walter Grindlay Simpson war der Sohn des berühmten Edinburgher Arztes Sir James Young Simpson, des Begründers der Chloroform-Anästhesie. Er war ruhig, jemand der laut nachdachte und häufig familiär und durch sein Jurastudium eingespannt. Zugleich liebte Simpson die Natur und ging in jeder freien Minute hinaus. Früher hatten sie sich oft in den Queen Street Gardens getroffen, in deren Nähe Simpson wohnte. In letzter Zeit waren sie manchmal zusammen gewandert oder Kanu gefahren. Für Simpsons Leidenschaft, das Golfspiel, hatte Louis wenig übrig. Zumindest aber wusste er, wo er seinen Bekannten antreffen konnte.

»Ich habe schon an dich gedacht!«, rief Simpson ihm nun entgegen. »Wir haben im letzten Sommer gar keine Kanutour auf dem Firth of Forth gemacht. Auch sonst läufst du mir gar nicht mehr über den Weg. Eve hat sich schon nach dir erkundigt. Du hast sie mit deinen Geschichten über Cramond ziemlich beeindruckt.«

»Wirklich? Ja, das war ein Spaß!« Louis' Gemüt hellte sich auf. Simpsons kleine Schwester hatte sie im vorletzten Sommer bei einer Kanufahrt begleitet, und Louis hatte sich einen Spaß daraus gemacht, ihr unheimliche Geschichten über die Insel zu erzählen. Er berichtete Simpson von seinem Aufenthalt in Anstruther und Wick sowie seinem Studium.

»Du wirkst irgendwie … bedrückt«, meinte Simpson schließlich. »Oder täusche ich mich? Dann entschuldige bitte.«

Louis fasste sich ein Herz. »Das bin ich auch, bedrückt, meine ich. Du bist älter, erfahrener. Vielleicht hast du einen Rat für mich. Oder du hast Ähnliches erlebt und weißt, dass ich mir keine Sorgen mehr machen muss.« Er lachte nervös, berichtete Simpson dann aber alles.

Simpson drehte den Ball zwischen den Fingern und blickte in Richtung des Abhangs vor dem Palast von Holyrood, wohin er den nächsten Ball zu schlagen gedachte. Dort waren allerdings gerade Wanderer aufgetaucht, die sich staunend und auch ein wenig suchend umschauten. Einer hatte die Hand in die Seite gepresst, als hätte er Seitenstiche vom Aufstieg. »Nein, damit habe ich keine Erfahrung«, sagte er langsam. »Und ich will deine Euphorie auch nicht dämpfen, aber ich denke, die Kuh ist noch nicht vom Eis.«

Fragend und auch ein wenig konsterniert sah Louis ihn an. »Was meinst du damit?«

»Gut und schön, dass Professor Jenkin dich nicht verpfiffen hat. Noch nicht. Aber ich glaube kaum, dass Jenkin dir eine Bescheinigung für einen Kurs geben wird, den du nicht besucht hast. Und diese Bescheinigung wird dein Vater früher oder später sehen wollen, könnte ich mir vorstellen.« Die Wanderer waren weitergelaufen. Simpson legte den Ball ab, stellte sich auf und schwang den Schläger. Der Ball zeichnete einen weiten Bogen in den Himmel. Simpson reichte Louis seinen Golfschläger und einen Ball. »Jetzt du.«

»Du weißt, dass ich dazu nicht tauge, auch nicht tauge«, sagte Louis niedergeschlagen.

»Komm schon! Du liebst Traditionen, bist ein echter Schotte. Und das Golfspiel, wie wir es heute kennen, wurde in Schottland erfunden. Es muss dir im Blut liegen.«

Louis sah in Richtung des Gefängnisses, kam sich trotz der Weite, die ihn umgab, auf einmal selbst wie gefangen vor. »Vielleicht ein andermal. Ich muss mir überlegen, wie ich die Bescheinigung aus Jenkin herausleiere.«

Simpson lachte. »Damit kommst du mir nicht davon! Du kannst doch gut reden – dir wird schon was einfallen! Los jetzt, das Spiel wird dich ablenken.«

Seufzend nahm Louis Schläger und Ball. Tatsächlich heiterte ihn die Beschäftigung auf, obgleich er den Ball oft verfehlte. Vor allem aber taten ihm die Gesellschaft von Simpson und dessen gelassene Ausstrahlung gut.

Als Louis eintrat, saßen die Jungen auf einem Orientteppich im Flur und spielten mit erstaunlich detailgenau gefertigten Holzbooten. Anne Jenkin plauderte ein wenig mit ihm und ließ ihn dann zurück, um ihrem Mann Bescheid zu geben.

Louis war nervös. Es stimmte schon: Er war inzwischen ein Meister darin, seinen Professoren Bescheinigungen für Kurse abzuschwatzen, auch wenn er die Voraussetzungen nicht hundertprozentig erfüllt hatte. So hatte Professor Blackie eingewandt, dass er sich nicht an Louis' Gesicht erinnere, doch als dieser mit ihm über griechische Dichter und die Traditionen des Hochlands plauderte, hatte er ihm dennoch ein Zertifikat ausgestellt. Jenkin jedoch war ein anderer Fall, kompetent, scharfsinnig und mit der Würde einer griechischen Gottheit versehen.

Trotz allem war Louis froh, dass das Universitätsjahr bald ein Ende hatte. Die letzten Wochen waren mühsam gewesen. Eingesperrt hatte er sich gefühlt, fremdbestimmt. Seine Eltern diktierten ihm, was er zu tun und zu lassen hatte, und er hatte zu gehorchen. Hätte er nicht an Bob schreiben können, wäre er durchgedreht; die Briefe an ihn waren das Sicherheitsventil, das ihn vom Platzen abhielt.

Es kam ihm so vor, als wäre Seminare zu schwänzen seine einzige Möglichkeit, frei zu sein. Denn selbst der eine Erfolg, den er in seinem Studium errungen hatte, hatte einen Beigeschmack: Er war in die Spec, die Speculative Society, aufgenommen worden. Die Studentengesellschaft war unabhängig von der Universität und hoch angesehen, zumal Geistliche, Juristen wie Sir Walter Scott, Mathematiker und sonstige Wissenschaftler zu ihrem exklusiven Kreis gehörten oder gehört hatten. Nach dem Aufnahmeantrag hatte es unter den dreißig Mitgliedern eine geheime Abstimmung gegeben – und er war akzeptiert worden. Den Weg hatte ihm geebnet, dass einige seiner Verwandten von der Seite seiner Mutter Mitglied gewesen waren. Die gediegenen Räume und die gut ausgestattete

Bibliothek, in der man sogar rauchen durfte, könnten ihm ein Zufluchtsort werden, wenn es ihm gelang, dort Freundschaften zu schließen. Doch bislang war er in Gesellschaft der erfahrenen Redner und klugen Denker von einer seltsamen Scheu befallen. Er fühlte sich unter ihnen so mutterseelenallein wie ein kleines Kind an seinem ersten Tag in der Schule. Die Mitglieder kamen ihm sehr ehrwürdig vor, wie eine geschlossene Gruppe, in die er als Außenseiter hineinstieß. Jedes Gesprächsangebot erschien ihm kaum mehr als ein Almosen. Bei seiner Antrittsrede war es ihm vor lauter Aufregung vorgekommen, als füllte sich der Raum mit einem weißem Nebel, der den Sekretär, den Bibliothekar und die anderen Mitglieder verschlang. Nur der Präsident der Spec hatte über allem gethront, düster und unheilvoll.

Jemand stupste Louis an und riss ihn damit aus seinen düsteren Gedanken. Die Kinder beäugten ihn aufmerksam, und er kniete sich neben sie auf den Teppich. Untermalt von lautem Brummen pflügte der Holzrumpf durch den Flor. Der dritte Bruder war offenbar in der Obhut seiner Amme. »Hat euer Schiff mit schwerer See zu kämpfen?«, fragte Louis.

»Aye«, sagte Osy. »Die Dampfmaschine ist ausgefallen. Kein Rauch steigt aus dem Schornstein auf, das sieht man doch.« Der Junge schob die Zunge in seine Zahnlücke, als er eine scharfe Kurve auf dem Teppichmuster nachzeichnete.

Louis erinnerte sich noch gut daran, wie es gewesen war, als Kind in seine Traumwelten einzutauchen. Es war eine Zeit gewesen, in der jeder Teppich ein Meer voller wilder Inseln und jeder Vorhang ein Dickicht aus Dschungellianen war. »Natürlich, wie konnte ich das übersehen!« Trotz seiner Anspannung huschte ein Lächeln über Louis' Lippen.

»Die Piraten! Sie kommen! Sind ganz nah!« Der jüngere Bruder schob grob ein kleineres Schiff hinterher, doch Osy brachte Abstand zwischen sie.

»Vater hat versprochen, eine Dampfmaschine für unser Schiff zu bauen. Eine echte, mit echtem Rauch.« Nun rammte Frewin mit dem Piratenboot das Dampfschiff. Osy wollte bereits protestieren, als eine Stimme sie herumfahren ließ.

»Und ich halte, was ich verspreche.«

Sofort stürzten die Kinder zu ihrem Vater und umarmten ihn. Auch Louis sprang auf, wischte sich unauffällig die feuchten Handflächen an der Hose ab.

»Baust du die Naschine jetzt? Bielst du mit uns?«, bettelte Frewin.

Jenkin tätschelte seinem Sohn den Kopf. »Dafür habe ich keine Zeit. Ich muss mit Mr Stevenson sprechen. Der Beruf geht vor, das weißt du doch. Außer –«

»Außer es ist Feierabend oder Ferien«, sagte Osy resignierend.

Frewin klammerte sich an das Bein seines Vaters und sah zu ihm auf. »Wann ist jetzt?«

Osy kam Fleeming Jenkin mit der Antwort zuvor: »Schau doch auf die Uhr!«

Jenkin wandte sich seinem Ältesten zu. »Eine gute Idee, Austin. Du kannst deinem Bruder die Uhr erklären.«

»Das habe ich schon gemacht. Aber Frewin ist zu blö-«

Jenkin hob mahnend den Finger, und der Junge verstummte. »Dann erklärst du es ihm eben noch einmal. Manchmal dauert der Lernprozess etwas. Man muss immer danach streben, sein bestes Selbst zu werden. Auch wenn es dauert oder der Lernprozess schmerzhaft ist.« Der Professor blickte Louis an. War diese Bemerkung etwa auch auf ihn gemünzt?

Louis folgte Jenkin in dessen Büro. Auf dem Schreibtisch lagen diverse Papiere, Zeichnungen und Bücher. Nach kurzem Geplauder kam Louis zur Sache, bemüht, sich seine Aufruhr nicht anmerken zu lassen. »Kurz und gut: Ich möchte Sie um eine Bescheinigung für den Kurs bitten.«

Jenkin lächelte schmallippig. »Es ist absolut sinnlos, Mr Stevenson, dass Sie in dieser Angelegenheit zu mir kommen. Es mag zweifelhafte Fälle geben, aber Ihrer gehört nicht dazu. Schlicht und ergreifend haben Sie meiner Klasse nicht beigewohnt.«

Die freundliche Härte seiner Worte traf Louis wie ein Schlag. Worte und Halbsätze schossen ihm durch den Sinn, ein jeder beschämend. »Genau genommen habe ich dem Kurs durchaus beigewohnt«, wagte Louis anzumerken, obgleich er sich der Schamlosigkeit dieser Übertreibung durchaus bewusst war.

»Ein Mal.« Schweigend sah Jenkin ihn an, mit einer Gelassenheit, die Louis der Panik näherbrachte. Sein Vater würde durchdrehen. Er wäre nicht nur über Louis' Versäumnis entsetzt. Nein, er würde vor allem die Lügen und die Faulheit nicht ertragen.

Mit Mühe überwand sich Louis. »Lieber Herr Professor, Sie werden sicherlich nachvollziehen können, dass es in meiner familiären Situation unverzichtbar für mich ist, ein derartiges Papier nachzuweisen.« Ihm war so heiß, dass er fürchtete, sein Kopf werde explodieren. Schweiß stand ihm auf der Stirn.

»Das kann ich durchaus nachvollziehen.« Fleeming Jenkin machte keine Anstalten, den Stift zu ergreifen. »Sie sind kein Narr. Und Sie haben Ihren Weg gewählt.«

Das Herz klopfte Louis bis in den Hals. Er durfte diesen Raum nicht ohne Bescheinigung verlassen! Jenkin irrte sich, er *war* ein Narr gewesen. »Diese Bescheinigungen sind doch reine Formsache. Vernachlässigbar«, sagte Louis, um Beiläufigkeit bemüht. »Aus gesundheitlichen und anderen Gründen war es mir nicht immer möglich, am Kurs in Person teilzunehmen. Aber gedanklich habe ich mich mit den Inhalten beschäftigt. Ich habe mich über die Lektionen informiert.« Das zumindest war nicht gelogen.

»Zwei Dinge sind für den Abschluss Ihres Studiums ausschlaggebend: Eine Kompetenz, die in den Abschlussprüfungen unter Beweis gestellt wird – und ein Zeitraum eines speziellen Trainings, das mit Zertifikaten nachgewiesen wird. Würde ich tun, was Sie verlangen, wäre es nicht anders, als würde ich Ihnen Tipps für Ihre Abschlussprüfungen geben. Ich würde Ihnen helfen, Ihren Abschluss zu stehlen. Verstehen Sie, Mr Stevenson, das sind die Richtlinien, und es ist meine Aufgabe, sie anzuwenden.« Jenkin schien in seinem Armsessel zu wachsen.

Louis ließ die Schultern sinken. Er hatte Jenkin unterschätzt. Der Professor stieg durch seine konsequente, würdevolle Haltung nur noch weiter in seiner Achtung. Was sein eigenes Benehmen nur noch unerträglicher machte. »Ich will ehrlich sein …«, begann Louis in zunehmender Verzweiflung. »Ich benötige diese Bescheinigung nur für meinen Vater. Ich würde sie nie dem Universitätssenat vorlegen. Ich habe in diesem Jahr bereits genügend Zertifikate, um meine Anwesenheit zu rechtfertigen.«

Skeptisch sah Jenkin ihn an. »Dann legen Sie mir diese Zertifikate vor. Ich kann nicht einfach auf Ihre Worte vertrauen. Wenn ich sie gesehen habe, werde ich erwägen, ob ich Ihrer Bitte doch nachkommen kann.«

Bereits am nächsten Tag präsentierte Louis Professor Jenkin seine – eher bescheidene – Ansammlung von Zertifikaten. Papier für Papier prüfte dieser sie eingehend. Dann ergriff er zu Louis' Erleichterung seinen Stift. »Vergessen Sie nicht, dass ich Ihnen nichts versprechen kann. Ich werde auch nicht für Sie lügen. Sie wissen genau, dass es nicht rechtens ist. Aber ich werde versuchen, die richtigen Worte zu finden. Ein Mal und nur ausnahmsweise, weil ich Ihren Vater und Sie schätze.«

Louis konnte Jenkin nicht in die Augen schauen. »Ich danke Ihnen.«

Jenkin reichte ihm das Papier. »Sie fragten mich neulich nach Whitman. Was für eine poetische Kraft! Gleichzeitig sehr schade, dass er Leser verliert, die ihn für seine schlüpfrigeren Verse verachten.«

Louis sah ihn erstaunt an. Jenkin hatte sich tatsächlich mit etwas beschäftigt, worauf er ihn angesprochen hatte. Und was hatte er selbst getan?

Die Scham brannte noch immer heiß, als Louis sich wenig später in sein Zimmer in der Heriot Row zurückzog. Er legte die Zertifikate und Jenkins Bescheinigung auf seinen Schreibtisch, der über und über mit angefangenen Gedichten und Geschichten bedeckt war. Sein Blick flog über die Zeilen, krallte sich fest. Zornig knüllte er das Papier mit seinen jüngsten Texten zusammen. *Schlecht, schlecht, schlecht!* Wenn er wenigstens sicher sein könnte, dass es sich lohnte, seine geliebten Eltern und seinen respektierten Lehrer vor den Kopf zu stoßen! Doch auch, was das Schreiben anging, hinkte er seinem eigenen Anspruch meilenweit hinterher.

Hirngespinste, Tagträumereien! In einer wütenden Bewegung wischte er die Papiere von der Schreibplatte, klaubte danach eilig die Zertifikate wieder auf und strich sie glatt. Aus dem Erdgeschoss drang die Stimme seines Vaters zu ihm.

Wenig später eilte er hinunter, um Tom die Zertifikate vorzulegen. Sein Vater überflog sie, sichtlich zufrieden, die Unterschrift von Professor Jenkin zu sehen. »Sehr schön. Jetzt noch einige Wochen Mitarbeit im Büro, und du bist bestens vorbereitet, wenn du mich auf die diesjährige Inspektionstour begleitest.«

Louis kämpfte gegen das Entgleisen seiner Gesichtszüge an. Er hatte sich auf ruhige Wochen gefreut, in denen er sich auf das Schreiben konzentrieren, Konzerte und Theateraufführungen besuchen und Freunde treffen konnte, vielleicht eine Erholungsreise in den Süden Englands unternehmen, wahlweise mit seinen Eltern oder seiner Mutter oder seinen zahlreichen Cousinen. Aber das ...

»Wo wird es hingehen?«, fragte er, in der Hoffnung, dass die Inspektionstour nicht allzu lange dauern würde.

»Wir reisen per Kutsche in den Norden Schottlands und dann auf der *Pharos V* weiter zu den Orkneys, der Fair Isle und den Shetlands. Du wirst die rauesten und abgelegensten Gebiete unseres Landes kennenlernen.«

Louis' Mut sank. Die Inselgruppen erstreckten sich weit nordwärts – dahinter kam nur noch die Arktis. Diese Reise wäre nicht in wenigen Tagen erledigt. Einsam war es dort, wild, und die Menschen waren abergläubisch. Unerwartet regte sich Abenteuerlust in Louis und vertrieb die Ernüchterung. Aber ach, die technischen Aufgaben! Hoffentlich fiel seinem Vater nicht auf, wie groß seine Wissenslücken waren ...

Aus der Diele war das satte Tönen des Messingklopfers zu hören. Gleich darauf trat das Dienstmädchen ein. »Ein Brief von Professor Jenkin für Sie«, sagte sie und überreichte Tom den gesiegelten Umschlag. Louis' Herz flatterte. Wollte der Professor seinem Vater nun doch von dem Betrug berichten?

***

Jeannie richtete sich auf und stützte die Hände in den Rücken, der sich anfühlte, als werde er gleich auseinanderbrechen.

»Schneller, das muss schneller gehen!«

Der Befehlston des Vorarbeiters ließ sie zusammenzucken. Sie tauschte einen raschen Blick mit der Arbeiterin neben ihr. Hoffentlich überprüfte er gleich nicht wieder, ob sie alles richtig machten, und bedrängte sie nicht. Immer wieder legte er einer der Frauen vertraulich die Hand auf Arm oder Schulter, manchmal auch auf die Hüfte. Einmal hatte er sie sogar allein abgepasst und zu küssen versucht. Wenn ihr Vater das wüsste!

Doch Jeannie wagte nicht, ihm davon zu erzählen, aus Furcht, dass all dies nur auf sie zurückfallen würde, dass es hieß, sie habe den Vorarbeiter ermutigt.

Eine Glocke läutete, und glücklicherweise verschwand der Vorarbeiter in den Dunstschwaden. Jeannie brannte der Schweiß in den Augen. Sie wischte sich mit dem Unterarm übers Gesicht. Sie musste sich überwinden, ihre hummerroten Arme erneut in die Lauge aus Pottasche zu stecken, um das Leinen durchzuwalken, denn sie waren wund und schmerzten. Sie sah zwei Jungen von etwa zehn Jahren, die mühsam den nächsten Wasserbottich heranwuchteten, eilte ihnen entgegen und half. Ausgemergelt sahen sie aus und viel zu klein für ihr Alter. Die Jungen sollten nicht hier sein, sondern in der Schule. Auch sie sollte nicht hier sein ...

Wie so oft musste Jeannie an Louis denken. Obgleich er in gewisser Weise verantwortlich für das war, was sie erdulden musste, war der Gedanke an ihn ihr ein Trost. Ob er selbst dieser Plackerei poetische Verse abgerungen hätte? Seine Gedichte und Briefe wusste sie auswendig. Zum Glück, denn ihr Vater hatte in seinem Zorn alle Papiere zerstört. Bereute sie es, Zeit mit Louis verbracht zu haben? Sich auf ihn eingelassen zu haben? Nein! Dennoch schmerzte es sie, von ihrem geliebten Vater getrennt zu sein. Und es quälte sie, was mit Mary geschehen war. Ihre Freundin hatte keine Familie außer einer zwielichtigen Tante, war nun in der Fremde auf sich gestellt. Hätte Mary sich nur zurückgehalten, keine Widerworte gegeben! Aber sie war so stolz und eigensinnig, wie es für eine Hochlandtochter üblich war.

Unwillkürlich musste Jeannie lächeln. Sie selbst war weniger mutig gewesen und hatte sich gefügt. Ihr Schicksal lag ohnehin in der Hand des Herrn. Gott hatte von Anbeginn der Zeit die Seelen zum ewigen Leben oder zur Verdammnis erwählt. Sie durfte sich glücklich schätzen, dass Vater sie von

Skye zurückgeholt hatte. Sie war fest im Glauben und las in der Bibel, aber der freudlose Alltag bei ihren sittenstrengen Verwandten, in dem jedes Lächeln als eine Einladung an den Teufel gegolten hatte, war ihr fremd geblieben.

Ihr Blick wanderte durch den engen, niedrigen Raum, in dem etliche Frauen und Kinder in Bleichbottichen rührten, Lauge ansetzten, Wäsche durchwalkten, staubige Kohle oder Holz heranschleppten und es anfeuerten. Sehnsuchtsvoll sah sie zur Tür. Die Sonne – wenn sie denn schien – bekam sie kaum zu Gesicht. Frische Luft, der Gesang der Vögel – wie sie das vermisste! Stattdessen Hitze, Staub, giftige Dämpfe, kochendes Wasser. Nach Feierabend dann die Arbeit im Haushalt ihres Vaters, die Sorge um ihre Geschwister, die nicht begriffen, warum er sie so bestrafte. Aber sie durfte nicht klagen, und sie klagte nicht.

Eine hohe Gestalt tauchte im Türrahmen auf, schattenhaft gegen das Licht. War er es? Schon wieder? Wollte er überprüfen, dass sie war, wo sie sein sollte? Dass sie tat, was ihr aufgetragen worden war? Es war Nachmittag, die Zeit, in der er üblicherweise auftauchte. Ihre Schultern versteiften sich und verstärkten das Ziehen in ihrem Rücken. Sie haderte mit der Entscheidung ihres Vaters, sie hier arbeiten zu lassen, und schämte sich sogleich. *Du sollst Vater und Mutter ehren. Tust du das nicht, wird Gott dich nicht nur beim Jüngsten Gericht bestrafen, sondern auch im irdischen Leben, indem er dich in der Blüte deines Lebens dahinrafft, dich schmählich leiden lässt oder auf andere Weise.* Die Worte des Pfarrers drückten sie nieder, und Jeannie steckte ihre Arme wie zur Buße in den heißen Sud. Der Schmerz raubte ihr für einen Moment den Atem.

»Miss! Da will dich jemand sprechen.« Einer der Jungen, denen sie eben geholfen hatte, zupfte an ihrem Ärmel. »Mach lieber schnell. Der Vorarbeiter ist beim Lieferanten.«

Die Lauge troff von ihren Armen, nässte ihre Schürze. Sie

wagte es nicht, die wunde, schmerzende Haut abzutupfen. War er es? Ständig tauchte er auf, konnte es kaum erwarten, sie zu besitzen. Doch sie ... *Im irdischen Leben bestrafen* ....

Jeannie wandte sich von den dampfenden Kesseln ab und ignorierte die Blicke der anderen. Mit hängenden Schultern ging sie dem Schattenriss entgegen. Dann erst verstand sie es: Diese Gestalt, das war nicht ... Ihr Herz flatterte. Ein Hauch frischer Luft umfing sie.

Louis! Ein Büchlein in der Hand, dazwischen hervorspitzende Papiere. Er wirkte verändert, seine Züge schmaler, ernster. Sie freute sich, fürchtete gleichzeitig aber auch die Folgen seines Besuchs. Hektisch sah sie sich um. Sie hätte Louis am liebsten in den Sichtschutz des Backsteinbaus gezogen, doch dann würden sie sich erst recht verdächtig machen. »Du solltest nicht hier sein.«

»Ich bin so erleichtert, dass ich dich endlich gefunden habe! Dass du wieder hier bist! Dass es dir gut ...« Er stockte. »Wie siehst du aus? Deine Arme ...« Louis wurde blass, sodass seine roten Wangen wie geschminkt wirkten.

Wieder flackerte ihr Blick in Richtung des Hofes, wo jeden Moment der Vorarbeiter auftauchen konnte. »Wir können nicht reden! Es ist zu gefährlich!«

Unsicher nestelte er an dem Büchlein, zog das Papier heraus. »Ich habe dir neue Gedichte mitgebracht! Einen Text, den ich für die Spec geschrieben habe ...«

Da war es wieder, das Blitzen in seinen Augen. Die Begeisterung. Sie wich zurück, obgleich es ihr das Herz zerriss. »Ich darf nicht ... Vater schickt mich hierher, damit ich Demut lerne. Damit ich mich durch Arbeit bessere. Damit ich die Freiheiten und das Leben zu schätzen lerne, das er mir bietet. Damit ich ...« Auf einmal fing eine Bewegung ihren Blick. Der Vorarbeiter! Nein, es war schlimmer. Ihr wurde eiskalt. »Louis, pass auf!«, warnte sie.

Da hatte James schon Louis' Schulter gepackt und ihn herumgerissen. Er wollte ihm die Faust ins Gesicht hämmern, hatte aber seine eigene Kraft und Louis' Schwäche unterschätzt. Louis taumelte, und der Schlag ging ins Leere. James setzte nach. Durch seine baumlange Statur und die bulligen Arme war er eine furchterregende Erscheinung, und Jeannie graute davor, was geschehen würde, wenn er sie …

»Sir, beruhigen Sie sich! Was habe ich Ihnen getan?«, wollte Louis ihn beschwichtigen. »Wir kennen uns doch gar nicht.«

Im nächsten Moment richtete sich James' Wut gegen Jeannie. »Verschwinde! Hinein mit dir! Ich wusste doch, dass ich dir nicht trauen kann! Wie eine läufige Hündin …« Er konnte sich gerade noch beherrschen, nicht auszuspucken.

Jeannie wich zurück.

»Wie reden Sie denn mit der Dame?«, protestierte Louis.

»Dame?« James fuhr herum. »Ich rede mit meiner Verlobten, wie ich will! Und jetzt zu dir, du verwöhnter Schnösel!« Der junge Schmied schob die Ärmel hoch und hob drohend die Fäuste.

Louis wankte, als hätte er bereits einen Schlag erhalten. »Verlobte?« Sein Blick flackerte zu Jeannie, weshalb er nicht mehr ausweichen konnte, als James ihn am Kragen packte und mit der anderen Hand ausholte.

»Das ist nicht wahr! Noch … nicht …« Jeannie rang mit sich, wollte James in den Arm fallen und fürchtete zugleich sein aufbrausendes Temperament, das sie schon mehr als einmal zu spüren bekommen hatte. Im selben Augenblick bog der Vorarbeiter um die Ecke. Noch nie war sie so froh gewesen, ihn zu sehen. Eilig floh sie in die Waschküche.

James' Worte folgten ihr: »Hau endlich ab! Wenn ich dich nächstes Mal in ihrer Nähe sehe, bringe ich dich um!«

17

Scrabster, 18. Juni 1869

Goldgelb schmiegte sich die Sonne an die Klippen von Holborn Head. Die Felsen waren schroff und turmhoch, vereinzelt waren Säulen und Bögen aus dem Stein geschliffen, Kunstwerke des größten Meisters, der Natur. Der Leuchtturm befand sich am äußersten Rand der Bucht. Er war ein eher ungewöhnliches Bauwerk, da die beiden Wärterhäuschen mit dem Leuchtturm verbunden waren. Das Grundstück senkte sich, von einer hüfthohen Steinmauer umhegt, zum Meer hin ab.

»Ich begreife es nicht! Wo ist sie? Ob etwas schiefgegangen ist?« Genervt eilte Tom auf den Küstensaum zu.

Louis ließ ihn ziehen. Vor vier Tagen waren sie in Edinburgh aufgebrochen. Mit keiner Silbe hatte sein Vater erwähnt, worum es in dem Brief von Professor Jenkin gegangen war. Was nichts heißen musste, aber viel heißen konnte.

Obgleich er angespannt war, versuchte er, sich gleichmütig zu geben. Die Reise hatte zum Glück allerlei Abwechslung geboten: Postkutsche, Wick-Kutsche, Aufenthalt in der Stadt und Inspektion des Wellenbrechers – die Sturmschäden waren beinahe behoben – sowie eine Stippvisite bei Familie Russel. Während er es genossen hatte, unterwegs zu sein, war sein Vater sichtlich getrieben gewesen. Stets hatte er befürchtet, etwas könne schiefgehen. Hielten die morschen Kutschräder? Lag im Hotel ihre Reservierung vor? Hatte der schniefende Mitreisende eine ansteckende Krankheit oder nur einen harmlosen

Schnupfen? War alles zu seiner Zufriedenheit verlaufen, hatte Tom im Gasthof eine ungeheure Leutseligkeit entwickelt, sodass sich auch Fremde gern an ihren Tisch setzten und mit ihnen plauschten. Seit sie in Thurso die Castleton-Kutsche verlassen hatten, schien sein Vater allerdings jede Verzögerung als Affront zu betrachten.

»Da ist sie ja!«, rief Tom aus, als er hinter dem Gebäude den in der Bucht vor Anker liegenden Raddampfer erblickte. Eine dünne Rauchfahne stieg aus dem Schornstein in den Himmel. Beim Anblick der *Pharos V* überkam Louis ein erhebendes Gefühl: ihr Zuhause für die nächsten Wochen. Beeindruckend lang lag der Raddampfer vor ihnen, schön anzusehen mit den eleganten Schaufelrädern, den zwei Masten und dem Schornstein.

Auch aus der Stimme seines Vaters klang plötzlich Begeisterung. »Schau dir den Pentland Firth an – wie harmlos er gerade tut! Eine perfekte Sicht – dort hinten die Orkneys, zur Rechten Dunnet Head und die Skerries. Kannst du die zwei Leuchttürme erkennen? Den kleinen und den großen?« Er holte sein Taschenfernglas heraus und reichte es Louis. »Das sind die Leuchttürme von Muckle Skerry. Dein Urgroßvater Thomas Smith hat sie 1794 errichtet, dein Großvater ging ihm damals zur Hand. Es war Roberts erster Auftrag für das Northern Lighthouse Board. Weißt du, warum dieser Doppelleuchtturm so bedeutsam war?«

Louis unterdrückte ein Seufzen. Dies war keine Vergnügungsreise, das hatte sein Vater ihm früh klargemacht. Täglich gab es technische und mathematische Lektionen sowie geschichtliche Vorträge. Er richtete den Blick in die Ferne, wo sich der erste Leuchtturmwärter in seiner Uniform dunkel vor dem sattgelb schimmernden Turm abzeichnete. Er hatte die Mütze abgenommen und drehte sie in den Händen. »Weil die Leuchttürme einen neuen Schifffahrtsweg möglich machten?«, riet er.

»Gut aufgepasst! Wegen der Leuchttürme konnte man endlich direkt durch den tückischen Pentland Firth segeln.«

Louis blickte demonstrativ zum Leuchtturmwärter, der offenbar nicht wagte, sich bemerkbar zu machen. Tom sah den Mann sicherlich ebenfalls, war jedoch noch nicht fertig. »Etwa dreißig Jahre später wurde die Anlage erneuert. Zunächst wurden …« Ausführlich zeichnete er die Verbesserungen nach.

Endlich gingen sie auf den Mann zu, der ihnen sogleich mit roten Wangen entgegeneilte. Inspektionen wurden nicht angekündigt, und Louis stellte es sich unangenehm vor, dass ein Vorgesetzter jederzeit nicht nur den Arbeitsplatz, sondern auch das Zuhause seines Mitarbeiters kontrollieren konnte. Vermutlich sorgte es jedes Mal für Aufregung, wenn das Dampfschiff mit der Leuchtturm-Flagge auftauchte.

»Mr Stevenson, Sir. Willkommen in Holborn Head.« Der Wärter zögerte, hielt seine Hand hin, zog sie abrupt zurück und knetete seine Mütze heftiger. »Es ist eine Ehre, Sie zu sehen, Sir.«

Tom begrüßte ihn knapp. Louis wollte sich dem Wärter vorstellen, aber sein Vater kam sogleich zur Sache. »Ist alles in Ordnung? Funktioniert die Anlage reibungslos? Gab es besondere Vorkommnisse?«

»Ja, Sir. Alles in Ordnung, Sir. Nein, wir haben Dienst nach Vorschrift geleistet, meine Kollegen und ich.«

Tom strebte voraus, bemerkte ein zusammengebrochenes Mauerstück, blieb stehen. Seine Oberlippe zuckte missbilligend. »Warum wurde die Mauer noch nicht ausgebessert?«

Der Wärter wurde noch röter. »Das … muss gerade erst passiert sein, Sir.«

»Sie hatten es also noch nicht bemerkt?«

»Nein, Sir. Entschuldigung, Sir. Wir werden die Mauer sofort ausbessern.«

Louis schmerzte die Unterwürfigkeit des Mannes beinahe körperlich. »Sie haben eine verantwortungsvolle Aufgabe. Der Schiffsverkehr ab Scrabster und durch den Pentland Firth ist gefährlich, das ist gemeinhin bekannt«, sagte er anerkennend. Irritiert blickte der Wärter ihn an. Louis wollte ihm erneut die Hand hinhalten, als sein Vater ihn unterbrach.

»Mein Sohn, nur damit Sie Bescheid wissen. Es ist seine erste Inspektionsreise. Nun lassen Sie mich das Gebäude und vor allem die Laterne untersuchen.« Mit diesen Worten eilte Tom voraus.

Weiß, schmal und hoch, mit Schornsteinen in der Mitte, grenzten die Wärterhäuser aneinander. Der Leuchtturm überragte sie nur wenig; seine Reichweite ergab sich aus seinem erhöhten Standort auf der Steilküste, wie es bei etlichen Leuchttürmen der Fall war. Tom bemerkte abblätternde Farbe und befahl, dass die Wand frisch getüncht werden sollte. Louis kam die Aufgabe zu, die Anmerkungen seines Vaters zu notieren.

Sie gingen an der Sonnenuhr vorbei und betraten ein Vestibül, von dem zwei Türen abgingen. Eine führte zu den Wohnungen der Leuchtturmwärter, die andere in den Turm. Es roch durchdringend nach Bratfett, was sein Vater ebenfalls bemängelte: »Regelmäßiges Lüften ist Pflicht. Auch gibt es weitere Möglichkeiten, unangenehme Gerüche zu beseitigen. Liegt Ihrer Gattin denn nicht *Francatelli's Kochbuch für die Arbeiterklasse* vor?«

»Ich werde sie danach fragen, äh, sie darauf hinweisen. Kommt nicht wieder vor, Sir.« Schweiß glitzerte an den Schläfen des Mannes. Glücklicherweise war im eigentlichen Lampenhaus alles in Ordnung, sodass der Leuchtturmwärter und seine Kollegen nicht weiter gerügt wurden. Die polierten, blitzsauberen Fenster boten einen traumhaften Blick über die Weite der Landschaft, die heute erstaunlich harmlos wirkte. Es war eng im Raum, kaum konnte man die Arme ausstrecken, auch war er von Brandgeruch und Hitze erfüllt.

»Sir, äh ...« Die Wärter tauschten Blicke. Fahrig klappte der eine das Logbuch zu. »Eine Frage, Sir, wenn Sie gestatten. Uns kam das Gerücht zu Ohren, dass das Northern Lighthouse Board plant, an unserem Leuchtturm dieses neumodische Paraffin einzusetzen«, brachte der erste Leuchtturmwärter schließlich hervor. »Wir fragen uns ... nun, ob ... Ist das nicht risikoreich bei einem derart wichtigen Leuchtfeuer wie dem unseren? Nicht dass die Flammen außer Kontrolle geraten. Oder, Gott behüte, das Feuer ausgeht.«

»Glauben Sie etwa, die Leuchtfeuerverwaltung weiß nicht, was sie tut?«, fragte Tom scharf und wandte sich dem Ausgang zu.

»Nein, Sir, das wollten wir nicht ... damit nicht sagen. Wir ...« Wieder knetete der Wärter seine Mütze, schnaufte um Worte ringend.

Louis kam in den Sinn, dass es für Männer, die stundenlang schweigend dasaßen und das Meer und den Himmel beobachteten, schwierig sein musste, sich mit seinem Vater auseinanderzusetzen. Er räusperte sich. »Natürlich werden Sie rechtzeitig und ausführlich über eine derart tiefgreifende Veränderung informiert. Die Stevenson-Ingenieure sind dabei, den Wechsel von Walrat- oder Rapsöl zu Paraffin ausführlich zu untersuchen, und haben dabei sehr positive Erfahrungen gemacht. Paraffin ist sowohl sicher und verlässlich als auch kostengünstig. Erst wenn die technischen Voraussetzungen für eine Umstellung geschaffen sind, wird diese auch vollzogen«, sagte er.

Dankbar über diese Erklärung nickte der Wärter.

Als sie den Küstenpfad hinabstiegen, um das Ruderboot zu besteigen, das sie auf die *Pharos V* bringen sollte, ging sein Vater ihn an: »Was sollte das denn? Du bist nur Begleiter und solltest dich zurückhalten! Abgesehen davon bist du keinem dieser Männer Rechenschaft schuldig. Sie sind nur einfache Angestellte.«

»Und doch halten sie in dieser Einsamkeit die Stellung für die Sicherheit aller«, sagte Louis fest. »Sie riskieren oft genug ihr Leben, um Fremde zu retten. Sie geben für ihren Dienst auf, was am Leben lebenswert ist. Ich finde, sie haben es verdient, dass man ihre Sorgen ernstnimmt.«

Tom blickte ihn nachdenklich an. Louis stellte sich schon darauf ein, dass sein Vater ihn weiter kritisieren würde, doch dann murmelte Tom: »Vielleicht hast du recht und ich war in dieser Situation etwas zu ungeduldig.«

Matrosen kletterten auf ein neben dem Raddampfer liegendes Tenderboot und ruderten heran. Tom war unterdessen erneut in die Betrachtung des Meeres versunken. »Siehst du die Strömungen in dieser Bucht? Wie sie sich mit denen des Pentland Firth vermischen?«

»Als würde man Tuschfarben ineinanderlaufen lassen«, sagte Louis und wechselte das Thema. »Ich finde es immer wieder erstaunlich, mit welchen Details du dich bei der Inspektion beschäftigst. Wenn ich beispielsweise an die Mauerkrone oder die abgeblätterte Farbe denke ...«

»Niemand kennt die Leuchttürme so gut wie wir Stevensons. Die Leuchtturmwärter wechseln irgendwann, wir aber wissen um alle Probleme, die auftauchen können. Dein Großvater hat dies früh erkannt und eine Bibliothek zusammengestellt, aus der zumindest einige Werke in den Leuchtturmbibliotheken vorhanden sein sollten.« Tom sah ihn an, als müsste Louis auch das Verzeichnis einer Leuchtturmbibliothek herbeten können. Gleichzeitig schien er gern darüber zu sprechen. »Dazu gehören beispielsweise Miss Nightingales Werk über Krankenpflege, das Werk *Wie geht man mit einem Baby um?*, der *Weekly Scotsman*, die *Illustrated News* und eine Predigtsammlung«, dozierte er. »Und was Mauer und Farbe angeht: Oft beginnt der Schlendrian mit kleinen Dingen. Die Faulheit reißt ein, breitet sich aus wie ein Geschwür. Und plötzlich wird vergessen, die Laterne zu entzünden, die Tanks aufzufüllen. Ein Sturm kommt auf, ein Schiff wird von dem Riff aufgeschlitzt, vor dem es eigentlich hätte gewarnt werden müssen, und die ganze Mannschaft ertrinkt.«

Es war ein Katastrophenszenario, wie es sein Vater oft entwarf und bei dem eine Kleinigkeit zu einer langsam fortschreitenden Eskalation und schließlich zum Tod oder Weltuntergang führte. »Und das nur, weil jemand vergessen hat, Pinsel oder Maurerkelle zu führen.« Louis bemühte sich, nicht ironisch zu klingen.

»So ist es. Das solltest du am besten wissen.« Tom wandte sich ab, da das Ruderboot nun beinahe den Klippenpfad erreicht hatte. »Ach, übrigens: Mr Warden ist als Schmied an Bord. Das ist sicher kein Problem für dich.« Eine Erwartung, keine Frage.

Die beiläufig gesprochenen Worte ließen Louis erstarren. *Reiß dich zusammen!* »Natürlich nicht.«

»Davon bin ich ausgegangen. Professionalität und Kenntnisreichtum sind für einen Ingenieur und Gentleman oberstes Gebot.«

Louis dachte an das Zusammentreffen mit Jeannies Möchtegern-Verlobtem vor der Leinenbleicherei bei Swanston. An James' Drohung, dass er ihn bei der nächsten Begegnung umbringen würde. War das nur so dahingesagt gewesen? Teilte Jeannies Vater diesen Hass? War Louis auf der *Pharos* seines Lebens nicht mehr sicher?

Mit mulmigem Gefühl folgte er seinem Vater in den schaukelnden Rumpf des Tenders, der sie zum Raddampfer bringen würde. Schnell dämpfte Aufbruchsstimmung Louis' Befürchtungen. Mr Warden würde ihn respektvoll behandeln.

Er wollte seine Anstellung sicherlich behalten. Oder etwa nicht? Er schob die Besorgnis weg. Im letzten Sommer hatte er nur eine Nacht auf dem Schiff verbracht und es kaum erkunden können. Ein wenig kam es ihm jetzt vor, als würde ein Kindheitstraum wahr. Hoffentlich hatte Mr Warden kein Problem damit, dass sie auf diesem beengten Raum aufeinandertrafen …

An Bord empfingen sie die Vertreter des Northern Lighthouse Board, der Kapitän und Teile der Mannschaft. Einige kannte Louis bereits von seiner Stippvisite im letzten Jahr. Mr Warden war damals nicht dabei gewesen; er starrte an Louis vorbei, was diesem nicht gerade als gutes Omen erschien. Die Atmosphäre war jedoch zu schön, um sie sich durch etwas verdüstern zu lassen, auf das er kaum Einfluss hatte. So lauschte Louis seinem Vater und dem Kapitän, mischte sich in die Plauderei ein, folgte ihnen ins Steuerhaus, um während des Auslaufens bessere Sicht zu haben. Die Sonne war bereits untergegangen, aber noch immer war es hell. Louis liebte diese magische Stimmung im Norden, wo die Nächte beinahe ganz ohne Finsternis auskamen. Es waren Nächte, in denen alles möglich zu sein schien.

Das dunkle Holz von Deck und Reling schimmerte, als sei es lebendig. Die Maschinen wurden angefeuert, der Anker eingeholt, und die Schaufelräder setzten sich in Bewegung und pflügten in die Bucht hinaus. Das Schiff schaukelte ein wenig, aber der Wellengang war schwach. Über der Küstenlinie sah Louis in einiger Entfernung dunkelgraue Regenschleier niedergehen; sie jedoch wurden verschont, und als sie den Pentland Firth erreichten, riss die Wolkendecke im Osten auf, weitete sich und erstrahlte in Orange- und Rottönen. Etwas voraus erhob sich aus der Wasseroberfläche ein dunkler Rücken, malte einen Halbmond ins Wasser, verschwand wieder; weitere taten es ihm nach. Der Schwarm Delfine sprang so kraftvoll, als würden die Tiere die ungewöhnliche Ruhe des Gewässers genießen. Die Männer saßen rauchend an Deck und schwiegen, versunken in den märchenhaften Anblick.

»Du kannst heute auf der Meeresoberfläche gut die unterseeischen Strömungen und Strudel sehen, die den Firth so gefährlich machen. Da, beispielsweise vor Duncansby Head die *Merry Men of May*«, durchbrach Tom schließlich die Stille.

Louis entdeckte in der Nähe des auf einer Klippe aufragenden Leuchtturms die Verwirbelungen im Wasser. »Sind das wirklich lustige Männer, die der Überlieferung nach das Meer an dieser Stelle aufwühlen? Oder sind sie eher toll, dem Wahnsinn nahe?«, sinnierte er, bemerkte aber rasch Toms Irritation.

»Wodurch entstehen die Strömungen?«, forschte sein Vater nach.

Immer diese Examinationen! Doch noch ehe Louis antworten konnte, führte Tom aus: »Erstens strömen Nordsee und Nordatlantik ineinander. Tausende Meilen weit nimmt der Atlantik Anlauf, um auf diesen Trichter zu stoßen. Zweitens sind die Gezeitenströme hier sehr stark. Drittens verstärken die Untiefen in der *Meerenge im Land der Pikten*, wie der Name sagt, die Strömungen noch.«

»Das wollte ich auch gerade sagen«, behauptete Louis.

»Die Schiffe können rasend schnell auf diese Strömungen getragen werden. Sie sind dann unkontrollierbar«, bestätigte der Kapitän.

»Und nun stell dir vor, wie es hier ist, wenn der Sturm durch die Meerenge peitscht. Unzählige Schiffe sind bereits untergegangen und erleiden auch heute im Firth noch Schiffbruch – trotz der Leuchttürme.« Erbitterung lag in Toms Stimme.

»Der Meeresgrund ist mit Wracks gepflastert. Im letzten Jahr waren es allein drei, zuletzt die *William und Harry*«, bestätigte der Kapitän. »Immerhin könnten die Mannschaften gerettet werden. Bei den acht Schiffbrüchen von '66 waren dagegen Todesfälle zu verzeichnen – und das, obwohl die hiesigen Fischer rausfuhren oder von der Küste Rettungsleinen auswarfen. Mutige Männer.«

»Manche schon. Andere leben gut und gern von den Schiffbrüchen – auch heute noch«, sagte Tom. »Als ich ein Kind war und meinen Vater auf einer Inspektionstour begleitete, lagen wir in einer stürmischen, nebligen Septembernacht im Pentland Firth ...«

Sein Vater wusste diese Erinnerung mitreißend zu erzählen, und Louis hatte den Bericht schon so oft gehört, dass sich sofort dramatische Bilder vor das idyllische Panorama schoben.

Die Meeresenge im Nebel, keine Handbreit Sicht. Dabei eine so gewaltige Strömung, dass die zwei Anker gehisst werden mussten, da die Ankerketten zu reißen drohten. Der kleine Junge, der Tom gewesen war, beobachtete erschrocken die Erwachsenen, die hilflos zulassen mussten, dass das Schiff ein Spiel des Meeres wurde. Kein Hissen oder Raffen der Segel, keine Bewegung des Ruders kam gegen die Kraft der Natur an. Plötzlich ein Grollen, dessen Herkunft Tom nicht ausmachen konnte. Immer lauter schwoll es an, röhrte bald in seinen Ohren. Herumwuselnde Matrosen. Herausgebrüllte Befehle des Kapitäns. Selbst sein Vater wirkte nervös, was ihm Angst machte.

Tom sehnte sich danach, sich zu dem standfesten Mann zu flüchten, sich an ihn zu klammern, doch das schickte sich nicht. Stumm betete er, sich an der Reling festhaltend, bis er seine Finger vor Kälte nicht mehr spürte. Endlich durchdrang das erste Licht der Dämmerung die Finsternis. Und da ... Tom blinzelte hoffnungsvoll ... Oh Gott – war das Land? Sein Herz stolperte vor Schreck.

»Swona! Wir sind vor Swona! Dreht bei, Herr im Himmel, dreht bei!«, schallte ein angsterfüllter Ruf über das Deck. Alle Bemühungen liefen ins Leere. Das Grollen schwoll weiter an. Und jetzt erkannte Tom auch, woher es rührte: Sie waren so nah an den vorgelagerten Felsen, dass sie die Wellen daran brechen hörten. Todesangst ergriff ihn. Würde auch ihr Schiff an diesen Riffen zerschellen? Würden sie alle ertrinken? Das Schiff taumelte heftiger, riss ihm die Planken unter den Füßen weg; gerade noch konnte sein Vater ihn am Arm packen, ehe er über Bord fiel.
»In die Kajüte mit dir!« Robert übergab ihn einem Matrosen, der ihn ins Schiff hineinschleppen wollte.
»Lasst mich hier! Ich will nicht allein sein!«, schrie Tom, der sich fürchtete, elend und mutterseelenallein zu ersaufen.
Der Matrose zögerte, griff dann nach einem Tau. *»Halt dich fest! Nicht loslassen, hörst du!«* Geschickt fädelte der Seemann das Tau durch eine Messingöse.
Tom starrte mit hämmerndem Herzen auf die Insel. Das Land konnte Rettung und Tod zugleich sein. Was hatte Gott mit ihnen vor? Im stärker werdenden Licht zeichneten sich auf Swona eckige Strukturen ab. *»Da sind Hütten an der Bucht! Menschen! Sie werden uns helfen! Uns retten!«*, schrie er.
Der Matrose lachte verächtlich. *»Das glaubst auch nur du!«* Er schlang ihm das Tau um die Hüfte, geriet aber durch den Wellengang immer wieder ins Wanken.
Was meinte der Mann damit? Jetzt waren die Hütten besser zu erkennen. Ärmlich sahen sie aus. Kleine Boote lagen daneben, Fischernetze. Kein Rauch kräuselte sich in den Himmel.
»Lasst Boote zu Wasser! Wir müssen versuchen, das Schiff aus der Gefahrenzone zu schleppen!«, rief der Skipper.
»Das ist Selbstmord, Gott schütze uns!«

In diesem Augenblick donnerte es lautstark, und ein roter Blitz erhellte den Himmel. Tom zuckte zusammen. Beinahe hätte er sich vor Schreck in die Hose gemacht. »Nur ein Signalfeuer«, beruhigte der Matrose ihn.
Gebannt schaute Tom an Land. Würden die Bewohner endlich erwachen? Boote zu Wasser lassen und Leinen auswerfen, um sie zu retten?
Eine Bewegung – die erste Hüttentür öffnete sich! Hoffnung durchströmte ihn, und Tom dankte Gott und Jesus. So nah waren sie, dass er das Gesicht des Mannes erkennen konnte, der aus der Hütte trat. Ernst und zerfurcht war es. Doch statt die anderen zu wecken und Hilfsmaßnahmen zu ergreifen, blickte der Fischer gleichmütig aufs Wasser. Tür um Tür ging auf. Fischer um Fischer trat heraus. Besser gesagt: Strandräuber um Strandräuber. Denn keiner rührte auch nur einen Finger, um sie zu retten. Nicht einmal die Kinder, die sich an die Seite ihrer Eltern stellten. Gleichaltrige, denen sich Tom gegenübersah, die seinen Tod gleichgültig hinzunehmen gedachten. Ein Amphitheater voller begeisterter Zuschauer, die das Schauspiel der grausamen Natur genossen.
»Diese gottlosen Teufel warten auf die Ernte des Meeres«, zischte der Matrose.

Die Stille, die auf Toms Schilderung folgte, war schier endlos. »Bis zu meinem letzten Atemzug werde ich mich an diesen Anblick erinnern«, murmelte Tom schließlich noch immer voller Schrecken und riss Louis damit aus dem Bildersturm, der ihn gefangen genommen hatte.

Er blinzelte. Um sie herum war es weiterhin hell, und das Meer war friedlich.

»Was geschah dann?«, fragte der Erste Offizier, der die Geschichte im Gegensatz zum Kapitän offenbar noch nicht kannte.

»Gott sei Dank frischte der Wind auf. Die Böen füllten die Segel. Stückchen für Stückchen konnte sich unser Schiff gegen die Strömung behaupten und aus dem gnadenlosen Gezeitenstrom herausbeißen«, sagte Tom. »Wir konnten uns retten.«

In diesem Augenblick läutete die Schiffsglocke viermal. Mitternacht.

18

19. Juni 1869, zwischen Pentland Firth und Cantick Head

Beinahe durchsichtig schimmerte das Deck im schwachen Licht der Dämmerung. Sanfte Strudel malten in Pastellfarben auf das Meer. Es war magisch, eine Nacht, wie Louis sie noch nicht erlebt hatte. Als Tom und der Kapitän auf den Steuerstand zurückgekehrt waren, war Louis an Deck geblieben. Er konnte sich nicht sattsehen an den Licht- und Farbspielen der nordischen Nachtstunden. Noch immer rollte das Schiff gemächlich zwischen den niedrigen, weit entfernten Ufern. Die Highlands schienen nur noch eine ferne Ahnung zu sein, dafür war steuerbordseits eine lang gezogene Insel aufgetaucht. Das musste South Ronaldsay sein, die viertgrößte Insel der Orkneys.

Müdigkeit machte sich in Louis breit, kaum konnte er die Augen offen halten. Das monotone Stampfen der Maschine hatte etwas Einschläferndes, und doch wollte er keinesfalls das Ankerwerfen verpassen. Außerdem: Was wäre, wenn Mr Warden ihm auf dem Weg in die Kajüte auflauern, ihn beschimpfen oder gar über Deck stoßen würde? Fahrig rieb er sich mit den eisigen Handflächen über das Gesicht, massierte seine Schläfen. *Du spinnst!* Aber selbst wenn Warden ihm wegen seines Besuchs an der Leinenbleicherei lediglich eine Szene machen würde, würde sein Vater ausflippen, und der Rest der Reise wäre die Hölle.

Immer deutlicher wurde das flackernde Licht von Cantick

Head, das er schon seit einiger Zeit an der Südspitze der Insel Hoy beobachtete. Alle zwanzig Sekunden warf es seinen Schein aufs Meer hinaus, ein unverwechselbarer Rhythmus. Die Klippen, auf denen der Leuchtturm stand, waren hoch und tiefschwarz. Neben dem weiß schimmernden Turm zerschmolz die Dämmerung in Orange, Gelb und Rot über einer düsteren Wolkenbank.

Der Erste Offizier betrat das Deck. »Wir haben Kirk Hope erreicht und gehen vor Anker«, informierte er Louis, ehe er der Mannschaft Anweisungen gab.

Louis riss sich vom Anblick des Leuchtturms und der betörend schönen Einsamkeit los. Todmüde machte er sich auf die Suche nach seiner Kabine. Er stieg die schmale Treppe hinab in den Bauch des Dampfschiffs, wo der Geruch von Kohlenstaub, Holzpolitur und Essig ihn sofort zum Niesen reizte. Er drückte den Türknauf einer Kajüte – geschlossen. Die nächste – ebenfalls zu. Täuschte seine Erinnerung ihn? Warum war er so abgelenkt gewesen, als der Matrose sein Gepäck in die Kajüte gebracht hatte? Etwas quietschte leise, er hörte Schritte in der Nähe, konnte aber nichts sehen. Das Schiff krängte, und er geriet aus dem Gleichgewicht, wurde gegen die Wand geworfen. Wie beengt es hier war! Kein Land zu sehen, kein Meer, keinen Himmel! Nervös hüstelte er, wollte wieder an Deck fliehen, berührte stattdessen den nächsten Türgriff.

Plötzlich nahm er eine Bewegung am anderen Ende des Gangs wahr. Ein Kerl, der Louis sah und sofort verschwand – dort musste ein weiterer Gang sein. Die Gestalt war unverkennbar gewesen: so breit, dass sie die Grenzen des Gangs beinahe ausfüllte. Louis erstarrte. Er hätte schwören können, dass es James gewesen war. Aber das konnte nicht sein – oder doch? Ohne länger darüber nachzudenken, lief Louis ihr nach. Tatsächlich – eine weitere Tür, noch eine. Schilder, die nur der Crew Zutritt erlaubten. Dennoch ging Louis weiter. Enge.

Kein poliertes Messing, keine leuchtenden Farben. Er schaute in jeden offen stehenden Raum, hinter jede Tür. Stimmen drangen aus dem Mannschaftsquartier. Ein kurzer Blick auf Hängematten. Angst ließ ihn den Atem anhalten. Er musste Gewissheit haben, sonst würde er ständig fürchten, angegriffen zu werden. Denn dieser James war unberechenbar.

An- und abschwellendes Stampfen und Zischen. Rauchgeruch. Das leise Fauchen der Ventilatoren. Fußspuren im Kohlenstaub. Er musste sich dem Maschinenraum und den Kohlenbunkern nähern. Etwas berührte ihn am Arm. Er fuhr herum, hob die Faust, bereit, sich zu verteidigen, so wenig er dazu auch befähigt war – und starrte in eine schwarze Fratze.

»Suchen Sie was, Sir?«

Beim genaueren Hinsehen entpuppte sein Gegenüber sich als Heranwachsender, beinahe ein Kind.

»Ich dachte, ich hätte einen … Bekannten gesehen. Gibt es hier einen gewissen James?« Wie war noch der Nachname gewesen? Hatte er diesen überhaupt schon einmal gehört?

»Keine Ahnung, Sir. Nicht bei uns an der Feuerbüchse.«

»Kann ich mich hier mal umsehen?«

Die kohlenbeschmierte Stirn legte sich in Falten. »Ich glaube nicht, dass das gut wäre, Sir. Der Vormann könnte Ärger machen, wenn ich Sie hier herumstromern lasse.«

Noch einmal reckte Louis den Hals. »Und du hast hier wirklich niemanden gesehen?«

»Niemanden, Sir.«

Hatte er halluziniert? Louis sank in sich zusammen. Die Aufregung war verflogen und machte der Erschöpfung Platz. Er würde dem Rätsel morgen nachgehen müssen oder besser: nach dem Schlaf – und der würde kurz genug sein. Louis kehrte zum Passagiertrakt zurück und suchte weiter nach seiner Kabine. Plötzlich öffnete sich die Tür, deren Griff er gerade angefasst hatte.

Sein Vater schaute ihn an. Er hatte das Jackett bereits abgelegt, das Leinenhemd geöffnet. »Louis, was treibst du denn? Wir landen noch vor dem Frühstück auf Hoy, um Cantick Head zu inspizieren. Findest du etwa deine Kabine nicht? Es ist die neben meiner, natürlich! Komm herein, damit wir zur Nacht beten können.«

Obgleich Louis sich kaum noch auf den Beinen halten konnte, folgte er seinem Vater. Zu seinem Schrecken sah er Professor Jenkins Brief zwischen Toms Schreibsachen. Ehe er einen klaren Gedanken fassen konnte, sprach sein Vater ihn darauf an: »Über Professor Jenkins Brief sprechen wir beizeiten.«

»Was –«

»Beizeiten, sagte ich.«

Louis schluckte. Musste er seinem Vater die Wahrheit sagen? Doch der hatte bereits seine Reisebibel hervorgeholt und forderte ihn auf, sich zu setzen und mit ihm gemeinsam zu beten. Louis' Gedanken drifteten immer wieder ab. Hatte er wirklich James gesehen? Was hatte sein Professor geschrieben? Kaum war das letzte Amen gesprochen, sprang Louis auf. In die Koje, nur noch in die Koje!

Noch einmal hielt sein Vater ihn auf. »Ich habe dir noch etwas mitgebracht. Reiselektüre.« Er kramte ein Buch aus seiner Tasche. »Nicht dass du auf die Idee kommst, außer den Briefen an deine Mutter und technischen Notizen noch etwas anderes zu verfassen. Du sollst wissen: Was auch immer über eine derartige Inspektionsreise berichtet werden kann, wurde bereits geschrieben.«

Louis nahm das Buch entgegen. Es war Sir Walter Scotts *Reise der Pharos*. Scott hatte seinen Großvater 1814 zu einer Tour zu den Leuchttürmen begleitet und über die Reise einen Bericht verfasst, der Roberts Ruhm und die Leistungen der Leuchtturm-Stevensons einem breiten Publikum bekannt gemacht hatte. Das Buch gehörte zur Pflichtlektüre eines jeden

Stevenson, und auch Louis hatte es bereits gelesen. Wesentlich mehr Freude hatte ihm allerdings Scotts *Pirat* bereitet. Auch in diesen Roman hatte der Nationalschriftsteller unzählige Eindrücke der Inspektionstour einfließen lassen. Natürlich hatte Louis sich vorgenommen, auf seiner Reise Stoff für Theaterstücke, Gedichte oder vielleicht sogar einen Roman zu sammeln – was er vor seinem Vater verbergen musste.

»Außerdem habe ich hier eine Aufgabe für dich, etwas zum Aufwärmen«, sagte Tom in diesem Moment. »Sie lautet: Wie kann man die Reichweite eines Leuchtfeuers berechnen? Demonstriere an einem Beispiel.«

Immerhin war das eine einfache Aufgabe. Louis verzog den Mund zu einem säuerlichen Lächeln. »Danke, Vater.« *Ich dachte, ich komme auf dieser Reise ohne den Satz des Pythagoras aus.*

Strahlend weiß schnitt der Turm in den Morgenhimmel, als Louis in Begleitung seines Vaters und Mr Andrews, eines Angestellten der Leuchtturmverwaltung, nach Hoy hinübergerudert wurde. Ein weiteres Boot folgte mit Verpflegung und Heizkohle. Noch lange hatte Louis wach gelegen und gegrübelt, weshalb ihm das Aufstehen schwergefallen war. Er hatte überlegt, sich für die Rechenaufgabe Hilfe beim Ersten Offizier zu holen, diesen dann aber doch nur gebeten, irgendwann einmal den Maschinenraum besichtigen zu dürfen. Vielleicht würde er James – oder dessen Doppelgänger – so auf die Spur kommen.

Nun sog er die belebende Luft ein und ließ die Landschaft auf sich wirken. Über einer dunkelgelben Banderole erhob sich das Lampenhaus mit der schwarz metallenen Spitze; das hatte es mit den meisten anderen Stevenson-Leuchttürmen gemein.

»Wie ist es eigentlich dazu gekommen, dass ihr diese Farben gewählt habt?«, fragte er. »Weiß, dunkelgelb, schwarz? Ich meine: Bell Rock und Skerryvore sind lediglich weiß-schwarz.

Und hat Onkel Alan nicht auch extravagantere Gestaltungselemente verwendet?« Während sein Vater steif auf dem Boot saß, genoss er es, wie der Seegang ihn schaukelte, hielt die Fingerspitzen ins kalte Wasser und spähte nach Delfinen oder Schweinswalen. Höher als jedes Hochhaus in Edinburgh erhoben sich die Klippen von Cantick Head vor ihnen; der Turm war nun aus ihrer Sicht verschwunden.

»Extravagant, das ist es – du sagst es doch schon«, brummte Tom und ließ seine Finger auf dem Notizbuch – einem einfachen Schulheft – tanzen. »Die ägyptischen Elemente in der Gestaltung des Leuchtturms von Ardnamurchan waren eine Torheit.«

»Man könnte sie auch als Zeichen der Gelehrsamkeit deuten, schließlich reicht die Geschichte der Leuchttürme zum Pharos von Alexandria zurück, und dieser war der allererste Leuchtt–«

»Willst du *mir* etwas über die sieben Weltwunder der Antike erzählen?« Tom schnaubte. »Was mein Bruder Alan sich dabei gedacht hat, kann ich mir denken. Aber nicht Äußerlichkeiten, sondern Nützlichkeit und Funktionalität sind bei einem Leuchtturm oberstes Gebot.«

Louis überlegte kurz, ob er einwenden sollte, dass der Pharos von Alexandria trotz der Verzierungen und der gewaltigen Größe beinahe eintausendfünfhundert Jahre gestanden haben sollte und erst bei einem Erdbeben zerstört worden war, verkniff es sich aber.

»Also: Wenn die Umgebung eines Leuchtturms dunkel ist, ist Weiß die richtige Farbe. Rote und weiße Streifen helfen hingegen den Seeleuten bei der Navigation, wenn die Umgebung des Turms hell ist«, sagte Tom.

Als sie näher kamen, erkannte Louis eine in die Klippen gehauene Treppe. Zwei Seehunde ließen sich von einem Findling gleiten und tauchten ab, nur um gleich darauf ihre Köpfe aus dem Wasser zu schieben und sie neugierig zu beobachten. Louis musste an Sir Walter Scott denken, der beim Anblick dieser Tiere laut seiner Schilderung bedauert hatte, keine Flinte dabeizuhaben, um sie zu schießen. Er selbst war im Winter zwar ein paarmal in Begleitung von Jagdhunden ausgeritten, doch das war nur zum Spaß gewesen; Schießen und Töten waren ihm gleichermaßen fremd.

Tom reichte ihm das Heft. »Ihr Arbeitsmittel, Herr Sekretär.« Er lächelte.

»Der gespitzte Bleistift liegt bereit. Was erwartet uns heute, Sir?«, antwortete Louis in gespielt gestelztem Ton.

»Ein Leuchtfeuer in allerbestem Zustand, hoffe ich. David und ich haben den Turm ab 1856 geplant, zwei Jahre später ging er in Betrieb. Das ist kein Alter für einen Leuchtturm.«

Sie kletterten vom schwankenden Tender auf die schmale, von Tang glitschige Steinfläche und stiegen vorsichtig hoch. An den Felskanten wechselten Algen und Muscheln mit Moos und Flechten – ein Zeichen für die widrige Witterung, die hier die meiste Zeit des Jahres herrschen musste.

Vögel stoben schimpfend von ihren Nestern auf, die sie auf Felsvorsprüngen gebaut hatten. Ein weites Mauerviereck umgab den Leuchtturm und die Wärterhäuser, alles schien gut in Schuss zu sein. Im Garten versuchten Hühner, das durch Zäune geschützte Gemüse anzupicken. Kinder eilten heran und beäugten sie neugierig; das kleinste war mit einem Seil an den Zaunpfahl gebunden, vermutlich damit es nicht über die Klippe stürzte. Wäsche flatterte im Wind. Am Mast war die Flagge des Northern Lighthouse Board gehisst. Doch abseits dieses heimeligen Flecks herrschte Einsamkeit, eine belebte Insel inmitten windzerzauster Einöde. Wie mochten die Menschen hier leben? Wie ertrugen sie die Stunden, Tage und Wochen, in denen das schlechte Wetter sie ins Haus bannte? Wie kamen sie ohne größere Gesellschaft aus?

Louis kam Robinson Crusoe in den Sinn. Als Kind hatte er Daniel Defoes Roman verschlungen und ihn mit seinen Cousins und Cousinen am Strand von North Berwick nachgespielt. Ob die Leuchtturmwärter sich manchmal wie Crusoe oder Freitag fühlten? Die Wärter kamen näher und begrüßten sie; Männer, denen das Leben ins Gesicht geschrieben stand.

Louis brannte darauf, mit diesen »Gestrandeten« über ihr Leben zu sprechen, doch sein Vater kam wie immer sofort zum Zweck seines Besuchs. Wieder ging es an einer weiß-gelben Sonnenuhr vorbei, ein weiteres typisches Gestaltungselement. Der Leuchtturm, die Laterne und die Wärterhäuser wurden inspiziert und für gut befunden. Erst als Tom und seine Begleiter wieder vor den Turm traten, wurde das Gespräch etwas lockerer. Die Wärter zeigten sich mit ihrer Aufgabe zufrieden und erklärten in einem für Louis kaum verständlichen, gemächlichen Singsang voller gälischer Einsprengsel: »*Tha gu math*. Wir können nicht klagen. Vor allem die Fische sind reichlich. Haben regelmäßig Lachse und Meeresforellen auf dem Teller, sogar eine Schildkröte und einen Riesenhai haben wir in den letzten Wochen gesehen, aber nicht fangen können.«

Louis staunte über die Genügsamkeit und die Ruhe, die der Mann und seine Kollegen ausstrahlten. Auf den Orkneys schienen die Uhren langsamer zu gehen als in Edinburgh. Doch ehe er selbst etwas fragen konnte, gab sein Vater das Zeichen zum Aufbruch. An der Klippenkante sah Louis, wie die Flagge gestrichen wurde. Es war also eigens für ihren Besuch geflaggt worden; was für eine Ehre!

An Bord hielt Louis erneut nach Mr Warden oder James Ausschau, bekam sie aber nicht zu Gesicht. Während das Schiff an Fahrt aufnahm, wurde im Salon Frühstück serviert. Hungrig griff Louis zu und verspeiste drei Scheiben Toast und Lachssteak samt eineinhalb Tassen Tee. Das war für seine Verhältnisse nicht schlecht, die anderen Männer übertrafen ihn aber bei Weitem. Inspektionsreisen schienen wahrlich hungrig zu machen.

Als das Mahl beendet war und bereits das Rattern der Ankerkette zu hören war, erhob Tom sich und tupfte sich die Butter aus dem Mundwinkel. »Ah, Graemsey!«

»Heute geht es Schlag auf Schlag. Die nächste Leuchtturminspektion steht an«, sagte Louis. Es tat gut, unterwegs zu sein.

Eine Stunde führte Louis den Brief an seine Mutter fort. Auch bei diesem Leuchtturm war alles in Ordnung gewesen. Wieder hatte es keine Zeit für Gespräche gegeben, dafür einen wunderschönen Blick von der Insel: Wasser in dunklen Purpurtönen, hier und da mit einer Strähne Smaragd, die sandigen Meeresgrund anzeigte. Mit flinker Hand warf er eine Zeichnung auf das Papier, auf der man die Hügel hinter den Leuchttürmen erkennen konnte, das Hochland der Orkneyinseln. Die Stadt Stromness auf der gegenüberliegenden Seite, auf Mainland, sparte er sich – der Haufen grauer Häuser war ihm nicht sehr einladend erschienen, auch wenn Sir Walter Scott einst berichtet hatte, dass er dort eine Greisin getroffen habe, die angeblich die Winde beschwören konnte.

Erneut rasselte die Ankerkette. Hatten sie etwa schon Scapa Flow erreicht? Die geschützte Bucht war seit Wikingerzeiten der Anlegeplatz von Kirkwall, der Hauptstadt der Inselgruppe.

»Louis, wo bleibst du denn? Es geht los!« Tom, hörbar ungeduldig.

Louis schnappte sich Notizbuch und Wachsmantel und lief auf den Flur hinaus. Wieder glaubte er, einen Schatten am Ende des Ganges zu sehen, doch er hatte keine Zeit, ihm nachzuforschen. Mit ihnen bestiegen der Kapitän, Mr Andrews und Mr Henderson, der Steward, das Ruderboot. Louis sah unbehaglich zur *Pharos* zurück. »Die Mannschaft bleibt die ganze Zeit auf dem Schiff?«, fragte er beiläufig.

»Wir bleiben bis zum Abend vor Anker, um Kohle, Wasser und Vorräte aufzunehmen. Mr Henderson wird sich auf die Suche nach Käse begeben. Wenn der Rest der Mannschaft Klarschiff gemacht und die Zuladung verstaut hat, ist möglicherweise Zeit für einen kurzen Landgang. Die Jungs sind froh, wenn sie sich einmal die Füße vertreten können, und jeder weiß, dass es gravierende Konsequenzen hat, wenn man nicht wieder pünktlich an Bord ist«, erklärte der Kapitän.

»Dann haben wir also nicht viel Zeit? Ich hatte gehofft, wir könnten uns die Steinkreise oder das Kammergrab Maes Howe anschauen, von denen Sir Walter Scott so begeistert berichtete.«

Tom zog die Augenbrauen zusammen. »Dies ist keine Vergnügungsreise, sondern Arbeit. Das solltest du nie vergessen.«

In einer seichten Bucht landeten sie an. Kurz darauf marschierten sie über eine Landenge auf die Stadt zu, ein Ensemble schiefergrauer Dächer mit der dunkelroten Kathedrale in der Mitte, eingefasst von Meer, Mauern und einem Bach. Auf Louis wirkte sie wie eine seltsame Mischung aus englischem Baustil und südlichem Flair. Letzterer entstand durch die mit Farnen bewachsenen Torbögen, die Freiluftgrillstellen und Verteidigungswälle in Hinterhöfen, die noch aus der Zeit der Piratenangriffe stammen mussten. Über den Türen prangten Inschriften und Embleme, brennende Herzen und fromme Sprüche, von denen Louis sich etliche notierte. Er genoss den Anblick, sah sich aber nervös um, sobald Schritte hinter ihm zu horen waren. Die High Street war schmal, aber gepflastert und erstaunlicherweise mit Gasbeleuchtung versehen. Unvermittelt tat sich eine erhöhte Grünfläche auf, auf der die aus rotem Sandstein errichtete Kathedrale breit und trutzig in den Himmel ragte.

Trotz des engen Zeitplans besichtigten sie die danebengelegenen Ruinen von Bischofs- und Earls-Palast, romantische

Zeugen der bewegten Inselgeschichte, und betraten schließlich auch die Kathedrale. Die Kargheit puritanischer Kirchen gewöhnt, gingen Louis angesichts des üppig mit Grabsteinen und Gedenktafeln gefüllte Gotteshauses die Augen über. Einer der Gläubigen nahm sich seiner an und erläuterte ihm die Besonderheiten. Louis war es, als tauchte er in das Mittelalter ein. Wenn er um eine Ecke ging, glaubte er auf einen Mönch mit Tonsur oder einen Bischof zu stoßen, gleichzeitig fühlte er sich an Victor Hugos *Glöckner von Notre-Dame* erinnert. Seite um Seite füllte er sein Notizbuch mit seinen Eindrücken, auch um seiner Mutter detailgenau berichten zu können. Ihn faszinierten die Anspielungen auf Legenden und Aberglauben, die versteckten Winkel und Geheimgänge. Bedrückend waren hingegen die auf den Grabsteinen ablesbaren allzu engen Verflechtungen der Familien. Sicher, auch sein Großvater hatte einst seine Stiefschwester geheiratet – aber die beiden waren immerhin nicht blutsverwandt gewesen.

Erst am Pier wurde Louis aus der legendenreichen Vergangenheit gerissen und mit der Vulgarität des Alltags konfrontiert: Ein Londoner Ingenieur hatte einen eisernen Steg errichtet, der an eine verschnörkelte Zierbrücke in einem englischen Teegarten erinnerte.

Zeitgleich mussten Louis und sein Vater lachen. »Was für ein lächerliches Gebilde! Damit kann er Kindermädchen in Greenwich beeindrucken!«, platzte Tom heraus.

»Für dieses raue Klima ist dieses Machwerk viel zu wackelig«, stimmte Louis zu. Er genoss den seltenen Moment der Einigkeit.

19

Als sie auf die *Pharos* zurückkehrten, war ein Teil der Mannschaft noch immer damit beschäftigt, das Deck zu schrubben. Landgang hatte also keiner der Männer genossen. Wenig später setzten sich die Schaufelräder in Bewegung, und sie legten ab, um die Reise in Richtung der Shetlandinseln fortzuführen.

»Mr Stevenson, Sie wollten doch den Maschinenraum besichtigen. Jetzt wäre eine günstige Gelegenheit«, sprach der Erste Offizier ihn an.

Louis war froh gewesen, Mr Warden oder James den ganzen Tag über nicht zu Gesicht bekommen zu haben, wollte das Angebot aber auch nicht ablehnen. So folgte er dem Offizier in die Eingeweide des Schiffs. Im Maschinenraum herrschte tropisch feuchte Hitze – zumindest stellte Louis sich diese so vor. Kohlenschwarze Gesichter sahen ihn an, ein Inferno aus Dampfen, Pfeifen und Zischen, mahlenden Kolben und Kurbelwellen. Unablässig wurde Kohle in die Mäuler der Öfen geschaufelt, aus denen den Heizern die Flammen entgegenschlugen. Mr Warden hämmerte an einer Esse auf ein Ventil und ignorierte ihn demonstrativ.

»Sie haben sogar einen Schmied an Bord?« Louis gab sich unwissend.

»Mehrere. Wir müssen die Maschinen jederzeit reparieren können.«

Ob er irgendwo unauffällig die Besatzungsliste einsehen

könnte? Nachdenklich folgte Louis dem Offizier an Deck. Dort stieß er auf seinen Vater, der ihn bereits gesucht hatte.

Tom reichte ihm das Fernglas und zeigte auf den Leuchtturm von North Ronaldsay, der sich klar vor ihnen abzeichnete, ohne dass man jedoch das Land, auf dem er stand, erkennen konnte. »Nach Kinnaird Head, wo Thomas Smith den Leuchtturm auf einer alten Burg errichtete, und dem Mull of Kintyre im Westen war dies das dritte Leuchtfeuer deines Urgroßvaters. Damals galt er als technisch fortschrittlichster Leuchtturm. Nach seinem vierten Leuchtturm überließ er das Geschäft weitgehend seinem Stiefsohn Robert. Später hat ein Neubau deines Onkels Alan den Leuchtturm von North Ronaldsay ersetzt. Als Baustoff schlug er wegen der schwierigen Lage Backstein vor. Noch heute ist er der höchste auf Land stehende Leuchtturm der Britischen Inseln.«

»Werden wir ihn gleich inspizieren?«

»Dieses Mal nicht. Das übernehmen andere. Es ist für einen einzelnen Menschen nicht möglich, in einer Saison alle Leuchttürme zu inspizieren. Ich möchte, dass du die Zeit nutzt, um den Lichtstrahl vor der Dämmerung und nach Sonnenuntergang zu vermessen. Es dürfte eine interessante Erfahrung für dich sein, zu erkennen, ob der Strahl durch die äußeren Lichtverhältnisse in der Klarheit nachlässt.«

»Und wie soll ich den Strahl vermessen?«

»Nutze das technische Wissen, das du dir im Laufe deiner Ausbildung zugelegt hast, und lass dir etwas einfallen.« Mit diesen Worten ließ Tom ihn zurück.

Sosehr Louis auch in seinem Gedächtnis kramte, fiel ihm doch keine Lösung für dieses Problem ein. Der Zeitdruck machte die Situation nicht einfacher, denn die Dämmerung schritt viel zu schnell voran. Er sah sich um. Sein Vater hatte sich in seine Kabine zurückgezogen. Wenn Jenkin ihm wirklich geschrieben hatte, dass Louis seinen Kurs weitgehend geschwänzt hatte, wäre Tom vermutlich sehr viel erboster – oder konnte sein Vater seine Wut nur gut verstecken? Was könnte Fleeming Jenkin Tom sonst geschrieben haben? Ging es vielleicht gar nicht um ihn? Aber warum hatte sein Vater dann gesagt, sie würden noch darüber sprechen?

Louis seufzte. Es würde ihm nichts anderes übrig bleiben, als sich Hilfe zu holen. Kurzerhand machte er sich auf dem Weg in den Steuerstand.

»Ah, der junge Mr Stevenson! Was treibt Sie hierher?«, fragte Kapitän Grahame.

Louis berichtete von seiner Aufgabe. »Leider stehen mir die nötigen Gerätschaften nicht zur Verfügung, und ich dachte, Sie oder Ihr Steuermann könnten mir vielleicht helfen, Sir. Es ist etwas ganz anderes, eine Technik auf dem Papier zu lernen, als sie in der Praxis anzuwenden. Und Sie verfügen über einen langjährigen Erfahrungsschatz«, schmeichelte er.

»Das ist wohl wahr. Schließlich bin ich bereits mit Ihrem Großvater zur See gefahren.«

»Tatsächlich? Davon müssen Sie unbedingt berichten, wenn es Ihre Zeit zulässt! Ich spreche immer gern mit Menschen, die meinen Großvater erlebt haben. Er starb ja leider in dem Jahr, in dem ich geboren wurde.« Einzig seine Werke, Briefe und Notizbücher sowie die Lobeshymnen seiner Eltern hatten Louis einen Eindruck seiner Persönlichkeit vermittelt.

»Später, später. Lassen Sie uns sehen.« Der Kapitän ließ sich die nötigen Instrumente reichen und zeigte Louis, wie man den Lichtstrahl des Leuchtturms vermaß.

Während sie auf den Sonnenuntergang warteten, sprach Louis den Kapitän noch einmal auf seine Vergangenheit an: »Wenn ich die Berichte meines Großvaters lese, habe ich manchmal den Eindruck, er sei von einem wahren Dämon der Aktivität besessen gewesen. In den Sommermonaten war er immer unterwegs, hat weite Strecken auf dem Rücken eines Pferdes, mit Kutsche, Schiff oder zu Fuß zurückgelegt.«

»Aye, Ihr Großvater liebte diese Reisen, das ist wahr. Trotz aller Strapazen. Sie dürfen ja den technischen Fortschritt nicht vergessen. Heute haben wir es beinahe bequem. Wie oft geriet man damals in einen Sturm oder eine Flaute und war mit dem Segelschiff machtlos! Wie oft landete man an, und es gab keine Straße, nicht einmal einen Weg! Von den Zwangsrekrutierern ganz zu schweigen, die uns zu Kriegszeiten die Männer wegschnappten. Aber Robert Stevenson liebte diese Herausforderungen. Und er war seinen Männern ein Vorbild.«

»Er scheint ein Perfektionist gewesen zu sein.«

»Auf jeden Fall! Der Verlust eines Tages oder einer Tide oder gar eine Scharte im Taschenmesser – das waren für ihn persönliche Angriffe, weil jede Verzögerung Menschenleben kosten konnte. Gleichzeitig liebte er das Malerische. Wenn er beispielsweise eine Straße plante, orientierte er sich an Hogarths Schönheitsideal. Auch für die Bezahlung seiner Mitarbeiter hat er sich eingesetzt.«

Nicht ganz uneigennützig, schätzte Louis, denn Roberts Salär dürfte dadurch ebenfalls gestiegen sein. Er vermutete, dass dieser Ehrgeiz in der Kindheit seines Großvaters begründet lag. Robert hatte nie wieder Armut erleben und seinen Kindern einen guten Start ermöglichen wollen. Eine Böe trieb eine dunkle Rauchwolke aus dem Schornstein vorbei. »Die Einführung der Dampfschifffahrt muss auch für Sie viel verbessert haben«, sagte Louis, denn über Geld sprach man nicht.

»Auf jeden Fall. Die Reisezeiten haben sich enorm verkürzt und sind besser planbar. Wenn auch die Technik nicht für alle zu begreifen war. Wenn ich an den Trottel denke, der meinte, wenn er sich eine Woche in seiner Hütte einschlösse und kräftig rauchte, würde sein Boot von allein fahren!«

»Nun, das wäre natürlich die angenehmste Lösung!« Beide mussten bei der Vorstellung lachen.

»Aye, die Technik schreitet voran. Kein Wunder, dass manche da nicht mehr mitkommen. Die Welt schnurrt zusammen. Wie Sie wissen, wurde gerade das Transatlantikkabel verlegt, und noch in diesem Jahr wird der Suezkanal eröffnet. Auch das Schaufelrad ist bald veraltet. Inzwischen können Schraubenschiffe es mit den alten Raddampfern aufnehmen. Aber was rede ich: Als angehender Ingenieur kennen Sie sich mit Innovationen ja bestens aus.« Der Kapitän reichte Louis das Instrument. »Und nun Sie, junger Mann.«

Die Sonne war verschwunden, aber noch immer war es hell. Hinter ihnen lugte der Mond zwischen den Wolken hervor. Louis bemühte sich bei der Messung des Leuchtturmstrahls. Es dauerte lange, aber es gelang.

Als er die Messung gerade beendet hatte, trat sein Vater ein. Sein Blick fiel auf Louis' Notizen. »Du hier?«

»Ihr Sohn befragte mich über meine Reisen mit dem Älteren Mr Stevenson«, erklärte der Kapitän.

»Wir sprachen über die Freude meines Großvaters am Reisen und an Strapazen.« Louis reichte Tom die Ergebnisse. »Erstaunlicherweise leidet die Klarheit des Leuchtfeuers kaum unter den äußeren Lichtverhältnissen. Der Unterschied beträgt nur zweiundsechzig Grad.«

»Ein Beweis für die technische Ausgereiftheit unserer Lichttechnik«, resümierte Tom zufrieden.

Jetzt, wo sie die Inselgruppe der Orkneys hinter sich ließen und auf die freie See hinausfuhren, nahm der Seegang zu. Die *Pharos* kippelte, Wellen schienen das Schiff von allen Seiten zu treffen. Beinahe tauchte der Bug ins Wasser ein, Spritzwasser sprühte weit über das Deck. Louis spürte einen kurzen Schwindel, leichte Übelkeit. Sein Blick suchte den Horizont. Prüfend sah sein Vater ihn von der Seite an.

»Ich glaube, ich gehe kurz frische Luft schnappen. Habe meine Seebeine noch nicht wiedergefunden.« Sofort ärgerte Louis sich über seine ungelenke Formulierung. *Ich kann weder Licht vermessen noch Leuchttürme bauen, bin nicht seefest und habe auch kein sprachliches Gespür.*

»Später können wir im Salon eine Partie Backgammon spielen. Das wird Sie ablenken. Das hat Ihr Großvater übrigens auch sehr gern getan«, hörte er den Kapitän noch sagen, als er hinauseilte.

Nachdem er einige Zeit an der Reling verbracht und sich dem schroffen Rhythmus des Meeres anvertraut hatte, ging es Louis besser, und er kehrte in den Salon zurück. Dort traf er auf seinen Vater und den Kapitän, die sich zum Würfeln zusammengesetzt hatten. Offenbar hatte Tom seine puritanischen Bedenken hinsichtlich des Glücksspiels über Bord geworfen. Eine angenehme Überraschung.

Nach einigen gemeinsamen Spielen saß Louis noch bis weit nach Mitternacht an Deck und las, bis er irgendwann einschlief. Auf dem Schiff war Ruhe eingekehrt, auch aus dem Maschinenraum drang nur noch das monotone Schaufeln derjenigen, die den Motor am Laufen hielten. Niemand schien bemerkt zu haben, dass er eine Zeit lang versunken auf seinem Liegestuhl gesessen hatte. Als er sich erhob, waren seine Glieder steif, obgleich er in eine Decke gehüllt gewesen war, und seine Augen verquollen. Er wollte die schmale Treppe hinunter zu den Kabinen steigen, doch der Zugang war durch Holzbretter versperrt. Wurde hier gearbeitet? War frisch gestrichen? Noch ein wenig schummrig im Kopf, entschied er sich, den hinteren Eingang zu nehmen und quer durch die Eingeweide des Schiffs zu laufen. Da auf der Backbordseite der Schaufelräder der Weg ebenfalls abgesperrt war – was war denn hier los? –, musste er allerdings erneut kehrtmachen. Auf der Steuerbordseite des Schiffs war es dunkel, offenbar waren die Gaslampen ausgefallen. Das

Deck schimmerte im Mondlicht, an einigen Stellen glaubte er den Schleier von Kohlenstaub zu erkennen, der morgen weggeputzt werden musste – eine wahre Sisyphusarbeit. Wie hatte der Steward so treffend gesagt? *Nur ein sauberes Schiff ist ein gesundes Schiff.*

Im Dunkel glaubte er einen Schatten zu erkennen, hörte Schritte. Wahrscheinlich ein Matrose, der seiner Arbeit nachging oder austreten musste. Dennoch versteifte Louis. Er rieb sich über das Gesicht, das vom Schlaf und dem kalten Wind taub war. Unvermittelt legte sich das Schiff auf die Seite. Lautes Platschen verriet, dass das Schaufelrad rechts außerhalb des Wassers war.

Zunächst konnte Louis die Bewegung durch eine Gewichtsverlagerung ausgleichen, doch dann glitt sein Fuß weg. Bei dem Versuch, sich abzufangen, bekam er zu viel Schwung. Er taumelte der Reling entgegen, konnte sich gerade noch am Holz festhalten. Er keuchte erschrocken. Und dann war plötzlich jemand hinter ihm, packte ihn um die Hüfte, hob ihn hoch, dem Meer entgegen.

Louis schrie, wollte sich befreien. Hörte ihn bei diesem Getöse, beim Heulen des Winds und dem Stampfen der Maschinen, überhaupt jemand? Weißer Schaum sprühte ihm ins Gesicht, viel zu nah war die Meeresoberfläche. Auf einmal ein Ruck. Gezischte Männerstimmen. Er wurde fallen gelassen und schlug hart auf dem Holzboden auf. Sein Kopf fuhr herum. Zwei Männer rangen miteinander, verschwanden dann im Durchgang. Wer war das? Und warum war er angegriffen worden? Louis rappelte sich hoch, kam auf die Füße, wollte ihnen nachlaufen. Vor seiner Nase knallte die Metalltür zu. Er rüttelte daran. »He, öffnet! Aber sofort!« Das Herz schlug ihm bis zum Hals. Sein Gesicht war feucht vom Spritzwasser, und er rieb sich mit dem Ärmel darüber. Wieder hämmerte er gegen die Tür.

Einer der jungen Matrosen öffnete verschlafen. »Was gibt's denn, Sir?«

»Hier waren eben zwei Männer! Hast du sie gesehen?«

»Ich hab niemanden gesehen, Sir. Ich hab nur Ihr Klopfen gehört.« Der Junge sah ihn an, als spinne Louis, dann gähnte er ausgiebig. »Wenn nichts ist, Sir, kann ich dann wieder in meine Hängematte zurück? Ist Schlafenszeit.«

Noch einmal spähte Louis in den Gang hinein. Als niemand außer dem Matrosen zu sehen war, machte er sich auf in seine Kabine. Könnte er sich den Angriff vor lauter Müdigkeit eingebildet haben?

20

19. Juni, vor den Shetlandinseln

Nach einer kurzen und unruhigen Nacht mühte Louis sich mit neuen technischen Aufgaben seines Vaters und seinem Brief. Wann würde er endlich dazu kommen, seine eigenen Geschichten weiterzuschreiben? Daran zu feilen? Oder neue anzufangen? Jetzt, bei Tageslicht, kam ihm der nächtliche Angriff unwirklich vor. Sollte er seinem Vater davon erzählen? Würde Tom ihm glauben? Und wenn er davon ausging, dass er nicht geträumt hatte: Könnte Mr Warden der Angreifer gewesen sein – oder James?

Sein Blick wanderte aus dem Bullauge – Land! Die Shetlandinseln! Sogleich ließ er den ungeliebten Aufgabenzettel fallen, stürzte in den Steuerstand und suchte mit dem Fernglas Meer, Küste und Inseln ab. Es war ein kühler Tag, der Himmel bleiern, wie er hier wohl im Sommer häufig vorkam. Das Land war höher, karger und dunkler als auf den Orkneys, eine Unzahl von Inseln und Riffen, zerschnitten durch windumtoste Meerengen und gefährliche Strömungen. Vereinzelte Ruinen von Hütten bewiesen, wie hart es sein musste, hier sein Leben zu fristen. Westlich von ihnen lagen Whalsay und die Hauptinsel Mainland, doch sie steuerten die Out Skerries an, den östlichsten Flecken Schottlands.

»Alle Hütten scheinen verlassen«, sagte Louis, als er erneut einen windschiefen Holzhaufen durch das Fernglas erspähte.

»Wie heutzutage beinahe überall auf den Shetlands«, bestätigte der Kapitän. »Früher haben die Leute hier auch vom Stricken gelebt. Man brachte ein paar Hosen zum Laden und tauschte diese gegen eine Mahlzeit ein. Die Bewohner konnten sich selbst einkleiden, pflanzten Kartoffeln und ernährten sich von dem Fisch, den sie fingen. Für drei Eier bekam man eine Spule mit Fäden. Ich kannte einen Mann auf der Insel Unst.« Er zeigte in nordwestlicher Richtung in die Ferne. »Der erwirtschaftete pro Jahr fünfzehn Schilling, musste aber für die Miete seines Landes zehn bezahlen, was ihm lediglich sechzig Kupferpfennige für ihn und seine Familie ließ. Das war mager. Heute kann man so nicht mehr überleben.«

Louis konnte sich nicht vorstellen, wie man überhaupt mit so wenig Geld über die Runden gekommen war – erst recht mit einer Familie. »Die Clearances sind schuld?«, fragte er. Die Vertreibung der Hochlandschotten zugunsten der flächendeckenden Schafhaltung hatte Tausende Hochländer ins Elend gestürzt und ihren Stolz gebrochen.

Der Kapitän nickte grimmig. »Aye, aber nicht nur. Zuerst kam die durch die Krautfäule ausgelöste Hungersnot. Die Verdienste beim Fischfang lockten dann mehr Menschen her, als das Land ernähren kann. Andererseits vertreiben die Lairds die ursprünglichen Bewohner, um ihre Schafzucht voranzutreiben. Wolle bringt eben gutes Geld.«

Louis zog die Augenbrauen zusammen. Die Highland Clearances waren ein besonders düsteres Kapitel schottischer Geschichte, und die Entwicklung war noch immer nicht abgeschlossen. Überall wurden die gälisch sprechenden Hochländer vertrieben, oft mit Gewalt.

Sie hatten inzwischen die Out Skerries erreicht. Wie hingeworfen wirkten die grünen Inseln im Meer, einsam überragt von dem Leuchtturm und den Leuchtturmwärterhäusern, die auf einer benachbarten Insel errichtet worden waren. An den flachen Dächern und den vorwitzig aufragenden Schornsteinen erkannte Louis den charakteristischen Stevenson'schen Baustil sofort. Auf der Brücke wurden Kommandos gerufen – das Ankern zwischen den Inseln und Riffs war nach wie vor gefährlich –, und da Louis seinen Vater an Deck bemerkte, ging er hinunter.

»Ist es nicht unpraktisch, dass der Leuchtturm und die Wärterhäuser auf unterschiedlichen Inseln sind?«, fragte er seinen Vater, der konzentriert die Umgebung betrachtete.

»Selbstredend«, sagte Tom und ließ den Blick von der Brandung zum Leuchtturm schweifen. »Bei den widrigen Witterungen, die hier die meiste Zeit des Jahres vorherrschen, ist jede Überfahrt lebensgefährlich. In diesem Fall muss man jedoch die Entstehungsgeschichte berücksichtigen. Im Krimkrieg, als die Gefahr einer russischen Invasion wuchs, wurde beschlossen, dass es mindestens zwei Leuchttürme im Norden und Osten von Shetland geben müsse, die einem den Weg durch das stürmische Gewässer weisen. Wir schlugen einen Bau auf Grunay vor, wo heute die Wärter wohnen, und ließen ein provisorisches Leuchtfeuer errichten. Doch neben dem Northern Lighthouse Board hatte auch Trinity House ein Wörtchen mitzureden.«

Was Tom von der englischen Leuchtfeuerverwaltung hielt, war deutlich herauszuhören. Er hielt sie für arrogant und anmaßend wie so viele Engländer, die meinten, über Schottland bestimmen zu können. »Gegen unsere, also Davids und meine Überzeugung, bestand Trinity House darauf, dass der Leuchtturm auf dem vorgelagerten Felsen Bound Skerry – mehr ist es ja nicht – errichtet wurde.«

Ehe Tom weiterreferieren konnte, war der Tender zu Wasser gelassen worden und stand zur Abfahrt bereit. Sie kletterten auf das Boot und ließen sich zum Leuchtturm übersetzen, wo die Wärter bereits warteten. Das Gestein der Insel war schwarz mit lachsfarbenen Rissen, glatt und so glänzend, dass Louis mit dem Finger darüberstreichen musste.

»Was haben wir hier?«, fragte Tom ihn.

»Quarz?« Louis ärgerte sich über die Unsicherheit in seiner Antwort.

Tom nickte. »Und warum haben wir daraus nicht den Leuchtturm errichtet?« *Schon wieder eine Lehrstunde!* Doch ehe Louis über die Gründe spekulieren konnte, gab Tom die Antwort selbst. »Es gibt hier nicht genug davon, um einen Leuchtturm zu erbauen. Außerdem wäre der Aufwand unverhältnismäßig groß gewesen. Wir haben deshalb Backsteine heranschaffen lassen. Natürlich musste das Fundament entsprechend breit werden, hier wirken schließlich gewaltige Kräfte.«

Einer der Leuchtturmwärter hatte die letzten Worte mitbekommen und nickte bedächtig. Nach der Begrüßung sagte er: »Und was für Kräfte! Sie werden kaum glauben, was Wellen und Wind hier schon angerichtet haben! Einen gewaltigen Brocken haben sie bewegt! Bestimmt zehn Fuß lang!«

»Das muss ich sehen! Lassen Sie uns zuerst dorthin gehen«, forderte Tom. Die Leuchtturmwärter brachten sie zu der der offenen See zugewandten Seite. Etwa haushoch über dem Meeresspiegel lag der Felsbrocken.

»Kaum zu glauben, dass er in dieser Höhe bewegt wurde«, sagte Louis staunend.

»Und doch ist es wahr, Sir.« Der Wärter kniete sich neben den Brocken und zeigte ihnen die tiefen Rillen, die der Stein mit seinen messerscharfen Kanten in den Fels gegraben hatte.

Andächtig strich Tom durch die Rillen und erhob sich dann, um finster aufs Meer zu starren, als könnte er dort den Verantwortlichen hierfür finden. Ausführlich ließ er sich von den Leuchtturmwärtern beschreiben, welcher Art Sturm und Wellen zu diesem Zeitpunkt getobt hatten, und er befahl Louis, Notizen zu machen. Sie inspizierten den Leuchtturm und setzten dann auf die benachbarte Insel über, um auch das Wärterhäuschen in Augenschein zu nehmen. Proviant und Kohle waren bereits angelandet.

Zum Abschluss reichte der Hauptwärter Louis ein Büchlein. »Würden auch Sie sich in unser Gästebuch eintragen, Sir? Wir bekommen nicht oft Besuch, wie Sie sich vielleicht vorstellen können.«

Im Bluemull Sound, der Meerenge zwischen den Inseln Yell und Unst, setzte die Flut ein. Lang gezogene kräftige Wellen, dazwischen ölig wirkende Flicken von Wasser sowie Risse und Falten auf der Meeresoberfläche, die die Strömungen anzeigten. Große graubraune Vögel segelten elegant über das Land oder lieferten sich im Flug Kämpfe mit Möwen. Louis beobachtete sie begeistert durch das Fernrohr. »Was sind das für Vögel? Solche habe ich noch nie gesehen«, sprach er den Kapitän an.

»Große Raubmöwen. Wir nennen sie auch *Spotted Allans* oder Skua. Faule Viecher sind das, berüchtigte Streuner und Piraten der Lüfte. Nie fischen sie für sich selbst, sondern bringen die Möwen dazu, von ihrem Fang abzulassen.«

Louis beobachtete, wie einer dieser Räuber eine weitere Möwe jagte. Faszinierend waren diese Vögel, unterhaltsam und trickreich. Sie fuhren jetzt die Ostküste der Insel Unst entlang, die Louis recht klein und sehr einsam erschien. Als er eine dahingehende Bemerkung machte, lachte Kapitän Andrews und erklärte, dass kein Ort auf den Shetlands weiter als drei Meilen vom Meer entfernt sei. Louis wollte das nicht glauben, doch mit Kompass und Karte maßen sie nach, und es stimmte tatsächlich.

»Die Leere ist auf die jüngsten Vertreibungen zurückzuführen«, erläuterte Andrews. »Ganze Familien wurden von einem Tag auf den anderen weggejagt.«

»Diese Brutalität ist einer aufgeklärten Nation unwürdig«, sagte Louis grimmig.

»Für die Grundbesitzer zählt allein Geld.«

Louis' Blick blieb am Umriss von Unst hängen. Es war eine Insel am Ende der Welt, einsam, voller Dramatik und Geheimnisse. Was könnte hier alles unbemerkt geschehen, welche Schätze könnte man hier sicher verstecken …

Die Küste im Westen war zerklüftet, mit schwarzen Kliffs und tintigen Buchten, Höhlen und natürlichen Bögen, vor denen sich die Seevögel weiß abhoben. Sonnenverbranntes Gras wuchs auf runden Hügeln. Vor ihnen erhoben sich Basstölpel in die Lüfte, legten die Flügel eng an und stürzten sich mit einem lauten Klatschen und hoch aufspritzendem Tropfenregen ins Meer.

»Eine halbe Stunde etwa noch, dann sind wir da. Dann haben wir das nördlichste Wohnhaus im Königreich Ihrer Majestät erreicht«, kündigte der Kapitän an.

»Vor uns liegen dann nur noch die Färöer, der Polarkreis und die Arktis«, sagte Louis von plötzlicher Ehrfurcht ergriffen.

Der Kapitän nickte. »Unst ist näher an den Färöern als an Edinburgh. Nach dem Breitengrad liegt es nördlicher als St. Petersburg oder Grönlands Südkap.«

Immer höher erhob sich die Küste, zerrissen von Einschnitten und Abbrüchen – ein Land, in das die Naturgewalten sich verbissen. Je näher sie kamen, desto genauer konnte Louis die einzelnen Gesteinsschichten erkennen, die sich aufeinandergeschoben hatten. An der unteren Felskante kochte und schäumte das Meer. Schließlich waren in einer Bucht die Leuchtturmwärterhäuser zu sehen; kurz darauf hatten sie das Inselende erreicht, zackige schwarze Felsen, steilen Bergkuppen oder den Spitzen von Pyramiden ähnlich. Dass sich auf dem Dreieck des größten Felsens der mauerumsäumte Leuchtturm erhob, erschien Louis wie ein Wunder. Muckle Flugga, was in der Sprache der Wikinger wohl »große, steile Insel« bedeutete, machte seinem Namen wahrlich alle Ehre. Schon die Insel war durch die Felsen hoch, und der Leuchtturm thronte auf einhundertneunzig Fuß, also ein Viertel höher als die Nelson-Säule in London.

»Das sieht beinahe so aus, als habe ein Kind versucht, einen Bauklotz auf eine Pyramide zu stellen. Unglaublich, dass ihr den Leuchtturm hier bauen konntet«, sagte Louis zu seinem Vater.

Tom klopfte seine Pfeife aus. »David, dein Onkel, wurde während des Krimkriegs losgeschickt, um das Gelände zu erkunden. Zweimal versuchte er, auf Unst zu landen, und zweimal scheiterte er wegen des furchtbaren Wetters. Die Bedingungen waren so brenzlig, dass er um sein Leben fürchtete. David berichtete, dass es nicht möglich sei, auf den Felsen einen Leuchtturm zu errichten. Es sei zu gefährlich, zu teuer, und jeder Kapitän, der diese Route einschlage, sei ohnehin verrückt. Die Admiralität bestand jedoch darauf, und als eine Deputation von Trinity House hier ankam, war ausnahmsweise ein windstiller, sonniger Tag. Natürlich waren die Deputierten überzeugt, dass der Bau kein Problem sein dürfe. Also blieb David und mir nichts anderes übrig, als auf Muckle Flugga zu planen. Zunächst wurde ein provisorisches Licht errichtet. Die Laterne ist mehr als einmal während der Bauarbeiten überspült worden, sie wurde völlig überschwemmt, das Laternenglas gebrochen, die Eisenstangen durch den Sturm verbogen. Jeden Tag war das Leben der Leuchtturmwärter in Gefahr. Also mussten wir den Leuchtturm als Schutz für die Leuchtturmwärter und die Seeleute so robust wie möglich machen.«

Louis mochte sich noch so oft von seinem Vater gemaßregelt und eingeengt fühlen, in diesem Augenblick spürte er nichts als Stolz und Ehrfurcht. Sie waren unterdessen ein gutes Stück gefahren, und nun sah er, dass ein weiterer Felsen Muckle Flugga vor der offenen See schützte. Out Stack, erinnerte Louis sich.

An Deck herrschte Aufregung, und auch der Kapitän wirkte angespannt, was Louis ihm angesichts der schäumenden See und der felsigen Riffe nicht verdenken konnte. Die *Pharos* schlug einen Bogen und zirkelte zwischen Out Stack und Muckle Flugga hindurch, ihr langer Wellengang leckte die Bögen der Felsen empor. Die See war kippelig, und so war der Überstieg in das Tenderboot eine gefährliche Angelegenheit. Tom packte ihn am Arm, als fürchtete er, dass Louis das Gleichgewicht nicht halten könnte. Von Muckle Flugga aus wurde ihnen ein Tau zugeworfen, und im nächsten Moment wurden sie in einen Meeresarm gezogen, der so schmal war, dass Louis fürchtete, ihr Ruderboot könnte leckschlagen. Endlich erreichten sie eine dünne Felskante, kaum breiter als ein Messerrücken und doch mit eingekerbten Stufen versehen, die mit Eisengittern belegt waren. Daneben bildeten Eisenschienen eine Art Aufzug.

»Sind hier etwa die Steine für den Leuchtturm hochgehievt worden?«, fragte Louis ungläubig.

»Aye, wir entschieden uns auch hier für Backstein. Schließlich gab es in der Nähe nichts, keinen Steinbruch, keine Zimmerleute, keine Arbeiter. Alles musste per Seil und Schienen auf den Felsen geschafft werden. Erschwerend kam hinzu, dass der ganze obere Teil des Felsens bröckelig ist. Deshalb mussten wir neue Techniken anwenden, um den Turm sicher und fest zu gründen. Das Wetter war während des ganzen Baus gruselig, eines Tages hat es uns sogar alle Gerätschaften und Steine weggespült. Oft mussten die Männer auf Knien über das Gestein kriechen, damit der Sturm sie nicht wegtragen konnte. Brebner hat die abschließenden Arbeiten betreut. Deshalb weiß ich, dass er auch der Richtige für Dubh Artach ist.«

Noch so ein lebensgefährliches Unterfangen! Die Matrosen erhoben sich und packten Louis' Oberarme, während sie auf den richtigen Moment warteten. Die Wellen hoben und senkten das Tenderboot, doch der Rhythmus war beinahe unkalkulierbar, und immer wieder tat sich ein breiter Spalt zwischen der rostigen Eisenleiter am Felsen und dem Boot auf. Ein Fehltritt nur, ein Schritt zur falschen Zeit, und es würde ihn in einen Abgrund mit messerscharfen Kanten, ins eisige Meer und gefährliche Strömungen ziehen.

Louis' Herz schlug hart, als er schließlich, unterstützt von den Matrosen, auf dem Scheitelpunkt einer Welle den weiten Sprung auf die Insel machte. Als er es geschafft hatte, fühlte er sich auf einmal so lebendig, dass er die Faust in den Himmel reckte. Er kletterte die Eisenleiter hoch und stellte sich neben die Wärter an die Kaikante, um seinem Vater zumindest gedanklich beizustehen, der nun ebenfalls den Übertritt wagen musste.

»Das ist ja eine brenzlige Angelegenheit. Könnte mir vorstellen, dass es bei auch nur einem Hauch schlechteren Wetters schwierig ist, die Insel zu verlassen«, sagte er, nachdem sein Vater sie vorgestellt hatte.

»Es ist eine unangenehme Lage, vor allem wenn einem in einem Orkan die Vorräte ausgehen. So richtig gemütlich ist es bei dieser Feuchtigkeit im Leuchtturm bisweilen nicht«, meinte der Wärter. »Wenn man auch sagen muss, dass er ausgezeichnet gearbeitet ist. Noch nie ist auch nur ein Tropfen Wasser eingedrungen, egal wie es draußen stürmt und ob die See über der Laterne bricht.« So etwas hatte Louis schon öfter gehört; die Wasserdichtheit selbst bei Orkanen war verständlicherweise das Gütesiegel schlechthin.

Der Wärter wies auf einen gewaltigen Felsen, der direkt neben der spiegelglatten, schroff abfallenden Kante lag: »Zwanzig Tonnen wird dieser Brocken wohl wiegen, und doch hat der letzte Sturm ihn hierherbewegt.« Er grinste. »Oder es war ein Riese, der aus dem Totenreich zurückgekehrt ist. Ein Wiedergänger? Gott bewahre«, setzte er schnell hinzu, als er Toms skeptischen Blick bemerkte.

Louis' Neugier war geweckt. »Von was für einem Riesen sprechen Sie?«

»Nur eine Sage, Sir. So, wie man sie sich bei einem Whiskey am Torffeuer erzählt.«

»Bitte, erzählen Sie sie mir«, sagte Louis.

Tom nickte und signalisierte dem sichtlich nervösen Wärter damit sein Einverständnis, vermutlich weil er ahnte, dass Louis ansonsten keine Ruhe geben würde. Der Leuchtturmwärter ließ sich nicht zweimal bitten. »Herman und Saxa, zwei Riesen, waren in dieselbe Meerjungfrau verliebt. Als sie um sie kämpften, bewarfen sie einander mit großen Steinen – einer davon ist Muckle Flugga, der andere Out Stack.«

»Und wer bekam die Meerjungfrau?«

»Keiner von beiden. Die Meerjungfrau wollte sie loswerden und sagte, wer ihr bis zum Nordpol folge, dürfe sie heiraten. Beide Riesen ertranken, denn sie konnten nicht schwimmen.« Der Wärter zog die Schultern hoch und legte den Kopf schief, als wollte er sagen: So kann's gehen.

»Womit wir wieder bei den Gefahren des Meeres wären. Also, berichten Sie mir vom Seegang und den Windgeschwindigkeiten, die herrschten, als dieser große Brocken hier bewegt wurde«, machte Tom dem Thema ein Ende.

Eine ausführliche Befragung folgte, während der sie vorsichtig die Stufen emporstiegen. Oben angekommen, blickten sie beinahe andächtig hinaus auf die See und die schwarzen Klippen von Unst, vor denen Papageientaucher mit ihren kurzen Flügeln flatterten, Skuas herumstreunten und Basstölpel sich wie Geschosse ins Meer stürzten. Auf der anderen Seite war nichts, nur die tödliche See und dann, irgendwann, das ewige Eis. Louis schauderte, als ihm bewusst wurde, welch große Verantwortung sein Vater und sein Onkel trugen. Er konnte sich nicht vorstellen, je genug gelernt zu haben, um solchen Herausforderungen gewachsen zu sein. Auch körperlich die Strapazen eines derartigen Baus auszuhalten, erschien ihm undenkbar. Gleichzeitig machte es ihn stolz, dass sein Vater ihm eine Aufgabe wie diese offenbar zutraute.

»Haben Sie nicht manchmal Angst, wenn Orkane auf den Turm einpeitschen?«, fragte er nach der Inspektion.

Der Wärter grinste. »Angst nicht. Manchmal steige ich sogar freiwillig auf die Galerie, halte mich am Geländer fest und bietet dem Orkan die Stirn. Nie fühle ich mich lebendiger als in diesen Momenten.«

21

20. Juni

Lachend winkte Louis der Segelgig mit seinem Taschentuch hinterher; er fühlte sich an seine Kindheit erinnert, in der er am liebsten Pirat oder Schmuggler gewesen wäre. Sein Vater und die anderen Herrschaften wandten sich bereits dem Anlegeplatz des Dampfschiffes zu. »Ich werde noch ein bisschen durch die Stadt streifen und stoße dann später zu euch«, sagte Louis. Er war darauf gefasst, dass sein Vater ihm dieses Vorhaben untersagen würde, doch Tom war durch sein Gespräch mit ihrem neuen Bekannten, Kapitän McKinnon, den sie gestern in Lerwick kennengelernt hatten, abgelenkt.

Erleichtert machte Louis auf der Hacke kehrt, schob die Hände in die Taschen und lief auf das graue Straßengewirr der Inselhauptstadt zu. Er freute sich darauf, einige Stunden für sich zu haben. Nach der Inspektion des Leuchtturms von North Unst hatten sie Lerwick angesteuert, das auf Mainland, der Hauptinsel der Shetlands, gelegen war, an einem Sund zur Insel Brassay. Durch seine geschützte Lage war der Ort ein beliebter Anlaufpunkt für Heringsflotten sowie Wal- und Seehundfänger. Auch heute dümpelten bullige Heringsbüsen neben den Walfangschiffen mit ihren gewaltigen Haken und Harpunen. Offenbar war der Fang in diesem Jahr bislang schlecht gewesen; ein Kapitän hatte berichtet, dass keine Wale gesichtet worden waren und kaum Seehunde. Dafür lockten dreimastige Klipper mit der Fahrt nach Übersee.

Obgleich schon später Abend war, saßen die Menschen vor den Häusern, standen in Grüppchen beisammen, redeten, lachten und sangen. Auf improvisierten Feuerstellen wurde gegrillt, fliegende Händler verkauften Bier, Tee und Austern. Louis genoss die lebhafte Atmosphäre, die ein scharfer Kontrast zur Einsamkeit auf den Leuchtturminseln war. Mit seinen verwinkelten Gassen und Hinterhöfen und dem sommerlichen Lebensrhythmus, der gestern bis spät in die Nacht feuchtfröhlich gewesen war und am heutigen Sonntag spät eingesetzt hatte, trug Lerwick zu Recht den Beinamen »nördliches Venedig«. Allein der Torfrauch und die Temperaturen erinnerten daran, dass man in Schottland war.

Auch jetzt drangen die Gesänge der Fischer aus den Tavernen. Gestern Abend hatten sie gemeinsam die Stadt erkundet, hatten sich Fort Charlotte und die bescheidene High Street angeschaut und einige Bekanntschaften geschlossen. Anschließend hatten sie Kapitän McKinnon und andere Herrschaften auf einen Grog auf die *Pharos* eingeladen. Bei der für Louis ungewöhnlichen Nachthelle waren Hunderte Fischerboote schwer beladen in den Hafen zurückgekehrt. Louis hatte an die Bilder indianischer Kanus denken müssen und sich wie in einer fernen Welt gefühlt. Der heutige Tag war von den zwei Gottesdiensten durchschnitten gewesen, von denen er seiner Mutter in seinem Brief ausführlich zu berichten gedachte. Anschließend hatten sie die hiesigen niedlichen Ponys kennengelernt und das Rundhaus der Pikten besichtigt, das sich am Rande von Lerwick an einem Süßwassersee voller Enten und Schwäne befand. Es war lange nicht so beeindruckend, wie Maes Howe, das Haus der Toten auf den Orkneys, gewesen sein musste, aber immerhin war Louis einmal auf seine Kosten gekommen.

Louis wich zwei Frauen aus, die an einer Stange einen Wasserbottich schleppten, kaufte sich ein Pale Ale in einer der Kneipen und versuchte, mit den Einheimischen ins Gespräch zu kommen, verstand sie jedoch schlecht. Anschließend lief er die Commercial Street entlang, blickte in Häuser und Höfe, machte sich Notizen zuhauf. Reisen waren wahrlich inspirierend, und er wünschte, er hätte die Zeit, seine Eindrücke ausführlich festzuhalten. An den Fassaden hingen Leinen mit zum Trocknen aufgespießten Fischen. In den Lodberries, direkt an der Wasserlinie liegenden mausgrauen Gebäuden, sah er mehrere Männer an einem Boot herumräumen. Etwas blitzte unter der Plane auf, mit der sie die Ladung verdeckt hatten. Neben ihnen klaffte eine geöffnete Holzkiste mit Flaschen, mindestens eine war halb leer. Waren das Schmuggler?

Louis wusste, dass er sich besser zurückgezogen hätte, beobachtete sie aber gebannt. Da er fürchtete, entdeckt zu werden und ihre Missbilligung auf sich zu ziehen, ging er in großen Schritten über die Gasse, um in einem Durchgang zu verschwinden. Keine gute Idee – denn in den Schatten hinter ihm schien sich etwas zu bewegen. Plötzlich packte ihn jemand, riss ihn weiter ins Dunkle, verpasste ihm einen Fausthieb, sodass er im Dreck landete. Seine Gedanken überschlugen sich. War das ein Überfall? Warum war er nur so leichtsinnig gewesen? Er hätte doch längst neben seinem Vater an Deck sitzen können, eine Pfeife schmauchen und an einem Grog nippen. Er hatte kaum Wertsachen bei sich, doch aus Edinburgh wusste er, dass es sicherer für Leib und Leben war, den Dieben zu geben, wonach sie begehrten.

»Ich habe nur noch ein paar Münzen – nimm sie, aber lass mich in …«, stammelte er. Er wollte sich hochrappeln, doch dann fiel der Gestalt vor ihm das fahle Nachtlicht ins Gesicht, und Louis glaubte, bekannte Züge zu erkennen. Hatte er doch recht gehabt? »James?«

»Endlich erwische ich dich allein, du Schweinehund! Hängst auf Deck immer im Windschatten deines Vaters oder des Skippers!« Der junge Schmied riss ihn hoch, warf ihn gegen die unverputzte Wand, die hart in Louis' Rücken stach. Er wollte ihm ins Gesicht schlagen, doch Louis konnte im letzten Augenblick den Kopf wegziehen. James' Faust krachte gegen die Mauer. Schmerzerfülltes Zischen. Der Griff an Louis' Kragen ließ kurz nach, sodass dieser sich losreißen und dem Licht am Ende des Ganges entgegenfliehen konnte.

Im nächsten Moment hatte James ihn schon wieder gepackt und zurückgerissen. Louis wollte um Hilfe schreien, doch James versetzte ihm einen Schlag. Beißender Schmerz. Blutgeschmack zwischen den Lippen. Louis heulte auf. »Was tust du hier? Warum greifst du mich an? Warst du das neulich auf dem Schiff auch? Was habe ich dir getan?«

»Was wohl?« James spuckte aus. »Du hast Jeannie verhext. Sie will mich nicht heiraten, redet nur von dir. Trotz allem. Einem Schwächling. Einem Versager. Einem verwöhnten Bürschchen. Aber wenn du erst weg bist …«

»Weg?«, fragte Louis wenig eloquent. Wenigstens begriff er jetzt, warum James so wütend auf ihn war. »Ich habe keinen Einfluss auf Jeannie. Sie wird andere Gründe haben …« *Ganz falsche Argumentation!*

»Sie verabscheut mich, meinst du?« James schoss vor. Auf einmal lagen seine Hände um Louis' Hals. »Niemand wird mitbekommen, wenn du hier stirbst. Ich lasse dich im Meer verschwinden. Ein bedauerlicher Unfall …«

Louis röchelte. Keine Möglichkeit mehr, um Hilfe zu rufen, sich zu befreien. Er machte sich bereit, mit seinem Leben abzuschließen.

Plötzlich drang eine tiefe Stimme zu ihnen: »Hier steckt ihr also!« Eine Gestalt schoss aus dem finsteren Ende des Gangs auf sie zu. »James, bist du von allen guten Geistern verlassen!« Der junge Schmied ließ abrupt von Louis ab. »Ich wusste doch, dass ich dich nicht allein lassen kann, vor allem, nachdem du neulich −«

»Schweigen Sie still, Mister …«, zischte James, verkniff sich dann aber – offenbar aus Respekt – den Rest.

Louis sog panisch Luft ein, rieb seinen Hals. Seine Oberschenkel waren weich wie Pudding. »Du warst das also wirklich …« Sein Blick flackerte zu Mr Warden. »Und Sie …« Er musste raus hier – raus, ans Licht.

Vor den Lodberries hantierten noch immer die Fischer und ein gut gekleideter Mann mit Kisten und Geld. Als sie ihn bemerkten, fuhren sie herum. »Verdammt – was hat der hier zu suchen!«, platzte der Mann im Anzug heraus und zeigte auf Louis. »Schnappt ihn euch!«

Die Fischer wollten sich bereits auf Louis stürzen, doch nun kamen Mr Warden und James aus der Gasse. Augenblicke später waren sie in einer Schlägerei. Louis entwischte seinem Angreifer und versuchte, sich davonzumachen; er wusste, dass er dem Kampf nicht gewachsen war. Doch schon wurde er gepackt und ins Meer geschleudert. Jemand versuchte, ihn unter Wasser zu drücken.

Louis wehrte sich verzweifelt. Die eisige Kälte des Wassers drang scharf bis auf seine Knochen. Aus dem Augenwinkel sah er, wie der Anzugmann eine Kiste und einen Beutel packte und verschwinden wollte. »Er haut … mit eurem … Geld ab …«, stieß er sterbensbang hervor. Dennoch zögerte der Angreifer lange genug, dass Louis sich seinem Griff entwinden konnte.

»Stopp! Das haben wir nicht abgemacht, verflucht!«, rief der Kerl und hechtete dem Anzugträger nach.

Louis wollte nun Mr Warden zu Hilfe kommen, der von zwei Kerlen belagert wurde. Aber was konnte er schon tun? Ihm fiel der Bleistift ein, den er wie immer in der Tasche trug. Kurz entschlossen hämmerte er ihn einem der Kerle ins Bein. Mr Warden konnte sich befreien, und da auch James seinen Angreifer niedergeschlagen hatte, rannten sie gemeinsam in die dunkle Gasse hinein. Erst als die Gefahr gebannt schien, kamen sie keuchend zum Stehen.

»Ausgerechnet ... Schmuggler!«, stieß Louis hervor.

»Der Kerl im Anzug sah wie einer vom Zoll aus ... glasklar Bestechung ...« Mr Warden schob James vorwärts. »Wir müssen zurück aufs Schiff. Sonst setzt es auch vom Skipper noch was.« Er sah Louis an, der blutend, tropfnass und ausgepumpt an der Hauswand lehnte. »Ich hoffe, Sie verraten uns nicht, Mr Stevenson. Wenn wir unsere Stellung verlieren ...« Als Louis schwieg, versetzte Warden James einen Stoß. »Los, entschuldige dich bei Mr Stevenson.«

»Das werde ich nicht tun!«

»Was bist du nur für ein halsstarriger Kerl! So einem soll ich meine Tochter geben?«

Louis nieste und hätte beinahe seinen Frühstückstee über den Tisch gespuckt. Prompt sprang seine Lippe wieder auf und blutete. Sofort reichte Tom ihm ein Taschentuch, dann stäubte er Gregorys Puder, ein Wundermittel, auf das er und Maggie schworen, auf einen Teelöffel. Er befühlte Louis' Stirn, was seinem Sohn unendlich peinlich war, wiewohl niemand sonst im Salon war. »Wir wollen hoffen, dass du dir bei deinem närrischen Ausflug keine Lungenentzündung eingefangen hast!«

»Was kann ich dafür, dass die Schmuggler mich angegriffen haben?«

»Du hättest dich gar nicht erst in so gefährlichen Ecken herumtreiben sollen. Der Zoll geht nicht davon aus, dass man die Kerle dingfest macht. Wir sollten dieses Zwischenspiel also für uns behalten. Kein Wort dazu an deine Mutter! Sie würde verrückt werden vor Sorge.« Tom zupfte einige Fussel von seinen Hemdsärmeln, die längst nicht mehr so blitzsauber und gestärkt waren wie zu Hause. »Glücklicherweise geht unsere Reise bald zu Ende, nur noch Sumburgh Head und Fair Isle.«

Louis seufzte. Nach seinem Zusammenstoß mit James, Mr Warden und den Schmugglern war er pitschnass auf die *Pharos* zurückgekehrt. Natürlich hatte sein Vater auf ihn gewartet und den Grund für seinen Zustand wissen wollen. Louis hatte sich etwas ausgedacht und die Beteiligung von Mr Warden und James verschwiegen. »Mach dir keine Sorgen«, sagte er nun, während er den bitteren Geschmack des Pulvers mit seinem Tee hinunterzuspülen versuchte. »Nur ein kleiner Schnupfen. Morgen wird es mir wieder besser gehen.« Um keinen Preis hätte er zugegeben, dass sein ganzer Körper schmerzte. »Abgesehen davon, werde ich Mutter gegenüber selbstverständlich schweigen.« Obgleich die Vorgänge eine spannende Geschichte abgeben würden, vor allem, da sie gut ausgegangen waren.

Sie machten sich zum Aufbruch bereit, und schon wenig später hatte der Tender die Bucht erreicht, und die Matrosen zogen das Boot an Land.

Louis sah sich um. Dies also war der Südzipfel der Shetlands: zwei schmale Landzungen, durch Sanddünen mit einem grünen Flaum aus Gräsern geprägt. Beinahe trockenen Fußes gingen sie auf die wenigen, versprengten Häuser zu. Auf einem war deutlich zu erkennen, dass das Schild »Spirituosen und Bier« mit »Tee und Tabak« übermalt war – ein Zeichen dafür, dass die Abstinenzbewegung auch hier weit verbreitet war. Auch deshalb wurde der Schmuggel mit Brandy so erbittert verfolgt.

Zwischen den Sanddünen befand sich in einer weitläufigen, grasbewachsenen Mulde eine Ruine: der Jarlshof, den Sir Walter Scott in *Der Pirat* verewigt hatte. Gleich daneben erblickte Louis das elegante Wohnhaus, das dem örtlichen Großgrundbesitzer gehörte. Sie aber wandten sich den steil und hoch aufragenden Klippen zu, die sich auf der anderen Seite des Eilands erhoben. Je näher sie kamen, desto intensiver lag Meersalz in der Luft. Sein Vater hatte ihm bereits mehrfach erklärt, dass dies an den an Felsen und Riffen brechenden Wellen sowie am Sumburgh Roost lag, doch als Louis die gewaltigen ineinanderfließenden Tide-Strömungen sah, war er dennoch beeindruckt. Selbst an einem ruhigen Tag wie diesem wurden Gischtwolken in den Himmel getragen und von Böen zerrupft. Der Aufstieg war anstrengend, aber je höher sie kamen, desto mehr nahmen die Eindrücke ihn gefangen.

»Was wollten Mr Warden und James gestern von dir? Ich sah, dass sie kurz nach dir das Schiff betreten haben«, fragte Tom, als sie verschnauften und auf die Felsvorsprünge sahen, auf denen Papageientaucher auf und ab tippelten, ehe sie sich ins Meer stürzten. Auf der Spitze des Kliffs war bereits der Leuchtturm zu erkennen, klein und gedrungen, trutzig den Naturgewalten die Stirn bietend. Ein Werk seines Großvaters.

»Ich … sie …« Louis nieste. »Das muss Zufall gewesen sein.«

Ein prüfender Blick. »Dein Bericht über die Schmuggler stimmte? Du würdest es mir doch sagen, wenn du etwas angestellt hättest?«

Louis nickte entschieden. Der Brief von Professor Jenkin fiel ihm wieder ein, und auf einmal war es ihm, als balancierte er in mehrfacher Hinsicht auf Messers Schneide. In was war er nur hineingeraten? Was hatte er nur so leichtfertig riskiert?

22

22. Juni, Fair Isle

Louis band den Schal enger um seinen Hals und zog die Mütze tiefer über seine schmerzenden Ohren. Er fröstelte, und doch hatte er um keinen Preis diesen letzten Inselbesuch verpassen wollen. Dabei wirkte Fair Isle, die Insel zwischen den Orkneys und den Shetlands, wild, düster und erbarmungslos. Überall Klippen von einem bis vierhundert Fuß Höhe, aufgerissen nur von öden Buchten, klaffenden Höhlen und plumpen Felsvorsprüngen und gefleckt mit Flechten. Doch seine Fantasie malte ein weiteres Bild über das Ödland: die *Gran Grifón*, das furchterregende Flaggschiff der Spanischen Armada, das 1588 vom Kurs abgekommen und gegen die zerklüfteten Felsen der Insel geworfen worden war. Mehr als zweihundert Soldaten und Matrosen hatten sich damals an Land retten können, während das Wrack mitsamt seinen nutzlosen Kanonen und all seinem Gold auf den Grund des Meeres gesunken war. Was dann geschehen war, beschäftigte Louis' Geist seit vielen Jahren, und er brannte darauf, die Schauplätze des Unglücks mit eigenen Augen zu sehen.

»David und ich sind ja der Auffassung, dass auf diese Insel mindestens ein Leuchtturm gehört, doch andere vertreten die Ansicht, dass man von der Fair Isle Abstand halten kann und sollte. In dänischen Zeiten gab es wohl ein Leuchtfeuer, das mein Vater noch in Augenschein nehmen konnte. Der Signalturm aus napoleonischer Zeit reicht nicht aus, das beweisen an die hundert Wracks, die hier den Meeresgrund pflastern. Ansonsten gibt es hier nichts zu sehen«, sagte Tom mit Blick auf die schäbigen Hütten düster.

»Sir Walter Scott war in seinem Reisebericht sehr beeindruckt«, warf Louis ein.

»Das war vor den jüngsten Vertreibungen. Wir werden sehen, was die Insel überhaupt noch zu bieten hat. Ich bin auf jeden Fall froh, dass wir einen Arzt dabeihaben.« Mr Andrews wandte sich an Mr Curry. »Es ist wahrscheinlich, dass Sie etwas zu tun bekommen.«

»Du kannst auf jeden Fall nach einem geeigneten Ort für einen Leuchtturm Ausschau halten«, sagte Tom. »Das ist eine gute Übung für dich.«

Louis signalisierte seinem Vater sein Einverständnis, fragte sich aber, ob er einen passenden Ort erkennen würde.

Als sie das Boot in einer südöstlich gelegenen Bucht festmachten, kamen ihnen sogleich ein großer dünner Mann und ein kleiner Junge entgegen. Louis schossen sofort Geschichten durch den Kopf: Vater und Sohn? Robinson und Freitag? Gulliver und die Winzlinge? Am liebsten hätte er sich hingesetzt und seine Geschichten ausfantasiert. Doch jetzt war keine Zeit dafür, außerdem hatte er wegen seiner ihm immer heftiger zusetzenden Erkältung ohnehin Schwierigkeiten, mit den anderen mitzuhalten.

Der Mann war unrasiert und schäbig angezogen; um seine Schultern schlabberte eine fadenscheinige Decke mit Tartanmuster im Stil der Hochlandschotten. »Willkommen auf Fair Isle«, sagte er kühl. »Was ist Ihr Begehr?« Der Junge musterte sie neugierig. Er war mager und wirkte, als sei seine letzte richtige Mahlzeit etliche Wochen her.

»Wir sind im Auftrag des Northern Lighthouse Board unterwegs und möchten den örtlichen Pfarrer sprechen«, sagte Tom. »Mit wem haben wir es zu tun?«

Der Junge pickte einen Stein auf und schleuderte ihn so auf das Meer, dass er mehrmals aufpitschte.

»Ich bin ein Diener unseres Herrn Jesus Christus und hergekommen, um zu predigen«, sagte der Mann. »Der Bursche wird Sie zu unserem Pfarrer, Mr MacFarlane, bringen. Ich habe zu tun.« Der Kerl sprach akzentuiert. Und dieser Tartan ... Ein einfacher Inselbewohner war er ohne jeden Zweifel nicht.

Louis wollte ihn aufhalten, um mehr über ihn zu erfahren. »Sind Sie schon lange hier?«

Der Prediger zögerte. Seine Schulterdecke flatterte im Wind. »Vor vier Tagen brachte mich die Schaluppe von Mr Bruce von Sumburgh hierher. Ihm gehört diese Insel, und ich bin in seinen Räumlichkeiten untergebracht.«

Während der Mann sich nun doch zu dem Jungen gesellte und vorausging, sah Louis sich um. Von hier aus wirkte die Insel beinahe malerisch. Das Land schlängelte sich in einem eleganten Bogen aufwärts und endete in den scharfen, wildwüchsigen Konturen der Klippen. An Seilen baumelten in großer Höhe Kinder, Jungen und Mädchen. Louis zückte das Fernglas. Sammelten sie Möweneier? Oder stahlen sie Möwenküken? Hatte er nicht erst auf den Orkneys oder Shetlands in einer der Zeitungen gelesen, dass Kinder bei dieser gefährlichen Kletterei abgestürzt waren? Doch, er erinnerte sich: Ein Junge war in die Brandung gestürzt und sofort vom Meer verschlungen worden. Und doch juckte es ihn in den Fingern, ebenfalls loszuklettern. Wenn er sich nur kräftiger fühlen würde ...

Eine armselige Ansammlung Häuser drängte sich am oberen Ende der Bai. Der Pfarrer saß an einem Tisch und hantierte in einer lackierten Holzbox. Als er den Kopf hob, war sein Gesicht noch immer konzentriert, die Zunge in den Mundwinkel gepresst. Schnell klappte er die Box zu. Seine Züge hellten sich auf, als Tom sie vorstellte. »Was für eine angenehme Abwechslung! Ich führe Sie gern herum!«

»Mr Curry hier würde die Kranken aufsuchen, falls Bedarf besteht«, sagte Tom.

»Ihre christliche Nächstenliebe ist mehr als willkommen! Lord Teynham kann Sie dorthin bringen.«

Erstaunt tauschten sie Blicke. Von welchem Lord sprach der Reverend? Der abgerissene Hüne senkte zustimmend das Haupt. Offenbar war er der Lord.

»Sie haben sich noch nicht bekannt gemacht?« Der Pfarrer lächelte. »Aye, Lord Teynham unterstützt mich bei meinen Bemühungen, den Glauben in die Herzen der Menschen zu bringen. Früher kam nur einmal im Jahr ein Pfarrer auf die Fair Isle, dann mussten im Akkord Eheschließungen, Taufen und Trauerfeiern stattfinden. Das war ja kein Zustand! Selbst zu zweit haben wir mehr als genug zu tun!«

Louis dachte an seine Idee, eine Sonntagsschule zu unterstützen. Wenn sogar ein Lord sich derart selbstlos für die Armen und Bedürftigen einsetzte, warum schaffte er es nicht? »Sie verrichten wahrlich ein frommes Werk«, stimmte Tom unterdessen zu. »Es wäre mir eine Freude, später Ihre Kirche aufzusuchen.«

Der Reverend lachte gutmütig. »Versprechen Sie sich nicht zu viel davon. Dies ist nicht Edinburgh, ja, nicht einmal Kirkwall oder Lerwick. Ich bin gleich wieder da.« Er brachte die Box ins Haus.

»Haben Sie denn hier auch eine Schule?«, fragte Louis, als sie kurz darauf losgingen.

»Auch die sollen Sie zu sehen bekommen. Die Bildung der jungen Menschen ist uns sehr wichtig, denn welche Zukunft steht ihnen offen, wenn sie nichts wissen? Nicht umsonst wurden viele vertrieben oder sind freiwillig nach Amerika ausgewandert.« Der Pfarrer führte sie in ein dunkles, ärmliches Haus mit löchrigem Dach, durch das Regentropfen auf den Boden platschten. Die Holzbalken, die Teile des Daches stützten, waren dick, geschliffen und von abblätterndem Teer gefleckt.

Lägen auf dem Pult nicht einige zerfledderte Schulbücher, würde man nicht denken, dass man eine Schule betreten hat. »Die Balken stammen von einem Schiffswrack?«, schnitt Louis das Thema an, das ihn am meisten interessierte.

»Ohne die Ernte des Meeres ginge es den Menschen hier noch schlechter. Auf der Insel kann man nur wenig anbauen. Das Land ist karg und im Norden moorig, das Wetter schlecht. Die meisten Monate des Jahres fristet man mit dem sein Leben, was das Meer einem schenkt – und das ist wenig genug.«

»Wie nach dem Untergang der Holk aus der Spanischen Armada, nehme ich an. Gibt es noch Fundsachen, Überlieferungen aus der Zeit?«

»Er hat kein gutes Licht auf die Inselbewohner geworfen, dieser Schiffsuntergang. Es hat geheißen, die Einwohner hätten die Schiffbrüchigen ermordet, zumindest einen Teil von ihnen. Das stimmt aber nicht. Hier leben gottesfürchtige Leute.«

»Das glauben wir gern«, sagte Tom beschwichtigend, obgleich er Louis schon oft erzählt hatte, dass viele Strandräuber das, was das Meer ihnen schenkte, als Gottes Gabe betrachteten. Das war ein Grund, warum Leuchtturmbauern wie ihnen so viel Widerstand entgegengebracht wurde.

Louis hüstelte zustimmend. Er fühlte sich schwach, merkte deutlich, dass er fiebrig wurde.

»Die Einheimischen sprechen nicht gern über den Untergang der *Gran Grifón*«, fuhr der Priester fort. »Sie fürchten, dass das Ansehen ihrer Vorväter beschmutzt wird. Siebzig Seelen lebten damals auf Fair Isle; über zweihundert Schiffbrüchige suchten die Insel heim. Und diese siebzig Seelen hatten kaum selbst genug zum Leben. Sie haben getan, was sie konnten, haben geteilt, und doch sind etwa fünfzig Spanier an ihren Verletzungen oder an Hunger gestorben. Sie wurden hier auf dem Gottesacker beerdigt.«

Als sie zu der Felsformation weitermarschierten, die seinen Vater besonders interessierte, malte Louis sich aus, wie es damals gewesen sein musste: die Spanier mit ihren schwarzen Haaren und der sonnengebräunten Haut, aus den Orangengärten von Sevilla stammend, gestrandet in der nordischen Ödnis, die prächtige Kleidung ausgeblichen, von Meer und Fäulnis zerstört, die Degen und Bajonette verrostet ... Wie eilig müssen sie es gehabt haben, hier wegzukommen! Wie sehr mussten sie sich nach ihrer Heimat gesehnt haben!

Der Aufstieg zur Klippe fiel ihm schwer, er war kurzatmig, und sein Husten nahm so sehr zu, dass Tom ihm ein Medikamentenfläschchen zusteckte. Sie blickten in einen Abgrund, vor sich ein natürliches Brandungstor. Ungewöhnlich rot waren die Felsen hier, rot auch der steinerne Brandungspfeiler, der inmitten des Seegrases aufragte. Der Halbmond der Kliffkante verstärkte die Geräusche unnatürlich, und das Klickern der Steine in der Strömung, das Grollen der Wellen und die Schreie der Vögel drangen laut an ihre Ohren. Tom betrachtete die Insel, die man von hier aus gut übersehen konnte, und machte eine Skizze in sein Notizbuch. Louis begriff: Dies war der Moment, in dem er nach einem geeigneten Ort für einen Leuchtturm suchen sollte. »Vielleicht direkt hier oben?«, schlug er vor und schob die Hände unter die Mütze, um sie über seine Ohrmuscheln zu legen, in die sich der Wind verbissen hatte.

»Meinem Eindruck nach gibt es bessere Standorte.« Tom vertiefte sich wieder in seine Skizzen und in die Beobachtung des Seegangs vor der Küste.

Louis hatte genug. In der Hoffnung, möglichst bald Wind und Kälte entfliehen zu können, eilte er mit dem Pfarrer voraus. Der Geistliche führte sie in eines der schäbigen Häuser: durchlässige Mauern, gestampfter Boden, Löcher im Dach, durch die der Rauch abziehen konnte. Hier hausten die Menschen Seite an Seite mit ihrem Vieh. Armut und Elend bedrückten Louis. *Zustände wie im Mittelalter, und nicht wie im führenden*

Land der Aufklärung. Undenkbar, hier zu überleben, hier gesund und bei Sinnen zu bleiben.

»Was für ein Gegensatz! In Edinburgh haben wir jeden Luxus. Und hier haben die Menschen noch nicht einmal ein dichtes Dach und genug zu essen«, sagte er leise zu seinem Vater, der inzwischen nachgekommen war. Tom nickte, ihm war anzusehen, dass ihn diese Lebensbedingungen ebenso beschäftigten.

Als sie wenig später an einer Art Deich auf drei Frauen trafen, hätte Louis am liebsten einen Bogen um sie geschlagen – zu verhärmt und elend wirkten sie. Zwei waren jung, eine sah recht gesund aus und hatte ein Kind. Die dritte war alt und schaute bleich und verstört aus dem schwarzen Schal, den sie um Hals und Kopf geschlungen hatte.

»Verkaufen Sie farbige gestrickte Strümpfe?«, sprach Tom sie an, der wohl ein mildtätiges Werk an ihnen verrichten wollte. Alle drei verneinten.

»Vermutlich hat der Kaufmann sie aufgekauft«, sagte der Pfarrer.

»Ganz genau das ist der Fall, ganz genau!«, rief die Greisin aus. »So läuft es eben.« Sie schien keinen einzigen Zahn mehr im Mund zu haben.

»Vielleicht gibt es noch welche im Laden«, warf eine der Jüngeren ein, mied aber ihren Blick.

Mr Andrews hatte sich das Kind näher angeschaut. »Sie haben eine ungewöhnlich verständig wirkende Tochter. Ihre Augen wirken so vernünftig.« Mit diesen Worten reichte er dem Kind zur Belohnung einen Penny. Sofort versuchte das Mädchen, den Penny zu verschlucken.

»Zweieinhalb Jahre, Sir!«, rief die Greisin, die Mr Andrews wohl nicht verstanden hatte.

»Was willst du damit sagen?«, fragte die Mutter sie in aggressivem Tonfall.

»Zweieinhalb ist sie«, wiederholte die Greisin.

»Du solltest das nicht sagen. Was geht die das an, alte Vettel!«

»Der Gentleman hat gefragt. Du solltest zuhören, was die Gentlemen sagen!« Die Frauen begannen eine scharfe Diskussion, in der sie nicht mit Schmähungen sparten.

Der Pfarrer schien ungerührt, als seien derartige Auseinandersetzungen nichts Neues für ihn. »Der Vater des Kindes starb an Schwindsucht. Ein Jammer, dass es für eine junge, kräftige Frau wie sie hier keine Arbeit gibt.«

Louis fand die ganze Szene peinlich und schämte sich dafür, dass über die Frau gesprochen wurde, als wäre sie nicht da. Er fühlte sich niedergeschlagen und schwach; er hatte genug von dieser Insel, genug von der Reise. Doch noch stand der Besuch in der Kirche aus, die sich als ein einfaches Bauernhaus mit unlackierten Bänken und ebenso karger Kanzel entpuppte. Auf dem Friedhof lasen sie die Inschriften auf den Holzkreuzen. »Der Älteste ist vierundsechzig geworden«, meinte Tom erschüttert.

»Die Verwandtenehe macht die Bewohner schwach. Kaum eine der Frauen hat gute Augen, aus genau diesem Grund«, berichtete der Reverend.

Tom hatte weitere Holzkreuze betrachtet und zückte sein Messer. »Da hat sich jemand vertan. Der Fehler muss korrigiert werden.«

»Tuen Sie das lieber nicht, Sir. Es könnte als beleidigend empfunden werden«, hielt der Pfarrer ihn auf. Widerwillig steckte Tom das Messer weg, dann wandte er sich abrupt ab. Derartige Fehler konnte er nicht ertragen.

Im Geschäft betrachteten sie die bescheidene Sammlung von Waren, die die Einwohner erwerben konnten, und die Strickwaren mit dem typischen Muster – angeblich eine Inspiration der gestrandeten Spanier, wie Louis erfuhr –, die verkauft wurden.

Sichtlich angegriffen stießen Mr Curry und der adelige

Seelsorger zu ihnen. »Grauenvolle Zustände bei den Kranken. Einige sind zu Skeletten abgemagert. Ihre einzige Hoffnung ist der Tod«, wisperte der Arzt ihnen zu.

Louis war zutiefst deprimiert, als der Pfarrer sie noch einmal in sein Haus bat. Von Zivilisation und Kommunikation abgeschnitten, von Krankheiten geplagt und in erbärmlichen Häusern lebten die Menschen hier. Was sie auf ihrer steinigen, kalten Erde anbauten, reichte lediglich für drei Monate – die restliche Zeit waren sie auf die Erträge des Meeres angewiesen, das sie mit Fisch, Seegras und Strandgut versorgte.

»Apropos Strandgut«, sagte der Pfarrer, als habe er Louis' Gedanken gelesen. »Sie haben sich sicher gefragt, welch hübsche Box ich zu reparieren versuche. Es handelt sich um eine deutsche Musikbox, die ich nach dem Schiffbruch der *Lessing* aus dem Wrack geborgen habe. Ich hoffe sehr, dass ich dieses wahre Gottesgeschenk wieder zum Laufen bringe!« Strahlend verabschiedete der Reverend sie.

Louis wunderte sich, dass der Geistliche so fröhlich über einen Schiffsuntergang sprach, bei dem immerhin auch jedes Mal Menschen starben. Aber vielleicht machten dieses Land und die Lebensbedingungen auch hart.

Louis verzichtete auf das Abendbrot und ging zu Bett, sobald sie aufs Schiff zurückgekehrt waren. Seine Stirn war heiß, seine Wangen glühten, doch gleichzeitig bibberte er. Seine Nase lief unaufhörlich, und bei der Rückfahrt von der Fair Isle zum Raddampfer hatte er mehr als einmal mit einem Hustenanfall gekämpft. Die unbearbeiteten Zettel, auf denen sein Vater Aufgaben notiert hatte, schienen ihn vorwurfsvoll anzusehen. Den meisten Berechnungen war er nicht gewachsen, etliche begriff er nicht einmal. Das einzugestehen, fiel ihm schwer.

Die Eindrücke der letzten Tage zogen an ihm vorbei, eine schnelle Abfolge von Schauplätzen und Gesichtern. So viel

Neues hatte er kennengelernt, so viele Leben, so viele Schicksale. Gern wäre er länger geblieben, hätte länger mit den Menschen geredet, doch sein Vater war getrieben gewesen, als sei er auf der Flucht. Ja, auch über das Leuchtturmbauen hatte er viel gelernt, und was er gesehen hatte, hatte Louis mit Ehrfurcht und Respekt erfüllt. Würde er selbst je in der Lage sein, auf einem spitzen Felsen im sturmumtosten Meer einen Leuchtturm zu errichten, der Jahrhunderte überdauern würde, wie sein Vater und sein Onkel es taten?

Zitternd zog Louis sich die Decke bis ans Kinn. Sein Blick blieb an seinem Notizbuch hängen. In seiner knappen Freizeit und in den Nachtstunden, in denen Schlaflosigkeit ihn wach gehalten hatte, hatte er an seinen Geschichten und Gedichten gearbeitet. Auf seiner Ideenliste standen Pläne für einen Roman, Kurzgeschichten und etwa elf Theaterstücke. Doch kaum eine Zeile war so gelungen, dass sie vor seinem kritischen Geist Bestand gehabt hätte. Tiefe Verzweiflung überfiel ihn. War er denn zu gar nichts nutze? Machte er alles falsch?

Ein Hustenkrampf schüttelte ihn. Er bemerkte eine Bewegung an der Tür, wollte sich beruhigen und konnte es nicht. Plötzlich spürte er eine große Hand auf seiner Stirn.

»Du glühst ja, Lou.« Besorgnis lag in der Stimme seines Vaters. Tom stellte eine Schale mit Porridge ab, die er mitgebracht hatte, und sorgte für kalte Wadenwickel und Medikamente.

Louis dämmerte weg, doch als er aus seinem unruhigen Schlaf erwachte, saß sein Vater noch immer an seiner Seite, ein Bein übergeschlagen, die Hände um die Knie gefaltet. Draußen war es dunkel. Er musste lange geschlafen haben.

»Du musst aufstehen und etwas essen. Wir legen gleich an«, sagte Tom sanft.

Louis bemerkte, dass sein Vater die Aufgaben und die Notizbücher zusammengepackt hatte. »Ich habe es … viele Aufgaben … nicht geschafft«, stammelte er.

Toms übergeschlagenes Bein wippte. Nachdenklich sah er aus dem Bullauge. »Eben deshalb habe ich meine Zweifel«, sagte er wie zu sich selbst.

»Woran ... zweifelst du?«, fragte Louis matt.

»Professor Jenkin ...«

»Ja?« Louis stemmte sich auf die Ellbogen, wollte sich aufsetzen, weil er das Gefühl hatte, sich so besser verteidigen zu können. »Vater, ich habe ... Ich wollte dir sagen ...«

Toms Brauen bildeten einen Keil. »Jenkin schlägt vor, dass du neben dem Besuch seines Kurses und neben der praktischen Feldarbeit im nächsten Semester an seiner privaten Theatergruppe teilnimmst. Eine enge Verbindung zu Jenkin wäre ohne Zweifel wünschenswert. Aber du weißt, was deine Mutter und ich vom Theater halten. Und um es geradeheraus zu sagen: Ich fürchte, dass es dich in deinen ungesunden Neigungen und Tagträumereien bestätigen wird.«

Was des einen Albtraum, ist des anderen Traum. Neue Energie durchfuhr Louis. Das also hatte Professor Jenkin geschrieben! Er hatte ihn nicht verraten! Jenkin und seine Frau mochten ihn, wollten ihn um sich haben. Faszinierende, gebildete Menschen, tolerant und weltoffen. Er sollte Teil ihrer Theatergruppe, vielleicht ihres Freundeskreises werden! Louis konnte sein Glück kaum fassen. Doch dann sickerte der erste Teil des Satzes in ihn ein: Ingenieurskurs und praktische Feldarbeit. Er würde an beidem teilnehmen müssen, kein Schwänzen möglich. Jetzt war Büffeln angesagt. Ade, Traum vom Schreiben. Aber wenn das die Kröte war, die er schlucken musste ... »Das Laientheater ist eine harmlose Freizeitbeschäftigung. Das Studium hat Vorrang«, sagte Louis fest.

»Du hast begriffen, dass die Schriftstellerei kein ernstzunehmender Beruf für einen Mann ist? Ganz abgesehen davon, dass du nicht gut genug bist und niemals gut genug –«

Louis nickte heftig. Die ehrliche Antwort, seine wahren Gefühle konnte er nicht aussprechen.

»Wie du Cummy das alles erklären willst, wäre mir allerdings ein Rätsel.«

Louis setzte sich mühsam auf. Sofort reichte sein Vater ihm seine Flanellwäsche und dicke Socken. Louis schlüpfte hinein und lächelte seinen Vater an. »Cummy lass meine Sorge sein. Ich muss ihr ja nicht direkt auf die Nase binden, was mich zu Professor Jenkin treibt. Später werde ich ihr schon beibringen, dass diese Art von Theater nicht in die Hölle führt. Ansonsten versichere ich dir und Mutter, dass ich meinen Pflichten gewissenhaft nachkommen und bei den Theaterproben den nötigen Anstand wahren werde. Ich werde euch keine Schande machen.«

23

Edinburgh, Ende Juni

Eine seltsame Ruhe lag über dem Haus, als sie endlich ankamen. Louis' Zustand hatte sich im Laufe der Reise trotz zugiger Kutschen und Gasthäuser gebessert, wenn er auch noch nicht wieder ganz genesen war. Cummy eilte seinem Vater sogleich entgegen und wisperte etwas, Tom folgte ihr sofort zu Maggies Schlafzimmer.

Louis wollte ihnen folgen. »Ist etwas mit Mutter?«

»Es ist besser, wenn Sie warten, Master Lou«, sagte Cummy bestimmt. Dann bemerkte sie seine rote Nase, den dicken Schal und wohl auch die Ringe unter seinen Augen. »Ach, das ist ja wieder ein rechtes Krankenlager hier! Geben Sie acht, Master Stevenson, dass es Sie nicht auch noch erwischt!«

Louis hatte sich danach gesehnt, sich in sein Zimmer zurückzuziehen und unbehelligt Zeit nach seiner Façon zu verbringen, nun aber sorgte er sich dafür zu sehr. Cummy und sein Vater verschwanden hinter der Tür, das Dienstmädchen kam herbei und brachte eine Schale mit dampfendem Wasser und weißen Laken. Louis begrüßte sie, doch sie mied seinen Blick. Stand es so schlecht um Maggie? Die Eisenklammer um seine Brust schnurrte weiter zusammen, und er klopfte.

Cummy öffnete die Tür nur einen Spalt. »Ziehen Sie sich zurück, Master Lou. Ich hole Sie, wenn sie Sie sehen will.«

»Wenn meine Mutter mich *sehen will?* Was hat das nun wieder zu bedeuten?« Herzklopfen. Hüsteln. Mit einem bedauernden Blick schloss Cummy die Tür. Das Dienstmädchen kam heraus. »Was ist mit Maggie?«, fragte er sie. Doch Barbara hob nur die Schulter, sah ihn nicht an und eilte die Treppe hinunter. In Louis machte sich Erschöpfung breit. *Nicht zuträglich, das Ganze.* Doch es half niemandem, wenn sich sein Zustand wieder verschlechterte.

Jemand rüttelte an seiner Schulter. Warum ließ man ihn nicht in Ruhe? Er hatte gerade so schön geschlafen! »Master Lou, wachen Sie auf!«

Louis fuhr hoch, die Augen verquollen, die Wange feucht. Peinlich berührt wischte er sich über das Gesicht. »Maggie … Geht es ihr nicht gut?«

Cummy sah ihn stirnrunzelnd an. »Ihrer Mutter geht es besser. Sie braucht nur etwas Ruhe. Aber Ihr Vater erwartet Sie.« Demonstrativ legte sie ihm Handtücher auf die Bettkante.

Sobald Cummy das Zimmer verlassen hatte, sprang Louis auf. Als er sich frisch gemacht und angekleidet hatte, lief er die Treppen hinunter. Der Schlaf hatte ihm gutgetan.

Sein Vater saß im Salon und senkte die Zeitung, als Louis eintrat. Er hatte sein Edinburgher Aussehen zurück: steif gestärkt und makellos die Kleidung, ohne Fältchen oder Fussel. »Du kannst frühstücken, ehe wir aufbrechen.«

»Ich wusste nicht, dass wir irgendwo hingehen.«

Das Dienstmädchen schenkte Tee ein; es wirkte mürrisch. Wieder fragte Louis nach seiner Mutter, doch Tom verschanzte sich hinter den Zeitungsseiten. Louis butterte seinen Toast, hatte jedoch keinen Appetit. »Warum sagt mir niemand, wie es Mama geht? Warum kann ich nicht zu ihr? Alle behandeln mich, als hätte ich etwas angestellt.«

Ein kühler Blick über das Papier hinweg. »Die Nerven deiner Mutter müssen geschont werden. Für meine Nerven interessiert sich ja niemand.« Tom hustete. »Wir fahren nach Granton.«

Als Louis seinen Toast endlich heruntergewürgt hatte, war die Kutsche schon angespannt. Die Strecke nach Granton betrug lediglich drei Meilen, und doch kam sie Louis heute endlos vor, da sein Vater jeden Gesprächsversuch abperlen ließ. Hatte er etwas angestellt, ohne sich dessen bewusst zu sein? Warf man ihm etwas vor? Er war doch auf der Inspektionsreise allen Anforderungen so gut wie möglich nachgekommen!

Schnell ließen sie die herrschaftliche Wohngegend der New Town hinter sich und fuhren inmitten des Lastverkehrs zum Firth of Forth hinunter. Dort, am Hafen, mussten sie an den Schienen der Caledonian Railway warten, bis die Dampflokomotive mit ihren unzähligen Wagons vorbeigeschnauft war. Schon oft war Louis mit seinem Vater in Granton gewesen, um die Eisenbahnfähre zu bestaunen. Heute hatte er jedoch keinen Blick für die *Leviathan* mit ihrer schweren Fracht. Unwillkürlich stieß er ein Schnauben aus und verschränkte die Arme. Wenn sein Vater diese mürrische Atmosphäre haben wollte, dann sollte es so sein.

Vor dem roten Ziegelbau des Northern Lighthouse Board stiegen sie aus. Eines der Versorgungsschiffe lag am Kai und wurde gerade mit Kohle beladen. Ehrerbietig grüßten die Männer Louis' Vater. »Wo ist die Lieferung von Chance Brothers and Company?«, fragte Tom sofort.

Louis nickte unwillkürlich. Es ging also um Linsen und Prismen. Das Lighthouse Board arbeitete schon seit Langem mit der renommierten Firma aus der Nähe von Birmingham zusammen; sie hatte bereits das Glas für Big Ben, das Weiße Haus und den Chrystal Palace geliefert. Als sein Vater in die Halle ging, in der die großen Glasgebilde gelagert, geprüft, zusammengebaut und für den Transport verpackt wurden, folgte Louis ihm. Von hier aus wurden auch komplette Laternen nach Indien oder Japan verschickt. Dass es so viele waren, bewies, wie gut ausgelastet sein Vater und sein Onkel waren.

Sonnenlicht fiel durch die Fenster in die Halle, brach sich im Glas und warf einen Funkenregen auf den Fußboden. Die hoch aufragenden gleißenden Gläser versetzten Louis in eine beinahe andächtige Stimmung. Was für Kunstwerke! Sein verzerrtes Bild in den polierten Reflektoren hingegen brachte ihn zum Grinsen.

»Was ist so lustig?«, fragte sein Vater scharf. Er ließ sich gerade die neueste Lieferung zeigen, deren Verpackung offenbar beim Transport beschädigt worden war.

Louis blieb das Lachen im Hals stecken. »Mein Spiegelbild.«

»Schön, dass du noch in den Spiegel sehen kannst! Sieh dir lieber das hier an.« Tom zeigte ihm die verbogenen Messinghalterungen der schweren Gläser und strebte sogleich weiter.

Louis gingen die Nerven durch. Unendlich oft vervielfältigt sah er sein in Segmente geschnittenes Gesicht in den Spiegelungen. »Mit Verlaub, ich begreife diesen scharfen Ton nicht. Was habe ich getan? Oder setzt dir die Sorge um Mutter derart zu?«

Sein Vater trat hinter den Gläsern hervor. Seine Kieferknochen mahlten. »Deine Mutter hat einen Zusammenbruch erlitten, als sie erfahren hat, dass dieses Mädchen, diese Jeannie, schwanger ist. Ganz Swanston zerreißt sich das Maul. Du bist mit ihr bei der Leinenbleicherei gesehen worden. Dein Ruf … *unser* Ruf ist ein für alle Mal ruiniert – von dem des unglücklichen Mädchens ganz zu schweigen.«

Louis musste sich an einem der Holzgestelle festhalten. In seinem Kopf drehte es sich. »Schwanger? Und ihr glaubt … Ich habe nicht … Bei Gott, ich schwöre, ich habe damit nichts zu tun!«

»Willst du Gott lästern?«

»Nein, Vater, das würde ich nicht wagen.« Er sah seinen Vater an. »Ja, ich habe Jeannie geküsst. Aber nie, nie sind wir weitergegangen! Und in der Bleicherei habe ich sie lediglich ... Ich wollte sicher sein, dass es ihr gut geht.«

»Wie kommt es dann zu diesem Gerücht?«

»Ich habe keine Erklärung dafür. Es ist eine Lüge, eine Verleumdung. Vielleicht hat ... ihr Verlobter ...«

Schatten huschten wie Gewitterwolken über Toms Gesicht. »Die arme Maggie wollte in Swanston gar nicht mehr auf die Straße gehen, so sehr hat sie sich geschämt. Kein Wunder, dass ihre zarte Gesundheit gelitten hat.« Wieder ein finsterer Blick. »Du schwörst, dass du nichts damit zu tun hast? Auf die Bibel?«

Louis nickte ernst. »Ja, Vater.«

Auf dem Rückweg fuhren sie über Canongate, wo sie in einer Seitenstraße in der Nähe von Kirche und Friedhof hielten und aus der Kutsche stiegen. Was wollten sie hier?

»Der Einsatz für Arme und Leidende ist deiner Mutter und mir wichtig, wie du weißt. Mein Bruder und ich unterstützen seit Langem auch das Magdalenen-Asyl. So wie Jesus alle Menschen liebt, dürfen auch wir unsere Augen nicht von den Armen und Gefallenen abwenden. Gerade du solltest wissen, wie es gefallenen Frauen ergeht.«

Louis war überrascht. Von Toms Verbindung zu diesem Hospital für gefallene Frauen, zumeist ehemalige Prostituierte, hatte er bisher nichts gewusst.

Im Inneren roch es nach Feuchtigkeit und frischer Wäsche. Ein Aufseher begrüßte Tom und führte sie herum; offenbar waren derartige Besuche nicht unüblich. Durch kleine Fenster konnten sie in die Räume sehen. Viele der Frauen, die in der Wäscherei arbeiteten oder Bibelunterricht bekamen, wirkten elend und krank. »Das Asyl ist aus der Philanthropischen Gesellschaft der Stadt hervorgegangen, die sich um die Resozialisierung früherer Gefangener kümmert«, sagte Tom. »Die Frauen werden durch Arbeit und Glauben gebessert. Medizinische Versorgung ist ebenfalls nötig, denn Geschlechtskrankheiten grassieren. Manchen frisst die Syphilis das halbe Gesicht weg, andere werden irre.«

Louis' Hals war rau. »Kommen die Frauen nie wieder hier heraus?«

»Viele bessern sich und können als Dienstmädchen in Haushalte vermittelt werden. Andere müssen in andere Edinburgher Anstalten überführt werden.«

»Es gibt mehrere?«

»Vier mindestens, aber auch Organisationen wie die Heilsarmee unterstützen Frauen in Not«, sagte der Aufseher. »Nicht alle sind ja Dirnen. Manches Mädchen und manche Dienstmagd wird Opfer von Übergriffen. Etliche Frauen werden auch schlicht von ihren Männern halbtot geschlagen.«

»Jede dieser armen Frauen sollte die Möglichkeit haben, sich von ihrem Mann scheiden zu lassen. Den Männern würde ich diese Möglichkeit nicht zubilligen, denn sie haben mehr Macht und sollten wissen, was sie tun«, sagte Tom hart.

Am Abend hatte sich die Lage im Hause Stevenson etwas beruhigt. Nach dem Besuch im Magdalenen-Asyl waren Louis und sein Vater schweigend durch die Nacht gerast. Zurück in der Heriot Row hatte Tom seinen Sohn auf die Bibel schwören lassen und war danach sogleich an Maggies Krankenbett geeilt. Louis bemühte sich, sich die Erschütterung nicht anmerken zu lassen. Wie konnte Jeannie schwanger sein? Mit wem hatte sie … Oder hatte jemand … aber wer? James etwa? War er deshalb so wütend, weil sie ihn nicht heiraten wollte? Ob das Gerücht überhaupt stimmte? Vielleicht wusste Cummy ja mehr. Er fand sie in der Küche, wo sie mit der Köchin zusammensaß. Eigentlich hatte Louis vorgehabt, sie in den Salon zu bitten, doch dann brach es aus ihm heraus: »Ich fasse nicht, dass ihr alle mir diese Schandtat zugetraut habt!«

Cummy und die Köchin tauschten Blicke. »Ich habe Ihrer Mutter gleich gesagt, dass Sie so etwas nie tun würden, Master Lou. Aber irgendjemand muss es ihr eingeredet haben. Ich bin in Swanston mit vielen gut bekannt und werde dafür sorgen, dass das Gerücht verschwindet.« Besorgt sah Cummy ihn an. »Sie gefallen mir gar nicht. Wollen Sie sich nicht hinlegen, und ich bringe Ihnen einen schönen starken Kaffee?«

»Eine heiße Schokolade wäre mir lieber.« Louis ließ sich auf die einfache Holzbank sinken und barg sein Gesicht in den Händen. Sein Kopf war heiß. Fieberte er wieder? Die Köchin machte sich sogleich an die Arbeit, und wenig später löffelte er Zucker in das dampfende Getränk. Schon beim ersten Schluck spürte er, wie seine Lebensgeister zurückkehrten und wie die Atmosphäre in der Küche mit ihrem bollernden Herd, der Armada von Kupfergeschirr und Porzellan für alle Eventualitäten ihn beruhigte.

Das Dienstmädchen trat herein. »Sie dürfen jetzt zu Ihrer Mutter«, sagte es und lächelte ihm ins Gesicht. Auch sie war sichtlich erleichtert, dass der Verdacht gegen Louis ausgeräumt war.

Dennoch hatte Louis einen Kloß im Hals. Offenbar hatten ihm alle ein derart schäbiges Verhalten zugetraut. Ein wohlgeordneter Haushalt. Eine glückliche Familie. Ein Netz voller Erwartungen, das sich immer wieder eng um ihn zusammenzog, ihn einzuschnüren drohte.

Sie ließen die rauchgeschwängerte Luft Edinburghs hinter sich und tauchten in die Pentland Hills ein, die sich bereits in ein herbstbuntes Kleid gehüllt hatten. Zu Louis' Entsetzen lag bereits eine erste Ahnung von Frost in der Luft – war der schottische Sommer etwa schon wieder vorbei?

»Wie herrlich die Buchen in ihrem gelb-orangenen Laub stehen! Ich bin so froh, endlich etwas anderes als mein Krankenlager zu sehen! Ein Aufenthalt in der Natur wird uns allen guttun! Was für ausgiebige Spaziergänge wir machen können!«, rief Maggie aus und strahlte ihren Mann an. Auch die Hunde, die seine Eltern auf ihrem Schoß festhielten, hechelten glücklich. Jegliche Sorgen, man könne die Familie Stevenson vorwurfsvoll betrachten oder Louis beschuldigen, schienen verflogen zu sein.

Louis beneidete seine Mutter um die Fähigkeit, sich auf die angenehmen Seiten des Lebens konzentrieren zu können. Ihm selbst gelang dies nicht immer, doch jetzt genoss auch er den Fahrtwind auf dem Gesicht, fühlte sich wohltuend von der Kutsche durchgeschaukelt. Nachdem er mit seiner Mutter gesprochen hatte, hatte sein Fieber ihn erneut überwältigt, und er hatte einige Tage lang das Bett hüten müssen. Sobald sie beide wieder auf den Beinen gewesen waren, hatte Tom verkündet, dass sie zur vollständigen Genesung nach Swanston fahren würden. Es drängte Louis, herauszufinden, was mit Jeannie war. Nach Mary zu suchen, war unmöglich gewesen, da er das Haus nicht verlassen konnte.

Die Straße schlängelte sich durch die Hügel der Pentlands und gab endlich die Sicht auf das Bouquet alter Bäume frei, die das weiße Farmhaus umgaben. Als sie vor dem Cottage vorfuhren, hatten Cummy und die Dienstmagd bereits alles vorbereitet: Das Haus war gut durchlüftet, die Betten frisch bezogen und im Garten stand ein kleiner Imbiss bereit. Louis konnte es kaum erwarten, zum Dorf zu laufen. Vielleicht würde er dort mehr über Jeannie erfahren, sie vielleicht sogar treffen. Oder wäre eine solche Begegnung gefährlich? Würde sie den Klatsch neu befeuern?

Bevor sich Louis auf den Weg machen konnte, musste er mit seinen Eltern und den Hunden zu einem gemeinsamen Spaziergang aufbrechen. Erst als sie den Schäfer John Todd und dessen Sohn mitsamt ihrer Herde trafen, konnte Louis sich verabschieden und sich den Todds anschließen. Er kannte den Schäfer schon lange und hatte ihn oft bei seinen Gängen begleitet. Auch heute taten die Ruhe des Mannes und dessen milde Weisheit Louis gut. Der Schäfer schien nichts von den Gerüchten zu wissen. Doch als Louis sich von ihm verabschiedete, sagte Todd bedächtig: »Ist gut, bekannte Gesichter zu sehen. Viel zu viel Unruhe im Dorf, jetzt wo unser Schmied weggezogen ist.«

»Mr Warden?«, fragte Louis, als interessiere es ihn nicht sonderlich.

»Ebender. Kam von der Reise mit Ihrem Vater zurück, verheiratete seine Jeannie mit seinem früheren Gesellen und zog mit ihnen weg. Ein Jammer – so geschickte Schmiede bekommen wir so schnell nicht wieder.«

»Wo sind sie hingezogen?«

»Das weiß ich nicht, Master Lou.«

Es fiel Louis schwer, sich seine Regung nicht anmerken zu lassen. So hatte James also Jeannie doch noch zur Frau bekommen. Die Not musste Jeannie zu dieser Entscheidung getrieben haben. Unverheiratet schwanger zu sein – einen größeren Skandal gab es kaum. Würde er sie je wiedersehen? Je wieder von ihr hören?

Am Sonntag kehrten sie nach Edinburgh zurück. Im Gegensatz zu dem Schäfer schien jeder Bewohner von Swanston von den Gerüchten gehört zu haben, und entsprechend ablehnend hatte man ihn beim Gottesdienst betrachtet. Louis hatte sich durch Schreiben abzulenken versucht, war aber nach wie vor unzufrieden mit dem Ergebnis. Er hatte sogar erneut sein Stück über Monmouth in Angriff genommen. Wenn Bob sich doch dazu äußern würde! Aber sein Cousin war ein säumiger Schreiber. Deshalb brannte Louis nun trotz seiner Abneigung gegen den Lerndruck an der Universität darauf, sich dort endlich einmal wieder mit anderen Studenten auszutauschen. Es musste doch unter den Hunderten Studenten noch ein paar geben, die ähnlich wie er tickten! Sogar auf die Begegnung mit seinen perfekten Cousins im Ingenieurbüro freute er sich inzwischen. Er würde sie sicher oft sehen, denn sein Vater hatte einen Plan ausgearbeitet, mit dem er Louis' Tage zwischen Studium, Arbeit im Büro und praktischen Erkundungen bei Zulieferfirmen aufteilte. Ein Käfig aus wohlgemeinten Unternehmungen, die ihm keinen Raum zur freien Entfaltung mehr lassen würden. Hoffentlich würde es zumindest zu den Theaterabenden bei Professor Jenkin kommen.

Auch der zweite Gottesdienst des Tages war eine Qual. Louis wäre bei der Predigt beinahe eingeschlafen, aber glücklicherweise hatten das Schnarchen eines Rothaarigen in seinem Alter und die empörte Reaktion darauf ihn wach gehalten. Als die Gemeindemitglieder aus der Kirche St. Stephen stoben, hielt der Pfarrer sie auf.

»Ich würde mit Ihnen gern etwas besprechen, Mr Stevenson«, sagte er zu Tom. »Und auch mit Ihnen, junger Mann«, setzte er hinzu, als Louis sich verdrücken wollte.

Unbehaglich folgte Louis seinem Vater. Wie so oft überfiel ihn ein schlechtes Gewissen. In der Nähe des Abendmahlstisches waren die schwarz gekleideten Älteren der Gemeinde versammelt. Die Männer öffneten den Kreis, um sie zu begrüßen. Auch der rothaarige Schnarcher war hier; er war vielleicht ein, zwei Jahre älter als Louis, groß und kräftig und gut gekleidet.

»Mr Stevenson, Ihr Rat wird weithin geschätzt. Es ist allgemein bekannt, dass Sie ein gottesfürchtiger Mann sind, der das Wort Christi lebt, auch in Veröffentlichungen und in Ihrem Einsatz für das Magdalenen-Asyl«, begann der Pfarrer.

»Das ist zu viel der Ehre. Ich tue nur, was jeder gottesfürchtiger Mann tun sollte, Reverend«, wandte Tom ein.

»Ihre Bescheidenheit ziert Sie. Und doch ist dem Ältestenrat Ihr Einsatz sehr wohl bewusst. Wir sind deshalb übereingekommen, Ihnen das Amt eines Ältesten in dieser Gemeinde anzutragen. Mr Baxter, der bereits zu diesem Kreis gehört, wird gern Ihre Fragen beantworten.« Der Pfarrer wies auf den Mann neben ihm, der dem Rothaarigen sehr ähnlich sah. Als ahnte er, dass Tom sein Ansinnen ablehnen könnte, fügte er hinzu: »Auch für Ihren Sohn wird sich eine Aufgabe finden lassen. Beispielsweise könnte er in der Sonntagsschule die Kinder unterrichten wie der junge Charles Baxter.«

Louis tauschte einen Blick mit dem Rothaarigen. Dieser nickte gewichtig, doch die zuckenden Mundwinkel deuteten an, dass er die Angelegenheit mit einem gewissen Unernst betrachtete, den Louis sofort sympathisch fand.

Tom schien die ganze Angelegenheit unangenehm zu sein, was Louis ihm angesichts der kursierenden Gerüchte nicht verdenken konnte. Oder gab es diese Gerüchte gar nicht? Waren es doch nur vereinzelte Stimmen, die sich seine Eltern in ihrer Sorge um den guten Ruf nur eingebildet oder überbewertet hatten?

Tom räusperte sich und sah in die Runde. »Ich bedanke mich für Ihr Vertrauen, muss Ihr Ansinnen allerdings ablehnen. Ich betrachte weder meinen Sohn noch mich als würdig, eine derartiges Amt anzunehmen. Sollte es weniger gewichtige Aufgaben geben, stehen wir der Gemeinde und dem Dienste unseres Herrn selbstverständlich zur Verfügung.«

Die Worte seines Vaters beruhigten und verletzten Louis zugleich. Doch bevor er selbst etwas sagen konnte, neigte der Rothaarige sich zu ihm und wisperte etwas, das Louis zum Lachen brachte – völlig unangemessen, natürlich. Hatte der Mann das ernst gemeint, oder hatte er sich verhört?

24

Sobald Louis sich zwischen seinen Pflichten freimachen konnte, ging er in die Stadt, um mit Mary zu sprechen. Obgleich er sich keine große Hoffnung machte, suchte er zunächst ihre Unterkunft auf. Als er sie dort nicht antraf und niemand wusste, wo sie sich aufhielt, lief er zum Leith Walk weiter. Feiner Niederschlag – war das noch Nebel oder konnte man es schon Regen nennen? – trieb ihn unter ein Vordach, wo er prompt von Bettlern und anderen zwielichtigen Gestalten angesprochen wurde. Er tastete nach den Münzen in seiner Tasche. Für einen Wein in einer Shebeen würde es reichen. Doch offenbar war er nicht der Einzige, der vor dem ungemütlichen Wetter an den Tresen flüchtete, und so dauerte es, bis er seinen Lieblingsplatz am Fenster ergattern konnte, wo er die Passanten beobachten konnte. Wenn Mary noch in der Fabrik arbeitete, würde er sie nach Arbeitsschluss entdecken. Abwechselnd blickte er auf seine Notizen und auf die Straße.

»Ah, Samtjacke, dich habe ich ja schon Wochen nicht mehr gesehen! Warst wohl in der Sommerfrische.« Eine ältere Frau in einem bunten engen Kleid ließ sich auf den frei gewordenen Stuhl neben ihn sinken, wahrscheinlich eine alternde Prostituierte. Sie stützte die Arme auf den klebrigen Tisch und beugte sich vor, sodass ihr üppiger Busen, der ebenso wenig faltenfrei wie ihr Gesicht war, ihm viel zu nahe kam. Auch die fleckigen Zähne und die zahlreichen Lücken im Gebiss sprachen von einem harten Leben auf der Straße. »Du willst nicht zufällig einer Dame ein Gläschen spendieren?«

»Nellie, halt den Jungen nicht vom Schreiben ab! Es sei denn, du möchtest eine Lokalrunde schmeißen, Samtjacke.« Unvermittelt war die attraktive Dame mit dem Bedlam Terrier hinter ihnen aufgetaucht. Wie war noch gleich ihr Name? Miss Kate, erinnerte Louis sich. Sie war ebenso hübsch wie bei ihrer letzten Begegnung, sehr gepflegt und hatte etwas Geheimnisvolles, das ihn unwiderstehlich anzog. Was tat sie hier in ihrem eleganten Kleid und mit dem damenhaften Gebaren?

»Ich fürchte, das lassen meine Mittel nicht zu, so gern ich es auch würde«, sagte Louis.

Miss Kate neigte sich über ihn, sodass er ihr Parfüm riechen konnte. »Schreibst du noch immer an deinen Gedichten?«

Nellie richtete ihre Bemühungen auf einen anderen Sitznachbarn, und Louis wandte sich Miss Kate zu. »Es ist schmeichelhaft, dass Sie sich daran erinnern. Derzeit arbeite ich an einer Geschichte, die in unserer Stadt spielt, mit all ihren Facetten.«

»Diese Facetten kennst du gut?«

»Die meisten schon, schätze ich«, sagte Louis. Plötzlich verunsichert, lockte er den Hund an und kraulte ihm das weiße Fell.

Miss Kate schien darüber erstaunt zu sein. »Aye, dann möchte ich das lesen. Du …«

In diesem Augenblick entdeckte Louis auf der Straße Mary. Kurz entschlossen sprang er auf und packte seine Sachen zusammen. Einen Wimpernschlag lang überlegte er, ob er den restlichen Rotwein in seinem Glas noch austrinken sollte, entschied sich aber dagegen; gleich darauf hatte Nellie sich das Glas geschnappt.

»Also so was! Man lässt mich doch nicht einfach so stehen! Was ist das denn für ein Benehmen einer Dame gegenüber!«, rief Miss Kate ihm halb amüsiert, halb empört nach.

»Als ob du eine Dame wärst!«, zischte Nellie.

»Entschuldige dich gefälligst! Auf Miss Kate lasse ich nichts kommen!«, hörte Louis die Wirtin rufen, ehe die Tür hinter ihm zufiel.

Als er Mary auf der Straße abfing, blickte er noch einmal durch die Scheibe – warum beobachtete Miss Kate ihn so aufmerksam?

»Louis.« Mary sah ihn flüchtig an, lief dann aber weiter.

Er ging ihr nach. »Hast du das gewusst, das mit Jeannie? Dass sie schwanger ist? Dass sie geheiratet hat?« Keine Reaktion. Stattdessen lief sie schneller. »Wer hat Jeannie das angetan?« Er packte sie am Ellbogen, drehte sie zu sich um. Gleich darauf tat ihm seine Grobheit leid. Menschen drängten an ihnen vorbei. Feierabend in den Fabriken.

Mary warf ihm einen müden Blick zu. Sie war noch dünner geworden, ihre Haare waren mit einem Staubschleier bedeckt, die Lippen aufgesprungen.

»Wie geht es dir?«, fragte Louis.

»Aye, jetzt interessiert es dich doch? Die Arbeit ist hart, Lad, die Bezahlung schlecht, und die Unterkunft …« Sie packte sein Revers, zog ihn zu sich. »Ich wünschte, ich wäre noch in Swanston. Aber das ist vorbei, auch deinetwegen. Und Jeannie … Ach, das Seelchen! Was blieb ihr anderes übrig?«

Marys Worte verwirrten Louis. Doch ehe er nachfragen konnte, blieb jemand neben ihnen stehen. Zu seiner Verblüffung war es Miss Kate. »Bei so einer niedlichen Freundin ist es kein Wunder, dass du mich stehen lässt, Samtjacke.«

»Wer ist die Dame?«, fragte Mary irritiert.

»Nur eine Bekanntschaft. Von eben«, sagte Louis, dem die Situation unangenehm war. Miss Kates Worte ließen ihn Mary mit anderen Augen sehen. Den Begriff »niedlich« hätte er nicht verwendet, aber auch sie war auf ihre Art schön.

»Das ist nicht sehr galant«, tadelte Miss Kate ihn und fügte an Mary gerichtet hinzu. »Darf ich dich kurz sprechen?«

»Ich weiß nicht, was Sie von mir wollen.«

»Nur kurz, Kleines.«

Louis ging ein paar Schritte zur Seite und beobachtete, wie Miss Kate auf Mary einredete. Redeten sie etwa über ihn? Aber warum ... Doch da war das Gespräch bereits beendet, und ein Mann trat aus einer Gasse auf die Straße. Er kam Louis vage bekannt vor: Boxergestalt, Pockennarben. Tatsächlich hakte Miss Kate sich bei ihm ein.

»Was wollte sie von dir?«, fragte Louis, als er neben Mary weiterging.

»Ich weiß nicht, wer Jeannie geschwängert hat, wenn du es nicht warst. Vielleicht ihr Chef. Oder James.« Mary klang, als sei sie in Gedanken woanders. Als es aus einer Taverne würzig nach Gebratenem roch, zog sie sehnsüchtig die Luft ein.

Louis lud sie auf eine Mahlzeit ein, auch wenn er damit für den Rest des Monats mittellos sein würde. Während sie aß, als habe sie tagelang nichts bekommen, berichtete Louis von seinem Zusammenstoß mit Mr Warden und James während der Inspektionsreise.

»Das würde passen«, murmelte Mary zwischen zwei Bissen. »Wenn James sie zum Verkehr gezwungen hat, musste ihm klar sein, dass sie schnell heiraten mussten, um einen Skandal zu verhindern. Sie hat sich vermutlich geweigert, weil sie dir noch hinterhergetrauert hat ...« Mary zog die Schultern hoch. »Sie leben jetzt wohl in Roslin. Weißt du was? Ein wenig bin ich froh, dass diese aussichtslose Angelegenheit jetzt ein Ende hat. So ist es für Jeannie am besten. Man muss sich mit dem Platz abfinden, den man hat.«

Louis schüttelte hadernd den Kopf. Wie oft hatte er das schon gehört ...

Louis wusste, dass es eine Dummheit war, doch er konnte nicht anders. Als seine Eltern während ihres nächsten Aufenthalts in Swanston einen Spaziergang mit Verwandten unternahmen, gab er vor, sich nicht wohlzufühlen, und blieb im Cottage. Sobald er sicher war, dass sie nicht zurückkehren würden, machte er sich auf den Weg nach Roslin. Es waren ungefähr vier Meilen, teilweise ging es bergauf und bergab durch die Heidelandschaft. Ein schöner Spaziergang, den er jedoch kaum genießen konnte, weil er unsicher war, was ihn erwarten würde. Auf den Einsatzlisten des Northern Lighthouse Board im Büro des Vaters hatte er gesehen, dass James auf See war. Von ihm drohte also keine Gefahr. Aber wie würde Jeannie auf seinen Besuch reagieren? Würde sie ihn überhaupt sehen, mit ihm reden wollen?

Der Ort befand sich an der Westseite des Roslin Glen, und für einen Moment genoss Louis den Blick über die altehrwürdige Templerkapelle Rossyln Chapel und die Burgruine. Er fragte sich nach den Wardens durch und stand schließlich vor einem der zweistöckigen Wohnhäuser, die die Straße säumten. Kaum hatte er geklopft, öffnete sich schon die Tür, und Jeannie stand ihm gegenüber. Was geschehen war, überschattete ihre früher so frischen Züge, hatte ihr inneres Leuchten verblassen lassen. Unter ihrem Kleid wölbte sich ihr Bauch. Aus dem Haus waren Kinderstimmen zu hören, vermutlich ihre Geschwister.

»Louis, was machst du hier?« Nervös sah Jeannie sich um.

»Ich wollte mich vergewissern, dass es dir gut geht. Ich hatte von deinem … Zustand gehört und … dass du nun doch James heiraten wirst.«

Ihre Wangen röteten sich leicht, doch ihr Blick ging an Louis vorbei. »Du solltest nicht hier sein. James kann jeden Augenblick …«

»Ich dachte, James ist unterwegs …«

Sie berührte seinen Arm, und für einen Augenblick schien es ihm, als wollte sie ihn ins Haus ziehen. »Er hat den Dienst getauscht. Will mich nicht allein lassen.« Sie biss sich auf die Lippe, und Louis musste an die Küsse denken, die sie getauscht und die Jeannies Leben so gravierend verändert hatten. Hätte er sich nur zurückgehalten! »Ich hätte meinem Vater das Herz gebrochen, wenn ich anders gehandelt hätte. Und in meinem Zustand ...« Es fiel ihr sichtlich schwer weiterzureden. Ihre Augen brannten. »Du fragst dich sicher ... Er hat das getan! Ich wollte es nicht, aber ...« Tränen schossen ihr in die Augen, und sie schlug die Hände vors Gesicht.

Louis berührte sie sacht, wollte sie trösten, doch sie zuckte zurück. »Es ist gut, wie es ist«, wisperte sie. »Ich kann es nicht ändern. Es ist auch mein Kind, und ich werde es lieben, so gut ich kann. Ich muss die Rolle ausfüllen, die man mir zugewiesen hat. Ich muss es für mein ungeborenes Kind tun. Muss meinen Vater wieder glücklich machen.«

»Und dein eigenes Glück?«, brachte Louis beinahe tonlos heraus.

»Ich habe keinen Anspruch auf Glück. Niemand hat das.«

Ihre Resignation tat ihm weh. Er hörte Schritte herannahen, doch ehe er sich umdrehen konnte, wurde er an der Schulter gepackt und herumgerissen. Bevor er auch nur die Hände zum Schutz hätte heben können, traf ihn die Faust im Gesicht und ließ seinen Kiefer knacken. Wie ein gefällter Baum ging Louis zu Boden.

»Nicht!« Jeannies Stimme drang an sein Ohr, schrill. Ihre Geschwister liefen herbei, hielten sich angstvoll am Türrahmen fest.

James packte ihn und riss ihn hoch; sein Gesicht war wutverzerrt. Jeannie versuchte, ihn zu beruhigen, doch er brüllte: »Hast du ihn herbestellt? Ist er dein Liebhaber? Hast du ihn eingeladen, weil du dachtest, ich bin nicht da, du falsche Schlange?«

»Nein, das würde ich nie tun, das habe ich dir doch geschworen! Beruhige dich! Lass ihn gehen, er wollte sich lediglich erkundigen, ob es mir gut geht. Ich habe ihm schon gesagt, dass er nie wiederkommen soll!«

Louis' Wange pochte, ein heißer Tropfen rann seinen Mundwinkel hinunter, und er wischte ihn ab. Zu seiner Überraschung ließ James ihn tatsächlich los.

»Lass dich nie wieder sehen, hörst du!«, sagte er verächtlich. »Und jetzt verschwinde!« Jeannie blickte ihn so eindringlich an, dass Louis ihrem stummen Wunsch nachkam.

Gedankenverloren schritt Louis an der National Gallery vorbei. Er bemerkte weder das Quietschen der Züge noch die Rufe der Straßenverkäufer. Heute begann das neue Semester, und viele der Hoffnungen, die er für seine freie Zeit gehabt hatte, waren im Alltagstrott untergegangen. Bei keinem seiner Theaterstücke oder Texte war er wesentlich weitergekommen, zumindest nicht zu seiner Zufriedenheit. Der Wiederaufnahme seines Studiums sah er mit gemischten Gefühlen entgegen. Einerseits war es eine Erleichterung, Zeit mit anderen jungen Männern verbringen und zumindest einige Stunden am Tag frei einteilen zu können. Andererseits wusste er, dass er gezwungen sein würde, die Kurse mit mehr Engagement zu besuchen.

Als er den Raum betrat, in dem Professor Jenkin seinen Kurs abhalten würde, staunte er angesichts der Ordnung und Ruhe, die schon jetzt dort herrschten. Anders als zum vorherigen Semesterbeginn saßen die Studenten nun ordentlich in Reih und Glied, vertieft in Bücher und Aufzeichnungen, sich lediglich leise austauschend. Offenbar war es Jenkin im Laufe des letzten Semesters gelungen, seine Studenten zu disziplinieren. Louis suchte sich einen Platz in einer der hinteren Bänke und holte sein Notizbuch hervor, um die Liste mit Werken zu vervollständigen, an denen er arbeitete beziehungsweise zu arbeiten gedachte.

Jenkin kam herein, gefolgt von seinem Hund Plato, der sich unter dem Pult zusammenrollte. Und dieses Mal erhoben sich alle vor dem kleinen, unscheinbaren Mann. Jenkin sah es mit Wohlwollen. »Willkommen zurück. Ich hoffe, Sie haben die Zeit gut genutzt, meine Herren. Wenn Sie auch sicherlich nicht so viele wertvolle Erfahrungen gesammelt haben wie unser junger Freund Mr Stevenson, der den Leuchtturmbau aus eigener Anschauung erleben durfte und uns später darüber berichten wird.«

Die meisten wandten sich suchend um, und Louis schoss prompt die Hitze in die Wangen. Das hatte gerade noch gefehlt!

»Nachdem wir uns in den vergangenen Wochen ausführlich mit dem Thema Fundamente beschäftigt haben, möchte ich mich nun einem weiteren wichtigen Objekt der Ingenieurskunst zuwenden, und zwar den Brücken.« Vor der Klasse auf und ab schreitend referierte der Professor so schnell, dass Louis kaum mit dem Schreiben nachkam. Er hatte sich vorgenommen, alles genau zu protokollieren, denn wenn er auch nicht alles sofort verstehen würde – vermutlich nicht einmal einen Bruchteil –, dann wollte er zumindest die Möglichkeit haben, es zu Hause nacharbeiten zu können. Zu peinlich wäre es gewesen, wäre er wegen seiner Unfähigkeit in Jenkins Achtung gesunken und hätte dadurch die Aussicht auf die heiß ersehnten Theaterproben verloren.

»Ihnen ist sicherlich bekannt, dass in Amerika große Schritte in der Entwicklung von Hängebrücken und anderen Metallbrücken zu beobachten sind. Die derzeit im Bau befindliche Saint-Louis-Brücke, die mit ihren Metallbögen den Mississippi überspannen soll, ist nicht das einzige Beispiel hierfür.« Ausführlich umriss Jenkin die historische Entwicklung von Brücken und die damit verbundenen technischen Herausforderungen. Zwischendurch warf er immer wieder mit leichter Hand eine Zeichnung an die Tafel. »In Großbritannien gelten folgende Vorgaben für Brücken. Ich fasse zusammen …«

Louis' Finger krampften bereits, und sein Sitznachbar neigte sich zu ihm, weil er selbst mit den Notizen hinterherhing. Reid hatte ihm schon manches Mal geholfen, also ließ Louis ihn bereitwillig abschreiben.

»Einen Aspekt möchte ich Ihnen für unsere nächste Stunde mit auf den Weg geben.« Der Professor blieb kurz stehen und schaute in sein Auditorium. »Denn in diese Richtung gibt es noch etwas zu tun: Es muss der Genius gefunden werden, der uns zeigt, wie derartige Metallkonstruktionen auch ästhetisch ansprechend gestaltet werden können. Menschen bewundern, was schön ist an einem hässlichen Ding – nicht das hässliche Ding an sich. Schönheit ist das Zusammenspiel vieler Elemente.«

Jenkins letzten Satz unterstrich Louis mehrfach. Die Schönheit als Zusammenspiel vieler Elemente – galt das nicht für das ganze Leben?

Im Salon des Stadthauses in der Fettes Row tummelten sich zahlreiche Menschen, die Louis gänzlich unbekannt waren. Ein wenig unbehaglich sah er sich um. Der Tisch war beiseitegeräumt, die Stühle locker verteilt, und in einer Ecke standen auf einem Tisch Silberplatten, auf denen ein kleiner Imbiss angerichtet war.

»Louis, wie reizend, dass du es einrichten konntest. Ich darf dich doch duzen, oder?«, begrüßte Anne Jenkin ihn strahlend. »Die Arbeit an einem Theaterstück gestaltet sich glücklicherweise nicht so steif wie die Lehrtätigkeit eines Professors. Darf ich dich mit unseren anderen Gästen bekannt machen? Fleeming ist noch bei den Kindern, die Jungs haben wieder etwas gebaut. Einen Heißluftballon, glaube ich. Ich hoffe nicht, dass sie ihn in ihrem Kinderzimmer steigen lassen werden. Und natürlich soll Fleeming Osy untersagen, mehr als eine Puppe daran anzubinden.«

»Sie fürchten um Frewin?«, fragte Louis halb im Scherz.

Anne Jenkin lachte nickend, berührte Louis locker am Ellbogen und stellte ihn den anderen als Studenten der Ingenieurswissenschaften und talentierten Autor vor, was ihm enorm schmeichelte. Er wusste kaum, wie ihm geschah, da hatte er schon ein Glas Champagner in der Hand und war in Gespräche verwickelt. Als Fleeming Jenkin eintrat, wusste Louis zunächst nicht, wie förmlich er sich diesem gegenüber verhalten sollte, doch der Professor nahm ihm die Entscheidung sogleich mit herzlicher Freundlichkeit ab und bat alle an den Tisch, wo sie bei Wein, Whiskey und Häppchen darüber diskutierten, welches Stück sie im Frühjahr zur Aufführung bringen würden. Sie entschieden sich nach einiger Diskussion und etlichen Rauchpausen für Sophokles' *Trachinierinnen*.

»Darauf freue ich mich enorm!«, rief Jenkin voller Enthusiasmus. »Ich werde in den nächsten Tagen damit beginnen, erste Skizzen für die Kostüme zu zeichnen, die wir schneidern lassen werden, oder was meinst du, Anne?«

Louis konnte sich kaum vorstellen, dass der Professor selbst Stoffe zuschneiden und Kostüme nähen würde, doch seine Frau reagierte, als sei dies nichts Neues. »Dein Engagement in Ehren. Ich bin sicher, dass du dazu in der Lage wärst, aber angesichts deines Zeitplans solltest du diese Aufgabe lieber einem Kostümbildner oder Schneider überlassen«, sagte sie.

»Vermutlich hast du recht. Wie so oft.« Lächelnd berührte Jenkin ihre Hand. »Willst du uns nicht einige Verse aus dem Stück vortragen? Als Einstimmung auf unsere Arbeit?«

Beifällige Rufe wurden laut, und einige klopften mit den Knöcheln anfeuernd auf den Tisch. Anne Jenkin ließ sich nicht lange bitten und nahm ihr Exemplar des Stücks zur Hand.

Louis lehnte sich zurück, gespannt darauf, wie es um Annes Schauspieltalent bestellt war. Kurz darauf schossen ihm angesichts ihrer ergreifenden Rezitation die Tränen in die Augen, und als er sich verstohlen umblickte, stellte er fest, dass es Jenkin genauso ging. Im Anschluss an Anne Jenkins Rezitation wurde heftig applaudiert.

»Wie wunderbar! Wenn ich bei einem Theaterstück nicht weine, verlange ich mein Geld zurück«, rief Jenkin und sprang auf, um seine Frau vor allen anderen in die Arme zu schließen – im Haus der Stevensons eine undenkbare Geste! Als sei auch ihm diese Ungeheuerlichkeit, dieser Bruch der Konventionen, gerade erst aufgegangen, wandte Fleeming Jenkin sich mit einem breiten Lächeln an die Runde: »Man mag noch so viele Romane und Gedichte verfassen, doch kein Mann oder keine Frau vermag zu beschreiben, wie glücklich ein Mann ist, der auch nach zehn Jahren Ehe noch so wild in seine Frau verliebt ist!«

Beflügelt vom Abend kehrte Louis in die Heriot Row zurück. Er war fest entschlossen, sich in jeder freien Minute seinen Schriften zu widmen, härter an sich zu arbeiten, um ein besserer Autor zu werden. Gleichzeitig würde er auch sein Studium nicht vernachlässigen, um Jenkins Ansprüchen gerecht zu werden.

Er wollte leise die Treppe hochschleichen, aber eine wohl bekannte Stimme aus dem Salon hielt ihn auf. Sein Vater saß im Armlehnstuhl am Kamin, nur eine Gaslampe brannte. Offenbar hatte Tom auf ihn gewartet. »Wie war es? Berichte mir.« Er reichte Louis die Tabakdose aus Messing, die ihr Ahnherr Thomas Smith einst eigenhändig hergestellt hatte.

Louis strich über den kunstvoll eingearbeiteten Leuchtturm auf dem Deckel. Während er einen Stuhl ans Feuer zog und seine Pfeife stopfte, überlegte er, was er erzählen und was er lieber verschweigen sollte. Schließlich gab er seinem Vater eine recht sachliche Zusammenfassung des Abends.

»Ihr habt also gar nicht über die Arbeit gesprochen? Und seine Frau war die ganze Zeit dabei?«

»Anne Jenkin ist eine wunderbare Schauspielerin. Und Professor Jenkin wollte zunächst eigenhändig die Kostüme herstellen – ist das nicht unglaublich? Vielleicht wirst du sie ja einmal erleben, wenn ihr zu einer der Aufführungen geladen werdet.«

Tom paffte nachdenklich Rauchwolken in die Luft. »Wir werden sehen. Was wird deine Rolle sein?«

»Vermutlich werde ich zunächst Souffleur sein und stiller Beobachter.«

»Vielleicht ist es so am besten. Am unauffälligsten«, sagte Tom.

Später setzte Louis sich an seinen Schreibtisch. Vor einiger Zeit hatte er versucht, mehr über die richtige Ausdrucksweise zu lernen, indem er Texte im Stil der von ihm bewunderten Autoren schrieb. Das war mühsam gewesen, quälend, aber es zeigte erste Ergebnisse. Sein stilistisches Gespür verbesserte sich stetig.

Der Morgen dämmerte bereits, als er den Stift auf das eng beschriebene Papier fallen ließ und eilig ins Bett schlüpfte. Hoffentlich würde er wenigstens noch ein paar Stunden schlafen können. Doch Ideen und Einfälle kreisten derart wild in seinem Kopf, dass er kein Auge zumachte, bis Cummy an die Tür klopfte, um ihn zu wecken.

25

Erläutere die Vor- und Nachteile verschiedener Steinarten für den Leuchtturmbau. Darauf aufbauend: Wenn Du einen Leuchtturm mit einer Höhe von einhundertvierundvierzig Fuß bauen willst, welche Maße empfehlen sich für die Quader? Und wie hoch ist der Steinbedarf insgesamt, den Du bei einem Steinbruch in Auftrag geben müsstest?

Die Buchstaben flimmerten vor Louis' Augen. Am liebsten hätte er den Kopf auf das Papier gelegt und ein wenig geschlafen, doch das war unmöglich, da seine Cousins ganz in der Nähe arbeiteten und ihm ohnehin immer wieder belustigte Blicke zuwarfen. Es fiel Louis schwer, den Sinn der Sätze zu erfassen, die sein Vater ihm aufgeschrieben hatte. Inzwischen war Tom auch zu Hause dazu übergegangen, ihn mit Aufgaben zu traktieren, als könnte er dadurch sicherstellen, dass Louis' Geist durchgehend mit den Herausforderungen eines Ingenieurs befasst war. Den ersten Teil der Aufgabe hatte Louis bereits erfüllt, nachdem er mehrere Mitarbeiter und Werke konsultiert hatte. Der zweite Teil war weniger leicht zu lösen, zumal seine Gedanken immer wieder zu dem Gedicht abdrifteten, das er gerade schrieb.

»He, Schlafmütze!«

Louis schreckte hoch, sein Kopf fuhr herum. Seine Cousins Davie und Charles Alexander grinsten ihn an. »Ich habe nicht geschlafen!«, sagte er eilig.

»Dann sabberst du immer auf deine Papiere?« Davie grinste ungewohnt frech.

Peinlich berührt rieb Louis sich über Mundwinkel und Wange. »In Ordnung. Schuldig im Sinne der Anklage, Euer Ehren.« Beinahe schlimmer als die verwischte Berechnung auf seinem Papier war, dass er direkt hinter die Analyse der Gesteinsarten einige neue Zeilen seines Gedichts geschrieben hatte. Die durfte sein Vater auf keinen Fall zu Gesicht bekommen; er würde alles neu schreiben müssen.

»Steinsorten, wie? Raummaße? Steinbedarf? Brauchst du Hilfe?«

Wie peinlich wäre es, wenn er sich als Student der Ingenieurswissenschaften von ein paar Schülern helfen lassen müsste! Ein Blick auf die Uhr – der Kurs hatte schon begonnen. Louis schnappte sich seine Papiere und lief hinaus.

Nach mehreren Tagen Dauerregen blitzte endlich wieder die Sonne durch die Scheiben des Kursraumes. Vor ihm dozierte Professor Blackie, der in seinem Tartan eine halb imposante, halb komische Figur abgab. Etliche Studenten schienen zu dösen, denn Blackie pflegte die Traditionen ihres Landes immer wieder in den Griechischunterricht einzubauen. Louis hatte den Kurs eigentlich nicht noch einmal belegen wollen, aber die Beschäftigung mit dem griechischen Theaterstück hatte ihn umdenken lassen. Jetzt jedoch ließen ihn Müdigkeit und das schöne Wetter seinen Entschluss infrage stellen. Wieder einmal hatte er in der Nacht stundenlang an seinen Texten gearbeitet.

Professor Blackie war deutlich frischer. »Apropos Traditionen. Habe ich euch eigentlich schon einmal erzählt, wie es dazu kam, dass die berühmte Màiri Mhòr nan Òrain – schlicht Mary MacPherson – dieses Tartanmuster für mich gestaltete? Sie hatte die Ehre, es *The Blackie* zu nennen …«

Louis hatte diese Geschichte bereits mehrfach gehört, erhob sich unauffällig und schlich aus dem Klassenraum. Draußen umfingen ihn Winterkälte und Sonnenschein. Im klaren zitronenfarbenen Licht traten die Konturen der Stadt besonders scharf heraus. Louis meinte, jeden Riss im Mauerwerk, jeden abgenagten Knochen in der Gosse und jede Falte im Gesicht eines alten Mannes detailgenau erkennen zu können. Beschwingt lief er los.

Es kam ihm vor, als brenne sich das Papier durch seine Tasche auf seine Haut, als er den Innenhof der Universität durchquerte. Nächtelang hatte er an dem Vortrag gefeilt, den er vor der Speculative Society halten würde – obgleich er sich für ein Thema entschieden hatte, das ihm wohl bekannt war und wenig Vorarbeit erforderte. In der Hoffnung, dass seinem Vater der Vortrag gefallen würde, hatte Louis ihn diesen lesen lassen, doch Tom hatte lediglich bemängelt, dass Louis eine Verbindung zwischen den Covenantern und der schottischen Sprache herstellte; es gebe doch auch andere Aspekte, um diese Märtyrer zu würdigen, hatte er gesagt.

Louis liebte es, wenn abendliche Stille über den Gängen der Universität lag, wenn die Gasbeleuchtung ihren warmen Schein auf die Wände malte. Heute aber drang Stimmengewirr durch die offene Tür zu den Räumen der Spec. Louis hängte seinen Mantel an einen Haken und grüßte nervös in die Runde. Keiner nahm sonderlich von ihm Notiz. Vielleicht würde sich das ändern, wenn er erst seinen Vortrag gehalten hatte. Vielleicht würde er über das Thema eine Diskussion entfachen und in die Gespräche eingebunden werden. Tief in seinem Inneren sehnte Louis sich danach. Er liebte die Atmosphäre der von Gelehrsamkeit und intellektuellem Austausch gesättigten Räume, ebenso die rauchige Note von Holzscheiten und Tabak. Die Räumlichkeiten der Spec befanden sich im Old College Quad, abseits des Lärms der South Bridge. Es hieß, dass die ersten Mitglieder Freimaurer gewesen waren, entsprechend traditionsreich wie geheimniskrämerisch waren die Gepflogenheiten. In der Spec zu sein war ein Muss, wollte man es an der Universität oder bei Gericht zu etwas bringen. Dennoch war es vor wenigen Jahren zu Auseinandersetzungen mit der Universitätsleitung gekommen. Seit jeher standen der Spec ein Debattiersaal, eine Bibliothek und eine Empfangshalle zur Verfügung. Als entschieden wurde, die Tore der Universität um zehn Uhr abends zu schließen, protestierten die Mitglieder der Gesellschaft, denn sie wären während der Sitzungspause, die üblicherweise in der nahegelegenen Taverne verbracht wurde, ausgesperrt worden. Die Universität hatte sich bereit erklärt, einen Portier am Tor zu positionieren, der die Mitglieder der Spec wieder einlassen würde. Die Kosten dafür sollten der Universität von der Spec erstattet werden, was diese jedoch nicht tat. Erst als sie tatsächlich ausgesperrt wurde, gab die Spec sich geschlagen und bezahlte.

An diesem Abend blieb Louis vor der Totenmaske Sir Walter Scotts stehen, der ebenfalls einmal Mitglied der Spec gewesen war. Ein Gemälde fiel ihm ins Auge, dessen Vorderseite zur Wand gedreht war. Hatte das Bild schon immer so gehangen? Oder war es ihm bisher einfach nicht aufgefallen? Fragend wandte er sich an das Mitglied, das ihm am nächsten stand.

Der blasiert wirkende mittelalte Herr sah ihn an. »So geschieht es denen, die es sich mit der Spec verderben«, sagte er. »John Gibson Lockhart, der Schwiegersohn Scotts, fiel in Ungnade, weil er öffentlich über die Spec geplaudert und sie kritisiert hat.« Schon wandte er sich ab, um sich einem bedeutenderen Mitglied zuzuwenden.

Die Sitzung begann mit den üblichen Formalitäten. Jeder hatte sich mit Tinte und Feder in das Register einzutragen und eventuelle Strafgebühren – beispielsweise für Verspätungen – zu begleichen. Eigentlich war das Ziel der Gesellschaft, die rednerische Qualität und Diskussionsfähigkeit der Mitglieder zu verbessern, doch nach den ersten Zusammenkünften war Louis entsetzt, wie es hier tatsächlich zuging. Sicher, manche Mitglieder schienen mehr Zeit auf ihre Vorträge zu verwenden als auf ihre universitären Aufgaben. Dieser Aufwand schlug sich jedoch nicht in ihrer Qualität als Redner nieder: Viele lasen schlicht ihren Text ab, ohne auch nur ein einziges Mal aufzusehen. Andere reproduzierten in ihren Vorträgen Belanglosigkeiten oder erhoben sich, um ein scheinbar spontanes Bonmot von sich zu geben, bei dem Louis sicher war, dass sie schon Tage vorher daran gefeilt hatten. Natürlich ließen auch seine eigenen Redebeiträge noch zu wünschen übrig, aber sein Ehrgeiz war geweckt, und er wusste, dass er inzwischen als Gesprächspartner geschätzt wurde. Seine Beobachtungen, seine Übungen und sicherlich auch die Teilnahme am Theaterkreis der Jenkins würden ihm helfen, sich als Redner und Autor zu verbessern.

Schließlich wurde er nach vorn gebeten. Sein Herz schlug so hart, dass ihm schwindelig wurde, als er aufstand. Er meinte hochgezogene Augenbrauen zu erkennen, kritische Blicke und bisweilen auch schlichte Langeweile, was seine Laune nicht besser machte. Nervös räusperte er sich und begann.

Als er einige Stunden später die Räume der Gesellschaft verließ, hatten sich seine Eingeweide vor Enttäuschung zusammengezogen. Nein, sein Vortrag war nicht kritisiert worden. Aber er hatte auch nicht dazu geführt, dass die anderen Mitglieder sich länger, als die Höflichkeit gebot, mit ihm unterhielten. Ohne ein Ziel vor Augen lief er durch die Straßen und Gänge zum Grassmarket. Aus einem Hinterhof drangen laute Rufe. Er sah dunkle Gestalten in diese Richtung verschwinden und überlegte, ob er es riskieren durfte, ihnen zu folgen.

»Stevenson, wohin so eilig?«

Louis sah sich um und entdeckte Graham Murray, einen alter Bekannten von Bob, mit dem er sich aus unerfindlichen Gründen nie länger unterhalten hatte.

Murray hatte eine Zigarette im Mundwinkel und paffte. »Haschisch, gegen mein Asthma. Die Medizin hat mir mein Arzt verschrieben.« Er grinste selig. »Leiste mir doch bei einem Wein und einer Partie Billard Gesellschaft!«

Auf einmal wurde Louis bewusst, wie einsam er sich gefühlt hatte. »Warum nicht?«

Am nächsten Abend stürmte der Regen so heftig gegen die Scheiben, dass die Außenwelt nur mehr in graugrünen Schlieren zu erkennen war. Im Salon prasselte der Kamin. Maggie saß mit Louis' kleiner Cousine Etta im Schein der Gaslampen auf dem Sofa und erklärte ihr, wie man stickte. Sie hatte gern Kinder um sich und nahm deshalb häufig Kinder aus der Verwandtschaft auf, um sich um sie zu kümmern, wenn die Eltern krank oder aus anderen Gründen unpässlich waren. Obgleich Maggie versuchte, es sich nicht anmerken zu lassen, schien sie manchmal traurig zu sein, dass sie nur mit einem Kind gesegnet war. Als sie den Salon verließ, setzte Louis sich zu dem Mädchen. »Das hast du aber schön gestickt! Zeigst du mir, wie es geht?«

Seine Cousine sah ihn aus großen Augen an. »Kannst du nicht sticken? Was hast du denn gemacht, als du ein Kind warst?«

»Oh, ich habe viel gelesen, mit meinen Zinnsoldaten gespielt und gemalt. Oft habe ich Bilder ausgemalt, mit Tusche.«

»Was für Bilder?«, fragte Etta.

»Die Figuren meines Papiertheaters zum Beispiel. Oder einfach die Bilder aus der Zeitung.«

»Ist das nicht langweilig?«

»Gar nicht. Soll ich es dir zeigen?« Etta nickte, und bereits wenige Minuten später hatte Louis seinen Tuschkasten geholt, ein Schälchen Wasser und einige alte Zeitungen. Konzentriert suchten sie geeignete Bilder aus und machten sich an die Arbeit, diese auszumalen. Louis bereitete diese einfache Beschäftigung Freude, es war beinahe, als wäre er auf einmal wieder ein Kind.

Sie hatten gerade die ersten Bilder fertig, als Maggie zurückkam. »Wie schön! Ein neues Exemplar für meine Sammlung!«

»Du hast eine Sammlung?«, fragte Etta verwundert.

»Ich habe fast alle Bilder von Louis aufbewahrt, seine alten Briefe und Geschichten ebenso.«

»Wirst du mein Bild auch aufbewahren, Tante Maggie?«

»Natürlich werde ich das, Liebes.« Maggie strich dem Mädchen zärtlich über die Haare. »Aber lasst uns jetzt essen gehen. Tom wartet bereits im Salon auf uns.«

Anschließend kehrten sie zu einem Kartenspiel, einem Schlummertrunk und Keksen in den Salon zurück. Längst hatte sich Dunkelheit über die Stadt gesenkt, und noch immer regnete es. Als es Schlafenszeit war, nahm Tom seine Bibel und las einige Psalmen daraus vor. Etta fielen dabei beinahe die Augen zu. Louis nutzte die Gelegenheit, um sich ebenfalls zurückzuziehen. Er hatte noch zu schreiben.

Aufgeregt zählte Louis die Gedecke auf dem Tisch noch einmal durch. Seine Eltern hatten ihm auch dieses Jahr gestattet, Freunde und Verwandte zu einer eigenen Dinnerparty einzuladen. Aus dem Küchentrakt drangen bereits verführerische Essensdüfte. Er trug seinen neuen Anzug, das lange Samtjackett, das er sich zum Entsetzen seines Vaters hatte anfertigen lassen, dazu sein gelbes Halstuch, dessen Zipfel lässig links und rechts über die Schulter hingen. Nun traten auch seine Eltern ein, sein Vater in frisch gestärktem Hemd und Dreiteiler, Maggie in einem schicken Promenadenkleid mit kleiner Schleppe und Raffung über der Turnüre.

Tom blickte ihn missbilligend an. »Sehr auffällige Farbe, das Halstuch. Und sollte es nicht besser im Kragen stecken?«

Maggie trat näher, um an seinem Halstuch zu zupfen, doch Louis hielt sie auf. »Das gehört so. Es soll ein wenig lässig aussehen!«

Sie hob die Schultern. »Du siehst verwegen aus. Nicht gerade wie der Gastgeber einer Dinnerparty, aber mir gefällt es.«

»Habt ihr etwas von Tante Gatchie gehört? Ist Bob in Edinburgh eingetroffen? Wird er kommen?«, lenkte Louis von seinem Aussehen ab.

»Wir werden sehen. Katherine kommt auf jeden Fall. Sie wird wissen, was mit ihrem Bruder ist.«

Schon läutete die Hausglocke, und Louis stürzte in die Diele. Sein Freund Walter Grindley Simpson war wie immer überpünktlich. An seinem Arm hatte sich ein Mädchen von etwa fünfzehn Jahren eingehakt, das Louis beinahe nicht wiedererkannt hätte: Simpsons kleine Schwester.

»Eve, bist du das? Wie lange haben wir uns nicht gesehen?«, fragte er überrascht. »Wie sagen die Erwachsenen in solchen Momenten immer so platt: ›Du bist aber groß geworden!‹ In diesem Fall trifft es zu.« Walter und er lachten. »Tretet ein und legt ab!«

Das Dienstmädchen kam, um die Mäntel an sich zu nehmen. Erneut klingelte es. Eine hübsche junge Frau, die ihn sofort herzlich begrüßte. »Puss!« Strahlend schloss Louis sie in die Arme. Henrietta Tranquair war von seinen Cousinen inzwischen diejenige, mit der er sich am besten verstand.

Nun ging es Schlag auf Schlag. Ein Gast nach dem anderen trudelte ein, und Ferrier gelang es sogar, unbemerkt von Toms strengen Augen eine Flasche Champagner hereinzuschmuggeln. Eine gute Stunde später saßen sie um den

Esstisch. Louis war umringt von jungen Frauen, die das Gespräch mit ihm suchten, was ihm enorm gefiel. Wie herrlich es war, Gastgeber zu sein! Wie herrlich es war, Freunde um sich zu haben! Allein der Platz, den er für Bob vorgesehen hatte, war auch dieses Mal leer geblieben.

Mit einem Räuspern verschaffte Tom sich Gehör. Er und Maggie hatten sich an den Stirnseiten des Tisches platziert. »Ehe wir euch, der nächsten Generation, das Reden überlassen, möchte ich meinen Pflichten als Hausherr nachkommen und euch in aller Form begrüßen. Es stimmt zuversichtlich, so viele von euch gesund und munter wiederzusehen und euch auf dem Weg ins Erwachsenwerden zu begleiten. Auch unser Lou wird«, bei der Bezeichnung kicherte Eve, was Tom gut gelaunt registrierte, »schon in einem Jahr kurz davorstehen, seine Hausarbeit und damit sein Studium abzuschließen und als Ingenieur in unsere Firma einzutreten. Aufgaben haben wir für ihn mehr als genug, etliche Leuchttürme und Hafenanlagen müssen gebaut werden. Allein die geplanten Leuchttürme von Islay, Lochinver, Montrose …«

Die Worte seines Vaters ließen Louis' Hochstimmung für einen Augenblick verblassen. Nur noch ein Jahr? Wie sollte er das schaffen? Wie sollte er in nur einem Jahr ein vollwertiger Ingenieur werden? Und wie sollte er im Arbeitsalltag eines Ingenieurs noch Zeit für seine Leidenschaft, das Schreiben, finden?

»Danach kommen dann gleich die Wahl einer Braut und die Gründung einer Familie, wie es sich für einen anständigen bürgerlichen Haushalt gehört. Wie unfassbar spießig!«, wisperte Katherine ihm zu, die offenbar mehr und mehr die Vorliebe ihres Bruders Bob für unkonventionelle Lebensmodelle teilte.

Entsetzt starrte Louis sie an. Daran hatte er noch keinen Gedanken verschwendet.

Um dem Abend trotz des freudigen Anlasses einen gewissen Ernst zu verleihen, öffnete Tom die Familienbibel. Gehorsam legten alle die Hände zusammen und fielen nach der Verlesung einiger Psalmen in das Dankesgebet ein. Nur Louis war mit den Gedanken bei seiner Zukunft, die mit der Geschwindigkeit einer Dampflokomotive auf ihn zuschoss.

26

EDINBURGH, 26. FEBRUAR 1870

Blendend weißer Schnee hatte die Dächer Edinburghs überzuckert und selbst den Unrat auf den Straßen bedeckt. Der Himmel war klar und so blau, dass sich die Atemwolken deutlich abzeichneten. Während die Bediensteten die Wege freischippten oder Sand streuten, bauten die Kinder Schneemänner oder bewarfen einander mit Schneebällen. Louis fühlte sich in Pelzmantel, wolligem Schal und Fellhandschuhen unangenehm eingeengt. Aber da er gestern schon zu Hause geblieben war – offiziell wegen Kopfschmerzen, wenn er ehrlich war aber, weil er zu deprimiert gewesen war, um das Haus zu verlassen –, hatten seine Eltern ihn nur unter der Bedingung vor die Tür gelassen, dass er auf sich achtgeben und dick einpacken würde.

Die letzten Monate erschienen ihm wie die Bilder eines Kaleidoskops – immer gleiche Elemente in unterschiedlicher Zusammenstellung: Schreibarbeiten in Büro und Uni, komplizierte Kurse, endlose Gottesdienste, langweilige Mahlzeiten mit den Eltern, bleierne Müdigkeit und plötzliche Geistesblitze während seiner nächtlichen Schreibversuche, quälende Schlaflosigkeit. Heller leuchteten lediglich die aufregenderen Momente in Tavernen, Weinstuben und in den Gassen der Old Town, vor allem die Zeit, die er zwischen den Jahren mit Graham Murray verbracht hatte. Auch jetzt heiterte Louis die Erinnerung an einen Spaziergang Anfang Januar auf, als sie auf der Straße mit einem betrunkenen Shakespeare-Schauspieler zusammengetroffen waren und Louis sich mit diesem ein Zitatduell geliefert hatte. Oder der Gedanke an den Nachmittag, als Murray und er in Murrays Zimmer Haschisch geraucht und alles zum Brüllen komisch gefunden hatten …

Louis half Nachbarskindern dabei, eine besonders große Kugel durch das knirschende Weiß zu rollen, und lief danach beschwingter zur Universität. Bergauf mussten sich die Gespanne mühen, immer wieder schlingerten die eisenbeschlagenen Räder über das Eis. Sogar auf der South Bridge klang der übliche Großstadtlärm gedämpft. Als Louis schließlich das Universitätsgeviert betrat, waren etliche seiner Kommilitonen schon dabei, Schneebälle zu rollen. Unter ihnen fand Louis seinen Kumpel Murray, dessen Ohren und Nase knallrot vor Kälte waren.

»Pack an, Stevenson! Wir müssen für die Revanche gerüstet sein!«

»Was für eine Revanche?«

»Warst du denn gestern nicht in der Uni?«

»Hab flachgelegen.«

Murray richtete sich auf, zog die nassen Handschuhe aus, rieb sich die Hände und hauchte hinein. »Da hast du was verpasst! Es gab eine Schneeballschlacht, fast wie in alten Zeiten. Schließlich rückte die Polizei an, und wir mussten uns hinter den Universitätstoren verschanzen. Einige der Polizisten haben wir ganz schön erwischt, das war ein Spaß! Die fanden's natürlich nicht so witzig. Und als dann auch noch die Medizinstudenten mitgemischt haben, ging es rund. Ein paar Kommilitonen wurden von der Polizei sogar mitgenommen. Das wird uns heute nicht passieren.« Murray grinste aufmüpfig, und Louis bedauerte, dass er im Bett gelegen hatte. »Ich hab schon mit ein paar Kumpeln gesprochen. Nach dem ersten Kurs geht's los!«

Es fiel Louis schwer, sich auf seinen Kurs zu konzentrieren. Immer wieder wanderten seine Blicke durch die Fenster, vor denen dicke Schneeflocken tanzten. Verschwörerisch blinzelten andere Studenten ihm zu oder gestikulierten verstohlen. Aufregung kitzelte in seinem Bauch. Wie ein Kind fühlte er sich, das seinen Eltern einen Streich spielte. Würde nun endlich das wilde Studentenleben beginnen, das er sich immer ausgemalt und herbeigesehnt hatte?

Kaum war der Unterricht beendet, rannten sie hinaus. Wohin nur mit den Sachen? Er sah andere Studenten, die in den Räumen der Spec verschwanden und von lästigen Büchern und Heften befreit herauskamen. Eine gute Idee! Wenige Minuten später stand auch er im Universitätshof, ließ sich von Schneeflocken umwehen und rollte neben Murray Schneebälle. Zack – eiskalt traf ihn eine Kugel im Nacken. Er fuhr herum. »He!«, rief er lachend und feuerte zurück.

»Spart euch die Munition für später auf!«, rief Murray. »Wenn wir erst auf die anderen feuern, werden wir nicht mehr viel Zeit haben, um für Nachschub zu sorgen.«

Im Sichtschutz der dicken Mauern und doch in Tornähe stapelten sie eine große Menge von Schneebällen. Dann ging es los. Vor den Toren der Universität eröffneten sie auf der South Bridge das Schneeballfeuer auf Passanten. Zunächst hatte Louis Skrupel, doch er ließ sich schnell mitreißen, zumal die meisten Getroffenen die Einladung zum Gefecht aufnahmen. Schon bald kam der Verkehr auf der Straße zum Erliegen, da so viele Menschen unkontrolliert herumliefen, Schneebälle warfen oder sich vor diesen versteckten. Die benachbarten Geschäftsleute fanden die wilde Schlacht weniger lustig, eilig wurden die Holzläden vor die Fensterscheiben geklappt. Nun verlagerte sich die Schlacht in Richtung Drummond Street, wo weitere Studenten aus den Pubs und Universitätsgebäuden strömten.

»Achtung! Die Polizei! Die Händler müssen sie gerufen haben!«, schallte es über die Straße.

Louis kratzte sich den Schnee aus dem Kragen und drehte

aufgeschreckt den Kopf. Er sah keine Polizisten. Vermutlich nur falscher Alarm. Dafür öffneten sich in einiger Entfernung die Tore des Royal College of Surgeons. Medizinstudenten drängten auf die Straße und stürzten sich sogleich mit in die Schlacht. Louis entdeckte auf der Balustrade seinen Cousin Lewis. Doch um zu ihm vorzustoßen, waren zwischen ihnen zu viele Passanten und Geschäftsleute.

»Los, wir schlagen uns zur Surgeons' Hall durch – die liegt strategisch besser!«, schlug Louis seinen Mitstreitern vor.

»Aye, gute Idee!«, rief Murray, und auch einige andere griffen sämtliche Schneebälle, derer sie habhaft werden konnten, luden sie sich auf die Armbeugen und bahnten sich mit ihnen den Weg. Dabei gerieten sie jedoch erst recht ins Schlachtgetümmel. Louis war inzwischen überall schneegefleckt und nass, seine Füße in den schweren Schuhen ähnelten Eisklumpen, seine Ohren hingegen glühten. Je weiter er vordrang, desto mehr verlor er seine Kommilitonen aus dem Blick. Auch Murray war nicht mehr zu sehen. Von weit her waren Schreie zu hören. Ein Schneeball erwischte ihn im Gesicht, was ihm vermutlich ein blaues Auge einbrachte. Er warf zurück, traf aber einen Schornsteinfeger, der sich sofort auf ihn stürzte und an Louis' Kragen riss.

Louis konnte sich gerade noch losmachen, sich zwischen den Menschen hindurchschlängeln und schließlich die Balustrade zwischen den Säulen erklimmen, wo ihn sein Cousin Lewis begeistert begrüßte. Louis selbst hatte allerdings allmählich die Nase voll. Er bückte sich, um einen weiteren Schneeball zu formen, kam hoch und warf ihn blindlings in die Menge. »Ha, habe ich dich!«, schrie er aufgeregt.

In diesem Augenblick legte sich eine Hand auf seine Schulter. Ein Mann in einem schlichten schwarzen Anzug blickte ihn ernst an. Er war deutlich älter als die Studenten, wirkte davon abgesehen aber wie ein normaler Passant. »Polizei, Sie sind vorläufig festgenommen!«, sagte er laut.

Louis glaubte ihm erst nicht, doch auf einmal gaben sich weitere Männer als Polizisten zu erkennen. Dann geschahen mehrere Dinge gleichzeitig: Durch die Menge vor der Surgeons' Hall brach ein Trupp Uniformierter. Beteiligte an der Schneeballschlacht – Studenten wie andere Stadtbewohner – versuchten davonzurennen, während die Polizisten diejenigen, die sie für die Rädelsführer hielten, gefangen nahmen. Louis, sein Cousin und etliche andere wurden auf der Straße zusammengetrieben.

Louis zitterte, hart schlugen seine Zähne aufeinander. Was würde die Polizei mit ihm machen? Würde er ins Gefängnis geworfen? Was würden seine Eltern dazu sagen? Er konnte sich nur allzu gut vorstellen, dass sein Vater ausflippte, und schämte sich für den Skandal, den er seinen Eltern aufs Neue zugemutet hatte. Schon wurden sie die High Street in Richtung der Polizeistation gescheucht, und von überallher riefen Studenten ihnen aus ihren Verstecken aufmunternde Worte zu. In diesem Moment fühlte Louis sich zum ersten Mal in seinem Leben beinahe wie ein Held.

In den Zellen, in denen sie ausharren mussten, während Polizisten ihre Personalien aufnahmen, war es bitterkalt, und Louis musste sich zusammennehmen, um nicht haltlos zu zittern. Außer ihm waren auch sein Cousin sowie seine Kommilitonen de Wolf, Chessmann, Nairn und Wallace verhaftet worden; Murray war der Verhaftung offenbar entgangen.

»Man wirft uns aufrührerisches Verhalten vor.« Sein Cousin Lewis ließ sich neben ihn auf die Bank fallen. »Dass wir Schneebälle und andere Geschosse abgefeuert haben. Den Bruch des Stadtfriedens. Unsere Eltern können uns gegen die Zahlung eines Pfundes auslösen. Aber ob mein Vater das tun wird …«

Louis schluckte. Ein Pfund war die Summe dessen, was

ihm für einen ganzen Monat zur Verfügung stand. »Da bin ich mir auch nicht sicher«, murmelte er. »Was für eine grandiose Überreaktion! Als ob ein paar Studenten mit Schneebällen die Stadtregierung stürzen könnten!«

Doch offenbar wurde Lewis ausgelöst, und auch die anderen Studenten verschwanden einer nach dem anderen aus der Zelle. Allein Louis blieb in der engen Finsternis zurück. Er stampfte mit den Füßen auf, ruderte mit den Armen, hüpfte auf der Stelle, um wenigstens ein bisschen warm zu werden. Seine Nase lief, und er hatte nagenden Hunger. Er sah die Wut seines Vaters vor sich, die Enttäuschung seiner Mutter. Ihren Entschluss, ihn schmoren zu lassen, möglichst lange.

In diesem Augenblick öffnete sich die Tür. Licht blendete ihn, und schließlich zeichnete sich unverkennbar die Silhouette seines Vaters im Türrahmen ab, massiv wie einer seiner Granitleuchttürme. Mit einer einzigen Geste seines Vaters verflüchtigten sich Louis' Stolz und sein Trotz.

»Wie konntest du uns das antun? Ich habe Sheriff Hallard mehrfach versichern müssen, dass du ein guter Junge bist, obgleich ich selbst keineswegs davon überzeugt bin. Du enttäuschst mich jeden Tag mehr.«

27

29. MÄRZ 1870

Dass Louis während des Frühstücks noch nicht ein Wort gesagt hatte, schien seinen Eltern nicht aufzufallen. Sie waren in ihre üblichen Gesprächsschleifen verstrickt, in denen sie sich selbst genügten. Zudem behandelten sie ihn seit der Schneeballschlacht, der Verhaftung und der Gerichtsverhandlung mit missbilligendem Misstrauen. Ihre gemeinsamen Mahlzeiten – Pflichtveranstaltungen, die er noch weniger schwänzen konnte als die Universitätskurse –, waren unangenehm förmlich, und bei den abendlichen Gebeten ging es stets um Höllenstrafen für unangemessenes Verhalten und den Gehorsam, den man seinen Eltern schuldete.

Manchmal war Louis es unfassbar leid, seinen Eltern weiterhin etwas vorspielen zu müssen. Manchmal war er unfassbar müde. Die freudlosen Konventionen, der vor sich hergetragene Glaube und zugleich die Scheinheiligkeit, die er sogar bei den Geistlichen beobachtete. Die Pläne für die nächsten Monate – selbstredend von seinem Vater aufgestellt – erfüllten ihn mit so viel Vorfreude wie die Aussicht auf eine Zahnbehandlung. Er musste Universitätsschriften abgeben, Prüfungen ablegen und Büroaufgaben erledigen; darüber hinaus hatte Tom für ihn arrangiert, dass er bei einem Holzhändler in Leith arbeitete, um die verschiedenen Holzarten kennenzulernen. Als wäre das nicht genug, hatte er ihm aufgetragen, einen Bericht über die Schiffsunglücke auf dem Torran Riff zu verfassen. Im

Sommer würde Louis dann die Bauarbeiten auf Dubh Artach besuchen, vier Wochen nach seinem Cousin Davie, der in diesem Jahr das Studium der Ingenieurswissenschaften beginnen würde.

Allein auf die Feldarbeit mit Fleeming Jenkin freute Louis sich. Sie würde die einzige Gelegenheit sein, den Professor außerhalb des Kurses zu sehen, da seine Eltern ihm die Teilnahme an Jenkins Theaterprojekt bis auf Weiteres untersagt hatten. Arbeit, und nicht Vergnügen sollte das Motto seines Lebens sein.

Louis schnaubte, wenn er daran dachte, wie lächerlich überzogen die Reaktion seiner Eltern war. Herrgott, sie hatten lediglich eine *Schneeballschlacht* ausgefochten und damit eine Universitätstradition fortgeführt! Was konnte er dafür, dass die Polizei sofort eingeschritten war? Immerhin waren er und seine Mitstreiter von den Kommilitonen wie Märtyrer gefeiert worden. Das Gericht hingegen hatte sie dazu verurteilt, den Frieden für ein Jahr zu halten. Dazu kamen ein Pfund Strafe oder drei Tage Haft.

Louis hielt es keinen Augenblick länger bei Tisch aus. Mühsam beherrscht erhob er sich. »Ich mache mich dann auf den Weg zur Universität. Wir sehen uns heute Abend. Euch beiden einen angenehmen Tag.«

Unvermeidbar mit Tasche, Mantel und Regenschirm ausgestattet, eilte er wenig später aus dem Haus. Auf der Straße empfing ihn eine Melange aus Grautönen; selbst das hellere Gestein der Häuser von New Town war von tief hängenden Rauchschwaden getrübt, die sich in den Niesel mischten. Er könnte ein Gedicht über die grausame Freudlosigkeit des Wetters in Edinburgh schreiben, kam Louis in den Sinn, vielleicht auch ein Sonett über die Vielzahl von Begriffen, die die Schotten für Niederschlag hatten. Gab es überhaupt ein Volk, das mehr Worte für Regen oder Schnee hatte? Aber was würde schon dabei herauskommen? Gestern hatte er während eines euphorischen Moments zwei Essais entworfen, an *Monmouth* gefeilt und ein Gedicht über Baumeister Deacon Thin verfasst, amüsante Spottverse über den Bauwahn. Aber als er seine Dichtung heute Morgen gelesen hatte, war er erneut entsetzt über seine Unfähigkeit gewesen.

An der Universität blieb Louis stehen, lehnte sich an den Treppenkopf und beobachtete die ameisengleich von einem Kurs zum anderen strömenden Studenten. Einsam und hoch aufgerichtet stand er neben ihnen, ein Teil der Masse und doch von ihr getrennt. Seine Augen flogen über die Köpfe seiner Kommilitonen, sahen die Säumigen, die ihre Notizen zu vervollständigen suchten, und die Streber, die eifersüchtig ihre Hefte geschlossen hielten, die zukünftigen Lords und reichen Erben, die verächtlich auf die eifrigen Bauernsöhne herabsahen, die Überklugen, deren Intelligenz oft mit gesellschaftlicher Inkompetenz einherging. Enttäuschung machte seine Schultern schwer. Wo waren die exzentrischen, die albernen oder verrückten Studenten, denen das Studium Spaß und Freude war? Die nicht alles bierernst nahmen? Die nicht nur an nüchternen Ernst und gesellschaftlichen Erfolg dachten? Wo waren junge Männer wie er?

Nein, er dachte nicht daran, heute auch nur einen Kurs aufzusuchen. Er würde sich in einem Pub verkriechen, vielleicht konnte er irgendwo günstig Haschisch kaufen, um sich zu betäuben. Eilig verließ er das Universitätsgelände.

Die Menschen drängten an ihm vorbei, die Schultern hochgezogen, die Gesichter verschlossen wie Fensterläden bei Sturm. Alles, was er sah, zog ihn nur noch mehr herunter: armselige Huren, schwindsüchtige Bettler, arrogante Bürger, hartherzige Kaufleute, die magere, abgerissene Kinder von ihren Schaufenstern vertrieben, obgleich diese doch nur mit den Augen stahlen. Wie stets, wenn er niedergeschlagen war, zog es ihn zum Friedhof. Um Canongate würde er heute einen Bogen machen, denn dort lag sein Namensvetter Robert Fergusson begraben, den er für seine Werke und sein Draufgängertum bewunderte, der aber mit nur vierundzwanzig Jahren an Syphilis gestorben war. Auch das Familiengrab auf dem New Calton Friedhof würde er meiden. Seit er als Kind mit Cummy regelmäßig über Friedhöfe gelaufen war und Greyfriars aufgesucht hatte, um dort der Märtyrer zu gedenken, verband er mit ihnen eine friedliche, manchmal von Angstlust erfüllte Stimmung. Auch in Colinton war er als kleiner Junge mit seinen Cousins und Cousinen über den Friedhof am Haus seines Großvaters geschlichen, hatte geglaubt, dort Irrlichter zu sehen, und einmal sogar gemeint, dass ein Toter sie durch einen Mauerspalt anstarrte. Kreischend waren sie weggerannt.

Auch heute ließ Louis' Anspannung nach, sobald er den Friedhof von Greyfriars betreten hatte. Auf keiner seiner Reisen hatte er bislang einen besseren Ort gefunden. Es war der älteste Friedhof der Stadt, und etliche der mit Skeletten und Totenköpfen verzierten Grabsteine und Katakomben waren schief und baufällig. Durch den kalten grauen Nebel schienen die Schemen von Burg, Old Town und vom Turm der Tolbooth Kirk blass. Das Gras war nass, der Friedhof menschenleer. Lediglich ein Küster arbeitete an einem Grab. Ein geisterhaftes Heulen ließ Louis zusammenzucken. Sein Blick wanderte über die mit Gittern gegen Leichenräuber geschützten Gräber, als könnten aus ihnen die Geister der Verstorbenen aufsteigen, doch er erkannte lediglich die Umrisse eines zottigen Hundes, der sich auf einem Grab ausgestreckt hatte.

Am hohen Monument für die Märtyrer, das den Opfern des Covenanter-Aufstands gewidmet war, legte jemand Blumen ab. Zwei erbärmlich schmutzige Frauen, eine von ihnen mit einem Kind, liefen auf und ab, gelegentlich schrill auflachend. Louis ging langsam zurück in Richtung Universität, schaute den College Wynd mit seinen Kleiderstangen und Wäscheleinen, den Fischkarren und faulenzenden Prostituierten hinunter. In der Nähe der Kuppe schlugen zwei Jungen ein Springseil. Ein kränklich wirkendes Mädchen hüpfte, stieß dabei wilde, gotteslästerliche Flüche aus und lachte verstört. Louis war abgestoßen, mitleidig und fasziniert zugleich. Lange stand er da, durchgefroren und durchnässt von der allgegenwärtigen Feuchtigkeit, und doch konnte er seinen Blick nicht von dem losreißen, was um ihn herum geschah.

Ein Aufschrei riss ihn aus seiner Versenkung. Hundegebell hallte von den Mauern wider. Louis fuhr herum. Im Schatten, zwischen Kirche und der Außenmauer mit den verwitterten Grabsteinen, gestikulierte eine Dame – nein, sie gestikulierte nicht, sondern schien sich zu wehren. Wurde sie ausgeraubt, bedrängt, bedroht? Ein Mann – wohl einer der vielen Passanten, die den Weg über den Friedhof als Abkürzung nutzten – schien den Angriff ebenfalls gesehen zu haben, denn kurz ging sein Blick in die Richtung der Frau. Jetzt jedoch zog er den Kopf zwischen die Schultern und wandte sich ab. Louis schritt unentschlossen weiter. Als er sah, dass der Kerl an der Handtasche der Frau riss, gab er sich einen Ruck. Obgleich er nicht der Kräftigste und auch kein Kämpfer war, konnte er bei so etwas doch nicht tatenlos zusehen! Mit großen Schritten eilte er auf die beiden zu, ruderte wild mit den Armen und rief nach Hilfe. Der Kerl schien überrascht, Verachtung huschte über sein Gesicht. Die Dame nutzte den Moment der Ablenkung, um dem Angreifer die Tasche überzuziehen, während ihr Bedlington Terrier ihn ansprang.

Louis riss die Augen auf. Das war doch Miss Kate! Ihr Hund mochte mit seinem ovalen Schädel und den kurzen hellen Locken harmlos wirken, aber er hatte ohne Zweifel Mut. Als der Kerl dem Terrier einen Tritt versetzte, jaulte dieser schrill auf. Sofort beugte Miss Kate sich über den Hund. Ihre Augen waren schreckgeweitet, die Wangen gerötet und ihre Kleidung derangiert. »Tiny, Liebchen, ist alles in Ordnung?«, wisperte sie ins Hundeohr.

»Gib mir die Tasche, du Miststück!« Erneut wollte der Kerl sie packen.

»Lassen Sie endlich die Dame in Ruhe!«, fuhr Louis ihn an.

»Du hast es gehört! Verzisch dich, Bürschchen!« Miss Kate nahm den Terrier auf den Arm, obgleich dieser dafür ziemlich groß war, und schob sich hinter Louis.

Louis hob halbherzig die Fäuste. Vermutlich würde schon der erste Schlag des Kerls ihn niederstrecken, aber er dachte nicht daran, kampflos aufzugeben. Zu seinem Erstaunen wich der Kerl zurück und gab Fersengeld. Louis lachte auf und wandte sich zu Miss Kate um. Doch diese war nirgends zu sehen. Dafür waren urplötzlich einige Polizisten am Eingang des Friedhofs aufgetaucht und rannten dem Kerl knüppelschwingend hinterher. Louis lief den Friedhof ab, konnte Miss Kate jedoch nicht entdecken. Was hatte sie auf dem Friedhof getrieben? Hatte sie eines der Gräber besucht? Oder hatte sie den Friedhof wie er für eine stille Einkehr genutzt? Irritiert schüttelte Louis den Kopf. Vermutlich hatte sie einfach die Gelegenheit wahrgenommen, sich und ihren Hund in Sicherheit zu bringen; er konnte es ihr nicht verdenken.

Der Vorfall hatte ihn wachgerüttelt, doch seine Niedergeschlagenheit blieb hartnäckig. Schließlich gab er sich einen Ruck und trottete langsam zur Universität. Dort sprach ihn ein Kommilitone an: »He, Stevenson, scheußlich heute, was? Da vergeht einem die Lust auf jeden Kurs. Gehen wir ein Stück gemeinsam?«

Es dauerte einen Augenblick, bis Louis ihn erkannte. Altmodischer Anzug, abgewetzt, aber sauber, penibel rasiert – Reid, einer der bäuerlichen Kerle aus seinem Kurs.

»Ich fürchte, ich bin für niemanden heute eine gute Gesellschaft.«

»Wird schon nicht so schlimm sein. Besser, als allein herumzuhängen.« Kurzerhand schloss Reid sich ihm an.

Während sie gemeinsam weiter durch die Straßen liefen, machte sein Begleiter immer wieder den Versuch, ein Gespräch anzufangen, doch lange sagte Louis kaum ein Wort. Als er in einer Gasse ein paar Kinder Murmeln spielen sah, verlangsamte er seinen Schritt, blieb stehen und beobachtete sie. Erinnerungen an eigene Murmelspiele, an die Freuden seiner Kindheit überfielen ihn. Er spürte die schimmernden Kugeln zwischen seinen Fingern, wusste genau, wie man sie anstieß, wie man sie über Bande spielte oder aufspringen ließ. Auf einmal wallten Energie und Freude in ihm auf.

»Jetzt ein Spielchen, das wäre was! Mal sehen, ob ich in der Nähe ein paar Murmeln erstehen kann!«, rief er.

Reids Kinnlade klappte herunter, während Louis ins erstbeste Geschäft stürmte. Es war ein Krämerladen, vollgestopft mit Dingen des alltäglichen Bedarfs.

»Sie haben nicht zufällig ein paar Murmeln im Angebot, für einen halben Penny oder so?«, fragte Louis.

»Da muss ich Ihren Sohn enttäuschen. Aber vielleicht kann ich Ihnen ein anderes Spielzeug anbieten. Wie alt ist der Kleine denn?«, fragte der Kaufmann dienstfertig.

Louis grinste. »Ich habe keinen Sohn. Die Murmeln sind für mich. Ich wollte mal wieder ein Spielchen wagen.«

Der Kaufmann verzog das Gesicht. »Wenn das so ist, mein Herr, kann ich Ihnen leider nicht weiterhelfen.«

Auch in den nächsten Läden hatte er keinen Erfolg, und schließlich siegte Louis' Faulheit über das Bedürfnis, sich noch einmal in das Kinderspiel zu vertiefen, und er gab die Suche auf. Ungläubig war sein Studienkollege ihm nachgetrottet. »Du bist mir ja einer«, sagte Reid kopfschüttelnd. »Kommst du jetzt mit in die Uni? Mein nächster Kurs beginnt gleich.«

»Kehr du zurück zu unserer Alma Mater, und halte die Fackel des Wissens empor. Die Professoren werden mich noch ein wenig entschuldigen müssen.« Louis legte ihm die Hand auf die Schulter. »Und hab Dank für deine Geduld mit diesem jugendlichen Griesgram, der ich anfangs war.«

Ehe Reid ihm ins Gewissen reden konnte, wandte Louis sich ab. Der Tabakladen lockte mit einem neuen Baudelaire und einem Pfeifchen. Außerdem konnte er dort nach Miss Kate Ausschau halten. Vielleicht gedachte sie ja, sich bei ihm zu bedanken.

Seine Schritte waren schwer, als er sich den Räumen der Spec näherte. Doch als er einen Freund unter den neu gewählten Mitgliedern entdeckte, sprang ihm ein Lächeln auf die Lippen. »Ferrier! Warum hast du mir nicht geschrieben, dass du aufgenommen worden bist!«, begrüßte er ihn. »Und hier – Murray!« Seine Freude kannte keine Grenze. Ein weiteres Gesicht kam ihm bekannt vor. »Charles Baxter, nicht wahr? Dein Vater ist einer der Älteren in St. Stephens.«

»Er ist geachtet, nur mich nennt man den Schnarcher vom Dienst.«

Louis musste lachen. »Du übertreibst! Ich habe aufgepasst, du bist nur ein Mal eingeschlafen.« Baxter machte eine lässige Geste. »Und wen haben wir hier?«, wandte Louis sich an die Umstehenden.

»Robert Glasgow Brown.« Weltmännisch schüttelte der junge Mann Louis die Hand. Seine Kleidung war edel, aber das Hemd hing ihm aus der Hose, und die Weste war falsch geknöpft. »Und dies ist Guthrie, Charles John.«

Der Vorgestellte rümpfte die Nase angesichts der in die Jahre gekommenen Ausstattung der Speculative Society. »Es ist eine Ehre, hier zu sein. Aber ich habe den Eindruck, auf die neue Generation warten auch einige Aufgaben.«

Louis musterte ihn verstohlen, während ein weiterer Kommilitone hinzutrat und sich vorstellte. Charles John musste der Sohn von Pfarrer Thomas Guthrie sein, dem berühmten Redner und Kämpfer für die Abstinenzbewegung und Lumpenschulen.

»Wie läuft der Abend ab? Was müssen wir tun?«, wollte Brown beflissen wissen.

»Zunächst müsst ihr euch in das Register eintragen«, begann Louis, der sich freute, sein Wissen weitergeben zu können. Noch während er sprach, legte ihm jemand die Hand auf die Schulter. »Simpson! Das ist ja wirklich perfekt!«, rief er freudig aus.

Sofort waren die jungen Männer in einem angeregten Gespräch, das erst unterbrochen wurde, als die Sitzung begann. Die Qualität des Vortrags war wieder einmal lausig, doch diesmal war Louis mit seinem Entsetzen und seinem Amüsement nicht allein. Immer wieder tauschten sie Blicke, und er sah, dass sich auch Baxter und Ferrier ein Lachen verkneifen mussten. Als endlich Pause war, strömten alle der Taverne entgegen, und zum ersten Mal musste Louis nicht krampfhaft Anschluss suchen. Ferrier schleppte für sie alle Rotwein heran, nur Guthrie lehnte ab. »Ich habe so viel über die Spec gehört und mir mehr davon versprochen. Scheint ein lahmer Haufen Snobs zu sein«, sagte er bitter.

»Wird Zeit, dass sich etwas ändert«, stimmte Baxter zu. »Aber jetzt sind wir ja da, können frischen Wind in die Bude bringen.«

Aufgedreht stießen sie an, Guthrie mit einem Becher. »Selbst der Kaffee ist lausig. Ich glaube, das nehme ich in die Hand.«

»Tja, manche Traditionen sind mit den Jahren eingeschlafen. Wenn ich an die Studentenstreiche denke oder an die Universitätszeitschriften, die es früher mal gegeben hat. Möglicherweise war man auch früher toleranter«, meinte Ferrier.

»Die Universitätszeitschrift kenne ich nicht, klingt interessant«, sagte Brown.

»Ich habe mit Livingston geplaudert, dem Buchhändler und Drucker gegenüber der Universität. Er meinte, er hätte noch ein paar Exemplare der alten Zeitschriften auf dem Dachboden«, sagte Ferrier.

Louis stimmte zu. »Mir hat der alte Lindsay, der Assistent von Professor Tait, davon erzählt. Er ist ein wahrer Schatz an Anekdoten. Von ihm weiß ich auch, dass Schneeballschlachten früher gang und gäbe waren. Sam Bough hat sie sogar zum Sujet eines Gemäldes gemacht.«

»Wie sagte unser ehemaliger Rektor Thomas Carlyle so treffend: *Die Zeit ist schlecht. Wohlan ...*«, begann Ferrier.

»*... du bist da, sie besser zu machen*«, ergänzte Louis.

»Oder so ähnlich.« Brown nickte. »Ich wäre sofort dabei. Wer noch?«

Beglückt hörte Louis, wie sich alle sofort bereit erklärten. Dann bemerkte er, dass die älteren Mitglieder der Spec die Taverne bereits verlassen hatten. »Ich fürchte, wir müssen unsere illustre Runde aufheben. Der Pförtner lässt uns sonst nicht mehr auf das Universitätsgelände – und dann setzt es Strafgelder.«

»Strafgelder?«

Louis nickte. Rasch stürzten sie Wein und Kaffee hinunter und rannten los. Der Pförtner war bereits aufgestanden, um abzusperren. Doch sie konnten ihn mit Schmeichelei und bei unterdrücktem Kichern dazu bringen, sie noch einzulassen. Im letzten Moment schlüpften sie in den Saal, wo bereits der zweite Teil der Sitzung eröffnet wurde. Einige altehrwürdige Mitglieder warfen ihnen strafende Blicke zu, was Louis zu einem weiteren Lachanfall reizte. Glücklich ließ er sich auf seinem Platz sinken. *Eine eigene Universitätszeitschrift ...* Von nun an würde er jedem Tag an seiner Alma Mater mit Freuden entgegensehen – wenn auch nicht wegen der Studieninhalte.

Direkt nach ihrem Kurs bei Professor Tait scharten die jungen Männer sich um den Assistenten. Der alte Lindsay hatte ihnen vergilbte Ausgaben des Universitätsmagazins mitgebracht, las ihnen Auszüge aus einigen Artikeln vor, und schließlich lud er sie auf ein Getränk in die *Pumpe* ein, was die jungen Männer dankend annahmen. Im Rutherford's, wie der Pub offiziell hieß, war es voll wie immer, weshalb sie ins Obergeschoss gingen. Old Lindsay verabschiedete sich bald, und die jungen Männer hielten sich an ihrem Getränk fest, bis die Bedienungen sie selbst bei gutem Willen nicht mehr dulden konnten, ohne es sich mit dem Wirt zu verscherzen.

Sie hatten lange begeistert diskutiert, und mittlerweile hatte heftiger Regen eingesetzt. Baxter, Brown und Simpson verabschiedeten sich und gingen nach Hause, Ferrier und Louis wollten jedoch noch nicht heimkehren. Leicht angetrunken und in alberner Stimmung suchten sie sich ein trockenes Plätzchen unter dem Dachstand eines Hauses, von wo aus sie die Passanten beobachten konnten. Menschen gingen eilig an ihnen vorbei, umzirkelten einander mühsam oder stießen mit ihren weit gespannten Schirmen aneinander. Zwischen ihnen mogelten sich einige weniger Wohlhabende schirmlos von fremdem Schirm zu fremdem Schirm, um möglichst trocken ihres Weges zu gehen. Entsetzt fragte Louis sich, wo er seinen eigenen Schirm gelassen hatte. Hoffentlich hatte er ihn nicht schon wieder verloren! Das würde unweigerlich eine Strafpredigt von Cummy nach sich ziehen.

»Wir brauchen für die neue Universitätszeitschrift nicht nur Autoren, sondern auch Herausgeber. Und wir brauchen Geld für die Produktion«, sagte er, um auf andere Gedanken zu kommen.

»Wir sollten mit Livingston sprechen. Wenn jeder von uns einen Anteil trägt, gelingt es uns vielleicht, die Zeitschrift bei ihm drucken zu lassen.«

Louis zögerte. Ferrier hatte leicht reden! Er aber kam mit seinem Geld schon jetzt nicht über die Runden, wie sollte er da noch etwas für den Druck abzweigen?

»Unsere Artikel werden so gut sein, man wird uns das Werk aus den Händen reißen!« Ferriers Augen leuchteten bei der Vorstellung, und Louis entschied sich, ihm den Spaß nicht zu verderben.

»Simpson kommt wohl nicht mehr. Dann müssen wir die Besprechung der Texte verschieben.« Missmutig legte Guthrie die Papiere zusammen. Sie hatten gemeinsam an einem Plan gearbeitet, wie sie die Spec mit Farbe, neuen Möbeln und besserem Kaffee aufpolieren konnten, ohne die altehrwürdigen Mitglieder vor den Kopf zu stoßen.

»Hast du es nicht gehört?«, fragte Louis. »Sein Vater ist krank.«

»Lass mich raten: Du bist mal wieder rein *zufällig* bei Walter in der Queen Street vorbeigeschneit, hast dich dann aber doch nur mit Eve unterhalten.« Baxter lachte gutmütig.

»Fast richtig«, gab Louis zu. Eve gefiel ihm tatsächlich, und er hatte seinen Freund in den vergangenen Wochen auch häufig zu gemeinsamen Treffen begleitet. Doch irgendwann hatte Eve angefangen, von ihm wie von ihrem Verlobten zu sprechen, und sowohl Louis als auch ihre Eltern hatten erkannt, dass die schwärmerische junge Frau sich in etwas hineinsteigerte, für das es wenig Grund gab. »Seinem Vater ging es allerdings in der Tat schlecht, und Walter saß am Krankenbett, während ich mich unauffällig zurückzog.« Sie traten in die Eingangshalle der Universität. »Schrecklich, dass selbst geniale Ärzte wie Dr. Simpson machtlos sind, wenn es um ihre eigene Gesundheit geht.«

»Da hast du recht. Apropos Gesundheit: ein Jammer, bei diesem herrlichen Wetter den Tag im Klassenraum verbringen zu müssen …« Baxter grinste.

»Hauptsache, Professor Blackie erspart uns weitere Ausführungen über seinen Tartan.«

Die Klasse war bereits gefüllt, und auch der Professor war schon an seinem Platz. Er ermahnte Louis und Baxter nicht wegen ihres späten Erscheinens, doch die Missbilligung war ihm anzusehen. Durch das Fenster schien die Sonne auf die abgewetzten Tischplatten, in die ganze Generationen von Studenten ihren Namen geritzt hatten. »Wir wenden uns heute einem bedeutenden Thema zu …«, setzte Professor Blackie an.

»Das ist ja ein interessantes Tartanmuster, Professor«, weckte ein Student seine Aufmerksamkeit.

Stolz strich Blackie darüber. »Habe ich euch denn noch nicht erzählt, wie es kam, dass …«

Nicht schon wieder! Louis und Baxter tauschten Blicke. Ohne ein Wort zu wechseln, erhoben sie sich ruhig und verließen gemessen den Klassenraum. Kaum hatten sie die Tür hinter sich zugezogen, rannten sie los, bis sie lachend die Straße erreicht hatten.

Dicht an dicht säumten die Menschen die Straßen, es mussten Tausende sein. Louis folgte neben Baxter, Brown, Guthrie und Ferrier dem Trauerzug; seine Eltern gingen weit voraus.

Louis war gerade aus Dunoon zurückgekehrt, wo sein Vater einen Bau ausführte, als ihn die Nachricht vom Tod des berühmten Doktors Sir James Young Simpson erreicht hatte. Sofort war er losgeeilt, um seinem Freund beizustehen, doch Walter war als neues Familienoberhaupt und Baronet stark eingespannt.

Schwarze Flaggen flatterten im Wind. Ganz Edinburgh zeigte Trauer, und die Stadtregierung hatte den Tag des Begräbnisses zum Gedenktag erklärt. Simpson war schon zu Lebzeiten hoch angesehen gewesen, hatte als Arzt Bahnbrechendes geleistet und das Leid der Kranken durch seine Entdeckung gelindert. Zugleich hatte er unzähligen Bewohnern der Stadt auf die Welt geholfen, oft genug kostenlos, weil er um die Armut der Menschen wusste. Jetzt war er nach wochenlanger Krankheit gestorben, und ganz Edinburgh schien zeigen zu wollen, was die Stadt an ihm gehabt hatte.

Nach der Trauerfeier sprachen Louis' Eltern und auch er selbst den trauernden Angehörigen ihr Mitgefühl aus. Eve weinte haltlos, mied jedoch Louis' Blick, als habe sie nicht verwunden, dass er sich weigerte, sie als Verlobte in Betracht zu ziehen. Später saßen die jungen Leute in Simpsons Haus in der Queen Street zusammen, abgesondert von den Erwachsenen, um bei Portwein und Keksen in Ruhe zu reden. Walter hatte stundenlang Beileidsbekundungen entgegengenommen und war sichtlich zerrüttet. Inzwischen hatten sich viele Trauergäste verabschiedet, und Louis wollte seinen Freund, der vor sich hin brütete, ein wenig ablenken. »Ich komme gerade aus Dunoon in Westschottland zurück, wo mein Vater ein Projekt betreut – dieser Aspekt ist unwichtig«, sagte er. »Doch aus anderen Gründen war es ein seltsamer Aufenthalt, an den ich mich wohl noch länger erinnern werde.«

»Du hast dir den Hintern abgefroren!« Selbst Simpson musste ob Baxters leiser Bemerkung, die in diesem Rahmen ganz und gar unangemessen war, grinsen.

»Aye, es war kalt und ungemütlich in Dunoon«, stimmte Louis zu. Er würde seinen Freunden nicht erzählen, dass er während seiner Zeit dort ein Haus in Rosemore aufgesucht hatte, in dem er während seiner Kindheit einmal die Ferien verbracht hatte, obgleich auch dieser Besuch ihn beschäftigte. Wie intensiv waren seine Erinnerungen, und wie klein war ihm nun alles erschienen! Er hatte viel über Erinnerungen nachgedacht, über die Fantasie eines Kindes und darüber, wie sie auch heute noch sein Leben bereicherte. Doch diese Gedanken musste er selbst erst einmal in der Tiefe ergründen. »Ich habe eine Wahrsagerin getroffen«, platzte er heraus.

»Das hatte ich jetzt nicht erwartet. Mit Glaskugel? Karten? Hat sie dir aus der Hand gelesen?«, wollte Ferrier wissen. Auch die anderen rückten näher.

»Ich saß im Kaffeezimmer im Hotel – dicht am Feuer –, als ein altes Weib aus den Highlands eintrat. Sie muss früher eine Schönheit gewesen sein, doch jetzt waren ihre Haare dünn und zerzaust, ihre Kleidung armselig und dürftig. Sie redete wirr von grünen Feldern und rief immer wieder unvermittelt aus ›Herr, vergib ihm!‹«

»Wen meinte sie damit, dich?« Baxter grinste.

Louis ignorierte den Einwurf. »Sie scheint eine Art Marketenderin gewesen zu sein, denn sie schwärmte von den galanten Herren im Regiment der 42. Highlander. Sie bot an, mir die Zukunft vorauszusagen, doch als ich ihr die Hand hinhielt, zündete sie sich erst einmal ein Pfeifchen an.«

»Gute Idee!« Ferrier ließ einen Tabakbeutel herumgehen.

»Sie setzte sich in die Ecke und schmauchte, meine Hexe von Endor, mein Orakel von Delphi.«

»Was hat sie denn nun gesagt?«, wollte Simpson wissen.

»Dass ich nach Amerika gehen werde. Dass ich viel zur See fahren werde. Dass ich glücklich sein werde. Und zuletzt ließ sie meine Hand fallen und murmelte, seltsam aufgewühlt: ›Schwarze Augen‹. Gleich darauf verzog sie sich.«

Baxter stutzte. »Schwarze Augen? Was soll das bedeuten?«

Louis zuckte mit den Schultern. »Frag mich nicht. Ich zumindest habe keine schwarzen Augen.«

Simpson sah bekümmert in sein leeres Glas. »Vielleicht ist es gut, dass wir die Zukunft nicht voraussehen können.«

Louis legte ihm die Hand auf die Schulter. »Da hast du sicher recht, mein Freund. Wenn ich mir ein langes Leben wünsche, dann nur, um auf einen größeren Zeitraum zurückblicken zu können. Neunzig Jahre mögen körperlich eine Last sein, aber neunzig Jahre der Erinnerung sind der Himmel. Und das Herrliche an Erinnerungen ist: Sie sind wie Geschenke von Feen, denn sie nutzen nicht ab.«

Ferrier leerte sein Glas. »Du klingst wie ein alter Mann.«

»Wenn man so ein gutes Gedächtnis hat und so viel Fantasie wie ich, ist man vielleicht automatisch eine alte Seele«, sagte Louis. Leider wusste er nur zu gut, dass seine Zukunft nicht nur vorhersehbar, sondern in Stein gemeißelt war.

28

Juni 1870, Braid Hills

»Beeindruckend, die grüne Klippe des Arthur's Seat, findest du nicht auch?«, fragte Louis, während er gedankenverloren die Nivellierlatte in seiner linken Hand wog. »Manchmal entdeckt man die Schönheit der eigenen Umgebung erst aus einiger Entfernung.« Er betrachtete die Berge Edinburghs, die wie ein gewaltiger schlafender Drache über der kargen Ebene der Braid Hills aufragten.

»Du solltest aufhören, mit Landschaftsbeobachtungen herumzutrödeln, und stattdessen lieber die Messlatten richtig ausrichten, damit wir endlich zur nächsten Ausbildungsstufe schreiten können«, meinte Reid ungewohnt ungnädig. Sie waren mit Professor Jenkins Vermessungskurs unterwegs und schon einige Zeit auf dem Feld.

»Was bist du so genervt? Das Wetter ist herrlich, wir sind in freier Natur und können tun, was wir wollen – mehr oder weniger auf jeden Fall.« Zufrieden sog Louis die frische Luft ein.

»Nun mach schon! Storie und Jackson lassen sich von Jenkin bereits den Theodoliten erklären!« Tatsächlich hatten sich einige besonders eifrige Studenten bereits um den Professor geschart, der ihnen das metallene Winkelmessgerät erläuterte.

»Aye, aye, Captain!« Louis salutierte spielerisch, drehte den Nivellierstab senkrecht und marschierte los. Doch schon beim nächsten Schritt knickte sein Fuß um. Erschreckt gelang es Louis gerade noch, sich abzufangen, aber er stolperte weiter und riss instinktiv die Arme hoch, um den Sturz abzufangen. Erneut brach er in dem ausgehöhlten Erdreich ein, und ehe er sichs versah, schoss der Boden auf ihn zu. Der Nivellierstab bohrte sich in die Erde, und im nächsten Moment stürzte Louis direkt in das aufragende Ende des Holzstabs, das sich in sein Bein bohrte. Vor Schmerz heulte Louis auf.

Gleich darauf war er von Kommilitonen umringt, die ihn angesichts des Blutes, das aus seinem Bein strömte, entsetzt anstarrten. Professor Jenkin hatte sich neben ihn gekniet und war bereits dabei, die Wunde mit einem Halstuch zu verbinden. Als der Professor den inzwischen abgebrochenen Holzstab aus Louis' Fleisch gezogen hatte, hatte er geglaubt, ohnmächtig werden zu müssen.

»Wir müssen Sie zum nächstgelegenen Haus bringen, damit Ihre Wunde richtig versorgt werden kann. Dann rufen wir eine Kutsche. Meinen Sie, Sie schaffen das?«

Louis biss die Zähne zusammen und nickte. Schweiß rann ihm über die Stirn. Jenkin gab zwei Studenten die Anweisung, Louis zu unterfassen und vorsichtig aufzuheben. Aufzutreten war unmöglich, und kurz war es Louis beim Aufstehen, als würde alles Blut in das verletzte Bein fließen. »*Der bessere Teil der Tapferkeit ist die Vorsicht*, heißt es nicht so?«, stieß er hervor.

Jenkin wirkte erleichtert. »Wenn Sie noch Shakespeare zitieren können, kann es so schlimm nicht sein.«

»Zum Haus von Mrs Romanes ist es leider zu weit. Dabei macht sie die besten Scones, die ihr euch denken könnt!«, scherzte Louis mit verkrampftem Kiefer.

Jenkin blieb ernst und rügte ein paar Studenten, die sich über Louis' Ungeschicklichkeit lustig machten. »Mr Bough, der Maler, wohnt in der Jordan Lane. Er wird sicher helfen.«

»Ganz nach Morningside müssen wir?« Louis grimassierte.

»Es ist der nächste Ort, an dem wir Hilfe bekommen können. Trinken Sie.« Jenkin reichte ihm noch einmal die kleine

Whiskeyflasche, die ihm schon zuvor Linderung hatte bringen sollen.

Louis nahm einen Schluck und humpelte los. »Auf geht's, Kameraden!«

Je näher sie der Ortschaft kamen, umso mehr Passanten wurden auf sie aufmerksam. Der Professor merkte, wie unangenehm Louis das war, und versuchte, ihn abzulenken. »Das ›Monster aus der Jordan Lane‹ nennt man Bough wegen seiner angeblichen schlechten Laune. Dabei ist er ein feiner Kerl – und ein herausragender Maler.«

»Interessant«, knurrte Louis schmerzerfüllt. »Ich glaube, manchen gefällt nur nicht, dass ein Engländer der derzeit beste Maler schottischer Landschaften ist.«

»Dabei lebt Bough schon ewig hier. Er kennt die schottische Seele.«

Endlich hatten sie das kleine Haus in Morningside erreicht. Der Maler war nicht da, dafür aber eine attraktive, üppige Dame mittleren Alters, die theatralisch die Hände zusammenschlug und ihre Dienstmagd antrieb, alles Nötige zur Verarztung herbeizuschaffen.

Professor Jenkin schien die Frau zu kennen, denn er fragte: »Darf ich den jungen Stevenson in Ihrer Obhut lassen, Mrs Bough? Ich muss mich um die anderen Studenten kümmern, damit nicht noch ein Unfall passiert.« Er lächelte gequält. »Sie werden sicher ein interessantes Gesprächsthema finden. Stevenson kennt sich ausgezeichnet mit dem Theater aus, ist belesen und selbst ein beachtlicher Poet. Meine Frau ist ganz begeistert von seinen Talenten. Ein begabter junger Mann.«

Die Studenten, die Louis gestützt hatten, prusteten erstickt. Jenkin warf ihnen strafende Blicke zu, zog vor der Dame aber den Hut und verabschiedete sich höflich, nachdem er versprochen hatte, eine Kutsche zu rufen und sich später noch einmal nach dem Verletzten zu erkundigen.

Louis wand sich unbehaglich. *Dieses Lob werde ich ganz sicher noch zu hören bekommen – sie werden mich gnadenlos verspotten.*

Mrs Bough bot Louis einen weiteren Whiskey sowie Shortbread an, was dieser dankbar annahm, und machte sich dann daran, Holzsplitter aus der Wunde zu entfernen. »Was schreiben Sie denn, junger Stevenson?«, fragte sie.

Dankbar für die Ablenkung erzählte Louis von seinen Gedichten und Theaterstücken, von seinen Essays und anderen Vorhaben. Der Alkohol verdrängte nicht nur die Schmerzen, sondern löste auch seine Zunge, und als sie ihn bat, aus seinen Gedichten zu zitieren, kam er auch dieser Bitte gern nach. Dabei ließ er seinen Blick durch den Raum schweifen, in dem eine Unzahl von Leinwänden an der Wand lehnten oder auf Staffeleien standen, denn er wagte nicht, dabei zuzusehen, wie sie mit der Pinzette in seiner Wunde herumstocherte. Auch wollte er nicht unhöflich auf ihr fülliges Dekolleté starren. Endlich schien sie mit der Wunde zufrieden zu sein, denn nun begann sie, diese mit einer Flüssigkeit und einem sauberen Tuch abzutupfen.

»Woher kennen Sie Professor Jenkin und seine Frau?«, fragte Louis.

»Wir alle lieben das Theater und die Kunst. Ich war früher selbst Schauspielerin. Sam hat damals, als wir uns kennenlernten, das Bühnenbild gestaltet. Tja, und jetzt bin ich hier.«

Bald waren sie in eine angeregte Diskussion über Dichtkunst, Schriftsteller und Theaterstücke vertieft, zitierten abwechselnd Chaucer, Shakespeare, Marlowe, Fletcher oder Webster. Während sie auf die Kutsche warteten, bat Louis sie, ihm einige Gemälde ihres Mannes zu zeigen. Besonders ein Gemälde amüsierte ihn: Es zeigte eine Schneeballschlacht in Edinburgh.

29

Greenock, Anfang August 1870

Louis verließ das Hotel und ging unter dem säulengetragenen Vordach auf die Straße hinaus. Das Tontine-Hotel am Ardgowan Square lag nur wenige Straßen von der erst kürzlich eröffneten Endstation der Eisenbahn, dem Prince's Pier und dem Hafenbecken mit seinen Dampfschiffen entfernt. Das Zimmer war jedoch ungemütlich und nicht besonders sauber, und dass er im Raucherzimmer keinen anderen Gentleman angetroffen hatte, mit dem er sich hätte unterhalten können, machte die Sache nicht besser. *Jetzt kannst du schon einmal eine Reise allein antreten und bist doch nicht zufrieden,* schalt Louis sich innerlich. Er blieb kurz am Bowling Green stehen und sah den Spielern eine Weile beim Werfen der Kugeln zu; dann ließ er sich weiter durch die Hafenstadt treiben, die von Schiffbau, Seefahrt und Whiskeybrennerei lebte, wie man an jeder Ecke sehen konnte. Überall wurden Waren verladen, hingen Matrosen herum oder kutschierte man Whiskeyfässer durch die Straßen. *Genieße lieber, dass du für ein paar Tage zur Ruhe kommst und deinen Interessen nachgehen kannst.*

Louis dachte an die letzten Wochen zurück. Nach seinem Unfall in den Braid Hills hatte er es nicht eilig gehabt, an die Universität zurückzukehren, da er fürchtete, sich bei einem Teil der Studentenschaft für alle Zeit lächerlich gemacht zu haben. Als er den Besuch der Kurse nicht weiter aufschieben konnte, hatte er jedoch feststellen müssen, dass sich kaum jemand für ihn interessierte. Nur einmal hatte man ihm »Da ist ja der begabte Junge!« nachgerufen – worauf ihm keine geistreiche Entgegnung eingefallen war, was ihn enorm ärgerte. Erneut war ein wahrer Wust an Aufgaben aufgelaufen, die er nacharbeiten musste, doch es war ihm erstaunlicherweise leichter gefallen als üblich. In Mathematik hatte er sogar eine Auszeichnung für besondere Verdienste erhalten.

Die übrige Zeit seiner Rekonvaleszenz hatte er mit Schreiben und Ausflügen verbracht, Letzteres unterstützten seine Eltern sogar, weil es ihnen wichtig war, dass er sein Bein wiederherstellte. Seine Freunde hatten ihn bereitwillig begleitet, auch gab es einige junge Damen, die seine Nähe suchten, was ihm gefiel. Da es seiner Mutter nicht gut ging, waren seine Eltern im Juni ins englische Scarborough gereist, um dort Ferien zu machen. Er selbst hatte ein Praktikum bei einem Holzhändler in Leith absolvieren müssen. Die verschiedenen Sorten Pinien zu lernen, hatte ihn schier wahnsinnig gemacht. Wer konnte schon Windau, Riga und Amerikanische Pinie unterscheiden? Das Einzige, was ihn beruhigte, war, dass er den Holzhändler bei zwei Fehlurteilen ertappt hatte. Er war also nicht schlicht zu dumm, um die Unterschiede zu identifizieren.

An den Wochenenden war er in Begleitung einiger Freunde nach Swanston gefahren. Sie hatten Ausflüge gemacht, beispielsweise zur Kapelle von Roslin, waren mit dem Phaeton gefahren, gewandert, hatten beisammengesessen, gelesen und geschrieben, Schach gespielt und geraucht. Als eine Art Anstandsdame hatte Cummy über sie gewacht, über den grauslichen Rauchgeruch in den Räumen geklagt und am Ende des Aufenthalts zu ausufernden Lüftungsmaßnahmen aufgerufen.

»Stevenson! Das ist ja ein Zufall!«

Nicht nur die Nennung seines Namens, sondern auch die Stimme rissen Louis aus den Gedanken und ließen ihn freudig herumfahren. »Professor Jenkin!«

Sein Professor lächelte. »Meine Gattin und die Kinder haben sich bereits hingelegt, aber ich brauchte noch etwas Auslauf. Gehen wir ein Stück? Ich möchte mir die neue Eisenbahnstation und die Hafenanlage ansehen.«

»Sehr gern.« Louis hatte den Professor seit seinem Unfall kaum privat gesprochen. »Darf ich fragen, was Sie nach Greenock treibt?«

»Der Ruf der Highlands! Wir nehmen morgen die *Iona* zum Fähranleger von Corran. Dort in der Nähe haben wir eine Farm für die Ferien gemietet.«

»Das ist wirklich ein Zufall. Ich werde mich morgen ebenfalls auf der *Iona* einschiffen.«

»Na, Sie haben es gut! Ebenfalls Urlaub?«

»Nicht wirklich. Ich werde nach Erraid auf Mull weiterreisen. Auf der Insel befinden sich das Hauptquartier und der Steinbruch für den Bau des Leuchtturms Dubh Artach und der dazugehörigen Wärterhäuser. Mitte, Ende August, wird mein Vater zu uns stoßen.«

»Was für ein unglaubliches Glück Sie haben! Derart anspruchsvolle Bauarbeiten hautnah erleben zu dürfen – ein wenig beneide ich Sie.« Jenkin lachte. »Aber nur ein wenig. Keine noch so große technische Herausforderung würde ich gegen einen Urlaub mit meiner geliebten Gattin und meinen Kindern eintauschen. Ich freue mich darauf, zu fischen, zu wandern, Gälisch und die traditionellen Tänze zu lernen.«

»Ein umfassendes Programm.«

»Man muss sich hohe Ziele setzen. Außerdem: Vögel und Kinder haben das Talent, die Schönheit und Freude eines jeden Tages zu genießen. Das habe ich auch zu meinem Prinzip gemacht.« Abrupt wurde er ernst. »Was ist Stand der Dinge beim Dubh Artach?«

»Anscheinend sind die Arbeiten in diesem Sommer ein gutes Stück vorangeschritten.« Louis wollte nicht riskieren, sich in Details zu verlieren, mit denen er sich nicht auskannte. Also referierte er stattdessen, was er im Auftrag seines Vaters über das Torran Riff zwischen der Ross of Mull und der Insel Colonsay zusammengetragen hatte. »Das Riff erstreckt sich über zehn Meilen. Wie Drachenzähne lauern die Felsen die meiste Zeit unter der Meeresoberfläche, viele spitzen nur bei Ebbe hervor. Etwa sechzig Schiffe haben diese Zähne gerissen, darunter allein vierundzwanzig in den letzten Jahren«, begann er.

»Ich bin beeindruckt, wie viel Sie über dieses Schiffsgrab wissen«, sagte Jenkin, nachdem Louis geendet hatte. »Aus Ihnen wird eines Tages ein guter Ingenieur. Haben Sie schon entschieden, worüber Sie Ihre Hausarbeit schreiben wollen? Mit den anderen Studenten habe ich in den letzten Wochen die Themen erörtert, aber Sie sind ja leider krankheitsbedingt ausgefallen.«

Schlechtes Thema. Darüber hatte er sich noch immer keine Gedanken gemacht. Verlegen lavierte Louis herum.

»Viele Ihrer Kommilitonen werden Themen aufgreifen, die wir in diesem Semester behandelt haben. Vielleicht sollten Sie etwas in Angriff nehmen, was aus dem Spezialgebiet Ihrer Familie kommt.«

Louis sah ihn unsicher an.

»Das Licht«, beantwortete Jenkin die nicht ausgesprochene Frage. »Über das Licht von Leuchttürmen gibt es viel zu berichten. Die technische Entwicklung schreitet auch hier mit großen Schritten voran, sodass Sie ganz sicher einen Wissensvorsprung haben.«

Und ich kann meinen Vater dazu befragen. Andererseits will ich meine Aufgabe auch gern allein bewältigen. »Das ist eine gute Idee. Vielen Dank, Professor.«

Sie hatten den Bahnhof längst erreicht, und Jenkin konzentrierte sich eine Weile ganz auf seine Beobachtungen. Dann gingen sie vom Prince's Pier zum Anlegeplatz der Dampfschiffe weiter. Die *Iona* – das luxuriöseste Dampfschiff auf der Königlichen Route zwischen dem Glasgower Hafen Greenock, der Hochland-Stadt Oban und den Inneren Hebriden samt vorgelagerter Inseln – lag bereits vor Anker. Mit einem breiten Grinsen wies Jenkin auf sie: »Das ist ein Anblick für meine Jungs! Die werden sich morgen kaum losreißen können!«

»Ich habe es übrigens sehr bedauert, nicht mehr zu Ihren Theaterproben gekommen zu sein«, sagte Louis leise.

»Meine Anne hat es ebenfalls sehr bedauert, ich selbst natürlich auch. Die Kostüme, die der Schneider für uns angefertigt hat, waren allerdings eine Katastrophe, kein bisschen authentisch. Dabei hatte ich ihn detailgenau instruiert! Aber grämen Sie sich nicht – im Herbst beginnt nicht nur an der Universität ein neues Semester, auch wir werden uns ein weiteres Stück vornehmen. Haben Sie etwas Brauchbares gelesen? Haben Sie einen Vorschlag, welches Stück wir ins Auge fassen könnten?«

Rauch schlängelte sich aus unzähligen Schornsteinen in den wolkenlosen Himmel, als Louis sein Gepäck auf die *Iona* schaffen ließ und den Raddampfer betrat. Professor Jenkin und seine Familie waren bereits an Deck und hatten sich direkt an der Reling Plätze gesichert. Die drei Jungen hielten sich, nach Größe gereiht wie Orgelpfeifen, am Metallgitter fest und zeigten aufgeregt auf das Hafenbecken mit den unzähligen Dampfschiffen.

Louis begrüßte zunächst Anne Jenkin, die in dezente, aber äußerst schmeichelhafte Reisekleidung gehüllt war und einen eleganten Strohhut trug. »Ich hörte bereits von Fleeming, dass du uns begleiten wirst. Was für eine Freude! Wie geht es deinen Eltern? Was machen deine schriftstellerischen Versuche? Hat Fleeming dich während des Semesters arg gequält?« Anne Jenkin lächelte verschmitzt, woraufhin ihr Gatte liebevoll ihre Hand drückte. Als das Schiff ablegte, stellten sie sich zu ihren

Kindern an die Reling. Während Anne Jenkin ihren Jüngsten auf den Arm nahm, referierte Austin, der Älteste, trotz seiner vielleicht neun Jahre altklug über die Funktionsweise der Raddampfer und maßregelte den jüngeren Frewin.

»Du hast doch keine Ahnung!«, wies er seinen Bruder zurecht. »Mit so einem Dampfschiff war Vater auch unterwegs, als er die Telegrafenkabel in der Tiefsee verlegt hat.«

»Das kann ich mir kaum vorstellen. Die *Iona* ist lediglich ein Ausflugsschiff«, warf Louis ein, um die geschwisterliche Rivalität zu dämpfen.

Misstrauisch sah Austin ihn an. »Bist du nicht der Student, der sich den Nivellierstab ins Bein gehauen hat?«

Louis hob die Augenbraue. Was für ein kleiner Teufel! Da Anne und Fleeming Jenkin die Frage nicht mitbekommen zu haben schienen, gab er kurz angebunden zurück: »Ich erkenne keinen Zusammenhang zwischen der Spekulation über das Schiff und dieser Feststellung.«

»Du bist es also.« Austin rümpfte die Nase.

Demonstrativ wandte Louis sich Frewin zu. »Und was ist deine Spezialität?«

Der Fünfjährige biss sich auf die Lippe und überlegte angestrengt. »Gärtnern. Ich denke, er ist am besten im Garten«, kam Fleeming Jenkin seinem kleinen Sohn zu Hilfe.

»Mein Garten ist ebenfalls sehr gut«, warf Austin bestimmt ein.

»Ja, aber Frewin ist der beste Gärtner.«

Mit einem höhnischen Grinsen beharrte Austin: »Ich nehme an, Mister Brown ist der beste Gärtner. Es ist sein Beruf.«

»Wer auch immer der beste Gärtner sein könnte, ist letztlich unwichtig«, sagte Fleeming Jenkin gewichtig. »Ich sehe ich dich nicht gern als besten Zweitplatzierten der Familie. Du weißt doch: Jeder sollte nach dem Besten streben.«

Louis und Anne Jenkin hatten den Dialog amüsiert beobachtet. Als Austin sich mit beleidigtem Gesichtsausdruck abwandte, kehrten sie zu den Sitzbänken zurück. »Ein sehr intelligentes, aber auch … selbstbewusstes Kind habt ihr da«, sagte Louis und biss sich auf die Zunge. Beinahe hätte er »hochnäsig« gesagt.

Anne Jenkin lächelte wissend. »Austin kennt sich mit allem gut aus, sogar mit Geologie. Ein Freund sagte einmal, dass er unsere Kinder sehr möge. Zumindest möge er die beiden Jüngeren – Osy respektiere er.«

»Da sind wir schon zwei«, stimmte Louis lachend zu.

»Fleeming brennt darauf, den Jungen fischen beizubringen und mit ihnen Staudämme zu bauen.«

Sie redeten eine Weile über das Landleben. Dann fragte Anne: »Hat Fleeming dich schon eingeladen? Wir wollten dir anbieten, dass du uns auf der Farm besuchen kannst.«

»Es wäre mir eine Ehre und eine Freude.«

Während die Jenkins von Oban aus weiterreisten, bestieg Louis am folgenden Tag erneut ein Schiff. Der Dampfer war gut gefüllt mit Sommerfrischlern, die sich zur heiligen Insel der Schotten, nach Iona, und zur Säuleninsel Staffa fahren ließen. Louis selbst würde von Iona aus nach Erraid weiterreisen. Er genoss es, allein zu reisen – man lernte so viele Menschen kennen! Die Hitze des gestrigen Tages hatte er für einen Ausflug mit dem Ruderboot genutzt, hatte in einer Bucht mit blendend weißem Sandstrand angelegt und gebadet. Später hatte er die Bekanntschaft eines englischen Geschäftsmanns gemacht, der eine Vorliebe für Leuchttürme hatte und ihn über Bell Rock ausgefragt hatte. Louis war gespannt, welche Bekanntschaften er heute an Bord machen würde.

»Willkommen an Bord, Mr Bough. Sollen wir Ihr Gepäck im Laderaum verstauen?«, hörte er den Steward sagen.

»Auf keinen Fall!«, protestierte der Mann empört. »Sie würden einem Handwerker doch auch nicht den Arm abschneiden! Ich brauche meine Utensilien bei mir, ich werde während der Fahrt sicherlich einige Skizzen anfertigen.« Er war etwa Ende vierzig, hatte volles dunkles Haar und einen Vollbart, und trotz der spiegelnden Brillengläser sah Louis seine Augen funkeln. Koffer, Tasche, eine Klappstaffelei und sogar einen überdimensionalen Schirm wuchtete der Mann selbst an Deck.

Kurz zögerte Louis, dann überwog die Freude, den berühmten Maler zu treffen. »Mr Bough – sind Sie etwa nach Erraid unterwegs, um die Baustelle des Dubh Artach für die Ewigkeit festzuhalten?«

Der Mann kniff die Augen zusammen. »Wer will das wissen?«

»Verzeihen Sie, wie unhöflich! Robert Louis Stevenson. Ich habe meinem Vater, Thomas Stevenson, vorgeschlagen, Ihnen den Auftrag anzutragen, nachdem ...«

»Nachdem Sie sich irgendein Messwerkzeug ins Bein gerammt und meiner Frau den Kopf verdreht haben.« Sam Bough kniff erneut die Augen zusammen.

Louis schluckte nervös. »Äh, das muss ein ... Missverständnis ... Ich wollte Ihrer Gattin nicht zu nahe ...«

Bough klopfte ihm so heftig auf die Schulter, dass Louis einen Ausfallschritt machte, um den Schwung abzufangen. »Ho, mein Junge! Schon gut, meine Belle kann sehr gut auf sich selbst aufpassen. Als Schauspielerin ist man schließlich allerlei Ungemach gewöhnt. Sie war ganz begeistert, wie herrlich man mit Ihnen über Literatur diskutieren kann. Wann zur Hölle haben Sie in Ihrem Alter all diese Bücher gelesen?«

Louis ließ die Frage in sich wirken, stolz darauf, sich einmal mit etwas auszukennen.

»Um auf Ihre Frage zurückzukommen: In der Tat reise ich nach Erraid. Übrigens war ich bereits für die Stevenson-Ingenieure tätig. Ich habe Muckle Flugga für sie gemalt – das wussten Sie wohl nicht. Sie sind allein unterwegs?«

Das Schiff legte ab, und Louis sah zu, wie die halbmondförmige Bucht von Oban sich langsam von ihnen entfernte. »Aye. Ich liebe es, allein zu reisen. Ich habe so viele interessante Menschen getroffen. Erstaunlich, wie schnell und gut man mit Fremden ins Gespräch kommen kann.«

»Das finde ich weniger erstaunlich als Sie. Sie haben angenehme Umgangsformen, sind gebildet und ein unterhaltsamer Gesprächspartner. Meine Gattin haben Sie zumindest sehr beeindruckt – sie hat eine ganze Weile von nichts anderem mehr gesprochen.« Plötzlich abgelenkt konzentrierte Sam Bough sich auf die Landschaft. »Ich werde mal auf die Brücke gehen. Bessere Sicht. Bis später.«

Noch immer beflügelt von den Komplimenten wandte Louis sich ab und flanierte über das Deck. Wie kam es nur, dass er, der aus Sicht seines Vaters so fehlerbehaftet war, auf einmal in der Gesellschaft so gut ankam? Sein Blick blieb an einem hübschen Mädchen hängen. Die junge Dame – sie mochte wohl sechzehn oder siebzehn sein – und eine Gefährtin unterhielten sich mit einem alten Herrn. Sie waren exquisit gekleidet und trugen zierliche Sonnenschirme. Wenn er an Deck eine neue Bekanntschaft machen wollte, dann mit diesen beiden. Übermütig näherte er sich ihnen.

»Ach, du Liebe, ich fürchte, du wirst die Seekrankheit noch etwas aushalten müssen, wir sind doch gerade erst losgefahren«, sagte die Hübsche ein wenig hilflos zu ihrer Gefährtin.

Louis erkannte seine Chance. »Verzeihen Sie, meine Damen, wenn ich mich einmische, aber gegen Seekrankheit helfen am besten die beiden B: Biscuits und Brandy.«

»Das mag sein, mein Herr. Aber woher sollen wir hier derartige Heilmittel für meine Cousine bekommen?«, fragte die Hübsche konsterniert.

»Erlauben Sie mir, Ihrer Cousine beides zu beschaffen.« Louis deutete lächelnd eine Verbeugung an. Wenig später kehrte er mit dem Benötigten zurück. »Sie sind nicht die Einzige, deren Magen rebelliert«, sagte er. »Dampfschiffen fehlen die Segel, um Schwankungen auszugleichen. Selbst die erfahrensten Seeleute leiden zeitweise unter dem Seegang – das habe ich selbst erlebt.«

Nachdem die Hübsche dafür gesorgt hatte, dass ihre Cousine sowohl Biscuits als auch Brandy zu sich nahm, ging es dieser rasch besser, und sie konnten sich mit der Aussicht auf das strahlend blaue Meer und die tiefgrünen Inseln ablenken. Der alte Herr, mit dem die Damen zunächst geredet hatten, war nun endgültig abgemeldet.

»Wir haben Ihnen zu danken. Dabei kennen wir noch nicht einmal Ihren Namen. Aber oh!« Die Hübsche schlug sich in einer zierlichen Geste die Hand vor den Mund. »Sie kennen meinen ja ebenso wenig. Darf ich also zunächst der Form Genüge tun? Ich bin Amy Sinclair, die Tochter von Sir John George, Mitglied des Parlaments für Caithness.«

Die Tochter eines einflussreiche Baronets und Politikers also. Louis beglückwünschte sich für sein gutes Händchen. Die Fahrt würde nicht langweilig werden. Er stellte sich ebenfalls vor. »Robert Louis Stevenson, Student der Ingenieurswissenschaften, Sohn von Leuchtturmbauern und Literaturbegeisterter aus Edinburgh.«

»Sind Sie ebenfalls auf einer Vergnügungsreise, Mr Stevenson?«

»Nicht gänzlich.« Knapp berichtete er von seinem Studium und dem Bauvorhaben.

»Hast du das gehört, Liebes? Wie kann man denn einen Leuchtturm auf einem Riff bauen? Sie müssen mir unbedingt mehr darüber erzählen!«

Louis ließ sich nicht zweimal bitten. »Es wird sicherlich

interessant sein, Erraid wiederzusehen. Ich war mit vierzehn Jahren bereits einmal hier, als ich meinen Vater auf einer Inspektionsreise begleitete. Damals prüfte er, ob die Gezeiteninsel Erraid sich als Basislager für den Leuchtturmbau und die Leuchtturmwärter eignet. Für mich war der Besuch auf der Insel ein einziges Abenteuer.«

»Entschuldigen Sie mein Unwissen, aber was ist eine Gezeiteninsel?«

»Sie müssen sich nicht entschuldigen! Das wusste ich damals auch nicht. Bei Flut ist Erraid eine Insel, aber bei Ebbe kann man über eine freigespülte Sandbank nach Mull hinüberlaufen«, erklärte er. »Ich habe mir immer vorgestellt, dass ein aus einer Stadt stammender Schiffbrüchiger auf Erraid strandet und fürchtet, die Insel wegen der gefährlichen Strömungen nie verlassen zu können – bis ihn ein Küstenbewohner über diesen natürlichen Zugang aufklärt.« Diese Idee gefiel ihm nach wie vor. Vielleicht würde er sie eines Tages in eine Geschichte einbauen.

Die Schiffsreise verging allzu schnell. Sie durchquerten die Meeresstraße von Mull, passierten die Treshnish Isles, von deren markanter Küstenlinie Louis eine Zeichnung anfertigte, und erreichten schließlich die Insel Staffa mit ihren beeindruckenden Felsformationen und der Unmenge Papageientaucher, die die Klippen bevölkerten. Louis genoss es außerordentlich, die junge Adelige bei der Besichtigung von Fingal's Cave begleiten zu dürfen, denn sie war so lebendig, so freundlich und dabei ohne jeden Argwohn. Lange sprachen sie über Felix Mendelssohns Ouvertüre *Die Hebriden*, die von dem Besuch in der Höhle inspiriert war und die sich großer Beliebtheit erfreute. Sam Bough stieß zu ihnen, fertigte wie besessen Skizzen an und zeichnete auch etwas in Miss Amys Zeichenheft, woraufhin diese ihn mit Lobeshymnen überschüttete.

Als sie wieder an Bord waren, bat Miss Amy Louis, mit ihr und ihren Begleiterinnen unter Deck zu speisen, was ihrer Tante allzu offensichtlich missfiel. Sie wich den jungen Leuten nicht von der Seite.

»Ich war übrigens bereits in Caithess«, sagte Louis beiläufig, während er einen Bissen des ausgezeichneten Lachses zu sich nahm. »Die Stevenson-Ingenieure haben vor Wick einen Wellenbrechers gebaut, dessen Errichtung ich begleiten durfte«, fuhr er fort und berichtete von seiner Reise zu den Orkneys und den Shetlands.

»Was für ein Glück Sie haben, so viel reisen zu können!«, schwärmte Miss Amy. »Wenn Sie nächstes Mal nach Caithness kommen, müssen Sie uns unbedingt Ihre Aufwartung machen! Meist sind wir in Thurso Castle.«

Ihre Tante räusperte sich vernehmlich, was die junge Frau jedoch nicht zu registrieren schien. »Gern würde ich Sie auch in Edinburgh besuchen. Jetzt, wo wir diese angenehme Bekanntschaft gemacht haben.«

Erneutes Räuspern, lauter dieses Mal.

»Es wäre meinen Eltern und mir eine Ehre, Sie willkommen zu heißen, Miss Amy«, sagte Louis, obgleich dieser Wunsch die reizende Unbedarftheit der jungen Frau nur zu deutlich machte. Nie würde ein Adeliger einem Ingenieur seine Aufwartung machen. Aber warum sollte er auf ein so nettes Angebot nicht ebenso freundlich reagieren?

Schließlich gingen sie wieder an Deck. Unaufhaltsam näherten sie sich der Insel Iona, von deren Kloster aus sich das Christentum einst in Schottland verbreitet hatte. Die Seestraße zwischen Iona und Mull leuchtete Türkis, und Louis stellte sich vor, wie er seine Kleider von sich werfen und ins Wasser springen würde, um sich nach dem heißen Tag abzukühlen.

»Und Sie sind sicher, dass Sie nicht mit uns nach Oban zurückkreisen, Mr Stevenson? Was für ein Jammer! Man lernt sich kennen und verliert sich sogleich wieder aus den Augen!«, sagte Miss Amy voller Inbrunst.

Doch Louis blieb nichts anderes übrig, als mit Sam Bough und weiteren Reisenden von Bord zu gehen und auf der Insel zu bleiben, während Miss Amy und die anderen nach Oban zurückschipperten. Die junge Adelige und ihre Cousine winkten ihnen mit den Taschentüchern zu, bis sie außer Sicht waren. Heftig winkte Louis zurück. Schließlich wandte er sich Bough zu und schüttelte lachend die Hand aus. »Meine Güte, der Arm fällt mir ab! Frauenarme müssen für diese Übung besser beschaffen sein.«

Bough schlug ihm lachend auf die Schulter, was Louis' Arm noch weniger gefiel. »Und wieder haben Sie eine Eroberung gemacht. Sie haben es faustdick hinter den Ohren, junger Mann.«

Zu Louis' Verwunderung trafen sie auf Iona auf Professor Blackie, der sich dort in seiner schottischen Tracht besonders heimisch zu fühlen schien und ihn und Bough sofort zum Essen einlud. Leider musste Louis die Einladung abweisen, denn sie hatten bereits im Hotel Argyll eine Mahlzeit gebucht. Diese erwies sich allerdings als grauenvoll: wässerige Reissuppe, Matsch aus Hering und Kartoffeln sowie nicht identifizierbares Geflügel. Zum Glück machte Sam Bough aus jedem Gang einen Witz – »Die stärksten Kiefer Englands könnten diese Keule in zwölf Stunden nicht essen!«, rief er bei dem erfolglosen Versuch, den zähen Vogel zu zerteilen –, und so wurde es dennoch ein amüsantes Dinner.

Sobald die Tide es zuließ, setzten sie in einem Fischereilogger nach Erraid über. Sam Bough und er saßen Seite an Seite, die Füße auf ihrem Gepäck, und mit einem Mal fühlte Louis sich in die Zeit von vor sechs Jahren zurückversetzt. Damals hatte er durch das Bullauge die Insel zum ersten Mal gesehen. Meerumflossen, als ob sie an einem ruhigen See läge. Mit Heidekraut überwachsene Hügel, aus denen ab und an Felsen hervorbrachen. Nur eine einzelne Hütte aus Feldsteinen hatte am Ufer gestanden, der Pier war aus dem Treibholz gesunkener Schiffe notdürftig zusammengezimmert gewesen.

Die Veränderungen, die der Leuchtturmbau in den letzten Jahren mit sich gebracht hatte, waren unverkennbar: Nun gab es eine steinerne Kaianlage samt Kran, Schienen, Hütten, Häusern, Baustellen, haushohe Stapel behauener Granitbrocken sowie das Rund einiger Leuchtturmschichten. Dahinter erhob sich die Insel in sanften Hügeln. Lediglich der dunkelgraue Steinbruch mit seinen schroffen Kanten riss ein Loch ins Grün von Heidekraut und Farn. Auf einer der höchsten Kuppen thronte ein weißes Observatorium.

»Ich dachte, der Leuchtturm wird auf dem Riff errichtet«, meinte Bough.

Louis lächelte. »Genau genommen wird auch dieser Leuchtturm, wie zuvor Bell Rock und Skerryvore, zweimal gebaut: einmal an Land, um sicherzugehen, dass alle Steine korrekt behauen sind, und einmal nach dem Transport an seinem Bestimmungsort, also auf dem Riff.«

Sam Bough schüttelte fassungslos den Kopf. »Verrückt«, sagte er.

»Das ist es. Aber auch notwendig. Leuchttürme wie der Dubh Artach werden an den gefährlichsten Stellen des Meeres errichtet. Dort draußen kann jede Verzögerung Menschenleben kosten.«

»Eine Riff im Nichts, das ist also unser Ziel.« Auf einmal klang der Maler deutlich weniger begeistert.

Louis' hingegen kitzelte die Euphorie auf der Kopfhaut. »Was für ein Abenteuer, nicht wahr!«, rief er. »Es ist ja nicht nur das lang gezogene Torran-Riff, das die Seefahrt dort so gefährlich macht. Es sind die Stürme, die im Nordatlantik Fahrt aufnehmen; westlich des Dubh Artach liegt in eintausendsechshundert Meilen ja nur die Küste Labradors. Außerdem befindet sich in unmittelbarer Nähe des Leuchtturms ein unterseeisches Tal, das sich in Richtung Irland erstreckt und die Nordatlantikströmungen verstärkt. Der Dubh …«

»Genug, genug!«, ging Sam Bough dazwischen. Er war bei Louis' Schilderung ein wenig blass geworden. »Sonst verlässt mich noch der Mut. Und das will was heißen. Schließlich habe ich für meine Seestücke im Hafen von Glasgow bereits die verschiedensten Schiffe ausführlich studiert.«

Von den fertiggestellten und den im Bau befindlichen Häusern aus liefen Kinder zum Ufer, braungebrannt, mit nackten Füßen und Oberkörpern, und als ihr Segelboot festmachte, kam Louis und Bough bereits Alan Brebner mit einigen Männern entgegen, um sie in Empfang zu nehmen.

Brebner schüttelte ihnen die Hand und erkundigte sich nach dem Verlauf der Reise, während er sie an den Granitblöcken vorbei zu den grauen Häusern führte, die sich hinter einer Windschutzmauer in eine Senke schmiegten. Auf einfachen Holzbänken saßen Männer, wettergegerbt und kräftig. Der Ingenieur stellte ihnen etliche vor, doch so schnell konnte Louis sich nicht alle Namen merken. Alan Brebners Frau bot ihnen etwas zu essen an und lachte, als sie von ihrem missratenen Dinner hörte. Alan Brebner der Jüngere, ein etwa dreizehnjähriger Junge, brachte ihnen auf ihren Wink hin einige Gläser, in die Brebner zur Feier des Tages Whiskey schenkte.

»So alt wie du war ich ungefähr auch, als ich zum ersten Mal diese Insel betreten habe«, sagte Louis zu dem Jungen. »Bist du denn schon nach Fiddler's Hole gerudert?«

»Aye, Sir«, kam es beinahe gekränkt zurück.

»Sicher hast du schon weitere Geheimnisse der Insel entdeckt. Nimmst du mich irgendwann mal mit und zeigst sie mir?«

»Aye, Sir.«

Louis stieß mit Brebner und dem Maler an. »Wo stehen wir, was den Bau angeht?«, fragte er dann, obwohl die Worte ihm ein wenig albern vorkamen.

»Die Arbeiten gehen gut voran, das werden Sie morgen sehen. Wir brechen in aller Frühe auf.«

30

ERRAID, 5. AUGUST 1870

Noch vor Sonnenaufgang bestiegen sie das Dampfschiff. Die Männer waren müde und wortkarg, und auch Louis stand noch nicht der Sinn nach Unterhaltung. Sobald sie den Schutz der Inseln verlassen hatten, wurde der Seegang lebhafter, und Louis beobachtete, wie Sam Bough an die Reling ging und den Horizont anstarrte. In einem Lichtspiel von Orange- und Gelbtönen ging langsam die Sonne auf; es versprach erneut ein herrlicher Tag zu werden. Dennoch wurde das Stampfen und Schwanken des Schiffes immer heftiger, Wellen klatschen an den Rumpf und spritzten hoch auf.

Alan Brebner stellte sich, an seiner Pfeife ziehend, neben Louis und den Maler. »Möglich, dass wir nicht auf den Felsen kommen. Auf Erraid kann herrlichstes Wetter sein, und dennoch kann um das Torran-Riff der Wellengang heftig sein.«

Louis glich die Bewegungen des Schiffes gekonnt durch ein Schwingen in den Knien aus, doch der Maler neben ihm wurde zusehends käsiger. Dass sich sogar der erste Matrose in einiger Entfernung über die Reling erbrach, schien Boughs Zustand nicht zu verbessern. Sicherheitshalber kramte Louis ein paar Kekse und eine flache Metallflasche aus seinem Rucksack und reichte sie dem Mann.

Unschlüssig sah Sam Bough ihn an.

»Was haben wir noch alles an Bord?«, fragte Louis, um den Maler abzulenken.

»Neben Granitquadern und Werkzeug vor allem Verpflegung für die Männer. Im Sommer bleibt unser Vormann, Mr Goodwillie, mit zwanzig Mann da draußen.«

»In der Metallbaracke auf Stelzen, in der Sie und die anderen im letzten Jahr einen Sturm überstanden haben«, erinnerte Louis sich.

Er suchte den Horizont ab. Er konnte es nicht erwarten, endlich die Baustelle zu sehen. Das Schiff krängte inzwischen, sein Bug tauchte immer wieder tief in die Wellen ein. Mit einem erstickten Geräusch eilte Sam Bough davon, und auch Louis spürte inzwischen ein Loch im Magen.

Um sich auf andere Gedanken zu bringen, sah er wieder auf das Meer. Die Weite war unglaublich und zugleich beängstigend. Mutterseelenallein musste sich ein Seemann im Sturm fühlen, ohnmächtig, in Gottes Hand. Im nächsten Moment tauchte vor ihnen eine Erhebung im Meer auf. Louis' Herz schlug schneller. Da waren das Riff und die Baustelle, ein finsterer Felsrücken, wie der Buckel eines gewaltigen Wales! Beinahe unwirklich thronte darauf die Metallkabine, daneben, umgeben von Kränen, stand der Sockel des Leuchtturms. Arbeiter waren nicht zu sehen.

»Mr Goodwillie und seine Leute habe sich in die Blechbox zurückgezogen. Der Fels wird zu stark überspült, ein Anlanden unmöglich. Wir machen kehrt«, wies Alan Brebner den Kapitän an. Er hatte offenbar dasselbe gesehen wie Louis.

Obgleich der Seegang in Landnähe merklich nachgelassen hatte, waren alle froh, auf Erraid das Schiff verlassen zu können. Hier war das Wetter erheblich besser, auf der meerabgewandten Seite der Insel war es sogar richtiggehend heiß. »Nutzen wir die Zeit für einen Rundgang zu unseren Betriebsstätten«, schlug Brebner vor. »Anschließend können wir besprechen, welche Arbeiten Sie übernehmen können, Mr Stevenson.«

»Mir reicht's. Mich kriegt keiner mehr auf dieses Schiff«, brummte Sam Bough und wandte sich ab.

Brebner runzelte die Stirn. »Das wird er sich hoffentlich noch einmal überlegen. Ihr Vater hat das Gemälde verbindlich bestellt, und Sie wissen selbst, wie er auf Unzuverlässigkeit reagiert.«

Louis sah dem Maler nach, der mit wackligen Beinen auf die Häuser zu trottete. »Ich rede Bough nachher ins Gewissen«, versprach er.

Alan Brebner führte ihn zu den flachen, von einer Mauer umgebenen Häusern. Baulärm drang zu ihnen. Mrs Brebner und ihr Sohn waren offenbar im Garten beschäftigt gewesen und kamen ihnen nun entgegen. Der Junge hatte wohl in der Erde gewühlt, denn Hände und Knie waren dreckbeschmiert. »Gut, dass ich die Köchin angewiesen habe, für das Mittagessen ein paar Portionen mehr zu kochen«, sagte sie. »Ihr habt nach der Fahrt sicher Hunger.«

Louis hatte wie die anderen Männer etwas Verpflegung mit aufs Schiff genommen, angesichts des heftigen Wellengangs aber nicht ans Essen gedacht. Die Sonne brannte ihm auf den Schädel, Schweiß lief ihm den Körper hinunter – und das in Schottland! Er eilte in sein Quartier und kleidete sich ebenso schlicht, wie die Arbeiter es taten: Hemd ohne Jacke, einfache Hosen, Strohhut. Wenn seine Mutter ihn so sehen könnte!

Eine Glocke wurde geschlagen, und nach und nach kamen die Arbeiter vor den Häusern zusammen. Sie setzten sich an lange, einfache Holztische neben den Gemüsebeeten. Insgesamt mussten hier fünfzig bis sechzig Arbeiter tätig sein, schätzte Louis. Fisch und Bannockbrot wurden auf einem großen Grill geröstet, dazu gab es gebratenes Gemüse und frisches Obst.

Alan Brebner junior wollte schon essen, wurde von seiner Mutter jedoch noch einmal zum Händewaschen geschickt.

»Gehst du gleich mit mir zu Fiddler's Hole?«, fragte der Junge, sobald er zurückgekehrt war.

»Belästige Mr Stevenson nicht!«, mahnte sein Vater.

Louis lachte. »Nein, schon gut. Wir können nach Feierabend gern die Insel erkunden. Vielleicht will Mr Bough uns begleiten.« Er sah sich um, konnte den Maler jedoch nirgends sehen.

Das Essen schmeckte ausgezeichnet, einfach, frisch und herzhaft, wie Louis es liebte.

»Das Klima ist für schottische Verhältnisse sehr gut. Die Ernteerträge sind im Schutz der Hügel und der hohen Mauern beachtlich, was den Leuchtturmwärtern ein wichtiges Zubrot sein wird«, stimmte Mrs Brebner auf eine entsprechende Bemerkung Louis' zu.

Louis ließ den Blick schweifen. »Soll auch der Leuchtturm von Skerryvore eines Tages von hier aus versorgt werden?«

»Die Basis für Skerryvore ist Hynish auf Tiree. Ob sie eines Tages verlegt wird, muss die Verwaltung entscheiden«, sagte Brebner diplomatisch. »Die Reise dorthin ist jedenfalls ebenso beschwerlich wie gefährlich, so oder so.«

Nach dem Essen zeigte Brebner Louis das Büro, an dessen Wänden Karten der Insel und des Riffs sowie diverse Baupläne hingen. »Der Bau von Bell Rock und Skerryvore hat gezeigt, dass ein Leuchtturm an einem derart exponierten Standort nur möglich ist, wenn das Fundament bis zu einer bestimmten Höhe massiv ist. Erst darüber dürfen der Eingang, Treppenhaus und Räumlichkeiten errichtet werden. Auf das Torran-Riff wirken Meer und Stürme noch gewaltiger als gedacht ein; deshalb mussten Ihr Vater und ich die Baupläne für Dubh Artach anpassen. Vermutlich werden wir mehr als dreitausend Tonnen Granit verbauen, mehr als die Hälfte davon wird für die massive Basis des Turms verwendet.«

»Das ist eine Menge, die ich mir kaum vorstellen kann«, gab Louis zu.

»Das geht den meisten so.«

Sie gingen zum Bauhof. Louis kannte die dortigen Abläufe, sie vor Ort zu erleben war jedoch auch für ihn eindrucksvoll. Zunächst wurde der Bauplan für den Leuchtturm, der wie ein rundes Puzzle aussah, vergrößert. Sodann wurde jedes einzelne Teil auf dem Papier auf die Originalgröße des Steins gebracht. Der Erste Formenbauer stellte aus Holz eine Form des jeweiligen Steins her, die mit einer Nummer gekennzeichnet wurde. Gingen einmal Steine auf See verloren, konnte so anhand des Modells ohne viel Aufwand Ersatz hergestellt werden. Wie schon bei Eddystone, Bell Rock und Skerryvore wurde schließlich das fertige Rund des Leuchtturms einmal an Land gelegt. Auch jetzt lag Staub in der Luft, wo die Arbeiter Steine zurechthämmerten und -schliffen. Das ausgeklügelte Schwalbenschwanzsystem, die Verbindungen durch Bolzen und Keile, wurde angepasst und der in Jahrzehnten erprobte Mörtel vorbereitet, damit es auf dem Riff selbst schnell ging. Mithilfe von Kränen wuchteten Arbeiter die Brocken sorgfältig, Kante auf Kante, aufeinander und passten sie an.

Louis war von der Kunstfertigkeit und Präzision der Arbeiter beeindruckt. Sein Blick wanderte zu den Häusern; noch immer war Sam Bough nicht wiederaufgetaucht.

Schulterzuckend folgte er Brebner wenig später zum Steinbruch. Aus dem Gesträuch am Wegrand stieg in der Sonnenwärme würziger Duft auf, und die Farne entrollten ihre Blätter. Es raschelte im Geäst, kleine Vögel hüpften in den Büschen, Möwen kreisten kreischend über ihnen. »Unglaublich, wie mild es hier ist und wie rau die See war«, sagte Louis.

»So wie heute ergeht es uns viel zu oft.« Brebner seufzte. »Im ersten Jahr war das Wetter so schlecht, dass wir auf dem Riff kaum etwas erreicht haben. 1868 konnten wir sogar erst Ende Juni anlanden. Wir arbeiteten ganze zwei Tage im Juni auf dem Riff, dreizehn im Juli und zehn im August. Dabei erwischte uns, wie Sie wissen, auch noch ein gefährlicher Sturm. Dieses Jahr ist bislang ein gutes Jahr.« Metallisches Hämmern, Sägen und dumpfes Poltern untermalte seine Worte. Brebner lächelte schief. »Egal, wie erfahren wir alle sind – vor Ort wird immer etwas Unerwartetes geschehen. Wir können nie nach Schema F vorgehen.«

Sie hatten den Steinbruch erreicht, eine etwa haushohe lang gezogene Flanke aus grauem Granit. Arbeiter bohrten Löcher ins Gestein, hämmerten, brachen Brocken raus, ließen sie mit Seil und Winde ab.

»Arbeiten Sie hier auch mit Dynamit?«, fragte Louis gebannt.

»Nein, nur mit Handarbeit und Steinspaltwerkzeugen. Sehen Sie: In den Stein wird eine Reihe von Löchern gebohrt, dann werden Keile mit Vorschlaghämmern in die Löcher getrieben, um den Stein zu spalten. Granit von Mull kam schon beim Leuchtturm von Ardnamurchan, der Abtei von Iona oder jetzt beim Albert Memorial in London zum Einsatz.«

Brebner besprach sich kurz mit den Arbeitern, danach wandte er sich wieder an Louis: »Gehen wir ans Ende des Steinbruchs!«

Würde man den Baulärm nicht hören, würde man sich wie auf einer wilden, einsamen Insel fühlen, dachte Louis verzückt, während er hinter Brebner den schmalen Pfad emporstieg. Von einer Kuppe aus konnten sie auf die andere Seite der Insel und aufs Meer hinausblicken. Vor einer weißen Metallhütte saß ein älterer Herr auf einem Stuhl und suchte mit einem Fernglas die See ab. Als er sie sah, sprang er auf die Füße.

Brebner stellte Louis vor.

Der Mann nickte, wandte sich nach einem Seitenblick auf Louis aber sofort wieder an Brebner. »Hab gesehen, dass Sie es nicht auf das Riff geschafft haben, Sir. Das widrige Wetter war heute Morgen von hier aus noch nicht zu erkennen, Sir.«

»Jeder hier weiß, wie unberechenbar die See ist. Machen Sie sich keine Gedanken. Signale von Mister Goodwillie?«

»Ist anscheinend alles in Ordnung auf dem Riff, Sir.«

»Dann ist es ja gut.«

Alan Brebner zeigte Louis das Fernglas und die Flaggen im Observatorium.

»Ist ein wirklich ausgezeichneter Aussichtspunkt«, sagte Louis zu dem älteren Herrn.

»Aye, das fanden die Strandräuber damals auch schon. Sie haben es von hier aus beobachtet, wenn Schiffe in Seenot gerieten. Mein alter Herr erzählte mir, dass er manchen Sturm hier oben im Windschutz eines Findlings verbracht hat und zusah, wie die Besatzung eines Schiffes Stunde um Stunde dagegen ankämpfte, auf den Felsen zu zerschellen.«

Trotz der Hitze schauderte Louis. Was musste das für ein Leben sein, wenn man nur darauf wartete, dass andere in Lebensgefahr gerieten, dass sie alles verloren.

Zurück im Basislager, wies Brebner Louis eine Aufgabe zu. Louis setzte sich vor das Büro an einen Tisch, rechnete das Gewünschte aus und schrieb schließlich den Brief an seine Eltern weiter. Irgendwann aber wurde die Unruhe zu groß. Noch immer war nichts von Mr Bough zu sehen. Er war doch nicht etwa heimlich abgereist? Angespannt machte Louis sich auf die Suche nach dem Maler. Er war erleichtert, als er ihn in einer kleinen Bucht gegenüber des Ortes Fionnophort entdeckte. Während er zu ihm hinunterlief, stiegen Erinnerungen in ihm auf. Hier hatte er damals mit seinem Vater die Insel betreten; in der Nähe musste sich bei Ebbe die Landbrücke befinden. Das Meer hatte sich bereits weit zurückgezogen. Kinder spielten im Sand, buddelten Löcher und Gräben, durch die sie das Wasser leiteten.

Louis zog die Schuhe aus und lief barfuß durch den kühlen Sand zu Sam Bough. Dieser saß auf einem Felsen und warf

Zeichnungen auf das Papier. »Was für ein malerischer Ort! Ich hoffe, Sie haben genügend Papier dabei. Geht es Ihnen wieder besser?«

»Was meinen Sie damit? Ging mir nie besser! Ich werde nur einfach kein Schritt mehr auf dieses Schiff setzen.«

»So schlimm war es nun auch wieder nicht. Ich dachte, Sie kennen sich mit Seefahrt aus.«

»Das ist auch so. Aber da draußen …« Bough zog unbehaglich die Schultern hoch.

»Außerdem – wollen Sie sich wirklich die Gelegenheit entgehen lassen, in einem Atemzug mit Turner genannt zu werden? Sie beide: die Maler der als unmöglich gerühmten Leuchttürme?«

Bough schwieg und füllte gekonnt die Umrisse mit Tusche aus. »Sie wissen einem wirklich Honig um den Bart zu schmieren«, knurrte er schließlich.

»Ich wusste doch, dass Sie sich nicht so leicht ins Bockshorn jagen lassen!« Ehe der Maler es sich anders überlegen konnte, wandte Louis sich ab und spazierte zu den Kindern. Hellbeige war der Strand, blau und türkis das Meer, dazu kam das Elefantengrau der Felsen. Eine Weile half er den Kindern, Staudämme zu errichten und die Dämme mit Muscheln zu verzieren, doch das Wasser zog sich immer weiter zurück.

»Dort hinten ist die Landbrücke, oder?«, fragte Louis, als ihre Gräben trockengefallen waren.

»Genau, Sir. Hinter der Kuppe. Sollen wir sie Ihnen zeigen?« Schon rannten die Kinder los.

Louis folgte ihnen. An den Felsen hatte die Ebbe die muschelbewachsenen Steinkanten freigelegt, und wieder musste er an die Geschichte seines Gestrandeten denken, die langsam in seinem Kopf Gestalt annahm. Vermutlich hatten die Schiffbrüchigen aus Verzweiflung Muscheln gegessen, ohne sich damit auszukennen – und sich den Magen verdorben. Versonnen sah er zur Landzunge hinüber, einer weiten, sanft gewölbten Sandfläche. Gegenüber erhoben sich die Felsen und Hügel von Mull. Hoffentlich hätte er später Zeit, sich erste Notizen zu machen.

Schafe schritten gemächlich die Uferzonen ab, zupften am Dünengras. Noch immer brannte die Sonne heiß über dem Sand, doch hier, zwischen den Inseln, wehte ein leichter Wind. Das Meer plätscherte ans andere Ende der Sandbrücke, vor ihnen tat sich eine Bucht auf, die sich zur See hin öffnete. Ein paradiesischer Ort. So stellte er sich die Karibik vor.

Die Kinder warfen ihre Kleidung ab und sprangen ins Wasser, Louis tat es ihnen nach, und nach dem erfrischenden Bad ließen sie sich auf den sonnenwarmen Felsen trocknen. Beinahe wäre Louis eingeschlafen, doch dann bemerkte er, dass der Meeresspiegel bereits an den Felsen hochkroch. »Die Flut! Wenn die Landzunge überflutet ist, müssen wir über die Hügel klettern, um zurück zum Lager zu kommen!«

Er sprang auf. Auch die Kinder wollten eine anstrengende Kraxelei verhindern, denn so niedrig waren die Hügel nicht. Zusammen mit den Kindern rannte er los, stakste mit ihnen durch das bereits kniehohe, stark strömende Wasser.

Als sie das Basislager erreichten, duftete es nach Gebratenem. Mrs Bebner eilte ihnen entgegen, doch dieses Mal war sie sichtlich erzürnt. »Wo habt ihr denn gesteckt? Mr Bough sagte, ihr seid Richtung Mull verschwunden.«

»Mr Stevenson hat gut auf uns aufgepasst«, versicherte Alan junior seiner Mutter. »Was gibt's zu essen? Wir haben einen Bärenhunger!«

Als Louis am nächsten Morgen geweckt wurde, hatte der Wind aufgefrischt, der Sternenhimmel aber war noch immer wolkenfrei. Louis versicherte sich, dass Sam Bough ebenfalls aufgestanden war, und lief mit ihm zusammen zum Dampfschiff, dessen Lichter in der Dunkelheit schimmerten. Schon gab Mr Irving, der Anlandemeister, letzte Anweisungen.

Statt sich zu beeilen, ging der Maler immer langsamer, je näher sie dem Kai kamen, und blieb schließlich stehen. »Wenn's hier schon so weht …«

»Brebner und seine Leute werden schon wissen, was sie tun. Denken Sie an Ehre und Ruhm, Bough. Ich habe auch Biscuits und Brandy dabei.«

Aber auch heute sollten sie den Dubh Artach nicht erreichen.

31

Erraid, 7. August 1870

Eine beinahe kristalline Ruhe lag über der Insel. Die Arbeitswerkzeuge waren verstummt, und das leise Rauschen des Meeres, die Rufe der Vögel und das Summen der Hummeln verwoben sich zu einem friedvollen Klangteppich. Im Sonntagsstaat schlenderten die Arbeiter durch das Grün oder am Strand entlang, rauchend und plaudernd. Louis saß seit dem Sonnenaufgang draußen, das Notizbuch auf den Knien, und schrieb. Als eine Glocke schlug und alle zu einer der Holzbuden strömten, schloss Louis sich ihnen an. Brebner hatte zum Sonntagsgottesdienst geladen, dem konnte auch Louis sich nicht entziehen.

In der Bude standen Reihe an Reihe die Stockbetten der Arbeiter, daneben ein einfacher Tisch, an dem Brebner bereits Platz genommen hatte. Während die Männer sich auf die Liegeflächen der Stockbetten hockten oder schlicht auf den Boden setzten, stand für Louis bei Brebners Familie ein Klapphocker bereit. Der Ingenieur las aus der Bibel, trug eine der Spurgeon-Predigten sowie die altehrwürdigen Gebete der Leuchtturmwärter vor, die einst Louis' Großvater hatte verfassen lassen. Es war ein seltsamer Gottesdienst und doch der anrührendste und feierlichste, den Louis seit Langem erlebt hatte.

Wolken taumelten über den Himmel, und eine Brise zerzauste Louis' Haar, als das Schiff endlich vor dem todbringenden schwarzen Felsen festmachte. Die Baustelle samt Kran, dampfbetriebener Winden und Schienen auf dem kargen Gestein erschien ihm unwirklich. Louis' Magen zuckte, denn die angespannte Konzentration um Mr Irving und die Vorbereitung des Anlandens der Ladung steckten ihn an. Bough neben ihm malte indes wie besessen, war kaum ansprechbar.

»Brenzlige Angelegenheit«, sagte Louis zu Irving, als dieser bei ihm vorbeikam.

»Jedes Mal wieder, sooft man hier auch angelegt und abgeladen hat. Dem Dubh Artach kann man nicht trauen. Ist ein teuflischer Felsen!«, stieß Irving hervor.

»Dem man mit Planung und Vorsicht begegnen muss und nicht mit Fluchen«, mahnte Alan Brebner. »Richtig ist aber, dass man als verantwortlicher Ingenieur oder Anlandemeister die Verantwortung für das Leben der Männer trägt. Niemandem soll etwas zustoßen, so gefährlich die Arbeit auch ist. Hey, Cameron, warte noch mit dem Losmachen der Ladung!«, befahl er unvermittelt einem muskulösen Kerl, dessen gerötete Wangen von braunen Locken umspielt wurden.

»Aye, Sir«, murrte der Arbeiter. Louis hatte sich kurz mit ihm unterhalten und wusste daher, dass er von der Insel Mull stammte und froh war, beim Leuchtturmbau gutes Geld verdienen zu können und keine Schafe scheren zu müssen.

Es dauerte noch mehr als eine halbe Stunde, bis Louis endlich den ersten Fuß auf das Riff setzen konnte. Wie bei vielen anderen Leuchttürmen waren Stufen in die glitschigen Kanten des Gesteins gehauen. Mit einem Kran und Seilwinden wurden die nummerierten Granitblöcke vom Dampfer auf die Leichter und von dort aus auf das Riff und auf Schienen weiter zum Leuchtturm gebracht. Es war ein Wagnis, die tonnenschweren Blöcke über diesen Weg zu bugsieren, und wenn sie am Kranseil schwangen, fürchtete Louis um das Wohl der Arbeiter.

Es wurde hochkonzentriert und schnell gearbeitet, jeder Handgriff saß. Allen war klar, dass das Wetter jeden Augenblick umschlagen konnte und sie den Fels dann fluchtartig würden verlassen müssen. Schon jetzt, bei verhältnismäßig ruhiger See, war das Gurgeln und Röhren der Wellen einschüchternd. Kiesel, Vogelkot und Federn befleckten das Gestein, sodass man auf jeden Schritt achtgeben musste.

Stolz zeigte Mr Goodwillie, ein stämmiger, kurzgewachsener Mann, der bedächtig und doch bestimmt sprach, ihnen die Baufortschritte. »Wir haben jedes Zeitfenster genutzt, um weiterzuarbeiten«, berichtete er.

Männer betätigten Kräne, erkletterten Leitern, um auf den oberen Rand des Leuchtturms zu gelangen. Auch Louis stieg zur Oberkante des Fundaments, die sich in beträchtlicher Höhe befand. An einer Stelle schloss eine Türöffnung an, doch die dicken Mauern schoben sich bereits ein gutes Stück weiter in die Höhe.

Er erklomm die nächste Leiter und arbeitete sich zum Rand vor. Nun stand er beinahe auf Höhe des Daches der zweistöckigen Unterkunft. Er beobachtete, wie der Lockenkopf sich waghalsig vorbeugte, als ein Granitblock neben ihn auf den Rand gehievt wurde. Nun, bestimmt wusste der Mann, was er tat.

Weit weniger sicher sah Louis sich um. Das Meer leckte unablässig am Felsen. Löwen, Basstölpel und weitere große Vögel segelten über die funkelnde Weite. Gekräuselte, mit Schaumkronen befleckte Wellenköpfe, durchbrochen von Spiegelflächen, zeigten die Lage der weiteren Riffe an, die sich unter der Meeresoberfläche verbargen und auf ihre Opfer lauerten. Ein ehrfürchtiger Schauer überlief ihn. Auf einem lebensgefährlichen Riff bauten sie einen Wächter der Nacht. Angesichts der Urgewalt der Elemente und der ausgefeilten Versuche der Menschen, dieser standzuhalten, spürte er mehr Demut als je zuvor in seinem Leben.

»Sie wollen sicher auch unsere Unterkunft sehen«, riss Goodwillie ihn aus den Gedanken.

»Ja … gern.« Louis folgte dem Mann hinunter. Er tänzelte vorsichtig über den Felsen, in dessen Senken das Meerwasser schimmerte, Muscheln klebten und sogar einzelne Krebse mit ihren Zangen winkten. Bald standen sie zwischen den Stelzen, die im Gestein fest verankert waren und Louis doch viel zu filigran erschienen. Über die schmale Leiter erreichten sie die Schutzhütte.

Gelassen berichtete Goodwillie von den lebensgefährlichen Situationen, die sie hier bereits ausgestanden hatten. Von der Todesangst, die sie alle ergriffen hatte. Von den Stoßgebeten, die sie in den Himmel gesandt hatten. Als wäre es alltäglich, in dieser Nussschale einem Orkan standzuhalten. *Man muss wohl wie Goodwillie beschaffen sein, wenn man in dieser unwirtlichen Umgebung auch bei einem Orkan die Nerven behalten und seinen Männern Zuversicht vermitteln will.*

»Oft sitzen wir hier in Dunkelheit und Nebel, und die einzigen Lichter, die wir sehen können, sind der Schein von Skerryvore und das Leuchtfeuer von Rhuval. Zwischen uns sitzt die Angst. Aber ich vertreibe sie hiermit.« Goodwillie nahm aus einem hoch gelegenen Regal eine Fiedel samt Bogen und spielte eine kleine Melodie. Ohne darüber nachzudenken, klappte Louis den Rhythmus mit dem Fuß und den Händen, und schon stimmten von unten die Arbeiter in das Lied ein.

»Wir müssen los! Nun kommen Sie schon!« Sam Boughs Ruf riss Louis aus seiner Konzentration.

Irritiert von dem furchtsamen Klang in der Stimme des Malers sah Louis auf. Der Himmel war schmutzig grau, und auf einmal nahm er wahr, wie der Wind an seinen Hosenbeinen riss, ihm in Hals und Ohren biss. Er half noch beim Zusammenpacken des Werkzeugs, doch binnen Minuten pfiff der

Wind stärker, Wellen schlugen auf den Felsen ein und warfen ihnen Gischt auf die Füße. Ihr Dampfer, der inzwischen beträchtlich an seiner Ankerkette riss, stieß dicke Rauchwolken aus. Der Kapitän ließ das Schiffshorn erklingen, als könnte er damit den Aufbruch beschleunigen.

»Eilen Sie sich!« Sam Bough lief die Stufen hinunter zum Anleger.

»Vorsicht!«, rief Louis noch, doch da sah er schon, wie der Maler ins Straucheln geriet. Seine Tasche flog in hohem Bogen auf die Felsen, der Mann selbst fiel nach vorn in die aufschäumende Brandung.

»Hilfe!«, schrie Bough.

Hektisch sah Louis sich um. Niemand war in der Nähe, nur die Matrosen auf dem Tender, die heranzurudern versuchten, ohne leckzuschlagen. Louis stürzte zu Bough, geriet selbst kurz ins Schlittern, streckte die Hand nach ihm aus. Doch Boughs Kleidung hatte sich bereits vollgesogen und zog den Maler immer tiefer in die See hinein, sodass dessen Kopf unter der Wasseroberfläche verschwand und nur noch die ausgestreckte Hand aus den Wellen ragte. Louis kniete sich auf den Felsen, versuchte, Halt zu finden, griff nach Boughs Hand. Der Sog jedoch war so stark, dass er selbst das Gleichgewicht verlor.

Tief tauchte der Bug des Schiffes in die See ein. So tief, dass Louis den Eindruck hatte, sie wollten geradewegs zum Meeresgrund vorstoßen. Der Seeschlag traf ihn mit voller Wucht, und die Grüne See hätte ihn mit sich gerissen, hätte er sich nicht mit einem Tau an der Reling festgebunden. Nun schoss der schwere Rumpf in die Höhe, und die Schwerkraft zerrte Louis in die entgegengesetzte Richtung. Seine Füße wurden von den Planken gespült, im nächsten Augenblick hing sein Körper in der Luft; schmerzhaft schnitt das Tau in seine

Haut. Etwas traf seinen Hinterkopf – hatten sie nicht längst alles verloren, was nicht befestigt gewesen war? Dann krachte das Schiff auf die bergige Meeresoberfläche. Louis schmeckte Blut und fühlte, wie seine Eingeweide sich verkrampften. Sein Magen war längst leer. Er wollte beten, fand aber keine Worte dafür. Dafür jede Menge Wörter für das, was ihn umgab. Was könnte er jetzt über das ungezähmte Meer schreiben! War das nicht verrückt? Er war verrückt! Von Sinnen vor lauter Todesangst. Und er war nicht der Einzige. Um ihn herum kämpften die Matrosen mit letzter Kraft gegen den Orkan an.

Es war ohnehin ein Wunder, dass er noch lebte. Gerade eben so hatte er sich auf Dubh Artach abfangen können, ehe die See auch ihn zu sich gesogen hätte. Alan Brebner war ihm zu Hilfe gekommen, und mit vereinten Kräften hatten sie Bough zurück auf das Riff ziehen können. Eilig waren sie und der vor Schock und Kälte zitternde Maler auf den Dampfer zurückgekehrt. Seither hatte der Wind noch zugenommen, und es kam Louis vor, als kämpfte der Dampfer schon seit Stunden gegen Wellen und Wind an. Oder hatte er das Zeitgefühl verloren? Auf jeden Fall war es inzwischen dunkel.

»Das Riff, das Riff …«

Panisch fuhr sein Kopf herum. Er suchte das Gebräu aus Sturmwolken, Regen und Gischt ab. Suchte nach etwas, woran er sich festhalten konnte. Was ihm in dieser aussichtslosen Situation Hoffnung geben würde. Ein Himmelszeichen, eine Sturmmöwe, furchtlos und akrobatisch, ein Riss in der Wolkendecke, der das Ende des Orkans anzeigte. Doch er sah nichts. Verzweifelt dachte Louis an die wagemutigen Versuche zur Rettung Schiffbrüchiger, an die Seenotrettungsorganisation Royal National Lifeboat, an die Rettungsleinen, Korkwesten und Rettungsboote. Doch die würden ihnen hier kaum helfen …

Da – etwas blitzte in der Schwärze auf. Kam jetzt auch noch

ein Gewitter? Oder war das … Er hielt den Atem an, während er gebannt wartete, zählte die Sekunden. Tatsächlich: Ein Lichtkeil durchschnitt erneut die Nacht. Jähe Hoffnung durchströmte ihn – und ein warmes, tröstliches Gefühl. Jemand wachte über sie. Dort hinten saßen Leuchtturmwärter in ihrer sturmumtosten Stube und hielten das Feuer am Brennen, auf dass es Leben rettete. Tränen der Dankbarkeit schossen ihm in die Augen, während er mit jeder Zelle seines Körpers begriff, was seine Vorfahren für die Seeleute geleistet hatten. Was sein Vater und sein Onkel auch heute noch leisteten. Welche gewaltige Bedeutung ihre Arbeit hatte.

Ein weiterer Lichtblitz. Louis zählte. Acht, neun, zehn. Wieder der Lichtkeil. Einer der Matrosen hatte das Leuchtfeuer ebenfalls gesehen und brüllte gegen den Sturm an: »Das ist Skerryvore! Dreht bei!«

Das Schiff krängte. Louis' Zähne schlugen aufeinander, sein Leib krampfte erneut. Er konnte nicht mehr. So viele Schiffe waren in Sichtweite eines Leuchtturms untergegangen. Um seine Panik unter Kontrolle zu bringen, ging er in Gedanken die Liste der Leuchttürme durch, die seine Familie geschaffen hatte. *Kinnaird Head, Mull of Kintyre, North Ronaldsay…*

Starr hielten seine Augen sich am Leuchtfeuer fest. Noch immer warf der Orkan sie wie ein Spielzeug herum, bereit, sie zu zerbrechen, wenn es ihm in den Sinn kam. *Aufblitzen, Finsternis, bis zehn* zählen, Aufblitzen. Stetig. Verlässlich. Ein Licht in der Dunkelheit. Etwas, woran man sich festhalten konnte, worauf man vertrauen konnte; etwas Verlässliches wie der Glaube, wie Familie, wie Freunde, wie Liebe.

Ein Brecher traf ihn hart, schmetterte ihn gegen das Holz. Unter Qualen krümmte er sich – tief hatte das Tau in seine Haut geschnitten. Salzwasser brannte in seinen Augen, füllte Nase und Mund. Er schnappte nach Luft, riss die geschwollenen Lider auf. Wo war … Er drehte den Kopf, suchte. Endlich fand er das Licht wieder. Er schluchzte auf. Dieser Leuchtturm würde die Nacht noch erhellen, wenn er längst gestorben war. Eine Hoffnung für jeden Menschen auf See und an Land. Ewig wie die Pyramiden.

32

Louis fuhr hoch. Keuchend. Sein Blut durchbrauste seine Adern, schweißnass klebte das Laken an seiner Brust. Noch immer war es ihm, als könnte er den Sturm und die brodelnde Gischt auf seiner Haut spüren. Draußen war es noch dunkel, und Louis drehte seine Taschenuhr so ins Mondlicht, dass er die Ziffern erkennen konnte. Würden sie nach der Horrorfahrt gestern den Versuch wagen, erneut zum Dubh Artach zu kommen? Immerhin rüttelte der Wind nicht mehr an Schindeln und Gesträuch wie noch in der Nacht. Er schüttelte die Decke aus und erhob sich. Barfuß lief er über den einfachen Holzboden und verließ die Unterkunft. Es würde noch dauern, bis die Sonne hinter dem Ben More aufgehen würde, und durch die dicke Wolkendecke war kein Stern zu sehen. Vor dem Leuchtturmwärterhaus redete Alan Brebner mit Mr Irving.

»Wir werden heute auf eine Fahrt verzichten, das Schiff auf Schäden untersuchen und die Ladung für die nächste Anlandung vorbereiten«, informierte Brebner ihn.

Louis nickte. Er hatte nichts dagegen, auf Erraid zu bleiben, denn es drängte ihn, seine Beobachtungen und Gedanken aufzuschreiben.

Als er wenig später mit einem Becher Tee an die Hauswand gelehnt saß und mit Brebner junior sprach, trat Sam Bough hinzu. Der Maler war mit Reisemantel, Koffer, Klappstaffelei sowie seinem riesigen Schirm beladen.

»Ich versuche gerade, unserem jungen Freund beizubringen, dass es nicht unnütz ist, wenn man sich mit Shakespeare auseinandersetzen muss – selbst wenn die Lektüre in die Ferien fällt«, sagte Louis zu Bough.

»Shakespeare zu lesen ist nie sinnlos«, stimmte Bough zu und stellte sein Gepäck ab.

»Sie reisen ab? Ich hatte gehofft, Sie würden mich noch einmal zum Dubh Artach begleiten.«

»Keine zehn Pferde bringen mich mehr auf diesen Dampfer und dieses Riff. Die Skizzen für mein Gemälde sind fertig. Ich muss es nur noch malen, und das kann ich auch in meinem Atelier. Ich habe einen Fischer gebeten, mich nach Iona zurückzubringen. Von dort aus nehme ich wieder das Ausflugsschiff.«

»Darf ich den Entwurf sehen?«

Bough öffnete die Schleifen einer festen Mappe und holte die Papierbögen hervor. Felsig schwarz, von weißer Gischt und blaugrauem Meer umspült, schob sich das Riff in den wolkigen Himmel. Links sah man die Unterkunft der Arbeiter, rechts das von Kränen und Leitern umgebene Fundament des Leuchtturms, dahinter lugte die Mastspitze des Dampfers empor.

»Sehr schön. Mir gefällt, dass es die aufwändige Arbeit an diesem unmöglichen Ort würdigen wird.« Louis reichte ihm den Entwurf zurück. »Werden Sie noch einmal hierher zurückkehren, um den fertigen Leuchtturm zu malen?«, fragte er, obwohl er sich die Antwort denken konnte.

»Ganz sicher nicht!«

Ein Ruf vom Ufer des Meeresarms; offenbar war der Fischer eingetroffen. Sam Bough verstaute die Skizzen und reichte Louis die Hand. »Lassen Sie sich einmal wieder bei uns in Morningside sehen, am besten ohne Nivellierstab im Bein.« Er lachte. »Dann können Sie uns einige Ihrer Werke vortragen. Ist ein Jammer, dass ein talentierter Schreiber wie Sie sein Leben auf Baustellen zubringen soll.«

Louis freute das Kompliment. Gleichzeitig glaubte er, sich verteidigen zu müssen. »Mir gefällt, was ich hier zu sehen bekomme. Was ich von dem Leben der anderen aufschnappe, welche Abenteuer ich mir ausmalen kann.«

»Reisen und Schreiben schließen einander nicht aus.« Sam Bough tippte an seine Hutkrempe und wandte sich ab.

»Der rennt, als könnte er die Insel gar nicht schnell genug verlassen«, meinte Brebner junior und blinzelte Louis von der Seite an. »Gehen wir nachher auf Schatzsuche?«

War schon der Besuch auf Dubh Artach beeindruckend gewesen, so hielt Louis unwillkürlich den Atem an, als sie sich Skerryvore näherten. Er hatte schon viele Zeichnungen von Leuchttürmen gesehen und kannte selbstverständlich auch den Bauplan von Skerryvore. Doch den eleganten Turm aus der Einsamkeit des Ozeans aufragen zu sehen, berührte ihn unerwartet stark. Skerryvore war nicht nur nützlich und unverwüstlich, obgleich die stärksten Winde und Wellen auf ihn eindroschen. Dieser Turm war auch noch schön. Sein Onkel Alan hatte häufig das Schöne mit dem Nützlichen verbunden, obgleich es nicht immer praktisch gewesen war. Auch hier, bei diesem Turm, den aufgrund seiner Lage nur einige wenige Seeleute zu Gesicht bekamen, hätte man die Ästhetik vernachlässigen können, und doch hatte sein Onkel es nicht getan. Louis bewunderte seinen verstorbenen Onkel dafür.

Vorsichtig näherten sie sich dem Leuchtturm, der jetzt, bei Niedrigwasser, gut sichtbar auf muschelbewachsenen Felsen aus den Wellen ragte. Wenig später machten sie das Ruderboot an einer Einbuchtung zwischen den Felsen fest und kletterten den rauen, von Furchen durchzogenen Gneis empor.

Louis legte den Kopf in den Nacken. Skerryvore war der

höchste Leuchtturm Schottlands und würde es auch nach dem Bau von Dubh Artach bleiben. Zwei Leuchtturmwärter kamen Alan Brebner und ihm entgegen. Sie trugen ihre Uniform, obgleich sie nicht damit rechnen mussten, dass jemand überprüfte, ob sie es taten. Dieser Beweis ihres Pflichtbewusstseins beeindruckte ihn. Die Begrüßung war höflich, gemessen beinahe.

»Willkommen am einsamsten Ort Großbritanniens!«

»Gut, Sie wohlauf zu sehen, Mr Tomison. Alles in Ordnung?«, fragte Brebner.

»Aye, Sir.« Der Mann nickte und führte sie herum.

Der Himmel war wolkenlos, die Fahne des Dampfers bewegte sich kaum im Wind. Während Brebner mit einem der Wärter die Technik der Laterne überprüfte, setzte Louis sich zum diensthabenden Leuchtturmwärter und sah neben ihm auf die See hinaus. »Wie ist es, an diesem einsamen Ort zu sein?«, versuchte er, ein Gespräch zu beginnen.

»Na, na, ist nicht einsam hier. Allein heute habe ich vierzehn verschiedene Vogelarten gezählt.«

»Sie fühlen sich nicht ausgeschlossen von den Tröstungen des menschlichen Umgangs?«

»Nie. Solange man tut, was man liebt, ist man immer zufrieden.«

»Aber wie findet man das heraus? Wie kann man sicher sein?«, wollte Louis wissen.

Der Wärter schwieg lange. Dann sagte er: »So, wie Wasser immer seinen Weg findet, weiß man es eines Tages.«

Der Wärter verstummte erneut. Zunächst war Louis unruhig, glaubte, das Gespräch fortsetzen zu müssen, doch das Schweigen des Mannes hatte etwas Behagliches, und langsam entspannte er sich ebenfalls. Zunächst wie ein Glimmen, dann wie klares Licht, das sein ganzes Leben wie unter einem Mikroskop erhellte, überkam ihn die Erkenntnis, dass er sich alldem nicht gewachsen fühlte. Bei dem Gedanken an die Verantwortung, die als Leuchtturmingenieur auf seinen Schultern ruhen würde, wurde ihm beinahe schlecht. Von seinen Kenntnissen und seiner Kunst würde es abhängen, ob ein Bau gelingen würde. Und ebendaran hingen die Schicksale der Seeleute, die sich auf die Leuchtfeuer verließen. Er würde für die Sicherheit der Männer einstehen, die auf seinen Baustellen jeden Tag und jede Nacht ihr Leben riskierten. Vielleicht könnte er dieser Aufgaben gerecht werden, wenn er hart genug dafür arbeitete. Wenn er sich aufreiben und quälen würde, wie sein Onkel Alan es sein Leben lang getan hatte. Doch vermutlich würde er genauso daran zerbrechen wie er.

Die Rückfahrt nach Erraid erlebte Louis wie in einem Dämmerzustand. Er wusste nur, er musste seinem Leben einen neuen Kurs geben.

Die nächste Woche flog mit harter Arbeit, interessanten Gesprächen und Freizeitvergnügen nur so dahin. Das Wetter war jetzt durchgehend gut, und Louis kleidete sich wie die Arbeiter in schlichte, leichte Kleidung. Er lief oft barfuß umher, badete jeden Tag und sonnte sich auf den herrlich warmen Felsen. Erraid war ein Traum. Älter als die Menschheit strahlte die Insel Unendlichkeit aus, und in jeder Bucht meinte man, in der Zeit zurückkreisen und die ankommenden Kelten, die Wikinger oder die Priester des heiligen Columban treffen zu können. Auf der Suche nach einem Goldschatz war Louis mit einigen anderen in die algenbewachsenen Tiefen einer Bucht hinabgetaucht; er hatte Höhlen erkundet, Vögel beobachtet und alle Hügel erklommen. Er hatte geschrieben und gezeichnet, seine Ideen in Worte gefasst und gleichzeitig das Gefühl gehabt, auch beim Bau des Leuchtturms seinen Beitrag zu leisten. Zum ersten Mal seit Langem war er wirklich zufrieden.

Gerade besprach Louis mit dem Steinmetz die genaue Form des nächsten Werkstücks, als ein Ruf vom Ufer her sie unterbrach. »Was macht der Dampfer denn schon hier? Es ist doch viel zu früh! Sie können den Dubh Artach ja kaum erreicht haben! Und außerdem –«, sagte der Steinmetz.

»Die Leichter fehlen. Sie müssen überhastet abgefahren sein. Etwas ist passiert!«, unterbrach Louis ihn aufgeregt.

Wie im Flug verbreitete sich die Nachricht in der Siedlung, und gemeinsam mit den anderen lief Louis zum Anleger. Angespannt beobachtete er, wie das Schiff vor Anker ging. Die Männer an Deck waren ungewohnt betriebsam, und als das Tenderboot zu Wasser gelassen wurde und er darauf eine Trage mit einem mit Laken bedeckten Mann erkannte, mischte sich gebannte Sorge in Louis' Gefühle. Ein brauner Lockenschopf blitzte auf, und Louis wusste sofort, um wen es sich handeln musste. Wie hieß der Mann noch?

Alan Brebner sprang an Land, das Gesicht sorgenzerfurcht. »Cameron ist von der Leiter gefallen. Er ist benommen, spürt seine Glieder nicht mehr.«

Ein Mitarbeiter, der sich ein wenig mit Medizin auskannte, drängte sich durch die Schaulustigen und trat neben den Verletzten. Cameron schien benommen zu sein, und er stöhnte und atmete schwer. »Da kann ich nichts ausrichten. Wir müssen einen Arzt holen!«

»Wo findet sich der nächste Arzt?«, rief Brebner in die Runde.

»Ein Fremder, bei Ross, soll ein bekannter Doktor sein«, wusste jemand.

»Und bei Bunessan lebt ein Wundarzt.«

Sofort wurden Pferde geholt und die Fähre gerufen. Louis war entschlossen zu helfen. »Nach Ross und Bunessan sind es jeweils fünf bis sechs Meilen. Ich werde mit übersetzen und nach Fionnophort laufen. Vielleicht ist dort unter den Urlaubern, die nach Iona weiterwollen, ein Arzt. Das dürfte schneller gehen.«

Brebner nickte. Zwei junge Männer, mit denen Louis sich angefreundet hatte, erklärten sich bereit, ihn zu begleiten.

Als sie wenig später auf Mull ankamen, wurden sie bereits von einem Grüppchen von Frauen und Kindern erwartet. Sie mussten die vorzeitige Rückkehr des Dampfers und die folgenden Vorgänge beobachtet haben. Es waren offenbar die Familien der Arbeiter, für die auf Erraid kein Platz war. Ruhig waren sie, blass und gefasst.

Sobald Louis und seine Gefährten sich näherten, löste sich eine Frau aus der Gruppe und trat auf sie zu. »Wer ist es? Wer ist der Verletzte? Oder ist er tot, Gott behüte?« Furcht flackerte über ihre Züge.

»Er ist verletzt, nicht tot. James Cameron ist sein Name«, sagte Louis.

Erleichterung durchzuckte sie. »Gott sei Dank! Es ist keiner unserer Männer«, stieß sie hervor und machte eine entwarnende Geste in Richtung der Wartenden. Ein Aufatmen ging durch die Runde. Erst jetzt war die Frau in der Lage, sich nach dem Befinden des Verletzten und der Hoffnung auf seine Genesung zu erkundigen.

Louis gab ihr knapp Auskunft und lief dann mit seinen Gefährten los.

***

Maggie genoss den Anblick der felsigen Küste mit ihren türkisfarben und hellblauen Buchten und den schneeweißen Sandstränden. Wie schön Schottland war, wie vielfältig! Am liebsten hätte sie andauernd Begeisterungsrufe ausgestoßen, doch sie wollte sich vor den Seeleuten nicht lächerlich machen. Sie suchte die Landschaft ab und versuchte, etwas zu entdecken, das sie schon einmal gesehen hatte. Müsste Iona nicht bald in Sicht kommen? Von dort aus wäre es auch nach Erraid nicht mehr weit. Sie starrte so intensiv auf den Horizont, als könnte sie den Ort magnetisch anziehen. Natürlich hätte sie auch einfach den Kapitän oder einen der Seeleute fragen können, aber die Herren nahmen ohnehin ständig Rücksicht auf sie, da wollte sie sie nicht auch noch mit ihrer Ungeduld belästigen.

Sie fächelte sich Luft zu, hielt mit der anderen Hand ihren Sonnenschirm. In ihrem langen, geschlossenen Kleid samt Reifrock und Haube war ihr heiß, aber Respektabilität ging vor Bequemlichkeit, gerade wenn man die einzige Frau unter Männern war.

Tom trat zu ihr, nahm den Schirm und richtete ihn so aus, dass er auch noch das kleinste Lüftchen abhielt. Dennoch war er nicht zufrieden. »Willst du nicht lieber in den Salon gehen, bis wir da sind, Liebling?«, fragte er besorgt. Als sie verneinte, entschied er, dass sie sich ein Stück weiter in den Windschatten stellen sollten.

Maggie ließ sich von ihrem Mann in die windgeschützte Ecke führen, obgleich die Sicht von dort weniger gut war. Sie lächelte Tom an. Die Ringe unter seinen Augen waren beinahe verschwunden, und auch die Fältchen in seinem Gesicht wirkten weniger tief. Die Hitze tat ihm offensichtlich gut. Sein Husten und die Gliederschmerzen waren fast gänzlich verebbt und damit auch die Ängste, die ihn nachts oft genug wach hielten. Erst kurz vor ihrer Abreise war er eines Nachts schweißgebadet hochgeschreckt und hatte ausgerufen: »Oh, mein Gott, jetzt ist es passiert! Ich habe die Gabe der Rede verloren!« Zunächst hatte sie über diesen Widerspruch beinahe lachen müssen, doch dann hatte sie seine Panik gesehen, und sie hatte ihn zu beruhigen versucht. »Müssen wir nicht bald da sein, Liebling?«, fragte sie jetzt.

»Es sind nur noch ein paar Meilen, vielleicht fünfeinhalb.«

Tom knetete sein Kinn. »Du kannst es wohl kaum erwarten, unseren Sohn wiederzusehen. Louis ist wohlauf, das hat er geschrieben, und Alan Brebner hat es bestätigt. Unser Smout macht sich gut.«

Trotzdem vermisste sie ihn, zumal man bei Louis nie genau wusste, ob er sich nicht doch überforderte, seinem schwachen Leib zu viel zumutete. Wenn ein Zusammenbruch drohte, wollte sie zur Stelle sein. »Ganz bestimmt. Du wirst stolz auf ihn sein«, sagte sie lächelnd. Sie wünschte sich nichts mehr, als ihre Männer gesund und glücklich zu sehen. Sie berührte Toms Hand. Dieser drückte sanft ihre Finger, löste sich dann aber schnell wieder von ihr.

»Das hoffe ich sehr.«

***

»Wie ist es zu dem Unfall gekommen? Wie konnte so etwas geschehen?« Tom blickte ernst zwischen Alan Brebner und Louis hin und her.

Seine Eltern waren unerwartet früh eingetroffen, und sofort hatte Louis sich vor ihnen rechtfertigen müssen. Wie er so nachlässig gekleidet herumlaufen könne, hatte sein Vater ihn entrüstet gefragt. Er sei doch nicht irgendwer! Wann er seine Haare zu schneiden und seinen Bart zu stutzen gedenke? Er sehe ja aus wie ein moderner Robinson! Seine Mutter hatte zunächst sein gesundes Aussehen gelobt, doch sobald Tom begonnen hatte, ihn zurechtzuweisen, war sie verstummt. Und als Tom dann auch noch von dem Unfall erfuhr, war es mit der guten Stimmung ganz vorbei gewesen.

Nervös referierte Brebner die dem Unfall vorangegangenen Ereignisse. »Selbstverständlich habe ich auf Sicherheit und vorsichtiges Arbeiten Wert gelegt. Cameron war lediglich einen Moment lang unachtsam.«

»Das darf nicht passieren! Wie geht es ihm jetzt? Wo befindet er sich?«

»In Bunessan bei einem Wundarzt. Es sind sofort mehrere Trupps losgestürzt, um sich nach Ärzten zu erkundigen, auch Ihr Sohn.«

Maggie nickte anerkennend, doch Tom schnaubte nur: »Das ist für einen gottesfürchtigen Menschen ja wohl das Mindeste. Und was ist mit diesem Maler, diesem Bough?«

»Mr Bough ist bereits nach einigen Tagen abgereist.«

»Ich habe die Entwürfe für Mr Boughs Gemälde gesehen«, berichtete Louis eilig. Seine Eltern mussten nichts von den gefährlichen Überfahrten und dem Sturm wissen. »Es wird ganz anders als das von Mr Turner werden, aber auch sehr beeindruckend.«

Sein Vater blickte auf die See hinaus, als wollte er die Botschaft der Wellen entschlüsseln. »Das ist gut. Ich werde in einigen Tagen nach diesem Cameron sehen. Brechen wir zur Baustelle auf.«

»Jetzt?« Alan Brebner wirkte erstaunt.

»Wind und Himmelszeichen lassen eine ruhige Überfahrt erwarten.«

Louis schloss sich seinem Vater und Brebner an. Auch Maggie wollte ihnen folgen. »Du kannst nicht mitkommen, Liebes. Dafür bist du nicht gemacht«, sagte Tom jedoch liebevoll, aber bestimmt.

»Wenn Louis es konnte, dann werde auch ich es überstehen. Außerdem hast du gesagt, dass es eine ruhige Überfahrt werden wird.« Maggie ließ sich nicht beirren, und es imponierte Louis, wie sie sich gegen seinen Vater durchsetzte. Gleichzeitig wusste er, dass die Bedingungen auf hoher See unberechenbar waren. Hoffentlich ging alles gut!

Einige Stunden später schrieb Maggie stolz in Mr Goodwillies Gästebuch.

»Sie sind die erste Frau, die einen Fuß auf dieses Riff setzt«, sagte der Mann anerkennend.

Louis sah das entschlossene Schimmern in den Augen seiner Mutter. Sie hatte die Überfahrt sichtlich genossen und sich auch beim Überstieg auf den Felsen nicht zimperlich gezeigt. Er musste an die vielen Tage und Wochen denken, die sie unpässlich gewesen war und krank im Bett verbracht hatte. Maggie war eindeutig zu mehr fähig, so wie auch er zu mehr fähig war, als ihm gemeinhin zugetraut wurde. War es nicht ungerecht, dass die Männer seiner Familie in die Welt hinausgingen und Abenteuer erlebten, während die Frauen ins Stickzimmer verbannt waren? Warum sollte man überhaupt die Fähigkeiten und Neigungen unterdrücken, die man hatte? Warum sollte man nicht seinen Leidenschaften nachgehen, das Leben auskosten? Sein armer Onkel Alan kam ihm in den Sinn. Was hatte es ihm gebracht, sich für die Firma aufzuopfern? Einen frühen Tod, mehr nicht. Und natürlich Skerryvore, der auf ewig mit dem Namen Alan Stevenson verbunden sein würde.

Tom zog das Schultertuch um Maggies Hals höher. »Vermutlich wird meine Maggie auch die letzte Frau sein, die diesen Ort besucht. Für diese Art Orte, für diese Arbeit, muss man geschaffen sein.«

33

Edinburgh, September 1870

Louis saß im Esszimmer und sah sehnsuchtsvoll auf die Straße, wo die Menschen flanierten. In Old Town würden sie sich jetzt auf den Plätzen treffen, singen und tanzen, lieben und lachen, und er ...

Zwei Wochen war er nun zurück in Edinburgh. Auf der Rückreise waren sie zu Louis' Erstaunen nicht nur mit Professor Blackie, sondern auch mit Sam Bough zusammengetroffen, der die Zeit auf Iona verbracht hatte. Auf der Fahrt nach Skye hatte er interessante Bekanntschaften gemacht, aber auch erneut gesehen, welche Folgen die Clearances mit sich brachten. Beim nächtlichen Anlegen an einem See war bei Fackelschein eine Gruppe Highlander zugestiegen. Die Männer, Frauen und Kinder wollten nach Glasgow und von dort aus nach Amerika – ihre Trauer ob des Verlusts der Heimat hatte Louis sehr bedrückt.

Nach den sonnendurchglühten Wochen auf den Inneren Hebriden waren sie zunächst nach Swanston und von dort ins Haus seiner Eltern zurückgekehrt. Louis' lange Haare und seine gebräunte Haut hatten ihm auf den Straßen der Hauptstadt einigen Spott eingebracht. Dass ihm die Kinder nachgerufen hatten, ob er halb Lad, halb Lassie sei, hatte Louis amüsiert. Es machte ihm nichts aus, anders zu sein. Wohl aber litt er darunter, einsam zu sein. Seine Freunde waren noch nicht in die Stadt zurückgekehrt, und er hatte niemanden, mit dem er sich austauschen, dem er sein Herz ausschütten und von seinem Entschluss erzählen konnte. Stattdessen geriet er täglich mehr unter Druck, seinem Vater endlich die Wahrheit zu sagen. Er ertrug die täglichen Aufgaben im Ingenieurbüro kaum noch; ebenso schwer fiel es ihm, abends in die Heriot Row zurückzukehren, um mit seinen Eltern zu speisen, während in der spätsommerlichen Stadt das Leben tobte.

»Der nächste Leuchtturm, mit dem du dich intensiv auseinandersetzen musst, ist neben der Fertigstellung des Dubh Artach der Chicken Rock. Die beiden Leuchttürme auf der Calf of Man liegen nahe beieinander und sind bei Nebel nicht … Louis?« Sein Vater sah ihn konsterniert an.

Louis erwiderte den Blick, in Gedanken immer noch weit weg. »Ja, ich habe die Unterlagen gesehen.« Er räusperte sich und tupfte sich die Lippen ab. War jetzt der richtige Moment für sein Geständnis? »Papa, ich …«

»Wir sollten noch einen Spaziergang machen – es ist so herrlich draußen! Der Herbst kommt früh genug!«, unterbrach Maggie ihn.

»Ja, gehen wir spazieren. Die Hunde werden sich über Auslauf freuen. Du begleitest uns doch?« Erwartungsvoll sah Tom ihn an.

Louis sprang auf. Er hatte das Gefühl, es keinen Augenblick länger in diesen vier Wänden auszuhalten. »Ich … muss zu einem Kommilitonen. Es geht um … Wir wollen den kommenden Kurs bei Professor Jenkin vorbereiten«, sagte er hastig. Was war er bloß für ein undankbarer Mensch.

»Lobenswert. Dann wollen wir dich nicht in deinem Eifer aufhalten.«

Ziellos strich Louis kreuz und quer durch die Stadt. Er war auf der Suche nach etwas, was seine Nerven beruhigen würde, kehrte in eine der billigen Shebeens ein, trank Wein, beobachtete die Menschen, bis ihn die Melodie eines Dudelsacks zum

Grassmarket zog. Dort stieß Louis auf Tänzer in der Tracht der Highlander. Die Lebensfreude, die aus ihren schnellen, grazilen Bewegungen sprach, heiterte ihn auf, und er blieb eine Weile bei einer Whiskeybude stehen. Als er weiterging, hatte sich die Nacht über die Stadt gesenkt. Überall flammten Lichter auf, und halbseidene Gestalten mischten sich unter Bürger und Besucher. Viel gab es zu beobachten, doch seine Gedanken kehrten zu seinem Problem zurück. Wie sollte er seinem Vater nur sagen, dass er nicht beabsichtigte, Ingenieur zu werden?

»Seit Langem gilt meine Liebe dem Schreiben. Ich möchte Autor werden, erst einmal versuchen, als Journalist mein Geld zu verdienen«, murmelte Louis, als würde er einen Theatertext einüben. »Ich weiß, dass du etwas anderes für mich vorgesehen hast. Aber in all den Jahren des Studiums habe ich nur gelernt …«

Wieder hielt er für einen Drink an. Leicht angetrunken lief er weiter. Die Aussicht, mit seinem Vater zu sprechen, jagte ihm eine Heidenangst ein. Als unversehens jemand neben ihm aus der Gasse trat, machte er vor Schreck einen Hüpfer. Wie aus einem Traum aufgeschreckt sah er sich um. Seine Füße hatten ihn zu den Häusern unterhalb des Calton Hill geführt. Musik und Gelächter drangen gedämpft aus einem geöffneten Fenster auf die Gasse. Zu seinem Glück war es lediglich eine der leicht bekleideten Huren, die den Rock schürzte, sodass er ihre fleckigen Unterröcke und die mageren Beine sehen konnte, und ihn lockend angurrte. Schon legte sie den Arm um seine Hüfte, ihre andere Hand wanderte über seine Brust und seinen Bauch. Ihr Geruch war intensiv, animalisch beinahe, dazu kam eine leichte Whiskeynote in ihrem Atem. Louis war angeekelt und spürte gleichzeitig, wie ihn Erregung ergriff.

»Komm mit mir, Süßer, dort in den Gang, wo uns keiner sieht. Ich mache mit dir alles, was du willst …« Ihre Finger berührten seinen Geldbeutel. Sofort schob er die Hand weg, damit sie ihn nicht bestehlen konnte. »Lass doch ... Du bist so ... niedlich ... kleiner Welpe ... Ich tu dir nichts«, lallte sie lautstark, versuchte aber, ihre Hand wieder vorzuschieben. Als Louis sie aufhalten wollte, wurde die Frau rabiat. »He, was soll das! Warum bissu ... bist du so grob?«

Als er nicht nachgab, pöbelte sie ihn an. Er wollte nicht, dass es zu einem Handgemenge kam, wollte sie nicht wegstoßen und wusste sich doch nicht zu helfen. Was sollte er nur tun? In diesem Augenblick flog schräg gegenüber die Tür auf. Tanzmusik und Lachen schwappten auf die Straße. Ein Mann schaute aus dem Etablissement, eine Dame gesellte sich zu ihm. Louis traute seinen Augen kaum. War das etwa Miss Kate? Ja, das musste sie sein. Neben ihr wachte der weiße Bedlington Terrier.

»Finger weg von diesem Mann! Er steht unter meinem Schutz! Wie siehst du überhaupt aus – dreckig und verlaust!«, blaffte Kate die Hure an. Sie hatte nicht laut gesprochen, und doch war ihr warnender Tonfall gut zu hören.

Die Hure kniff die Augen zusammen. »Was bildest du dir ein? Keiner hat mir zu sagen ...« Dann erkannte sie, mit wem sie es zu tun hatte. »Entschuldigung ... Ich wollte nicht ... Nichts für ungut ... Miss Kate ...« Sie wich zurück.

Irritiert näherte sich Louis Miss Kate. Hatte sie die Szene zufällig aus dem Fenster beobachtet? Oder wieso war sie gerade jetzt zur Tür gekommen?

»Du schon wieder, Samtjacke«, sagte sie und spitzte die Lippen, als würde sie etwas erwägen. Sie trug ein violettes Seidenkleid, so fein und raffiniert geschnitten, dass es ihm den Atem nahm.

»Schon wieder? Unsere letzte Begegnung ist wohl ein halbes Jahr her. Sie haben mich auf dem Greyfriars einfach stehen lassen.« Seitdem hatte er Ausschau nach ihr gehalten.

»Na, komm schon herein.«

Der Türsteher musterte ihn abschätzig. »Was soll der hier? Der hat kaum einen Penny auf der Naht.«

»Der Junge hat noch einen gut bei mir.« Miss Kate reichte dem Mann einen Umschlag, aus dem Geldscheine lugten. Arbeitete sie hier? Louis schob sich an ihm vorbei. In dem Etablissement war es schummrig und voll, eine Gesellschaft voller Zylinder, Korsetts und Reifröcke. In der Mitte war eine Tanzfläche, an den Seiten gab es von Vorhängen eingefasste Nischen, ein Podest mit Musikern sowie einen langen Tresen.

Miss Kate schob sich durch das Gewühl der Tanzenden. Als Louis den Anschluss verlor, wartete sie und nahm seine Hand. Dichter Zigarrenrauch hing unter der Decke, Champagner perlte in Kristallgläser. Er konnte den Blick nicht von den Gästen losreißen. Durch Lücken in den Vorhängen entdeckte er ineinander verschlungene Paare.

Miss Kate sah ihn über die Schulter an und lächelte. »Es stimmt. Ich habe mich noch gar nicht bei dir für deine Hilfe bedankt. Neulich, auf dem Greyfriars.«

Louis wollte etwas sagen, doch ausnahmsweise fehlten ihm die Worte. In einem derartigen Etablissement war er noch nie gewesen. Für ihn, der bei Damen vornehme Zurückhaltung oder mädchenhafte Schwärmerei gewohnt war, war die Menge aufreizend gekleideter Frauen mit lockeren Manieren aufwühlend. Miss Kate führte ihn an die Stirnseite des Tresens, die offenbar freigehalten wurde, denn überall sonst saßen die Trinker dicht an dicht. Eine Geste zur Frau am Schanktisch, die einen Hals und Arme wie ein Boxer hatte. »Whiskey. Aber von dem Guten«, setzte Miss Kate leiser hinzu.

Gleich darauf standen zwei großzügig mit Whiskey und Soda gefüllte Gläser vor ihnen. Miss Kate stieß mit ihm an. »Slàinte mhath«, sagten sie gleichzeitig. Ihr Lächeln trieb ihm den Schweiß auf die Stirn. Überhaupt war es ungeheuer heiß in diesem Etablissement. »Und nun raus damit: Warum treibst du dich in derart finsteren Gassen herum?«

Sollte er erzählen, dass sein Vater ihn finanziell kurzhielt und er die meisten seiner Kurse sterbenslangweilig fand, weshalb er seine Zeit lieber im Tabakladen oder in Tavernen verbrachte? Oder zugeben, dass ihn die Schattenseite der Stadt magisch anzog? Louis neigte sich an ihr Ohr. Er konnte ihre Körperwärme spüren, sie riechen. Ihre Nähe ließ sein Herz schneller schlagen. »Ich will das echte Leben kennenlernen. Nicht nur die herausgeputzte Fassade Edinburghs!«, rief er gegen den Lärm des Lokals an.

Sie lachte auf, hinreißend rauchig und ungekünstelt. »Das echte Leben, soso. Warum das?«

»Ich will Schriftsteller werden. Schon jetzt schreibe ich Gedichte, Geschichten – das wissen Sie vielleicht noch. Deshalb mache ich mir Notizen. Ich will die Welt beschreiben, wie sie ist. Will Geschichten aus dem wahren Schottland erzählen.« Er versuchte, eine lässige Haltung anzunehmen.

Miss Kate strich ihm mit dem Zeigefinger über die Wange. »Ein Schriftsteller. Das ist ja mal originell.« Ihre Fingerspitze wanderten bis zu seinem Schlüsselbein hinunter. Er schauderte. »Und was sagt der Herr Vater dazu, der gottesfürchtige Ingenieur?«

Seine Erregung verflog. »Woher kennen Sie meinen Vater?«

»Ich kenne jeden und alles in dieser Stadt. Reich und Arm.«

»Dann sind Sie meine perfekte Führerin in die Unterwelt«, platzte er heraus.

»Deine Hekate? Düster, wie von William Blake gemalt?«

»Sie sind nicht düster!«, widersprach er. »Sie sind strahlend schön!« Die Worte waren heraus, ehe Louis sie aufhalten konnte. Ehe er begriffen hatte, dass sie offenbar gebildet war.

Miss Kate lachte. »Du gefällst mir!« Sie blickte über die

Menge zu dem Türsteher, der ihr ein Handzeichen gab. »Dann sei es so. Du darfst mich begleiten. Komm mit.«

»Jetzt?!«

»Jetzt.« Sie drängte sich an der Längsseite des Tresens vorbei zu einer unscheinbaren Tür. In einem Hinterzimmer warteten ein pockennarbiger Kerl und der Terrier. In einiger Entfernung kläfften Hunde.

Miss Kate redete kurz und so leise mit dem Mann, dass Louis nichts verstehen konnte, und legte ihrem Hund ein Lederhalsband um, auf dem Schmucksteine glitzerten. »Du bist ein ganz Lieber, nicht wahr, Tiny? Auf dich kann ich mich verlassen – ganz anders als auf Roy«, murmelte sie mit Blick auf den Vernarbten. Was für ein Verhältnis mochte sie zu ihm haben?

Sie führte Louis durch die gegenüberliegende Tür in einen weiteren Schankraum, eine einfachere Bar, in der sich in Anzüge und Zylinder gekleidete Gentlemen und Arbeiter mischten. Etliche von ihnen hatten einen Hund dabei, Terrier verschiedenster Art, aber auch Bulldoggen. Würde es einen Hundekampf geben?

Louis grauste es. Gleichzeitig fand er es interessant, wie angeregt die Männer miteinander fachsimpelten – als überwinde die Liebe zu den Hunden jeglichen Standesunterschied. Seine Nase nahm einen stechenden Geruch wahr. Er spürte, wie ihm schwindelig wurde. Ein Geiger spielte eine aufpeitschende Melodie. Auch in diesem Raum hatten sich aufreizend gekleidete Damen unter die Gäste gemischt. Sind sie etwa alle Prostituierte?, fragte Louis sich. Und was war mit Miss Kate? Gehörte sie etwa auch …? Wo war sie überhaupt?

Als wollte sie seinen Verdacht Lügen strafen, schien Miss Kate an einem Tisch vor einem Kamin Hof zu halten, gerade aufgerichtet, die zierlichen Hände gefaltet, das Gesicht leicht geneigt. An der Wand hingen ausgestopfte Häupter von Hunden, die Louis tollwütig anzusehen schienen, ein Eindruck, der wohl mit den Glasaugen und dem struppigen Fell zusammenhing. Neugierig beobachtete Louis seine Gastgeberin. Ein aufgedunsener Mann küsste ihr die Hand, reichte ihr etwas, das sie huldvoll anzunehmen schien. Dann redeten sie über seine Bulldogge, die schlaff wie eine gut gefettete Lederjacke neben ihm lag, aber nur noch ein Auge zu haben schien. Als Louis die eingezäunte und mit Kreide umrissene Fläche hinter Miss Kate sah, verfestigte sich sein Verdacht: Hier ging es um Hundekämpfe. Louis schluckte. Er liebte Hunde. Einen Kampf der Tiere auf Leben und Tod würde er nicht ertragen.

Eine Glocke schlug. Zwei Jungen drehten die Gaslampen um die niedrigen Holzwände auf, sodass die eingehegte Fläche im hellen Lichtschein lag. Roy, der Pockennarbige, trat in die Arena. Sein Jackett hatte er ausgezogen, die Weste sorgfältig geknöpft. »Gentlemen, machen Sie Ihre Bestellungen, und nehmen Sie Ihre Plätze ein – wir wollen beginnen!«, rief er und krempelte die Hemdsärmel auf.

Im selben Moment schien die Atmosphäre im Saal sich zu verdichten. Getränkewünsche wurden gerufen, die Männer traten an die Umzäunung. Zwei Damen stellten sich neben Roy. Eine hielt eine Schatulle. Louis beobachtete alles gebannt. Am liebsten hätte er sich Notizen gemacht, aber er nahm an, dass dies kaum gutgeheißen würde.

Roy hob erneut den Blick, tänzelte wie ein Boxer, der sich warm machte: »Wie Ihnen vielleicht bekannt ist, hat ein wohlhabender Gentleman in unserer Runde, ein erklärter Feind von Ungeziefer, für den heutigen Abend einen Preis ausgelobt: diese kostbare Golduhr!« Mit großer Geste wurde die Schatulle aufgeklappt und herumgezeigt. Nachdem der Preis ausgiebig gewürdigt worden war, fuhr der Conférencier fort: »Lassen Sie uns also sehen, womit wir es zu tun haben!«

Er ging zu einem fleckigen Tuch im hinteren Teil des Raums

und zog es weg. Ein entsetztes Raunen ging durch die Menge, als Käfige voller fiepender und durcheinanderwuselnder Ratten zum Vorschein kamen. Infernalisches Gekläffe setzte ein. Einige Hunde zerrten heftig an den Leinen, begierig, sich auf die Ratten zu stürzen. »Bringen Sie Ihre Hunde zur Ruhe, Gentlemen!«, rief Roy mit lauter Stimme. »Ehe wir zum großen Rattenbeißen kommen, lassen Sie uns die Regeln klären.«

Rattenbeißen. Davon hatte Louis bereits gehört, zumal manche Gassen in Old Town im Winter mit Plakaten gepflastert waren: *Ratten – Ankauf und Verkauf* oder *Ratten gesucht.* Angeblich gab es Häuser, in denen sich ganze Familien um die Aufzucht von Ratten kümmerten.

»Ziel ist es, dass Ihr Hund möglichst viele Ratten in möglichst kurzer Zeit tötet. Für die Auswertung wird das Gewicht des Hundes in Relation zum Gewicht seiner Beute gesetzt.« Weitere Regeln wurden verkündet. »Der Hund jedes Halters, der die Hunde oder Ratten berührt oder sich auf andere Weise unfair verhält, wird disqualifiziert. Alle, die antreten möchten, stellen nun ihre Champions vor.«

Die Männer traten mit ihren Hunden vor und stellten sich den Blicken der Menge. Das größte Interesse zog allerdings Miss Kate auf sich, die sich mit Tiny eingereiht hatte. Zwischen den massigen Bulldoggen und den lebhaften Terriern wirkte der kniehohe, flauschige Bedlington Terrier harmlos.

Geldscheine und Münzen wurden gezückt, Wetten abgeschlossen. Eine junge Frau – möglicherweise sogar jünger als er –, trat neben Louis. »Wenn das die Polizei sehen könnte!«, raunte sie. Auf Louis' fragenden Blick setzte sie hinzu: »Rattenbeißen ist erlaubt, darauf zu wetten allerdings verboten. Nun, sind Sie Manns genug, auf einen der Hunde zu setzen? Oder wollen Sie mir lieber ein Gläschen Champagner ausgeben? Wir können uns auch in eine der Nischen zurückziehen, wenn es Ihnen hier zu trubelig ist.« Sie schmiegte sich an ihn, wobei ihn erneut Erregung durchflutete. Was für ein sündhafter Mensch er war! Oder war er einfach nur ein Mensch, ein Mann?

»Ich fürchte, für eine Einladung reichen meine Mittel nicht«, gab Louis verlegen zu. Ohnehin wollte er um keinen Preis auch nur einen Augenblick des Spektakels verpassen. Die Aussicht auf das Gemetzel widerte ihn an und faszinierte ihn zugleich. Auch wollte er sehen, wie sich Miss Kate schlug. Sie kraulte Tiny hinter dem Ohr, doch ihr Blick flackerte immer wieder zu den Rattenkäfigen.

»Schade, wäre mal was anderes gewesen als die alten Knacker.« Die Fremde verzog das Gesicht zu einem kecken Schmollen und wandte sich anderen Herren zu.

Die erste Runde begann. Roy holte einen ersten Schwung Ratten aus den Käfigen, indem er sie am Schwanz packte und in die Arena warf. Als ahnten sie, was gleich geschehen würde, rotteten sich die Tiere in einer Ecke zusammen, wuselten aufgeregt über- und untereinander. Die alte Bulldogge wurde gewogen und dann in die Arena geschickt. Sie fletschte sofort die Zähne, hatte allerdings nur noch wenige im Maul.

»Mach sie fertig, Butcher!«, schrie der aufgedunsene Halter des Hundes wenig gentlemanlike, und etliche Zuschauer nahmen den Schlachtruf auf. Auch Louis war bis in die Fußsohlen gespannt. Ihn allerdings faszinierten weniger die Tiere als der Anblick der Gentlemen, die für kurze Zeit ihre distinguierte Maske fallen ließen.

Als könnten weder Ratten noch Rufe sie aus der Ruhe bringen, griff die alte Bulldogge mit der Schnauze die erste Ratte aus dem Haufen und schleuderte sie gegen die Wand der Arena, wo sie einen hell leuchtenden Blutfleck hinterließ. Ratte um Ratte zerschmetterte Butcher, bis einer der Nager sich wehrte und in seine Nase verbiss. Der darauffolgende Kampf befeuerte die Erregung der Zuschauer nur noch mehr. Dicht hing der Eisengeruch des Blutes in der Luft.

»Die Zeit ist um!«, ging schließlich Roy mit klingender Glocke dazwischen. Einige Jungen sprangen über die Balustrade in die Arena und zählten und wogen die getöteten Tiere, während der Halter die Nase seines Hundes versorgte. Der nächste Hund schlug sich weniger tapfer, und als die Zeit abgelaufen war, warfen einige Zuschauer zum Trost Münzen in die Arena.

Als Nächste war Miss Kate mit Tiny an der Reihe. Etliche Männer machten abfällige Sprüche über den lieb wirkenden Hund: »Da wird das Schäfchen zur Schlachtbank geführt!«, oder: »Komm doch mit deinem Schoßhündchen lieber zu mir, du Hübsche!«

Seine Halterin lächelte nur. Dann begann das Töten.

Louis konnte die Augen nicht von der Arena abwenden, doch als Tiny die neunundachtzigste Ratte in Fetzen riss, hielt er es nicht mehr aus. Durch die Menge drängte er sich hinaus in den Hinterhof und übergab sich in den Rinnstein. Kurz überlegte er, ob er verschwinden sollte, doch die Anziehungskraft des Spektakels und Miss Kates Beteiligung daran war stärker als seine Abscheu. Der Türsteher reichte ihm beim Wiedereintreten einen Kräuterschnaps. Louis nahm gleich noch einen zweiten.

Gegen Mitternacht waren alle Ratten tot, und eine trunkene Erregung lag in der Luft. Miss Kate diskutierte, einen Beutel voller Geldscheine an sich gedrückt, mit Roy und ließ ihn dann wutentbrannt stehen. Louis folgte ihr. Sie setzte Tiny auf eine Bank am Tresen und wischte ihm mit einem nach Pfefferminz duftenden Wasser Schnauze und Fell. Die goldene Armbanduhr baumelte locker von ihrem Handgelenk; kein Hund hatte es mit ihrem aufgenommen. »So bleibt der Preis wenigstens in der Familie«, murmelte sie.

»Sie haben die Golduhr als Gewinn zur Verfügung gestellt?«

»›Wohlhabender Gentleman‹ und ›erklärter Feind des Ungeziefers‹ machen mehr Eindruck, fürchte ich.« Sorgfältig spülte sie Tiny das Maul. »Kanalratten sind besonders schmutzig. Da holen sich die Hunde leicht Krankheiten«, erklärte sie. Dann warf sie Louis einen Blick zu. »Du bist blass um die Nase, Samtjacke.« Sie legte ihm die Hand auf die Halsbeuge. Ihr Gesicht war gerötet, in ihren Augen schimmerte eine Mischung aus Triumph und Zorn.

»Darf ich fragen, was Ihre Aufgabe in diesem Etablissement ist?«, lenkte er nervös ab.

»Fragen darfst du alles, Schätzchen.« Mehr schien sie dazu nicht sagen zu wollen.

»Und was haben Sie neulich auf dem Greyfriars gemacht?«, fragte er weiter.

»Manche Geschäfte lassen sich am besten auf dem Friedhof abwickeln, aber nicht alle Geschäftspartner sind ehrlich.«

»Was für Geschäfte?«

Sie winkte ab. »Ich will jetzt auf meinen Champion anstoßen und feiern – und nicht reden. Oder ist dir bei unserem kleinen Ausflug in Edinburghs Unterwelt die Lust vergangen? Dann suche ich mir einen anderen Gefährten.«

Louis straffte sich. »Keines…, keineswegs.«

Sie rief der Bedienung etwas zu, und schon hatte er ein Whiskeyglas in der einen Hand und eine Zigarette in der anderen. War das etwa Haschisch? Immer wieder stieß er an, ließ sich auf die Tanzfläche zerren, verlor die Kippe, tanzte, an den Busen von Miss Kate oder andere Damen gepresst, die sich einen Spaß daraus machten, der »Samtjacke« das wahre Leben zu zeigen. Immer unsicherer auf den Beinen fand er sich schließlich in einer der mit Vorhängen versehenen Nischen wieder. Wenig später verwirbelten die Lichter zu einem funkelnden Reigen und verglommen schließlich im Schwarz.

Als er zu sich kam, lag er mit offenem Hemd zwischen den Kissen. Eine Weile drehte sich um ihn herum noch alles, dann endlich sah er klarer. Überall saßen Damen, offensichtlich gelöst, denn die Tanzfläche war leer. In anderen Nischen erblickte er Paare in mehr oder weniger eindeutigen Situationen und neben ihm die wohlgerundete Rückenansicht von Miss Kate, die sich mit jemandem unterhielt, der hinter dem Faltenwurf des Vorhangs verborgen war. Er konnte der Verlockung nicht widerstehen, legte seine Hand auf Miss Kates Rücken und ließ sie bis zur Neigung ihrer Taille herunterwandern. Glatte, weiche Haut unter feinster Seide, dann das eng geschnürte Korsett. Er schluckte trocken, und sie wandte sich zu ihm um. Ihr Kleid war gelockert, ließ allzu viel von ihrer Figur sehen. Louis zog sie an sich, wusste selbst nicht, woher er auf einmal den Mut dazu nahm. Und das hier, inmitten von Menschen! Kurz durchzuckte ihn der Gedanke daran, wie schockiert seine Eltern wären, wenn sie ihn jetzt sehen könnten. *Nicht daran denken!* Ihre vollen Lippen näherten sich seinen, schon spürte er ihren süßen Atem auf seiner Wange.

Sie verschränkte ihre Finger mit seinen. »Komm!«

Louis folgte ihr durch das verschachtelte Gebäude, er wäre mit ihr überallhin gegangen. Schließlich traten sie in ein Schlafzimmer. Er wollte sie umfassen, sie an sich ziehen, ehe er den Mut verlor, doch Kate wand sich aus seinem Arm. »Nur einen Moment«, wisperte sie und schob ihn in einen Sessel. »Setz dich hierhin, und schließ die Augen.« Dann ließ sie ihn allein.

Er tat wie geheißen, aufs Höchste erregt und zugleich schummrig von Alkohol und Rauchwaren. Entschlossen schob er jeden Gedanken an Sünde und Höllenstrafen weg. Auf einmal ein Duft, eine Berührung. Sie stand vor ihm, weich ihr Körper unter dem Seidenkleid. Er liebkoste sie, erhob sich, ihre Lippen fanden einander. Ein Kuss, wild und schöner als alles, was Louis je erlebt hatte. Ihre Hände auf seinem Körper. Aber ... Er hielt inne ... Warum war sie kleiner und runder, als er sie in Erinnerung gehabt hatte?

Er öffnete die Augen. Zunächst erkannte er sie nicht. Wollte nicht wahrhaben, dass sie es war. Dass dieses geschminkte, kunstvoll frisierte und doch durch und durch verderbte Wesen ...

»Mary!«, keuchte er und taumelte zurück.

Sie kam ihm nach, nahm seine Hände, zog ihn erneut an sich. Wieder ihre Lippen, ihre Hände, die seinen Rücken hinunterwanderten, ihr Busen, der sich an ihn drängte. *Wollust, ein neuer Begriff für meinen Wortschatz. Und jetzt weiß ich, was das bedeutet ...*

»Wir können nicht ...«, brachte er schwer atmend hervor.

»Doch wir können. Ich will es schon so lange. Und du willst es auch, das spüre ich«, wisperte sie in sein Ohr und zog ihn zum Bett.

34

Verkatert und unausgeschlafen saß er neben seinen Eltern am Frühstückstisch und nagte an einem Toast. Noch immer stand er völlig neben sich. Er hatte Mary nachgegeben, und die Erinnerung an das, was sie getan hatten, trieb ihm noch immer die Hitze auf die Wangen. Er musste danach eingeschlafen sein, denn irgendwann war er nackt neben ihr erwacht. Aufgewühlt und beschämt hatte er sich aus dem Zimmer und aus dem Haus gestohlen. Hatte Kate mitbekommen, was sie getan hatten? Hatte ihn jemand in dem Etablissement oder beim Verlassen desselben gesehen? Wie war Mary überhaupt in dieses Haus gekommen? Hatte sie ihre Arbeit in der Fabrik aufgegeben? Hatte Miss Kate sie vielleicht sogar angeworben, als die beiden Frauen vor seiner Reise zu den Leuchttürmen miteinander gesprochen hatten? Er schüttelte sich, durcheinander und gleichzeitig ratlos, wie er sich verhalten sollte.

»Lou, ist alles in Ordnung? Fühlst du dich nicht wohl? Du bist ja ganz heiß!«, konstatierte Maggie, nachdem sie ihm die Hand auf die Stirn gelegt hatte. Louis kam es vor, als hätte er diese Szene schon unendlich oft erlebt.

»Wer bis spät in die Nacht so hart arbeiten kann, ist auch gesund genug, um zur Universität und ins Büro zu gehen«, knurrte Tom mit einem ironischen Unterton.

Louis unterdrückte ein Stöhnen. Ins Büro – das hatte er ja ganz vergessen! Wie sollte er das durchhalten?

»Was meinst du damit, Liebling? War Lou gestern lange unterwegs? Hast du nicht schlafen können und ihn deshalb gehört?« Maggie schien zu ahnen, dass etwas nicht stimmte.

»Louis weiß, was ich meine. Trink deinen Kaffee aus, Sohn, und komm dann in mein Studierzimmer.« Tom erhob sich.

Louis sah die Frage im Gesicht seiner Mutter, doch sie sagte nichts, sondern blickte zum Fenster. »Schau nur, die Sonne kommt heraus! Ein Regenbogen über der Stadt! Wie herrlich!«

Die Schritte schwer vor Müdigkeit und schlechtem Gewissen folgte er seinem Vater. Dieser erwartete ihn mit der Familienbibel auf dem Schoß. »Was auch immer du auch gestern getan hast, es hat deine Seele befleckt. Lass uns gemeinsam um die Gnade des Herrn bitten.« Schon sank er auf den Teppich und reckte die Hände gen Himmel.

Notgedrungen tat Louis es Tom nach. Er spürte nichts, nur den Kater, der gegen seine Schädeldecke hämmerte. Würde er Tom je sagen können, dass das Gebet für ihn nur noch eine inhaltsleere Geste war?

Blitze zuckten über das Papier, periodisch aufblitzende Lichter. Louis' Kopf sank nach unten, er zuckte zusammen. Beinahe wäre er eingeschlafen. Seine Cousins beugten sich tiefer über ihre Bauzeichnungen und kicherten. Verärgert sprang Louis auf und klappte die Bücher zusammen. Keinen Satz war er mit seiner Hausarbeit weitergekommen! Und er würde, so müde wie er war, auch keinen weiteren Satz schaffen. Nicht nach links oder rechts blickend eilte er hinaus. Hauptsache, es sprach ihn niemand an!

Auf der Straße waren bereits die ersten Gaslaternen entzündet, und er sah einige Atemzüge lang Leerie zu, der vermutlich schon lange nicht mehr Leerie war, sondern ein anderer Lampenanzünder. Wie in Kindertagen tröstete ihn der Lampenschein, der das nasse Straßenpflaster schimmern ließ. Was sollte er jetzt tun? Nach Hause gehen, wo sein Vater und seine Mutter ihn mit liebevoller Kontrolle erwarteten? Nein! Er musste in die Räume der Spec, wo er vielleicht doch einen seiner Freunde antreffen würde. Ihnen könnte er erzählen, was in der letzten Nacht vorgefallen war, zumindest einen Teil davon.

Jemand trat ihm in den Weg. »Louis, warte!«

Die nächste Lampe wurde entzündet. Louis hatte Mary jedoch schon im Zwielicht erkannt. Auf einmal glaubte er ihre Lippen erneut auf seinen zu spüren, ihre Zunge an seiner, zart erst, dann fordernd. Ihren Körper. Seine Erregung – plötzlich war alles wieder da. Heiße Scham durchfuhr ihn. Er stürzte davon. Sie lief ihm nach. »Warte doch!«

»Was willst du von mir?«

Sie eilte voraus und trat ihm in den Weg, sodass er abbremsen musste und auf dem glatten Pflaster beinahe hingefallen wäre. »Warum behandelst du mich so?«

»Wie denn?«

»So schäbig! Als ob du mich verachten würdest. Als ob ich Dreck wäre.« Sie spie es heraus und klang gleichzeitig unendlich verletzt.

Louis fühlte sich wie ein Häufchen Elend. »Das ... Das war nicht meine Absicht. Entschuldige.«

»Du bist dir für mich zu schade, was? Du schämst dich für das, was wir getan haben?«, fragte sie viel zu laut. Die ersten Passanten starrten ihn an.

»Was willst du?«, wisperte er.

»Mit dir reden.«

Obgleich es ein Loch in seinen Geldbeutel reißen würde, forderte Louis sie auf, ihm in ein Café zu folgen, etwas abgelegen, sodass ihm hoffentlich kein Bekannter oder Mitarbeiter seines Vaters begegnen würde.

Sie warteten auf ihr Getränk und saßen einander eine Zeit

lang schweigend gegenüber. Schließlich löste Mary die vor der Brust verschränkten Arme. »Gefalle ich dir nicht?«, fragte sie. Kränkung schwang in ihren Worten mit.

Louis bemerkte, dass er nervös mit dem Teelöffel gewedelt hatte, und legte diesen klappernd ab. »Darum geht es nicht. Du bist ein anständiges Mädchen, du solltest nicht … so einer Arbeit nachgehen.«

»Ich sollte lieber verhungern? Mir die Gesundheit in der Fabrik ruinieren? Bei Miss Kate geht es mir gut. Wir bekommen genug zu essen, unsere Zimmer sind beheizt, und etwas anzuziehen bekommen wir auch. Glaub mir, es gibt schlechtere Arbeit.«

Louis suchte ihren Blick. »War ich auch Arbeit?«

»Hast du mich denn bezahlt?«, fragte sie scharf. Im nächsten Moment blickte sie beschämt zu Boden. »Ich habe es ernst gemeint«, sagte sie leise. »Ich mag dich schon lange, Lad.« Sie schwiegen. Dann sagte Mary voller wundem Stolz: »Keine Sorge. Ich weiß schon, dass aus uns nichts werden kann. Ich werde dir auch kein Kind anhängen.«

Eine Gefühl der Erlösung durchströmte ihn. Aber wie konnte Mary so sicher sein?

Sie schien zu ahnen, was ihm durch den Kopf ging. »Miss Kate hat uns gezeigt, wie wir das verhindern.«

»Miss Kate?«

»Es ist ihr Etablissement – was hast du denn gedacht? Sie hat sich hochgearbeitet. Auf der Straße genug Geld verdient, ist jetzt reich. Kaum zu glauben, aber sie hat viel Einfluss in diesem Viertel. Roy ist ihr Gefährte. Er lässt für sie die Ratten züchten. Ein einträgliches Geschäft, dieses Rattenbeißen, genau wie die anderen Tierkämpfe. Miss Kate verdient an jeder Wette, und hinterher, wenn die Kerle aufgeputscht sind, sackt sie noch mehr Kohle mit Drinks und Mädchen ein. So werde ich's auch machen, eines Tages.«

»Hat sie denn keinen Mann?«

»Was will Miss Kate mit einem Mann, wenn sie auf eigenen Füßen stehen kann? Warum soll sie sich von irgendjemandem sagen lassen, was sie zu tun oder zu lassen hat? Wir Frauen sollten die gleichen Möglichkeiten haben wie ihr Männer.«

»Du hast Besseres verdient. Ein anständiges Leben …«

»Anstand, wenn ich das schon höre! Du auf deinem hohen Ross – setzt dich als Ingenieur ins gemachte Nest!«

»Ich habe auch meine Probleme. Zuallererst will ich nicht Ingenieur werden«, brach es aus Louis heraus.

Sie stieß ein bitteres Lachen aus. »Aber du hast die Wahl – das ist der große Unterschied! Du willst Schriftsteller werden – wie du es Jeannie gestanden hast? Was für ein alberner Traum! Darüber kann nur jemand nachdenken, der alles hat. Der nicht auf der Straße landet, wenn er scheitert. Der unter die Fittiche seiner Eltern zurückschlüpfen kann. Deine Gedichte und Texte sind gut – aber davon leben …«

»Du hast sie gelesen?«

»Alle. Seit Jeannie …«

»Was ist mit Jeannie?«

Sie sprang auf, sichtlich erregt. Ihren Kaffee hatte sie nicht angerührt. »Jeannie ist bei der Geburt ihres Kindes gestorben. Aber auch das hat dich nicht interessiert. Hast du dich noch ein Mal nach ihr erkundigt? Du denkst nur an dich.«

Ihre Worte trafen Louis wie ein Schlag. Wie konnte Jeannie tot sein? Warum hatte er nicht davon gewusst? Warum hatte Mary es ihm nicht früher gesagt? Hätte es was geändert? »Ich habe … doch versucht … aber James …«, stotterte er.

Mary rannte hinaus, und Louis lief ihr hinterher, konnte sie aber nicht einholen. Allzu schnell war sie im Gassengewirr verschwunden. Keuchend lehnte er sich an die Hauswand, hämmerte mit der Faust gegen das Mauerwerk. Seine Schuhe waren durchweicht, seine Hose war bis zu den Knien bespritzt, und von oben tropfte Regen auf sein Haupt. Die arme Jeannie! Es stimmte: Er hatte einen Bogen um Roslin gemacht. Hatte ihr nicht noch mehr Schwierigkeiten bereiten wollen – und sich selbst ebenso wenig. Was sollte er jetzt tun? Wo sollte er hingehen? In diesem Zustand konnte er sich in der Universität nicht sehen lassen, ins Ingenieurbüro wollte er jedoch auf keinen Fall zurück, genauso wenig wie nach Hause. Ein wenig Geld hatte er noch in der Tasche …

Einige Stunden später stand Louis angetrunken, fiebrig und mit einem unangenehmen Kratzen im Hals wieder vor Miss Kates Etablissement. Er wollte wissen, ob wahr war, was Mary gesagt hatte. Wollte mit Miss Kate reden, mehr über ihr Leben hören. Wollte sich von ihr ablenken, sich trösten lassen. Vor allem aber wollte er sie sehen. Sein Herz pochte schnell und hart. Der Türsteher wollte ihn jedoch nicht einlassen.

»Hast du heute Geld?«

»Nnnein … Sie kennen mich doch! Ich war gestern hier, mit Miss Kate – daran müssen Sie sich doch erinnern!« Der Kerl ließ einige zylinderbehütete Herren ein und schlug Louis die Tür vor der Nase zu. Ungehalten hämmerte Louis gegen die Tür. »Rufen Sie Miss Kate! Sie wird mich einlassen!«

Einige Minuten später öffnete sich die Tür. Kate sah ihn an. »Was machst du hier für einen Radau? Du hast kein Geld. Dann wirst du hier auch nicht eingelassen. Du hast mir auf Greyfriars geholfen, ich habe dir eine Nacht geschenkt. Wir sind quitt.« Sie machte auf dem Absatz ihrer hohen Stiefeletten kehrt, sah ihn dann noch einmal über die Schulter an. »Wenn du es dir leisten kannst, darfst du mein Etablissement natürlich gern wieder aufsuchen, Samtjacke. Aber nur dann. *Haste ye back.*«

Direkt nach ihrem Abschiedsgruß fiel die Tür zu und trennte Louis von Musik, Gesang und guter Laune. Als er erneut um Einlass bat, versetzte der Türsteher ihm einen Stoß und drohte ihm Schläge an. Taumelnd lief Louis davon, dann ließ er sich in einer Gasse auf den Boden fallen.

Im Schatten der Glencorse Kirk wartete Louis darauf, dass die Friedhofsbesucher gingen. Langsam und suchend schritt er durch die Gräberreihen. Neben einem schlichten Holzkreuz ließ er sich schließlich auf die Erde sinken. Jeannie war neben ihrer Mutter begraben worden. Tränen strömten über sein Gesicht. Er weinte um ein Leben, das viel zu früh zu Ende gewesen war. Um eine Stimme, die so jäh verstummt war. Jeannie hatte an ihn geglaubt. Sie hatte ihn ermutigt. Er war es ihr schuldig, dass er jetzt darum kämpfte. Dass er sein Licht auch für sie leuchten ließ. Mit dem Ärmel wischte er sich die Tränen ab, dann legte er eine Distel und eine Feder auf das Grab und ging.

In gelöster Stimmung liefen sie am Ufer des Forth entlang zum Haus von Louis' Onkel George Balfour, Louis und Bob vorweg, Ferrier, Baxter und Simpson hinterher. Es war Herbst, und dass sein Freund und Cousin Bob für ein paar Tage in Edinburgh war, war eine willkommene Überraschung. Obgleich sie einander so lange nicht gesehen hatten, obgleich Bob sich verändert hatte – auch äußerlich: er sah nun wie ein richtiger Pariser Bohemien aus –, waren sie einander zu Louis' Erleichterung nicht fremd geworden. Allerdings hatte Louis über seine Erlebnisse in Miss Kates Etablissement und Jeannies Schicksal bisher nur Andeutungen gemacht.

»Das ist so typisch: Edinburgh hat das Rattenbeißen, Paris den Cancan! Ich sage dir: *Das* ist angemessene, wenn auch etwas frivole Unterhaltung für junge Männer wie uns! Das Leben in Paris ist so frei!«, schwärmte Bob. »In der Künstlerszene gibt es keine Muffe. Die Frauen genießen ihre Kunst, ihre Freiheit – und die Männer!«

»Du sprichst wie ein Kenner. Aber du vergisst, dass es auch hier genügend Frauen gibt, die die Männer genießen und sich nicht um Konventionen scheren.« Baxter lächelte versonnen.

Simpson trat einen Stein zur Seite. »Ihr habt wenigstens Zeit für derartige Vergnügungen. Ich trage derweil die Verantwortung für meine Familie.«

»Außerdem muss man bereit sein, den Preis dafür zu zahlen.« Ferriers Worte blieben unkommentiert. Sie alle wussten, worauf er anspielte, schließlich litt sein Vater an einer gravierenden Geschlechtskrankheit, die er sich anscheinend bei einer Dirne zugezogen hatte. »Andererseits: *Die höchste Form des Glücks ist ein Leben mit einem gewissen Grad an Verrücktheit*, sagte Erasmus von Rotterdam.«

»Und verrückt können wir alle sein, oder? Was sind das denn für Trauermienen? Ich dachte, wir machen einen lustigen Ausflug! Wer zuerst am Anleger ist!«, rief Baxter und lief los. Die Freunde rannten hinterher.

Kurz darauf paddelten sie mit geliehenen Kanus über den Meeresarm, alberten herum, spritzten sich nass. Sie legten auf der Cramond-Insel an, wanderten zu den Relikten aus piktischer und römischer Zeit und ließen eine Flasche Rotwein herumgehen, die Ferrier mitgebracht hatte. Louis erzählte von einer Gruselgeschichte, die er auf Cramond spielen lassen wollte.

»Das hört sich schön unheimlich an. Eve und ihre Freundinnen würden sich sicher herrlich gruseln. Du solltest sie unbedingt aufschreiben«, meinte Simpson.

»Das werde ich. Was mich zu meinem Problem zurückbringt: Ich weiß nicht, wie ich meinen Eltern meinen Entschluss beibringen soll«, sagte Louis nachdenklich.

»Dir wird schon was einfallen! Es muss!«, rief Bob. »Wir müssen uns frei machen von dem, was uns unsere Eltern beigebracht haben! Wie sollen wir uns finden, wie unseren eigenen Stil finden, unsere Wünsche und Ziele entdecken? Hier ist alles so eng, so kleinkariert! Wie eingeschnürt fühlt man sich. Und dieser Glaube! Hat er meinem Vater geholfen? Nein, er hat ihm das Leben schwerer gemacht! Wenn ich an den Priester denke, der gegenüber von uns wohnt und von dem jeder weiß, dass er die Witwen aus der Gemeinde nur zu gern tröstet – und zwar auf eine Art und Weise, die Baudelaire nicht besser hätte beschreiben können, durch und durch fleischlich, durch und durch verderbt ... Und doch spielt er sich als moralische Instanz auf, macht allen anderen das Leben schwer! Das ist doch alles Heuchelei!«

Louis seufzte. Bob sprach ihm wie so oft aus der Seele. »Edinburgh ist die Stadt der zwei Gesichter, die Stadt der Heuchelei. Es ist an uns, den Bann zu durchbrechen, zu dem zu stehen, was wir sind«, stimmte er zu.

Louis ließ sich von dem Gespräch mitreißen, und als sie in die Stadt zurückkehrten, war er entschlossen, gleich morgen das Studium hinzuschmeißen, die Arbeit im Ingenieurbüro sein zu lassen und seinen Eltern zu sagen, dass er die Heuchelei in der Kirche nicht mehr ertrug.

Als er am nächsten Tag jedoch in die erwartungsvollen, liebenden Augen seiner Eltern blickte, brachte er es nicht übers Herz, sie zu enttäuschen.

35

Die Reise zu einer Hochzeit im Familienkreis verschaffte Louis eine kurze Verschnaufpause vom Alltag und der widrigen Witterung. Doch kaum war er wieder in Edinburgh, waren seine Probleme so präsent wie zuvor. Auf der Suche nach Rat machte er sich bei der ersten Gelegenheit auf den Weg in die Fettes Row. Er betätigte den Messingklopfer des Wohnhauses, und sogleich wurde geöffnet.

»Sie sind früh, Stevenson«, begrüßte Professor Jenkin ihn. »Anne ist noch nicht so weit. Sie hat eine Überraschung vorbereitet, die unsere Diskussion über die Auswahl eines Theaterstückes beeinflussen dürfte.«

»Eine Rezitation?«

»Es ist mir nicht erlaubt, dies zu verraten«, sagte Jenkin lächelnd. »Sie müssen mir von Ihrem Aufenthalt auf Erraid berichten.«

Louis fasste knapp und sachlich die Ereignisse zusammen. »Der Arbeiter, der den Unfall erlitten hat, hat sich inzwischen wieder erholt. Mein Vater suchte ihn an seinem Krankenlager auf, doch als er ihn betrunken antraf, bekam dieser Cameron zu der Verletzung auch noch eine Gardinenpredigt.«

Jenkin lachte und schenkte zwei Fingerbreit Whiskey in zwei Gläser ein, reichte Louis eines davon und stieß mit ihm an. »Das kann ich mir vorstellen. Alkohol und Bauarbeiten sind eine gefährliche, manchmal tödliche Kombination. Haben Sie sich inzwischen Gedanken über das Thema Ihrer Hausarbeit gemacht?«

Louis spürte der rauchigen Note des Getränks nach. »Ehrlich gesagt, bin ich nicht sicher, ob der Beruf des Ingenieurs das Richtige für mich ist. Ob ich der Richtige für diesen Beruf bin«, brachte er schließlich nervös hervor.

»Wie kommen Sie darauf? Sie bringen alle Voraussetzungen mit, die ein Ingenieur braucht. Selbstverständlich kann man nicht alles von Anfang an können. Keiner ist als Meister geboren. Jeder muss lernen, so wie Sie lernen müssen. Jeder muss sich durchbeißen.«

»Ich arbeite an diversen Manuskripten. Auch plane ich einen Bericht über den Bau des Dubh Artach. Das Schreiben ist es ...«

Bevor Louis den Satz beenden konnten, stürzten Jenkins Söhne herein und baten ihn um Hilfe bei ihrem aktuellen Bauvorhaben. Jenkin entschuldigte sich kurz, kehrte aber alsbald zurück.

Er sah Louis fest in die Augen. »Das Schreiben ist kein Beruf, der eine Familie ernährt, glauben Sie mir. Sie lieben das Reisen, Sie lieben die Frauen, Sie lieben Kinder – das sehe ich. Für all das braucht man ein Auskommen. Man braucht einen Beruf. Eine gute Stellung. Ich habe selbst erlebt, wie es ist, nicht genügend Geld zu haben, von anderen abhängig zu sein. Keine angenehme Existenz. Außerdem lieben Sie Ihre Eltern, so schwer sie es Ihnen auch machen, sich abzunabeln. Wollen Sie diese beiden Menschen wirklich derart enttäuschen?«

Bedächtig zündete sich Jenkin eine Pfeife an, dann schenkte er sich und Louis Whiskey nach. Die Dienstmädchen brachten Silbertabletts mit einem Imbiss, gleich würden die Gäste eintreffen. Jenkin paffte, dann sah er Louis noch einmal in die Augen. »Wenn Sie mich fragen: Schließen Sie Ihr Studium ab. Dann haben Sie einen Beruf, mit dem Sie Geld verdienen können, und Ihre Eltern sind beruhigt. Schreiben können Sie auch nebenbei. Sehen Sie mich an. Nicht dass ich das beste Vorbild wäre!« Jenkin lachte laut und voller Selbstironie.

Louis sah dem Rauch nach, der aus Professor Jenkins Pfeife der stuckverzierten Decke entgegenströmte. Seine irrationale Hoffnung, Jenkin würde ihm raten, sein Studium hinzuschmeißen und seiner Leidenschaft zu folgen, war verflogen. Wahrscheinlich war er einfach zu naiv. »Dann werde ich mich in meiner Hausarbeit mit der aktuellen Leuchtturmtechnik beschäftigen. Ich dachte daran, neuartige Lichttechniken aufzugreifen«, sagte Louis bemüht gleichgültig, obwohl er sich niedergeschmettert fühlte.

»Eine gute Wahl.«

Am Abendbrottisch berichtete Louis seinem Vater, für welches Hausarbeitsthema er sich entschieden hatte.

Tom schob das Kinn vor, sein Zeigefinger klopfte auf die Tischplatte. »Du willst dich also der Erforschung des Lichts widmen?«, fragte er, wirkte jedoch wenig begeistert.

Maggie schien die unterschwellige Kritik wahrzunehmen, legte die Hand auf die ihres Gatten und lächelte ihn an. »Das scheint mir eine ausgezeichnete Idee zu sein. Du und Alan, ihr habt in diesem Bereich Bahnbrechendes geleistet. Wenn Lou nun in deine Fußstapfen tritt, ist das eine ausgezeichnete Entscheidung. So wirkt es zumindest auf mich, Liebling«, setzte sie schnell hinzu.

»Sicher. Auch diesbezüglich verfügen wir Stevensons über eine weit reichende Expertise. Ich hatte lediglich erwartet, dass du dein Thema vorher mit mir absprechen würdest, Lou.«

»Professor Jenkin sprach mich darauf an, und so war das Thema schneller festgelegt, als ich es erwartet hätte«, sagte Louis vorsichtig. Er war überhaupt nicht auf die Idee gekommen, mit seinem Vater über das Thema zu diskutieren. Ohnehin hatte er sich bislang sehr wenig mit seiner Hausarbeit beschäftigt …

»Nun, wir können im Büro die Liste der Publikationen und unsere Akten durchgehen, auf die du dich stützen kannst. Du kannst mir dann demnächst die Gliederung deiner Hausarbeit vorlegen.«

Als Louis sich endlich von seinen Verpflichtungen frei machen konnte, saßen seine Freunde bereits in der Bibliothek der Spec, tranken den ausgezeichneten Kaffee aus der modernen französischen Kaffeemaschine, die Guthrie organisiert hatte, und diskutierten. Für ein paar Atemzüge fühlte Louis sich ausgeschlossen. Was hatten sie ohne ihn so angeregt zu besprechen?

»Da bist du ja! Wir haben schon auf dich gewartet! Setz dich!«, rief Brown und sah grinsend zu Ferrier. »Willst du es ihm sagen?«

Louis ließ sich auf einen Sessel fallen, beugte sich vor und stützte die Ellbogen auf die Knie. »Was sagen?« Ferrier zündete seine Pfeife in aller Seelenruhe an, und Louis rutschte noch ein Stück weiter vor. »Nun mach es nicht so spannend!«

»Wir planen, ein neues Universitätsmagazin auf den Markt zu bringen, Brown, Omond und ich. Wir haben bereits einige Honoratioren wie Professor Blackie oder Doktor Bell für Gastartikel gewinnen können. Dich möchten wir als Herausgeber und Autor dabeihaben.«

Louis konnte sein Glück kaum fassen. Er sprang auf und rüttelte seinen Freund an den Schultern. »Was für ein grandioser Vorschlag! Natürlich bin ich dabei! Was für eine Ehre!«

»Es gibt allerdings einen Haken.« Brown nippte an seinem Kaffee.

»Was es auch ist – ich werde damit klarkommen!«

»Livingston wird die Zeitschrift drucken und in seiner Buchhandlung verkaufen. Allerdings müssen wir in Vorleistung gehen. Jeder von uns. Dafür teilen wir dann auch den Gewinn.«

Louis schluckte. Er dachte an das wenige Geld, das ihm monatlich zur Verfügung stand und das zumeist schon Anfang des Monats ausgegeben war.

Ferrier lehnte sich zurück und ließ den Rauch durch den halb geöffneten Mund entweichen. »Ich bin sicher, dass dir etwas einfällt, um dieses Problem zu lösen.«

»Auf jeden Fall. Das Geld bekomme ich schon zusammen. Wann legen wir los?«

Louis und Ferrier waren so übermütig, dass Brash ihnen bereits mehrfach böse Blicke zugeworfen hatte, weil sich offenbar einige seiner Gäste gestört fühlten. Den ganzen Nachmittag schon sammelten sie in dem Pub in der Clerk Street Themen für ihr neues Universitätsmagazin.

»Edinburgh ist die Stadt der Aufklärung. Eine Hochburg der Philosophie. Wie wäre es mit einer neuen, typisch Edinburgher Philosophie, wie …«, Ferrier hielt inne, überlegte.

Louis sah aus dem Fenster, an dem Regen bindfädengleich herunterströmte. »… der Philosophie der Regenschirme!«, rief er einer plötzlichen Eingebung folgend. »Das Symbol der weisen Voraussicht und Respektabilität.«

Ferrier kicherte. »Natürlich! Das herausragendste Zeichen unserer Zivilisation!«

»Wer hat die Regenschirme wohl zuerst genutzt, als sie hier eingeführt wurden? Hypochonder vermutlich!«, schlug Louis vor.

»Oder die Geizigen, aus Sorge um ihre Kleidung!« Sofort entbrannte zwischen ihnen ein Wettstreit der Ideen. Als sie bereits mehrere Notizzettel gefüllt hatten und zum nächsten Thema übergegangen waren, kamen auch Baxter, Omond und Brown hinzu.

»Ihr könnt euch nicht vorstellen, was heute im juristischen Seminar los war!« Baxter ließ sich auf einen Stuhl fallen, der gefährlich unter ihm ächzte. Sein Ale trank er in einem Zug aus. »Es ist, als wollten die Professoren uns unter Paragrafen begraben!«

Als alle von den Erlebnissen des Tages berichtet und sich ein wenig beruhigt hatten, konnte Louis endlich die Themen aufzählen, die Ferrier und er für die Universitätszeitschrift zusammengetragen hatten. Seine Freunde waren begeistert, und sie teilten die geplanten Artikel unter sich auf.

Bereits einige Abende später trug Louis seinen Freunden seinen Text über die Philosophie der Regenschirme vor. Das Thema hatte ihn derart beflügelt, dass er kaum geschlafen hatte, um stattdessen schreiben zu können. Auch Drucker Livingston war anwesend; er lachte während Louis' Vortrag, bis ihm die Tränen die Wangen hinabliefen. »Was für ein herrlicher Nonsens! Ich sehe schon, ihr seid würdige Nachfolger der Quatschköpfe, die die Universitätszeitschrift früher gestaltet haben! Dafür habt ihr eine Runde verdient!«

Er bestellte Getränke, und unter dem Jubel der Freunde stießen sie kurz darauf an. Selig sah Louis in die Runde. Was für ein Geschenk, dass er diese Freunde hatte, dass er diese neue Aufgabe gefunden hatte! Was für eine Freude ihm das Schreiben bereitete! Den Gedanken an seinen Vater schob er weg. Tom würde gar nicht begeistert darüber sein, mit welchem Unfug er sich beschäftigte, und sosehr er es auch vor ihm zu verbergen versuchte: Irgendwann würde Tom ganz sicher ein Exemplar der neuen Universitätszeitschrift in die Finger bekommen.

Die Landschaft glich einem Scherenschnitt aus weißen Eisflächen, Schnee und davon abgesetzt kahlen Ästen und Stämmen der Bäume sowie der eleganten Silhouetten der Schlittschuhläufer. Louis beschleunigte seine Schritte, um die Kälte aus seinen Gliedern zu vertreiben und weil er es kaum erwarten konnte, selbst Kufen unter seine Schuhe zu schnallen und loszufahren. Etliche Freunde und Bekannte hatte er bereits entdeckt, auch Fleeming Jenkin, der den Arm um seine Gattin gelegt hatte und elegant mit ihr über das Eis glitt. Warum wunderte es ihn nicht, dass der Professor auch auf diesem Gebiet ein Ass war? Ein Stück weiter tobten die Söhne der Jenkins neben den Curlingspielern herum. Ganz Edinburgh schien sich an dem herrlichen Wintertag zum Duddingston Loch aufgemacht zu haben, einem südlich von Stadt und Holyrood-Park gelegenen See. Um die Verkaufsbuden und die in der Nähe gelegene Taverne *The Sheep's Heid* herum drängten sich die Menschen.

»Hoffentlich blamieren wir uns nicht«, murmelte Louis, musste aber sogleich husten, denn die Kälte kratzte in seinem Hals und stach in seine Gehörgänge.

»Blamieren können wir uns immer – warum sollte uns das davon abhalten, Spaß zu haben? Was schert uns, was die anderen denken?« Baxter setzte sich auf die von vielen Hintern blank geschubberte Eisfläche am Ufer und schnürte die Kufen an seine Schuhe. »Ich gedenke zumindest Bella Figura zu machen. Wie auf dem Gemälde von Sir Henry Raeburn.« Er grinste.

Louis unterdrückte ein Seufzen. Erstaunlich, dass Baxter das Gemälde kannte, das angeblich ab und zu bei Treffen des Schlittschuhclubs der Stadt zu sehen war. »Der schlittschuhlaufende Seelsorger, was? Darunter geht es wohl nicht?«

Baxter machte einige elegante Schritte auf dem Eis. »Sollte man sich nicht immer am Bestmöglichen orientieren?«

Als Louis sich eine halbe Stunde später endlich einigermaßen sicher auf seinen Schlittschuhen fühlte, glitt er wie beiläufig an Professor Jenkin und seiner Frau vorbei und grüßte sie.

»Kommen Sie gut mit Ihrer Hausarbeit voran, Stevenson?«,

sprach Jenkin ihn sofort an, während seine Gattin zu ihren Söhnen lief, die anscheinend gerade versuchten, mit den Spitzenhacken der Kufen ein Loch in das Eis zu hämmern.

»Ich kann nicht klagen. Im Büro meines Vaters und meines Onkels gibt es mehr Material, als ich verwenden kann.«

»Habe ich es Ihnen nicht gesagt!« Vergnügt drehte Jenkin eine Pirouette.

»Meine Hochachtung! Sie sind auch auf diesem Gebiet ein Meister, scheint mir«, sagte Louis, der nach wie vor in Kurven aufpassen musste, dass sich seine Füße nicht verhakten.

»Reine Mathematik! Jedweder Tanz kann berechnet werden. Der Rest ist Körperbeherrschung. Ich habe in den Ferien sogar einige Highlandtänze gelernt!«

Louis lächelte schief. Das klang einfacher, als es war. Hatte er vielleicht auch mit dem Schlittschuhlaufen Probleme, weil Mathematik nicht sein Lieblingsfach war? Er verkniff sich eine dahingehende Bemerkung und bemühte sich, sein Zähneklappern zu unterdrücken. Lange würde er die Kälte nicht mehr aushalten. »Ich frage mich, wie es mit meiner Teilnahme an den Theaterproben weitergehen wird, wenn ich mein Studium abgeschlossen habe«, brachte er schließlich heraus.

Jenkin zögerte keine Sekunde. »Sie bleiben natürlich dabei!« Seine Frau kam hinzu, ihre Söhne hinter sich herziehend. »Der junge Stevenson fragt doch tatsächlich, ob er unsere Theatergruppe verlassen muss, wenn er nicht mehr mein Student ist!«

Anne Jenkin strahlte Louis an. »Wie könnten wir auf dich verzichten? Freund bleibt Freund. Außerdem wollen wir doch noch dein Schauspieltalent erproben.« Ihre Worte wärmten Louis mehr, als es jeder Aufenthalt am Feuerkorb könnte. Anne wandte sie sich an ihren Mann. »Du musst jetzt die Dampflokomotive spielen, mir geht die Kohle aus, bei der Schwerlast, die ich hinter mir herziehen muss.« Sie nickte Louis noch einmal zu: »Wir sehen uns!«

Wenig später war der Schlittschuhzug der Jenkins im Gewühl der Eiskunstläufer verschwunden. Louis war in Hochstimmung. *Freund*, sie hatten ihn einen *Freund* genannt! Er glitt zu Baxter, der sich gerade mit einigen anderen Studenten im Rückwärtsfahren übte, und gemeinsam liefen sie zu einer der Buden, um sich mit einem heißen Getränk zu stärken. *Café au Lait – mit oder ohne Milch*, bot ein Schild in geschwungener Schrift an. Baxter, Louis und ein anderer Student tauschten Blicke und brachen sofort in albernes Kichern aus.

»Einen Café au Lait, aber bitte ohne Milch«, bestellte Louis, und bei dem verständnislosen Blick der Bedienung überfiel sie erneut ein Lachanfall.

Die vielen Stunden auf dem Eis forderten ihren Tribut, und in den nächsten Tagen fesselte Louis erneut eine Erkältung ans Bett. Als er ins Büro zurückkehrte, fand er auf seinem Platz etliche Unterlagen und Aufgaben. Da Louis unklar war, was er damit anfangen sollte, ging er zu Tom.

»Wenn du nach den Prüfungen in unser Büro eintrittst, musst du wissen, welche aktuellen Aufgaben anstehen, damit du uns nahtlos unterstützen kannst«, erklärte sein Vater. »Ich erwarte daher von dir, dass du die Unterlagen studierst.«

Noch mehr Aufgaben neben denen, die er ohnehin für sein Studium erledigen musste? »Wäre es nicht besser, wenn ich mich zunächst ganz auf meine Hausarbeit konzentrieren würde?«, fragte Louis vorsichtig. Ganz abgesehen davon, dass er nicht daran dachte, in das Ingenieurbüro einzusteigen. Nicht daran dachte, in die Fußstapfen seines Vaters zu treten. Er wusste nur immer noch nicht, wie er das seinem Vater beibringen sollte. Das Unausgesprochene lag schwer auf seiner Seele, vergällte ihm jedes Gespräch, jedes Essen, inzwischen beinahe jeden Moment. War jetzt vielleicht die richtige Gelegenheit?

»Papa, ich wollte ...«

»Du wolltest mir sicherlich von diesem Schund hier erzählen.« Tom öffnete eine Mappe. Darin lagen, zu Louis' Erschrecken, die Kopien seiner Artikel für die Universitätszeitschrift. Hatte sein Vater sie etwa aus seinem Zimmer geholt? Was hatte er beim Herumstöbern noch gefunden?

Plötzliche Sorge, scharf wie Nadelstiche. Vermutlich nicht die Ausgabe von Baudelaires Gedichten, die er so sorgfältig versteckt hatte – sonst würde es ein riesiges Donnerwetter geben.

»Mir scheint, du hast noch viel zu viel freie Zeit, wenn du dich diesem Unfug widmen kannst. Ich erwarte, dass du dich mit vollem Einsatz an diese Aufgaben und deine Hausarbeit machst«, sagte Tom ungerührt.

Die nächsten Wochen rasten wie ein Lauffeuer dahin. Arbeit an der Universität und im Büro. Schreiben eigener Texte. Durchwachte Nächte, Schlaflosigkeit. Wein, Whiskey und Rauchmittel jedweder Art, um sich aufzuputschen oder runterzubringen. Mit seinen Freunden trieb er sich in Tavernen herum, diskutierte stundenlang im Obergeschoss von Rutherford's oder bei Brash über das Studium, neue Artikel für die Universitätszeitschrift oder das Leben an sich. Allein um Miss Kates Etablissement schlug Louis einen Bogen.

Seine Eltern schienen von seinen Eskapaden nichts mitzubekommen oder wollten davon schlicht nichts wissen. Solange Louis seinen Pflichten nachkam und sonntags in die Kirche ging, war der Schein gewahrt. Auch heute würde er das Abendessen mit seinen Eltern einnehmen, anschließend mit seinem Vater eine Pfeife im Salon rauchen, und erst dann das Haus noch einmal verlassen, um endlich ein paar Stunden lang zu tun, was ihm Spaß machte.

»Es ist ein Brief für Sie abgegeben worden, Master Lou«,

begrüßte Cummy ihn. Sie würde mit seinem Studienabschluss das Haus verlassen, und sosehr Louis sie auch schätzte, wurde das auch Zeit. Für seine ehemalige Krankenschwester würde er immer ein kleiner Junge bleiben.

Louis drehte den Brief in den Fingern. Er roch blumig, als habe eine Frau ihn geschrieben. Aber wer? Zwei Stufen auf einmal nehmend, lief er ins Obergeschoss in sein Zimmer. »Das Essen ist gleich fertig, Master Lou. Vergessen Sie nicht, die Hände zu waschen!«, rief Cummy ihm nach.

So gespannt war er auf den Brief, dass er sich über die unangemessene Mahnung nicht einmal ärgerte. Mit dem Briefmesser schlitzte er den Umschlag auf. Geblümtes Papier, geschmacklos, aber sicher nicht billig.

Lieber Louis,
ich bedaure, wie wir auseinandergegangen sind. Umso mehr, weil es mir nicht gut geht. Ich bin bei Miss Kate rausgeflogen und wieder bei meiner alten Vermieterin untergeschlüpft, wo ich krank im Bett liege. Aber auch sie droht, mich auf die Straße zu setzen. Meine Tante lässt mich hängen. Deshalb schreibe ich Dir…

Als Louis nach dem Abendessen das Haus verließ, hingen dicke Nebelschwaden über der Stadt. Das Elend von Old Town blieb ihm dennoch nicht verborgen, was vor allem an den Bettelkindern lag, die barfuß herumliefen und in ihren Lumpen der klammen Kälte nichts entgegenzusetzen hatten. Aber Louis hatte beim besten Willen keine Almosen übrig.

Die Hauswirtin ließ ihn ein. »Sie ist oben. Aber nicht mehr lange, wenn sie nicht bald zahlt. Oder übernehmen Sie die Miete?« Stumm schüttelte Louis den Kopf, lief eilig weiter. »Ich will nicht, dass sie in diesem Haus verreckt! Sagen Sie ihr das!«, rief die Hauswirtin ihm nach.

Der Geruch von Krankheit lag in der Luft, als Louis die knarrende Treppe zum Dachboden emporstieg. Er klopfte. Eine magere Frau, die er noch nie gesehen hatte, öffnete. Er fragte nach Mary. Sie ließ ihn ein und verschwand wortlos. Da sah er sie. Mary lag auf dem schmutzigen Stroh, das seit seinem letzten Besuch wahrscheinlich nicht gewechselt worden war. Sie war blass, ihr Gesicht eingefallen, und die Haare klebten an ihrem Schädel. Ihre Zähne schlugen leise aufeinander. Sie hatte ihr ausgeblichenes Schultertuch über sich gebreitet, doch der Stoff hing in Fetzen und vermochte wohl nicht, sie zu wärmen.

»Was ist dir geschehen? Wie kann ich helfen?« Louis kippte aus der Tasche, was er in der Heriot Row unauffällig hatte zusammenraffen können: einige Medikamente, etwas Toastbrot und Käse, eine halbe Flasche Brandy. Er flößte Mary abwechselnd Medikamente und Brandy ein und zwang sie, etwas zu essen.

»Geht mir schon länger nicht gut. Und dann, bei der Kontrolle …«, brachte sie langsam und so leise hervor, dass er sich vorbeugen musste.

»Was für eine Kontrolle?«

»Seit den neuen Gesetzen werden Prostituierte gesundheitlich untersucht. Es heißt zwar, es ist hier nicht so schlimm wie in England, aber dennoch … Die Polizisten lauern uns auf. Sie verhaften uns, wenn sie uns verdächtigen. Sie zwingen uns zu der Untersuchung. Es ist wirklich … entwürdigend.« Mary stockte, fasste sich dann wieder. »Sie haben gesagt, ich habe eine Geschlechtskrankheit … vielleicht …« Sie stieß hart die Luft aus. Es fiel ihr sichtlich schwer fortzufahren. »Und vermutlich haben sie recht. Ich spüre ja selbst, dass etwas nicht stimmt. Ein Freier hat mich angesteckt. Ich hab gesehen … dass er Ausschlag hatte und … Aber dann …«

Besorgt fragte Louis sich, ob er sich wohl ebenfalls angesteckt hatte. Was für eine erneute Schande wäre das! Nie würde er es seinen Eltern gestehen können! Er schüttelte sich unwillkürlich. Wieder dachte er nur an sich! »Hat er dich gezwungen?«

Sie kniff beschämt die Augen zusammen. »Mit Geld gezwungen, wenn das auch zählt. Aber wenn man nichts hat ... Kurz danach fing's an. Miss Kate hat davon gehört und mich rauswerfen lassen, die Schlampe. Ich würde ... ihr Haus in Verruf bringen. Als ob ich die Einzige wäre ...« Sie stieß verächtlich die Luft aus.

Louis musste über ihre Ausdrucksweise und vor Erleichterung lachen; es schien ihr zumindest ein wenig besser zu gehen. »Wirst du medizinisch versorgt?«

»Ich habe ein paar Pillen genommen, ja. Es wird wohl auch besser. Aber ich ... wollte zu keinem Arzt. Hab oft genug gehört, wie die unsereins anschauen. Wenn es wenigstens weibliche Ärzte gäbe! Ich bin ja für die Edinburgh Sieben«, setzte sie kämpferischer hinzu. Ihre Zunge war schwer geworden, dennoch bat sie noch einmal um die Brandyflasche.

Louis nickte und reichte sie ihr. Auch er hatte schon von den Frauen gehört, die seit einigen Jahren darum kämpften, gleichberechtigt Medizin studieren zu dürfen, und dafür von vielen männlichen Studenten beschimpft und angegriffen wurden. Louis hatte sich bislang für neutral gehalten, aber wenn er die Angelegenheit aus Marys Sicht betrachtete, konnte er ihr Bedürfnis nachvollziehen.

»Wie soll ich denn jetzt je ... Wie soll ich das Geld zusammenkriegen für ... Ich wünschte so sehr ... ein neues Leben in ... Amerika ...« Mary ließ den Kopf auf das stinkende Stroh zurücksinken.

Louis fröstelte. Selbst wenn man nicht krank war, hier würde man es werden. »Ich wusste nichts von deinen Plänen.«

»Was weißt du schon?« Mary bäumte sich unvermittelt auf,

schluchzte. »Ich will nicht in diesem Loch sterben. Weiß nicht, was ich machen soll. Weiß nicht, wohin.«

Ihm kam eine Idee. »Ich schon.«

Mit heißem Kopf und laufender Nase stand Louis vor seinem Vater. Tom wog die Papiere in der Hand. »Das wird nicht reichen, um Professor Jenkin zufriedenzustellen. Du bist ein Stevenson, du musst Besseres leisten.«

Diese vielen Erwartungen, diese Hoffnungen! Er musste es ihm sagen, er musste gestehen … Wenn nur sein Kopf sich nicht so wattig anfühlen würde. Ob er sich doch angesteckt hatte? Bei Mary vielleicht? Oder im Magdalenen-Asyl, wohin er sie gebracht hatte? »Papa, das Ingenieurstudium … Nach meinem Abschluss, ich werde –«

»Ich werde dich im Depot in Granton ankündigen. Dort kannst du dir die Lichttechnik vor Ort anschauen.« Tom gab Louis die Papiere zurück und erhob sich. »Wir sehen uns anschließend im Büro.«

36

ENDE MÄRZ 1871

Schnellen Schrittes marschierte Louis auf das säulengeschmückte Gebäude der Royal Scottish Academy zu. Seine Eltern gingen gemessen hinter ihm. »Du läufst ja, als ob du es kaum erwarten könntest! Dieser Eifer!«, rief seine Mutter und lachte hell. Dass er seine Hausarbeit und weitere Universitätspapiere fertiggestellt hatte, hatte im Hause Stevenson für Zufriedenheit gesorgt. Auch Louis fühlte sich besser, seit er sich weniger zu betäuben versuchte. Er brauchte keine Drogen, das war ihm jetzt klar. Seine Fantasie war es, was ihn aufputschte, was seinem Gehirn zu Höhenflügen verhalf. Er hatte in den letzten Tagen und Wochen viel geschrieben, und seine Freunde und Bekannten hatten seine Texte gefeiert. Auch das trieb ihn an. Inzwischen wollte er das Studium einfach nur noch hinter sich bringen. Danach würde er für Klarheit sorgen, endlich die Wahrheit sagen.

In dem Gebäude der Academy herrschte eine feierliche Stimmung. Dezent in Schwarz gekleidete Herren unterhielten sich gedämpft. Sein Vater schüttelte links und rechts Hände, wurde überall respektvoll willkommen geheißen. Nicht wenige sprachen ihn auf aktuelle Bauvorhaben an, auf die von ihm entwickelten meteorologischen Instrumente oder seine Forschungen zu Wellen und Wetter, die er mehrfach in der Königlichen Gesellschaft präsentiert hatte. Stolz verkündete Tom, dass heute sein Sohn seine Schrift *Über eine neue Form des intermittierenden Lichts für Leuchttürme* vorstellen werde.

Louis straffte sich und nickte gewichtig. Hatte er dies hinter sich gebracht, hatte er alles erledigt, was sein Studium von ihm verlange. Er könnte dieses Kapitel seines Lebens erhobenen Hauptes abschließen – und sich sodann dem wahren Leben zuwenden.

Für einen Augenblick schnürte ihm der Gedanke daran, dass außer seinen Freunden noch immer niemand davon wusste, die Luft ab. Er hustete, presste sich ein Taschentuch an die Lippen. Seit Wochen war er nicht ganz gesund, hatte sich zum Weitermachen gezwungen.

Besorgt musterten ihn seine Eltern. Dann öffneten Diener die Türen des Saals.

Ein Hustenkrampf schüttelte ihn, sein Kopf war heiß, und um seine Brust war ein Senfwickel gebunden, ganz so, als wäre er ein Kind. Seine Mutter und Cummy saßen an seinem Bett. Maggie nahm seine Hände, streichelte sie. »Beruhige dich, Lou, gleich geht es dir besser. Das Medikament wird gleich wirken. Du kannst dich ausruhen. Du hast alles geschafft, kannst stolz auf dich sein, wie wir es sind. Sie werden deine Hausarbeit mit einer Silbermedaille ehren!«

Der Erfolg freute ihn, wenn auch nach seinem Vortrag hinter seinem Rücken unüberhörbar darüber getuschelt worden war, dass sein Vater ihm bei der Niederschrift sicherlich geholfen habe. Sogar während des Ausflugs zum Abschluss des Ingenieurskurses nach Glasgow und des Abendessens, das er zu Ehren von Professor Jenkin hatte geben dürfen, hatte er sich blöde Sprüche anhören müssen. Aber dieser Lebensabschnitt war nun vorbei.

Louis versuchte, sich aufzurichten. Jetzt musste endlich die Wahrheit heraus. Vor allem wollte er gesund werden, wollte leben, nicht in einem Büro oder gar dem Krankenbett versauern.

Ein Hustenkrampf schüttelte ihn. Plötzlich schoss etwas

warm seinen Hals hoch, füllte dick und ekelerregend seinen Mund. Er konnte es nicht aufhalten, sosehr er auch die Lippen zusammenpresste. Wieder verkrampfte er, dann platzten seine Lippen auseinander, und ein hellroter Schwall Blut ergoss sich auf die weißen Laken. Er hörte noch ein Kreischen, dann schwanden ihm die Sinne.

Aschfahl war das Gesicht seiner Mutter, als er erwachte. »Cummy, schick nach Tom, Lou ist wach. Gott sei es gedankt! Oh, Smout!« Maggie fiel ihm in die Arme, klammerte sich an ihn, das Gesicht tränennass.

Verwirrt über so viel Körperlichkeit, tätschelte Louis ihren Rücken. »Es ist schon gut. Es geht mir besser, Mama.« Erleichtert spürte er, dass es stimmte. Er versuchte, sich zu erinnern, was geschehen war, abzuschätzen, wie lange er geschlafen hatte.

Maggie löste sich, faltete die Hände und richtete die Augen gen Himmel. »Ich danke dir, o Gott!«

Die Geste kam Louis theatralisch vor. Gleichzeitig hatte auch ihn das viele Blut erschreckt. Er wusste, was es bedeutete: ein Blutsturz, der Anfang vom Ende. Wenn er noch das Leben führen wollte, von dem er träumte, dann musste er es *jetzt* tun. Denn es war nicht unwahrscheinlich, dass er wie seine dichtenden Namensvetter und Vorbilder Robert Fergusson und Robert Burns jung sterben würde.

»Ich will kein Ingenieur werden. Ich will nicht in Vaters Fußstapfen treten. Ich will nicht in die Firma eintreten. Ich will Autor werden, Schriftsteller, von mir aus Journalist«, sagte er.

Liebevoll, vielleicht ein wenig nachsichtig, sah sie ihn an. »Ich weiß, Lou. Du könntest ein großartiger Schriftsteller werden. Aber ob du damit eine Familie –«

»Weiß ich, ob ich nach diesem Besuch von Bluidy Jack je eine Familie haben werde?«, ging er scharf dazwischen. Sogleich mäßigte er seinen Ton. »Verzeih, Mama. Es ist nur …

Auch körperlich bin ich für die Arbeit eines Ingenieurs nicht geschaffen. Früher oder später würde es mir wie dem armen Onkel Alan gehen.«

»Das würden wir nicht wollen«, sagte Maggie matt. Sie blickte auf ihre gefalteten Hände. »Ich weiß nur nicht, wie du es Tom beibringen willst.«

Einige Tage später, als Louis auf dem Weg der Besserung war, ging er mit seinem Vater spazieren. Sie hatten ihren Lieblingsweg zwischen Granton und Cramond eingeschlagen, wo sich der Forth langsam zu einer Reihe malerischer Buchten verengte. Die Kanufahrten mit seinen Freunden und deren Besuche an seinem Krankenbett kamen Louis in den Sinn und machten ihm Mut. Es gab Menschen, die ihn schätzten, wie er war – egal, was er leistete. Ohnehin war er endlich einmal zufrieden mit sich. Mit klarerem Kopf und ohne den Druck der Hausarbeit hatte er einige, wie er fand, gelungene Gedichte und Texte verfasst, auch für die Universitätszeitschrift.

Tom und er blieben stehen und holten aus, um Stöckchen für ihre Skye Terrier zu werfen. Wieder und wieder schmiss Tom das Holz, ungeachtet des Hundesabbers, der die Rinde nässte. Seit dem Schock über den Blutsturz war sein Vater ungewohnt milde.

Louis sammelte sich, atmete tief durch und gestand seinem Vater, was ihm so lange schon auf der Seele lag. Er blieb beim Drängendsten: seiner beruflichen Zukunft. Toms Miene versteinerte, doch er brauste nicht auf. Hatte Maggie ihn vorgewarnt?

»Schriftsteller ist kein Beruf. Damit kannst du kein Geld verdienen. Und wir können dich nicht ein Leben lang finanzieren.«

»Das müsst ihr auch nicht.«

»Wovon willst du dann leben? Willst du etwa am Hungertuch nagen? Du hast es doch gut bei uns! Hättest es gut als Ingenieur, mit unserem Namen, unserem Renommee!« Verständnislosigkeit klang aus Toms Worten. »Wir haben so viel zu tun. Die Fertigstellung des Dubh Artach, der Felsenleuchtturm Chicken Rock vor der Isle of Man. Und die Chinesen möchten, dass wir ihre Leuchtturmwärter ausbilden ...«

»Das haben wir doch schon hundertmal besprochen.« Mit einem Mal fühlte Louis sich schwach, und er war versucht aufzugeben, aber das durfte er nicht, wenn er seine einzige Chance auf Glück nicht vergeben wollte. »Ich habe dir gesagt, dass ich genau das nicht will. Ich habe nicht genug gelernt im Studium, und das, was ich gelernt habe, interessiert mich nicht. Ich will schreiben.«

»Du nimmst meinem Leben den Sinn! Söhne sollen in die Fußstapfen ihrer Väter treten.«

Die Worte schmerzten Louis. »Ich kann es nicht. Ich bin diesem Beruf auch körperlich nicht gewachsen«, sagte er leise.

Tom warf die Hände in die Luft. »Das sind doch Hirngespinste! Selbst ein erfolgreicher Autor wie Sir Walter Scott – und du wirst es kaum zu einem derartigen Ruhm bringen ...«

Louis spürte, dass sein Vater nicht nachgeben würde. »Wenn du es unbedingt willst, werde ich eben Jurist wie Scott«, brach es aus ihm heraus. In letzter Zeit hatte er mit Baxter oft darüber gesprochen, dass der Anwaltsberuf Möglichkeiten bot, Schreiben und Geldverdienen unter einen Hut zu bringen.

Abwägend, mit tief gefurchter Stirn, blickte sein Vater ihn an. Dann lockerten sich die Gesichtszüge etwas. »Ein Advokat?« Vermutlich sah er ihn schon mit Anwaltsrobe und Anwaltsperücke, sah das Messingschild an der Haustür, auf dem *Robert Louis Stevenson, Advokat* stehen würde.

Die Hunde sprangen kläffend heran, ließen die Stöckchen vor ihre Füßen fallen und blickten Tom erwartungsvoll hechelnd an. Nacheinander nahm er die Hölzer auf und schleuderte sie weit von sich. Am Flussufer stob ein Vogelschwarm auf, malte Muster in den Himmel, die Louis am liebsten in seinem Notizbuch festgehalten hätte.

Tom wischte sich die Handflächen an einem Taschentuch ab. »Advokat, wie?« Eine lange Pause.

Louis liebte seinen Vater. Er respektierte ihn und bewunderte ihn für all das, was er geleistet hatte und noch immer leistete. Aber warum konnte Tom ihn nicht ebenso respektieren? Ihn ebenso vorbehaltlos lieben? Aber vielleicht, eines Tages …

Tom hielt Louis die Hand hin. Louis' Brust weitete sich, und er schlug ein. Es war ein Versprechen unter Männern, und Louis ging es ein, obgleich ihm klar war, dass er auch sein zweites Studium und den Beruf des Juristen mit wenig Leidenschaft ergreifen würde. Er würde seine Eltern noch einmal enttäuschen müssen, wenn er das Leben führen wollte, das ihm vorschwebte. Hoffentlich würde er lange genug leben, um seine Träume in die Tat umsetzen zu können. Aber für heute konnte er sich nicht mehr wünschen.

Epilog

Vailima, Samoa, Südsee, November 1894

Gleißendes Licht hüllte ihn ein. Louis lag unbeweglich auf dem warmen Wasser, ließ sich einen Augenblick treiben, von den Wellen gen Himmel heben. Die Erinnerung an die eisigen Fluten von Wick flammte in ihm auf, an den Tag, als er mit Robert Bain in der schottischen See getaucht war. War das wirklich schon über sechsundzwanzig Jahre her? Wer hätte gedacht, dass er bald seinen vierundvierzigsten Geburtstag feiern würde?

Allzu oft hatte der Blutige Jack ihn in den vergangenen Jahrzehnten heimgesucht, und stets hatte Louis gefürchtet, ihm ins Totenreich folgen zu müssen. Doch jedes Mal hatte er sich wieder berappelt. Er war ein Stehaufmännchen, hatte darum gekämpft, ein erfolgreicher Schriftsteller zu werden. Er hatte zunächst journalistische Texte geschrieben, dann Berichte über seine Reisen nach Belgien, Frankreich und Amerika, schließlich Gedichte und Romane. Er hatte um die Liebe seines Lebens gekämpft, obgleich Fanny Amerikanerin, älter als er, verheiratet und Mutter war. Er hatte um seine Gesundheit gekämpft, war gereist, bis er ein Klima gefunden hatte, das ihn leben ließ. Bis in die Südsee hatte ihn sein Weg geführt, obgleich er seine Freunde und seine Heimat schmerzlich vermisste.

Er tauchte ins Wasser hinab. Das Wappen der Stevensons kam ihm in den Sinn: *Coelum non solum* – Himmel, nicht Erde.

Er war nicht nur dem Himmel gefolgt, sondern vor allem der Sonne.

Seine Luft wurde knapp. Er stieß sich vom feinen Sandboden ab und brach durch die Wasseroberfläche. Der Duft von Orchideen, von Ylang-Ylang und die wilden Gerüche der Mangroven umfingen ihn, während er an Land ging.

Louis legte sich ins Gras, rauchte eine Zigarette und lauschte dem Plätschern des Wassers und den Gesängen der Papageien und Samoamonarchen, die den neuen Tag begrüßten. Er war im Paradies. Im heißen, trockenen Klima der Insel ging es ihm so gut wie nie. Er ritt aus, segelte, schwamm, kletterte über Felsen und auf Berge. Und er schrieb. Auch heute war er lange vor Sonnenaufgang aufgestanden, hatte sich von einem Diener Tee, Brot und ein paar Eier bringen lassen und an seinen Manuskripten und Briefen gearbeitet. Doch er war nicht zufrieden gewesen, hatte mit sich, mit seinen Fähigkeiten gehadert. In letzter Zeit fragte er sich wieder öfter, ob er nicht einen anständigen Beruf hätte ergreifen sollen. Sein Leben wäre ruhiger gewesen, stabiler, auch in finanzieller Hinsicht.

Hätte ihm nicht beides gelingen müssen: Leuchttürme zu bauen und Romane wie *Entführt* zu schreiben? Unzufrieden war er auch, wenn er an den Aufzeichnungen über seine Familie arbeitete. Er wollte die Geschichte der Stevensons erzählen, wollte bekannt machen, was seine Vorfahren geleistet hatten – und noch immer leisteten, denn seine Cousins führten das Ingenieursgeschäft fort. Dank diesen »guten Jungs«, wie er sie damals spöttisch und auch ein wenig neidisch genannt hatte, dauerte die Dynastie der Stevenson-Ingenieure fort. Dank ihnen stand der Name Stevenson weiterhin für Leuchtturmbau zum Wohle der Menschheit. Louis seufzte. Selbst wenn er bis ins Jahr 1900 Bücher schriebe, würde er der Menschheit nicht so dienen.

Die vertraute Unruhe trieb ihn aus seinem weichen Grasbett. Ob schon jemand wach war? Fanny vielleicht, seine geliebte Frau? Hoffentlich traf sie bereits erste Vorbereitungen für das Geburtstagsfest. Eigentlich liebte Fanny es zu feiern, im Moment aber litt sie unter unerklärlichen Stimmungsschwankungen. Suchend sah Louis sich um. War Belle schon auf den Beinen, Fannys Tochter, die ihm eine unverzichtbare Assistentin geworden war? Oder Lloyd, Fannys Sohn, aus dem er einen guten Schriftsteller zu machen versuchte? Austin, sein Stiefenkel? Wenn sie alle noch schliefen, würde er stattdessen vielleicht ein wenig mit seinen samoanischen Angestellten plaudern. Louis liebte es, von ihnen mehr über die Geschichte des Landes und das Leben der Einheimischen zu erfahren, ihre Sprache ein wenig zu lernen. Das war wie ein Schlaglicht in eine unbekannte Welt.

Louis ging ein Stück der *Road of the loving Heart* entlang, die die dankbaren Einwohner der Insel für ihn geschaffen hatte, als er sie während politischer Grabenkämpfe unterstützt hatte. Sie führte zum Vaea-Berg in der Nähe seines Hauses, von dem aus er so gern über das Meer sah. *Tusitala* nannten sie ihn hier respektvoll, *Geschichtenerzähler*.

Eine hohe Gestalt zeichnete sich vor dem Dschungel ab, der sein Anwesen umgab. In ihrem strengen viktorianischen Kleid, der gestärkten weißen Witwenhaube und mit ihrem noch immer vornehm blassen Gesicht war Maggie vor dem verschlungenen Südsee-Urwald ein recht kurioser Anblick. Mochten auch Blätter und Blüten in der Hitze vertrocknen, Maggie wahrte Haltung.

»Guten Morgen, Mama. Du hättest mich zum Schwimmen begleiten sollen – es war herrlich!«

Maggie verzog in einem schiefen Lächeln das Gesicht. »Du weißt genau, Lou, dass das nichts für mich ist.« Sie konnte nicht aus ihrer Haut, blieb in diesem Land ein Fremdkörper, sosehr sie sich auch bemühte. Dennoch: Seit dem Tod ihres Mannes hatte Maggie sich aus der Enge ihres Lebens befreit, war ihrem Sohn um die halbe Welt gefolgt. Auch jetzt strubbelte sie mit einem Handtuch über seine Haare, als wäre er noch zehn Jahre alt und gerade in North Berwick aus dem Firth of Forth gestiegen. Louis war an diesem Morgen milde gestimmt und ließ es geschehen.

Maggie lächelte. »Dein Vater wäre sehr froh, wenn er dich so sehen könnte. Fast vierundvierzig. Wir müssen dankbar sein, dass Gott dich so lange verschont hat!«

Louis nahm ihr das Handtuch ab und legte es über seine Schulter. »Froh bestimmt. Aber wäre Vater auch stolz auf mich?« Er erinnerte sich noch gut an den Stolz in Toms Gesicht, als er den Abschluss an der Juristischen Fakultät gemacht und in Perücke und Robe als Anwalt gearbeitet hatte. Auch ein Messingschild *Advokat* hatte selbstredend die Fassade ihres Hauses in der Heriot Row geziert. Dann aber hatte Louis auch diesen Beruf aufgegeben, während Tom bis zu seinem Tod Ingenieur gewesen war und noch viele Leuchttürme gebaut hatte. Der Dubh Artach galt als eines seiner Meisterwerke, der Wellenbrecher von Wick allerdings als sein größter Fehlschlag. Stürme hatten ihn immer wieder zerstört, bis schließlich kein Geld mehr für den Wiederaufbau da gewesen war. Inzwischen ragte er als Ruine in die Bucht von Wick. Das Meer hatte sich als zu stark für die Ingenieurskünste des Menschen erwiesen.

»Die *Edinburgh Edition* hätte Tom ganz sicher als Ersten gekauft und im Salon in der Heriot Row aufgestellt, damit jeder sie sehen kann.« In Maggies Stimme lag Wehmut. Sie hatte das Haus nach Toms Tod vor sieben Jahren verkauft. Ein Teil des Erlöses war in das Anwesen auf Samoa geflossen, und viele Möbel waren auf einer monatelangen Seereise hierhergebracht worden, sogar ihr Flügel. Die *Edinburgh Edition* erfüllte Louis noch immer mit großer Zufriedenheit. Sein Freund Charles

Baxter, der für ihn als Anwalt tätig war, hatte die geniale Idee gehabt, Louis' bisherige Werke in einer zehnbändigen Ausgabe herauszubringen. Es war ein hohes finanzielles Risiko gewesen – doch die *Edinburgh Edition* war sofort ausverkauft, und die Einnahmen würden ihnen allen erst einmal die Existenz sichern. Der Bau des Hauses war unendlich teuer gewesen, und Louis trug inzwischen Verantwortung für eine ganze Familie – wenn er auch keine leiblichen Kinder hatte –, und Fanny und ihr Anhang waren es gewohnt, auf großem Fuß zu leben.

Ein Lächeln huschte über Maggies Gesicht. »Deinen Ruhm fände Tom hingegen albern und eitel. Wenn du in Sydney fotografiert oder von Journalisten interviewt wirst … oder gänzlich Unbekannte dich um einen Brief oder eine Unterschrift bitten.«

Sie schlenderten auf die Villa zu, aus der Stimmen und das Klappern von Geschirr zu hören waren. Es stimmte: Louis erhielt Briefe von Lesern von überall auf der Welt, die seine *Schatzinsel* liebten oder sich bei *Dr Jekyll und Mr Hyde* gruselten, seine anderen Romane, Gedichtbände, Kurzgeschichten oder Essays schätzten. Viele hielten Long John Silver für realistischer als manchen Piraten, der wirklich gelebt hatte. Einige reisten sogar nach Samoa, um ihn zu besuchen. Maggie pflückte eine der Hibiskusblüten, die sie in ihre Lieblingsvase stecken würde.

»Ich muss oft daran denken, wie wir in diesem regnerischen Sommer gemeinsam unsere Ferien in Braemar verbracht haben. Weißt du noch, wie ich – natürlich erkältet – mit Lloyd zeichnete und dann eine Schatzkarte, die wir malten, meine Fantasie in Gang setzte?«, fragte Louis, und spürte dem weichen Gras unter seinen Fußsohlen nach.

»Bei der Karte hat Tom dir so gern geholfen!« Maggie seufzte. »Wenn ich heute an diese schottische Gemütlichkeit denke, an die prasselnden Kamine, den Geruch des Torffeuers oder die Spaziergänge über Heide und Hochland, wird mir das Herz schwer«, gab sie zu. »Tom und ich haben diese Landschaft geliebt, auch wenn sie uns nicht gutgetan hat.«

Louis nickte heftig. Noch immer musste er sich Freunden gegenüber für seine Entscheidung rechtfertigen, in der Südsee sesshaft geworden zu sein. »Du sprichst mir aus der Seele. Der nächste Aufenthalt in Schottland wäre mein Tod. Mein Körper hält diese Witterung einfach nicht aus.« Oft genug hatte er es ausprobiert, und die Folgen waren immer dieselben gewesen: Krankheit, Blutsturz, naher Tod.

Seine Gedanken waren noch immer bei seinem Vater. Oft hatten Tom und er gestritten, und im Streit um die Religion, den Glauben, wäre es beinahe zum endgültigen Bruch zwischen ihnen gekommen. Erst nach langer Zeit hatten sie sich versöhnt und eine andere Ebene für ihre Beziehung gefunden. Immerhin hatte Tom den Erfolg seines Sohnes noch miterlebt – was ihn nicht davon abgehalten hatte, weiterhin an Louis' Geschichten herumzukritteln. Lediglich bei *Die Schatzinsel* hatte Tom ihn unterstützt, hatte ihm sogar geholfen, die Landkarte zu zeichnen, die an Unst auf den Shetlandinseln erinnerte. Bei Dauerregen hatte Louis die Geschichte in Braemar Tag für Tag fortgesponnen. Eine Abenteuergeschichte, wie er sie selbst gern erlebt oder gelesen hätte. Der Roman war sein erster großer Erfolg gewesen. Dennoch war er viele Jahre lang auf die finanziellen Zuwendungen seiner Eltern angewiesen geblieben.

Louis erhob sich, schritt über die Stufen und Holzbohlen zur offenen Veranda, von der aus er in den Dschungel blicken konnte. Noch immer schöpfte er Kraft und Inspiration aus den Erinnerungen an seine Kindheit und Jugend. Auch die Inspektionsreisen zu den Leuchttürmen waren in seinen Geschichten präsent. So spielte *Die tollen Männer* unter den Strandräubern auf Erraid, obgleich er die Insel Aros nannte. Und David Balfour strandete in *Entführt* auf dem Torran Riff – das Louis freilich aus dramaturgischen Gründen einige Meilen hatte verlegen müssen – und rettete sich auf die Tideninsel vor Mull, wo Louis die Entscheidung getroffen hatte, kein Ingenieur zu werden.

Louis stellte sich auf die Zehenspitzen. Er wartete sehnsüchtig auf Post, vor allem auf Briefe seiner Edinburgher Freunde. Sein Körper mochte in der Südsee wieder zu Kräften gekommen sein, doch sein Herz war in den Highlands, genau wie Robert Burns es einst gedichtet hatte. Mochten seine Finger vom Schreiben schmerzen, mochte seine Fantasie vom Weiterdiktieren der Texte erschöpft sein: Für Briefe reichte seine Kraft immer. Sogar Mary hatte ihm vor einiger Zeit geschrieben. Viele Jahre nach seiner Studienzeit hatte er sie wiedergetroffen. Sie war damals kurz davor gewesen, nach Amerika auszuwandern. Gut hatte sie ausgesehen und bei ihrem Abschied bitterlich geweint. Im Magdalenen-Asyl hatte man sie aufgepäppelt und als Dienstmädchen in eine freundliche Familie vermittelt. Heute lebte sie mit ihrer Familie in Chicago. Sie war dort auf eines seiner Bücher gestoßen und hatte ihm erneut geschrieben. Er freute sich, dass sie nach ihrem Elend und Siechtum nun mit ihrem Leben zufrieden war. Mary unterrichtete als Lehrerin, hatte den Traum ihrer Freundin Jeannie also stellvertretend erfüllt – so hatte Mary es formuliert. Auch Louis zog es in Gedanken und Werken oft in die Pentland Hills zurück, auch an Jeannies Grab bei der Glencorse Kirk, und er wünschte, er könnte selbst eines Tages im Schatten des Allermuir begraben liegen.

Etliche Freunde und Gefährten hatte er bereits zu Grabe tragen müssen, Ferrier zum Beispiel und Fleeming Jenkin. Mit anderen hatte er sich zerstritten, wie mit Katherine. Zusammen mit Simpson hatte er hingegen noch einige Abenteuer erlebt. Aus einer gemeinsamen Kanutour war das Buch *Eine Binnenlandfahrt durch Belgien und Frankreich* entstanden. Bob, sein liebster Freund und Cousin Bob, war unterdessen an seinen eigenen hohen Ansprüchen und seiner Sprunghaftigkeit gescheitert. Stets am Rande der Armut schlug er sich mit Kunstkritiken durch. Ihn vermisste Louis in seinem selbstgewählten Exil am meisten.

Fanny kam ihnen entgegen. Sie glich einer alternden Löwin: klein, dunkel, aber mit fortschreitendem Alter stämmig. Wie so oft trug sie wallende Gewänder und hatte – obgleich sie gerade erst aufgestanden war – Erde von der Gartenarbeit an den Händen. Sie war die Frau, die ihn liebte. Die ihm geholfen hatte, der zu werden, der er heute war – als Mann und als Autor. Eine Urgewalt, sinnlich und eigensinnig, ihre dunklen, beinahe schwarzen Augen feurig. »Ich habe wieder geträumt!«, brach es jetzt aus Fanny heraus. »Etwas Böses steht bevor.«

Maggie lächelte gezwungen. »Ich sehe lediglich das Frühstück bevorstehen. Und die Feier zu Lous Geburtstag, für die es jede Menge zu tun gibt. Schließlich werden wir ein gewaltiges Festmahl auffahren müssen, um alle Gäste bewirten zu können. Lasst uns zu Tisch gehen.«

Louis schloss Fanny in die Arme und küsste sie. »Ich muss mir nur schnell etwas notieren.« Er stieg über die Treppe ins Arbeitszimmer, das eigentlich ein überdachter und seitlich geschützter Teil der Veranda war, ein Schwalbennest mit Aussicht. Dort zündete er sich eine Zigarette an, blickte über Meer und Mount Vaea, dessen Gipfel von Fregattvögeln umkreist wurde, und warf einige Zeilen auf das Papier. Mit seinem aktuellen Roman *Die Herren von Hermiston* würde er etwas Außergewöhnliches erschaffen. Er tauchte darin tief in die Seele Schottlands ein, erzählte einen dramatischen Konflikt zwischen Vater und Sohn, eine große Liebesgeschichte. Inständig hoffte er, seinen besten Roman, sein Opus Magnum, noch vor sich zu haben.

Nachwort und Dank

Das Ganze schien schuldlos über ihn hereingebrochen – eine willkürliche Erschütterung der brutalen Natur –

Mit diesem Cliffhanger endet *Die Herren von Hermiston*, denn RLS – wie Louis sich selbst und auch Freunde und Literaturwissenschaftler ihn nannten – konnte diesen Roman, den viele für seinen reifsten hielten, nicht fertigstellen. Am 3. Dezember 1894 brach er in seiner Villa in Vailima zusammen und starb. Es war nicht der Blutige Jack, der ihn holte, sondern eine Hirnblutung; RLS kochte gerade mit seiner Ehefrau Fanny und rührte Mayonnaise für den Salat an. Unter großer Anteilnahme der Einheimischen wurde er auf dem Mount Vaea beerdigt. Die Grabinschrift hatte er selbst verfasst.

»Wahrlich, kein Sohn Schottlands zollte je dem Land, das er liebte, vor seinem Tode, ja, noch mit seinem letzten Atemzuge einen würdigeren Tribut«, urteilte Sidney Colvin, Freund und Herausgeber der Werke von Robert Louis Stevenson. Er hatte zuvor bereits mit Baxter die *Edinburgh Edition* herausgegeben.

Zu diesem Roman und dem Nachwort

Eines vorweg: Lesen Sie Robert Louis Stevenson. Lesen Sie seine Romane, seine Reportagen, seine Novellen, seine journalistischen Arbeiten oder lesen Sie seine Briefe – es lohnt sich!

Nun, da das geklärt ist, kann ich Ihnen mehr über meine Gedanken zu diesem Roman und meine Recherchen berichten. Ein weiterer Teil des Nachworts geht auf die in diesem Roman thematisierten Aspekte der Biografie von RLS und interessante Literatur ein. Damit es etwas übersichtlicher wird, habe ich die Abschnitte mit Zwischenüberschriften versehen.

Bereits bei meinen Recherchen für meine ersten beiden Romane *Die Wachsmalerin – Das Leben der Madame Tussaud* und *Das Kabinett der Wachsmalerin* habe ich Großbritannien bereist und mich in das Land und die Geschichte verliebt. Weitere Reisen folgten; sie führten insbesondere an die Küsten und nach Schottland, wo ich immer wieder auf die Dynastie der Leuchtturmbauer, die Stevensons, stieß. Bei einer dieser Reisen erwarb ich Bella Bathursts vorzügliches Sachbuch *The Lighthouse Stevensons*. Ich verschlang dieses Buch und träumte davon, einmal einen Roman zu diesem Thema zu schreiben. Als der Programmleiter des Lübbe Verlags, Stefan Bauer, und meine Lektorin Dr. Stefanie Heinen mich einige Jahre später fragten, ob ich Lust hätte, über die Stevensons einen Roman zu verfassen, war ich sofort Feuer und Flamme. Ich stürzte mich in die Literatur, plottete und verfasste Konzepte. Aus drei verschiedenen Ideen – so viel Interessantes gibt es über diese Familie zu erzählen – wählten wir diese aus, und je mehr ich mich mit RLS und den Leuchtturmbauern beschäftigte, desto glücklicher war ich über diesen Ansatz. Ich will gar nicht so viele Worte über den Roman an sich verlieren – er sollte für sich sprechen –, möchte aber betonen, wie sehr mich die Entdeckung des Schriftstellers und Menschen RLS inspirierte (wie viele kannte ich bis dahin vor allem seine Hauptwerke) und wie sehr mich die Reise auf seinen Spuren bereichert hat. Denn ich war für *Die Leuchttürme der Stevensons* noch einmal in Schottland unterwegs, suchte Stevenson-Orte in Edinburgh und etliche weitere Schauplätze des Romans auf. Auf der Insel Mull campte ich bei Fionnophort, besuchte Iona und wanderte bei Ebbe auf die Insel Erraird, die RLS bei der Leuchtturminspektionsreise so beeindruckt hat, dass er sie zum Schauplatz von *Entführt* und *Die tollen Männer* machte. Ich sah den verwilderten Steinbruch auf Erraid und erblickte von der Observationshütte aus in der Ferne den abgelegenen Felsenleuchtturm. Erraid ist heute in Privatbesitz und wird von der Findhorn Foundation bewirtschaftet, die spirituelle Seminare anbietet und Wanderungen auf der Insel erlaubt. In Wick stand ich auf den Resten des Wellenbrechers, auf dem RLS seine ersten und beinahe einzigen Meriten als Ingenieur verdiente und der als der größte Fehlschlag im Leben seines Vaters gilt.

Besonders aufregend war meine Reise zu den Orkney- und Shetlandinseln, denn ich wollte unbedingt einen der »unmöglichen Leuchttürme« aus der Nähe sehen. Fünf Fähren und etliche Kilometer später stand ich am Rande eines Naturschutzgebiets und marschierte zum äußersten Ende Großbritanniens auf der Shetlandinsel Unst – traumschöne Klippen voller karger Schönheit. Und plötzlich ragte er vor mir auf: Muckle Flugga, auf einem spitzen Felsen und doch unverrückbar, als hätte er immer dorthin gehört. Die Leuchttürme Bell Rock und Dubh Artach habe ich, ich gestehe es, nur aus weiter Ferne sehen können. Eine Schifffahrt dorthin hätte gutes Wetter und mutige Seeleute erfordert. Doch ist es nicht gerade die Abgeschiedenheit und Unerreichbarkeit, die diese Bauwerke so besonders machen?

Im Leuchtturmmuseum in Fraserburgh kann man nicht nur viele Erinnerungsstücke der Stevensons und Leuchtturm-Artefakte bewundern, sondern auch eine Landkarte erstehen, auf der die Leuchttürme eingezeichnet sind, damit man sich selbst auf die Suche begeben kann. Ich habe das Signal Tower Museum in Arbroath besucht, das sich der Geschichte des Bell Rock widmet. Vor allem aber war ich in Edinburgh auf den Spuren von RLS unterwegs. Ich stand vor dem Haus in der Heriot Row (das man mieten kann) und dem Haus des Großvaters am Baxter's Place (heute ein Hotel mit Lighthouse-Bar, einer Robert-Stevenson-Büste und vielen Fotos und Bauzeichnungen), las in der National Library of Scotland ehrfürchtig in Louis' Briefen und den Notizbüchern seines Vaters und seiner Vorväter, stöberte im Writers' Museum, das sein Werk neben denen von Sir Walter Scott und Robert Burns feiert. Etliche weitere RLS-Orte folgten – ein Erlebnis!

Entwicklungen nach seinem Tod und literarisches Nachleben

Robert Louis Stevensons Familie brachte weitere seiner Werke, Teile seiner Briefe und eigene Erinnerungen an RLS heraus und lebte gut davon. Louis' Mutter Maggie kehrte nach Schottland zurück, ehrte das Andenken ihres Sohnes und veröffentlichte selbst zwei Bücher über ihn. Mit sechsundachtzig Jahren bekam sie eine Lungenentzündung. Es heißt, sie habe vor ihrem Tod ihren Sohn am Fuß des Bettes gesehen und verkündet: »Da ist Louis! Ich muss gehen.«

Nach RLS' frühem Tod setzte eine weltweite Glorifizierung des Schriftstellers ein. Viele ehemalige Weggefährten schrieben ihre Erinnerungen an RLS nieder, und seine Kinderkrankenschwester Alison »Cummy« Cunningham, der er mit seinem Gedichtband *A Child's Garden of Verses* ein Denkmal gesetzt hatte, wurde bis zuletzt immer wieder über ihren Schützling befragt. Erst mit dem Tod der letzten Verwandten nahm die Erinnerungskultur eine Wende; nun wurden auch anrüchige Anekdoten über die wilden Jahre des RLS in Edinburgh verbreitet. Darin ging es u. a. um Affären, den Umgang mit Prostituierten, Geschlechtskrankheiten, Drogen und angebliche illegitime Kinder. Einige dieser Erlebnisse schilderte RLS in seinen Briefen und Texten selbst, die meisten entbehren jeglicher Grundlage, wie J. C. Furnas in *A Voyage to Windward* detailliert nachweist.

Noch später wurde RLS als zweitklassiger Kinder- und Gruselgeschichtenautor abgetan, wofür auch sein ehemaliger Freund und späterer Widersacher W. H. Henley verantwortlich ist. Der Höhepunkt dieser Schmähung war erreicht, als die *Oxford Anthology of English Literatur* RLS 1973 nicht einmal erwähnte. Erst im späten 20. Jahrhundert wurde er wiederentdeckt.

Eine weitere Facette seiner Persönlichkeit und seines Werks trat durch die vollständige Veröffentlichung seiner Briefe zutage. Viele seiner Romane sind heute noch populär, und *Die Schatzinsel* und *Der seltsame Fall des Dr. Jekyll und Mr. Hyde* gehören zu den beliebtesten und meistverfilmten Romanen der Literaturgeschichte. Diverse Clubs halten weltweit die Erinnerung an diesen Ausnahmeschriftsteller lebendig und feiern u. a. den RLS-Day am 13. November, seinem Geburtstag.

Umfangreiche Literaturhinweise zu meinen Recherchen finden Sie auf meiner Homepage sowie nachfolgend, wenn ich auf einzelne Aspekte des Romans eingehe.

Reisen auf Robert Louis Stevensons Spuren

So wie RLS zeitlebens die Wanderlust gepackt hat, hat man heute vielfältige Möglichkeiten, auf seinen Spuren zu reisen. Werk und Persönlichkeit werden auf der umfangreichen Webseite robert-louis-stevenson.org des British Library Web Archive gewürdigt, wo sich auch Seiten zu dem Thema *In The Footsteps of Robert Louis Stevenson* finden. Sehr engagiert ist auch das europäische Netzwerk *Auf den Spuren von Robert Louis Stevenson*, das die Erinnerung an ihn hochhalten und seine humanistischen Werte fördern will. Die gleichnamige (zertifizierte) Kulturroute des Europarats lässt sich seit 2015 bereisen. Der Europarat schreibt zu seiner Leistung und den von ihm vertretenen Werten:

> *Robert Louis Stevenson steht für wichtige Werte wie Offenheit gegenüber anderen, Säkularismus, Unterstützung von Minderheiten oder die Versöhnung der europäischen Völker. Für Stevenson waren Reisen nicht nur ein Vorwand oder eine Flucht, sondern die Gelegenheit für Begegnungen. Das Markenzeichen dieser Route ist ihre menschliche Dimension der Freundschaft, und Ziel der Route ist es, die Existenz eines europäischen literarischen Erbes zu belegen und auf diesem Weg den Gedanken der europäischen Bürgerschaft zu fördern.*

Auch lässt sich der *Robert Louis Stevenson Trail GR 70* in Frankreich bewandern, der auf der Route verläuft, die er mit dem Esel durch die Cevennen nahm. Zudem gibt es u. a. Robert-Louis-Stevenson-Museen in Kalifornien, Monterey und auf Samoa.

Fakten und Fiktion – einzelne Aspekte des Romans

Robert Louis Stevenson verfügte über eine lebhafte Erinnerung an die eigene Kindheit und schöpfte für seine Werke immer wieder aus ihr. Seine frühen Krankheiten und Albträume beschrieb er u. a. in seinem Gedicht *Lamplighter*, in vielen Briefen und Texten. Seine Mutter Margaret zeichnete sie in ihren Erinnerungen *The Baby Book of R.L.S.* nach. Auch Edinburgh schildert RLS in vielen Werken, u. a. in *Picturesque Notes*.

Seine verschiedenen Krankheiten werden bis in die heutige Zeit von Ärzten untersucht. Die Kinderkrankheiten haben seine Eltern ausführlich dokumentiert, vor allem die Blutstürze geben jedoch Rätsel auf. Hieß es früher, RLS habe an Tuberkulose gelitten, geht man heute eher von einer Bronchiektasie oder dem Rendu-Osler-Weber-Syndrom aus, einer Erbkrankheit, bei der es zu einer krankhaften Erweiterung von Blutgefäßen kommt, wie Claire Harman in ihrer lesenswerten Biografie über Robert Louis Stevenson konstatiert. Der erste Blutsturz trat bei RLS übrigens erst einige Jahre später auf als hier geschildert; ich habe ihn aus dramaturgischen Gründen in die Studienzeit vorverlegt.

Seine Ausbildungszeit in Anstruther und Wick hat RLS in seinen Briefen ausführlich beschrieben. Sie liefern einen guten Eindruck von den Arbeiten, von der Unwissenheit des jungen Ingenieurs und zugleich von seiner Begeisterungsfähigkeit und Einsatzbereitschaft. Er schildert dort auch seine Begegnung mit den fahrenden Leuten in Wick, die von den Zeitgenossen als »Zigeuner« bezeichnet wurden. Ich habe den Begriff in den Dialogen beibehalten, da RLS ihn selbst verwendete, bin mir aber bewusst, dass man ihn heute wegen seiner abwertenden Bedeutung so nicht mehr verwenden sollte. Einige Details aus den Dialogen, z. B. mit Bob, entstammen ebenfalls dem Briefwechsel, andere sind meinen weiteren Recherchen und nicht zuletzt meiner Fantasie entsprungen. Wie erwähnt, war RLS trotz seines beeindruckenden Outputs als Autor vor allem ein leidenschaftlicher Briefeschreiber. Die umfangreichste Zusammenstellung der Briefe wurde von Bradford A. Booth und Ernest Mehew herausgegeben. Im Internet gibt es die ausführliche Seite *The Letters of Robert Louis Stevenson*. Ich zitiere teilweise aus den Briefen, die Übersetzung stammt von mir. Unverzichtbar waren auch RLSs Schriften *Records of a Family of Engineers*, *Memories and Portraits*, *Memoirs of an Islet*, *Me-*

moirs of Himself sowie *The New Lighthouse on The Dhu Heartach Rock, Argyllshire*. RLS' Erfahrungen in der Spec, der Speculative Society, und in der Redaktion des Universitätsmagazins lassen sich z. T. in *The History of the Speculative Society (1764–1904)* und in *I Can Remember Robert Louis Stevenson* von Rosaline Masson nachlesen; die Ereignisse habe ich für diesen Roman zusammengefasst.

Was hat es mit Jeannie, Kate oder Claire auf sich, den Damen, die in seinen und den Schriften seiner Familienmitglieder auftauchen? Über seine Liebeleien in der Jugend und Studienzeit gab es viele Gerüchte und Andeutungen. Hat sich der junge RLS in Bordellen herumgetrieben? Fing er sich eine Geschlechtskrankheit ein? Vor allem sein Biograf J. C. Furnas untersucht diesen Aspekt seines Lebens in *A Voyage to Windward*. Ich habe die Liebelei zu Jeannie auf Basis meiner Recherchen ausgestaltet. Die Prostituierte Mary, mit der er bekannt war, wird von RLS selbst erwähnt. Das Rotlichtviertel um den Calton Hill beschreibt er in *Die unglücklichen Abenteuer John Nicholsons* ebenfalls. Die Reiseschriftstellerin Isabella Bird schilderte die Zustände in den Armenvierteln in *Notes on Old Edinburgh* (1869).

Swanston Cottage nimmt RLS als Vorbild für eine Schilderung in seinem Roman *St. Ives*. Die Predigt in Glencorse zitiere ich nach C. H. Spurgeon, *Sermon zu Psalm 1, 4–6*. Zum Tod seines Lehrers und Freundes Fleeming Jenkin schrieb RLS einen ausführlichen Nachruf. Die Anekdote mit dem »herausgeleierten« Universitätszertifikat steht auch in diesem *Memoir of Fleeming Jenkin*. Jenkins Kritik an Charles Darwins *Über die Entstehung der Arten* brachte diesen tatsächlich dazu, die Evolutionstheorie zu überdenken; verständlich dargelegt sind diese Ereignisse in *Das Gen: Eine sehr persönliche Geschichte* von Siddharta Muckherrje.

Die Schneeballschlacht samt der nachfolgenden Gerichtsverhandlung wird in verschiedenen Erinnerungen und Memoiren geschildert, auch in den *Diary Notes* von Margaret Stevenson kommt sie vor. Zudem berichteten Zeitungen wie der *Edinburgh Evening Courant* darüber.

Sam Boughs Gemälde der Schneeballschlacht in Edinburgh und des Dubh Artach sind beeindruckend. RLS schildert die Begegnung mit dem Maler u. a. in seinen Briefen. Nicht bekannt ist, ob Bough unter Seekrankheit litt oder auf dem Dubh Artach ins Wasser stürzte.

Das Rattenbeißen schildere ich nach *Pleasures & Pastimes in Victorian Britain* von Pamela Horn, die sich wiederum u. a. auf *London Labour and the London Poor* von Henry Mayhew stützt.

Das Zitat, mit dem ich diesen Abschnitt beginne, stammt aus *Die Herren von Hermiston*, Diogenes Taschenbuch, übersetzt von Marguerite Thesing.

RLSs erster Biograf war dessen Cousin Sir Graham Balfour, dessen Schilderungen heute noch lesenswert sind. Weitere empfehlenswerte Biografien stammen z. B. von Philip Callow (*A Life of Robert Louis Stevenson*) und Frank McLynn (*Robert Louis Stevenson. A Biography*). Über seine Südseejahre und mögliche Geheimnisse um *Die Schatzinsel* empfehle ich *Reisen im Licht der Sterne* von Alex Capus. Zu den schottischen Leuchttürmen sind u. a. *Northern Lights* von A. D. Morrison-Low und *Scottish Lighthouse Pioneers* von Paul A. Lynn unverzichtbar. Zu den lesenswerten deutschsprachigen Büchern über Leuchttürme, in denen auch die Stevensons vorkommen, gehören *Wächter der See* von R. G. Grant sowie *Das kleine Buch vom Meer – Leuchttürme* von Stefan Kruecken (Herausgeber) und Olaf Kanter. Die Geschichte der Seenotrettung in Großbritannien wird am besten von der RNLI, der Royal National Lifeboat Institution, beschrieben. Ich kann in England oder Schottland an keinem der Stützpunkte dieser Seenotretter vorbeigehen, ohne – wenn möglich – hineinzuschauen oder etwas im Spendenshop zu kaufen. Großartig, was die Seenotretter – ob im Vereinigten Königreich, in Deutschland oder anderswo – leisten!

Trotz aller Recherchen kann es sein, dass in diesem Roman Fehler vorkommen. Für diese bin einzig und allein ich verantwortlich. Zu diesem Thema schrieb RLS am 10. Juni 1893 übrigens selbst einige Zeilen an seinen Freund Sir Edmund Gosse:

Ich selbst mag Biografisches viel lieber als Fiktion; Fiktion ist zu frei. Bei Biografischem hat man eine kleine Handvoll Fakten, kleine Teile eines Puzzles, und man sitzt da und denkt nach und versucht, sie auf diese und jene Weise zusammenzufügen; dann steht man plötzlich auf und schmeißt alles hin, sagt verdammt nochmal und geht spazieren. Und das ist wirklich beruhigend; und wenn man damit fertig ist, hat man das befriedigende Gefühl, etwas wirklich zum Abschluss gebracht zu haben. Natürlich ist es nie so abgeschlossen wie der mieseste aller Romane; denn immer und immer wieder taucht der unlogische Widersinn des Lebens darin auf, muss darin auftauchen ... aber gerade dort fängt der Spaß doch erst an. (Letters, Band 8, Seite 104).

Dankeschön

Kein Buch entsteht einsam am Schreibtisch – und eines wie dieses schon gar nicht. Ein herzliches Dankeschön geht an Stefan Bauer und Dr. Stefanie Heinen vom Lübbe Verlag, die das Thema an mich herangetragen haben, und dem gesamten Team für das großartige Cover, die Vorsatzkarte (Markus Weber) und die Begeisterung für das Buch. Ich danke dem National Lighthouse Board und der National Library in Edinburgh für ihre Informationen. Mein Dank gilt den Archivmitarbeiterinnen in

Kirkwall auf den Orkneyinseln, die mir spontan ermöglicht haben, die historischen Zeitungen zu sichten. Mein in Schottland lebender Freund Nils spazierte mit mir bei typischem Niesel in Cramond am Firth of Forth und zeigte mir Cramond Island – danke dafür! Ich danke meiner Agentin Petra Hermanns für ihre Unterstützung. Nicht zuletzt möchte ich mich bei meiner Familie bedanken, die mit mir begeistert jeden Leuchtturm erklimmt und mein Licht in der Dunkelheit ist, besonders meinem Mann André, der mit mir auf Spurensuche ging und die Leuchttürme aufs Schönste fotografierte.

Für mich war es eine spannende Reise mit RLS, und ich werde in Zukunft ganz sicher zwei Dinge tun: weiterhin Stevenson lesen und Leuchttürme mit anderen Augen sehen. Vielleicht geht es Ihnen ja ähnlich. Wenn ja, berichten Sie mir davon! Wenn Sie mehr über meine Recherchen und weitere Hintergründe erfahren sowie Fotos der Schauplätze sehen wollen, empfehle ich Ihnen meine Homepage www.sabineweiss.com.

DIE LEUCHTTURM-STEVENSONS

Nachdem RLS die Nachfolge seines Vaters als Ingenieur ablehnte, übernahmen Davids Söhne David A. Stevenson und Charles Alexander Stevenson die Firma. Der Letzte der Linie war D. Alan Stevenson (1891–1971). Nachzulesen ist die Geschichte der Leuchtturm-Dynastie u. a. in *Bright Lights. The Stevenson Engineers 1752–1971* von Charles Stevensons Enkelin Jean Leslie und Roland Paxton.

Hier eine kurze Übersicht über die Stevenson-Ingenieure und einige ausgewählte Leuchttürme:

Thomas Smith (1752–1815, Stiefvater von Robert Stevenson): Kinnaird Head, Mull of Kintyre, North Ronaldsay

Robert Stevenson (1772–1850): Bell Rock, Sumburgh Head, Dunnet Head

Alan Stevenson (1807–1865): Skerryvore, Noss Head, Ardnamurchan

David Stevenson (1815–1886) und Thomas Stevenson (1818–1887): Muckle Flugga, Dubh Artach, Bressay, Holburn Head, Chicken Rock

David A. Stevenson (1854–1938) und Charles Alexander Stevenson (1855–1950): Fair Isle, Flannan Isles, Sule Skerry, Rattray Head

D. Alan Stevenson (1891–1971): Der Ingenieur baute keine bedeutenden Leuchttürme mehr, wenn er auch in der Leuchtturminspektion, -planung und -verwaltung tätig war (u. a. für die indische Regierung), den Ausbau von Meeresstraßen wie den Clyde verantwortete und sich als Leuchtturm-Historiker einen Namen machte.

Glossar

Bannockbrot	Fladenbrot aus Hafer- oder Gerstenmehl
Baronet	Adelstitel im Vereinigten Königreich
Bluidy Jack	»Blutiger Jack«; so bezeichnete Robert Louis Stevenson seine Blutstürze
Claret	französischer Rotwein aus der Region Bordeaux
Clearances	Säuberungen, Vertreibungen der Hochlandschotten zugunsten der flächendeckenden Einführung der Schafzucht
Covenanter	schottische Presbyterianer
Diphterie	Halsbräune, Krupphusten
Fifies und Scaffies	typische Schiffe der schottischen Nordseeheringsfischerei
Grüne See	massiv über Bord kommendes Wasser, im Gegensatz zu weißer Gischt
holophotal	die Gesamtheit des Lichts in eine vorgesehene Richtung lenkend
intermittierend	zeitweilig aussetzend, nachlassend
Laird	Landbesitzer in Schottland
Lodberrie	natürlicher Steinpier zum Entladen

	von Waren, typisch für den Hafen von Lerwick
Logger, Fischereilogger	typisches Schiff für die Heringsfischerei in der Nordsee
Messrs	Herren
Presbyterianer	Glaubensrichtung in Schottland, die aus dem Calvinismus entstand
Scots	auch »Lowland Scots« oder »Lallans«, Dialekt in Teilen Schottlands
Segelgig, Gig	schlankes Ruderbeiboot mit Hilfsbesegelung
Shebeen	illegale Kneipe
Skua	große Raubmöwe
Sloop	Schaluppe
Tartan	typisches Webmuster der schottischen Clans
Tender	Beiboot von Passagierschiffen
Wynds und Closes	enge Gassen in Edinburghs Old Town

Die Community für alle, die Bücher lieben

Das Gefühl, wenn man ein Buch in einer einzigen Nacht verschlingt – teile es mit der Community

In der Lesejury kannst du

★ Bücher lesen und rezensieren, die noch nicht erschienen sind

★ Gemeinsam mit anderen buchbegeisterten Menschen in Leserunden diskutieren

★ Autoren persönlich kennenlernen

★ An exklusiven Gewinnspielen und Aktionen teilnehmen

★ Bonuspunkte sammeln und diese gegen tolle Prämien eintauschen

Jetzt kostenlos registrieren: www.lesejury.de

Folge uns auf Instagram & Facebook:
www.instagram.com/lesejury
www.facebook.com/lesejury